CONSTANZE WILKEN

Sturm über dem Meer

Buch

Als die junge Archäologin Dr. Samantha Goodwin den Auftrag zur Untersuchung einer versunkenen Burganlage an der walisischen Küste erhält, die der Legende nach zum verschollenen Königreich von Cantre'r Gwaelod gehört, ist sie begeistert. Sie quartiert sich bei ihrer Großmutter Gwen ein, die in einem kleinen Cottage im Fischerdorf Borth ganz in der Nähe wohnt. Auf dem Weg zur Ausgrabungsstätte begegnet Sam dem kleinen Max und seinem Vater, dem Bootsbauer Luke Sherman, der sich seit dem Unfalltod seiner Frau liebevoll um Max kümmert. Sam fühlt sich sofort zu dem charismatischen Luke hingezogen. Und auch Luke kann sein Interesse an Sam nicht verhehlen.
Doch Sams Untersuchungen auf dem Meeresboden bringen mehr als antike Funde zu Tage: Sie stößt auf einen Toten, der kaum länger als 60 Jahre dort gelegen hat. Die alte Gwen ist davon überzeugt, dass es sich um ihren Mann, Sams Großvater Arthur, handelt, der vor Jahren in einer stürmischen Nacht auf dem Meer verschwand, dessen Leiche jedoch nie gefunden wurde. Als Sam zusammen mit Luke der Sache nachgeht und im Dorf Nachforschungen anstellt, schlägt ihr breite Ablehnung entgegen, und sie fühlt sich verfolgt. Es scheint, als ob irgendjemand um jeden Preis verhindern will, dass sie das Rätsel um ihren Großvater löst. Und dann gerät Sam in tödliche Gefahr …

Informationen zu Constanze Wilken
und weiteren Titeln der Autorin
finden Sie am Ende des Buches.

Constanze Wilken

Sturm
über dem Meer

Roman

GOLDMANN

Dieses Buch ist auch als E-Book erhältlich.

Der Goldmann Verlag weist ausdrücklich darauf hin, dass im Text enthaltene externe Links vom Verlag nur bis zum Zeitpunkt der Buchveröffentlichung eingesehen werden können. Auf spätere Veränderungen hat der Verlag keinerlei Einfluss. Eine Haftung des Verlags für externe Links ist stets ausgeschlossen.

Verlagsgruppe Random House FSC® N001967
Das FSC®-zertifizierte Papier *Pamo House* für dieses Buch liefert Arctic Paper Mochenwangen GmbH.

1. Auflage
Originalausgabe Januar 2016
Copyright © der deutschsprachigen Ausgabe 2016
by Wilhelm Goldmann Verlag, München,
in der Verlagsgruppe Random House GmbH
Umschlaggestaltung: UNO Werbeagentur München
Umschlagfoto: gettyimages/Aaron Foster;
FinePic®, München
Karte: Peter Palm, Berlin
Redaktion: Regine Weisbrod
BH · Herstellung: Str.
Satz: omnisatz GmbH, Berlin
Druck und Bindung: GGP Media GmbH, Pößneck
Printed in Germany
ISBN: 978-3-442-48349-5
www.goldmann-verlag.de

Besuchen Sie den Goldmann Verlag im Netz:

Für Alessa

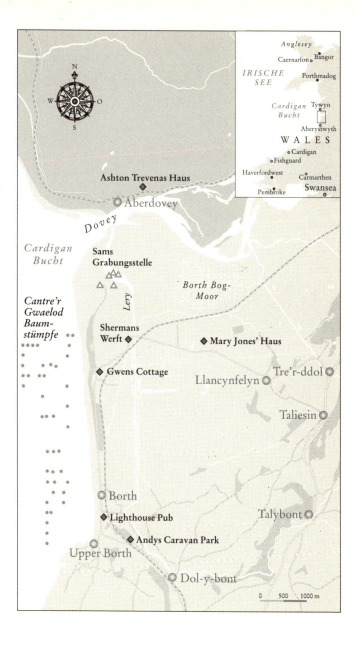

Das versunkene Königreich Cantre'r Gwaelod

Cantre'r Gwaelod war einst ein mächtiges Königreich. In der Bucht von Cardigan hatten die Menschen dem Meer in mühevoller Arbeit fruchtbares Land abgerungen. Dieses Land wurde von einem starken Deich beschützt. Ein Hektar dieses Landes war so viel wert wie vier Hektar anderswo. In dem Deich befand sich ein Schleusentor, das bei Ebbe geöffnet wurde, um das Wasser abfließen zu lassen. Bei Flut musste das Tor geschlossen werden, um das Land und die Menschen vor dem Meer zu schützen. Jede Nacht wurde eigens ein Wächter zur Sicherung der Schleuse bestimmt.

Anno Domini 600 wehte ein Sturm von Südwest herauf und trieb eine Springflut gegen die Deiche. In dieser Nacht fiel Seithennin, einem Freund von König Gwyddno Garanhir, Longshanks genannt, die ehrenvolle Aufgabe der Schleusenwache zu. Aber Seithennin war ein verworfener Geselle, der gern trank und mit den Weibern tändelte. Es trug sich zu, dass Seithennin auf einer Feier in Aberystwyth war und seine Pflicht vergaß.

Das Meer stieg weiter und weiter, und der Sturm drückte die aufgewühlten Fluten gegen den Deich von Cantre'r Gwaelod. Seithennin aber lag in den Armen der schönen Meredid und dachte nicht an seine Leute, die arglos in den Dörfern hinter dem Deich schliefen. Und so kam es, dass das wütende Meer sich Bahn brechen konnte durch die offenen Tore. Das fruchtbare Land mit sechzehn Dörfern wurde überschwemmt. Die meisten Bewohner wurden im

Schlaf vom Wasser überrascht und ertranken elendiglich, genau wie das Vieh. Nur König Longshanks und einigen Mitgliedern seines Hofstaats gelang die Flucht nach Sarn Cynfelin.

Nach diesem schrecklichen Unglück war der Deich zerstört, das fruchtbare Land verloren, und der König und seine Leute mussten ein ärmliches Dasein in den nahen Hügeln von Wales fristen.

Seitdem, so geht die Legende, läuten die Glocken von Cantre'r Gwaelod, wenn Gefahr droht.

Machynlleth, 20. Dezember 1955

Ein kalter Wind fegte über den Platz am Uhrenturm. Schnee drückte auf die Dächer des Bergdorfs, das durch die spärlichen bunten Lichter kaum freundlicher wirkte. Die Mauern der Häuser waren aus den grauen Steinen der Berge ringsherum erbaut und trotzten seit Jahrhunderten dem unwirtlichen walisischen Wetter. In der nasskalten Luft mischten sich die Gerüche von Schafdung, heißem Gewürzwein und Fettgebackenem, denn die Schafzüchter der Gegend hatten ihre Tiere zum letzten großen Markt des Jahres zusammengetrieben. Die Männer, rotgesichtig, mit dicken Wollmützen, die Kragen der Wachstuchmäntel hochgeschlagen, feilschten um Preise für den besten Bock, wie sie es seit Jahrhunderten taten. Es wurde gejohlt und gelacht, gefeixt und gebrüllt, und am Ende besiegelte ein Handschlag das Geschäft.

Eine Gruppe Zigeuner spielte zum Tanz auf und bot exotische Waren feil. Kurz vor Weihnachten waren die Menschen spendabler, auch wenn sie selbst nicht viel zum Leben hatten. Der lange Krieg hatte allen zugesetzt, doch den Walisern mehr, denn der wirtschaftliche Aufschwung fand in England statt, nicht in entlegenen Bergdörfern an der Irischen See. So kurz vor Weihnachten suchten die Frauen nach letzten Zutaten für das Festessen, hatten vielleicht auch einen Groschen für bunten Tand übrig, den sie sonst nicht kaufen würden. Aber die Kinderaugen sollten leuchten, lange genug hatten sie alle gedarbt und sich nach friedlichen, blühenden Zeiten gesehnt.

Früher hatte ein steinernes keltisches Kreuz über Machynlleth und seine Bewohner gewacht. Unter Queen Viktoria hatte es zu Ehren des Markgrafen von Londonderry einem hässlichen neugotischen Uhrenturm weichen müssen.

Niemand achtete auf den kleinen Mann mit der tief ins Gesicht gezogenen Mütze, dem groben Wollschal, den er sich bis über die Nase gezogen hatte, und den Stiefeln, in denen eine ausgebeulte graue Hose steckte.

Er trug einen Segeltuchsack auf dem Rücken, den er mit beiden Händen festhielt, als habe er Angst, man könne ihn berauben. Dabei sah der Mann viel zu ärmlich aus, als dass man mehr als ein totes Lamm oder einen Haufen Felle in dem Sack vermutet hätte. Seine Hände waren rau und kräftig von harter Arbeit an der Luft. Unsicher schaute er sich um und winkte abweisend, als ein Zigeunermädchen ihm einen Seidenschal unter die Nase hielt. Er merkte nicht, dass ihm die Schafe blökend aus dem Weg gehen mussten, weil er nicht darauf achtete, wo er hintrat.

Sein ungelenkes Verhalten ließ erahnen, dass er nicht oft unter Menschen war. Er lächelte nicht, obwohl angesichts des nahen Weihnachtsfestes die meisten fröhlich wirkten. Zumindest ein Mal im Jahr wollte man vergessen, wollte die Mühsal des täglichen Daseins in süßem, heißem Wein ertränken und essen und singen, bis der Pfarrer von der Kanzel den Kopf schüttelte und mahnend, wenn auch mit einem Augenzwinkern, den Finger hob. Davon war der Mann mit dem Seesack weit entfernt. Er stand jetzt direkt neben dem Sockel des Uhrenturms und starrte auf die Häuserreihe dahinter.

Die dunkelblaue Fassade gehörte zur Bank, vor dem roten Haus baumelte ein goldener Fuchs und verkörperte den Namen des Pubs. Daneben standen im Schaufenster eines Fachwerkhauses alte Medizinflaschen und Gefäße mit lateinischen Namen und machten das Apothekenschild überflüssig. Langsam ging der Mann mit dem Seesack um den Turm herum und steuerte auf einen Laden zu, in dessen Fenster Silberschalen, eine Kommode und ein verschnörkelter Spiegel standen. »Whitfields Antiquitäten« stand in goldenen Lettern auf einem dunkelgrünen Schild.

Tief Luft holend schulterte der Mann seinen Sack und stieg die Stufen hinauf. Er drückte die Türklinke und schreckte zusammen, als eine Glocke sein Eintreten verkündete.

»Guten Tag, Sir, was kann ich für Sie tun? Suchen Sie noch ein Geschenk für Ihre Frau?«, wurde er von dem Ladeninhaber begrüßt, dessen Tränensäcke und rote Flecken auf Nase und Wangen auf eine Vorliebe für Alkoholisches schließen ließen.

Aber Reece Whitfield kannte sich aus in seinem Metier. Schon sein Vater und sein Großvater hatten mit Antiquitäten gehandelt und ihn gelehrt, dass man Kunden nicht nach dem Äußeren beurteilen durfte. Manchmal hatten die seltsamsten Vögel viel Geld oder einen unverhofften Fund auf dem Dachboden eines Hauses gemacht. Die Möglichkeiten waren unendlich vielfältig, genau wie die Menschen, und deshalb musterte Whitfield den Kunden neugierig und nicht abfällig.

»Guten Tag.« Der Mann ließ den Sack zu Boden gleiten, wobei ein leises Klirren erklang. »Ich will was verkaufen. Man hat mir gesagt, dass Sie auch Sachen kaufen.«

Reece Whitfield setzte seine Brille auf und schob Füllfederhalter und ein Buch von der ledernen Arbeitsfläche des Verkaufstisches. »Dann zeigen Sie mal her, was Sie haben. Mit Bc steck wird es schwierig, das sage ich gleich. Das müsste schon massives Silber sein.«

Eine Frau kam aus dem hinteren Teil des Hauses. »Reece,

wir müssen noch über die Raten für das Auto und den Kredit sprechen …«

Barsch drängte Whitfield seine Frau zurück. »Nicht jetzt. Du siehst doch, dass ich Kundschaft habe.«

Der Fremde, dessen Hände in ausgefransten halben Handschuhen steckten, wühlte in seinem Sack und brachte ein unförmiges Bündel zum Vorschein. Er legte es auf den Tisch: Einfaches Tau war um gewachstes Tuch geschlungen, auf dem sich die für Salzwassereinwirkung typischen weißen Ränder zeigten. Vorsichtig, beinahe ehrfürchtig, entknotete der Mann das Bündel mit zittrigen Fingern. Schließlich zog er das feste Tuch auseinander und entlockte dem erfahrenen Antiquitätenhändler ein ungläubiges »Heilige Mutter Gottes!«.

1

UNIVERSITY OF OXFORD, INSTITUT FÜR ARCHÄOLOGIE,
OKTOBER 2014

Dr. Samantha Goodwin warf den Bleistift auf ihren Schreibtisch und starrte wütend auf den Brief, der ihre Karriere bedrohte, wenn er sie nicht schon zerstört hatte.

»Verfluchter Mistkerl!«, fauchte sie und zerknüllte das Schreiben von Professor Christopher Newman, dessen Wappen golden auf dem Briefkopf prangte und sie zu verhöhnen schien.

Vor gar nicht langer Zeit waren sie und Christopher ein Liebespaar gewesen und hatten gemeinsam archäologische Schätze aus den Meeren der Welt geborgen und untersucht. Gemeinsam hatten sie die Ergebnisse erarbeitet, ausgewertet und veröffentlicht. Ihrer beider Namen hatte auf den Forschungsberichten gestanden, sie beide hatten Vorträge über ihre Erkenntnisse gehalten und sich Ehrungen und Auszeichnungen geteilt. Damit war es nun ganz offensichtlich vorbei!

»Wie kann er mir das antun!« Sam, wie sie von ihren Freunden genannt wurde, stand auf und riss die Jacke vom Stuhl.

Dieser Oktober war kalt, nass und windig. Selbst ein kurzer Weg über den Innenhof des Institutsgebäudes konnte einen durchnässen. Durch jahrelanges Arbeiten an Ausgrabungsstätten im Freien unter widrigsten Bedingungen war sie einiges gewohnt, aber sie wusste auch, dass etwas Zugluft ausreichte, um sich eine Erkältung einzufangen.

15

Sie warf sich ihre Wachstuchjacke über, griff nach dem zerknüllten Brief und glättete den Bogen beim Verlassen ihres Büros. Auf dem Flur standen zwei Studenten, die anscheinend auf sie gewartet hatten.

»Tut mir leid, ich habe jetzt keine Zeit«, wiegelte Sam ab, doch die beiden jungen Frauen gaben nicht so schnell auf. War sie selbst auch einmal so hartnäckig gewesen? Wahrscheinlich, sonst hätte sie es nicht bis ans renommierte Oxford Centre for Maritime Archaeology geschafft.

»Okay, was ist? Ich habe nur eine Minute.« Sam stopfte den Brief in ihre Tasche, strich sich eine lange dunkelbraune Haarsträhne aus dem Gesicht und versuchte ein Lächeln.

»Dr. Goodwin, wir möchten uns für Baia anmelden. Wir haben beide Tauchscheine und können alle Kosten übernehmen«, sagte eine der jungen Studentinnen, deren Designerkleidung und teure Armbanduhr von wohlhabenden Eltern sprachen.

Innerlich stieß Sam einen Stoßseufzer aus. Es war so ungerecht, dass fast nur diejenigen, deren Eltern es sich leisten konnten, die begehrten Plätze in den ausländischen Forschungsprojekten bekamen. Baia, ausgerechnet der versunkene antike Badeort vor Neapel musste es sein! »Geht zu Professor Newman. Ich kann euch da nicht helfen.«

»Aber wir möchten gern in Ihre Gruppe, weil …«, sagte die zweite Studentin.

»Ich betreue Baia nicht mehr. Geht zu Professor Newman, danke!« Damit ließ Sam die verdutzten Studentinnen stehen und ging rasch davon.

Der römische Badeort, in dem schon Cäsar und Nero Erholung gesucht hatten, war ihr Steckenpferd, ihr Lieblingsprojekt gewesen. »Ah!«, presste sie wütend durch die Zähne und stieß die Tür zum Innenhof auf.

Die nasskalte Luft kühlte ihre aufgestauten Emotionen etwas ab, und Sam blieb kurz stehen, um sich zu sammeln. Zwar war Professor Farnham, der Institutsleiter, ein Gemütsmensch, doch unprofessionell und hysterisch wollte sie auch auf ihn nicht wirken.

Während sie langsamer auf den Eingang zum Hauptgebäude zuging, rekapitulierte sie das Geschehene. Mit vierunddreißig Jahren hatte sie viel erreicht, sich einen Ruf als Expertin für meereskundliche Archäologie erarbeitet und zahlreiche hochgelobte Aufsätze veröffentlicht. Das hatte rein gar nichts damit zu tun, dass sie und Christopher ein paar Jahre lang ein Liebespaar gewesen waren! Und er hatte die Frechheit, sie jetzt öffentlich als Nutznießerin seiner Gunst bloßzustellen. Hätte sie es kommen sehen müssen? Himmel, so schlecht hätte sie niemals von ihm gedacht! Das hatte er doch gar nicht nötig. Newman war der erste Juniorprofessor mit eigener Außenstelle in Neapel gewesen. Es war sein Verdienst, dass der European Research Council das Sponsoring für Baia übernommen hatte. Das hatte sie ihm nie streitig gemacht.

»Hallo, Sam!« Ein schlaksiger Mann im Tweedjackett winkte ihr zu, als sie in den Flur des archäologischen Instituts trat.

»Martin, hallo. Schon wieder zurück?« Martin MacLean gehörte zu einem internationalen Team, das in Syrien das Wassersystem des alten Androna mitsamt dem byzantinischen Bad ausgrub.

Martin küsste sie zur Begrüßung auf die Wangen. Er sah gebräunt aus, doch seine Miene war sorgenvoll. »Es wird schon wieder geschossen. Und keiner weiß so genau, warum und wie es weitergehen soll … Sehr schade, wo wir schon so weit sind.« Er hob die Schultern und kratzte sich den Dreitagebart. »Und bei dir?«

»Frag nicht. Ich muss zu Farnham und erzähl's dir später. Heute Abend im *Lamb and Flag*?« Sam hatte schon die Tür zum Büro des Dekans im Auge.

17

»Gerne! Das hat mir gefehlt, unsere Mittwochabende im Pub. An Shisha und Tee werde ich mich nie gewöhnen.« Martin schüttelte grinsend den Kopf und wurde dann von einem anderen Kollegen abgelenkt, der ihn begrüßte.

Sam hatte den Eindruck, dass dieser junge Dozent sie mit einem herablassenden Blick bedachte. Er wusste es also schon. Wahrscheinlich hatte Christopher seine miesen Anschuldigungen als Gerücht wohldosiert gestreut, und sie dumme Gans hatte nichts mitbekommen. Entschlossen klopfte sie an die Tür des Dekans. Es dauerte nicht lang, und Stimmen näherten sich. Dann wurde die Tür geöffnet, und eine gutaussehende blonde Frau, deren hochmütiges Gesicht Sam wohlbekannt war, kam heraus, musterte sie kurz und sagte zu Farnham: »Danke, mein Lieber, ich werde darauf zurückkommen.«

Lauren Paterson war eine von Christophers wissenschaftlichen Mitarbeiterinnen und wahrscheinlich seine aktuelle Geliebte. Als Sam das triumphierende Aufblitzen in Laurens perfekt geschminkten Augen sah, traf sie die Erkenntnis wie ein Schlag. Wahrscheinlich steckte Lauren hinter der miesen Kampagne, um Sam endgültig aus dem Weg zu räumen. Lauren war wohl eifersüchtig auf das nach wie vor gute Verhältnis von Sam und Christopher, denn als Forschungsteam waren sie unschlagbar. Gewesen, setzte Sam in Gedanken hinzu, ignorierte Lauren und schenkte Farnham ein Lächeln.

Seit vier Jahren leitete Professor Farnham das Institut souverän und erfolgreich, was weniger seinen familiären Verbindungen zum Königshaus als vielmehr seiner wissenschaftlichen Kompetenz zu verdanken war. Struppige graue Haare, ein von Jahren in tropischen Gefilden gegerbtes Gesicht und eine verbogene Brille passten so gar nicht zum Image eines Dekans. Aber Farnham war ein Original, und seine blauen Augen hefteten sich interessiert auf Sam.

»Kommen Sie herein, liebe Samantha. Was führt Sie zu mir?«
Er bot ihr Platz in einem der Ledersessel und eine Tasse Tee
an.

»Danke.« Sam versank in einem der riesigen Sessel und wartete, bis er ihr einen Becher russischen Karawanentee in die Hand
drückte. Der rauchige Duft stieg ihr in die Nase und besänftigte
ihr aufgewühltes Gemüt ein wenig.

Das Leder knirschte, als Oscar Farnham sich ihr gegenüber
niederließ und sie erwartungsvoll ansah.

Wortlos nahm sie den zerknitterten Brief aus ihrer Tasche und
reichte ihn Farnham. Beim Überfliegen des Inhalts verdüsterte
sich seine Miene. »Das ist nicht schön.«

»Nein. Ganz und gar nicht. Vor allem ist es gelogen!«

»Davon gehe ich aus. Ich kenne Sie beide seit Jahren und kann
nicht verstehen …« Farnham fuhr sich durch die Haare, schob
seine Brille über den Nasenhöcker und machte ein schnalzendes
Zungengeräusch. »Doch, ich kann.«

»Lauren«, war alles, was Sam sagte.

»Lauren Patersons Vater finanziert die kommende Saison des
Baia-Projekts. Und Lauren und Christopher haben mich zu ihrer Hochzeit eingeladen.« Farnham trommelte mit den Fingern
auf die Sessellehne.

Konnte es noch schlimmer kommen? Wohl kaum, dachte
Sam. »Das wusste ich nicht. Ich meine, das mit der Hochzeit.«

»Sie hat es mir eben gesagt.« Farnham räusperte sich. »Ich
will ganz ehrlich sein. Paterson als Sponsor zu verlieren wäre
eine Katastrophe für das Baia-Projekt. Die Zukunft des Instituts
hängt daran. Baia verschafft uns Aufmerksamkeit in der Presse
und zieht Studenten und Laienforscher an. Aber was sage ich,
Sie wissen selbst, wie das heutzutage läuft.«

»Christopher bezichtigt mich des Diebstahls geistigen Eigen-
tums – und das stimmt nicht!«

»Hm, das ist wahr. Haben Sie sich gestritten?«

»Nein! Überhaupt nicht! Alles lief gut. Wir bereiten gerade den Bildband vor, für den Lauren unbedingt den Artikel über …« Sie hielt inne und biss sich auf die Lippen. »Lauren …«

»Ach, Samantha, das tut mir wirklich schrecklich leid für Sie. Aber wie es aussieht, hat Lauren großen Einfluss auf ihren zukünftigen Gatten.«

»Sie steckt dahinter. Ich soll von der Bildfläche verschwinden. Aber so einfach geht das nicht!«, wehrte sich Sam und ahnte, dass sie bereits verloren hatte, als Farnham sich seufzend zurücklehnte. »Mein Ruf als Wissenschaftlerin steht auf dem Spiel! Ich kann den Leuten hier doch schon ansehen, dass sie denken, ich wäre nur durch Christophers Protektion so weit gekommen!«

»Jetzt übertreiben Sie aber. Die Gerüchteküche kocht ab und an über, aber Sie werden nicht in diesem giftigen Sud ertrinken, liebe Samantha.« Farnham lächelte ermutigend. »Darauf gebe ich Ihnen mein Wort.«

»Ich lasse das nicht so stehen!«

»Können Sie Ihren Anteil an den Forschungen genau belegen?«

»Ja, nein, wir haben zusammen … Mal habe ich kartiert und beschrieben und dann …« Sie schluckte. »Nein.«

»Ich billige Christophers Verhalten nicht und werde diesbezüglich mit ihm sprechen. Aber ich empfehle Ihnen, sich aus dem Baia-Projekt zurückzuziehen. Gegen eifersüchtige Verlobte bin ich machtlos«, sagte er lächelnd.

Doch Sam war nicht nach Scherzen zumute. »Sie entziehen mir das Projekt also?«

Sie stellte den Becher ab und erhob sich.

»Im Moment halte ich das für die einzige Lösung. Um die Wogen schnell zu glätten, und, wie gesagt, ich kläre das mit Christopher.«

»Und Lauren?«

»Äh, offiziell liegt nur Christophers Brief vor, und Lauren, nun ja, ihr Vater ...« Der Dekan wand sich und wich ihrem Blick aus.

»Ich verstehe. Unter diesen Umständen sollte ich vielleicht unbefristeten Urlaub nehmen und mir neue Perspektiven überlegen.«

»Aber nein! Liebe Samantha, wir finden etwas für Sie. Lassen Sie mich schauen.« Farnham hatte sich ebenfalls erhoben und wühlte in den Unterlagen auf seinem mit Bücherstapeln und Akten überfüllten Schreibtisch. »Syrien fällt weg. Martin ist gestern wieder ... Die Western Marmarica Coastal Survey Studie ist auch schwierig geworden, weil Libyen die Grenzen teilweise zugemacht hat.«

Sam schaute deprimiert zu, wie der Dekan Fotos von begehrten Ausgrabungsstätten zur Seite legte und wollte sich schon abwenden, als ihr Blick auf die Aufnahme eines Strandes fiel.

Sie zog das Bild heraus. »Wales. Das ist doch der Strand von Borth. Der Sturm vor einigen Tagen hat den versteinerten Wald freigelegt.«

»Sie sind damit vertraut?« Farnham richtete sich auf und schaute beinahe mitleidig auf die unspektakuläre Aufnahme. »Ich überlege noch, ob wir ein Team hinschicken. Viel Aufwand für eine so große Fläche, die bald wieder im Meer verschwunden ist.«

Samantha nickte gedankenverloren. »Meine Großmutter lebt in Borth. Ich habe viele Sommer dort verbracht und kenne jede Ecke des Strandes.« Sie betrachtete eingehend das Foto der dunklen Erhebungen auf dem Meeresboden. »So weit waren die Baumstümpfe noch nie freigelegt, und das hier sieht aus wie die Reste einer der Burganlagen ... Mein Gott, kann das sein? Cantre'r Gwaelod ... das versunkene Königreich ...«

Farnham zog eine Mappe aus einer Ablage und legte weitere Fotografien hinein. »Bitte, es ist Ihr Projekt, Samantha. Wales im Oktober ist sicher nicht mit Aleppo zu vergleichen. Aber zumindest fliegen Ihnen dort keine Kugeln um die Ohren. Was sagen Sie?«

»Ich fahre nach Wales.«

2

Shermans Bootswerft, Borth, Oktober 2014

Der Wind hatte aufgefrischt, die Wellen wurden größer, türmten sich und bildeten weiße Schaumkronen. Wie wütende Pferde treiben sie auf den Strand zu, dachte Luke und suchte mit dem Fernglas nach einer kleinen Gestalt in roter Jacke. Endlich entdeckte er seinen achtjährigen Sohn, der im schlickigen Watt herumstrolchte und mit einem Stock an den alten Baumstümpfen herumstocherte. Das untergegangene Königreich … Luke schüttelte grinsend den Kopf. Für derlei Geschichten hatte er nicht viel übrig. Als ehemaliger Navy-Offizier konnte er sich Aberglauben nicht leisten. Er glaubte an das, was er sah, und für seinen Geschmack hatte er wahrlich genug gesehen. Wozu Menschen fähig waren, wusste er nur zu gut. Noch heute plagten ihn Albträume, die er mit niemandem teilen konnte.

Luke wollte Max gerade zurufen, nicht noch weiter hinauszulaufen, da blieb sein Sohn stehen, drehte sich um und winkte in seine Richtung. Luke hob den Arm. Der Junge hatte die braunen Haare und dunklen, verträumten Augen seiner verstorbenen Frau. Vor drei Jahren war Sophie bei einem Autounfall gestorben und hatte durch ihren viel zu frühen Tod sein Leben auf den Kopf gestellt. Der Schmerz und die Trauer waren eine Sache, aber das Leben musste weitergehen, und Max brauchte ihn. Bei seinen Kameraden war er auf wenig Verständnis gestoßen, als er den Dienst quittiert und sich nach Borth zurückgezogen hatte.

In dieses gottverlassene walisische Kaff am Ende der Welt. Das waren Zacharys Worte gewesen, nicht seine.

Zac Malory war noch immer sein bester Freund, auch wenn sie einander selten sahen. Sie hatten Dinge zusammen erlebt, die einen auf ewig verbanden. Der Wind wehte Luke eine blonde Strähne über die Augen. Er setzte das Fernglas ab und zog eine Mütze aus der Jackentasche. Auf dem dunkelblauen Wollstoff prangte in orangefarbener Schrift *Sherman's Boatyard*. Er war Luke Sherman, und die Bootswerft in Borth gehörte ihm.

Wenn man zwanzig Jahre beim SBS, dem Special Boat Service der Royal Marines, gedient hatte und ehrenvoll ausschied, war die Abfindung großzügig. Luke hob das Fernglas wieder an die Augen. Max stand jetzt neben einer Frau, die aufs Meer hinauszeigte und dann die Baumstümpfe fotografierte. Lange, dunkle Haare schauten unter einer Wollmütze hervor. Luke richtete sein Fernglas auf ihr Gesicht. Etwas irritierte ihn. Vielleicht war er zu lange im Dienst gewesen, um Menschen überhaupt noch unvoreingenommen begegnen zu können. Aber wenn das eine Touristin war, dann sollte ihn der Teufel holen.

Sie hob das Kinn, und er schaute ihr plötzlich direkt in die Augen. Neugierige, forsche bernsteinfarbene Augen, die ihn unmöglich gesehen haben konnten. Sie wandte sich Max zu, sagte etwas und ging davon. Das Vibrieren seines Telefons in der Hosentasche riss ihn aus seinen Beobachtungen.

»Sherman«, sagte Luke und verließ die Düne, von der aus er die Bucht überblickt hatte.

»Mr Sherman, schön, dass ich Sie gleich erreiche. Peters, wir haben ein Boot in Aberdovey liegen, und es muss unbedingt noch überholt werden ...«

Während Luke sich das Anliegen des Kunden anhörte, folgte er dem Holzsteg durch die Dünen bis zu einem kleinen Parkplatz, auf dem er seinen Geländewagen abgestellt hatte. Neben ihm stand der Wagen eines Rangers vom Nationalpark. In dieser Jahreszeit hatten die Ranger weniger Sorgen mit wild Campenden in den Dünen als mit ortsunkundigen Strandwanderern, die sich nicht um die Gezeiten kümmerten, von Nebel und Flut überrascht wurden und eingesammelt werden mussten.

»Okay, Mr Peters, wenn Sie das selbst machen können, bringen Sie das Boot in unsere Werkstatt. Morgen Vormittag passt es.« Luke beendete das Gespräch und öffnete seinen Wagen, als Ranger Steven mit einem Sack Plastikmüll aus den Dünen kam.

»Hallo, Luke, alles klar?« Steven, Ende zwanzig, kleiner und drahtiger als der eher muskulöse Luke, schwenkte den Sack. »Hoffe, das war's langsam für diese Saison.«

»Aye, mir reicht es auch, bin froh, wenn die Caravanparks dichtmachen.« Luke stammte aus Yorkshire, und seine Sprache war noch immer dialektgefärbt.

»Im Prinzip nichts dagegen, wir leben alle vom Tourismus, aber müssen die so viel Müll hinterlassen? Wie laufen die Geschäfte?«

»Habe gerade einen neuen Winterauftrag reinbekommen. Ein Mr Peters von drüben.« Er nickte Richtung Norden. Der Dovey mündete hier ins Meer, und auf der anderen Seite der Flussmündung lag Aberdovey, ein hübsches, verschlafenes Feriendorf.

Steve warf den Sack auf die Ladefläche seines Pick-ups und nickte. »Yup, Peters, dem gehört ein Hotel, das er nicht selbst betreibt, seine Exfrau, glaube ich. Kommt aus Manchester.«

»Ah, danke. Ist immer besser, man weiß, mit wem man es zu tun hat.«

»Oh, dem kannst du eine saftige Rechnung schicken, da tut's nicht weh … Habe deinen Jungen unten gesehen. Soll ich ihn nachher mitnehmen?«

Eine heftige Böe fegte durch die Dünen, und dunkle Wolken ballten sich über dem Meer zusammen. »Ja, danke dir. Ich weiß auch nicht, was ich mit ihm machen soll. Ist ein lieber Junge, aber seit Sophies Tod kapselt er sich ab. Und am Meer fühlt er sich wohl. Es tut ihm gut, und er weiß, dass er nicht zu weit hinauslaufen darf.« Hilflos hob Luke die Schultern. Er machte sich immer Sorgen um seinen Sohn, aber er konnte ihn schließlich nicht einsperren, und Max war ein helles Kerlchen.

»Das dauert eben, und ich sehe ihn ja auch mit den anderen Kindern. Gib ihm Zeit, dann kommt er wieder zu sich.« Steven klopfte seinem Freund auf die Schulter. »Dir fehlt eine Frau, Luke, damit wieder Leben in euren verschrobenen Männerhaushalt kommt.«

Luke verzog das Gesicht. »Hast du nicht eben gesagt, das dauert?«

»Aber nicht zu lange, sonst verlernst du's am Ende noch.«

»Ich vergesse immer, dass du frisch verheiratet bist, Steven. Es sei dir verziehen.« Er zog die Autotür auf und schwang sich hinein. »Bis nachher. Und danke!«

»Jederzeit!« Steven griff nach einem leeren Müllsack und stapfte durch den weichen Dünensand davon.

Luke verließ Ynyslas, den nördlichen Strandabschnitt von Borth, über einen Feldweg und bog auf die kaum breitere Straße, die direkt an den Dünen entlang nach Borth führte. Nach einem Kilometer wurden die Dünen niedriger, und die ersten Fairways des Golfplatzes schmiegten sich in die raue Küstenlandschaft. Gegenüber, auf der Landseite der Straße, stand ein einzelnes weißes Cottage und trotzte windschief den Elementen. Dort lebte die alte Gwen Morris seit Jahren allein. Im Sommer saß die alte Dame meist auf der Veranda und schaute auf das Meer hinaus.

Heute stand eine silberne Limousine vor dem Haus, und Luke hoffte für die alte Dame, dass ihre Familie sie besuchte. Nun folgten in knappen Abständen einzelne mehr oder weniger gepflegte Ferienhäuser, meist Bungalows. Als er ein Schild mit der

Aufschrift »Camping« passierte, bog er links ab. Seine Boots-werkstatt befand sich an einem Ausläufer des Dovey am Moor. Der Wagen ruckelte über Schlaglöcher, teilweise war die Fahr-bahn an den Rändern abgebrochen, und die Räder sanken im weichen Boden ein. Hohes Schilfgras säumte die von zahlrei-chen kleinen Flussarmen zerfurchte Landschaft. Die Grünflä-chen dazwischen waren saftig, aber zu feucht, um als Bauland verkauft zu werden.

Luke fuhr langsam über die einspurige Brücke, welche die Ufer des Lery miteinander verband. »*Sherman's Boatyard*« stand in orangefarbenen Lettern auf einem Holzschild an der Boots-halle. Vor zwei Jahren hatte er den heruntergewirtschafteten Be-trieb gekauft und kämpfte noch immer gegen den schlechten Ruf seines Vorgängers an. Doch seine Sorgfalt bei der Auswahl von Mitarbeitern zahlte sich aus. Die Aufträge häuften sich, und das Unternehmen schrieb schwarze Zahlen.

Er hielt vor dem geöffneten Hallentor, legte die Mütze auf den Beifahrersitz und sprang aus dem Wagen. Auf dem Hof la-gen sechs Boote, die winterfest gemacht werden sollten, weitere fünf waren bereits fertig und mussten von den Besitzern abge-holt werden. Auf einem Gelände, das Luke erst kürzlich da-zugekauft hatte, standen mehr als ein Dutzend Motorboote und Segelyachten im Winterquartier.

Aus der Halle tönte ohrenbetäubend laute Musik zum rhyth-mischen Sound einer Schleifmaschine.

»Liam!«, brüllte Luke und stellte sich so, dass der junge Mann in T-Shirt und Weste ihn sehen konnte.

Liam, der dabei war, einen Schiffsrumpf von altem Lack zu befreien, stellte die Maschine ab, nahm den Mundschutz vom Gesicht und wischte sich mit einem Handschuh den Schweiß von der Stirn, wobei er den Rand der Wollmütze nach oben schob. »Boss, bin fast fertig!«

Luke drehte die kleine Stereoanlage leiser, die vor dem Büro auf einem Holzstapel stand. »Wie hältst du diesen Lärm nur aus!«

Lachend machte Liam eine Luftgitarrenbewegung mit der Schleifmaschine. »Das ist kein Lärm, das ist Pantheon, bester Metal Sound!«

»Wenn's dir gefällt. Van Morrison ist mehr nach meinem Geschmack.«

»Softi«, grinste Liam, schien sich zu erinnern, wen er vor sich hatte, und sagte: »Sorry, Boss.«

»Und hör auf, mich Boss zu nennen.« Luke ging um den aufgebockten Rumpf des kleinen Segelschiffs herum und fuhr mit den Fingerspitzen über die Oberfläche. »Da musst du noch mal drüber. Das muss alles runter.«

»Okay, Boss, äh, Luke.« Liam war nicht der Schnellste, aber gutmütig und hörte zumindest zu, wenn man ihm etwas erklärte. Er kam aus dem nahen Aberystwyth und verdiente sich mit verschiedenen Jobs sein Auskommen.

Mehr als eine Vollzeitkraft konnte Luke sich noch nicht leisten, und die Stelle hatte er dem gelernten Bootsbauer Tyler French gegeben. Der kostete ihn zwar mehr, kannte aber alle Tricks und Kniffe seines Metiers aus jahrelanger Erfahrung auf verschiedenen Werften. Zuletzt hatte er für einen britischen Unternehmer auf einer Werft in Thailand gearbeitet. Das Heimweh hatte den fünfzigjährigen Tyler nach Wales getrieben, und Luke hoffte, dass den geschätzten Mitarbeiter nicht allzu bald wieder das Fernweh packte.

»Wo ist Ty?«

»An der Stingray, die vorgestern reingekommen ist.« Liam zog seine Maske übers Kinn. »Kann ich heute früher gehen? Ich will mit Gareth zu einem Konzert in Carmarthen.«

»Wenn das hier fertig wird, ja. Und vergiss nicht, wer saufen kann, kann auch arbeiten«, ermahnte er Liam, denn die Vergangenheit hatte gezeigt, dass er nach ausgiebigen Touren mit Gareth in der Werkstatt tagelang unbrauchbar war.

Liam verdrehte genervt die Augen, zog sich die Maske übers Gesicht und stellte die Schleifmaschine an. Luke verließ die Halle, denn das Motorboot war in einem kleineren Gebäude aufgestellt worden. Kaum trat er nach draußen, wurde er von einer Windböe erfasst, die ihm den aufgewirbelten Sand in die Augen trieb. Das würde einen heftigen Sturm geben, dachte Luke und nahm sich vor, später alle Boote samt Planen zu überprüfen, die draußen festgemacht waren. Er war froh, dass Steven sich um Max kümmerte, sonst hätte er jetzt losfahren müssen.

In der kleineren Werkstatt war es bis auf gelegentliches Klopfen und leises Fluchen still. »Ty?«

»Verhenkertes ... ah, Luke, gut, dass du kommst. Sieh dir das hier an.« Eine graue Strubbelmähne tauchte hinter dem Bootsrumpf auf. Tylers eisblaue Augen begrüßten Luke, doch in Gedanken war der Bootsbauer ganz bei seinem Problem. Er hielt einen kleinen Gummihammer und klopfte einen Bereich neben dem Kiel ab. »Hörst du das?«

»Aye, ein Riss, würde ich sagen.« Luke war zwar kein gelernter Bootsbauer, doch er hatte sein Hobby zum Beruf gemacht und durch sein Leben im Dienst der Royal Navy viel gelernt.

»Der Eigner hat von zehn Litern pro Stunde gesprochen, die das Boot zieht. Ich habe den Rumpf überprüft. Den Bereich um den Riss herum könnte ich mit der Rotex anschäften, austrocknen lassen, Epoxidharz und 420er Glasfasergelege, und es wäre wieder so gut wie neu.« Tyler hob den Kopf und legte die flache Hand gegen das Motorboot. Er war einen Kopf kleiner als Luke, doch drahtig und kraftvoll. »Das ist die günstige Variante.«

Luke überlegte kurz. »Mach das. Der Eigner ist ein netter Typ und empfiehlt uns sicher an seine Freunde.«

Ein Wagen fuhr auf den Hof, und Luke nickte Tyler noch einmal bestätigend zu, bevor er die Werkstatt verließ. Beide Gebäude waren von Grund auf renoviert und mit viel Holz regional typisch verkleidet worden. Zunehmend sahen sich auch Touristen gern auf dem Gelände um, und Luke überlegte, ob er im Sommer eine Kitesurfschule am Strand eröffnen sollte.

Als er seinen Schwiegervater aus dem Auto steigen sah, wurde sein Herz schwer. Rhodri Perkins war einer der Gründe gewesen, warum Luke nach Borth gezogen war. Der frühe Tod seiner Tochter hatte Rhodri mehr zugesetzt, als er jemals zugeben würde. Rhodri führte das *Lighthouse*, einen gut gehenden Pub in Borth, und war in zweiter Ehe mit der um einige Jahre jüngeren Leah verheiratet. Leah hatte eine Tochter mit in die Ehe gebracht, die neunzehnjährige Lucy, deren lockerer Lebenswandel ihn die eigene Tochter noch schmerzlicher vermissen ließ.

Die beiden Männer nahmen einander kurz in den Arm. »Rhodri, was führt dich her?«

»Ich habe eine Überraschung für Max. Wo ist der kleine Racker?« Suchend schaute sich Max' Großvater um.

»Am Strand. Steven bringt ihn gleich vorbei. Willst du warten und einen Kaffee mit mir trinken?« Luke hatte ein Cottage am Rande des Moors gemietet, von dem aus er auch zu Fuß zur Werft gehen konnte. Doch jetzt steuerte er mit Rhodri auf das Büro in der Werkshalle zu, in dem neben Schreibtisch und Sitzecke für Kunden auch eine Teeküche untergebracht war.

»Gern. Warte, ich nehm's schon mal aus dem Wagen.« Rhodri öffnete die Heckklappe seines Kombis und hob ein kleines Mountainbike heraus.

»Ich wusste gar nicht, dass Max Geburtstag hat«, meinte Luke und schüttelte den Kopf. »Du verwöhnst ihn.«

Rhodri lächelte, wobei sich die scharfen Linien um Mund und Augen vertieften. Um seine Augen lagen dunkle Schatten, aber das brachte das Nachtleben mit sich. Seinen rasierten Schädel versteckte er meist unter einer verwaschenen Baseballcap. Über einem dicken Wollpullover trug er eine Weste zu ausgebeulten Jeans. Er war fast sechzig Jahre alt, und man sah ihm jedes einzelne Jahr an.

»Kannst du mir das verdenken? Max ist ein Sonnenschein, was ich von Lucy leider nicht behaupten kann.« Er stellte das Fahrrad vor dem Eingang ab.

Gemeinsam betraten sie die Halle, wo Liam eifrig die Schleifmaschine betätigte. Nachdem Luke die Bürotür hinter ihnen geschlossen hatte, wurde es ruhiger. Er hatte die Tür und das schmale Fenster zur Halle isoliert, um relativ ungestört arbeiten und telefonieren zu können.

»Ist sie schwanger, oder hat sie das Praktikum geschmissen?«, fragte er und stellte die Espressomaschine an.

Rhodri ließ sich in einen der abgewetzten Ledersessel fallen, nahm die Cap vom Kopf und rieb sich den Schädel. »Ich weiß gar nicht, ob eine Schwangerschaft das Ärgste wäre, sie ist gefeuert worden – aus einem Praktikum!«

Der Espresso zischte unter dem ratternden Geräusch der Maschine in zwei Tassen. Luke konnte auf vieles verzichten, aber nicht auf seinen Espresso. Er gab in beide Tassen einen Löffel Zucker und reichte Rhodri eine. »Was kann man denn schon falsch machen, wenn man ein Praktikum bei einem Immobilienmakler macht? Hat sie den Kunden Tee über die Hose gegossen?«

»Wenn sie überhaupt aufgetaucht ist, kam sie zu spät, und dann war sie auch noch patzig zu einem wichtigen Kunden. Ich bin am Ende meiner Weisheit. Meine Kontakte sind aufgebraucht. Soll sie zusehen, wie sie klarkommt«, meinte Rhodri bitter.

»Tja, sie ist neunzehn und muss selbst wissen, was sie tut. So

31

hart das klingt, aber was willst du machen? Außerdem ist sie nicht deine leibliche Tochter und hat dich nie akzeptiert. Das macht es nicht gerade einfacher …«

Luke leerte seine Tasse in einem Zug und horchte nach draußen, wo ein Wagen vorfuhr.

»Nein, das macht es nicht, und Gott weiß, dass ich mir Mühe gegeben habe. Aber nun soll es so sein. War das eben ein Auto?« Rhodris Miene erhellte sich. Er stand auf und stellte seine Tasse auf den Tisch.

Und sie hörten bereits Max' helle Stimme. »Dad? Ich bin wieder da, und rate mal, wen ich getroffen habe?«

Wie eine frische Brise stürmte ein dunkelhaariger Junge durch die Halle auf sie zu, ließ sich von Luke umarmen und von seinem Großvater die Haare zerzausen. Ranger Steven folgte ihm mit einem breiten Grinsen.

»Hallo zusammen!« Er hob schnuppernd die Nase. »Kaffee!«

»Geh rein und mach dir einen«, lud Luke seinen Freund ein, bevor er sich seinem Sohn zuwandte. »Okay, wen hast du getroffen?«

Doch Max war bereits von seinem Großvater in Beschlag genommen, der ihn an der Hand nach draußen zu seinem neuen Fahrrad führte. Das Geschenk wurde mit Freudenschreien begrüßt, und Luke ließ die beiden allein.

»Mach mir bitte auch noch einen, Steven«, sagte er.

»Wir haben hohen Besuch. Ich glaube, das wollte Max dir erzählen. Zucker?«, fragte Steven.

Luke nickte. »Hohen Besuch? Naturschutzamt?«

»Besser oder schlechter, wie man's nimmt. Eine Archäologin aus Oxford, vom Centre für Maritime Archaeology.«

»Die wollen sicher mal wieder nach dem versunkenen Wald sehen. Na dann … Cheers!« Luke hob seine Tasse. Seit er nicht mehr bei der Navy war, trug er die Haare länger, doch seiner

Haltung merkte man den Militärdienst noch immer an. So was steckte in den Knochen. Eine gerade Nase und das markante Kinn prägten sein eher längliches Gesicht, dessen schön geschwungener Mund gern, aber zu selten lachte.

Steven legte den Kopf schief. »Die Lady meint es ernst. Eine Frau Doktor mit Ambitionen, wenn du mich fragst. Und hübsch. Das hat sogar Max festgestellt.« Der Ranger grinste.

»Der Junge kommt nicht nach mir«, lachte Luke und dachte an den Blick in grüne Augen, die nicht wussten, dass sie beobachtet wurden.

»Ich habe nur kurz mit ihr gesprochen. Sie war ganz aufgeregt, weil der Sturm mehr von den Baumstämmen freigelegt hat als jemals zuvor. Eventuell holt sie Verstärkung und will alles kartieren und untersuchen.«

»Hoffentlich ohne Presserummel …«, murrte Luke.

»Darauf legt sie sicher keinen Wert, kann ihr nur schaden, wenn lauter Idioten im Watt herumtrampeln, herumstochern und womöglich sogar nach Schätzen buddeln, wo es keine gibt.«

Luke fuhr sich durch die Haare. »Lassen wir uns überraschen.«

3

BORTH, WALES, OKTOBER 2014

Sam zog ihren Parka aus und hängte ihn an einen der gusseisernen Garderobenhaken im Flur. »Ich bin wieder da, Granny!«

»Nimmst du die Sandwiches mit? Sie stehen auf dem Küchentisch«, rief ihre Großmutter aus dem Wohnzimmer.

Das Cottage zählte zu den ältesten Häusern des Ortes, der einmal ein winziges Fischerdörfchen gewesen war. Der Boden war noch mit selbstgebrannten Fliesen der Erbauer aus dem achtzehnten Jahrhundert bedeckt, die Wände schief, die Decken niedrig, und durch die maroden Fensterrahmen zog es. Auch das mit Schieferplatten gedeckte Dach war renovierungsbedürftig, und der letzte schwere Sturm hatte ein Loch gerissen, das nur notdürftig repariert worden war. In der Küche stand ein alter Gasherd, und das Mobiliar hätte jeden Antiquitätenhändler erfreut. Verbeulte Kupferpfannen und Töpfe hingen dekorativ und praktisch zugleich in Griffhöhe.

Sam bewunderte ihre Großmutter dafür, dass sie mit ihren achtzig Jahren im Haus noch immer alles selbst machte. Das Leben hatte Gwen Morris viel abverlangt und sie dazu gezwungen, sich und ihre kleinen Kinder allein durchzubringen. Die Sandwiches waren in perfekte Dreiecke geschnitten und auf einem handbemalten Porzellanteller dekoriert. Sam wusch sich kurz die Hände, strich sich die vom Wind zerzausten Haare aus dem Gesicht und nahm den Teller mit.

Ihre Großmutter saß auf dem Sofa, neben sich einen Korb mit Handarbeiten, und blätterte in einer Zeitschrift. »Ah, Sam, komm, setz dich, iss etwas, du bist viel zu dünn.«

Sam lächelte und setzte sich folgsam in einen Sessel. Der Ofen verströmte eine wohlige Wärme, die ihre feuchte Kleidung durchdrang. Auf dem Tisch, der aus Strandholz gezimmert war – damals eine Notwendigkeit, heute ein Schmuckstück – stand Teegeschirr. Es hatte sich wenig geändert, dachte Sam, während sie sich und ihrer Großmutter Tee in Keramikbecher goss. Schon als Kind hatte sie es geliebt, in den Ferien nach Wales ans Meer zu fahren. Das kleine Cottage mit dem verwilderten Garten inmitten der Dünen bedeutete Freiheit, und Gwen war eine begnadete Geschichtenerzählerin. Immer standen eine Teekanne, Sandwiches oder Scones bereit, wenn Sam ins Haus kam, sich ins Sofa kuschelte und ihrer Großmutter zuhörte. Lange hatte es einen Collie namens Tavis gegeben, den Sam über alles geliebt hatte, doch nach dessen Tod hatte Gwen sich gegen einen neuen Hund entschieden.

»Fühlst du dich nicht einsam, Gran? Ich meine, wäre es nicht gut, wenn du wieder einen Hund hättest?«, sprach Sam laut ihre Gedanken aus.

Gwen, deren silbernes Haar kurz geschnitten war, gab Milch in ihren Tee und schüttelte den Kopf. »Ich bin zu alt. Nimmst du den Hund, wenn mir etwas zustößt?«

Sam biss sich auf die Lippe. »Ich, nein, das ginge nicht, aber wir könnten sicher jemanden finden, der ...«

»Nein! Solange ich mein Leben allein meistern kann, ist es gut. Ich bin auf niemanden angewiesen und muss mich um niemanden sorgen. Allein bin ich, seit mir das Meer meinen Mann genommen hat, seit meine Kinder aus dem Haus sind. Aber einsam bin ich nicht, denn ihr seid alle hier.« Die alte Dame legte sich die rechte Hand auf die Brust.

Sam schluckte und biss in ein Käse-Chutney-Sandwich. »Das ist so lecker! Machst du das Chutney immer noch selbst?«

»Natürlich! Glaubst du, ich kaufe diesen Mist aus dem Supermarkt?«, erwiderte Gwen entrüstet.

Nachdem sie das köstliche Brot aufgegessen hatte, sagte Sam: »Tut mir leid, Granny, ich mache mir nur Gedanken. Obwohl ich weiß, dass ich kein Recht dazu habe, so selten, wie ich dich in der letzten Zeit besucht habe.«

Gwen Morris hatte die gleichen meergrünen Augen wie ihre Enkelin und lächelte milde, wobei ihr einst schönes Gesicht sich in Hunderte kleine Falten legte. »Ich bin alt, aber nicht weltfremd, Sam. Du bist eine erfolgreiche Wissenschaftlerin, und ich bin sehr stolz auf dich!«

Von all ihren Ausgrabungsstellen schickte Sam ihrer Großmutter Fotos und Bücher über die geschichtlichen Hintergründe. Sie wusste, dass Gwen, die selbst nie die Chance auf eine weiterführende Schule gehabt hatte, sich dafür interessierte. Im Grunde wusste Gwen mehr über ihre Arbeit als ihre Eltern. Sam seufzte. Ihre Eltern besaßen einen Weinfachhandel in Lincoln, in dem auch ihr Bruder Tom mitarbeitete. Alles, was nicht mit dem Geschäft zu tun hatte, wurde kaum beachtet.

Dabei nahm Sam das ihrer Familie nicht einmal übel. Sie hatte sich vielmehr schon immer als das schwarze Schaf gefühlt, weil sie sich in Büchern vergraben und von fremden Ländern und Kulturen geträumt hatte. Und seit ihre Eltern sie mit acht Jahren das erste Mal allein zu Gwen nach Wales geschickt hatten, war daraus eine Tradition geworden. Sam hatte nie offen ausgesprochen, dass sie sich bei Gwen wohler fühlte als zu Hause, doch aus den spitzen Bemerkungen ihrer Mutter klang oftmals Eifersucht auf das enge Verhältnis zwischen Enkelin und Großmutter mit. Es mochte daran liegen, dass Gwen für die eigenen Kinder kaum Zeit gehabt hatte, weil sie um jeden Penny hatte kämpfen müssen.

»Sam, Liebes, ein Penny für deine Gedanken!«, sagte Gwen und sah sie aufmerksam an.

»Der Tee ist gut. Ich weiß nicht, warum er bei mir nie so schmeckt.« Sam lächelte.

»Weil du dann nicht hier bist. Willst du mir nicht endlich sagen, was dich bedrückt?« Gwen griff in den Korb und nahm ein beigefarbenes Wollknäuel heraus. »Das ist deine Farbe. Daraus stricke ich dir einen Pullover für den Herbst.«

Sam streifte die Schuhe ab und zog die Füße auf den Sessel. Sie hatte Gwen nichts von Christophers hinterhältigen Anschuldigungen gesagt. »Ach, Institutsquerelen. Das renkt sich wieder ein.«

Die dicken Stricknadeln klapperten rhythmisch, ohne dass Gwen hinsah. Stattdessen musterte sie ihre Enkelin. »Die Baumstümpfe sind nicht zum ersten Mal freigespült worden, und du wolltest doch wieder ans Mittelmeer, wenn ich das richtig in Erinnerung habe?«

»Ich kann dir nichts vormachen, oder?«

Gwen blinzelte sie verschmitzt an. »Du kannst es versuchen.«

»Ich gebe auf.« Und während sie ihrer Großmutter von Christopher und seiner Intrige erzählte, lösten sich die Anspannungen der letzten Wochen. »Wie konnte ich nur so blind, so dämlich sein? Ich habe ihm vertraut, wir waren ein gutes Team. Wie kann er das einfach so hinwerfen, mich gegen diese Natter mit ihrem reichen Daddy austauschen?«

»Du hast dir die Antwort gerade selbst gegeben, Sam. Er ist es nicht wert. Ihr hattet euch doch schon getrennt, und die Neue ist jünger und kann sich durch das Geld ihres Vaters fast alles kaufen. Für sie ist es wahrscheinlich normal, und sie begreift nicht einmal, wie schändlich sie handelt. Geld und Macht kennen keine Moral. Leider. Deshalb ist unsere Welt so, wie sie ist.«

Sam hörte ihrer Großmutter zu. »Wo nimmst du das nur immer her? Und weißt du was? Jetzt geht es mir schon etwas besser.

Auch wenn mein Vertrauen in die Liebe durch diese Erfahrung nicht gerade gewachsen ist.«

Gwen ließ ihr Strickzeug sinken. »Sag das nicht, Sam. Wenn dir die wahre Liebe begegnet, darfst du nicht zögern, weil du Angst vor erneuter Enttäuschung hast.«

»Das sagst du so einfach. Du bist deiner großen Liebe ja sofort begegnet. So viel Glück hat nicht jeder.« Sie hielt inne und fügte schnell hinzu: »Das hätte ich nicht sagen dürfen. Ihr hattet viel zu wenig Zeit.«

Doch ihre Großmutter wirkte nicht traurig, als sie antwortete: »Sechs gemeinsame Jahre und vier gesunde Kinder. Das ist mehr, als viele Menschen jemals erfahren dürfen. Nein, Sam, ich beklage mich nicht. Arthur war mein Mann, der Einzige. Nur hätte ich ihn gern ordentlich bestattet. Ich hätte gern gewusst, was er in seinen letzten Stunden durchgemacht, woran er gedacht hat. Das wurde mir verwehrt. Und solange ich das nicht weiß, kann ich meinen Frieden nicht finden.«

Gwen Morris' Augen glitten zum Fenster, hinter dem die See auf den Strand rollte, jeden Tag, Woche für Woche, Jahr für Jahr. Das immer gleiche Lied der Wellen von Liebe und Tod.

Sam betrachtete ihre Großmutter, deren Gesicht im Zwielicht des halbdunklen Raumes plötzlich weich und jung aussah. Als junge Frau war sie eine dunkelhaarige Schönheit gewesen, die mit ihren meergrünen Augen gewiss mehr als einem Mann den Verstand geraubt hatte. Vielleicht hatte es auch betuchte Bewerber um die Hand der schönen Arbeitertochter gegeben, doch Gwen hatte ihr Herz nur einem geschenkt – Arthur Morris, einem jungen Fischer.

Es war Sams zweiter Tag in Borth, und bevor es dunkel wurde, wollte sie noch einen Spaziergang zum Campingplatz im Süden des Ortes machen.

»Granny, ich möchte vor dem Abendessen noch zu den Miltons. Vielleicht ist Millie dort. Was möchtest du essen? Ich bringe uns etwas mit.«

»Was du magst, Liebes, nur keine Pizza, damit kann ich mich nicht anfreunden.« Gwen beugte den Kopf tiefer über die Stricknadeln. »Und mach doch bitte das Licht an, wenn du gehst.«

Sam schaltete das Licht an. »Sag mal, führt Rhodri den Pub noch? Viel mehr Leute kenne ich wohl nicht mehr hier.«

»O ja, er hat das *Lighthouse* ganz nett renoviert. Läuft wohl nicht schlecht.« Gwen lachte. »Er hat wieder geheiratet, eine junge Frau, da muss er noch mal ran.«

»Überall dasselbe Spiel ... Tröstet mich irgendwie.« Man musste das Leben mit einer gehörigen Portion Humor nehmen, dachte Sam, griff nach ihrem Parka und verließ das Cottage.

Der Wind griff sofort nach ihren Haaren und wirbelte sie durch die Luft. Die Sonne stand tief über der Bucht und tauchte den kleinen Ferienort in warme Orangetöne. Auf dem Golfplatz zu ihrer Rechten waren noch Spieler unterwegs, und sie hob grüßend die Hand, als sie in Sichtweite kamen. Da sie bereits den ganzen Tag am Strand verbracht hatte, lief sie nun auf direktem Weg in den Ort, der von einer Hügelkette eingefasst wurde. Die schönsten Ferienhäuser lagen auf den südlichen Klippen, von denen man einen grandiosen Blick auf das Meer hatte. Etwas unterhalb befand sich an der Ausfahrtstraße Richtung Aberystwyth der Campingplatz der Miltons.

Der Ort selbst war noch immer nicht schön, viele heruntergekommene Häuser wurden zum Verkauf angeboten, doch es gab auch zahlreiche Neubauten, die von reichen Anlegern zeugten. Die Zukunft würde weisen, wohin Borth sich entwickelte. Im Vorbeigehen nahm Sam die hellblaue Fassade des Pubs wahr, der mit seinem neuen Schild und einer überdachten Terrasse deutlich an Attraktivität gewonnen hatte. Doch einen Besuch bei Rhodri wollte sie sich für den Rückweg aufsparen.

Millie Milton war ihre erste Freundin hier in Borth gewesen. Mit acht Jahren war man nicht wählerisch, wenn man irgendwo die Neue war, und Millie hatte ihr die besten Badestellen und die Trampelpfade durch die Moorlandschaft am Dovey gezeigt. Außerdem hatte Millie ein Pony besessen, auf dem sie am Strand entlanggeritten waren. Mit zunehmendem Alter hatten sie sich entfremdet. Millie war immer eifersüchtiger auf Sams Aussehen geworden und hatte sie zunehmend wegen der Bücher aufgezogen, die sie mit sich herumschleppte.

Sam las das Schild über der Einfahrt zum Campingplatz »Andy's Holiday Park«. Andy und Iris waren Millies Eltern, und der Platz bestimmte ihr Leben. Ihr Wohnhaus grenzte an das Gebäude mit der Rezeption, dem Imbiss und den Aufenthaltsräumen. Ein Stück weiter befanden sich die sanitären Anlagen. Im hinteren Bereich der Anlage standen ganzjährig Caravans mit festen Plätzen, über den Rest verteilten sich im Sommer Zelte, Busse und Wohnmobile. Jetzt, am Ende der Saison, standen nur zwei Wohnmobile da, und in wenigen Dauercaravans brannte Licht.

Der Imbiss war noch geöffnet, und sie versuchte dort ihr Glück. Der Gestank von altem Fett und frittiertem Fisch schlug ihr entgegen, und als sie die Frau hinter der Theke erkannte, bereute sie ihren Besuch auch schon. Manche Dinge wurden mit den Jahren nicht besser.

Die junge Frau mit weißblonden Haaren, rot geschminkten Lippen, Fingernägeln derselben Farbe und einem langgezogenen Lidstrich, der ihre Katzenaugen betonte, erstarrte bei Sams Anblick. Die Augen wurden schmal, und die Unterlippe schob sich kurz vor, bevor sich die Lippen zu einem höhnischen Lächeln verzogen. »Na, wenn das nicht unsere Samantha aus Oxford ist. Hat man dich gefeuert, oder warum beehrst du uns mit deiner Gegenwart?«

Ihre schlanke Figur mit trainierten Oberarmen präsentierte Millie in einem weißen T-Shirt und Röhrenjeans.

»Gut siehst du aus, Millie, freut mich, dich zu sehen.« Lächelnd überging Sam die freche Begrüßung. »Wie geht es deinen Eltern?«

»Wie soll's ihnen schon gehen.« Millie sah auf die Wanduhr über ihr. »Meine Schicht ist in drei Stunden zu Ende. Was glaubst du, wie es mir geht?«

»Keine Ahnung, aber da dich niemand zwingen kann hierzubleiben, gehe ich davon aus, dass du gern hier bist«, sagte Sam freundlich. »Komm schon, Millie, wir haben zusammen am Strand gespielt, gemeinsam unseren ersten Fisch gefangen. Uhh, ich werde nie diesen glibberigen, riesengroßen Fisch vergessen, der nach Luft schnappend auf dem Sand lag. Gott, hat der mir leidgetan!«

Millie verdrehte die Augen, doch ein Grinsen zog über ihr Gesicht, als sie erwiderte: »Das war ein Dorsch. Wir waren zehn und haben einen enormen Dorsch gefangen! Und ich musste das arme Vieh von seinen Qualen erlösen. Du Stadtkind hattest ja keine Ahnung von Fischen.«

Erleichtert darüber, dass die Feindseligkeit aus Millies Blick gewichen war, nickte Sam. »Das stimmt, und daran hat sich bis heute nicht viel geändert. Mir sind sie lieber im Wasser.«

»Sag bloß, du bist eine von diesen neurotischen Vegetarierinnen?«

»Ach, Millie, jetzt weiß ich wieder, was mir gefehlt hat …«

Skeptisch beäugte Millie die Freundin aus Kindertagen. »Also, was willst du hier bei uns? Deine Großmutter besuchen?«

»Auch, ich wohne bei ihr. Sag mal, hättest du einen starken Espresso für mich?«

»Klar, das kriegen wir Hinterwäldler auch hin.« Sie drehte sich zu einem Kaffeeautomaten um und stellte das Programm ein. Während die Maschine zu rattern begann und der Duft von Kaffee die Friteusendämpfe durchdrang, sagte Millie: »Ist es wegen der ollen Baumstümpfe? Gleich nach dem Sturm waren eine Menge Fotografen hier. Sogar von der BBC kam hier einer reingeturnt. So'n super wichtiger Typ, dachte wohl, wir rollen ihm hier den roten Teppich aus ... Zucker?«

Sam schüttelte den Kopf und nahm die kleine Tasse entgegen, die Millie auf den Tresen stellte. Als Sam nach ihrer Handtasche griff, winkte ihre ehemalige Freundin ab. »Der geht aufs Haus.«

»Danke.«

Millie verschränkte die Arme vor der Brust und musterte Sam. »Bist du verheiratet?«

»Nein, und du?«

»Meinst du, ich hätte mir einen von den Holzköpfen hier ans Bein gebunden? Vielen Dank auch. Eigentlich ist so ein Campingplatz nicht übel. Ich habe meinen Spaß. Nur der Winter ist lang.« Millie polierte die perfekt manikürten Nägel an ihrem T-Shirt. »Immerhin gibt es Aberystwyth, obwohl das auch nicht mehr das ist, was es mal war. Die Wirtschaft ... Na ja, wie überall eben.«

»Oh, das wusste ich nicht. Ich dachte, wegen der Touristen und der Uni gäbe es hier keine Probleme.«

»Tja, falsch gedacht. Die kleinen Läden machen dicht, und die Ketten kaufen alles auf. Aber es kommen auch viele neue Kunden, reiche Säcke, die nicht wissen, wohin mit ihrer Kohle. Die kaufen alte Häuser auf, bauen Luxusvillen hin und legen sich noch ein Boot in den Hafen. Davon haben wir auf dem Campingplatz nichts.« Millie schnalzte mit der Zunge. »Die Bootswerft hat einen neuen Besitzer. Der lohnt einen zweiten Blick.«

Sam stellte die leere Tasse zurück. »Danke. Sherman? Ich habe, glaube ich, seinen Sohn heute am Strand getroffen. Max? Ein netter Junge.«

»Wirklich? Na, schau an. Was hast du bei dem Wetter da unten gemacht? Doch die Baumstümpfe?«

»Das versunkene Königreich. Du weißt doch, dass ich dafür schon immer eine Schwäche hatte.«

Die Tür fiel ins Schloss, und jemand fragte von hinten: »Eine Schwäche für mich?«

Millie verzog den Mund. »Sicher nicht, Gareth. Diese Lady hier kommt aus Oxford und fragt jemanden wie dich höchstens nach dem Weg …«

Sam räusperte sich verlegen, als sie den mittelgroßen Mann sah, der sie mit offensichtlichem Interesse musterte. Kurze dunkelbraune Haare, ausgeprägte Wangenknochen, dunkle Augen und ein selbstsicheres Lächeln. Die kräftigen Hände waren schmutzig, die Unterarme tätowiert. Er kam ihr entfernt bekannt vor. Oder erinnerte sein Gesicht sie an jemanden aus der Vergangenheit?

Gareth grinste. »Ich weiß schon, wie man sich benimmt, aber ich kann Ihnen nicht die Hand geben, Lady, weil ich gerade einen Wagen repariert habe.« Er sah Millie herausfordernd an und zeigte demonstrativ die ölverschmierten Hände.

»Geh nach hinten und wasch dich. Willst du was essen?« Millie warf ihm ein Handtuch zu, mit dem er sich die Hände abwischte.

»Einen Burger und Pommes.« Gareth riss den Getränkeschrank auf und nahm sich eine Bierflasche heraus.

Bevor Millie den Korb mit den Pommes frites in die Friteuse hängte, ging Sam zur Tür. »Wir sehen uns noch, Millie. Ich werde eine Weile hier sein.«

»Wie du meinst«, kam es wenig ermunternd zurück.

Sam atmete tief durch, als sie draußen stand, und hatte das Gefühl, dass Millie sie als Rivalin betrachtete, genau wie damals als Teenager. Und dafür gab es nun wirklich keinen Grund.

4

Eine Böe erfasste Sams Haare, als sie die schmale Straße zur Kreuzung hinunterlief. Sie zog sich die Kapuze ihres Parkas über den Kopf und sog tief die salzige Meeresluft ein, die vom nahen Strand heraufwehte. Vereinzelt gingen Lichter in den Häusern von Borth an, wobei die Neonreklame des *Lighthouse* der hellste Fleck in der langen Uferstraße war. Wenn sie schon Begrüßungsbesuche machte, konnte sie auch noch bei Rhodri vorbeisehen, der immer ein freundliches Wort für sie gehabt hatte.

In ihrer Jackentasche vibrierte das Handy. Christophers Nummer erschien auf dem Display. Was wollte er noch von ihr? »Hallo?«

»Sam?«

»Hast du jemand anderen erwartet? Was willst du?«

»Es tut mir leid, ich hätte diesen Brief nicht schreiben sollen, aber Lauren …«

»Aber Lauren? Du gibst ihr die Schuld? Du zerstörst mutwillig meine Karriere, nachdem wir jahrelang erfolgreich im Team gearbeitet haben? Du stellst mich als Lügnerin dar, diskreditierst mich vor dem gesamten Institut, und dann schiebst du die Schuld auf Lauren?« Mit jedem Satz waren ihre Stimme lauter und ihre Schritte schneller geworden.

»Nein, ganz so war es nicht. Sie ist einfach sehr geschickt, bekommt immer, was sie will, jung und bildschön, das schmeichelt meinem Ego. Herrgott, ich bin auch nur ein Mann!«

Sie sah ihn vor sich, wie er sich zerknirscht durch die Haare

44

fuhr und dabei unverschämt gut aussah. Auf sein verschmitztes Lächeln war sie ja selbst hereingefallen, und im Bett hatten sie sich hervorragend verstanden. Es hätte alles perfekt sein können, wenn er nicht so furchtbar eitel und selbstgefällig wäre. Nie wusste man bei ihm, ob er etwas aus Berechnung oder aus Liebe tat. »Mach dich nicht kleiner, als du bist, Christopher. In erster Linie bist du Wissenschaftler, und deine Karriere bedeutet dir alles. Deshalb hast du dich mit Lauren eingelassen und mich ans Messer geliefert. Und was noch mieser ist – du weißt genau, dass ich nicht jeden Teil meiner Mitarbeit belegen kann, sonst hätte ich dich verklagt.«

»Das war ein Fehler, und ich habe Farnham darüber informiert, dass ich wohl etwas zu weit gegangen bin.«

»Etwas zu weit? Du Mistkerl!« Nicht einmal richtig entschuldigen konnte er sich. Und wahrscheinlich hatte er auch dieses Zugeständnis nur gemacht, weil Farnham ihn in die Mangel genommen hatte.

»Das ist wieder typisch für dich, Sam, du reagierst zu emotional. Aber bitte, wenn es dir dort in der walisischen Einöde gefällt, nur zu. Lauren sagt, dass ihr Vater für das nächste Jahr …«

»Ahh!« Wütend beendete Sam das Gespräch und steckte das Handy weg. Hatte er ihr etwa einen Job in seinem Team anbieten wollen? So dreist konnte selbst er nicht sein. Vielleicht doch. Vielleicht machte das den Unterschied aus.

Mehr enttäuscht als wütend biss sie sich auf die Unterlippe und fand sich im blauweißen Lichtkreis des Pubs wieder. Entschlossen stieß sie die Tür auf und war von der Atmosphäre angenehm überrascht. Die Einrichtung war neu, die Wände hell gestrichen, und hinter dem Tresen stand ein junges Mädchen neben Rhodri. Vergessen waren die abgewetzten Plüschsessel, die vergilbten Fotografien und die abgestandene Luft von zwei Generationen Zigarettenqualm und Ale.

Die Hälfte der Tische war besetzt, und in einer Ecke wurde Billard gespielt. Sam zog die Kapuze vom Kopf und öffnete den Parka, während sie zum Tresen ging. Rhodri schien sie zu erkennen, denn ein breites Lächeln erstrahlte auf seinem Gesicht.

»Samantha Goodwin, welch Glanz in meiner bescheidenen Hütte! Wie lange ist es her, seit du hier warst? Lucy, diese hübsche Lady kommt aus Oxford und sieht nicht nur unverschämt gut aus, sondern hat auch eine Menge Grips.«

Besagte Lucy füllte mit versteinerter Miene Saft und Bier in Gläser auf einem Tablett. Sie mochte kaum zwanzig Jahre alt sein, trug ihr langes dunkelblondes Haar in einem Pferdeschwanz und wirkte gelangweilt. »Hi«, war alles, was ihr über die Lippen kam, bevor sie das Tablett aufhob und damit zu einem der Tische ging.

»Meine Stieftochter«, erklärte Rhodri mit gerunzelter Stirn, wischte den Tresen vor Sam mit einem Tuch sauber und sah sie erwartungsvoll an. »Was darf ich dir geben? Ein Glas Wein oder ein Bier? Ich glaube, du mochtest das dunkle.«

Sam zog den Parka aus und legte ihn über einen Barhocker. »Wow, daran kannst du dich erinnern?«

Er überlegte kurz, bevor er eine dunkle Flasche auswählte. Dark-Age stand in keltischen Lettern darauf. »Kennst du dieses hier? Kommt aus Caerphilly.«

Sam ließ das goldbraune Ale in ihr Glas laufen und trank einen Schluck. »Hmm, das schmeckt fast wie ein Teekuchen im Glas. Gut!«

Zufrieden nickte Rhodri. »Dachte mir, dass es dir schmecken würde. Ich liebe meinen Job, das ist das ganze Geheimnis. Im Gegensatz zu Lucy, die an gar nichts Gefallen finden kann. Sieh sie dir an. Schäkert schon wieder mit den Gästen … Entschuldigung.« Schneller, als man es ihm zugetraut hätte, schoss Rhodri um die Bar herum und beorderte seine Stieftochter mit einem scharfen Blick und wenigen Worten zurück.

Mit schwingenden Hüften kam Lucy betont langsam zu ihnen, knallte das Tablett auf den Tresen und band ihre dunkelgrüne Schürze ab. »Mach deinen Mist doch alleine. Ich bekomme noch zehn Pfund für heute.«

Sam rückte automatisch zur Seite, denn Rhodri lief vor Wut rot an. Seine Lippen wurden weiß, und er zischte: »Verschwinde, Lucy.«

Verärgert zog das Mädchen einen Schmollmund, entdeckte eine Frau, die ihr trotz eines Altersunterschieds von zwanzig Jahren so ähnlich sah, dass es sich nur um ihre Mutter handeln konnte, und maulte: »Mum, er will mir meinen Lohn nicht geben.«

Rhodri sah Sam entschuldigend an, deutete mit dem Kopf auf eine Tür hinter der Bar und sagte zu seinen Frauen: »Nicht vor den Gästen. Ihr kommt beide mit.«

Seufzend nahm Sam einen tiefen Zug aus ihrem Glas und blieb bei einem Blick durch den Pub an einem Ölgemälde hängen, das eine mythologische Szene zeigte. Sie legte den Kopf schief, um den Teil, der von einem Pfeiler verdeckt wurde, besser erkennen zu können.

»Das versunkene Königreich von Cantre'r Gwaelod. Aber das hätten Sie wahrscheinlich erkannt …?« Die warme Stimme mit dem Yorkshire-Akzent gehörte einem ausgesprochen interessanten Mann, fand Sam.

Ihre Antwort fiel daher weniger brüsk aus als geplant. »Wie kommen Sie darauf, dass ich das erkannt hätte? Ich bin nicht von hier.«

Der blonde Mann mit den breiten Schultern deutete ein Lächeln an, nicht entschuldigend, nicht herablassend, nur freundlich und wissend. Er wirkte auf eine herausfordernde Art korrekt. Nein, militärisch, korrigierte Sam ihre Beobachtung. »Wo kommen Sie überhaupt her? Haben Sie sich angeschlichen?«

Die Grübchen um seinen Mund vertieften sich. »Seiteneingang. Bevor Sie mich weiter für einen aufdringlichen Idioten halten. Ich bin Luke Sherman. Und ich denke, Sie haben sich heute mit meinem Sohn unterhalten.« Er hielt ihr die Hand hin.

Sam senkte verlegen den Blick und schüttelte die dargereichte Hand. »Verzeihung. Samantha Goodwin. Sam.«

»Sam. Ich verstehe, warum Max so von Ihnen geschwärmt hat. Möchten sie noch eins?« Er zeigte auf die Bierflasche.

»O nein. Für heute habe ich genug. Ich muss mich langsam eingewöhnen und …« Ihr Handy klingelte in der Manteltasche. Sie schaute kurz aufs Display und stellte das Telefon auf stumm, als sie Christophers Nummer erkannte.

»Ärger?«, fragte Luke angesichts ihrer gerunzelten Stirn.

»Nicht wichtig. Ich bin beruflich hier, deshalb habe ich nachgesehen, sonst bin ich nicht so unhöflich und unterbreche mich mitten im Satz wegen eines Telefonanrufs.« Lächelnd fügte sie hinzu: »Ihr Sohn ist ein liebenswerter Bursche und klug.«

Lukes Augen verdunkelten sich. »Aye, zu klug. Seit dem Tod meiner Frau Sophie vergräbt er sich in seinen Büchern und läuft am liebsten allein am Strand entlang. Ich glaube, dort spricht er mit Sophie.«

»Das tut mir sehr leid.« Erschüttert dachte Sam, dass ihre Probleme im Vergleich zu Lukes Verlust kein Gewicht hatten. »Wie lange ist das her, dass Sie …?«

»Dass ich Sophie verloren habe? Ich kann darüber sprechen. Vor drei Jahren hatte sie einen Autounfall. Es war schrecklich, das Schlimmste, was einem passieren kann, aber ich habe gelernt, damit umzugehen. Ich musste, für Max.« Luke sah sie an, und in seinem Blick lag so viel Liebe und Mitgefühl für seinen Jungen, dass Sam gerührt schluckte.

»Das ist wundervoll, ich meine, er hat seinen Vater, das ist …«

»Ich wollte Sie nicht in Verlegenheit bringen, Sam. Das ist

mein Problem, und es ist okay. Es ist nur so, dass Max viel zu oft allein dort draußen herumstreunt. Ich freue mich, dass er mit Ihnen gesprochen hat, aber nicht alle Menschen sind so freundlich. Wenn er Sie bei Ihrer Arbeit stört, dann schicken Sie ihn zu mir.«

»Machen Sie sich keine Gedanken. Auf die Dauer wird ihm meine Arbeit ohnehin zu langweilig sein. Wir messen aus, stecken ab, kartieren – daran ist nichts Aufregendes. Maritime Archäologie hat nichts mit Schatzsuche zu tun. Nun ja, jedenfalls nicht hier. Wir zählen Baumstümpfe.« Sie lachte, und Luke fiel in ihr Lachen ein.

Er war offen und direkt. Sympathisch, dachte Sam. Nun, wenn es dem Jungen Spaß machte, mit ihr da draußen den Sand nach vermoderten Baumstümpfen abzusuchen, würde sie ihn nicht daran hindern.

Luke legte ihr kurz die Hand auf die Schulter. »Danke. Wie lange bleiben Sie?«

Sie hob die Schultern. »Schwer zu sagen. Morgen weiß ich mehr. Kommt darauf an, wie viele Leute sie mir bewilligen. Cantre'r Gwaelod gehört nicht zu den prestigeträchtigen Projekten. Wenig zu erwartender Ruhm, wenig Geld, so einfach ist das.«

»Wie überall. Also kein Bier mehr?« Rhodri war zurückgekommen und sah Luke fragend an.

Sam schüttelte den Kopf und griff nach ihrem Parka. »Ich muss los. Es hat mich gefreut. Danke, Rhodri. Wir sehen uns!«

Am nächsten Morgen stand sie bei ablaufendem Wasser am Strand und maß die Weite des zu bearbeitenden Areals mit den Augen ab. Im nördlichen Teil der Bucht ragten mehr Stümpfe aus dem Boden, eine Folge des letzten Sturms. Das Meer war noch immer aufgewühlt, und weiße Schaumkronen tanzten auf

49

den Wellenkämmen. Schwer vorstellbar, dass hier vor fast fünftausend Jahren ein Wald gestanden hatte. Und dennoch zeugten die versteinerten Baumstümpfe von einstmals fruchtbarem
Boden. Die Bucht war ideal zum Siedeln gewesen, denn da, wo
die Klippen an beiden Enden der Bucht in die See hinausrag-
ten, hatten die Menschen Deiche mit gewaltigen Schleusenanla-
gen angelegt. Bis dort draußen mussten es ungefähr sieben See-
meilen sein. Auf die Fläche gesehen war genügend Raum für
die reichen Dörfer von Cantre'r Gwaelod gewesen. The Low-
land Hundred hieß das Königreich im Englischen, doch für Sam
kam nur die walisische Bezeichnung in Betracht. Ein walisischer
Name für das Atlantis der Waliser.

Sie lächelte, während sie weiter hinauslief. Die Waliser waren
zu Recht stolz auf ihr Land, und auch wenn sie selbst keine echte
Waliserin war, fühlte sie doch wie eine. Das war das Erbe ihrer
Großmutter. Ihre eigene Mutter, immerhin hier aufgewachsen,
wollte nichts von Gwens alten Geschichten hören. Wenn Harriet und Walter Goodwin ihre Pflichtbesuche in Borth absolvier-
ten, quartierten sie sich in einem der gediegenen Countryhotels
der Gegend ein und holten Gwen zum Essen ab. Sam hatte immer den Eindruck gehabt, dass ihrer Mutter vor dem Cottage
graute, doch darüber sprechen wollte sie nicht. »Sei froh, dass du
hier nicht aufwachsen musstest, dann wäre deine rosarote Brille
schon lange zerbrochen«, war die einzige Aussage, die Sam ihrer
Mutter je hatte entlocken können.

Mit den Jahren hatte Sam sich ihr eigenes Bild von Gwen
und deren hartem Leben als Witwe eines Fischers gemacht. Sie
hatte gelernt, beide Seiten zu akzeptieren, und war der Überzeugung, dass es für alles die richtige Zeit gab. Nun ja, für fast
alles. Wenn sie an Christopher dachte, kochte die Wut erneut in
ihr hoch, und als das Handy klingelte, prüfte sie mit grimmiger
Miene den Anrufer.

»Oscar! Guten Morgen!«

»Guten Morgen, Samantha!«, begrüßte sie Professor Farnham aufgeräumt. »Wie ich Sie kenne, stehen Sie mit dem Maßband in der Hand am Strand oder organisieren sich gerade studentische Hilfskräfte«, sagte Professor Farnham mit einem Schmunzeln in der Stimme.

Sam kniff die Augen zusammen, denn heute schien die Sonne durch die Wolken. Der Wind hatte nachgelassen, und der weite Meeresboden lag glitzernd vor ihr. Wie eine Allee ragten die Stümpfe etwas weiter vorn aus dem Boden. Neugierig ging Sam darauf zu. »Nicht ganz, aber ein wenig Hilfe könnte ich gebrauchen. Es ist phantastisch, was der Sturm freigelegt hat, Oscar! So habe ich die Baumstümpfe noch nicht gesehen. Wenn später Hohlebbe ist, gehe ich weiter hinaus und mache mir ein Bild von den Ausmaßen.«

Sie beugte sich hinunter und prüfte, was aus der Entfernung ausgesehen hatte wie Baumstümpfe, doch es waren vom Wasser abgeschliffene Hölzer, geflochtene Äste und rundgewaschene Bohlen. Ein Flechtsteg durch das Wasser!

»Hallo, Sam? Sind Sie noch dran? Lohnt es sich? Nur Wald oder tatsächlich Siedlungsreste? Die Presse übertreibt gern.«

»Nein, nein, es gibt Beweise! Ich stehe hier vor den Resten eines Steges! Und wo ein Steg war, da …« Sie konnte ihr Glück kaum fassen. Das Wasser sollte endlich verschwinden!

»Da waren Menschen! Samantha, machen Sie Aufnahmen, dokumentieren Sie, nehmen Sie Proben! Ich schicke Ihnen zwei Hilfskräfte mit einer Grundausrüstung. Sollten Sie mehr finden, bekommen Sie mehr Material. Eine bronzezeitliche Siedlung ist zu erwarten, und Spuren von römischer Bergbautätigkeit gibt es bereits?«

»Ja. Borth Bog, das Moor, hat schon immer Schatzsucher angezogen. Vor einigen Jahren haben lokale Archäologen und eine

51

Gruppe von Hobbyforschern dort einen Holzsteg und Schlackereste gefunden. Es ist davon auszugehen, dass die Römer dort Bleierz abgebaut haben. Ich spreche noch mit den Leuten von der Royal Commission.«

»Gut, gut. Und danach? Gibt es Hinweise, dass sich nach den Römern eine größere Siedlung entwickelt hat?«

Sie stellte sich vor, wie Farnhams listige Augen hinter der verbogenen Nickelbrille funkelten. Sie wusste, worauf er anspielte – wenn sie nachweisen konnte, dass es christliche Siedlungen nach den Römern in der Bucht gegeben hatte, wäre das der wissenschaftliche Beweis für die Existenz von Cantre'r Gwaelod. Eine Legende war eine Sache, ein wissenschaftlicher Beweis eine ganz andere …

Kaum hatte sich dieser hoffnungsvolle Gedanke eingeschlichen, biss sie sich auf die Lippe. Christopher und vor allem Lauren durften davon nichts erfahren, aber das würde sich kaum verhindern lassen. »Oscar, haben Sie schon jemanden ausgesucht? Ich hätte gern Studenten, mit denen ich schon gearbeitet habe. Das macht es leichter.«

»Sicher. Allerdings habe ich einen sehr fähigen jungen Mann, den ich Ihnen schicken werde. Er hat es sich verdient. Leon Villers, fünftes Semester, Vermessungsspezialist, Grabungs- und Taucherfahrung.«

Villers, Villers … Wo hatte sie den Namen schon gehört? O nein, vom Regen in die Traufe, dachte Sam. »Villers, im Vorstand von *Girona* Explorations.«

»Sein Vater, Samantha, Jean Villers ist Vorstandsmitglied von einem der größten und renommiertesten Schatzsuchunternehmen. Sein Sohn hat dort gute praktische Erfahrungen sammeln können. Das sollten wir uns zunutze machen.«

»Zuerst werde ich von der intriganten Tochter eines Investors diffamiert, und jetzt soll ich mit dem Sohn eines professionellen

Plünderers zusammenarbeiten. Vielen Dank!«, schimpfte Sam und starrte auf den immer deutlicher aus dem Meeresboden auftauchenden Pfad aus versteinerten Ästen. Ungewöhnlich, faszinierend und vor allem selten war ein solcher Fund.

»Sie sollten nicht so empfindlich sein. Ihren Ärger über Lauren und Christopher kann ich verstehen, und ich habe bereits mit ihm gesprochen. Hat er sich schon gemeldet?«

»Hm, eine halbherzige Entschuldigung hat er gestammelt«, gab Sam zu.

»Immerhin. Das ist ein Anfang. Geben Sie ihm eine Chance, er meint es nicht so, schlägt manchmal über die Stränge.« Farnham hüstelte und lachte verhalten, als erinnerte er sich gerade an eigene Abenteuer seiner Jugend.

Typisch, die halten doch alle zusammen, dachte Sam. »Wir sprechen hier über Villers, Mitbegründer eines Bergungsunternehmens, das weltweit nach Schiffwracks sucht, diese plündert und die Kunstschätze meistbietend verkauft.«

Girona Marine Explorations, wie der vollständige Name des Unternehmens lautete, war nach dem gleichnamigen Schiffswrack benannt worden. 1588 war die *Girona*, eine Galeone der Spanischen Armada, bei Lacada Point vor der Küste Nordirlands gesunken. Villers hatte zu einem Team belgischer Taucher gehört, die 1968 in einer spektakulären Aktion Kanonen und einen enormen Goldschatz aus dem Wrack geborgen hatten. Sam schnaufte. Plünderer!

»Seegrabräuber sind das«, murrte sie ins Telefon. »Und was macht wohl sein Sohn, wenn wir hier eine römische Goldmünze finden? Ruft wahrscheinlich gleich seinen Vater an, damit der mit seinem Team anrückt, und dann war es das hier mit der archäologischen Untersuchung von Cantre'r Gwaelod.«

Farnham blieb unbeeindruckt. »Ich schicke Ihnen Leon und wen auch immer Sie noch für geeignet halten sofort nach Wales.

Die Hiwis unterstehen ausschließlich Ihnen, und falls Sie tatsächlich das Gefühl haben, dass Leon auf eigene Rechnung arbeitet, geben Sie mir Bescheid. Aber ich bin von der Integrität des Jungen überzeugt.«

»Ich wohne bei meiner Großmutter. Soll ich ein Haus anmieten? Die Feriensaison ist vorbei. Da finden wir hier sicher etwas Kostengünstiges.«

»Sehr gut. Machen Sie das. Handeln Sie etwas für einige Monate aus. Ich glaube, Sie haben da einen guten Riecher gehabt, Samantha. Machen Sie so weiter und malen Sie nicht immer gleich den Teufel an die Wand.«

Farnham hatte gut reden. »Danke, Oscar. Ich werde mich bemühen. Grüßen Sie Ihre Frau von mir.«

»Mache ich. Sie fragte schon, wann Sie mal wieder zum Essen kommen. Wie wäre es vor Weihnachten?«

»Gern, aber nur, wenn ich König Longshanks bis dahin sein Reich zurückgegeben habe«, scherzte Sam und legte auf, nachdem Farnham sich verabschiedet hatte.

Als sie das Telefon in die Manteltasche gleiten ließ, drehte sie den Kopf und meinte, am Dünenrand eine Bewegung wahrgenommen zu haben. Sie schaute konzentriert auf den Strand. Doch es war niemand zu sehen, auch der kleine Junge nicht. Hinter den Dünen erwachte der Ort langsam zum Leben, ein Auto fuhr die Straße nach Aberystwyth hinauf. Fischer gab es schon lange keine mehr, und Touristen verirrten sich so frühmorgens kaum an den Strand, zumindest nicht im Herbst. Warum wurde sie das Gefühl nicht los, dass sie beobachtet wurde?

5

Dad, kommst du?«, rief Max und stieg auf sein neues Mountainbike.

»Gleich. Fahr schon bis zur Brücke und warte dort auf mich!« Luke hatte sein Rad bereits in der Hand, lehnte es aber an die Werkstatt, um noch einmal nach Liam zu sehen. Der Bursche bereitete ihm seit Tagen Kopfzerbrechen, denn er war unpünktlich und arbeitete nachlässig.

Er fand den jungen Mann an der Kaffeemaschine im Büro. »Aye, Liam, wie sieht es aus?«

Liam sah auf, schob die Wollmütze aus der Stirn und murmelte: »Geht schon.«

Im Büro konnte er seine geröteten Augen nicht hinter der Schutzbrille verbergen, und Luke entdeckte eine Verletzung an der Wange, die von einem Schlag herrühren mochte. »Du musst mir nichts sagen, aber wenn du mir etwas erzählst, bleibt es zwischen dir und mir.«

Der schwarze Kaffee floss in ein kleines Glas. Liam gab einen Löffel Zucker dazu und schien nach den richtigen Worten zu suchen. Nachdem er die heiße Flüssigkeit in einem Schluck getrunken hatte, fuhr er sich unbewusst über die verletzte Wange. »Hm, wegen Lucy. Jemand hat was Abfälliges über sie gesagt, da habe ich ihre Ehre verteidigt. War nicht mein Tag. Und dann hatte ich mir auch noch Geld geliehen, um ihr etwas bieten zu können … aber das ist eine Sache, mit der ich allein klarkommen muss.«

»Wenn du einen Vorschuss brauchst, können wir darüber reden. Doch deine Arbeit leidet. Klär dein Privatleben und komm morgen pünktlich. Ach, und weißt du, wo der neue Winkelschleifer ist?« Luke suchte das neue Gerät seit gestern.

»Ty hatte es zuletzt. Ich muss jetzt weitermachen.« Ohne Luke anzusehen, drängte sich Liam an ihm vorbei in die Halle, wo ein fünfzig Jahre alter Neun-Meter-Segler auf ihn wartete. Luke hatte das Holzboot für wenig Geld erstanden und ließ es überholen. Das Boot hatte Potenzial und würde sich mit etwas Einsatz gut verkaufen lassen.

Es war beinahe fünf Uhr, und Luke beschloss, die Sache für heute auf sich beruhen zu lassen. »Ich bin kurz mit Max unterwegs. Du brauchst nicht abzuschließen, wenn du hier fertig bist.«

Liam war bereits an Deck des Bootes geklettert, hob zur Bestätigung kurz die Hand und verschwand in der Kajüte. Vor der Halle schwang sich Luke auf sein Rad, ein betagtes Mountainbike, das jedoch noch seinen Dienst tat, und holte nach wenigen Minuten seinen Sohn ein.

Er hatte Max eingeschärft, die Brücke nur zu überqueren, wenn kein Auto in Sicht war. Ein unsicherer Radfahrer konnte auf der einspurigen Brücke leicht an die Brüstung gedrängt werden. Kaum hatte Max ihn entdeckt, preschte er auch schon los.

»Wer zuerst am Poller ist!«

Der Poller war ein stählernes Relikt aus Zeiten, in denen der Fischfang die Bewohner des Dorfes ernährt hatte. Er befand sich etwa tausend Meter von der Brücke entfernt, dort, wo der schmale Lery in den Dovey mündete. Luke fuhr nur so schnell, dass sein Sohn knapp vor ihm das Ziel erreichte. Aber er unterschätzte Max, der sein Rad aufs Gras legte und sagte: »Du hast mich gewinnen lassen. So macht es keinen Spaß.«

»Okay, tut mir leid. Ich wollte dir eine Freude machen.« Luke legte sein Rad ebenfalls zur Seite und streichelte Max über den Kopf.

»Na, so bestimmt nicht. Sieh mal, da vorn ist Sam. Hallo, Sam!«, rief Max und rannte los.

Die dunkelhaarige Archäologin stand mit Gummistiefeln mitten im schlammigen Flussbett und hielt ein Messgerät in die Höhe. Seit einer Woche arbeitete sie mit zwei Studenten daran, das Gebiet einzugrenzen, in dem sie graben wollten. Wozu man alte Baumstümpfe ausgraben musste, war Luke nach wie vor ein Rätsel. Aber anscheinend konnten sich Menschen dafür begeistern, und wenn es Max Spaß machte, war es eine gute Sache.

Doktor Goodwin drehte sich um und winkte. Sie war nicht einfach nur hübsch, das war offensichtlich, sondern strahlte eine gut gelaunte Selbstsicherheit aus, die äußerst anziehend war. Außerdem mochte sie Bier und scheute sich nicht davor, bis zu den Knien im Dreck zu stehen, wenn sie eine Spur witterte. Sie erinnerte ihn an einen eleganten Jagdhund. Luke schmunzelte, steckte die Hände in die Taschen und folgte Max langsam zum Ufer. Von den Mitarbeitern war nichts zu sehen, aber es wurde bald dunkel, und dann war kein Vermessen mehr möglich.

»Hallo, Max!«, rief sie und zog ihre Stiefel mühsam aus dem Schlick. Die langen Haare hingen offen unter einer Mütze hervor, und ihr Parka und die Jeanshose waren mit Schlammspritzern übersät. Sie hielt das Gerät sorgsam in die Höhe, und Luke erkannte ein teures GPS.

»Hi, Sam. Ich bin mit meinem Dad hier. Habt ihr schon etwas gefunden?«, wollte Max wissen, der auf dem festen Sand stehen geblieben war.

Sam stapfte auf den sicheren Untergrund und ließ die Hand mit dem Messgerät sinken. »So schnell geht das nicht. Ebbe und Flut lassen uns nur ein kleines Zeitfenster zum Suchen. Nun ja, versteinerte Baumstümpfe gibt es reichlich, und einen alten Fuhrweg habe ich entdeckt. Das ist schon bemerkenswert.«

Das Meer zog sich bei Ebbe weit aus der Bucht zurück und

gab den Meeresboden für Untersuchungen frei. Jeder, der an der Küste lebte, wusste, dass das Meer sechs Stunden ging und sechs Stunden kam. Danach musste man sich bei Spaziergängen und auch bei den Untersuchungen richten.

Max schnaufte. »Bah, ich dachte, ihr grabt nach einem Schatz! Sie haben gesagt, dass es da Dörfer gegeben hat, ein Königreich! Dann müssen da doch Goldmünzen und Schmuck und so etwas liegen.«

»Manchmal ist das Offensichtliche nicht das Wertvollste.« Sam lächelte und warf einen Blick auf ihr Handmessgerät.

»Leica?«, fragte Luke, der aus seiner Militärzeit mit verschiedensten technischen Gerätschaften vertraut war.

Sie nickte überrascht. »Ja.« Liebevoll tätschelte sie das handliche Gerät. »Ich vertraue meinem hübschen Tripel-Prisma.«

»Kann ich verstehen. Ohne Kompass und Seekarte fahre ich auch nicht raus. Kommen Sie voran?« Luke behielt Max im Auge, der sich den Absperrbändern des Grabungsbereichs in der Flussmündung näherte.

»Sagen wir mal so – wir haben unser Feldbüro eingerichtet, die Ausrüstung ist fast vollständig, wenn auch dürftig aufgrund knapper Mittel, und ich habe immerhin zwei Assistenten bewilligt bekommen.« Sie hielt inne. »Nein, zweieinhalb Mitarbeiter. Ich würde Max direkt verpflichten, aber ich schätze, Sie sind gegen Kinderarbeit …«

Max, der seinen Namen gehört hatte, rief: »Ich komme morgen nach der Schule, ja, Dad? Hier unter diesem Stumpf könnte doch gut was vergraben sein!«

»Er gehört Ihnen. Wenn Sie mit einem Schokoriegel als Bezahlung einverstanden sind?« Luke grinste.

Als sie herzlich lachte, konnte er nicht anders, als sie anzusehen und sich zu fragen, ob sie wohl gebunden war. Mit Sicherheit. Eine Frau wie sie hatte gewiss an jedem Finger zwei Verehrer. Und auf einen verwitweten Exmarineoffizier mit Kind und einer kleinen Bootswerft hatte sie wohl kaum gewartet.

»Hey, ich habe ja gesagt.« Sie sah ihn fragend an. »Wo waren Sie denn gerade unterwegs?«

»Oh, tut mir leid. Es freut mich nur so, dass Max sich hier wohlfühlt. Und wenn es Ihnen nichts ausmacht …«

Sie steckte das GPS-Gerät in die Manteltasche. »Das habe ich doch schon gesagt. Kein Problem.«

Sie starrte in die dämmrige Ferne. Die Flussmündung verschwamm bereits in der Dunkelheit und verschluckte die Umrisse der riesigen Wanderdünen, die links von ihnen auf der anderen Flussseite lagen. Der versunkene Wald bedeckte eine riesige Fläche, die sich von hier bis ans südliche Ende von Borth und weit in die Bucht hinaus erstreckte. Auf der Landseite des Lery lag Borth Bog, das Moor, in dem vor Jahren bereits Grabungen stattgefunden hatten. »Haben Sie das auch gesehen?«

»Was denn? Max?« Luke konnte nur seinen Sohn bei den Pfählen erkennen. Dahinter war nichts außer dem einlaufenden Wasser, dem Dovey und der in der Ferne dunkel aufsteigenden Masse der Berge. Wo der kleine Lery in den breiten Dovey mündete, konnte man gerade noch die Lichter von Aberdovey ausmachen.

»Nein.« Sie blinzelte konzentriert und hatte die Dünen im Auge. »Ich habe oft das Gefühl, dass ich nicht allein hier draußen bin.«

Luke hob die Schultern. »Es gibt viele Wanderer, Vogelbeobachter und Studenten, die was zu feiern haben.«

Sie schwieg kurz, klopfte sich den Schlamm vom Mantel und sagte dann: »Mag sein. Aber ich bin viel unterwegs, oft allein auf Grabungsstellen, und ich weiß, wenn ich beobachtet werde.«

»Und Sie glauben wirklich, dass jemand Sie hier beim Vermessen beobachtet? Warum? Sie machen nichts kaputt, stören niemanden.«

»Tja, ich weiß auch nicht. Mein Bauchgefühl. Vielleicht habe ich mich geirrt. Hey, Max, kommst du mit? Ich bin hier fertig für heute.« Sie ging über den Sand zum grünen Ufer, wo die Fahrräder vor dem Poller lagen.

Als Max leicht außer Atem vor ihnen stand, sagte Luke: »Ist dir hier draußen jemand aufgefallen, Max?«

Sein Sohn sah ihn groß an. »Wer denn? Ich glaube nicht an Moorgeister!«

»Nein, dann wäre ich auch enttäuscht. Eher jemand, der dauernd hier herumschleicht?«, hakte Luke nach.

»So wie ich?«, flachste Max. »Oder Steven?«

»Schon gut. War nur eine Frage. Können wir Sie auf eine Tasse Tee einladen? Unser Haus ist gleich dort hinten.« Die Einladung war ihm einfach so herausgerutscht, und er bereute es sofort.

»Sehr freundlich. Ein anderes Mal gern. Aber ich muss mich um die Auswertungen kümmern. Die Baumstümpfe laufen uns zwar nicht weg, aber die Zeit. Archäologie ist eine kostspielige Angelegenheit, leider.« Sie blieb stehen. »Mein Wagen steht dort. Aber ein Fahrrad ist eigentlich eine gute Idee. Mal sehen, wie lange wir hierbleiben. Bis morgen, Max. Wenn du tatsächlich etwas Wertvolles ausgräbst, erwähne ich dich in meinem Artikel.«

»Ehrlich? Stark!« Max strahlte.

Luke sah der zierlichen Gestalt nach, die mit energischen Schritten zu ihrem Wagen ging, und wandte sich nachdenklich noch einmal zum Meer um. Was oder wen glaubte sie dort draußen gesehen zu haben?

Borth, August 1949

Komm rein, Hannah, das Wasser ist herrlich!« Die schlanke
junge Frau winkte ihrer am Strand wartenden Freundin zu, die
unschlüssig die Zehen in den Spülsaum tauchte.

»Brrr, viel zu kalt!«, rief die Rothaarige und hüpfte in den kleinen Wellen hin und her.

»Feigling!« Gwen warf sich jauchzend in das kühle Meer und
kraulte mit den kräftigen Bewegungen einer geübten Schwim-
merin in die Bucht hinaus. Es tat so gut, alles hinter sich zu lassen und schwerelos im salzigen Wasser dahinzugleiten. In solchen Momenten war sie glücklich, weil sie sich frei fühlte. Die
Sorgen der kaum überstandenen schweren Kriegszeiten blieben
an Land. Sie drehte sich auf den Rücken und bewegte sich nur
so viel, dass sie nicht unterging. Die Sonne brannte vom wolkenlosen Himmel, an dem sich kleine weiße Wölkchen bauschten.

Weiße Schäfchenwolken, wie sie sie als Kind mit ihrer Mutter vor dem Einschlafen gezählt hatte. Zwischen jenen unbe-
schwerten Kindertagen und der Gegenwart lag eine Ewigkeit,
die einen Krieg lang gedauert hatte. In Kriegen gab es keine
Sieger. Sie waren alle Verlierer. Unter den vielen Walisern in der
Navy waren auch ihre drei Brüder gewesen, von denen zwei im
Kampf auf See gefallen waren. Owen hatte auf der *HMS Phoenix*,
einem U-Boot, gedient, das im Juli 1940 von einem italienischen
Kriegsschiff vor Sizilien versenkt worden war. Zwei Jahre spä-

ter war Aran, Maschinist auf dem Zerstörer *Lively*, nach dessen Bombardierung vor Tobruk als vermisst gemeldet worden. Theo, ihr jüngster Bruder, kam traumatisiert zurück. Sein letzter Einsatz beim Sichern des Bristol Channels hatte mit einem tragischen Unfall geendet.

Noch immer bedauerte sie, dass sie zu jung gewesen war, um ihre Mutter Evelyn zu begleiten. Bei Kriegsausbruch war Evelyn Prowse als Krankenschwester zuerst ins Royal Naval Hospital in Devonport bei Plymouth berufen worden, um später auf den Sanitätsschiffen *Alba* und *Isle of Jersey* zu dienen. Als eine von wenigen Frauen war sie für ihre Arbeit mit dem Atlantic Star ausgezeichnet worden.

Gwen blinzelte in die Sonne und genoss die Wärme auf ihrer Haut. Ihr Badeanzug war verblichen und an mehreren Stellen ausgebessert. Das störte Gwen jedoch nicht, die gelernt hatte, sich mit dem zu bescheiden, was sie besaß. Auch dafür war sie ihrer Mutter dankbar, die ihr früh beigebracht hatte, für sich selbst zu sorgen. Ein Mädchen muss hübsch, praktisch und intelligent sein, pflegte Evelyn zu sagen und zwinkerte ihr zu, wenn sie ihr die langen Locken bürstete. Dann küsste sie ihre Tochter auf die Stirn und flüsterte ihr ins Ohr: »Und eine intelligente Frau bewundert die Männer, auch wenn sie es besser weiß.«

Und wenn Gwen dann mit einem »Aber« begann, legte Evelyn ihr den Zeigefinger auf die Lippen und sagte: »Du bist wunderschön, wenn du lächelst, mein Engel, vergiss das nie.«

Gwen lächelte in Gedanken an ihre Mutter, die ihre Orden in ihrem bescheidenen Cottage in einer Holzschachtel aufbewahrte und sich klaglos um ihren Mann und den traumatisierten Sohn kümmerte. Joseph Prowse gehörte einer Familie von Minenarbeitern und Fischern an. Wie die Hälfte aller männlichen Bewohner von Borth hatte er schon als Junge in den nahen Bleierzminen gearbeitet und seine Gesundheit ruiniert. Später war er zwar seinem

Vater als Heringsfischer nachgefolgt, doch seine schwindenden Kräfte warfen ihn immer häufiger auf das erzwungene Krankenlager. Sein Sohn Theo musste die meiste Arbeit übernehmen und erledigte schweigsam, was von ihm erwartet wurde. Nur in der Nacht, wenn die Dämonen der Schlachtfelder ihn heimsuchten, hörte man Theo im Traum schreien oder leise weinen.

Eine Möwe schrie und flog Richtung Norden, wo am Strand von Ynyslas die langen Boote lagen. Dort, auf den weiten Sandbänken vor den mächtigen Dünen, hatten die Fischer ihre Netze aufgespannt und besserten die Boote für den nächsten Fang aus. Die Heringsfischerei hatte keine Zukunft, und wenn die Nachwehen des Krieges erst einmal vorüber waren, würden viele ihr Glück anderswo suchen. Der Kohlebergbau zog mehr und mehr Arbeiter an, und die zerbombten Industrieanlagen in Swansea und Cardiff, die wiederaufgebaut wurden, versprachen neue Arbeitsplätze.

Borth war ein winziges Dörfchen in einer abgelegenen Bucht, in der sich seit Jahrhunderten kaum etwas geändert hatte. Aber dieser Krieg, dachte Gwen, hatte sich wie ein scharfes Schwert in das Leben der Menschen gebohrt, erbarmungslos und tödlich. Ob solche Wunden überhaupt verheilen konnten?

Ein nahes Plätschern riss sie aus ihren Gedanken. »Gwen, du Träumerin, wir rufen schon die ganze Zeit nach dir!«

Ein junger Mann glitt mit schnellen Zügen auf sie zu. Seine Muskeln zeichneten sich unter gebräunter Haut ab, und seine weißen Zähne blitzten, wenn er lachte. Er bewegte sich im Wasser wie ein Fisch, so dass sie sich schon gefragt hatte, warum er keine Schwimmhäute zwischen den Fingern hatte. Vielleicht gehörte er zu einem Volk von Meeresbewohnern, halb Fisch, halb Mensch. Unbewusst legte sie ihre Hand auf den silbernen Anhänger an ihrem Hals, eine winzige Muschel, die Arthur ihr zum Geburtstag geschenkt hatte.

Bevor er sie erreichen konnte, wandte Gwen sich um und tauchte in die Tiefe des dunkelgrünen Meeres ab. Mit wenigen kräftigen Zügen hatte sie eine beachtliche Strecke zurückgelegt und tauchte prustend aus dem Wasser auf. Suchend drehte sie sich nach allen Seiten, konnte Arthur jedoch nicht entdecken. Doch plötzlich packte jemand sie an den Füßen und zog sie unter Wasser. Sie ließ es geschehen, genauso, wie sie zuließ, dass Arthur seine Hände unter Wasser über ihren Körper gleiten ließ. Er hatte sie vor einer Woche gefragt, und sie hatte ja gesagt. Niemand wusste davon, und eine Weile würden sie ihr Geheimnis noch für sich behalten müssen, denn Arthur hatte weder genügend Geld für die Hochzeit noch für das Cottage am Rande des Dorfes, das er kaufen wollte.

Als sie wieder auftauchten, strich sie sich die Haare aus dem Gesicht und lächelte ihn an. Dann glitt ihr Blick zum Ufer, wo die anderen warteten und sie beobachteten. »Na los, wer zuerst am Strand ist!«

Arthur lachte. »Ich gebe dir vier Längen vor.«

»Ha! Die wirst du bereuen!« Gwen streckte sich und schwamm mit gleichmäßigen Bewegungen auf den Strand zu.

Doch so sehr sie sich verausgabte, Arthur hatte sie rasch eingeholt und gewann mit zwei Längen Vorsprung. Ihre Freunde begrüßten sie johlend und feixend. »Na, Gwen, wolltest du es tatsächlich mit unserem Champion hier aufnehmen?«

Hannah strich Arthur anerkennend und für Gwens Geschmack etwas zu liebevoll über den Rücken. Mit ihren flammendroten Haaren und dem weißen Badeanzug, der ihre weiblichen Formen vorteilhaft zur Geltung brachte, sah sie sirenenhaft aus. Zumindest verfehlte sie selten ihre Wirkung auf Männer und ärgerte sich, dass Arthur nicht reagierte. Gwen schätzte Hannah als lebenslustige Freundin, mit der man zu Festen und in den Pub gehen konnte, doch ein Geheimnis würde sie ihr nicht anvertrauen.

Heute war Sonntag, und die Dorfbewohner trafen sich am Strand zum Picknick, auch wenn die Proviantkörbe nur mager bestückt waren. Noch waren die meisten Lebensmittel rationiert, und sogar Trockenfrüchte waren kaum zu bekommen. Doch Not machte erfinderisch, und selbst aus Mehl, Reis und Milchpulver ließen sich genießbare Backwaren herstellen. Gwen hob ihr Handtuch vom Boden auf, bevor Arthur es ihr reichen konnte, denn sie spürte Hannahs lauernden Blick. In der Nähe eines Steges stand ein halbes Dutzend Badekabinen, in denen man sich umziehen konnte.

Zu ihrer Gruppe gehörte neben Arthur und Hannah auch Matthew Blyth, ebenfalls Fischer und Minenarbeiter. Matthew hatte ein Auge auf Hannah geworfen und schuftete in Doppelschichten, um sie mit einem goldenen Verlobungsring beeindrucken zu können. Gwen wusste durch Arthur von Matthews Ambitionen und schüttelte den Kopf, wenn sie sah, wie hemmungslos Hannah den verliebten Matthew ausnutzte.

»Matthew, sei ein Schatz und hol mir ein Glas Bowle, ja?«, säuselte Hannah und legte ihm die Hand auf den Unterarm. Wie elektrisiert warf Matthew sich sein Hemd über.

»Äh, möchte noch jemand etwas zu trinken?«, fragte er, bevor er zum provisorischen Stand von Jenson Perkins ging. Unter einem Sonnenschirm bot Jenson auf einer Holzkiste Getränke an. Das *Lighthouse*, der einzige Pub des Dorfes, war seit Generationen im Besitz der Familie Perkins und befand sich nur einen Steinwurf vom Strand entfernt. Im Pub gab es auch das einzige Telefon des Dorfes, worauf die Perkins sehr stolz waren.

Gwen und Arthur schüttelten den Kopf, denn solchen Luxus konnten sie sich nicht leisten. Gwen winkte einer Familie zu, die sich nicht weit von ihnen im Sand niedergelassen hatte. Hier im Dorf kannte jeder jeden. Die harten Kriegsjahre hatten die Menschen enger zusammenrücken lassen, zumal auch die Rationierung von Gas und Elektrizität noch immer nicht aufgehoben worden war. Das wenige, was man hatte, teilte oder tauschte man. Wer Verwandte auf den umliegenden Farmen hatte, war im Vorteil, doch hungern musste niemand.

Arthur streckte sich auf einem Handtuch aus und klopfte auf den Platz neben ihm. »Du siehst aus, als ob du frierst, Gwen. Leg dich in die Sonne und lass dich durchwärmen.«

Sein Blick war zwar voller Fürsorge, doch es lag noch mehr darin, das Verlangen, sie endlich ganz für sich zu haben. Gwen warf ihm eine Kusshand zu und griff nach ihrer Stofftasche.

»Dieser Badeanzug braucht ewig, bis er trocken ist. Bis dahin habe ich einen Schnupfen. Bin gleich zurück. Halt mir den Platz frei, ja?« Sie sagte das mit einem kurzen Blick zu Hannah, doch deren Aufmerksamkeit war abgelenkt.

An der Art, wie sie sich vorteilhaft in Pose stellte und die Lippen befeuchtete, konnte es sich nur um einen Mann handeln, der ihr Interesse geweckt hatte. Gwen folgte Hannahs Blick und entdeckte einen eleganten jungen Mann, der in seinem hellen Sommeranzug so gar nicht zu den eher rustikalen Dörflern passte. Der dandyhafte Neuankömmling war niemand anderes als Ashton Trevena, Sohn eines reichen Landbesitzers. Früher einmal hatte den Trevenas das Land von Aberystwyth bis hinauf nach Machynlleth gehört. Heute gab es keine Leibeigenschaft mehr, und die kleinen Farmer waren selbstständig, doch die meisten Schafe grasten noch immer auf Trevenas Weiden.

Hannah musste selbst wissen, was sie tat. Falls sie auf eine Heirat mit Trevena spekulierte, würde sie bitter enttäuscht werden, wie schon viele Mädchen vor ihr. Gwen ging zu den Badekabinen, ohne weiter auf Ashton zu achten, den sie von vielen Festen als charmant, aber allzu selbstbewusst kannte. Kurz bevor sie die Kabinentür öffnete, entdeckte sie ihre Eltern. Evelyn Prowse hatte ihren Mann untergehakt und führte ihn über den

66

Haufen loser Steine, die den Strand vom Land trennten und als Küstenschutz dienten.

Gwen liebte das Geräusch der aneinanderstoßenden Steine, die ihre runde Form Sand und Gezeiten verdankten. Für ihren Vater bedeutete der unebene Untergrund jedoch doppelte Anstrengung, und sie eilte ihrer Mutter zu Hilfe.

»Hallo, Dad, hallo, Mum! Schön, dass ihr auch gekommen seid. Geht es dir besser, Dad?« Gwen nahm den freien Arm ihres Vaters und fing einen aufmunternden Blick ihrer Mutter auf.

Der Atem ihres Vaters ging rasselnd, doch er rang sich ein Lächeln ab. »Es geht schon, Liebling, es geht schon. Deine Mutter ist ein Engel, ohne sie wäre ich längst nicht mehr hier.«

Joseph Prowse war ein großer Mann, den die lange Krankheit gezeichnet und ausgezehrt hatte. Seine Gesichtszüge jedoch waren ebenmäßig, und seine Augen, die liebevoll auf seiner Frau ruhten, hatten ihren warmen Glanz nicht verloren. So muss eine Ehe sein, dachte Gwen und nahm sich vor, am Abend mit ihren Eltern über Arthur zu sprechen.

»Und was für eine Freude du uns gemacht hast, Liebling. Wir sind sehr stolz auf dich!« Evelyn tätschelte die Wange ihrer Tochter. »Kein Wunder, dass er sich für dich entschieden hat. Du bist wunderschön, mein Kind.«

Gwen sah kurz zu Arthur und lächelte. So ein hinterhältiger Schelm, und sie hatte ihm nichts angemerkt! »Ihr seid einverstanden?« Sie konnte ihre Überraschung nicht verbergen, denn bisher hatten sich ihre Eltern eher ablehnend gegenüber Arthurs Bemühungen um sie gezeigt.

Ihr Vater hustete kurz. »Wie könnten wir nicht? Ashton ist der begehrteste Junggeselle weit und breit. Ich muss mir keine Sorgen um deine Zukunft machen.«

»Und ein wenig vom Glanz der Trevenas fällt dann auch auf uns ab. Meine Güte, wenn ich nur an das prachtvolle Haus denke. Dieser Blick. Wie oft habe ich über die Bucht geschaut und das Feuerwerk bewundert, das sie da bei ihren Festen veranstalten! Und nun sollen wir mit dort oben stehen, mit einem Glas Champagner in der Hand … Ach, Liebling, du machst uns sehr glücklich!«

Evelyn lächelte. Sie trug ihr geblümtes Sonntagskleid und Schuhe, die mehrfach neu besohlt worden waren, obwohl die Riemchen kaum noch hielten. Ihre Haare, die sonst unter der Schwesternhaube verborgen waren, lagen in Wellen am Kopf und verliehen der noch immer schönen, reifen Frau einen Hauch von Eleganz.

»Wieso? Was? Ach, dieser freche Kerl …«, murmelte Gwen und biss sich auf die Lippen. Ashton hatte es tatsächlich gewagt, sich über sie hinwegzusetzen und bei ihren Eltern ohne ihr Wissen und – vor allem – ohne ihr Einverständnis vorzusprechen. Sie sah sich um, konnte ihn aber nicht entdecken. Jemand hatte ein Grammophon aufgestellt, und die vertraute Melodie von »The man who broke the bank at Monte Carlo« tönte über den Strand.

Ihre Mutter summte die Melodie mit und half ihrem Mann von den Kieseln auf den Sand. Gwen brachte es in diesem Moment nicht übers Herz, den schönen Nachmittag zu zerstören. Viel zu selten waren die glücklichen Augenblicke in ihrem Leben geworden. Zu schrecklich waren die Nachwirkungen des Krieges noch immer, und Gwen verkniff sich ihren Widerspruch. Stattdessen küsste sie ihren Vater auf die Wange, bevor sie seinen Arm losließ.

»Geh nur, Gwen, zieh dich um, damit du dich nicht erkältest. Wir sehen uns gleich. Ah, da ist Hannah. Meine Güte, woher hat sie nur diesen Badeanzug …«, sagte Evelyn mit leichter Missbilligung in der Stimme.

»Mum, wo ist Theo?«, wollte Gwen noch wissen.

»Zu Hause. Er hat heute einen besonders schlimmen Tag. Ich

habe ihm seine Medizin gegeben, damit er überhaupt zur Ruhe kommt. Das braucht Zeit, Gwen. Er ist stark und wird das schon schaffen.« Evelyn legte alle ihr zur Verfügung stehende Zuversicht in ihre Worte. »Und wenn du erst mit Ashton verheiratet bist, können wir ihm vielleicht eine bessere Therapie zukommen lassen. Es gibt doch diese Klinik im Lake District. Ich habe viel Gutes darüber gehört und ...«

»Mum!«, unterbrach Gwen sie, doch Evelyn, die nicht ahnen konnte, was Gwen sagen wollte, fügte lächelnd hinzu: »Er lebt noch, Gwen. Das ist alles, was zählt. Denk einfach daran. So, und jetzt zieh dich endlich um, damit du dich nicht erkältest.«

»Wir müssen darüber sprechen, Mum! Das ist ein Missverständnis. Ich werde Ashton nicht heiraten!«

Ihre Mutter sah sie kurz an und wischte die Aussage fort, als wäre sie eine lästige Fliege. Dann sagte sie: »Ja, Kind, nun lauf schon. Eine Heirat ist eine wichtige Entscheidung, da ist man nervös, das ist ganz normal.«

»Nein, nein ... ach ...« Gwen eilte zu den Umkleidekabinen. In was für eine Lage hatte Ashton sie nur gebracht!

Von dem Podest vor den Kabinen konnte man über den Deich bis zu den weitläufigen Dünen von Ynyslas sehen. Auch das Militär hatte die Besonderheit dieser majestätischen Landschaft erkannt. Gwen rümpfte die Nase, als sie zwei Frauen in Uniform auf einem Motorrad in Richtung der Dünen fahren sah. Der Krieg war vorbei, und Gwen sehnte sich nach Normalität. Sie hatte genug von Heimlichkeiten und politischen Manövern. Sollten sie ihre Tests doch woanders machen!

Vom Grammophon plärrte es: »*You can hear them sigh and wish to die ...*« Genauso fühlte sie sich, als sie mit dem nassen Badeanzug in der Hand aus der Tür trat.

»Vergebt mir, Mylady, aber Ihr seid so schön, dass mir der Atem stockt!« Mit diesem blumigen Wortbouquet und einer formvollendeten Verbeugung wurde sie von Ashton Trevena empfangen, der ihr die Hand reichte, um ihr über die Steine zu helfen.

»Du, du …« Sie war so wütend, dass ihr die Worte fehlten.

Ashton lächelte charmant. Es war beinahe unmöglich, ihn aus der Fassung zu bringen, geschweige denn, ihn an irgendetwas zu hindern, was er sich in den Kopf gesetzt hatte. Er war reich und ein Kriegsheld. Jeder, der ihn kannte oder kennenlernte, hörte spätestens nach dem zweiten Glas Whisky die zweifelsohne dramatische Einnahme des von Deutschen besetzten Hafens von Saint-Nazaire. Mit dem alten walisischen Zerstörer *Campbeltown* hatten die Briten die Hafentore von Saint-Nazaire gerammt und die Anlage bombardiert. Bei diesem Angriff war Trevena in deutsche Gefangenschaft geraten, hatte drei Jahre im Kriegsgefangenenlager Schloss Colditz verbracht, war von dort geflohen und kurz vor Kriegsende als Held nach Hause gekommen.

Sein weißes Hemd saß tadellos und war nicht ausgebessert wie die Kleidungsstücke von Arthur und den meisten anderen, die unter der Rationierung litten. Ashton hatte hellblaue Augen und dichtes dunkelblondes Haar, das er glatt bis auf Ohrenlänge trug.

»Allerliebste Gwen, haben deine Eltern es dir schon gesagt? Ich will nicht länger warten. Das Leben ist so kurz. Wir wollen es genießen! Ich kann dir alles geben, was du dir wünschst, dir und deiner Familie auch! Wie wäre es, wenn ich dich zu einer Spritztour in meinem neuen Morris Wolseley einlade? Ich habe eine Flasche Champagner, die wir uns …«

»Hör auf damit, Ash!«, rief sie etwas zu laut und erregte die Aufmerksamkeit einiger älterer Damen in Hörweite.

Gwen packte seinen Arm und zog ihn mit sich auf den Deich. Die Kiesel rollten unter ihren ungestümen Schritten, doch sie hielt erst an, als sie sicher sein konnte, dass Familie und Freunde ihrem Gespräch nicht lauschen konnten.

Ashton schien das nicht zu stören. »Wir brauchen uns nicht zu verstecken, Gwen. Es ist jetzt offiziell. Ich habe es deinen Eltern gesagt, und sie haben sich gefreut. Wenn wir gleich zu ihnen gehen, werde ich es auch allen anderen verkünden, und dann sind wir verlobt«, sagte er selbstgefällig.

»Überhaupt nichts sind wir! Du hast mich ja nicht einmal gefragt!«

Ashton trat dicht vor sie und sagte ungewohnt ernst: »Gwen, du weißt, wie ich zu dir stehe. Ich liebe dich, schon immer. Wir hatten beide unsere Schwärmereien, aber im Grunde war doch klar, dass wir füreinander bestimmt sind.«

»Bist du verrückt? Nur weil wir uns seit Kindertagen kennen und geflirtet haben wie alle anderen auch, hat das doch nichts zu bedeuten.« Wenn es Arthur nicht geben würde, hätte sie sich geschmeichelt gefühlt, und vielleicht hätte sie sogar eingewilligt. Aber sie liebte Arthur! »Ash, es tut mir leid, aber ich kann nicht!«, versuchte sie es sanft.

Mit seinen blauen Augen sah er sie verliebt an. »Warum nicht? Alles spricht für mich.« Er lachte, griff nach ihrer Hand, die sie ihm nicht entzog, weil er ihr plötzlich leidtat, und sagte: »Gwen, du kennst mich besser als die meisten. Du siehst den wirklichen Menschen hinter meinen Späßen, meinen Sprüchen. Als ich auf diesem verrotteten alten Kahn auf die eisernen Tore von Saint-Nazaire zugedampft bin, habe ich mich bekreuzigt und an dich gedacht. Wenn ich das hier überlebe, dachte ich, dann fahre ich nach Hause und frage sie. Und dann haben sie mich mit den anderen Offizieren nach Colditz *Oflag IV-C* gebracht. Ich bin geflohen, weil ich dich wiedersehen wollte, Gwen.«

»Nein, nein, hör auf damit, Ash, du dramatisierst und übertreibst!« Sie trat einen Schritt von ihm weg.

71

Es zuckte um seinen Mund. »Ja? Tue ich das? Habe ich dich nicht gefragt, ob du mich heiratest, als ich wieder hier war?«

Das hatte er tatsächlich, aber es war ein Sommerfest, und sie waren alle betrunken gewesen. Betrunken und berauscht vom Glück über das Ende des Krieges. »Ja … nein, es war doch ganz anders!«

»War es das? Ich war bei Sinnen, Gwen. Du hast gesagt, dass ich warten soll. Das habe ich. Empfindest du gar nichts für mich?« Er sah sie mit einer Mischung aus Verlangen, Sehnsucht und einer beinahe zerbrechlichen Zärtlichkeit an, dass sie nicht anders konnte, als traurig zu seufzen.

»Ach, Ash.« Er tat ihr leid. Das wurde ihr in diesem Augenblick bewusst. Sie empfand Mitleid für den reichen Kriegshelden, der alles haben konnte und nur sie wollte. Aber vielleicht lag auch darin der Reiz für ihn? Wenn er sich ihrer sicher war, würde er sein ausschweifendes Leben wieder aufnehmen und sich von einer Affäre in die nächste stürzen. »Du brauchst mich nicht.«

Sein Blick verhärtete sich. »Woher willst du das wissen? Vielleicht brauche ich genau dich, Gwen. Du bist so schön, dass ich wünschte, ich wäre ein Maler, um dein Bildnis auf ewig festhalten zu können. Und dabei stehst du mit beiden Beinen im Leben, weißt, was Schmerz, was Verlust bedeutet. Du bist kein Püppchen, du … O Gott, bitte, Gwen, mach es mir doch nicht so schwer!«, flehte er und schien vor ihr auf die Knie gehen zu wollen.

Sie schaute auf den Strand, wo Arthur bei den anderen stand und zu ihnen hinsah. Was musste er von dieser Szene halten? »Ash, nicht hier!«, zischte sie. »Das ist ja lächerlich!«

»Lächerlich, wenn ein Mann dir seine Liebe gesteht?« Ein seltsames Lächeln umspielte seine Lippen, und etwas in seinem Tonfall ließ sie frösteln.

»Ich habe dich nicht ermutigt, und außerdem willst du doch keine Frau heiraten, die dich nicht liebt.«

»Ha!« Er hatte sich wieder aufgerichtet und warf den Kopf nach hinten. »Du hast Angst vor echten Gefühlen!«

»Nein, ich liebe nicht dich. Ich liebe einen anderen.« Jetzt war es heraus, und im selben Moment wusste sie, dass es ein Fehler gewesen war.

Ashton kniff die Augen zusammen und trat nach einem Kiesel. »Doch nicht etwa einen der Dorfburschen?« In gespielter Erschütterung schlug er die Hände zusammen.

»Sei nicht geschmacklos. Ich bin selbst nur ein einfaches Mädchen aus dem Dorf.«

»Du bist mehr als das, und wenn du deine Chance nicht ergreifst, bist du selbst schuld. Überleg es dir noch einmal.«

Sie sah ihm fest in die Augen. »Nein. Ich werde dich nicht heiraten.«

Er schluckte, und sie konnte sehen, wie sich die Muskeln an seinem Kiefer bewegten. »Ich werde für einige Zeit verreisen. Das ist wohl das Beste. Sag du es ihnen.«

»Natürlich. Mach es dir nur einfach.« Er hatte sie in diese unangenehme Lage gebracht, und sie konnte jetzt alles geradebiegen. Na herzlichen Dank!

Bevor er sich der Landseite zuwandte, strich er ihr über die Haare und spielte mit einer ihrer feuchten Locken. »Wer ist es?«

»Ist das wichtig?« Sie drehte sich um und sah, wie Arthur mit gerunzelter Stirn auf sie zukam.

»Er?« Ashton lächelte herablassend und lief den Deich hinunter zum Parkplatz, auf dem sein glänzendes Automobil stand.

6

Das kleine Ferienhaus markierte den Beginn einer Sackgasse, in der sich Bungalows in Pastellfarben versammelt hatten. Licht schien aus den Fenstern im Erdgeschoss, in dem sich die Küche und ein großes Wohnzimmer befanden. Sam parkte hinter einem blauen Sportwagen in der Einfahrt. Der gehörte Leon Villers und war genauso laut wie sein Besitzer.

Seufzend warf sie die Wagentür zu und ging ins Haus. Es roch nach gekochten Tomaten und gebratenem Speck, doch Sam ignorierte das Klappern in der Küche und betrat den Wohnraum, den sie zum Besprechungs- und Arbeitsraum umfunktioniert hatten. Dort saß Leon Villers vor seinem provisorischen Arbeitsplatz und tippte eifrig auf seiner Tastatur. Ein großer Bildschirm und zwei Notebooks waren in Betrieb.

»Hallo, Leon.« Sam nahm ihr GPS-Gerät aus der Manteltasche und legte es auf den umfunktionierten Tapetentisch. Eine Couch und zwei Sessel standen dicht gedrängt in einer Ecke um einen niedrigen Tisch, auf dem ein Aschenbecher und ein Weinglas standen.

»Wir rauchen nicht im Haus! Hatte ich das nicht deutlich gesagt?« Verärgert zog Sam den Reißverschluss ihres Mantels auf.

Leon schwang sich lässig auf seinem Drehstuhl zu ihr herum. »Sorry, Doc, mein Fehler. Wenn ich mich konzentriere, muss ich rauchen.«

»Nicht hier drinnen. Und was hat dein Gehirnjogging gebracht?« Der junge Mann machte sie mit seiner selbstgefälligen

74

Art aggressiv, und das lag nicht nur an seinem Vater Jean Villers, dem professionellen Schatzsucher, der in ihren Augen nichts war als ein Plünderer. Da ließ sich nichts schönreden. *Girona* Explorations machte gerade wieder Schlagzeilen mit einem Bergungsmanöver in der Karibik.

Leons halblange dunkelblonde Haare waren vom Salzwasser gebleicht, er trug einen Dreitagebart und um den Hals eine Goldmünze aus dem Schatz der *Girona*. Durch das Leben auf dem Meer hatten sich zahlreiche Linien um die Augen eingegraben und verliehen den unregelmäßigen Gesichtszügen trotz seiner Jugend etwas Verwegenes.

»Na ja, viel kann ich noch nicht sagen. Aber ich habe mal zum Spaß ein 3-D-Modell der Bucht von Cardigan erstellt. Da fehlen noch Flächen, aber so könnte es ausgesehen haben.« Er fuhr mit der Maus über die Ablage, tippte kurz etwas ein, und auf dem Bildschirm erschien eine Computersimulation, die aussah wie eines dieser Entdeckerspiele, in dem man neue Zivilisationen gründen musste.

Sam sah genauer hin und schmunzelte. »Nett, aber es gab mindestens zwölf Siedlungen, die Deiche haben die gesamte Bucht zum Meer hin abgeschirmt, und wo sind die Schleusen?«

Leon fuhr mit dem Curser über eine Stelle am großen Außendeich. Plötzlich brach der Damm, und eine Flutwelle ergoss sich über die Weiden und Häuser. »Da ist das Schleusentor, das der Prinz vergessen hat.«

»Es gab mehr als ein Tor, auch wenn die Legende nur von einem spricht, und es war kein Prinz, sondern ein Adliger, Seithennin, ein Günstling von Longshanks. Immer vorausgesetzt, es hat ihn gegeben«, stellte Sam leicht genervt fest.

»Longshanks, nicht Edward Longshanks, der Hammer der Schotten, sondern Gwyddno Garanhir. Weiß ich doch. Aber hey, ich habe auch noch einen Drachen, den ich …«, sagte Leon.

75

»Nein! Keine Spielereien. Ich habe begriffen, dass du mit dem Programm vertraut bist, und hoffe, dass du auch wissenschaftlich damit arbeiten kannst.« Sie wandte sich ab und nahm die Speicherkarte aus dem GPS-Gerät.

»Jetzt seien Sie doch mal locker!« Leon drehte sich auf seinem Stuhl und ließ ein Gitternetz mit Koordinaten von Satelliten und Referenzpunkten auf dem Bildschirm erscheinen. »Besser? Sie haben überhaupt keinen Humor. Puh, wie sollen wir denn in diesem Kaff durchhalten, wenn wir alles bierernst nehmen müssen …«

»Niemand zwingt dich zu bleiben, Leon. Ich frage mich sowieso, was du hier treibst, wo doch dein Vater in der Karibik gerade nach spanischem Gold taucht. Da hättest du sicher mehr Spaß und müsstest dich nicht mit langweiligen echten Wissenschaftlern wie mir herumschlagen. Bitte, da ist die Tür!«

In diesem Augenblick kam Amy mit Schürze und Kochlöffel in der Hand aus der Küche. »Das Essen ist fertig. Oh, hallo, Samantha, wollen Sie uns Gesellschaft leisten? Ich hatte nicht damit gerechnet, dass Sie heute noch mal vorbeikommen.«

Amy Garber war eine begabte Studentin, die sich in verschiedenen Ausgrabungsteams bewährt hatte. Sam freute sich, die freundliche und gut organisierte junge Frau im Team zu haben.

»Danke, Amy. Heute nicht.« Sam nahm einen Stapel Broschüren und Kopien in die Hand. »Ist der Gezeitenplan nicht dabei?«

»Smartphone, Computer?«, kam es gedehnt von Leon.

»Dann drucken Sie den Plan doch gleich mal aus. Das können Sie, oder ist das zu simpel?« Sam war am Rande ihrer Geduld, wusste aber, dass der freche Student nur ein Salzkorn in ihrer Wunde war. Deshalb bremste sie sich und erklärte in gefährlich ruhigem Ton: »Wir arbeiten hier in einem Team zusammen, Leon Villers. Auch wenn wir ohne die üblichen Hightech-Geräte, die es sicher auf den Expeditionen deines Vaters gibt, auskommen, leisten wir hier wertvolle, effektive Arbeit. Dieses Areal wird später von lokalen archäologischen Gruppen betreut werden, die der Royal Commission angeschlossen sind. Das heißt, wir ebnen den Weg und legen den Grundstein, damit die hier ansässigen Gruppen möglichst kosteneffizient weiterarbeiten können.«

Leon steckte sich einen Bleistift hinters Ohr. »Ja, Doktor, habe ich verstanden. Wir machen die Vorarbeit, damit die Lokalarchäologen die Lorbeeren einheimsen können.«

»In Ordnung. Es reicht. Morgen fährst du zurück. Ich gebe Professor Farnham Bescheid, dass du kein Interesse an diesem Projekt hast.« Wütend ließ Sam die Papiere fallen und wollte sich umdrehen, doch da sprang Leon von seinem Stuhl auf.

»Bitte nicht! Ich entschuldige mich für mein Benehmen! Nur bitte schicken Sie mich nicht zurück. Wenn ich diesen Grabungsschein nicht bekomme, muss ich das Semester wiederholen und bin raus.« Er wirkte ehrlich zerknirscht, Sam überzeugte das jedoch nicht.

»Das hättest du dir vorher überlegen sollen. Es gibt hundert andere Studenten, die sich um diesen Platz gerissen haben. Geh zu deinem Vater, um Himmels willen. Du hast doch alles!« Es gab einen freundlichen, fleißigen Studenten, den sie sofort anrufen konnte.

Amy klinkte sich vorsichtig in das Gespräch ein. »Er hat sich mit seinem Vater überworfen. Er will ihm beweisen, dass er es auch allein schafft.«

»So jedenfalls nicht … Und den Sportwagen gab es als Trost für das Zerwürfnis. Ach, mir reicht es für heute. Wir reden morgen weiter.« Sam nahm ihre Autoschlüssel aus der Tasche und wandte sich an Amy. »Schau dir bitte genau die Gezeiten an und mach einen Plan, von wann bis wann wir am besten arbeiten können. Nach meiner Erfahrung haben wir maximal dreieinhalb Stunden dort draußen.«

77

»Ich erkundige mich beim Seewetterdienst, wie es sich mit Nebel in den nächsten Tagen verhält«, erbot sich Leon eifrig.

»Acht Uhr morgen früh oben am Poller.«

Als sie die Haustür hinter sich ins Schloss fallen ließ, war sie sich nicht sicher, ob ihre Entscheidung, Leon zu behalten, richtig gewesen war, doch eine gewisse Kompetenz musste sie ihm zugestehen. Sie stieg in ihren Wagen und fuhr die kurze Strecke zum Haus ihrer Großmutter.

Aus dem Schornstein quoll Rauch, und es duftete nach Holz. Was für ein Tag! Sie blieb kurz im Garten vor dem Cottage stehen und schaute die Straße hinauf, wo sich Shermans Werft und das Moor befanden. Die Straßenlaternen flackerten, hörten an der Brücke auf, und die Dunkelheit verschluckte alles, was sich dahinter befand. Sam fühlte, wie sich ihr die Nackenhaare aufstellten. Irgendetwas stimmte hier nicht, aber sie konnte es nicht genauer fassen.

»Sam, bist du das? Warum kommst du nicht herein?«, rief Gwen durch das offene Küchenfenster.

»Hmm, komme.« Das beklemmende Gefühl abschüttelnd, das sie seit heute Nachmittag verfolgte, betrat sie den wohlig warmen Hausflur.

»Hast du dich geärgert? Zieh die Stirn nicht so kraus, das gibt Falten.« Gwen kam aus der Küche, küsste ihre Enkelin auf die Wangen und ließ Sams langes, dichtes Haar durch ihre Finger gleiten. »So schöne Haare, genau wie meine Mutter.«

»Nicht wie Mum? Lass sie das nicht hören.« Sam lächelte und streichelte ihrer Großmutter über den Rücken.

Gwen hob nur die Schultern und ging in die Küche, nahm die verblichene Haube von der Teekanne und goss starken schwarzen Tee in zwei Becher, in denen bereits Milch war. Dann nahm sie zwei Teelöffel, tauchte sie in ein Honigglas, stellte in jeden Becher einen und drückte Sam einen in die Hand. »Komm.«

Als sie sich im Wohnzimmer neben dem Ofen gegenüber-saßen, sagte Gwen: »Deine Mutter war immer eifersüchtig. Auf ihre Geschwister, auf meine Mutter, auf Arthur, eigentlich auf jeden, von dem ich gerne sprach … Es war nicht leicht, und ich hatte nicht genug Zeit für meine Kinder, das weiß ich heute. Da-mals hat man das nicht so gesehen. Die Arbeit ging vor.«

»Eine Witwe in Borth Ende der Fünfziger hatte es schwer. Wegziehen kam aber nicht in Frage?«

»O nein. Wie hätte ich Arthur allein lassen können?« Ver-träumt schloss Gwen die Augen und wirkte beinahe so jung wie damals bei ihrer Hochzeit. »Ich habe Arthur geliebt. Ich liebe ihn über den Tod hinaus. So kann man nur ein einziges Mal lie-ben. Danach konnte es nichts mehr geben.«

»Ich beginne meine Mutter zu verstehen.« Sam sah ihre Großmutter plötzlich mit anderen Augen. Die verklärte, unkri-tische Liebe ihrer Kindheit hatte einen Riss bekommen.

Doch Gwen sah sie milde an. »Solange du nicht so geliebt hast, kannst du mich nicht verstehen. Und es bedeutet nicht, dass ich meine Kinder nicht über alles gestellt hätte. Schließlich sind es Ar-thurs. Jedes Mal wenn ich sie ansehe, entdecke ich etwas von ihm. Deine Mutter hat seinen Stolz und seine widerspenstigen Haare.«

»Ach, Granny, hast du ihr das denn nie gesagt?«

Gwen Morris seufzte tief. »Vielleicht nicht so, aber sie weiß es. Wir machen alle Fehler. Deine Mutter kann oder will ein-fach nicht verstehen, dass die Liebe zu Arthur mir alles bedeutet. Er hat mir die Kraft gegeben zu überleben, für meine Kinder zu kämpfen.«

»Und deshalb bist du hiergeblieben, weil er irgendwo da drau-ßen ist«, murmelte Sam nachdenklich.

»Ja, mein Liebes, er ist da draußen und wartet auf mich. In der Nacht seines Todes, da habe ich die Glocken von Cantre'r Gwae-lod läuten gehört und gewusst, dass es Arthurs Totenmusik war.«

Ein kalter Schauer überlief Sam, und sie horchte zum Fenster in die hereinbrechende Nacht. Hinter den Dünen brandeten die Wellen auf den Strand, und der Wind heulte um die alten Mauern.

Nachdem sie einen Schluck Tee getrunken hatte, sagte Sam: »Ich habe das Gefühl, dass mich jemand beobachtet, wenn ich durch das Watt und das Moor am Lery gehe. Ist das nicht seltsam?«

Gwens grüne Augen musterten sie aufmerksam. »Es gibt genügend Verrückte, die nichts anderes zu tun haben, als jungen Frauen hinterherzuschleichen. Nimm dich in Acht, Sam!«

»Nur Verrückte? Keine …« Sam zögerte.

»Geister?« Ihre Großmutter lachte. »Moorgeister vielleicht? Große Güte, nein! Zumindest glaube ich nicht daran. Die Glocken, das ist etwas anderes. Die habe ich mit meinen eigenen Ohren gehört.«

Sam grinste. »Sicher, die Glocken von Cantre'r Gwaelod sind auf jeden Fall wissenschaftlich zu belegen. Nein, weißt du, ich dachte eher an Leute, die was dagegen haben, dass wir jetzt die Bucht untersuchen. Wäre das denkbar?«

Überrascht schüttelte Gwen den Kopf. »Ich wüsste nicht, wen du mit deiner Arbeit vor den Kopf stoßen könntest. Schon damals, als sie die Ausgrabungen im Moor gemacht haben, haben sich alle im Dorf über die Schaulustigen und Touristen gefreut.«

»Hm, dann habe ich mich wahrscheinlich geirrt. Die Leiterin der Royal Commission damals war eine Lizzie Davis. Mit der werde ich morgen sprechen.«

»Eine aufdringliche Person. Die rauschte durch das Dorf wie eine Königin mit ihrem Gefolge.«

Ähnlich leidvolle Erfahrungen hatte Sam schon öfter bei Landgrabungen gemacht. Lokalhistoriker erschwerten die Arbeiten mit penetranter Fragerei und Einmischung meist mehr, als dass sie halfen.

»Ich kann nur hoffen, dass sie kooperativ ist und uns ihre Grabungsunterlagen zur Verfügung stellt.«

»Oh, Sam, jetzt, da du sie erwähnst, fällt mir ein, dass sie von Sabotage gesprochen hat. Irgendjemand hat mehrfach die Messpfähle im Lery zerstört. Man hat die Schuldigen nicht gefunden, aber ich denke, dass es jemand aus dem Dorf war.« Mit hochgezogenen Brauen sah Gwen ihre Enkelin an.

»Tatsächlich? Also ein Geist aus Fleisch und Blut, der nicht will, dass wir dem Meer auf den Grund gehen.«

Gwen griff nach einem alten, in Leder gebundenen Buch, das neben ihr auf dem Sofa lag. »Du glaubst doch an die Existenz von Cantre'r Gwaelod, nicht wahr?«

»Wäre ich sonst deine Enkelin?«, schmunzelte Sam. »Deswegen bin ich hier. Du hast mir die Geschichte so oft erzählt, dass ich den Wald in der Bucht hinter den Deichen vor mir sehen kann.«

Gwen schlug das Buch mit dem Titel »Wales, ein topographisches Lexikon« auf und blätterte kurz darin. »Jede Legende hat einen wahren Kern. Und dieser hier besteht aus Baumstämmen, die im Torf konserviert wurden. 1770 hat zum ersten Mal jemand davon berichtet.« Sie schien zu überlegen. »William Pughe, ein Antiquar. Aber erst 1846 hat Samuel Lewis darüber in seinem Buch geschrieben. Ein wissenschaftliches Buch!«

»Hmm, na ja, was man damals so wissenschaftlich nannte …«, gab Sam zu bedenken.

»Ts ts, Lewis hat nur beschrieben, was er gesehen hat. Hier, hör zu: In der See, etwa sieben Meilen nordwestlich von Aberystwyth in Cardiganshire befindet sich eine Sammlung loser Steine, genannt Caer Wyddno *Festung oder Palast des Gwyddno*; und daneben finden sich Spuren eines südlichen Dammes, gehörend zu Cantre'r Gwaelod. Das Wasser in der Bucht von Cardigan ist nicht tief, und bei ablaufendem Wasser kommen Steine

81

mit lateinischen Inschriften zum Vorschein. Auch wurden Münzen von römischen Kaisern gefunden, oftmals in der Nähe von alten Baumstümpfen.« Ihre Großmutter legte die Hand auf die Buchseite und musterte Sam vielsagend.

»Münzen? Ach, Granny. Römische Münzen werden immer mal wieder gefunden. Schließlich waren die Römer lange hier, schon wegen der Bleierzminen am Moor. Aber deswegen verfolgt mich sicher niemand. Das meinst du doch, oder?«

»Die Festung, Sam. Hast du nicht zugehört? Es gab eine Festung! Und wenn es eine Festung gab, gehörte die zu einer Stadt, zu Cantre'r Gwaelod! Und da haben viele Menschen gelebt!«

Müde rieb Sam sich die Augen. »Ich brauche Beweise, handfeste Hinweise für die Existenz einer solchen Festung. Bisher habe ich nur einen Fußweg aus Holz und Ästen. Der ist schon mehr, als ich erwartet hatte. Es verstärkt mein Gefühl, dass hier etwas war. Aber ob ich daran glaube oder nicht, spielt keine Rolle – ich brauche Beweise. Ohne Beweise bleibt es eine Legende. Sei mir nicht böse, wenn ich deine Überzeugung nicht teile, Granny.«

Gwen klappte das Buch zu und legte es vor sich auf den Tisch. »Du siehst erschöpft aus, Liebes, geh schlafen. Wann musst du morgen früh los?«

»Früh. Steh nicht meinetwegen auf. Wir sehen uns morgen zum Abendessen. Gute Nacht, Granny.« Sam ging zu ihrer Großmutter und küsste sie auf die Wange. Ihr Blick fiel auf das alte Buch. »Kann ich das mitnehmen?«

»Natürlich.« Mit einem wissenden Lächeln lehnte Gwen sich zurück.

»Willst du nicht zu Bett gehen? Es ist schon spät«, sagte Sam.

»Der Schlaf kommt nicht mehr so leicht zu mir, und ich sitze lieber hier unten und lausche dem Meer.«

7

Seit den frühen Morgenstunden war Sam mit Leon und Amy an der Grabungsstelle im Flussbett des Lery. Sie hatten bei Niedrigwasser mit den Vermessungen begonnen und bereits Proben verschiedener Baumstämme genommen.

Der Wind hatte aufgefrischt und trieb ihnen kalte Seeluft ins Gesicht. Sam wischte sich über die Nasenspitze und sah auf die Uhr. »Dreieinhalb Stunden. Das ist unser Zeitfenster, wie ich es mir gedacht hatte.«

Ihre Fischerstiefel reichten bis über die Oberschenkel, aber bis das Wasser sie dort erreichte, wollte sie nicht abwarten. Leon und Amy steckten erleichtert Tafeln und Messgeräte ein und zogen die Stiefel aus dem schweren Schlick. »Jetzt einen Tee. Bei diesem Klima muss man ja krank werden«, murrte Leon und erntete einen missbilligenden Blick von Sam.

»Ja, ja, sorry, ich weiß schon, was Sie jetzt sagen wollen, ich hätte in der Karibik bleiben sollen. Aber ob Sie's glauben oder nicht, mir macht das hier sogar Spaß!«

»Danke für die Erklärung, wäre mir sonst nicht aufgefallen«, erwiderte Sam trocken.

Amy umwickelte einen der Holzpfähle, die sie gestern und heute in den Boden getrieben hatten, mit einer Schnur, an der ein roter Plastikwimpel hing. »Hoffentlich nimmt das niemand weg. Ich will morgen noch mehr Fotos von diesen Torfstellen machen. Hier sind viele Zweige und Abdrücke von Blattwerk zu sehen.«

»Keine Sorge, welcher Idiot geht bei diesem Wetter in die Flussmitte und kickt Holzpfähle um?«, meinte Leon, der bereits eine Thermoskanne aus seinem Rucksack gezogen hatte.

»Das wüsste ich auch gern«, murmelte Sam und starrte in die Ferne, wo sie eine Bewegung im Buschwerk auszumachen meinte.

»Alles in Ordnung? Sie sehen blass aus.« Amy berührte sie an der Schulter, woraufhin Sam erschrocken zusammenzuckte.

»Hast du das auch gesehen, Amy?«

Die Studentin sah sie fragend an.

»Rechts vom Fluss neben der Straße. Die Büsche ... Da, jetzt blitzt es auf, wie von einer Linse. Da beobachtet uns doch jemand!« Sie streckte die Hand aus. »Wer hat das Fernglas?«

Leon zog es aus seinem Rucksack und gab es ihr, doch so sehr Sam sich auch bemühte, sie konnte niemanden entdecken. Enttäuscht gab sie Leon das Fernglas zurück. »Habe mich wohl getäuscht.«

»Das kann ja auch von der anderen Seite kommen. In Aberdovey ist mehr los. Vielleicht hat dort jemand fotografiert«, schlug Amy vor. »Ich habe das Aufblitzen auch gesehen.«

»Okay, sind wir jetzt fertig? Ich würde die Sachen gern ins Haus bringen und mit der Auswertung anfangen. Heute Abend wollte ich in die Stadt. Die Smoking Guns spielen im *Rummers*.« Leon packte seine Ausrüstung zusammen.

»*Rummers?*«, fragte Amy.

»Ein Pub in Aberystwyth«, erklärte Sam. »Viel Livemusik und mit Terrasse am Fluss. Nett. Du solltest mitgehen.«

»Kommen Sie doch auch mit, Doc. Hatte vergessen, dass Sie hier ja quasi Heimvorteil haben.« Leon grinste.

»Eher nicht.«

Der Wind machte ein ungestörtes Telefongespräch im Freien unmöglich, und so wartete Sam mit ihrem Anruf bei Lizzie Davis, bis sie im Büro des kleinen Cottage angekommen waren.

Während Amy und Leon die Sachen ins Haus trugen, ging sie in die Küche und stellte den Wasserkocher an, bevor sie zum Telefon griff. Es dauerte lange, bis sich eine barsche Stimme meldete.

»Davis.«

»Äh, hallo …« Etwas perplex stellte Sam sich vor. »Und Sie sind mein Ansprechpartner hier vor Ort, ist das richtig?«

»Natürlich bin ich das. Habe ja schließlich vor Jahren schon alles untersucht. Meinen Bericht sollten Sie gelesen haben. Was wollen Sie überhaupt noch einmal hier? Glauben Sie, wir haben was übersehen, weil wir nicht aus Oxford sind?«

Der ausgedruckte Grabungsbericht lag tatsächlich vor Sam auf dem Tisch. Er umfasste gerade einmal vier geschriebene Seiten und zwei Dutzend Fotos sowie Kartenmaterial mit den vermerkten Fundorten. Sam stellte sich eine geifernde Bulldogge am anderen Ende der Leitung vor, die Angst um ihren Knochen hatte. »Ich möchte Ihnen nichts wegnehmen, äh, und ganz gewiss nicht unterstellen, dass Sie nicht gründlich gearbeitet hätten. Ganz im Gegenteil, ich dachte, wir könnten voneinander profitieren.«

Mrs Davis grunzte. »Ach was. Inwiefern?«

»Nun ja, ich wollte Sie bitten, auf unsere Grabungsstelle oben am Lery zu kommen, damit Sie uns sagen können, was neu freigelegt wurde. Sie kennen das Gebiet sehr gut und sehen sicher sofort, was der Sturm ganz frisch freigelegt hat. Und mit unseren Instrumenten können wir dann rasch und effektiv an die Arbeit gehen. Es ist ohnehin so gedacht, dass wir Ihnen unsere Ergebnisse später zur Verfügung stellen und Sie von dort aus mit der lokalen Gruppe weitermachen können.«

Es blieb einen Moment still, dann schnaufte Mrs Davis und antwortete: »Damals haben Sie ein Team aus Birmingham geschickt. Warum diesmal Oxford?«

»Wir waren schneller.« Das war halb als Scherz und halb ernst gemeint, denn zuerst gelangten neueste meereskundliche Entdeckungen nach Oxford.

»Morgen um neun.« Mrs Davis legte auf.

Erstaunt sah Sam das Telefon an. »Na, das kann ja heiter werden … Morgen früh treffen wir Mrs Davis draußen.«

Amy kam mit einem Teebecher zu ihr. »Ist sie nett?«

Dankbar legte Sam beide Hände um den heißen Becher. »Ich hoffe, sie hatte heute nur einen schlechten Tag.«

»Oh.« Amy schien noch etwas sagen zu wollen, hielt jedoch inne und deutete zur Straße. »Da steht ein kleiner Junge mit seinem Fahrrad in der Auffahrt und winkt. Den habe ich schon öfter hier gesehen.«

Sam drehte sich zum Fenster, vor dem keine Gardinen hingen. »Das ist Max, der Sohn vom Besitzer der Werft.« Sie winkte zurück und sagte: »Ich seh mal nach, was er will.«

Max sah ihr ungeduldig entgegen. Seine Wangen waren gerötet, und er war vom schnellen Fahren verschwitzt und außer Atem. »Professor! Ich muss Ihnen was zeigen!«

Sam lächelte. »Danke für die Blumen, aber Professor bin ich noch nicht. Für dich gern Sam, Max, okay?«

Der Junge öffnete seine Jacke und holte ein zusammengeknülltes Taschentuch hervor. »Hier!«

Vorsichtig faltete er das Tuch auseinander, bevor er es in Sams Hände legte. »Habe ich gestern am Strand gefunden. Das ist bestimmt super alt!« Er war sichtlich stolz. »Ich habe ihn extra nicht sauber gemacht, weil man doch vorsichtig mit alten Sachen sein soll. Mein Vater sagt immer, dass man nicht weiß, was sich unter einer alten verrosteten Schale so alles verbergen kann.«

Form und Größe wiesen eindeutig auf einen Ring hin. Er schien lange im Schlick gelegen zu haben, und sie rieb nur vorsichtig an der Kruste, unter der es golden glänzte. »Wo hast du den gefunden?«

»Zeig ich dir, wenn wieder Ebbe ist.« Er strahlte sie an. »Ist was Interessantes, oder? Ich wollte es nicht meinem Vater zeigen, weil er dann vielleicht sagt, dass ich allein nicht so weit raus darf. Und da war noch etwas, aber das war tiefer unten, und ich kann da alleine nicht dran. Aber morgen gehen wir zusammen hin, nicht wahr?«

Sie rieb noch etwas kräftiger und konnte nun die Form besser sehen. Ein antiker Ring war das nicht, eher ein moderner Ehering. Aber einer, der lange im Meer gelegen hatte. So eine Kruste entstand nicht nach einem Sommer im Meer, dafür brauchte es Jahrzehnte. »Ich will dich nicht enttäuschen, Max. Alt ist der Ring schon, aber nicht so alt, wie du vielleicht gedacht hast.«

Die dunklen Augen sahen sie aufmerksam an. »Nicht so alt wie die Bäume? Ich war ziemlich weit draußen gestern, deshalb darf mein Vater das nicht wissen. Der Boden sieht da wellig aus, also wie eine riesige Welle, meine ich.«

Er beschrieb mit den Händen eine tiefe Rinne im Meeresboden, was bedeutete, dass er mindestens eine Meile weit hinausgelaufen und bei einsetzender Flut in großer Gefahr gewesen wäre.

Sam schloss die Finger um den Ring und sah den Jungen ernst an. »Du bist ein kluger Junge, Max, aber das war gefährlich.«

Max grinste verschmitzt. »Phh, kein Problem, ich kenn mich aus. Indiana Jones erlebt ganz andere Sachen.«

Sollte sie ihm jetzt erklären, dass Film und Realität wenig gemeinsam hatten? Diese Unterscheidung vorzunehmen fiel ja schon vielen Erwachsenen schwer. »Aber manchmal passieren Dinge, die wir nicht voraussehen können, und wenn man zum Beispiel allein weit draußen am Strand ist, kann das schiefgehen. Das geht mir auch so, Max. Deshalb halte ich es für gut, wenn wir nur zusammen da rausgehen. Vier Augen sehen mehr als zwei. Was denkst du denn, gibt es da noch was zu finden?«

»Ich weiß nicht, aber da war noch was. Vielleicht ein Sack oder so. Ich hatte keine Zeit mehr zum Buddeln, stand schon bis zu den Knöcheln im Wasser. War Zufall, dass mir das da überhaupt aufgefallen ist.« Er schob seine Mütze aus der Stirn.

»Dein Vater macht sich bestimmt schon Sorgen. Fahr lieber nach Hause, Max. Ich schau mir den Ring jetzt genauer an, und dann zeigst du mir morgen früh die Stelle. Bis dahin bleibt das unser Geheimnis, versprochen.« Sie reichte ihm die Hand. Das nächste Niedrigwasser trat in der Nacht ein, und in der Dunkelheit würde Max kaum allein dort hinauslaufen. Aber um ihn von weiteren gefährlichen Schatzsuchen abzuhalten, musste sie ihn morgen begleiten, und vielleicht hatte er ja tatsächlich etwas Interessantes gefunden. Der Meeresgrund vor Borth war ein außergewöhnlicher Grabungsort und gebot zügiges Handeln, um dem Wirken der Natur zuvorzukommen.

Max schlug strahlend ein. »Okay! Ich bin um halb neun am Poller oben. Morgen haben wir frei.«

Um neun Uhr käme der Drachen von der Royal Commission, aber den konnte sie auch eine Stunde später kommen lassen. »Meinst du, wir schaffen es in eineinhalb Stunden hin und zurück?«

»Na ja, wenn wir uns beeilen.«

Sie hörte die Haustür quietschend aufschwingen. »Wollen Sie auch ein Sandwich zum Lunch? Ich habe Käse mit Pickles oder Thunfisch«, bot Amy an.

»Käse, danke«, erwiderte Sam und verstaute das Taschentuch mit dem Ring in ihrer Strickjacke.

Max drehte sein Fahrrad um und stieg auf. »Bis morgen!«

Sam ging ins Haus und ließ in der Küche lauwarmes Wasser und einen Tropfen Spülmittel in eine Schale laufen. Dahinein legte sie den Ring. Er war nicht stark verschmutzt, die übliche Patina und Algenbewuchs.

Amy, die Sandwiches auf Teller legte, fragte: »Hat er den gefunden?«

»Meine Güte, warum dauert das denn so lange. Ich sterbe vor Hunger!« Leon kam dazu, entdeckte die Schale mit dem Ring und rieb sich die Hände. »Der Junge?«

Seufzend nickte Sam. »Nicht an die große Glocke hängen. Ich habe ihm versprochen, ihn morgen früh zur Fundstelle zu begleiten. Der Kleine ist aufgeweckt, aber einsam, und läuft stundenlang da draußen herum. Ich will nicht, dass er unseretwegen nach weiteren vermeintlichen Schätzen sucht und dabei in Gefahr gerät.«

»So ein hübscher kleiner Bursche, aber festbinden kann man die sowieso nicht. Ich habe zwei Brüder«, stellte Amy lakonisch fest. Sie stellte jedem einen Teller hin. »Bitte. Nächstes Mal bist du dran, Leon.«

»Dabei kannst du das viel besser. Nicht schlagen, Amy!«, witzelte er, biss hungrig in sein Thunfischsandwich und tauchte einen Finger in die Schale, um den Ring zu bewegen. Die Algen, die einen festen Belag bildeten, lösten sich bereits. »Nicht alt. Hat jemand beim Schwimmen verloren.«

Damit schien die Sache für ihn erledigt. Er stopfte sich das restliche Brot in den Mund, stellte den Teller in die Spüle und verschwand ins Arbeitszimmer.

Sam nahm den Ring aus der Schale, wischte ihn vorsichtig mit einem weichen Tuch ab und hielt den schmalen Goldreif ins Licht. Neugierig nahm sie den Ring und hielt ihn unter ein Vergrößerungsglas, das neben ihrem Computer lag, und sprach aus, was sie las: »*For I'd found love.*«

Leon begutachtete den nun fast sauberen Ring. »Uh, so romantisch und schwülstig, das könnte aus den Dreißigern stammen. Und die Form auch. So schmal.«

Er wandte sich wieder seinen Messergebnissen zu.

Etwas an der Inschrift berührte Sam. »Romantik ist ja nicht immer etwas Schlechtes, Leon. Manche Männer sollen durchaus zu solchen Gefühlen in der Lage sein.«

»Was ist romantisch?« Amy kam aus der Küche und ließ sich von Sam Ring und Lupe geben. »Oh, wie schön! Keine Jahreszahl, schade, aber ach, das ist so …«

»Romantisch?«, fragte Leon mit sarkastischem Unterton.

»Davon hast du keine Ahnung. Wenn ich mir den Ring so ansehe, tippe ich auf die Vierziger oder Fünfziger. Meine Mutter hat einen, den sie von ihrer Mutter geerbt hat, und der sieht ähnlich aus.«

Bei Amys Worten stutzte Sam, nahm den Ring wieder entgegen und drehte ihn hin und her. In ihr keimte eine unglaubliche Vermutung. Seit sie hier in Borth war, schien sie in eine andere Welt gefallen zu sein. Die Zeit schien hier langsamer zu verrinnen, und ein kleiner Junge fand einen Ring am Strand, der vielleicht …

»Entschuldigt mich, ich muss kurz weg. Ihr gebt die Daten von heute ein. Falls etwas ist, erreicht ihr mich auf dem Handy.«

Unter den skeptischen Blicken ihrer Assistenten, die sie für leicht überspannt halten mussten, packte sie ihre Tasche und stürmte zu ihrem Wagen. Mein Gott, wenn das stimmte! Wenn dieser Ring Arthur gehört hatte! Sam trat auf das Gaspedal und brauste die Straße hinauf zu Gwens Cottage. Aus dem Schornstein stieg Rauch auf, und das Küchenfenster stand offen.

Etwas zu forsch brachte sie den Wagen in der Einfahrt zum Stehen, stieg aus und warf die Tür zu. Dann zwang sie sich dazu, dreimal tief durchzuatmen. Sie konnte ihre Großmutter nicht einfach damit konfrontieren. Womöglich traf sie der Schlag.

»Du bist schon zurück, Sam?« Gwen Morris schaute aus dem Fenster. »Ist etwas passiert?«

Sam räusperte sich und schüttelte lächelnd den Kopf. »Nein, alles in Ordnung. Es ist nur so, dass ich etwas, nein, falsch …«

»Komm rein, Liebes, und erzähl es mir bei einer Tasse Tee. Bei einem Tee wirkt alles weniger dramatisch.«

Und damit hatte sie recht. Sam betrat das Haus, legte den Mantel ab, strich sich über die zerzausten Haare und ging in die Küche, wo sie ihre Großmutter umarmte. Beim Loslassen nahm sie Gwens Hände in ihre und sagte wie nebenbei: »Du trägst deinen Ehering noch immer?«

Entrüstet antwortete Gwen: »Natürlich! Was für eine Frage! Ich habe ihn nie abgelegt, nicht einen Tag! Aber das weißt du doch.«

»Steht etwas Besonderes drin? Meine Eltern haben die Namen und das Datum eingraviert.« Sam nahm den Deckel von der bauchigen Teekanne, damit Gwen das Teesieb hineinstellen konnte.

Auf dem Herd standen zwei Töpfe, aus denen ein würziger Duft zog. »Linsensuppe und Apfelkompott. Hier.« Gwen zog ihren Ring von den noch immer schlanken Fingern und legte ihn vor Sam auf den Tisch. »Lies selbst.«

Die Gravur war durch das lange Tragen verblasst, aber man konnte noch lesen, dass dort stand: *»and love was you.«*

Ein Schluchzer entrang sich Sams Kehle. »Das ist doch nicht möglich!«

Alarmiert wandte sich Gwen vom Herd ab und beugte sich zu ihr. »Was ist denn? Stimmt etwas nicht? Wir fanden das damals sehr schön, Liebes. Arthur hat die Ringe noch vor der Hochzeit machen lassen, heimlich, weil es niemand wissen durfte. Es war nicht so einfach damals, weil meine Eltern sich einen anderen Bräutigam für mich gewünscht hatten. Deshalb hat Arthur die Namen weggelassen. In seinem Ring steht …«

»For I'd found love«, flüsterte Sam und holte das Tuch aus ihrer Tasche. Das weiße Stofftaschentuch faltete sich auseinander, als sie es auf den Tisch legte, und der noch matte und verfärbte Ring rollte in Gwens Hand.

Alle Farbe war aus Gwens Gesicht gewichen, als sie mit zitternden Fingern nach dem Ring griff. Sie setzte ihre Brille auf, die an einem Band um ihren Hals baumelte, und nur ihre Lippen bewegten sich, während sie die Inschrift las. Mit tränenerfüllten Augen drückte sie sich den Ring an die Lippen. »Arthur, mein geliebter Mann.«

Schluchzend machte sie einen Schritt auf ihre Enkelin zu, die sie an sich drückte und ebenfalls weinen musste. Doch mit einem Ruck machte Gwen sich los, wischte sich die Augen und legte den Ring wieder auf den Tisch neben ihren eigenen. »Wo hast du ihn gefunden, Sam?«

8

Die bunte Lichterkette über dem Eingang des *Rummers* war von weitem zu sehen. Der Pub lag unterhalb des alten Brückenkopfs am Ufer des Rheidol, wo die Pubbesucher bei gutem Wetter saßen und ihr Ale mit Blick auf den Yachthafen tranken. Heute Abend jedoch regnete es, und Luke schlug den Kragen seiner Jacke hoch. Max hatte überraschenderweise gefragt, ob er bei Ronny, einem Klassenkameraden, übernachten dürfte. Ganz aufgekratzt hatte sein Sohn gewirkt, aber Luke freute sich, dass er anscheinend einen Freund gefunden hatte. Da Ronny in Aberystwyth wohnte, hatte er Max hingefahren und sich kurzentschlossen für einen Besuch im *Rummers* entschieden, wo heute eine Band spielte. Ronnys Mutter brachte den Jungen auf dem Weg zu ihrer Arbeitsstelle morgens wieder zurück.

Er hatte seinen Wagen in der Powell Street abgestellt, denn von dort musste man nur über die Straße vor der Brücke gehen. Aberystwyth war ein lebhaftes kleines Küstenstädtchen, das vom saisonalen Tourismus und den Studenten der Universität gleichermaßen profitierte. Besonders in der Nebensaison taten die vielen jungen Menschen der Stadt gut. Hier mischten sich alle Nationalitäten, und so hatte ein spanischer Student nach seinem Abschluss den Pub übernommen. Es war kurz nach acht Uhr und bereits dunkel. Luke stand im Schatten der alten Brücke und ließ einen Transporter vorbeifahren. Als er hinter sich ein Geräusch vernahm, zuckte er zusammen, und alle Muskeln seines auf Kampfeinsätze gedrillten Körpers spannten sich an.

93

Er drehte sich blitzschnell um und entdeckte ein junges Paar, das engumschlungen an einem Baum lehnte, ihn merkwürdig ansah und sich hastig entfernte. Viel zu oft ertappte er sich noch immer dabei, dass sein Verstand auf Autopilot schaltete wie damals während der Kampfeinsätze. Sein Leben hatte damals aus einem ständigen Wechsel von Phasen zermürbender Routine, in denen für den nächsten Einsatz Wissen gepaukt und der Körper trainiert wurde, und den Kampfeinsätzen bestanden. Letztere waren ein ständiger Tanz am Rande der Hölle, ein Drahtseilakt zwischen Leben und Tod, währenddessen das Adrenalin jede Faser seines Körpers sättigte. Entspann dich, sagte er sich, schloss die Augen und atmete tief ein und aus.

Zu seinen letzten Einsätzen hatte die Befreiung zweier italienischer Soldaten aus der Gewalt der Taliban gehört. Die von den Taliban gefolterten Geiseln waren bei der Aktion verletzt und alle acht Geiselnehmer von den Soldaten getötet worden. Diese rohe Brutalität der Taliban, deren Freude am Töten und den Hass der Fanatiker auf alle Andersgläubigen konnte sich niemand vorstellen, der nicht selbst dort gewesen war. Und niemand sollte sich das vorstellen müssen, denn die Bilder von Gewalt, Tod und Leid hatten sich in einem Teil seines Gehirns eingebrannt, den er gern löschen würde, doch es wollte nicht gelingen. Er wischte sich den Regen aus dem Gesicht und schüttelte sich wie ein Hund, der den Sand aus seinem Fell loswerden will. Schließlich ging er mit energischen Schritten über die Straße, die Treppen hinunter und wurde im Pub von lärmenden Gästen und lauter Musik empfangen.

Er bahnte sich seinen Weg durch die Menge zur Bar, denn das *Rummers* gehörte zu den beliebtesten Pubs der Stadt. Der Boden war mit Sägespänen bestreut, was die rustikale Atmosphäre des historischen Hauses betonte. Inzwischen war er auch in Aberystwyth kein Fremder mehr, was an seiner Werft und Tyler lag, der ihn ab und an zum Ausgehen überredete. Luke zwängte sich zwischen zwei breitschultrigen jungen Männern hindurch, die dunkelgrüne T-Shirts mit dem Logo des Uni-Footballteams trugen. Luke war selbst groß und noch immer gut in Form, aber mit diesen beiden hätte er nicht gern um einen Football gekämpft.

Endlich konnte er eine Hand auf die Theke legen. Miguel erkannte ihn. »*Hola*, wie geht's, Luke? Lange nicht gesehen.« Der Spanier lächelte trotz des brechend vollen Ladens, was auch an den vielen schmachtenden Blicken junger Frauen liegen mochte, vor denen er sich kaum retten konnte.

»Danke, gut. Ein Fuller's, bitte. Bist du zufrieden?« Er fragte, obwohl die Antwort offensichtlich war.

Miguel stellte ihm die Flasche hin. »*Si!* Läuft gut. Aber das Wetter, *madre mia*! Im Februar gehe ich für einen Monat nach Hause.«

»Aye, das machst du richtig. Cheers!« Luke nahm einen tiefen Zug, und langsam wich die Anspannung von eben. Das Publikum war gemischt, die Band zu laut, aber die Stimmung ausgezeichnet.

»Ey, Luke, schau mal da drüben. Ich glaube, die will was von dir«, sagte Miguel mit einem Kopfnicken Richtung Durchgang zum Nebenraum.

Wie hatte er sie übersehen können? Sie stach aus der Masse heraus, wie sie dort in Jeans und einem beigefarbenen Pullover, über den sich ihre dunkle Mähne ergoss, entspannt am Mauervorsprung lehnte und ihm zunickte.

Miguel machte eine Geste mit der Hand, was so viel wie Klassefrau bedeutete, und Luke nahm sein Bier und ging langsam auf die Archäologin zu. »Guten Abend, Frau Doktor, haben Sie sich doch mal von Ihren Baumstämmen losreißen können?«

»Im Dunkeln können selbst wir nicht viel ausrichten. Obwohl man den Wissenschaftlern aus Oxford ja einiges nachsagt.«

»Touché, ich hab's verdient. Ich freue mich ehrlich, Sie hier zu sehen. Mein Sohn hat schon wieder von Ihnen geschwärmt. Was haben Sie nur mit ihm gemacht?« Er stellte sich mit dem Rücken zur Wand neben sie, da es ein fortwährendes Kommen und Gehen war.

Ihre Augen nahmen einen warmen Ausdruck an. »Ihm zugehört. Mehr braucht es manchmal nicht.«

Er bemerkte das leere Weinglas in ihrer Hand. »Möchten Sie noch ein Glas? Oder sind Sie nicht allein hier? Dann störe ich nicht weiter.«

Die offenen Haare verliehen der sonst eher reserviert wirkenden Frau etwas Ungezähmtes. Sam reichte ihm ihr Glas, und er konnte den Hauch eines frischen Parfüms wahrnehmen.

»Sehr gern. Nein, meine Studenten haben mich überredet, aber die kommen auch gut ohne mich klar.« Sie sah zu einem Tisch, an dem mehrere junge Leute Pizza aßen.

»Ach ja, die beiden habe ich schon oben an der Flussmündung gesehen. Weiß oder rot?« Er hielt das Glas prüfend hoch. »Rot.«

»Das war ein erstaunlich guter Rioja. Ich meine für einen Pub.«

»Ich schätze, Miguel wäre beleidigt, wenn Sie das nicht sagen würden. Bin gleich zurück.« Luke stellte seine halbleere Bierflasche ab und ging zur Bar, wo Miguel ihn mit einem breiten Grinsen empfing.

»Noch mal dasselbe für die Lady, bitte. Sie hat gesagt, der war okay.«

Miguel hob die Brauen. »Okay? Nur okay?«

»Nein, ehrlich, sie hat ihn gelobt.«

Der Spanier nickte zufrieden und nahm die Flasche aus dem Regal. »Für dich auch? Ist besser als Bier.«

»Danke, beim nächsten Mal.« Luke bezahlte und nahm das Glas in die Hand.

Bevor er sich umwenden konnte, fragte Miguel: »Wer ist sie denn nun? Eine von der Uni?«

»Uni ja, aber nicht von hier. Sie untersucht den untergegangenen Wald in Borth.«

»Ehrlich? Na, du Glückspilz …«

Eine hübsche Blondine erlöste Luke aus dem Kreuzverhör, und er manövrierte das volle Rotweinglas geschickt durch die Menge zu Sam.

»Vielen Dank!« Sam hob leicht das Glas. »Auf Ihren Sohn!«

Luke nahm seine Bierflasche zur Hand. »Auf Max und darauf, dass er Sie gefunden hat.«

Sam senkte den Blick und wandte sich der Band zu. »Kennen Sie die?«

»Kann sein, dass ich sie schon mal gehört habe. Hier sind sie mir ganz ehrlich zu laut.« Er musste seine Stimme heben, um die dröhnenden Bässe zu übertönen.

»Folkrock ist nicht so ganz meins, aber einige Lieder gefallen mir«, erwiderte Sam.

»Was hören Sie sonst?«

»Folk, Jazz und alte englische Musik, kommt darauf an.«

Als ihn jemand von hinten anstieß, zuckte Luke kurz, beherrschte sich jedoch und entspannte sich wieder.

Sam war das nicht entgangen. »Was ist los? Kannten Sie den?«

»Nein, alte Gewohnheit.« Und schon bedauerte er die Bemerkung, denn sie hakte prompt nach.

»Was bedeutet das?«

»Ex-Royal-Marine-Service.«

Überraschung und Interesse hielten sich in ihrem forschenden Blick die Waage. »Welche Einheit?«

»Sie kennen sich aus?«

»Meine Großmutter entstammt einer Familie von Seeleuten und Navy-Offizieren. Zwei ihrer Brüder sind im Krieg gefallen. Also, ich weiß zumindest, worum es geht.«

»Tut mir leid. Das hatte ich vergessen. Ich glaube, Rhodri hat mir irgendwann mal ein wenig über die Geschichte von Borth erzählt. Auf die eine oder andere Weise waren wohl alle hier mit der Seefahrt oder dem Militär verbunden. Ich war bei einer Antiterroreinheit des SBS, Special Boat Service. Aber darüber ...«

»Möchten Sie nicht sprechen«, beendete sie den Satz für ihn.

»Kann ich Ihnen nicht übelnehmen. Während Sie sich mit der tödlichen Realität auseinandergesetzt haben, bin ich durchs Mittelmeer geschippert und habe nach alten Tonscherben und untergegangenen Königreichen gesucht. Obwohl auch dort nicht mehr alles so friedlich ist.« Erst kürzlich hatten die Islamisten Aleppo gestürmt. Sie lächelte. »Sie wissen von dem Königreich Cantre'r Gwaelod?«

Sie war einfühlsam, weder aufdringlich noch neugierig, und konnte das Gespräch geschickt aus gefährlichen Untiefen in seichte Gewässer lotsen.

Und hübsch, nein, sie war schön – und das, ohne arrogant zu sein. »Natürlich kenne ich die Legende von Longshanks und den Schleusentoren. Rhodri, der Besitzer vom *Lighthouse*, ist Max' Großvater. Und diese Legende hat er ihm mehr als ein Mal erzählt.«

»Rhodri ist ...? Oh, dann war Sophie die Sophie ... Ich war als Kind oft in den Ferien hier, habe dann aber ein wenig den Bezug verloren. Nicht zu meiner Großmutter, aber zu Borth. Ich hatte einfach keine Zeit mehr ...«

»Hey, Sie müssen sich nicht entschuldigen. Das ist der Lauf der Dinge. Wir werden erwachsen und haben andere Interessen.« Er sah gerade noch den platinblonden Haarschopf zur Tür hereinkommen, da hob sie schon den Arm und winkte ihm zu. »Bitte nicht!«, knurrte er.

Doch Sam starrte ebenso entgeistert in dieselbe Richtung wie er und murmelte: »Die hat mir noch gefehlt ...«

Da der Pub von Minute zu Minute voller wurde, hatte Millie Schwierigkeiten, sich durch die Menge zu ihnen vorzuarbeiten.

»Wo ist Ihre Jacke?«, sagte er dicht an ihrem Ohr.

Sam zog sie hinter dem Durchgang von einem Stuhl und schlüpfte hinein. »Meinen Sie auch die Platinblonde?«

»Millie, genau.« Er schmunzelte. »Sie ist etwas anhänglich, vor allem nach einigen Drinks.«

Sam war das ein wenig unangenehm. »Ich kenne Millie von früher. Wir waren immer sehr verschieden, aber wir hatten auch Spaß zusammen. Ich möchte sie nicht vor den Kopf stoßen, doch irgendwie können wir keinen Draht mehr zueinander finden.«

Er nahm ihre Hand. »Manövertaktik, vertrauen Sie mir.«

Mit einem Blick schätzte er die Bewegung der Menge ab, sah die beiden Footballspieler, die zwischen ihnen und Millie Richtung Bar strebten, und begab sich mit Sam im Schlepptau in deren Windschatten. Millie hatte sie kurz aus den Augen verloren, und diesen Moment nutzte er, um mit wenigen großen Schritten den dicken Vorhang vor der Tür zu erreichen. Rasch schob er Sam hindurch und nahm draußen erneut ihre Hand, weil ihm das gefiel. Sie überquerten die Straße und waren auf der anderen Seite hinter der Brücke außer Sichtweite. Erst hier blieb er stehen und sah sie an. Ihre Wangen waren gerötet, und sie schmunzelte.

»Sie können meine Hand jetzt loslassen.«

»Verzeihung.« Sie stand so dicht vor ihm, dass er die goldenen Punkte sehen konnte, die das Licht einer Straßenlaterne in ihre Augen projizierte. Ihre Lippen öffneten sich leicht, doch dann ging ein Ruck durch ihren Körper, und sie wich einen Schritt von ihm zurück, wobei sich ihre Hände lösten.

Die Straßen glitzerten noch nass, doch es hatte aufgehört zu regnen. »Wo steht Ihr Wagen?«

»Oben an der Promenade.« Sie knöpfte ihre Jacke zu und steckte die Hände in die Taschen.

»In die Richtung muss ich auch«, log er, und Seite an Seite gingen sie langsam die leicht ansteigende Straße entlang, die sie in die Stadtmitte und von dort direkt hinunter zum Meer führte.

Viele junge Leute schlenderten durch die nächtlichen Straßen, in denen es so viele Pubs gab, dass man an jedem Tag im Monat einen anderen besuchen konnte. Aberystwyth hatte den Sprung in die Moderne geschafft, ohne seinen Charme zu verlieren. Und dazu trugen die zumeist aus dem neunzehnten Jahrhundert stammenden Häuserfassaden mit ihren gewölbten Fenstern einen Großteil bei.

»Ich hatte vergessen, wie nett es hier ist«, sagte Sam, als sie die Kreuzung erreichten, von der aus man auf die beleuchtete Promenade sehen konnte. Die Wellen schlugen gurgelnd an die Kaimauer, und in der Dunkelheit sah man kleine Schaumkronen auf dem Meer tanzen.

»Es ist mir leichtgefallen, mich hierfür zu entscheiden, nachdem ich mein altes Leben aufgegeben hatte.«

»Vermissen Sie das alte Leben manchmal?«, wollte Sam wissen. »Ich meine den Kick der Gefahr? Eine Werft in Borth zu führen erscheint im Vergleich zu Antiterroreinsätzen sehr beschaulich.«

»Meine Arbeit hat den Reiz in genau dem Moment für mich verloren, als ich allein für Max verantwortlich war. Vor dem Tod meiner Frau bin ich manchmal monatelang nicht zu Hause gewesen. Ich war weder ein guter Ehemann noch ein guter Vater. Im Grunde lebte ich mein Leben und Sophie ihres.«

Aus einem Hauseingang trat eine Gruppe lärmender Studenten, der sie ausweichen mussten. Im Licht einer Straßenlaterne konnte er Sams Gesicht sehen, doch keine Wertung seiner Worte in ihrer Mimik ausmachen. Schweigend liefen sie Seite an Seite weiter, bis sie auf der Promenade standen und die salzige Meeresluft schmeckten.

»Es ist manchmal leichter, ständig unterwegs zu sein und gro-ßen Aufgaben nachzurennen, als sich den wichtigen Dingen des Lebens zu stellen«, sagte Sam unvermittelt.

Eine Böe wehte ihre dunkle Mähne nach hinten und gab den Blick auf ihren schlanken Hals frei. Sie bündelte ihre Haare mit einem geübten Griff und drehte sie zu einem Knoten.

»Und wenn man erkennt, dass es sich gelohnt hätte, um das Glück zu kämpfen, ist es plötzlich zu spät.« Er holte tief Luft und packte mit beiden Händen das weiß gestrichene Geländer am Rande der Kaimauer.

Darunter lag der Strand, vor der Promenade ein schmaler Sandstreifen, im Norden begrenzt vom Constitution Hill, im Süden steiniger werdend und an Klippen endend.

»Nicht zu spät für die richtige Entscheidung. Sie haben sich für Max und das Leben entschieden.«

Er schluckte, weil ihre Worte ihn ins Herz trafen. Eine Trä-ne stahl sich aus seinem Auge, aber er schrieb sie dem Wind zu, der ihm direkt ins Gesicht blies. Er räusperte sich. »Ja, er ist das Einzige, worauf ich in meinem Leben stolz bin.«

»Dann haben Sie mehr als die meisten Menschen. Mein Wa-gen steht dort drüben.« Sie ließ ihre Haare los und wandte sich ihm zu. Ihr Blick war schwer zu deuten, und wieder hatte er das Gefühl, dass sie ihm etwas sagen wollte, sich aber dagegen ent-schied. »Danke.«

»Wofür?«

»Dass wir Millie entkommen sind«, sagte sie lachend und lief über die Straße.

Luke blieb am Geländer stehen, lauschte dem Rauschen der Wellen und wartete, bis ihr Wagen hinter der Kurve verschwun-den war. Dann erst machte er sich langsam auf den Rückweg zur Brücke, hinter der sein Auto stand.

Borth, Oktober 1949

Der Sturm peitschte den Regen gegen die Fensterscheiben und rüttelte an den Rahmen. Seit Stunden hockten sie alle hier im Pub und warteten auf ein Lebenszeichen des letzten Fischerboots. Eine heftige Orkanböe hatte die Strommasten umgeknickt wie trockene Zweige und das Dorf in Finsternis gehüllt. Auch das Telefon war tot.

Die Hälfte der Dorfbewohner hatte sich in Jenkins Pub versammelt, um gemeinsam auf die Rückkehr der Vermissten zu warten. Doch mit jeder neuen, noch stärkeren Böe und jeder verstreichenden Stunde sank die Hoffnung, dass die *Lonna*, der Kutter der Blyth-Familie, den Wellen auf See trotzen könne. Gwen saß mit ihrer Freundin Hannah, ihrem Bruder Theo und Kayla an einem Tisch. Kayla Gwaren, eine Farmerstochter, machte Jenson Perkins seit dem Sommer schöne Augen.

Als plötzlich die Tür aufgestoßen wurde und der Wind weiße Gischt vom Meer hereinwehte, erstarrten alle, umklammerten ihre Gläser und murmelten Stoßgebete. Nur die alte Mary Jones starrte nickend zur Tür, die knarrend hin- und herschwang, weil sich niemand traute, sie zu schließen. Selbst Jenson stand mit wachsbleichem Gesicht hinter der Bar und schien auf den Leibhaftigen zu warten.

»Hört ihr das? Hört ihr die Glocken von Cantre'r Gwaelod? Die See hat sich geholt, was ihr gehört!« Marys raue, dunkle

Stimme erfüllte den Pub, in dem nichts außer dem Rauschen des Windes und dem Grollen des Meeres vor der Tür zu hören war.

Und Gwen hörte es tatsächlich. Ein merkwürdiges Prickeln lief von ihren Armen bis hinauf zu ihrem Nacken, in ihrem Kopf toste es. Jeder kannte die Legende von Longshanks und seinem achtlosen Gefolgsmann, der die Deichschleusen offen gelassen hatte. Aber die meisten taten sie als Aberglauben ab. Sie hätte vielleicht ebenso gedacht, doch Mary Jones hatte sie eines Besseren belehrt. Mit acht Jahren war sie das erste Mal Zeugin von Marys Ahnungen geworden. An jenem Morgen hatte ein Kohlenschlepper das Boot eines Makrelenfischers gerammt. Der Fischer hatte sich in seinem Netz verfangen und war ertrunken. Sie hatte neben Mary am Strand gestanden, als diese gemurmelt hatte: »Hörst du die Totenglocken, Gwen? Das Meer hat sich einen von uns geholt.« Und dann hatte Mary sie angesehen, genickt und kaum merklich gelächelt. »Ja, du hörst sie auch. Das sehe ich in deinen Augen. Das ist nichts Schlechtes, Kind. Sie läuten, wenn Gefahr droht, und sie läuten, wenn einer da draußen stirbt. Es gibt immer einen aus unserem Dorf, der sie hört. Das muss so sein. Wer soll die Menschen sonst warnen?«

Ja, Gwen hörte es, und es flößte ihr Angst ein, jedes Mal. Und heute war ihr Arthur da draußen und rang vielleicht um sein Leben. Er war gemeinsam mit Matthew und dessen Vater rausgefahren. Kurz vor dem Sturm hatten sie noch einmal die Netze füllen wollen. Doch sie spürte, dass die Glocken nicht für Arthur läuteten. Nein, nicht ihr Arthur würde heute ein nasses Grab finden!

Plötzlich sprang Hannah auf und knallte die Tür zu. Dann stellte sie sich mit in die Hüfte gestemmten Armen vor die Versammelten und sagte: »Ihr wollt doch nicht auf das Gefasel dieser armen Irren hören! Kayla, mach die Musik wieder an, und Jenson, schenk uns einen ein!«

Ein Ruck ging durch die Leute, sie fingen wieder an, sich zu unterhalten, und bedachten Mary nur ab und an mit scheelen Blicken. Gwen griff nach dem Ring, der an einer Kette um ihren Hals hing. Noch durfte niemand von ihrem Verlöbnis mit Arthur wissen, nicht nur, weil ihre Eltern insgeheim weiter hofften, dass sie sich doch für Ashton Trevena entscheiden würde, sondern auch, weil diese Arthur die Schuld an Theos Zustand gaben. Weil Hannah ein lustiger Vogel, aber viel zu geschwätzig war, konnte sie nicht einmal ihrer Freundin von ihrer Liebe erzählen.

Theo nahm sein halbvolles Glas und leerte es in einem Zug. Er war genauso groß und schlaksig wie ihr Vater. Wann immer sich eine Gelegenheit ergab, nahm Gwen ihren Bruder mit in den Pub oder auf einen Ausflug mit ihren Freunden. Meist war er nur mit Mühe dazu zu bewegen. Als jedoch abzusehen gewesen war, dass der Sturm sich aufbauen würde, hatte Gwen es für eine gute Idee gehalten, ihren Bruder mit unter Leute zu nehmen. Allein zu Hause in seinem Zimmer würde er sich in eine Ecke verkriechen und von albtraumhaften Erinnerungen geplagt so viele Tabletten schlucken, bis er im Tal dämmrigen Vergessens versank. Gwen hatte ihn oft dabei beobachtet, wie er sich heimlich eine Tablette in den Mund schob.

Mit Ende zwanzig war Theo im besten Alter, und wäre er gesund gewesen, wären ihm die Mädchen nachgelaufen. Doch so hingen ihm die Haare strähnig um den knochigen Kopf, und die dunklen Augenringe und tiefe Falten um Nase und Mund ließen ihn krank und müde aussehen.

Fürsorglich berührte Gwen seine Schulter. »Theo, möchtest du noch ein Bier?«

Ihr Bruder hob langsam den Blick, schien zu überlegen und flüsterte schließlich kaum vernehmlich: »Ja.«

Kayla, die rund, rosig und vorlaut war und über keinerlei Sensibilität für die Befindlichkeiten anderer verfügte, stieß Theo im Vorbeigehen an und sagte: »Meine Güte, reiß dich mal zusammen! Ist doch keine Trauerveranstaltung hier! Du tust gerade so, als wärst du der Einzige, der im Krieg was erlebt hätte ... Hey, Jenson, gib mir mal einen Whisky für unseren leidenden Kriegshelden.«

»Und der Alten dahinten auch gleich einen!«, rief Hannah und wirbelte mit wehendem Schal durch den Raum. Aus der Jukebox tönte Glenn Miller.

Gwen streichelte Theo über die Wange und sagte: »Mach dir nichts draus, die sind dumm. Die wissen es nicht besser.«

»Hm, ist schon gut, schon gut, Gwen.« Theo starrte finster zum Fenster, bis Jenson ihm tatsächlich ein Glas Whisky hinstellte, doch Gwen schnappte es ihm weg und trank es selbst aus.

»Was soll das, Jenson? Du weißt doch, dass er Medikamente nimmt und dann völlig ausrastet. Gib uns noch ein Bier und sag deiner dummen kleinen Freundin, die anscheinend zu viel Schafwolle in ihrem Hirn hat, dass sie ihr Maul halten soll.«

Jenson, der wegen eines Herzleidens vom Militärdienst befreit worden war, errötete und nickte. Leise sagte er: »Tut mir leid, Gwen. Sie meint das nicht so.«

Kayla tanzte jetzt mit Hannah in so aufreizender Weise, dass die Männer sich die Köpfe verrenkten und von ihren Frauen, wenn sie denn dabei waren, einen Klaps auf den Hinterkopf erhielten. Der Krieg hatte nicht nur die Soldaten verändert, die einen Teil ihrer Seele in der blutigen Hölle verloren hatten, dachte Gwen. Sie hatten einen hohen Preis für die Freiheit bezahlt, den Preis der Unschuld. Nichts war mehr so wie früher, denn auf die eine oder andere Weise hatten sie alle mit Tod, Gewalt, Hunger und Entbehrungen Bekanntschaft gemacht. Der Tod war ein häufiger Gast in ihren Häusern geworden. Er hatte viele Gestalten, und manchmal nahm er sich langsam, was man ihm nicht geben wollte. Sie griff nach Theos Hand, der es ohne erkennbare Reaktion geschehen ließ.

Während des Krieges hatten sie in einer unwirklichen Endzeitstimmung gelebt, jeden Tag am Rande eines Vulkans getanzt, in dessen Krater man jederzeit verglühen konnte. Niemand wusste, was morgen sein würde. Arthur hatte sich im letzten Kriegsjahr mit seinem Bruder Marcus bei der Navy gemeldet, um die Verteidigungsanlagen entlang der Küsten zu erweitern und zu überwachen. Sie waren in Theos Einheit gewesen. Marcus, nur ein Jahr älter als Arthur, war auf tragische Weise bei der vorzeitigen Detonation einer Mine im Kanal bei Bristol ums Leben gekommen.

Jensons Onkel war in Frankreich gefallen, und Kayla tanzte so ausgelassen, dass sie ihn vielleicht vergessen ließ, dass er kein Kriegsheld war. Überhaupt gab er gern eine Runde mehr als nötig aus und lachte lauter als die anderen. Jenson machte sich beliebt, in dem er sich Freunde kaufte. Gwen beobachtete, wie Kayla sich immer wieder nach Jenson umdrehte und ihm über die Wange strich, als er an ihr vorbeiging. Die beiden würden gewiss bald heiraten. Gwen seufzte und spielte mit dem Ring an ihrer Kette. Im Dezember wurde sie neunzehn. Alt genug, um zu heiraten. Aber sie wollte eine fröhliche Hochzeit, eine, auf der alle tanzten und die Gläser hoben und sentimentale Segenssprüche auf das Brautpaar ausriefen. Und das war nur möglich, wenn ihre Eltern das Einverständnis zu ihrer Ehe mit Arthur gaben. Und das würden sie wohl niemals geben. Nicht, solange ihre Eltern glaubten, dass Arthur schuld an Theos Trauma war, und auf eine Ehe mit dem reichen Trevena hofften.

Sie spürte eine ruckartige Bewegung neben sich und sah, dass Theo seine Hände flach vor sich neben seinem Glas auf den Tisch gelegt hatte. Seine Hände zitterten oft unkontrolliert, so dass er sie zusammenpresste wie zu einem Gebet oder sie in seinen Hosentaschen vergrub. Vielleicht war das Bier nicht gut gewesen.

»Wie viele Tabletten hast du heute schon genommen, Theo?«, fragte sie ihn leise.

Seine Lippen bebten, Schweißperlen traten ihm auf die Stirn, und er starrte unverwandt auf seine Hände, die vibrierten, als rüttle jemand am Tisch. Abwechselnd schnellte ein Finger in die Höhe, flatterte auf der Tischplatte, dass man glauben konnte, Theo sei ein Pianospieler, der seine Partitur trocken übte. Gwen nahm seine Hände in ihre und hielt sie fest. »Wie viele?«

Er suchte nach Worten, die Zunge schien an seinem Gaumen zu kleben, und er sagte kaum hörbar: »Zu viele, Gwen, zu viele …«

Sie legte ihm den Arm um die Schultern und drückte ihn an sich, ohne auf Kaylas Kichern zu achten.

»Na, muss Schwesterchen dich trösten? Och, du armer, armer Junge«, ätzte die Farmerstochter, schnalzte mit der Zunge und wiegte die Hüften im Takt der Musik.

»Ich muss weg, Gwen. Lass mich gehen.« Theo machte sich von ihr los und zog die Jacke von seinem Stuhl, als die Tür aufgestoßen wurde und eine Gruppe triefend nasser Männer hereinkam.

Einer von ihnen trug das Ölzeug der Fischer.

»Arthur!«, schrie Gwen erleichtert auf und wollte zu ihm laufen, doch er schüttelte den Kopf und stellte sich hinter den älteren der drei anderen Männer.

Die weiße Mähne des Hünen sah unter einer Tweedmütze hervor. Lewis war Mechaniker und gehörte genau wie seine Begleiter der Royal National Lifeboat Institution an. »Wir brauchen jeden Mann, der schwimmen kann und bei Kräften ist. Die *Lonna* ist gekentert, und zwei Männer sind noch an Bord.«

Theo zog sich seine Jacke an und ging ohne ein Wort zu den

107

Männern. Als Gwen verzweifelt die Hände ausstreckte, sagte Arthur: »Ich passe auf ihn auf. Er ist der beste Schwimmer des Dorfes.«

Hannah stand mit den anderen zwischen den Stühlen und wischte sich die Augen. »Wo ist Matthew? Warum ist Matthew nicht bei euch?«

»Mädchen, was habe ich gesagt. Das Meer holt sich, was ihm gehört«, sagte die alte Mary und schlang sich ihr Wolltuch um die Schultern. »Gehen wir. Jenson, du solltest auch mitkommen, oder kannst du nicht schwimmen?«

»Nein! Er bleibt hier!«, kreischte Kayla und hielt Jenson am Hemdsärmel fest. »Er hat ein schwaches Herz.«

Lewis und Arthur ignorierten die Szene und hießen stattdessen die jungen Männer willkommen, die spontan aufgesprungen waren und sich ihnen anschlossen.

»Was ist passiert?«, wollte Gwen wissen und hielt dabei die Hand ihres Bruders und die ihres Geliebten.

»Das Ruder ist ausgefallen, Blyth konnte nicht mehr Kurs halten, und die *Lonna* ist seitwärts von einem Brecher erfasst worden, ich habe es gerade so geschafft, konnte Hilfe holen …«, erklärte Arthur. »Wir müssen uns beeilen, Gwen. Kommt, Männer!«

»Warte auf mich, Arthur!« Gwen holte ihren Wachstuchmantel vom Garderobenständer.

Während sie die wenigen Worte wechselten, blies der Sturm schmutzige Gischt in den Pub, draußen heulte es, als wäre das höllische Inferno losgebrochen, die Frauen schluchzten, und die alten Männer, die nicht helfen konnten, redeten beruhigend auf sie ein. Nur die alte Mary sah strafend zu Jenson, der wie versteinert an seinem Tresen stand.

»Gib uns eine Flasche Whisky mit, wenn du schon hierbleibst.«

Gwen sah zu, wie Jenson von der hysterisch weinenden Kayla

festgehalten wurde und Mary eine Flasche Whisky in die Hand drückte.

»Hannah?« Fragend wandte sich Gwen an ihre Freundin, welche die Arme um ihren Oberkörper geschlungen hatte.

»Was soll ich denn da draußen? Ich kann doch nicht helfen! Und was willst du überhaupt tun?«

»Für sie da sein.« Gwen wartete auf Mary, die mit Hilfe ihres Gehstocks zur Tür humpelte.

»Ja, tu dich nur groß, dabei kannst du auch nichts anderes machen als zuschauen«, keifte Hannah von hinten.

Nachdem Gwen den Pub verlassen hatte, schlug ihr der Wind die nasse Seeluft mit solcher Wucht ins Gesicht, dass sie Luft holen und husten musste. »Was für ein Unwetter! So schlimm hat das aber keiner erwartet!«

Mary nickte und ließ zu, dass Gwen sie unterhakte. Gemeinsam machten sie sich auf den Weg zu einem Wagen, dessen Scheinwerferkegel den vom Wind gepeitschten Regen sichtbar machten. Arthur streckte bereits den Kopf zum Fenster hinaus. »Na los, steigt schon ein!«, brüllte er dem Sturm entgegen.

Als sie sich neben Theo auf die Hinterbank gezwängt hatten, drehte sich Arthur, der auf dem Beifahrersitz saß, zu ihnen um. »Wollte Hannah nicht mitkommen?«

Gwen schüttelte den Kopf. Der Wagen ruckte an und wurde von Lewis in halsbrecherischem Tempo über die kaum befestigte Straße gelenkt. Der Regen hatte die sonst feste Oberfläche aus Sand und Kies in eine Matschpiste mit tiefen Schlaglöchern verwandelt. Das Dorf lag in unheimlicher Dunkelheit vor ihnen. Nur in wenigen Fenstern flackerten Kerzen oder eine Petroleumlampe. Die Praxis des Veterinärs war erleuchtet, denn Doktor Johnson hatte um diese Zeit Sprechstunde und ließ sich nur in extremen Ausnahmefällen davon abhalten, seinen tierischen Patienten zu helfen.

Mary hielt die Flasche fest auf ihrem Schoß. »Theo, bist ein guter Junge«, sagte sie aufmunternd zu Gwens Bruder, der mit unbewegter Miene aus dem Fenster sah.

»Ist denn jemand über Bord gegangen, Arthur?«, wollte Gwen wissen, während sie im Rhythmus des holpernden Fahrzeugs auf- und abgeworfen wurde.

»Mich hat es zuerst über Bord gespült. Die Strömung und der Wellengang waren so stark, dass ich sofort vom Kutter weggetrieben wurde. Ich war schon ein gutes Stück entfernt, als ich Blyth an der Reling sah. Und dann kam ein Riesenbrecher. Ich weiß nicht, ob er ins Meer gerissen wurde ...« Arthur wischte die inzwischen beschlagene Fensterscheibe mit der Hand frei.

Sie hatten das Ende der regulären Straße erreicht und fuhren nun durch die hohen Wanderdünen, die den Strand von Ynyslas zur Landseite hin umgaben. Der Wind riss an den großen Büscheln Dünengras, die den feinen weißen Sand festhielten und die Bildung hoher Dünen erst ermöglichten. Der Wagen kämpfte sich mühsam durch den weichen Sand, und Gwen befürchtete, dass sie sich festfahren würden. Doch Lewis kannte den Weg offenbar gut, denn er fuhr ohne zu zögern durch eine Enge zwischen zwei Dünen, die einem sandigen Nadelöhr glich.

»Wie kommt ihr raus aufs Meer? Haben sie die Rettungsboote schon hergeschafft?« Gwen drehte ihre Haare zu einem Knoten und wickelte ihren Seidenschal darum, der vorher als Halstuch gedient hatte.

Keiner der Männer antwortete, denn sie hatten endlich den Strand an der breiten Flussmündung des Dovey erreicht. Hier trafen sich zwei Strömungen und erzeugten einen gefährlichen Sog, der selbst geübte Schwimmer in Lebensgefahr bringen konnte. Durch den Sturm war der Wasserstand hoch, und die Männer des RNLI waren dabei, ein schweres hölzernes Rettungsboot ins Meer zu ziehen. Ihre Automobile standen, mit den Scheinwerfern auf die aufgewühlte See gerichtet, dicht am Dünensaum.

Theo sprang erstaunlich behände aus dem Wagen und lief zum Boot, wo er von den Männern in Ölzeug freudig begrüßt wurde. Sie alle wussten, dass Theo zu den besten Schwimmern der Royal Navy gehört hatte, bevor er als traumatisierter Krüppel aus dem Krieg zurückgekommen war. Wenn er helfen konnte, half Theo, ohne ein Wort darüber zu verlieren. In dieser Hinsicht war er ganz der Alte geblieben.

Gwen wischte sich die Augen, weil der Wind ihr den Sand ins Gesicht trieb und auch, weil sie stolz auf ihren Bruder war. Gleichzeitig hatte sie schreckliche Angst um ihn.

»Es wird gut gehen, Mädchen. Heute ist nicht Theos Tag.« Mary stand neben ihr und schraubte die Whiskyflasche auf. »Hier.«

Erschüttert starrte Gwen die orakelnde alte Frau an, deren runzliges Gesicht vom rauen Leben an der See geprägt war. »Wer dann? Wessen Tag ist heute gekommen, Mary?«

Die Alte schüttelte den Kopf. »Niemand wird heute sterben, Gwen. Heute nicht, glaub mir.«

Plötzlich schrie Arthur aufgeregt und winkte auf die Flussmündung hinaus. Auf der anderen Seite des Dovey erhob sich die beleuchtete Silhouette des kleinen Ortes Aberdovey auf den Klippen. Das pittoreske Hafenstädtchen überblickte die Bucht. Dagegen musste sich das einsame, eher düstere Borth gewaltig anstrengen, wollte es jemals Touristen anziehen. Am prominentesten Punkt der Hügelkette lag das Haus der Trevenas. Dort oben fanden rauschende Feste statt, und Gwen hatte so manchem Feuerwerk auf der Terrasse der Trevenas beigewohnt. Natürlich besaßen die Trevenas eine motorisierte Segelyacht, die *Ariel*. Und das schlanke Schiff zerschnitt in diesem Augenblick die wütenden Wogen.

Gwen lief vor, bis sie neben Arthur stand. »Ist das etwa Ashton da draußen auf der *Ariel*?«

Arthur grinste. »Unser verrückter Kriegsheld …«

Das Rettungsboot war mittlerweile im Wasser und wurde von drei Männern gerudert. Theo saß vorn, Lewis' weiße Mähne war hinten zu sehen.

»Warte hier. Wir holen Matthew und seinen Vater da raus.« Damit gab Arthur ihr einen Kuss auf die zitternden Lippen und rannte ins Wasser, wo er sich mit einem Satz ins Rettungsboot hievte und eines der Ruder übernahm.

Den salzigen Geschmack des Meeres auf den Lippen beobachtete Gwen mit zusammengekniffenen Augen, wie die *Ariel*, deren weißer Bug wie ein Wattebausch auf dem Meer hüpfte, in der Dunkelheit verschwand. Das Rettungsboot folgte langsamer und versank bedenklich tief in den Wellenbergen, bevor es sich mühsam wieder nach oben kämpfte. Hin und wieder blitzten Positionsleuchten in der Ferne auf, ein dumpfes, explosionsartiges Geräusch ertönte, und Gwen hoffte, dass die *Lonna* nicht gesunken war, denn selbst ein erfahrener Schwimmer würde im kalten Wasser der Irischen See bald an seine Grenzen kommen.

9

Der Morgen war unerwartet schön. Über dem Festland hingen zwar noch dunkle Wolken, doch über der See strahlte es blau zwischen grauweißen Wolkenbergen. Leon und Amy bauten die Messgeräte auf, und vorn am Poller konnte Sam die Gestalt des Jungen erkennen.

»Also, ihr wisst Bescheid, was zu tun ist, wenn Mrs Davis kommt?«, fragte Sam die Studenten. Sie hatte beschlossen, die ältere Dame nicht weiter zu verärgern, indem sie den Termin verschob. Ihre Studenten waren kompetent genug, sie in die geplanten Arbeiten einzuführen.

Leon hob grinsend den Kopf. »Yup. Wir zeigen ihr die Geräte und lassen uns genau erklären, was sie damals mit ihrem Team untersucht hat.«

»Gut. Tut mir leid, aber ich hab's dem Jungen versprochen, und vielleicht hat er tatsächlich eine wichtige Entdeckung gemacht.« Sie wickelte sich ihren Leinenschal um den Hals, schulterte einen Rucksack mit Grabungsutensilien und warf einen Blick auf ihre Uhr. »In anderthalb Stunden bin ich spätestens zurück. Und ihr habt ja meine Nummer …«

»Gehen Sie nur, wir machen das schon!«, beruhigte Amy sie.

Als Max sich zu ihr umdrehte und winkte, machte sich Sam seufzend auf den Weg. Der Junge stand mit vor Aufregung roten Wangen an der Flussmündung. Das Wasser hatte sich bereits weit zurückgezogen, und man konnte die dunklen Baumstümpfe sehen, die teils sehr dicht und teils weiter auseinanderliegend in den schlickigen Untiefen des Meeresbodens zum Vorschein kamen.

»Hallo, Sam!« Max hüpfte freudig auf und ab und zeigte ungeduldig in die Ferne. »Dahinten, da müssen wir hin. Komm schon! Sonst kommt das Wasser zurück, und du hast es nicht gesehen.«

Sam nickte. »Guten Morgen, junger Mann. Na dann los!«

Sie hatte ein schlechtes Gewissen, weil sie Luke nichts von diesem Unternehmen erzählt hatte, aber was sollte schon geschehen? Max spazierte schließlich oft allein hier draußen herum, und das schien seinen Vater auch nicht zu beunruhigen. »Übrigens, Max, der Ring, das war ein ganz besonderer Fund!«

Sie waren die Böschung hinuntergeklettert und schritten nun in flottem Tempo nebeneinanderher. Max wusste anscheinend genau, wohin sie mussten. Der Junge hatte ein Gespür für die Natur. Vielleicht fühlte er sich hier mit seiner Trauer auch weniger allein als in der Nähe seines Vaters. Er trug Gummistiefel, Regenhose und einen blauen Parka, und aus seinem gelbgrünen Kinderrucksack ragte eine Schaufel. Seine dunklen Augen strahlten sie an. »Nicht wahr? Ich habe gleich gedacht, dass der Ring ganz alt sein muss!«

»Na ja, sehr alt ist er nicht. Also nicht antik«, antwortete Sam.

Die Möwen kreischten über ihren Köpfen, und der nasse Boden schmatzte und gurgelte unter ihren Schritten. Der Wind wehte nur schwach aus südwestlicher Richtung, und der strenge Geruch des schwarzen Schlicks stieg vom Boden auf.

»Nein? Was ist es denn dann? Och, nur ein Ring, den jemand beim Schwimmen verloren hat? Aber er war ziemlich tief im Sand versteckt!«

»Jemand hat diesen Ring vor vielen Jahren verloren. Nicht beim Schwimmen, Max. Es muss während eines Unwetters geschehen sein, und dieser Mensch war in Lebensgefahr. Max, der

Ring hat meinem Großvater gehört.« Sie wollte das Wort Tod vermeiden, um den Jungen nicht aufzuregen. »Er war Fischer, weißt du. Eines Nachts ist er bei einem Unwetter rausgefahren und nicht wiedergekommen, und meine Großmutter hat immer auf ihn gewartet. Niemand weiß, was ihm zugestoßen ist. Aber nun hast du seinen Ring gefunden und meiner Großmutter damit eine große Freude gemacht.«

Sie strich Max über das dichte Haar, und der Junge hob seinen Blick. »Das ist eine traurige Geschichte.«

Er schwieg und schien zu überlegen. Plötzlich sagte er: »Er ist nicht wiedergekommen. Wie meine Mutter. Die hatte einen Unfall. Sie musste ins Krankenhaus und ist nicht wieder nach Hause gekommen.«

Sam schalt sich innerlich für ihre Unüberlegtheit. Sie hätte lieber eine Lüge erfinden sollen, ihm die tragische Wahrheit ersparen sollen. »Max, es tut mir leid. ich hätte dir das nicht sagen sollen. Es ist sehr schön, dass du diesen Ring gefunden hast. Meine Großmutter ist auch nicht traurig, weißt du. Das ist sehr lange her, und der Ring erinnert sie an ihren Mann, und das ist etwas Schönes!«

Himmel, sie redete sich um Kopf und Kragen. Wie machten Eltern das nur? Zum ersten Mal wurde ihr bewusst, wie schwierig es war, ein Kind durch ein Leben voller unliebsamer Wahrheiten zu begleiten und dafür zu sorgen, dass seine Seele keinen Schaden nahm.

»Ja? Sie hat sich also gefreut?«, sagte Max und schaute nach vorn, als suche er etwas.

»Du musst uns einmal besuchen, Max, dann kann sie sich selbst bei dir bedanken. Sie wohnt in dem kleinen weißen Cottage am Ende der Straße.«

»Ist sie die alte Frau, die immer im Garten sitzt?«

Sam lächelte. »Ja, genau die. Sie liebt das Meer genauso sehr wie du.« Abwesend betrachtete sie den Meeresboden, der sich während der letzten zwanzig Meter verändert hatte. Sie waren in die Flussmündung hinausgelaufen und hatten einen leichten Bogen nach links geschlagen. Dieser Streifen lag zwischen der Fahrrinne und einer Sandbank, und hier hatte sich besonders viel torfiger Boden angesammelt. Immer wieder traten sie auf feste Brocken und die runden Stümpfe der uralten Baumriesen. »Sind wir hier richtig, Max?«

Der Junge nickte konzentriert. »Hier ist der Boden dunkler. Das geht so bis dort hinten. Komm!«

Max lief, so schnell es seine Beine und der unebene Boden zuließen, während Sam ihr GPS-Gerät hochhielt und auf Datenspeicherung drückte. Sie schaute zurück zum Ufer, um sich topographische Orientierungsmarken einzuprägen. Die höchste Düne war genau auf ihrer Höhe, für eine genaue Bestimmung halfen jedoch nur die Koordinaten. Die konnte sie auch mit Hilfe des Ortungssystems in ihrem Handy festhalten, was sie ebenfalls tat.

»Wo bleibst du denn?«, rief Max ungeduldig.

»Ich kenne mich hier nicht so gut aus wie du, Max.« Sie schwenkte ihr Handy. Sie musste unbedingt nachsehen, ob Mrs Davis damals auch diesen Bereich untersucht hatte. Wenn sie Leon ihre Koordinaten gab, konnte er das schnell überprüfen.

Als Max endlich langsamer wurde, waren sie fast eine Stunde gelaufen und an einer Stelle angelangt, die vom Strand aus kaum zu sehen sein dürfte. Bemerkenswert, dachte Sam. Der Meeresboden hatte sich hier gesenkt und damit die Ansammlung einer dicken Schlickschicht begünstigt. Aus den dunklen Buckeln zu schließen waren ungefähr ein Dutzend Baumstümpfe auf einer Länge von dreißig Metern vorhanden. In Richtung der offenen Bucht sammelte sich das Wasser in tieferen Pfützen, und auch die Priele zwischen den Sandbänken waren voller Wasser. Allzu lange würde dieser Bereich nicht mehr sichtbar sein. Sie sah auf ihre Uhr. »Max, wir müssen gleich zurück.«

Max hatte seine Schaufel aus dem Rucksack geholt und stocherte zwischen zwei Stümpfen herum. »Ich glaube, hier war es!«

Sam stieß ihren Klappspaten in den Schlick, nahm eine feste Plastiktasche aus ihrem Rucksack und stellte sie auf den Boden. »Na, dann wollen wir doch mal sehen. Wo genau lag der Ring, Max?«

»Das war neben diesem Stumpf, der so aussieht wie ein Elefantenohr.« Max trat zu einem merkwürdig verzweigten Gebilde aus versteinerten Wurzeln, dass mit etwas Phantasie tatsächlich Ähnlichkeit mit dem Ohr eines Elefanten hatte.

Die letzte Flut hatte die Grabungsspuren bereits beseitigt, und es war bemerkenswert, dass der Junge die Stelle wiedergefunden hatte. »Du warst aber sehr weit draußen, Max. Es kann auch passieren, dass ein Sturm aufkommt und das Wasser schneller zurückkehrt«, warnte Sam, doch Max warf die zweite Schaufel Schlick zur Seite und sagte: »Hier müssen Sie mithelfen. Ich habe doch einen Sack gesehen!«

Sie standen in einer Mulde, die durch das ewige Wirken der Strömungsverhältnisse entstanden war. Noch vor wenigen Jahren wären die Baumstümpfe nicht sichtbar gewesen.

Das Ausstechen des Schlicks war schweißtreibend, aber Sam vertraute Max. Wenn er einen Sack gesehen hatte, dann würden sie ihn finden.

Nach weiteren zehn Minuten hielt sie inne, weil ihr Spaten auf etwas Festes gestoßen war. Sie hatte etwas seitlich der von Max angezeigten Stelle gegraben. »Aha!«

Max wollte kräftig zustechen, doch Sam hielt ihn davon ab. »Vorsichtig. Jetzt müssen wir langsam vorgehen. Wir wollen ja nichts zerstören.«

Sie standen beide bis zu den Knien in einem ovalen Loch, in

dem sich das Wasser zu sammeln begann. Doch was Sam dann entdeckte, entsprach in keinster Weise ihren Erwartungen. Unter der von grauen Sedimenten schmutzigen Wasseroberfläche kam der Umriss einer alten Ölhaut zum Vorschein.

»Da ist der Sack!«, rief Max. »Ob da ein Schatz drin ist?«

Sam wurde von einem unguten Gefühl beschlichen, das sich mit jedem weiteren Spatenstich bestätigte, denn die Ölhaut war um etwas gewickelt, das die Ausmaße eines menschlichen Körpers hatte. Die Erkenntnis traf sie schlagartig – was sie hier aushoben war ein Grab!

»Max, geh nach oben!«, befahl sie scharf, stieß ihren Spaten in den Boden und stapfte neben dem Jungen aus der Senke.

»Aber warum denn? Jetzt wird es doch spannend! Wollen wir nicht nachsehen, was da drin ist?«

»Nein. Das überlassen wir anderen, denn da liegen sicher keine alten Münzen oder Tonkrüge, Max, leider. O Gott, dein Vater wird mich vierteilen, wenn er erfährt, was wir hier gemacht haben … Bleib hier stehen, hörst du. Keinen Schritt näher.«

Sam stieg hinunter in die schlammige Grube und zerrte an der Ölhaut, bis sich ein Stück löste. Da hatte sich jemand viel Mühe mit dem Einwickeln gemacht. Das teergetränkte Tau, mit dem die Plane ihren Inhalt zusammenhielt, gab nur wenig nach. Doch plötzlich fiel etwas aus dem Inneren, und Sam zuckte zusammen. Eine menschliche Hand – oder das, was davon übrig war!

Sofort schaufelte sie Schlick über den grausigen Fund, machte einen hastigen Schritt nach hinten, rutschte aus und konnte sich gerade noch abfangen. Ihr Gesäß war nass und auch die Hose.

»Was ist denn los?« Max stand neugierig oberhalb der Grabungsstelle, doch sie schob ihn unsanft zurück.

»Tut mir leid, Max. Was da unten liegt, ist alles andere als antik und erfreulich.« Luke würde sie nicht nur vierteilen, sondern ertränken – und das zu Recht!

Sie wischte sich notdürftig die Hände ab, griff sich ihr Handy und rief zuerst Leon an, dessen Kompetenz sie mittlerweile zu schätzen wusste. »Leon? Seid ihr noch allein oder ist …«

»Sie ist vor zehn Minuten gekommen, und Amy zeigt ihr gerade alles«, erwiderte Leon. »Sie klingen so komisch. Ist etwas geschehen?«

»Ja, nein. Wir haben etwas gefunden. Leon, du musst einen Geländewagen organisieren und den Jungen hier abholen. Sofort!«

»Mrs Davis hat einen hochbeinigen Wagen. Aber …«

»Sag ihr, es ist ein Notfall, oder nimm sie gleich mit …« Sie sah gerade noch, wie Max in die Grube steigen wollte, packte den Jungen am Kragen und riss ihn zurück. »Nein!«

»Was ist denn los?«

»Wir laufen jetzt los und kommen euch entgegen. Ich schick dir die Koordinaten der Fundstelle zu.« Mit gesenkter Stimme fuhr sie fort: »Wir brauchen kein Grabungsteam, sondern einen Forensiker und seine Kollegen, verstehst du?«

Der junge Archäologiestudent pfiff leise. »Der Ring gestern war wohl noch nicht lange vom Finger seines Trägers runter, was?«

»So scheint es.« Sie hielt Max fest und verkniff sich die Mutmaßung, um wen es sich handeln könnte.

»Okay, alles klar, Doc. Ich werde unseren Rottweiler hier mal auf Trab bringen.« Leon beendete das Gespräch, und Sam konnte nur hoffen, dass Mrs Davis die Bemerkung über den Rottweiler nicht gehört hatte.

Max quengelte noch eine Weile, dass er der Finder sei und schließlich wissen müsse, was da unten liege, doch Sam ließ sich nicht erweichen und zerrte den Jungen Schritt für Schritt von der grausigen Fundstelle weg. Eine halb mumifizierte Leiche war kein Anblick für einen Jungen. Die Ölhaut und der torfige

Schlick hatten die Leiche wohl ebenso luftdicht abgeschlossen wie die Baumstümpfe.

Es zog an ihrem Arm, und Sam schaute nach unten in die forschenden Kinderaugen. »Sam, sag doch, was hast du gefunden? Einen toten Mann? Das ist wie im Fernsehen! Und überhaupt, wenn der Ring deinem Großvater gehört hat …« Er überlegte kurz und stellte dann sachlich fest: »Dann ist das da unten dein Großvater?«

»Du bist ein kluger Junge, Max. Aber bevor wir irgendwelche Schlüsse ziehen, warten wir auf die Experten. Die untersuchen genau, was da unten liegt, und können uns dann mehr sagen.« Das hatte sie doch sehr diplomatisch formuliert, fand Sam und stellte kurz darauf erleichtert fest, dass ein Geländewagen sich über den Meeresboden näherte. Wasser und Schlick spritzten auf, als der blaue Wagen in ihrer Nähe zum Halten kam.

Fahrer- und Beifahrertür flogen fast gleichzeitig auf, und Leon und eine untersetzte grauhaarige Frau sprangen heraus. Lizzie Davis kam mit energischen Schritten in Gummistiefeln und einem abgewetzten Wachstuchmantel auf sie zu. Ihr fleischiges Gesicht erinnerte mit den tiefen Furchen tatsächlich an eine Bulldogge. Flink scannten ihre Augen die Umgebung. »Wo ist die Fundstelle?«

Sam deutete hinter sich und dirigierte Max zum Wagen. »Leon, bringst du den Jungen bitte nach Hause? Shermans Werft oder wo sein Vater gerade ist. Am besten wäre natürlich, wenn sein Vater von dem hier noch nichts erfährt …«

Max, der gerade in den Wagen kletterte, sagte: »Ich sag nichts, aber du musst mir genau erzählen, was da unten liegt!«

»Pfundskerl, der Junge, würde ich mal sagen.« Leon achtete darauf, dass Max sich anschnallte. »Na dann los, du Entdecker!«

Erst nachdem Max im Wagen saß und Leon hinter das Steuer geklettert war, drehte sie sich nach Lizzie Davis um, von der

120

jedoch nur noch der Oberkörper zu sehen war. Ihre untere Körperhälfte stand bereits in der Grube.

»Alles in Ordnung, Mrs Davis?« Sam rannte, so schnell das auf dem matschigen Untergrund möglich war, zu der älteren Frau, doch die schien ganz in ihrem Element.

Mit geröteten Wangen strahlte sie Sam an. »Bestens! Das ist mal ein Fund!«

In diesem Fall war Sam erfreut über die robuste Konstitution der Frau und stieg zu ihr in den Schlick, wo sich das Wasser bereits um den Leichnam im Öltuch zu sammeln begann.

»Samantha Goodwin.« Sie streckte der Frau die Hand entgegen.

»Lizzie Davis. Lizzie.« Die Ältere hatte die lose Plane angehoben und einen kurzen Blick auf die erstaunlich gut erhaltene Leiche geworfen. »Ich habe die Polizei informiert. Die sollten in Kürze hier sein.«

»Danke. Wissen Sie, Lizzie, es ist nicht nur eine Leiche, ich befürchte, ich kenne die Person, die dort liegt. Also, nein, ich kenne sie nicht, aber ich ...« Sam sah rasch auf ihre Uhr. »Das Wasser läuft schon wieder auf.«

»Wir haben noch knapp drei Stunden. Also?«

Sam fasste kurz zusammen, unter welchen Umständen sie den außergewöhnlichen Fund gemacht hatte.

Die stämmige Frau stand breitbeinig vor dem Grab im Schlick und runzelte die Stirn. »Das nenne ich Schicksal! Ihr Großvater? Meine Güte! Und Gwen? Wir kennen uns nicht gut, nur vom Sehen. Jeder, der öfter in Borth ist, kennt die alte Gwen, die vor ihrem Cottage sitzt und aufs Meer schaut.«

»Der Ring war die Bestätigung für sie, dass ihr Mann hier vor der Küste ertrunken ist. Ich werde es ihr sagen müssen, obwohl ...« Erst jetzt wurde Sam das Ausmaß der Tragödie bewusst. »Arthur ist nicht ertrunken ...«

Die resolute Lizzie Davis zog erst einen, dann den anderen Stiefel aus dem nassen Untergrund. »Sieht nicht so aus. Gab es damals Gerüchte über einen gewaltsamen Tod Ihres Großvaters?«

Erstaunt sah Sam sie an. »Nein! Weder meine Großmutter noch meine Mutter haben jemals über etwas in der Richtung gesprochen, keine Andeutungen, nichts! Es hieß immer, er sei während eines schrecklichen Sturms auf See verschollen. Allein diese Ungewissheit war schwer für meine Großmutter. Und nun das hier …« Sam schluckte. »Die Presse darf keinen Wind davon bekommen!«

»Was denken Sie denn von mir? Dass ich gleich nach der Polizei das lokale Klatschblatt angerufen habe? Dann kommen Horden von Schaulustigen und trampeln alles kaputt. Ich war froh, als wir unsere Untersuchungen damals abgeschlossen hatten. Glauben Sie mir, damals war hier der Teufel los!«

»Wirklich? Aber den Wald gibt es doch schon ewig!«

»Ach was. Warum haben Sie ihn dann noch nicht untersucht? Das war doch ganz ähnlich damals. Ein gewaltiger Sturm hatte so viele Baumstämme wie nie zuvor freigelegt, und wir hatten zum ersten Mal Gelegenheit, uns einen Überblick zu verschaffen. Oder anders gesagt, wir waren wohl die Ersten, die sich so richtig dafür interessierten.« Die kleinen Augen blitzten kampflustig auf. »Erst nachdem wir Lokalhistoriker uns meldeten und um Hilfe baten, haben sie uns Experten von der Universität in Birmingham geschickt.«

»Und Sie haben ausgezeichnete Arbeit geleistet, soweit ich das gesehen habe«, versicherte Sam.

»Hrmpf«, kam es undefinierbar von Mrs Davis. »Ah, da rückt die Kavallerie an!« Die Ältere zeigte über den Strand, wo sich mehrere Wagen gegen die Dünen abzeichneten.

10

Der Ring war eine Sache, die Leiche ihres Großvaters eine andere, und Sam wurde die Kehle eng. Sie nahm eine gerade Haltung ein und erwartete die Kolonne, die aus drei geländefähigen Wagen bestand. Zwei gehörten der Polizei und einer dem Gerichtsmediziner.

Lizzie Davis begrüßte den älteren der Ermittlungsbeamten. »Hallo, Detective Inspector Nicholl, gut dass Sie so schnell gekommen sind.«

DI Geoffrey Nicholl war ein Mittfünfziger mit wettergegerbtem Gesicht. Sam tippte auf einen Segler. Mit ernster Miene maß er Fundort und Anwesende. »Mrs Davis, Sie hatten wohl Sehnsucht nach mir?«

Errötete die grauhaarige Frau etwa? In den Augen von DI Nicholl blitzte es verschmitzt auf, als er seinem etwa dreißigjährigen Begleiter winkte. »Darf ich Ihnen Detective Sergeant Burke vorstellen? Und Sie sind die Archäologin aus Oxford?«

Sam nickte und schüttelte die dargereichten Hände. Dem zweiten Wagen entstiegen drei junge Polizisten, die sich sogleich Gummistiefel anzogen, dem dritten eine junge blonde Frau.

»Das ist unsere Gerichtsmedizinerin Doktor Mills, und jetzt schlage ich vor, dass wir uns unverzüglich an die Arbeit machen.«

Als Sam der Gerichtsmedizinerin folgen wollte, wurde sie von DI Nicholl zurückgehalten. »Diesmal graben wir, Doktor …?«

»Goodwin, Samantha Goodwin. Nein, nicht ganz meine Epoche, fürchte ich.« Sie bemühte sich um einen leichten Tonfall,

123

und der Mann schien Humor zu haben, was die ganze Sache etwas leichter machen würde. »Ich vermute, dass es sich um meinen Großvater handelt!«, platzte sie heraus.

Nicholl hob die Augenbrauen und sah sie mit neu erwachtem Interesse an. »Ich bitte um alle Details, die Sie zu dieser Annahme bringen.«

Durch den langen Fußmarsch und das Warten in der feuchten Umgebung war Sam ausgekühlt und stapfte fröstelnd von einem Fuß auf den anderen.

»Wir können uns auch in meinen Wagen setzen. Tee aus der Thermoskanne ist dort immer vorrätig«, schlug DI Nicholl vor.

»Sehr gern, danke.«

Mit einem warmen Becher in den Händen hockte Sam im Dienstwagen des CID, Criminal Investigation Department, und erzählte dem aufmerksam zuhörenden Beamten, was sie wusste und vermutete.

Nicholl machte sich Notizen und sagte schließlich: »Der Ring unterstützt Ihre Theorie, aber wir müssen sichergehen. Eine Bestätigung für die Identität des Toten erhalten Sie erst nach einer gründlichen Untersuchung.«

Sam nickte und sah zu, wie einer der Polizisten fotografierte, während die anderen gemeinsam mit der Gerichtsmedizinerin die Plane samt Körper aus ihrem feuchten Grab befreiten.

»Arme Gwen«, sagte sie mehr zu sich.

»Hat Ihre Großmutter jemals Andeutungen gemacht, dass es sich bei dem Verschwinden ihres Mannes um ein Verbrechen handeln könne?«, fragte Nicholl.

»Nein! Überhaupt nicht.« Sam strich sich die zerzausten Haarsträhnen aus dem Gesicht und klemmte sie hinter die Ohren. »Ich habe es immer so verstanden, dass Arthur beim Fischen ertrunken ist. Das passierte ja damals öfter. Leider.«

DI Nicholl steckte Block und Stift in seine Jackentasche. »Ich möchte auf jeden Fall mit Ihrer Großmutter sprechen. Was meinen Sie, Doktor, wird sie das nicht zu sehr aufregen?«

Sam lächelte schwach. »Sie ist eine starke Frau und wird wissen wollen, was ihrem Mann zugestoßen ist.«

»Gut. Ist sie zu Hause? Würden Sie anrufen und sie auf unser Kommen vorbereiten?« Nicholl sah nach draußen und winkte. Dann sprang er aus dem Wagen und rief: »Nicht öffnen. Auf die Trage und dann ab damit.«

Doktor Mills schaute kurz in die Ölhaut, machte ein erstauntes Gesicht und ließ das nun frei liegende Bündel mit seiner Verschnürung in einen Plastiksack heben, der bereits mit geöffnetem Reißverschluss auf einer Trage lag. Die beiden Polizisten trugen den schaurigen Fund weg. Nicholl reichte der Gerichtsmedizinerin die Hand und zog sie aus dem schlammigen Grab, das sich zusehends mit Wasser füllte. »Und sonst habt ihr nichts gefunden?«

»Unter den Umständen ist es gut möglich, dass wir etwas übersehen haben. Wir sollten morgen noch einmal weiträumiger suchen. Aber viel Hoffnung habe ich nicht.« Sally Mills trug einen Schutzoverall, von dessen ursprünglicher Farbe kaum noch etwas zu erkennen war. Mit dem Handrücken fuhr sie sich über die Stirn und verschmierte den Schlick bis in den Haaransatz.

DS Burke trat mit Lizzie Davis im Schlepptau von den Wagen zu ihnen. »Sal, du siehst aus, als hätten wir dich gerade aus dem Schlick gebuddelt.«

»Hast du schon mal in den Spiegel gesehen, Dan?« Doktor Mills rollte das Oberteil des Overalls herunter und sah kurz zu ihrem Wagen, in dem die Leiche verstaut worden war. Das Meer hatte sich bereits einen Großteil des Strandes zurückerobert. An einigen Stellen standen sie knöcheltief im Wasser, und die ausgehobene Fundstelle würde bald nicht mehr als eine Vertiefung im Schlickboden sein.

»Ich arbeite nicht gern unter Zeitdruck, aber das Meer ist ein Gegner, mit dem sich nicht diskutieren lässt.« Die junge Medizinerin nickte Sam zu. »Ihre Funde sehen sicher manierlicher aus. Ich habe gehört, warum Sie hier sind.«

»Vor allem handelt es sich nicht um nahe Verwandte. Brauchen Sie von mir eine DNA-Probe zum Vergleich?«

Doktor Mills warf ihre schmutzigen Handschuhe in die offene Tür ihres Wagens. »Kann gut sein. Aber ich sehe mir zuerst alles in Ruhe an. Mit Menschen, die einem nahestanden, ist das eine ganz eigene Sache, auch wenn Sie Wissenschaftlerin sind. DI Nicholl meldet sich bei Ihnen. Ich würde jetzt gern fahren, bevor wir hier feststecken!«

»Sicher.« Ein Blick in die Bucht zeigte, dass es höchste Zeit wurde, sich Richtung Festland in Bewegung zu setzen. In mindestens einem der Priele würde das Wasser schon eine erhebliche Tiefe erreicht haben.

Der DI klopfte auf seinen Wagen. »Na, kommen Sie, meine Damen, steigen Sie ein, oder wollen Sie lieber schwimmen?«

Sam saß hinten neben Lizzie Davis, DS Burke fuhr und DI Nicholl hatte auf dem Beifahrersitz Platz genommen. Burke fuhr mit erheblichem Tempo über den Meeresboden. Wasser spritzte an den Scheiben hoch, und als sein Vorgesetzter mit einer Hand nach Halt suchte, erntete Burke einen bösen Blick.

»Entschuldigung, Sir.« Er verlangsamte das Tempo und wurde prompt von den Kollegen im anderen Wagen überholt.

»Das ist ja schlimmer als im Kindergarten«, murrte Lizzie Davis.

Lediglich der Wagen der Gerichtsmedizinerin fuhr gemächlich seines Weges.

»Und Sie sorgen dafür, dass nichts an die Presse dringt, Sir?«, erkundigte sich Sam, als die Dünen vor ihnen größer wurden.

»Soweit es möglich ist, ja. Aber gegen die Gerüchteküche sind auch wir machtlos, und Borth ist nun mal ein Dorf«, gab der Inspector zu bedenken.

Und kaum erreichten sie den ufernahen Strand, sahen sie auch schon erste Neugierige mit Ferngläsern in den Dünen stehen.

»Das kann ja nicht wahr sein … Haben die denn sonst nichts zu tun?«, schimpfte Sam leise.

»Viel können die nicht gesehen haben«, brummte Mrs Davis und fuhr sich durch die Haare, die unter der feuchten, salzigen Luft gelitten hatten.

Auf dem weichen Dünensand mussten die Wagen Schritttempo fahren, und Sam erkannte Millie unter den Schaulustigen.

»Auch das noch!« Sam verkroch sich in eine Ecke des Wagens und hoffte, dass Millie sie nicht erkannt hatte.

»Hören Sie, DI Nicholl, können wir das Gespräch mit meiner Großmutter nicht auf heute Nachmittag oder den frühen Abend verschieben? Ich muss jetzt mit meinen Assistenten sprechen und würde mich auch gern umziehen und …«, bat Sam und fror plötzlich erbärmlich in dem gut geheizten Wagen.

Die Kälte kam aus ihrem Inneren, und Sam schob sie dem anstrengenden Vormittag und der Sorge um die Reaktion ihrer Großmutter zu. »Setzen Sie uns da vorn ab?«

Sie hatten den Poller erreicht, an dem sich Sam vor wenigen Stunden mit Max getroffen hatte. Nicht weit davon lehnten Amy und Leon an dessen Wagen, und daneben stand der blaue Geländewagen von Mrs Davis.

»Gar nicht so verkehrt, so eine alte unverwüstliche Kiste«, sagte Lizzie Davis. »Ich meine natürlich meinen Wagen, nicht mich.«

Nicholl lachte. »Wir hören voneinander, Mrs Davis.«

Der geräumige Polizeirover hielt, und Sam gab Nicholl ihre Karte. »Meine Großmutter wohnt gleich dort hinten. Das einzelne weiße Cottage.«

»Habe ich mir gedacht. Bis später – und essen Sie etwas. Sie sind ziemlich blass!« Nicholl lächelte.

Der Wagen des Inspector entfernte sich, und Sam fand sich neben Lizzie Davis wieder, die sie anscheinend vollkommen falsch eingeschätzt hatte. Ihre Studenten kamen auf sie zu, und Sam beeilte sich zu sagen: »Ich kann Ihnen gar nicht genug danken, Lizzie. Es …«

»Das war mal ein Morgen, würde ich sagen. So einen Einstand haben Sie sich sicher nicht gewünscht. Sagen Sie nur, wenn Sie Hilfe brauchen. Vielleicht hier …« Sie machte eine raumgreifende Armbewegung. »Wenn die Leute zu neugierig werden. Dann organisiere ich Absperrbänder und dergleichen.«

Sam nahm dankbar die Hand der älteren Frau und drückte sie fest. »Sehr gern, Lizzie.«

»Gut, dann mache ich mich auf den Weg. Mir ist ziemlich kalt geworden da draußen am Wasser.«

Leon und Amy traten zu ihnen und sahen sie besorgt an.

»Ist das wirklich wahr? Max war ganz aus dem Häuschen.« Leon trug Wollmütze und Schal. »Mann, wir haben uns hier den Hintern abgefroren.«

Amy knuffte ihn in die Seite. »Du bist so unsensibel. Mrs Davis, vielen Dank, dass Sie geholfen haben. Ohne Sie hätten wir Max' Vater anrufen müssen, und der wäre sicher ausgeflippt.«

»Max ist ein schlauer Bursche, aber sein Vater hat gleich gemerkt, dass da etwas im Busch war. Ehrlich, Doc, Sie sollten bald mit ihm reden. Der wirkte ziemlich sauer, und ich bin schnell abgehauen, nachdem ich Max abgeliefert hatte.« Leon zog hörbar die Luft ein.

Sam nickte. »Das kann ich mir lebhaft vorstellen. Danke, Leon, danke, Mrs Davis.« Hilflos sah sie sich um und knetete ihre kalten Hände. »Wie weit seid ihr überhaupt gekommen? Ach, was sage ich. Packt ein und macht Schluss für heute. O nein, da sind sie schon.« Millies hellblonder Schopf erschien auf dem Weg, der vom Strand heraufführte. Neben ihr erkannte Sam den Dunkelhaarigen aus dem Imbiss. Wie war sein Name noch? Garvey, nein, Gareth, dachte Sam.

»Gehen Sie nur, Doc, wir machen das hier. Mit denen werden wir fertig, oder nicht, Leon?« Amy stellte sich breitbeinig auf den Weg und nahm den Spaten, den Sam in den Boden gestochen hatte, in beide Hände.

Leon schnappte sich einen der Abgrenzungspfähle. »Wir verteidigen unsere Stellung bis zum Letzten. Ernsthaft, wenn ich mit meinem Vater unterwegs war, mussten wir unsere Funde oft vor Reporterhorden und Konkurrenten abschirmen. Das kann brutal sein …«

»Sam! Sam, warte!«, rief Millie von hinten und winkte.

»Mein Stichwort. Ich rufe euch nachher an.« Damit rannte Samantha zu ihrem Wagen, sah Mrs Davis hupend davonfahren und verließ das Flussufer, so schnell sie konnte.

Erst als Sam Shermans Werft hinter der Brücke erreicht hatte, verlangsamte sie ihr Tempo. Luke stand vor der großen Halle mitten im Hof und sprach mit zwei Männern. Einer hatte eine graue Mähne, der andere war jünger. Luke erkannte offenbar ihren Wagen, denn seine Miene gefror, und er winkte sie mit einer kurzen Geste heran.

Obwohl sie durchgefroren war und nichts lieber als zu ihrer Großmutter wollte, bog sie in die Einfahrt und ließ den Wagen langsam vor die Halle rollen. Kaum hatte sie die Tür geöffnet, stand Luke vor ihr und herrschte sie wütend an: »Sind Sie eigentlich noch ganz dicht? Sie haben Max ohne mein Wissen mit auf eine Ihrer verdammten Expeditionen genommen! Der Junge ist vollkommen aus dem Häuschen, richtiggehend verstört, und will mir nicht sagen, was da draußen geschehen ist. Was zum Teufel ist da passiert? Und warum ist ein ganzer Trupp Polizisten hier vorbeigefahren? Hat mein Sohn etwas gesehen, was Kinder nicht sehen sollten? Verflucht, jetzt sagen Sie doch endlich was!«

Sam kletterte aus dem Wagen, fuhr sich mit zittrigen Händen über die Haare und atmete langsam aus.

»Mensch, Luke, jetzt lass sie doch erst mal. Die arme Frau ist ja weiß wie die gekalkte Wand.« Der Grauhaarige war zu ihnen getreten, klopfte Sam auf die Schulter und sagte: »Liam, hol der Lady hier einen Kaffee. So stark wie möglich!«

Der junge Mann, dessen bunte Wollmütze voller Staub war, nickte und verschwand in der Werkhalle.

»Hören Sie, Luke, es tut mir leid«, begann Sam, die sich vollkommen zerschlagen fühlte.

»Es tut Ihnen leid? Das nützt mir nichts. Ich will wissen, was Sie mit meinem Jungen gemacht haben!«, fuhr Luke sie an.

Müde hob Sam den Blick. War es wirklich gestern gewesen, dass sie diesen jähzornigen Kerl attraktiv gefunden hatte? Was hatte sie getrunken? »Kann ich mit Ihnen reden? Wie heißen Sie?« Sie streckte Tyler French die Hand entgegen. »Ich bin Sam Goodwin, Archäologin. Wir untersuchen den versteinerten Wald hier auf dem Meeresboden.«

Ty schüttelte ihre Hand und lächelte sie mitfühlend an. Die grauen Haare standen in einem interessanten Gegensatz zu seinen strahlend blauen Augen. Wie alt mochte er sein? Ende vierzig?

»Tyler French. Ty für Sie.« Er warf Luke einen strafenden Blick zu. »Reden Sie nur, er wird Ihnen nichts tun.«

Luke schnaufte und verschränkte die Arme vor der Brust.

»Wo ist Max?« Sie sah sich suchend um.

»Hier nicht! Er ist zu Hause, und sein Großvater ist bei ihm, weil ich ihn in seinem Zustand nicht allein lassen wollte.« Lukes Lippen waren zu einem schmalen Strich gepresst.

»Gut. Ich will nämlich nicht, dass er hört, um was es geht.

Und um das klarzustellen, Mr Sherman, es war Ihr Sohn, der mir gestern einen Ring brachte. Max hat diesen Ring ganz allein weit draußen auf dem Meeresboden gefunden, und es ist ein großes Glück, dass er keine Zeit mehr hatte weiterzugraben, weil die Flut kam.« Allmählich kehrte ihre Energie zurück. »Ihr Sohn hat den Ring eines Toten im Schlick gefunden. Dieser Ring steckte an der Hand einer Leiche, die dort draußen vor ungefähr siebzig Jahren vergraben worden ist.«

Jetzt war es an Luke, blass zu werden.

»Und dieser Ring gehörte meinem Großvater, Arthur Morris. Ich habe ihn gestern meiner Großmutter gezeigt, die bestätigt hat, dass es der Ring ihres vermissten Mannes ist.«

Ty pfiff leise. »Böse Sache.«

»Ja, das können Sie laut sagen. Eine verdammt böse Sache ist da passiert. Sie haben den Leichnam, der in einer Ölhaut verschnürt war, mit in die Gerichtsmedizin genommen. Ihr Sohn wollte an der Stelle weitergraben und hatte schon die Ölhaut gesehen. Ich konnte gerade noch verhindern, dass er die Leiche sieht. Denn die, Mr Sherman, ist noch verdammt gut erhalten. Haben Sie schon mal davon gehört, dass Leichen auf Friedhöfen nicht in ihren Gräbern verwesen, weil der Boden zu feucht und die Särge zu gut isoliert sind? Nein? Nun ja …«

»Wow, langsam. Ich verstehe.« Luke hatte beschwichtigend die Hände gehoben, und seine Miene wurde etwas freundlicher.

»Was war das von einer Leiche? Habe ich mir doch gedacht, als ich den Coroner sah!« Liam kam mit einer Espressotasse zurück und reichte sie Sam.

»Danke.« Sie trank den starken Kaffee mit einem Schluck und wollte Liam die Tasse zurückgeben, doch ihre Hände zitterten noch immer so stark, dass ihr das Porzellan entglitt und auf den Boden fiel.

Als sie sich danach bücken wollte, prallte sie gegen Lukes

Kopf, der sich ebenfalls vorgebeugt hatte. Fluchend richtete er sich auf. »Können Sie nicht aufpassen, verdammt?«

»Mir reicht es!« Sie fasste nach ihrer offen stehenden Wagentür. »Ty, ich muss jetzt weiter, meine Großmutter schonend auf die furchtbare Wahrheit vorbereiten. Danke für Ihr Verständnis.«

Tyler French wartete, bis sie eingestiegen war, und beugte sich zu ihr, bevor er die Wagentür schloss. »Morgen hat er sich wieder berappelt. Ich rede mit ihm.«

»Ich weiß nicht, ob das Zweck hat. Max hat wirklich nichts gesehen, glauben Sie mir.«

»Aber ja.« Ty machte eine zuversichtliche Miene, doch Luke stand mit der zerbrochenen Tasse in der Hand daneben und sah aus wie der Erzengel persönlich.

11

Ein wütender Vater war das Letzte, was Sam jetzt noch brauchte. Herrje, man musste doch nicht gleich so aufbrausend sein! Von der Brücke war es nur ein kurzer Weg bis zu Gwens Cottage, und es überraschte sie nicht, dass ihre Großmutter sie bereits vor der Tür erwartete.

Der Himmel hatte sich wieder zugezogen, und dicke graue Wolken verhießen Regen. Gwen trug Wolljacke und Jeans, und an ihren Schuhen klebte Schlick. Nachdem ihre Enkelin ausgestiegen war, sagte sie: »Du hast ihn gefunden, nicht wahr?«

Sam spürte einen Regentropfen auf der Stirn. Gleich würde es einen heftigen Guss geben. »Komm, Granny, lass uns hineingehen.«

Arm in Arm gingen die beiden Frauen ins Haus. Sam war erleichtert, dass ihre Großmutter so ruhig war und anscheinend erwartet hatte, was nun zur traurigen Gewissheit geworden war.

»Meine arme Kleine. Du siehst furchtbar aus! Zieh die nassen Sachen aus, und dann komm in die warme Stube und erzähl mir alles.« Gwen nahm ihr den feuchten Parka ab und hängte ihn an die Garderobe. Ohne ein weiteres Wort verschwand sie in der Küche, und Sam ging in den ersten Stock.

Nach einer heißen Dusche fühlte sie sich besser, und kurz darauf saß sie mit einem Becher starken, süßen Tee in den Händen und einer Decke über den Beinen am glühenden Ofen.

Gwen sah sie mit einem wissenden, traurigen Lächeln an. »Der Ring, Sam. Als du mir den Ring gebracht hast, wusste ich, dass etwas Schlimmes geschehen sein muss. Ich hielt ihn in den Händen und spürte Arthurs Schmerz.«

Seufzend sah Sam sie an. »An so etwas hätte ich nicht gedacht, obwohl der kleine Max mir von einem Sack erzählt hat, den er im Schlick entdeckt hat. Dieser Sack …« Sie räusperte sich. »Nun, ganz sicher können wir uns nicht sein. Es gab einen Körper in einer fest verschnürten Ölhaut. So eine, wie sie die Fischer früher benutzt haben.«

Zögernd hielt sie inne. Sie konnte Gwen einfach nicht vom Zustand des kaum verwesten Leichnams erzählen. Und niemand konnte von Gwen verlangen, dass sie sich den Körper ansah.

»Verschnürt. Man hat ihn eingewickelt und verschnürt und vergraben. Auf dem Meeresgrund, nicht wahr?« Gwen sprach mit heiserer dunkler Stimme.

»Sehr weit draußen. Jemand hat sich viel Mühe gemacht, dort ein feuchtes Grab auszuheben. Da muss doch etwas passiert sein! Ein Streit! Ging es um Geld? Hatte Arthur Geldsorgen?«

Gwen legte den Kopf schief und schien mit den Gedanken in der Vergangenheit zu verweilen. »Wir hatten nie genug Geld. Es reichte zum Leben, mehr nicht. Aber das war nicht wichtig. Wir hatten uns.«

»Aber vielleicht wollte Arthur mehr? Wäre es möglich, dass er sich mit dubiosen Leuten eingelassen hat, um dir und den Kindern eine bessere Zukunft zu ermöglichen?«

Mit hartem Blick maß Gwen ihre Enkelin. »Wir hatten alles, was nötig war. Mein Mann hat uns nicht hungern lassen. Nein. Arthur hätte niemals etwas Unrechtes getan! Niemals!«

Sam glaubte ihrer Großmutter. »Und wie war das damals? Gab es Eifersüchteleien? Hattest du einen Verehrer?«

Gwen zwinkerte ihr zu. »Natürlich hatte ich Verehrer. Ich war eine Schönheit, und das sage ich nicht, weil ich eitel bin. Ich habe ausgesehen wie du, meine Kleine.«

Verlegen sah Sam in ihren Tee. »Ich habe die Fotos von damals gesehen, Granny. Du warst eine echte Schönheit. Ich beklage mich nicht, aber um dich hätten sich die Maler gerissen.«

»Ich hätte nur ja zu sagen brauchen, und Alfred Janes hätte mich porträtiert. Aber ich wollte nicht, Sam, und ich habe das sehr deutlich gemacht. Ich wollte nur Arthur.«

»Alfred Janes? Der berühmte Maler, der auch Dylan Thomas porträtiert hat? Kanntest du ihn oder wie …?« Anscheinend gab es viele Dinge, die sie über ihre Großmutter nicht wusste.

Gwen schmunzelte. »Ich war keine Muse irgendwelcher Künstler. Das nicht. Aber ich hatte einen reichen Verehrer – Ashton Trevena. Der wollte mir die Welt zu Füßen legen.«

»Trevena. Die Familie mit dem tollen Haus oben bei Aberdovey?«

»Heute ist das nicht mehr das, was es damals war. Der Glanz verblassten Ruhmes …« Gwen stellte ihren Becher auf den Tisch und ging zum Ofen, um noch ein Holzscheit nachzulegen. »Ist dir auch warm genug?«

»Ich fühle mich gut, danke, Granny.« Sams Mobiltelefon klingelte. Sie fischte es aus ihrer Strickjacke und sagte, weil sie die Nummer nicht kannte: »Hier Doktor Goodwin?«

»DI Nicholl, wie geht es Ihnen? Haben Sie schon mit Ihrer Großmutter gesprochen? Wir würden kurz vorbeikommen, wenn es passt?«

»Einen Moment, Inspector.«

Gwen machte eine zustimmende Handbewegung. »Lass die Polizei ruhig kommen. Ich bin keine senile, alte Schachtel, die gleich zusammenbricht.«

Sam hielt das Telefon wieder ans Ohr. »Äh …«

»Ich hab's gehört. Wir sind gleich bei Ihnen.«

Sam legte das Telefon zur Seite. »Ist das auch wirklich in Ordnung für dich, Granny?«

»Sicher. Ich möchte wissen, wer meinem Arthur das angetan hat. Heutzutage kann man ja alles Mögliche mit diesem technischen Spielzeug herausfinden. Du hast doch auch all dieses Zeugs für deine Untersuchungen.« Energisch stand Gwen auf. »Ich werde noch mehr Tee kochen.«

Nicholl und sein Assistent Burke trafen bald darauf ein, waren sehr höflich und lobten Gwens Tee. Es gab noch keine Ergebnisse in Bezug auf den Toten, und Gwen saß ruhig auf ihrem Sofa und hörte zu. Erst als die Beamten nach dem Ring fragten, zuckte ihre Hand zur Kette um ihren Hals.

Detective Sergeant Burke fragte: »Würden Sie uns den Ring überlassen, Mrs Morris? Nicht für lang. Nur für einen Abgleich mit den Fingern der ...«

Nicholl fiel seinem unsensiblen Assistenten kurzerhand ins Wort. »Nur für eine Analyse von Partikeln aus der Umgebung. Sie bekommen den Ring so schnell es geht zurück. Ich kann mir vorstellen, was er Ihnen bedeuten muss, Mrs Morris.«

»Können Sie das?« Gwen nahm die Kette ab, ließ den Ring in ihre Hand gleiten und legte ihn vor sich auf den Tisch. »Und was können Sie mir über den Toten sagen, Inspector? Was hat man ihm angetan?«

»Also zunächst einmal müssen wir natürlich einwandfrei feststellen, dass es sich bei dem Toten tatsächlich um Arthur Morris handelt«, gab Nicholl zu bedenken. »Können Sie uns denn etwas mehr über die Umstände vom Verschwinden Ihres Mannes sagen? Gab es Streit?«

»Sie wollen wissen, ob ich mich mit Arthur gestritten habe?« Gwen stieß ein missbilligendes Schnaufen aus. »Wenn das Ihre Fragen sind, Inspector, habe ich Ihnen nichts zu sagen.«

Nicholl ließ sich nicht aus der Ruhe bringen, dafür war er zu lange Polizist. In seinem Anzug und mit dem dunkelgrünen Schal strahlte er große Souveränität aus. »Das sind Routinefragen, nichts Persönliches, das fragen wir jeden, wenn wir uns ein Bild von den Umständen eines Verbrechens machen müssen.«

»Immerhin zeigt der Schädel ein hübsches Loch. Da hat wohl jemand ziemlich hart zugeschlagen und …«, sagte Burke und wurde erneut mit einem Blick von Nicholl in seine Schranken verwiesen.

»Er wurde erschlagen? Mein Gott!«, entfuhr es Gwen.

»Wie gesagt, wenn er es tatsächlich ist. Aber gesetzt den Fall, es ist so, Mrs Morris, hätten Sie eine Vorstellung, wer einen solchen Groll gegen Ihren Mann gehegt haben könnte, dass er zu einer derartigen Tat fähig gewesen wäre?« Nicholl schien jede Regung seines Gegenübers genau zu studieren, doch Gwen hob nur den Kopf und sah ihn mit feucht schimmernden Augen an.

»Ich denke, für heute ist es genug. Sam, bitte zeig den Herren den Weg nach draußen.«

Nicholl nahm den Ring an sich und erhob sich. »Entschuldigen Sie unser Eindringen, Mrs Morris. Aber falls Ihnen doch noch etwas einfällt, sagen Sie es doch Ihrer Enkelin.«

Doch Gwen hörte nicht zu, sondern war aufgestanden und sah sich alte Fotografien an, die auf einem kleinen Ecktisch standen.

»Bitte.« Sam geleitete die Beamten zur Garderobe, wo sie ihre Mäntel nahmen, und öffnete die Haustür.

Es war bereits dunkel, und eine Böe trieb den Regen zu ihnen herein. Vom Strand drang das Grollen der Brandung herüber. »Stimmt es, dass es eine Schädelfraktur gibt?«

Burke räusperte sich. »Ja. Tut mir leid, ich wollte Ihre Großmutter nicht aufregen, aber es schien mir wichtig. Vielleicht erinnert sie sich an jemanden, an ein Ereignis, irgendetwas.«

»Ich verstehe, aber wir sollten ihr Zeit geben. Sie war sehr gefasst, als ich kam, doch damit hatte sie nicht gerechnet.« Sam zog die Jacke enger um den Körper.

»Wir sehen uns morgen, Doktor«, sagte Nicholl und gab ihr

die Hand. »Ich glaube nicht, dass wir noch etwas ausgraben werden, aber versuchen müssen wir es.« Er hielt das Gesicht in die Dunkelheit. »Es gibt wieder Sturm. Als Segler spürt man die Unwetter kommen. Meistens.« Er grinste. »Der Junge, Max, ist doch der Sohn von Sherman?«

Die Frage kam so überraschend, dass Sam erstaunt die Augenbrauen hob. »Ja, warum?«

»Ich sammle nur Fakten. Außerdem suche ich einen neuen Winterplatz für mein Boot. Einen schönen Abend noch, Doktor.« Nicholl schlug den Mantelkragen hoch und warf Burke die Autoschlüssel zu.

Sam stand in der Tür und sah dem davonfahrenden Wagen nach. Wie ging es Max? Sie hätte sich gern nach ihm erkundigt, aber so wie Luke sich verhalten hatte, würde sie kaum ein willkommener Gast sein. Enttäuschung stieg in ihr auf. Enttäuschung über das Verhalten eines Mannes, den sie gestern noch anziehend gefunden hatte. Zweimal war sie kurz davor gewesen, ihm zu sagen, dass sie mit Max verabredet war. Es war ihre Schuld gewesen. Sie hätte Luke informieren und seine Erlaubnis einholen müssen, aber Himmel, wer konnte denn gleich das Schlimmste ahnen? An Schiffsteile, alte Netze und Fischereigerätschaften hatte sie gedacht, aber doch nicht an das! In den Büschen am Haus knackte es. Sam zuckte zusammen. Im Winter war es verdammt einsam hier draußen. Wäre sie an Gwens Stelle, hätte sie sich längst einen Hund angeschafft. Nach einem letzten prüfenden Blick in die Dunkelheit schloss sie die Haustür.

»Granny, was möchtest du essen?«, rief Sam, doch ihre Großmutter kam ihr aus dem Wohnzimmer entgegen.

Die sonst so agile Frau wirkte müde und abwesend und um Jahre gealtert. Gwen hielt eine gerahmte Schwarzweißfotografie in den Händen. »Ich lege mich etwas hin, Liebes. Du weißt ja, wo alles ist.«

Sam umarmte ihre Großmutter und küsste sie auf die Wange. »Ist gut. Ich werde mal sehen, was ich für uns kochen kann. Erwarte keine Wunder, Kochen gehört immer noch nicht zu meinen Stärken …«

»Du machst das schon.« Gwens schöne Augen wirkten so entrückt, dass Sam den Schmerz darin fühlen konnte. Doch Gwen wollte offenbar für sich sein, denn sie ging zur Treppe und stieg Stufe für Stufe hinauf, das Foto ihres Mannes fest an sich gedrückt.

Unglücklich biss Sam sich auf die Lippen. Das alles hatte sie nicht gewollt. Hätte sie den Ring vor Gwen verbergen sollen? Nein, sie musste an Gwens Freude über den Fund gestern denken. Sams Magen gab ein lautes Knurren von sich und erinnerte sie daran, dass sie den gesamten Tag über viel zu wenig gegessen hatte. Auch wenn sie kaum Appetit hatte, sollte sie etwas Warmes zu sich nehmen. Sie ging in die Küche und öffnete den Kühlschrank. Käse, Salat, eine geräucherte Makrele und ein Glas Oliven ergaben zwar keine warme, aber eine schmackhafte Mahlzeit, und sie musste nicht kochen. Der Brotkasten stand unter dem Fenster.

Sam hob den schweren Deckel von dem altmodischen Keramikkasten und wollte den Laib Sodabrot herausnehmen, als sie eine Bewegung neben ihrem Wagen wahrnahm, der im schwachen Licht einer entfernten Straßenlaterne in der Einfahrt stand. Da! Schon huschte ein dunkler Schatten an den Büschen entlang. Da machte sich doch jemand an ihrem Auto zu schaffen!

»Hey!« Sam klopfte gegen die Fensterscheibe. Im nächsten Moment sah sie, wie ein Hammer auf die Haube ihres Wagens flog.

Wütend stellte Sam den Brotdeckel auf die Ablage und rannte zur Haustür. Im Flur packte sie einen Regenschirm und rannte in die Dunkelheit hinaus. »Hallo! Wer ist denn da? Zum Teufel!«

Da lag doch tatsächlich ein Hammer auf ihrer Kühlerhaube! Den Schirm fest in der Hand ging sie in ihren Slippern durch die matschige Fahrspur auf ihr Auto zu. Die Limousine war immerhin erst zwei Jahre alt. Wer würde denn bei diesem Wetter mit einem … Weiter kam sie nicht, denn plötzlich raschelte und knackte es seitlich von ihr in den Büschen. Eine dunkle Gestalt sprang hervor, packte sie von hinten, riss sie an den Haaren und stieß sie brutal nach vorn. Sam rutschte aus, verlor das Gleichgewicht und schlug im Fallen mit dem Gesicht gegen den Seitenspiegel.

In diesem Moment wurde sie vom grellen Scheinwerferlicht eines in die Einfahrt fahrenden Wagens geblendet. Durch einen Schleier aus Regen und Licht sah sie eine große Gestalt auf sich zukommen und hob abwehrend eine Hand.

»Gehen Sie weg!«

»Um Gottes willen, was ist denn passiert?«

Die Stimme klang besorgt und kam ihr vertraut vor. Starke Hände hoben sie an und strichen sacht ihr Haar zurück. »Sam, Sie bluten ja!«

12

Luke hielt Samantha mit einem Arm aufrecht, griff nach ihrer Hand und drückte sie sanft. »Kommen Sie, wir müssen ins Haus.«

Schritt für Schritt gingen sie zur Tür, wobei Sam mehrfach im Matsch ausglitt. Sie so hilflos und verletzt zu sehen schnürte ihm die Kehle zu und vergrößerte seine Gewissensbisse von heute Nachmittag. Er hätte nicht so heftig reagieren dürfen. Aber ihr Verhalten war verantwortungslos gewesen!

Er war gekommen, um sich zu entschuldigen und mit ihr über die ganze Sache zu sprechen, denn natürlich durchlöcherte Max ihn mit Fragen. Sie fühlte sich leicht und zerbrechlich an, was ihn überraschte, wirkte sie doch so selbstbewusst und stark. »Wem haben Sie denn auf die Zehen getreten, dass man Sie so zugerichtet hat?«

Sie atmete etwas ruhiger, und er spürte die Spannung in ihren Körper zurückkehren. Selbst der stärkste Mann konnte durch einen Schock seine Fassung verlieren. Er schlug einen bewusst leichten Ton an, um sie nicht noch mehr zu verunsichern.

»Wir müssen leise sein!«, sagte sie, ohne auf seine Frage einzugehen. »Granny schläft. Gehen wir in die Küche.« Mit fahrigen Bewegungen öffnete sie die Haustür und machte sich von ihm los. »Es geht, danke.«

Luke blieb jedoch dicht hinter ihr, denn auch wenn sie nicht viel Blut verloren hatte, konnte sie jederzeit umkippen. Im Licht des Flures sah sie fürchterlich aus, das Blut der Platzwunde an ihrer Wange war über ihr Hemd und die Strickjacke gelaufen.

Ohne auf ihren Protest zu hören, nahm er ihren Arm und geleitete sie zu einem Küchenstuhl. Ihre langen dunklen Haare hatten sich aus dem Gummi gelöst und hingen wirr um ihr Gesicht. Er griff sich die Küchenrolle, feuchtete mehrere Tücher an und sah sich ihre Wange näher an. »Drehen Sie den Kopf etwas nach links.«

Sie wollte nach ihrem Gesicht tasten, doch er verbot es ihr.

»Nicht. Ich habe Erfahrung in solchen Dingen. Eine Platzwunde, nicht tief, wird aber hässlich anschwellen. Wann hatten Sie die letzte Tetanusimpfung?«

»Vor sechs Monaten. Wir lassen uns regelmäßig impfen.«

»Wo ist Verbandszeug?« Er sah sich um.

»Da oben, glaube ich.« Sam zeigte auf ein Regal neben dem Kühlschrank.

»Bleiben Sie sitzen!«, forderte er, während er nach dem Griff eines grünen Erste-Hilfe-Kastens langte.

»Ich ziehe meine blutige Strickjacke aus. Okay?« In ihrer Stimme schwangen Trotz und ein Hauch Sarkasmus mit. »Keine Sorge, ich kippe nicht vom Stuhl. Wir sollten die Polizei anrufen, obwohl ich nicht glaube, dass sie den Kerl noch erwischen.«

Er klappte den Plastikkasten auseinander und riss die Folie einer sterilen Kompresse auf. Die legte er auf Sams Wange und nahm ihre Hand. »Festhalten!«

»Autsch! Sind Sie auch noch Arzt?«

Unter Schock war sie weniger kratzbürstig, aber so gefiel sie ihm besser. Er träufelte Jod auf eine neue Kompresse und legte sich Schere und Pflaster zurecht. »Im Kampfeinsatz ist nicht immer ein Sanitäter zur Stelle. Da ist es hilfreich, wenn man sich zu helfen weiß. Aber ich schätze, wenn Sie auf Grabungen sind, kommt es auch zu Unfällen, und Sie können sich erstversorgen.«

»Hmm.« Sie gab ihm die blutige Kompresse und wartete geduldig, während er die Wunde säuberte, desinfizierte und verpflasterte.

Ihre Haut war gebräunt, und er nahm einen leichten Duft von Limonen wahr. Er strich über das Pflaster, um die Enden zu glätten, vielleicht auch nur, um die elektrisierende Wärme ihrer Haut zu fühlen. Zufällig berührte sein Daumen ihren Hals, und er spürte, wie ihre Atmung sich veränderte und ihre Augen sich auf ihn richteten. Er war versucht, seine Hand in ihre dichten Haare gleiten zu lassen, ihren Nacken zu streicheln und seinen Mund auf ihre halbgeöffneten Lippen zu legen, die nach Regen und Salz schmecken würden. Sein gesamter Körper reagierte so unerhört stark auf diese Frau, dass er sich abrupt aufrichtete. »Haben Sie Eis?«

Sie wollte aufstehen, doch er hatte den Kühlschrank samt Eisfach bereits entdeckt. Rasch drückte er einige Eiswürfel aus dem Gefrierbehälter in eine Plastiktüte, wickelte ein Tuch darum und gab es Sam. »Kühlen Sie die Wange ein wenig, dann schmerzt es nicht so. Wie wäre es mit einem Drink?«

»Darf ich jetzt aufstehen?«

Ihre Blicke trafen sich, und er sah, wie es amüsiert um ihre Mundwinkel zuckte. Ohne seine Antwort abzuwarten, erhob sie sich. Die Strickjacke glitt zu Boden, und ihre schmale, muskulöse Figur zeichnete sich unter einem weißen blutverschmierten Hemd ab. »Granny hat hier irgendwo eine Flasche Sloe Gin ... Ah, hier!«

Sam legte die Eiswürfel zur Seite, entkorkte eine bauchige Flasche und goss den pflaumenfarbenen Schlehenlikör in zwei Gläser. Dabei schaute sie durch das Küchenfenster auf die Einfahrt. »Das Licht an Ihrem Wagen ...«

»Schalte ich gleich aus.« Er nahm das Glas, das sie ihm reichte, und sagte: »Ich bin froh, dass ich zur richtigen Zeit gekom-

143

men bin. Und es tut mir leid, dass ich heute Nachmittag so impulsiv reagiert habe.«

Ihre Hand zitterte ein wenig, als sie das Glas hob. »Impulsiv ist ein Euphemismus, aber Sie waren mein Retter in der Not. Entschuldigung angenommen.« Sie trank einen Schluck des starken, herbsüßen Likörs und fügte hinzu: »Ich rufe jetzt DI Nicholl an.«

Luke leerte sein Glas und ging nach draußen, um das Licht des Wagens auszuschalten. In der Aufregung hatte er auch die Fahrertür offen stehen lassen, und der Wind hatte die Nässe in den Innenraum getrieben. Es regnete kaum noch, und Luke begutachtete den Schaden an Sams Wagen. Der Hammer, ein mittelgroßes Werkzeug, wie man es in jedem Baumarkt kaufen konnte, lag noch in der Delle auf der Motorhaube. Luke holte eine Plastiktüte aus seinem Wagen, wickelte den Hammer darin ein und achtete darauf, nicht durch die Fußspuren, die vom Kampf herrührten, zu treten, doch bei der Nässe würde es ohnehin schwierig sein, noch brauchbare Abdrücke zu finden. Hinter dem Busch war nichts zu sehen, und die Straße lag wie ausgestorben. In der Ferne blinkte die Leuchtreklame des *Lighthouse*, und dort, wo das Land sichelförmig in die Bucht ragte, sah man die Lichter einiger Häuser.

Das nächste Haus lag über hundert Meter entfernt und war wie die meisten Häuser in Borth nur in den Ferien bewohnt. Wenn jemand Sam schaden wollte, war sie hier nicht sicher. Er ging zurück ins Haus, legte den Hammer neben die Garderobe und verriegelte die Tür. Als er in die Küche trat, legte Sam einen Laib Brot auf ein Holzbrett.

»Bis die Polizei hier ist, können wir etwas essen. Wenn ich umkippe, dann nicht wegen des verdammten Überfalls, sondern weil ich heute kaum etwas gegessen habe!« Sie nahm das Brotmesser, doch Luke trat neben sie und legte ihre eine Hand auf den Arm.

Sie verharrte in der Bewegung und wandte ihm das Gesicht zu, das nun viel zu dicht vor seinem war. Er hätte sich nur leicht vorbeugen müssen, um sie zu küssen, und sie wich nicht zurück. Die Ader in der Kuhle an ihrem Hals pochte sichtbar, und die Haut war noch blutverschmiert.

»Darf ich?« Er hielt ein frisches Küchentuch unter den Wasserhahn und tupfte vorsichtig ihren Hals ab. »Was genau ist denn nun passiert?«

Sam seufzte und sah erschrocken zur Tür, doch es war nur ein Windstoß, der am Dach gerüttelt hatte.

Er legte das Tuch zur Seite und nahm sie in die Arme, um sie zu beruhigen. In diesem Moment war es nicht die selbstbewusste Wissenschaftlerin, die sich ihm kampfeslustig entgegenstellte, sondern die verletzte Frau, die Trost brauchte. Sie entspannte sich ein wenig, lehnte sich an ihn und unterdrückte ein Schluchzen.

»Schsch, ist ja gut, manchmal muss man den Tränen freien Lauf lassen. Das baut Stress ab.« Er murmelte all die beruhigenden Worte, die er seinem Sohn gesagt hätte, wenn dieser in Gefahr gewesen wäre. Das Schluchzen ging stoßweise durch ihren Körper, verebbte, und schließlich legte sie ihre Hände auf seine Brust und drückte sich von ihm weg.

»Ich benehme mich wie eine Fünfzehnjährige. Entschuldigung.« Sie wischte sich die Augen und strich sich eine Haarsträhne hinters Ohr. »Was muss das für ein Anblick sein …«

»Ein sehr anziehender«, sagte er leise und küsste sie sacht auf die unverletzte Wange. Es war kaum mehr als eine sanfte Berührung, und doch versetzte sie seinen Körper in Alarmbereitschaft. Wenn er sich auf diese Frau einlassen würde, bedeutete das mehr als nur ein leidenschaftliches Abenteuer, so viel war gewiss. Sie war ihm schon jetzt unter die Haut gekrochen, und er wusste nicht, ob er dazu bereit war.

145

Sam räusperte sich und drehte sich verlegen um. »Ich werde mich jetzt umziehen. So möchte ich dem DI nicht entgegentreten. Und danke!« Sie berührte den Verband. »Sehr professionell.«

Luke schnitt das Brot auf, richtete den Salat an, den Sam bereitgestellt hatte, und stellte alles auf den Tisch. Seiner Erfahrung nach würde ein Arzt sich die Wunde ansehen, neu verbinden, und in einigen Tagen war alles verheilt. Was zum Teufel hatte der Angreifer gewollt?

In einem dunklen Pullover, die Haare nach hinten gebunden und mit gewaschenem Gesicht, kehrte Sam zurück und betrachtete den gedeckten Tisch. »Meine Großmutter schläft noch. Ich hatte ihr etwas kochen wollen …«

»Was ist passiert?«

»Ich habe draußen jemanden gesehen, eine Bewegung, einen Schatten. Durch den heftigen Regen konnte ich nicht viel erkennen, bin raus, und dann ging alles sehr schnell. Der Mistkerl hat mein Auto demoliert, mich an den Haaren gerissen und gestoßen. Vielleicht ein Betrunkener?« Sie glitt auf einen Stuhl und nahm sich eine Scheibe Brot. »Und ich weiß nicht, was geschehen wäre, wenn …«

»Wenn ich nicht gekommen wäre. Du hattest Glück, Sam.« Er hielt inne, doch sie widersprach der vertrauten Anrede nicht, die ihm unbewusst über die Lippen gekommen war.

Sie zerkrümelte das Brot, den Blick auf das Fenster gerichtet, das von Scheinwerfern erhellt wurde. Detective Inspector Nicholl war nicht allein erschienen. Es dauerte eine Zeit lang, bis der Inspector mit seinen Leuten alles untersucht hatte. Sam konnte ihm nicht mehr erzählen als vorhin Luke, und schließlich standen sie zusammen mit Nicholl, Burke und zwei uniformierten Polizisten in der Küche und tranken Sloe Gin.

»Doktor, wir nehmen Ihre Jacke mit«, sagte Nicholl. »Vielleicht finden sich daran noch Spuren. Wir fragen im Pub nach. Kann sich um einen Betrunkenen handeln oder um einen dummen Streich von Halbstarken. Sie glauben nicht, auf was für dämliche Ideen die kommen … Bei dem Hammer habe ich wenig Hoffnung, und Fußspuren, nun, der Regen hat ganze Arbeit geleistet. Sollen wir Ihnen einen Mann hierlassen? Oder bleiben Sie heute da, Mr Sherman?«

»Was machen denn all die Leute hier?« Gwen Morris kam mit strubbeligen Haaren und verwirrtem Blick herein.

»Granny, es ist nichts.« Sam warf Nicholl einen warnenden Blick zu und legte den Arm um ihre Großmutter. »Komm, setz dich. Im Sturm wurde mein Wagen beschädigt. Und die Herren waren noch in der Gegend.«

Skeptisch sah Gwen Morris von einem zum anderen. Sie schien noch wackelig auf den Beinen, doch als sie sich setzte, entdeckte sie das Pflaster auf Sams Wange. Burke versteckte die Tüte mit der blutigen Jacke hinter seinem Rücken. »Du bist verletzt, Liebes!«

»Hier, trink einen Schluck. Das tut gut!« Sam schob ihr ein Glas hin.

»Das weiß ich. Schließlich habe ich den Gin angesetzt«, versetzte die alte Dame, die mitgenommen wirkte.

»Sam ist ausgerutscht und gegen ihr Auto gestürzt, Mrs Morris«, sprang Luke ein, und die Polizisten scharrten mit den Füßen.

Der Inspector machte eine zustimmende Kopfbewegung. »Ja, wir müssen dann auch wieder los. Zweimal an einem Tag Besuch von der Polizei zu bekommen ist wirklich zu viel. Geben Sie mir das Rezept für den Sloe Gin? Der ist hervorragend. Äh, Doktor, Sie wollten mir draußen noch etwas zeigen …«

Luke ging mit den Beamten in den Flur und hörte, wie Nicholl sagte: »Sollen wir Sie zum Arzt bringen? Und ich kann Ihnen Jones hierlassen. Sie sollten nicht allein bleiben.«

Doch Sam schüttelte energisch den Kopf. »Die Wunde ist versorgt. Ich lasse sie morgen ansehen. Das alles würde meine Großmutter zu sehr aufregen. Das war sicher nur ein dummer Streich, wie Sie schon sagten. So was kommt vor.«

»Ich schicke alle Stunde eine Patrouille vorbei«, entschied Nicholl. »Und Sie haben meine Durchwahl und den Notruf und …«

»Meine Nummer ebenfalls. Ich wohne direkt hinter der Brücke und kann in zwei Minuten hier sein.« Am liebsten wäre Luke geblieben, aber Max war mit Rhodri zu Hause, und sein Schwiegervater musste noch in den Pub.

»Danke! Mir geht es gut, wirklich! Morgen sehen wir weiter.« Damit drängte Sam die Beamten freundlich, aber bestimmt hinaus.

Luke jedoch ließ sich nicht so einfach abwimmeln. »Ich könnte Max holen, und wir schlafen heute Nacht hier unten. Für ihn ist das ein Abenteuer.«

»Nein.«

»Warum nicht?«

»Weil ich es nicht will, weil … Ich bin müde und muss mich um Granny kümmern.« Sie sah ihn aus matten Augen an. »Ich muss über vieles nachdenken.«

»Sam? Sind sie fort?«, rief Gwen von hinten.

»Da hörst du es. Geh jetzt.« Sie schob ihn auf den Treppenabsatz.

»Ich komme morgen wieder.«

»Das habe ich befürchtet.«

Aber es klang nicht unfreundlich, und er ging mit dem Gefühl, dass sie heute einen Anfang gemacht hatten. Was daraus entstehen konnte, musste sich erweisen, aber es war ein Anfang.

TREVENA HALL, ABERDOVEY, NOVEMBER 1949

Remember, remember the fifth of November,
Gunpowder, treason and plot;
I know of no reason why gunpowder treason
Should ever be forgot.

Rote und grüne Sterne ergossen sich kaskadenartig über den Nachthimmel. Die Gäste von Trevena Hall johlten und klatschten. Sie standen auf der Terrasse, die von einer steinernen Balustrade umgeben war und direkt mit den Klippen abschloss. Man musste sich nur ein wenig vorbeugen, um die Wellen an die Klippen schlagen zu sehen. In dieser Nacht des fünften Novembers war die See ruhig, kaum eine Wolke verdeckte die Mondsichel, und das Feuerwerk zu Ehren der vor dreihundertvierundvierzig Jahren vereitelten Pulververschwörung erhellte die gesamte Bucht. Seit Kriegsende feierten sie jedoch mehr die Niederlage der Deutschen als den vereitelten Anschlag auf das Parlament in London.

»Hurray! Hurray!«, jubelte Gwen mit den anderen und hob ihr Champagnerglas.

Aus dem Salon ertönte Musik, und die Bediensteten füllten das Buffet auf. Wenn in Trevena Hall gefeiert wurde, dann richtig! Das war die Devise von Ashton und seiner Familie. Die Herren trugen Smoking und die Damen schillernde Abendkleider.

Evelyn hatte ihrer Tochter ein eng anliegendes Kleid aus fließendem Goldlamee geschneidert. Der Rückenausschnitt war tief, und der Stoff sammelte sich in weichen Wellen in Gwens Ausschnitt und an ihrem Gesäß. Die Haare hatte Gwen am Hinterkopf locker aufgesteckt.

»Du siehst so unglaublich verführerisch aus, Gwen, dass ich nicht versprechen kann, meine Hände immer bei mir zu behalten«, flüsterte Ashton an ihrem Ohr.

»Wage es ja nicht!«, erwiderte sie, doch mit scherzhaftem Unterton. Sie waren alle beschwipst vom Champagner und der Freude über die Rettung der Besatzung der *Lonna*, an der Ashton einen entscheidenden Anteil trug.

»Na, komm, einem Helden kannst du keinen Tanz verwehren.« Ashton nahm ihr das Glas aus der Hand und drehte sie elegant zu sich, während Tony Bennett vom Grammophon aus »Because of you« sang.

Er sah gut aus, war reich und unterhaltsam. Allerdings überschritten seine Späße oft jedes Maß und waren überaus leichtsinnig. Gwen ließ sich von der Musik und den Tanzschritten ihres Partners über die Terrasse führen. Aus den Augenwinkeln sah sie ihre Eltern. Ihre Mutter trug ein schwarz-weißes Kleid, das aus der Mode, aber dennoch elegant war, während ihr Mann nervös an seiner Fliege zerrte und sich an seinem Drink festhielt. Nein, Joseph Prowse war kein Partylöwe, und man konnte seiner angestrengten Miene ablesen, wie unwohl er sich inmitten der sogenannten besseren Gesellschaft fühlte.

»Because of you my life is now worthwhile«, sang Ashton den Liedtext mit und drehte sie schwungvoll herum. »Ich meine das ernst, Gwen. Gwen! Hörst du mir überhaupt zu?«

Ihre Augen hatten Arthurs Blick aufgefangen, der mit Matthew und Hannah an der Balustrade stand und ihr zuzwinkerte. »Was? Natürlich habe ich dir zugehört. Du bist der strahlende

Held, der mit der *Ariel* die armen Fischer aus der kalten See gerettet hat.«

»Mach dich nicht lustig über mich. Gwen! Schau doch, wie deine Eltern uns beobachten. Sie wären stolz, wenn du mich heiraten würdest.« Seine hellblauen Augen sahen sie schmachtend an, doch es lag eine Distanziertheit darin, die Gwen beängstigend fand.

Was immer Ashton tat, sie konnte nie genau sagen, ob er es aus Überzeugung oder nur aus Mutwilligkeit oder purer Langeweile tat. »Ash, Darling, lass es gut sein. Ich werde dich nicht heiraten, selbst wenn dir ganz Wales gehörte.«

»It's paradise to be near you like this«, sang er mit voller Stimme mit, so dass die anderen die Köpfe drehten.

Als er sie in der nächsten Drehung noch dichter an sich zog, entwand Gwen sich seinem Griff und stieß beim Rückwärtslaufen gegen einen Dienstboten, der ein Tablett mit vollen Champagnergläsern balancierte, das klirrend zu Boden ging.

Erschrocken wollte sie sich nach den Scherben bücken. »Es tut mir so leid!«

Doch Ashton kam lächelnd dazu, ohne dass ihm Verärgerung anzumerken gewesen wäre. »Lass, Gwen. Du wirst dich verletzen. Dafür haben wir Leute. Nicht wahr?«

Der junge Mann, der für den Abend als zusätzlicher Kellner angestellt worden war, nickte unglücklich. »Das ist meine Aufgabe, Madam.«

»Guter Mann, siehst du?« Ashton reichte ihr seinen Arm. Gwen zögerte, doch als sie Arthur mit einer hübschen Blonden tanzen sah, legte sie ihre Hand auf Trevenas seidenen Smoking.

»Ashton, du enthältst uns deine Freundin immer vor.« Sheila und Andrew Trevena, die sich bis eben mit dem Bürgermeister und dem Polizeivorsteher von Aberystwyth unterhalten hatten, kamen zu ihnen.

Sheila stammte aus einer reichen Landbesitzerfamilie in Snowdonia und war für ihren Kunstsinn bekannt. Auf Auktionen gab sie Unsummen für Gemälde und Antiquitäten aus. Und sie wirkte selbst wie ein Gemälde: An ihrem Hals, den Ohren und ihrem Handgelenk glitzerten Diamanten, die ihre ätherische, helle Schönheit unterstrichen. Äußerlich kam Ashton nach seiner Mutter, denn sein Vater verkörperte den robusten Landedelmann, auch wenn er keinen Titel aufzuweisen hatte. Seine Wangen waren gerötet, und er strich sich über den Schnauzer, bevor er Ashton auf den Rücken klopfte.

»Hübsches Mädchen. Gabriella, richtig?« Eine Whiskyfahne begleitete seine Worte.

»Vater, das ist doch Gwen!«, berichtigte Ashton und hielt Gwens Hand fest.

»Ah, ja, ja. Evelyn ist doch Ihre Mutter, nicht wahr?« Andrew sah sich suchend um. »Dahinten steht sie, neben diesem … Eine Verschwendung … aber Sie, Gwen, Sie wollen etwas aus Ihrem Leben machen. Das kann man Ihnen nicht verdenken!« Andrew lachte.

Bei den unverhohlenen Worten gefror Gwen innerlich, machte sich von Ashton los und lief, so schnell es ihr in dem langen Kleid möglich war, zu ihren Eltern.

»Was ist denn, Herzchen? Du wirkst ja ganz aufgelöst!« Evelyn nahm ihren Arm und tätschelte ihr die Hand.

Ihr Vater lehnte an der Balustrade und wirkte erschöpft. Auf der anderen Seite des Flusses blitzte es auf, und ein dumpfes Knallen ertönte, wie es öfter in den Nächten zu hören war. Im Pub erzählte man sich, dass immer noch Waffen getestet wurden, aber Genaues wusste niemand. Und letztlich wollte man es auch nicht wissen. Der Krieg war zu Ende, das Leben brachte immer neue Herausforderungen mit sich.

»Ich möchte gehen!«, entfuhr es der aufgebrachten Gwen.

»Jetzt atme doch erst einmal tief durch, und dann sagst du uns, was geschehen ist.« Trotz des Kleides, dessen Schnitt längst aus der Mode war, und mit den Linien um Augen und Mund, die von dem Grauen zeugten, das sie gesehen hatte, war Evelyn Prowse noch immer eine beeindruckende Frau.

»Sie haben schlecht über uns gesprochen«, flüsterte Gwen und senkte den Kopf.

»Was?«, wollte ihr Vater wissen, und seine Stirn krauste sich.

»Andrew Trevena hat gesagt …« Doch sie wurde von ihrer Mutter unterbrochen.

»Er hat sicher wieder getrunken. Dann redet er dummes Zeug. Mach dir nichts draus, Gwen. Was ist denn nun mit Ashton? Du hast ihn einfach so da stehen lassen. Das gehört sich nicht.«

Entrüstet sah Gwen ihre Mutter an. »Mr Trevena hat euch beleidigt! Ihr wollt, dass ich in diese Familie einheirate? Die haben keinen Respekt vor uns!«

Evelyn warf Joseph, der den Mund öffnete, einen warnenden Blick zu. Resigniert griff Joseph nach einem Glas und sagte im Gehen: »Ich brauche noch einen Schluck. Mach du das, Evelyn, du weißt, wovon du sprichst.«

»Was ist denn los mit euch? So kenne ich euch nicht. Ihr habt mir beigebracht, selbstbewusst und stolz zu sein. Ich muss mich für nichts schämen, und schon gar nicht für euch. Mum!«, sagte Gwen flehend.

Evelyn nickte, und ihre Augen schimmerten verdächtig. »Nein, das musst du nicht. Hier ist nicht der Ort, es dir zu erklären.«

»War Andrew mal hinter dir her? Er hat sich so merkwürdig ausgedrückt, als hättest du einen besseren Fang machen können und hättest dich an Vater verschwendet. Ja, das hat er gesagt!«

Ein Schatten glitt über Evelyns Gesicht, doch sie fasste sich und antwortete: »Er übertreibt gern. Kein Mann bekommt gern einen Korb.«

»Trevena hat um dich angehalten?« Gwen konnte nicht glauben, dass ihre Mutter ihr das all die Jahre verheimlicht hatte.

»Ja nun, wir sind alle einmal jung gewesen.« Evelyn strich ihrer Tochter eine Locke aus dem erhitzten Gesicht. »Du bist wunderschön. Stell dir doch einmal vor, was für ein angenehmes Leben Ashton dir bieten könnte. Wäre das denn so falsch? Er ist ein netter Kerl. Ich weiß wirklich nicht, was du gegen ihn hast. Seinen Vater darfst du einfach nicht ernst nehmen.«

Gwen runzelte die Stirn. »Das kannst du doch nicht … Da steckt mehr dahinter!«

»Meine Kleine, wir machen uns Sorgen um deine Zukunft.«

»Dann lasst mich auf die Schwesternschule gehen! Ich werde gewiss eine gute Krankenschwester sein.« Sie hatte zu Hause genügend Erfahrung in der häuslichen Pflege gesammelt.

»Du bist noch so jung, Gwen. Und ich weiß nicht, was ich ohne dich machen würde. Theo braucht dich. Und …«

»Er hätte mitkommen sollen! Das ist genauso sein Abend wie unserer. Schließlich hat er Matthews Vater aus dem Wasser gefischt.« Sie hatte ihren Bruder nur ungern in seiner düsteren Stimmung zu Hause gelassen.

»Du weißt doch, wie sehr er Feuerwerk hasst.«

Ein neues Lied erklang, und Arthur kam langsam auf Gwen zu. Er sah so viel erwachsener und männlicher aus als Ashton. Seine Bewegungen waren geschmeidig, und sie musste nur die Augen schließen, um zu wissen, wie seine Lippen schmeckten. Wenn sie mit ihm zusammen war, fühlte sie sich lebendig. »Ja, aber was wolltest du noch sagen, Mum?«

Evelyn war ihrem Blick gefolgt. »Nicht er, Gwen. Tu uns das nicht an. Seinetwegen ist Theo ein, ein … Krüppel.«

Gwen hob trotzig das Kinn. »Das stimmt nicht. Es war ein Unfall.« Sie streckte Arthur die Hände entgegen und sagte: »Arthur, diesen Tanz hattest du mir versprochen.«

Er hob überrascht die Brauen, ließ sich aber ohne Weiteres von ihr mitziehen und drehte sie zu den beginnenden Tönen von Glenn Millers »Blueberry Hill«. »Was war denn los, Gwen? Erst Trevena und nun deine Mutter …«

»Sie will nicht zuhören. Ach, ich weiß auch nicht, wie wir ihnen begreiflich machen sollen, dass es ein Unfall war. Ich denke oft, dass sie die Wahrheit einfach nicht glauben wollen. Es war nicht der Krieg, nein, du bist ihr Sündenbock! Wir sollten durchbrennen, Arthur!« Sie schmiegte ihre Wange an seinen Hals und wiegte sich mit ihm im Takt der Musik.

»Meine Gwen, durchbrennen würdest du mit mir, einem armen Fischer, der keinen müden Penny hat?«

»Du weißt, dass ich das tun würde. Ich liebe dich, Arthur Morris«, flüsterte sie an seinem Ohr.

»Und ich liebe dich, und weil das so ist, werde ich nicht zulassen, dass du eine Dummheit begehst, die dich dein ganzes Leben belasten würde.« Er schwenkte sie herum und hielt sie ein wenig von sich, so dass sie ihm in die Augen sehen musste. »Wir heiraten, wenn ich das Geld zusammenhabe. Solange bleibst du bei deiner Familie, kümmerst dich um Theo, der ohne dich verloren ist, und bist eine gute Tochter.«

»Wenn Theo doch nur darüber sprechen könnte«, klagte Gwen.

»Sich erinnern zu müssen ist für ihn das Schlimmste. Vielleicht sollte ich meinen Vater bitten, einmal in Ruhe mit deinem Vater zu sprechen.« Arthurs Hand lag auf ihrem bloßen Rücken und jagte ihr einen wohligen Schauer über die Haut.

Und plötzlich wusste Gwen, was sie tun musste. Es gab keine diplomatische Lösung für ihr Dilemma. »Fahren wir noch zu Jenson? Mir reicht es hier.«

Arthur wandte den Kopf und meinte vielsagend: »Ich glaube, Matthew hat auch die Nase voll von den Schnöseln, die sich an Hannah ranmachen.«

»Sie scheint das aber nicht zu stören«, bemerkte Gwen mit Blick auf die Rothaarige, die mit einem Champagnerglas in der Hand von drei Männern umringt wurde und kokett lachte.

»Außerdem wird mir hier draußen kalt.« Es war zwar eine milde Novembernacht, aber dennoch zu frisch, um lange in einem dünnen Abendkleid auf der Terrasse zu stehen.

Das Feuerwerk war vorüber, und auch die anderen Gäste bewegten sich nach und nach in den festlich erleuchteten Salon. Die Musik wurde leiser, weil einige Flügeltüren geschlossen wurden, und jetzt würden die Trevenas Eierpunsch servieren. Eine gute Gelegenheit, um sich davonzustehlen. Arthur sprach kurz mit Matthew und nahm Gwen an der Hand. Sie bewegten sich so unauffällig wie möglich durch die Feiernden, nickten, lächelten und seufzten erleichtert, als sie die Treppe in die Eingangshalle hinunterliefen.

»Warte hier, ich hole unsere Mäntel.« Er küsste sie auf die Wange und ging davon.

Gwen schlang sich die Arme um den Oberkörper, denn der Champagner verlor seine Wirkung, und es fröstelte sie. Sie schaute zur Empore hinauf, wo sie Matthew und Hannah erwartete, doch stattdessen stand dort Ashton. Er hatte sich eine Zigarette angezündet und kam mit einer Hand in der Hosentasche langsam die Stufen hinunter.

»Du machst dich einfach davon, ohne dich von mir zu verabschieden? Ts, ts, Gwen, das hätte ich nicht von dir gedacht. Wer ist denn der Glückliche?« Er blies den Rauch in die Halle, wo er in kleinen Wolken aufstieg.

Obwohl Gwen das Gefühl hatte, jeder müsste ihr ansehen, dass sie Arthur liebte, schien es außer Hannah niemand ernst zu nehmen. Ashton nahm die letzte Stufe mit einem tänzelnden Schritt, und seine Augen wirkten glasig. »Wunderschöne Gwen.«

Seine Aussprache klang schwer, und sie lächelte ihn um Verzeihung bittend an. »Ashton, mein Lieber. Du bist ein Held! Es war einfach unglaublich, wie du mit deinem Schiff da hinaus bist, um die armen Männer zu retten.«

Er stand nun vor ihr, zog an seiner Zigarette, nahm die Hand aus der Tasche und streichelte ihre Schulter. Plötzlich veränderte sich sein vorher so nonchalanter Ausdruck. Für einen Moment schien sie hinter die Fassade des reichen Müßiggängers, des Kriegshelden zu sehen und erschrak über die brutale Leidenschaftlichkeit und die Härte in seinem Blick. Doch genauso schnell hatte er sich wieder unter Kontrolle, lächelte schief und schien nicht zu bemerken, wie die Asche zu Boden fiel.

»Einem Helden schlägt man doch keinen Wunsch ab. Und wenn ich nur diesen einen Wunsch habe, Gwen? Wie kannst du so grausam sein?«

»Du bist nicht der einzige Held, Ash. Alle, die gekämpft haben, sind in meinen Augen Helden«, erwiderte sie und horchte auf die Schritte, die aus einem der hinteren Räume kamen.

Ashton wischte mit dem eleganten Lederschuh über die Fliesen. »Ist das so? Ich denke nicht.«

Genau in dem Moment, in dem Arthur hinter dem Treppenaufgang hervortrat, machte Ashton eine Drehung und breitete dramatisch einen Arm aus. »Kommt da noch ein Held?«

»Ashton.« Arthur hielt Gwens Mantel und wirkte unangenehm berührt.

»Ist er ein Held, Gwen?«, wiederholte Ashton seine Frage.

»Hör auf damit. Du bist ja betrunken!« Gwen ließ sich von Arthur in den Mantel helfen.

»Nicht so betrunken, dass ich nicht weiß, wer ein Feigling ist und wer nicht. Der da hat seinen Bruder auf dem Gewissen und den armen Theo gleich dazu. Oder nicht? Stimmt es nicht, dass Theo vor Schreck den Verstand verloren hat … Bum!« Ashton machte eine hastige Bewegung, die sie zusammenzucken ließ. »Bum! Zu früh! Bum! Da war es passiert.«

»Ich nehme dir das nicht übel, Ash. Du hast großen Mut da draußen im Sturm gezeigt. Das hätte sonst niemand gemacht«, stellte Arthur ohne eine Spur Zynismus fest.

»Nein?« Ashton machte einen leicht schwankenden Schritt auf sie zu. »Und wisst ihr, warum das niemand getan hätte? Weil die anderen alle Angst vor dem Tod haben!«

In seinen Worten lag eine bittere Ernsthaftigkeit, die Gwen erschreckte.

»Versteht ihr nicht? Ich habe den Tod überlistet, und jetzt hat er mich von seiner Liste gestrichen. Helden holt man sich später.« Er lachte, warf die Zigarette zur Seite und ergriff Gwens Hand. »Und jetzt bekommt der Held einen Abschiedskuss.«

Er wollte sie an sich ziehen, doch Arthur war schneller und schubste ihn unsanft zur Seite. Gwen machte rasch einen Schritt zurück und hielt den Atem an, denn Ashton fluchte und stürzte sich wütend auf seinen Widersacher.

»Du feiger Bastard!«

Die beiden Männer rangelten, wobei Arthur sich Mühe gab, Ashton auf Armeslänge von sich zu halten. Es war deutlich, dass er sich nicht mit dem Sohn des Gastgebers prügeln wollte. »Du bist betrunken, Ashton. Hör auf, zum Teufel!«

»Was ist denn da los?«, rief plötzlich Matthew von der Treppe. In wenigen Sekunden war er, gefolgt von Hannah, bei ihnen und half Arthur, den zornigen Ashton zu beruhigen.

Mit hochrotem Kopf stand der mit gelöster Fliege schnaufend vor ihnen. »Das werdet ihr bereuen.«

»Ash, bitte, jetzt lass uns doch erst mal alle zur Besinnung kommen. Wir haben getrunken, ein Wort gab das andere«, redete Gwen auf ihn ein, doch sie spürte, dass an diesem Abend etwas zerbrochen war.

Sie hatte ihn falsch eingeschätzt, weil sie ihn zu kennen glaubte. Aber niemand war nur das, was man zu sehen bekam. Ashton
Trevena, der immer gutgelaunte Partylöwe, der Kriegsheld, der
furchtlose Lebensretter, war zurückgewiesen worden und schien
davon regelrecht erschüttert.

»Geht schon, verschwindet!« Ashton richtete seine Fliege,
fuhr sich durch die Haare und nahm eine Zigarette aus einem
silbernen Etui. Er klopfte beide Enden der Zigarette auf das
Etui und sagte, bevor er sie in den Mund steckte: »Ihr habt von
unserem Champagner getrunken und euch satt gegessen. Und
wo wollt ihr nun hin? Zu Jenson? Da gehört ihr hin.«

Seine Worte troffen vor Verachtung, und Gwen hätte ihm in
diesem Moment am liebsten ins Gesicht geschlagen. Stattdessen sagte sie kühl: »Mir ist übel. Ich muss an die frische Luft.«

Hannah wirkte leicht angetrunken, schien jedoch genauso
geschockt von Ashtons ausfallendem Benehmen, dass sie ihren
Freunden ohne ein Wort zu Matthews Wagen folgte. Erst als der
Motor brummte und sie über den Kies vom Hof der Trevenas
rollten, fiel die Starre von ihnen ab. Hannah, die neben Gwen
im Fond saß, prüfte den Sitz ihrer Frisur, die leicht ramponiert
wirkte. »Mein Gott, die sogenannten feinen Herren wissen auch
nicht, wo sie ihre Hände lassen sollen.«

Gwen sah sie an, und als Hannah ihr zuzwinkerte, lachten sie
beide. »Mir sind die einfachen Kerle auch lieber. Da weiß ich,
woran ich bin.«

Arthur drehte sich nach hinten. »Und damit wären dann wir
gemeint?«

»Und wenn es so ist?« Gwen suchte in ihrer winzigen Handtasche nach einem Taschentuch.

»Dann habe ich nichts dagegen«, grinste er und ließ sich wieder nach vorn fallen.

»Was quatscht ihr denn da? Also, wir fahren jetzt zu Jenson, oder?«, wollte Matthew wissen. »Ich brauche einen Whisky. Zum Teufel, welche Laus ist denn Ashton heute über die Leber gelaufen?«

»Der Ruhm ist ihm zu Kopf gestiegen.« Gwen genoss die Gesellschaft ihrer Freunde und verdrängte das Erlebte. Heute wollte sie feiern und … Sie fuhr sich mit der Zunge über die Lippen.

BORTH, NOVEMBER 1949

And on your cheeks O may the roses
dance for a hundred years or so.
Forget now all the words of promise
You made to one who loved you well,
Give me your hand, my sweet Myfanwy,
But one last time, to say »farewell«

Traditional Welsh Lovesong

Sie waren die letzten Gäste. Jenson wischte den Tresen sauber und legte sich das Tuch über eine Schulter. »Austrinken und dann nach Hause! Ich muss morgen wieder früh raus – und ihr auch!«

Die Jukebox spielte ein traditionelles walisisches Liebeslied, das Hannah mit ihrer rauchigen Stimme begleitete. Matthew sah sie verliebt an, und Gwen schmiegte sich an Arthur, der die Arme um sie gelegt hatte, während sie sich im Takt der Musik wiegten.

»Bring mich nach Hause, Arthur Morris«, flüsterte Gwen und lehnte sich in die Wärme seines Körpers.

»Hey, ihr Turteltauben, soll ich euch ein Stück mitnehmen?«, bot Matthew an, als die Musik verebbte und Jenson die Lichter nacheinander ausschaltete.

»Arthur fährt mich heim, danke, Matthew.« Gwen lächelte.

»Aber dann müsst ihr noch bis zur Kreuzung laufen«, meinte Matthew, der Schwierigkeiten hatte, seinen Mantel richtig anzuziehen.

Hannah lachte. »Das ist ja der Zweck, Matthew. Na komm schon, lassen wir die zwei in Ruhe die Sterne betrachten und Jenson endlich ins Bett gehen.«

Jenson hob in gespielter Dankbarkeit die Hände. »Wenigstens du hast Erbarmen mit dem Wirt.«

»Armer Junge!« Hannah warf ihm eine Kusshand zu, legte sich ihren Schal um und hakte Matthew unter. »Hatte dieser Abend doch noch ein schönes Ende. Herrgott, dieser dämliche Ashton! Aber ich sage euch, morgen tut's ihm leid und er lädt uns in sein Jagdhaus in Snowdonia ein oder sonst was, womit er sich entschuldigen und ordentlich angeben kann.«

Matthew schüttelte den Kopf. »Idiot. Aber ich kann ihm nichts vorwerfen. Er hat mir und meinem Vater das Leben gerettet.«

»Nicht er allein! Theo hat deinen Vater aus dem Wasser gezogen«, widersprach Arthur. »Und die Jungs von der Rettung waren ja wohl auch noch da.«

»Schon. Aber ohne sein Schiff hätten sie es nicht schnell genug geschafft, und ich wäre ersoffen. So ist das nun mal.« Matthew setzte seine Tweedmütze auf.

»Er ist eben zum Helden geboren«, sagte Arthur und fügte knurrend hinzu: »Was ihm noch lange keinen Freibrief gibt, sich alles zu nehmen, wonach ihm der Sinn steht.«

»O herrje, streitet euch nicht schon wieder. Mir reicht es für heute!« Hannah ging energisch zur Tür.

Matthew musste nur einen kleinen Umweg fahren, um sie zu ihren Eltern zu bringen. Ihr sonst so strenger Vater schien in Bezug auf Matthew keine Bedenken zu haben und vertraute dem jungen Fischer. Obwohl Hannah dazu neigte, die Männer, die sie bewunderten, auszunutzen, hegte Gwen die Hoffnung, dass ihre Freundin in Matthew vielleicht doch den Mann erkennen könnte, der sie glücklich machen konnte. Denn der arme Junge war ihr rettungslos verfallen. Wenn doch Gwens Eltern nur auch etwas toleranter wären.

Gwen winkte dem Wagen nach und seufzte. Arthur klappte ihren Mantelkragen hoch und nahm sie in den Arm. »Nicht traurig sein, Gwen. Alles wird sich irgendwann zum Guten wenden. Davon bin ich fest überzeugt. Schau doch! Der Himmel ist so klar, dass der Mond zum Greifen nah scheint und man alle Sterne sehen kann.«

Die Lichter des *Lighthouse* waren erloschen. Nur oben in den Wohnräumen der Perkins brannte noch ein Licht. Und auch die anderen Häuser des kleinen Dorfes lagen in Dunkelheit. Sie waren die letzten Nachtschwärmer, die in dieser Guy-Fawkes-Nacht noch unterwegs waren. Vom Meer wehte eine schwache Brise herüber, und die Wellen rauschten leise auf den Strand. Das Flüstern der See, dachte Gwen und legte ihren Kopf an Arthurs Schulter.

»Du bist so traurig heute, Gwen. Dafür gibt es keinen Grund. Ashton kriegt sich schon wieder ein. Ich hätte auch nicht gedacht, dass er tatsächlich denkt, du würdest ...«

Weiter kam er nicht, denn Gwen verschloss ihm den Mund mit ihren Lippen und küsste ihn erst zärtlich und dann leidenschaftlich. Sie drängte sich an ihn, schlang die Arme unter seinem Jackett um seinen Körper und spürte, dass er auf sie reagierte. »Hm«, murmelte sie an seinen Lippen. »Das wollte ich schon den ganzen Abend machen.«

Arthurs Augen waren dunkel und spiegelten einen Wettstreit an Gefühlen wider. »Das, ja ... Gott, du riechst so gut. Aber wir dürfen uns nicht so auf der Straße küssen. Wenn uns jemand sieht.«

»Ich habe es satt, mich dauernd zu verstecken. Meine Eltern sind mir egal. Ich bin doch keine Ware, die sie meistbietend verschachern können. Die Zeiten sind ja nun lange vorbei.«

»Sie sorgen sich um deine Zukunft. Das verstehe ich. Dass sie mir vorwerfen, ich wäre schuld an Theos Unfall, ist was anderes. Aber auch das werden wir klären. Es braucht einfach Zeit.«

Er war immer so vernünftig. »Wir sind ganz allein hier draußen, Arthur. Nur wir zwei.«

»Und du holst dir noch einen Schnupfen in dem dünnen Kleid. Komm, da vorn steht mein Wagen.«

Er hatte den klapprigen Transporter hinter einem Schuppen nahe der Kreuzung geparkt. Schweigend gingen sie nebeneinander durch die Dunkelheit, bis sie den Holzverschlag erreichten, der auf einer Wiese stand. Im Sommer ließ der Besitzer hier eine Ziege weiden und pries die würzige Milch. »Salzig.«

»Wie bitte?« Arthur suchte nach dem Wagenschlüssel.

»Ich habe nur laut gedacht. Salzig muss die Milch von Owens Ziege sein. Na, du weißt schon, die er im Sommer hier grasen lässt. Was ist eigentlich in dem Schuppen?« Sie entriegelte die Holztür und starrte in die Dunkelheit, konnte aber nur grobe Umrisse ausmachen.

Arthur stand hinter ihr. »Heu, so wie es riecht. Gwen, es ist spät, und deine Eltern vermissen dich bestimmt schon.«

Doch Gwen schlüpfte durch den Türspalt und tastete sich durch den Raum, in dem es tatsächlich nach würzigem, getrocknetem Gras roch. »Gib mir mal dein Feuerzeug, Arthur.«

»Willst du uns hier abfackeln?« Aber er gab ihr das Gewünschte, und als sie die kleine Flamme in die Höhe hielt, entdeckten sie in einer Ecke des Schuppens einen Heuhaufen. Auf der anderen Seite standen Körbe, Harken und eine Sense. Über einem Querbalken hing eine alte Decke.

»Mach die Tür zu!«, sagte Gwen, und die Flamme verlosch.

Durch die Ritzen der Holzbalken schien spärlich das Licht des Mondes. Gwen zog den schweren Wollmantel aus und warf ihn auf das Heu. Dann löste sie die Haarnadeln und ließ die Locken über ihren bloßen Rücken fallen. Das metallische Glitzern ihres Kleides verband sich mit dem unwirklichen Nachtlicht, und sie fühlte eine heiße Welle durch ihren Körper fluten. Unwillkürlich glitt ihre Hand zu ihrem Hals, über ihr Schlüsselbein und von den Rundungen ihrer Brüste bis zu ihrem Schoß. Dabei hielt sie Arthurs Blick gefangen, der sie gebannt anstarrte.

Die Tür knarrte und fiel hinter Arthur zu, der nun auf sie zukam. Sie konnte das Glitzern seiner Augen sehen und streckte eine Hand nach ihm aus, um ihn mit sich auf das Heu zu ziehen. »Zieh das aus«, murmelte sie und zerrte an seinem Hemd.

»Gwen, du bist so schön.« Wie in Trance entledigte er sich seines Jacketts, ließ zu, dass sie die Knöpfe seines Hemdes öffnete, und legte sich mit nacktem Oberkörper neben sie.

Sein Atem ging schneller, passte sich endlich dem rasenden Herzschlag ihres erhitzten Körpers an, dachte sie und streichelte seine muskulösen Oberarme. Noch nie war sie sich einer Sache so sicher gewesen wie in dieser Nacht. Ihr Körper schmerzte vor unerfüllter Sehnsucht nach dem Geliebten. Der Krieg hatte ihn verschont, doch die See konnte ihn ihr nehmen, jederzeit, das war ihr während des Sturms bewusst geworden. Seine Lippen hinterließen glühende Spuren auf ihrem Hals, suchten die samtige Haut ihrer Brüste, deren Knospen hart und erregt waren.

Sie schlang ein Bein um seine Hüfte, tat instinktiv, was ihr Körper schon zu wissen schien. Arthur packte ihren Oberschenkel, erkundete das feste Fleisch ihres Gesäßes und drückte sie an sich. Sie stöhnte auf, denn er war genauso erregt wie sie. Doch dann zögerte er, hob den Kopf und strich ihr die Haare aus dem Gesicht.

»Wir dürfen das nicht, Gwen. Ich will nicht, dass sie über dich reden, dich verachten, weil ...«

»Weil ich mit dem Mann schlafe, den ich liebe? Du bist mein Leben, Arthur.« Sie nahm sein Gesicht in ihre Hände und küsste ihn. »Zeig es mir, zeig mir, was es bedeutet zu lieben.«

»Gott, Gwen …« Seine Augen schimmerten. »Ich werde vorsichtig sein, und du musst mir sagen, wenn du es nicht aushältst. Es kann wehtun beim ersten Mal.«

Sie überließ sich seinen Küssen und Händen, die in Zonen vordrangen, die sie selbst nur schamhaft berührt hatte. Als er sich schließlich über ihr aufstützte und sie aus dunklen Augen ansah, zog sie ihn auf sich und hieß den kurzen, süßen Schmerz willkommen, der sich bald darauf in ein köstliches, nie gekanntes lustvolles Ziehen verwandelte.

Als sie spürte, dass auch Arthur sich seinem Höhepunkt näherte, überkam sie ein Gefühl triumphierender Zufriedenheit, und sie achtete mit dem wenigen Wissen, das sie hatte, darauf, dass er sich nicht zu früh von ihr löste. Sie wollte alles von ihm.

Eng umschlungen hielten sie sich danach in den Armen, bis Arthur sich zur Seite rollte und seine Hose hochzog. »Was haben wir getan, Gwen?«

»Bereust du es?« Sie richtete sich auf, bedeckte mit ihrem Kleid die Hüften und genoss das neue Gefühl ihres Körpers.

Er nahm ihre Hand. »Nein. Ich liebe dich. Wenn du, also wenn du ein Kind erwarten solltest, heiraten wir sofort.« Leicht verärgert runzelte er die Stirn. »Aber du darfst dich nicht beschweren, wenn deine Familie dich hinauswirft.«

Sie legte seine Hand an ihre Wange. »Niemals. Und jetzt lass uns gehen.«

Er half ihr auf und befreite sie so gut es ging von Halmen, die sich in ihren Haaren und an ihrem Kleid verfangen hatten. »Hoffentlich sind bei dir bereits alle im Bett, sonst lyncht mich dein Vater auf der Stelle.«

Gwen lachte. »Heute ist mir alles egal!«

Arthur half ihr in den Mantel, bevor er sich selbst ankleide-
te. »Vielleicht, aber nicht, wenn dein Vater sieht, wie du aus-
siehst ...«

Nichts konnte heute Nacht ihr Glück trüben, dachte Gwen,
doch als sie kurz darauf den steilen Hang zu ihrem Elternhaus
hinauffuhren und die Lichter brennen sahen, krampfte sich ihr
Magen zusammen, und Angst kroch in ihre Glieder.

»Da ist etwas passiert!«, flüsterte sie.

13

Mit einem frischen Pflaster und der Bestätigung, dass es sich um eine leichte Platzwunde handelte, die nicht genäht werden müsse, kehrte Sam aus dem Krankenhaus in Aberystwyth zurück. Genervt sah sie auf die Uhr. Es war bereits zwölf, und sie hatte den halben Tag mit unnützer Warterei auf einen schlecht gelaunten Arzt verbracht. Sie warf die Schlüssel von Gwens Wagen auf den Küchentisch und nahm ihr Telefon aus der Tasche. Fünf verpasste Anrufe, einer von DI Nicholl, einer von Professor Farnham, eine unterdrückte Nummer, ihre Mutter hatte angerufen und Christopher. Verärgert löschte sie ihren Ex aus der Anruferliste, trank ein Glas Wasser und ging ins Wohnzimmer.

Ihre Großmutter war in einem Sessel eingenickt und sah noch immer erschöpft aus. Leise zog Sam die Tür zu und rief den Inspektor an, doch es gab keine Neuigkeiten. Die Untersuchung ihrer Strickjacke hatte bisher nichts ergeben, und Nicholl schien sich auch keine großen Hoffnungen zu machen.

»Waren Sie im Krankenhaus?«, erkundigte er sich.

»Das hätte ich mir auch sparen können. Luke Sherman hat einen guten Job gemacht, besser als der Arzt, der mich fragte, warum ich mit dem Kratzer überhaupt gekommen bin ...«

Nicholl lachte verhalten. »Tut mir leid. Da hat unser Krankenhaus seinem Ruf mal wieder alle Ehre gemacht. Ich bin froh, dass Sie so viel Glück hatten, Doktor Goodwin. Und mit Sherman hatten Sie den besten Retter in der Not, den man sich wünschen kann. Soweit ich weiß war er bei einer Spezialeinheit. Sind Sie befreundet?«

»Wir kennen uns flüchtig. Warum?«

»Wenn ich wüsste, dass Sie nachts nicht allein sind, könnte ich den Beamten abziehen.«

»Ich brauche keinen Babysitter! Meine Güte, da ist jemand ausgeflippt, und ich war im Weg. Machen wir aus einer Mücke keinen Elefanten«, wehrte sich Sam gegen die Überwachung.

»Solange wir nicht wissen, warum Sie überfallen wurden, lasse ich die Streife weiter in regelmäßigen Abständen bei Ihnen vorbeifahren. Vielleicht trifft es nächstes Mal Ihre Großmutter. Haben Sie das bedacht?« Er sprach sachlich, stellte fest, was Sam längst hätte in Betracht ziehen sollen.

Kleinlaut erwiderte sie: »Nein, ein unverzeihlicher Fehler. Aber es gibt einfach keinen Grund, dass Gwen … Sie hat doch keine Feinde.«

»Sie vielleicht?«

Sam stutzte. »Touché. Wurde der Leichnam meines Großvaters schon untersucht?« Und dann musste sie wohl auch ihre Mutter anrufen, aber vielleicht hatte Gwen das schon erledigt.

»Noch nichts Konkretes.«

»Eine Frage noch. Was ist mit meinem Wagen? Brauchen Sie den noch, oder kann ich ihn wieder benutzen?«

»Fahren Sie ruhig damit. Wir haben alles dokumentiert. Ich melde mich wieder bei Ihnen. Passen Sie auf sich auf!«

Sie überlegte noch, wen sie als Nächstes anrufen sollte, als es an der Tür klopfte. Sam öffnete die Haustür mit dem Telefon in der Hand. Ihre Großmutter sollte sich einen Spion einbauen lassen! Millie und Gareth standen vor ihr. Bevor sie ein Wort über die Lippen brachte, fiel ihr Millie um den Hals und drückte sie an sich.

»Oh, du Arme! Eine Leiche am Strand zu finden – und dann noch deinen Großvater! Wie hast du nur …«

169

Sam machte sich von ihr los. »Das ist … sehr lieb, aber, Millie, du tust mir weh.«

Erschrocken sah Millie sie an. »O nein, das tut mir leid! Was ist denn passiert? Du siehst ja furchtbar aus! Wir haben dir etwas mitgebracht. Gareth, jetzt komm doch.«

Ihr Begleiter hielt einen Blumenstrauß in die Höhe, der aussah, als hätte er seine besten Tage in einem Supermarkt verbracht. Eine kalte Windböe trieb feuchte Luft in den Flur, und Sam winkte die ungebetenen Gäste ungeduldig zu sich. »Bitte, kommt kurz herein. Aber ich habe viel zu tun.«

Auf dem Weg zur Küche horchte sie kurz Richtung Wohnzimmer, doch Gwen schien noch zu schlafen. Gareth legte die Blumen auf den Küchentisch und tippte sich an die Wange. »Sie scheinen ja einiges durchzumachen hier bei uns im ruhigen Wales …«

Sam sah zu den Blumen. »Danke. Die Verletzung ist nicht der Rede wert. Bin ausgerutscht. Es ist wirklich nett, dass ihr vorbeischaut, aber ich habe den Kopf voll und muss mich um so vieles kümmern. Und woher wisst ihr das eigentlich alles?«

Die Blonde verzog das Gesicht. Ihre schlanke Figur wurde von engen Jeans und Stiefeln betont. Sie knipste ihre langen Fingernägel gegeneinander. »Wir haben auch unsere Quellen. Es ist ja nicht so, dass du die Einzige bist, die was über den Toten wissen darf. Der arme Mann lag da Gott weiß wie lange im Meeresboden an unserem Strand!«

»Aber ich habe ihn gefunden, und es handelt sich wahrscheinlich um meinen Großvater. Die Polizei kümmert sich um die Sache. Bewiesen ist noch gar nichts.« Sam sah auf die tickende Küchenuhr.

»Wir lassen die Frau Doktor gleich wieder in Ruhe«, ätzte Millie. »Ich lebe hier, du nicht. Da habe ich ja wohl ein Recht darauf zu wissen, was hier vor sich geht.«

»Millie, lass mal gut sein«, mischte Gareth sich ein. Er trug eine schwarze Lederjacke und abgewetzte Jeans mit Ölflecken. »Sie regt sich immer so auf. Also, ganz ehrlich, ich wollte Ihnen sagen, wie leid mir das tut.«

Erstaunt hob Sam eine Augenbraue. »Warum?«

Gareth rieb sich das unrasierte Kinn. »Sie wissen das wahrscheinlich nicht, aber mein Großvater und Ihr Großvater waren eng befreundet.«

Überrascht ließ Sam die Arme sinken. Gwen hatte früher oft von Matthew und Hannah Blyth gesprochen. Sollte er der Enkel von Matthew Blyth sein?

»Gareth Blyth. Mein Vater Iolyn war Matthews Sohn. Wir haben einige Jahre in Machynlleth gelebt, dann in Trailerparks, wo es eben Arbeit gab. Aber ich weiß noch, dass mich mein Großvater oft mit an den Strand genommen hat, wenn wir ihn besucht haben. Manchmal ist er mit mir nach Borth gefahren. Mein Großvater war mit Leib und Seele Fischer, genau wie Ihr Großvater.«

Daher war er ihr so bekannt vorgekommen! »Oh, dann haben wir uns vielleicht früher mal am Strand gesehen?«, fragte Sam, die nun verstand, warum er so an ihr und der ganzen Geschichte interessiert war.

Sichtlich erfreut antwortete Gareth: »Ja, ich wollte mich nicht aufdrängen, aber jetzt, unter den Umständen ... Mir sind Sie schon damals aufgefallen.«

Millie schnaufte abfällig.

»Und ihr kennt euch von damals? Ach, so eine Sandkastenliebe ist schrecklich romantisch, nicht wahr?«, versuchte Sam Millie zu besänftigen.

Doch Gareth lachte. »Sandkastenliebe, sehr witzig! Nein, nein, wir sind nur gute Freunde.«

Dafür erntete er einen erstaunten Blick von Millie. »Jetzt sind wir nur gute Freunde. Gareth arbeitet zurzeit übrigens auch bei Sherman.«

»Ich helfe aus, ist keine feste Stelle«, ergänzte Gareth.

Sam lächelte entschuldigend. »Es tut mir leid, aber ich möchte euch bitten, jetzt zu gehen. Gwen hat das alles sehr mitgenommen. Wir können uns gern ein anderes Mal unterhalten. Nur nicht hier. Versteht ihr das?«

»Aber sicher«, sagte Gareth und tätschelte Millies Arm.

»Klar«, sagte auch Millie. »Aber was hast du jetzt da gemacht?« Millie deutete auf Sams Pflaster.

Sam öffnete die Haustür, um die beiden hinauszulassen. »Bin gestern im Sturm hingefallen. Ist nicht schlimm.«

»Archäologen leben gefährlich, sieht man ja in den Filmen«, scherzte Gareth.

»Ganz so glamourös ist unsere Arbeit leider nicht, eher langweiliges Buddeln im Sand, Scherben abstauben, sortieren und nummerieren«, meinte Sam.

»Ach, komm schon, ihr findet doch auch Schätze! Deshalb macht man so was doch überhaupt nur!« Millie blieb in der Tür stehen.

Sam legte den Kopf schief. »Nein, Millie, es geht um viel mehr als das. Wir versuchen herauszufinden, wie die Menschen früher gelebt haben, woher wir kommen. Und hier in Borth ist es etwas ganz Besonderes – stell dir doch mal vor, es hat hier wirklich ein Königreich gegeben! Wäre das nicht unglaublich?«

»Würde das etwas ändern?« Millie blieb skeptisch. »Ach herrje, stimmt ja, deine Großmutter glaubt an den ganzen Quatsch mit den Glocken. Deshalb?«

»Ich mag die Legende von der Flut, dem untreuen Wächter und den Glocken«, warf Gareth ein.

»Das kann ich mir vorstellen. So, wir müssen.« Millie ließ den Türrahmen los.

»Vielen Dank für euren Besuch!«, sagte Sam.

Sie sah den beiden kurz nach. Ein seltsames Paar, dachte sie. Eigentlich hatte sie den Eindruck gehabt, dass die beiden ein Liebespaar seien, aber Gareth hatte betont, dass die Beziehung rein freundschaftlich war. Hatte er etwa mit ihr geflirtet? Das würde Millie ihm gewiss übelnehmen, jedenfalls, wenn sie noch genauso eifersüchtig auf alles und jeden war wie früher. Seufzend ging sie ins Haus. Es hatte wohl keinen Zweck, in diesem Dorf ein Geheimnis bewahren zu wollen. Die beiden hatten natürlich schon gehört, dass es gestern einen Polizeieinsatz gegeben hatte. Aber Sam hatte nicht vor, der Gerüchteküche in Borth Nahrung zu geben. Was hier geschehen war, ging nur sie etwas an. Und überhaupt musste erst einmal geklärt werden, was hinter dem seltsamen Vorfall steckte. Sie ging ins Wohnzimmer.

Gwen saß mit schlaftrunkenem Blick im Sessel. »Hast du mit jemandem gesprochen? Ich habe Stimmen gehört.«

»Das waren Millie und ein Freund von ihr. Soll ich uns einen Tee machen?«

»Liebes, eigentlich wollte ich dich verwöhnen, solange du hier bist.« Gwen erhob sich schwerfällig. »Und sieh dir das an. Du hast ein dickes Pflaster im Gesicht und musst dich mit der Leiche deines Großvaters befassen.« Bei den letzten Worten zitterte ihre Stimme. »Dabei ist das alles so lange her.« Sie prüfte ihre Frisur und schüttelte den Kopf. »So, ich mache mich frisch, und dann trinken wir Tee, und du erzählst mir, was Millie eben hier wollte.«

Sam lächelte. Das war ihre Großmutter, tatkräftig und nicht zu erschüttern. »Sag mal, hast du Mum schon angerufen?«

»Nein. Könntest du nicht …? Du weißt ja, wie sie ist«, bat Gwen.

»Nur zu gut. Ich muss sowieso noch ein paar Anrufe erledigen.« Sam ging wieder in die Küche und stellte den Wasserkocher an. Dann wählte sie die Nummer ihres Bruders. Wahrscheinlich war er im Laden. Seit er in der Weinhandlung der Eltern mitarbeitete, hatte er kaum Zeit für andere Dinge. Seiner Ehe tat das nicht gut, und Sam hoffte, dass seine Frau Zoe nicht absprang.

»Hallo, Tom. Störe ich?«

»Sam, das ist ja eine Überraschung.« Tom klang ehrlich erfreut. »Ich gehe gerade die Regale durch. Kein Problem. Was gibt es? Wo bist du jetzt überhaupt?«

»In Borth, bei Granny.«

»Du hast es gut! Urlaub würde ich auch gerne machen. Zoe sitzt mir schon seit Ewigkeiten damit im Nacken.«

»Kein Urlaub, Tom, obwohl das bei euch doch nicht so schwer zu organisieren sein sollte. Kann denn Dad nicht solange übernehmen?«

Sie hörte ihren Bruder stöhnen. »Alle Angestellten haben Urlaub, nur ich nicht. Aber lassen wir das. Du arbeitest da unten? Was gibt es denn auszugraben?«

»Erinnerst du dich noch an den versteinerten Wald?«

»Ja klar. Granny hat immer diese gruselige Geschichte von den Glocken erzählt, die läuten, wenn einer stirbt oder so ähnlich. Aber die paar vermoderten Baumstümpfe gibt's dort doch schon ewig.«

Tom war nicht so oft wie Sam in Borth gewesen, er hatte Ferien in Fußballcamps vorgezogen. Die Arbeit seiner Schwester fand er aber durchaus interessant und hatte sie schon auf einer Ausgrabung am Mittelmeer besucht.

Sam lachte. »Der letzte große Sturm hat mehr freigelegt als jemals zuvor, und jetzt komme ich zum Grund meines Anrufs. Dabei wurde auch ein Toter gefunden.« Sie erklärte die Umstände und wartete auf die Reaktion ihres Bruders.

»Das ist ja ein Hammer! Arme Gwen! Sie hat sich zwar immer gewünscht zu wissen, was ihrem Mann zugestoßen ist. Aber, meine Güte, er ist ermordet worden!« Er rief etwas nach hinten in den Laden. »Bin wieder da. Mum ist hinten. Willst du es ihr sagen?«

»Äh, lieber Tom …«

Ihr Bruder lachte verhalten. »Ich sag's ihr. Was ist das eigentlich mit euch beiden? Habe ich nie verstanden. Du hast jetzt sicher genug Stress, keine Sorge. Sie wird nicht gleich ausrasten, immerhin brauchen sie mich hier.«

»Danke! Du hast was gut bei mir. Und wie geht es Zoe?«

»Gut, sehr gut sogar, und du bist die Erste, der wir es sagen. Wir bekommen ein Baby!« Seine Stimme war voller Wärme und Stolz.

»Ah, wie wundervoll! Herzlichen Glückwunsch! Ich freue mich so für euch! Gib ihr einen Kuss von mir. Wann ist es so weit?«

Sie sah ihren Bruder vor sich, groß, kräftig, mit strahlenden grünen Augen, und daneben ihre Schwägerin, eine zierliche, quirlige Blonde, die gern lachte. Sie würden großartige Eltern abgeben.

»Oh, das hat noch Zeit, wir wissen erst seit gestern, dass es geklappt hat. Ich suche ein Haus für uns, damit der kleine Hosenscheißer einen Garten hat. Mum rückt mit einer Liste an. Ich ruf dich später wieder an.«

Sam seufzte und drückte lächelnd auf die nächste Nummer. Sie wurde Tante, wer hätte das gedacht?

»Oscar, ja, tut mir leid, aber Sie glauben nicht, was hier geschehen ist.«

Professor Farnham hörte staunend zu. »Da schicke ich Sie nach Wales, weil es dort ruhig ist, und dabei wären Sie in der libyschen Wüste wahrscheinlich besser aufgehoben gewesen. Nein, kleiner Scherz. Ich wollte über Fördermittel mit Ihnen sprechen. Ein neuer Erlass aus Brüssel gibt uns etwas Spielraum, und ich habe gleich an Sie und Wales gedacht.«

Farnham klang sehr zufrieden mit sich, doch Sam fand, dass er etwas gutzumachen hatte, denn schließlich hatte er sich auf Christophers Seite gestellt. »Das klingt vielversprechend, genau wie unsere Ausgrabungen. Nicht der jüngste Fund …« Sie räusperte sich. »Und was sagt Christopher dazu?«

»Er knirscht mit den Zähnen, hätte natürlich gern noch mehr für Baia abgezweigt, aber das kann ich nicht unterstützen. Jetzt sind Sie an der Reihe. Ich vertraue Ihrem Instinkt und Ihrer Erfahrung, Sam.«

»Danke! Amy und sogar Leon sind gut, aber wenn wir mehr Mittel bekommen, würde ich gern noch ein paar Studenten von der hiesigen Uni verpflichten.«

»Machen Sie nur. Halten Sie mich auf dem Laufenden! Und im Übrigen hätte ich Ihnen Leon nicht empfohlen, wenn er nicht geeignet wäre. Meine Sprechstunde beginnt. Machen Sie es gut, Sam.«

Sie schaute noch eine Weile auf das Telefon. Wenn das keine positive Wendung in all dem Chaos war!

»Du siehst zufrieden aus, Sam. Gute Nachrichten?« Gwen kam mit gekämmten Haaren und frischer Gesichtsfarbe zu ihr. »Wie sieht es denn hier aus? Worauf hast du heute Abend Appetit?«

Gwen begann, mit dem schmutzigen Geschirr in der Spüle zu hantieren.

»Ich bringe uns was mit. Was hältst du davon?«

»Na schön, aber morgen fahre ich einkaufen, und dann gibt es Fisch!«, entschied Gwen.

»Sag mal, sind Millie und dieser Gareth eigentlich ein Paar? Ich erinnere mich kaum an ihn.«

»Gareth und Millie?« Gwen überlegte kurz. »Keine Ahnung.

Das ist doch Matthews Enkel. Der Junge hat mir immer irgendwie leidgetan, wirkte so verloren. Kein Wunder, sein Vater Iolyn hatte es nicht leicht. Die Frau ist ihm weggelaufen und hat ihn mit dem kleinen Gareth sitzen lassen. Iolyn war handwerklich begabt, konnte aber nirgends lange bleiben. Hat sich mit allen überworfen, sturer Kerl, und getrunken hat er auch.«

Sam knabberte an einem Stück Brot, das sie aus dem Kasten genommen hatte. »Da war ich noch zu klein, oder? Ich habe kein Bild von ihm vor Augen.«

»Ich weiß gar nicht, wann ich Iolyn und seinen Sohn zuletzt gesehen habe. Auf Matthews Beerdigung war er nicht. Gareth streunt erst in letzter Zeit öfter hier herum. Mit Millie, sagst du? Das Mädchen verkommt da auf dem Campingplatz.« Nachdenklich stellte Gwen einen Becher in die Spüle. »Die Vergangenheit ist plötzlich so real. Dir sagt das alles nicht viel, aber Millies Mutter Iris ist eine geborene Gwaren. Ihre Tante, Kayla Gwaren, war mit Jenson Perkins vom *Lighthouse* verheiratet. Nach dem Krieg gab es nicht viel hier. Wir waren jung und haben zusammen gefeiert und …«

Die alte Frau seufzte. »Wenn man jung ist, sieht man viele Dinge nicht. Die Männer waren im Krieg. Zwei meiner Brüder sind gefallen. Und Theo war nie wieder derselbe. Ich hätte nicht …« Sie hielt inne, räusperte sich und stellte den Wasserhahn an. »Geh nur, Sam. Hör nicht auf das Geschwätz einer alten Frau.«

»Wie kannst du so etwas sagen? Mir kannst du alles erzählen, Granny.« Sam legte ihre Hand auf Gwens Arm.

»Ja, du bist ein liebes Kind. Hast du schon mit deiner Mutter gesprochen?«

Sam nickte zögernd. »Sie war nicht da, aber Tom spricht mit ihr.«

Schmunzelnd erwiderte Gwen: »Es wiederholt sich alles, auf

die eine oder andere Weise. Wie geht es deinem Bruder? Ich habe lange nichts von ihm gehört.«

»Wie konnte ich das vergessen! Er wird Vater, Granny! Zoe und er bekommen ein Baby. Aber Mum weiß es noch nicht.«

Ihre Großmutter lachte herzlich. »Oh, das ist wundervoll! Ich werde Urgroßmutter! Und ich erfahre es vor deiner Mutter. Herrlich, wenn sie das hört, zerplatzt sie vor Wut! Nein, sie ist beleidigt und spricht wahrscheinlich wieder wochenlang nicht mit mir. Bring einen guten Wein mit oder, noch besser, einen Champagner. Das müssen wir feiern!«

Mit nassen Händen umfasste Gwen Sams Gesicht und küsste sie auf beide Wangen. »Ein neues Leben für ein altes. Und jetzt geh, mein Liebes.«

Sam sah es in Gwens Augen schimmern. »Bis nachher.«

14

Auf ihrem Weg ins Krankenhaus hatte Sam einen Zwischenstopp im Büro eingelegt und kurz mit Amy und Leon gesprochen. Die Polizei hatte den Strand weiträumig abgesperrt, so dass Vermessungen nicht möglich waren. Tröstlich war nur, dass das Meer die Fundstelle überspülte und die Schaulustigen spätestens dann verschwinden würden, wenn nichts mehr zu sehen war.

Es war beinahe drei Uhr nachmittags, und Sam fuhr langsam auf die Brücke am Lery zu. Der Wind hatte gedreht und aufgefrischt und trieb Regenwolken vor sich her. Mit der Flut kam oft das schlechte Wetter, und schon klatschten die ersten Regentropfen auf ihre Windschutzscheibe. Ihr Wagen sah genauso ramponiert aus wie sie selbst. Aber sie wollte mit Luke sprechen und wissen, wie es Max ging.

Sie biss sich auf die Lippen. Luke hatte ihr geholfen, aber es war mehr als das. Dieser Mann hatte eine Saite in ihr zum Klingen gebracht, Gefühle geweckt, die sie seit dem hässlichen Streit mit Christopher nicht mehr für möglich gehalten hatte. Vielleicht lag es auch nur an der emotionalen Ausnahmesituation.

Als sie auf den Hof von Shermans Werft fuhr, hatte es sich eingeregnet. Beim Aussteigen zog Sam sich die Kapuze über den Kopf. Aus der großen Werkshalle dröhnte Heavy Metal, ein Mountainbike stand an der Wand. Sie betrat die Werkhalle, in der es nach Farbe und Chemikalien roch. Liam stand mit Mundschutz und Baseballcap auf einer Leiter vor dem abgeschliffenen

Rumpf eines Segelschiffs. In der Hand hielt er eine Spritzpistole, die an einen Kompressor angeschlossen war.

»Hallo!«, rief Sam, doch Musik und Motor ließen ihre Stimme ungehört verklingen.

Eine kräftige Hand packte ihre Schulter und zog sie nach draußen. In diesem Moment entlud sich der Inhalt der Pistole auf den Rumpf, und ein feiner Farbnebel erfüllte die Halle. »Hey, Sam!«

Erschrocken fand sie sich Luke gegenüber, der ihre Hand nahm und sie weiter über den Hof lotste. »Da sollten wir jetzt nicht hinein. Liam spritzt mit Zweikomponentenlacken, und die sind richtig giftig.«

Sam blieb stehen und entzog ihm ihre Hand. »Kein Grund, mich so zu erschrecken!«

Doch Luke grinste unerschüttert. »Scheint so, dass ich dich immer retten muss.«

Er wischte sich über das regennasse Gesicht und machte eine Kopfbewegung zu einer kleineren Halle. »Lass uns da hineingehen.«

In der Werkstatt roch es angenehm nach Holz, und es war sogar warm. Sie erkannte den grauhaarigen Bootsbauer, der ihr kürzlich auf dem Hof gegen den wütenden Luke beigestanden hatte. »Hallo!«

Der Mann stand vor einem Arbeitstisch, auf dem Zeichnungen von Segelschiffen ausgebreitet waren. Strahlend sah er sie an. »Was für eine nette Überraschung. Uh, was haben Sie denn da gemacht? Benimmt er sich?«

»Ty, wir sind zwar befreundet, aber das kann sich ändern …«, sagte Luke mit scherzhaft drohendem Unterton.

Sam schüttelte die Hand des freundlichen älteren Mannes. »Danke, alles in Ordnung. Er hat mir gestern beinahe das Leben gerettet.«

Ty schaute ungläubig von ihr zu Luke. »Wie das? Warum hast du das nicht erzählt? Was, zum Teufel, ist passiert?«

Sam winkte ab. »Ein Irrer hat auf meinen Wagen eingeschlagen und mich zu Boden gestoßen. Leider bin ich im Fallen gegen meinen Wagen geknallt. Luke war rechtzeitig da, und es ist eigentlich nichts weiter geschehen.«

Ty wollte etwas erwidern, wurde jedoch von Luke daran gehindert.

»Siehst du? Nichts weiter. Die Lady hier ist hart im Nehmen.« Luke, der eine Steppweste über einem Wollpullover trug, tippte auf die Zeichnungen. »Hast du mit Caplen gesprochen?«

»Hm, er hat Vorstellungen, die einfach nicht umsetzbar sind. Zumindest nicht zu dem Preis, den wir ihm vorgeschlagen haben. Ich wollte sowieso gerade ins Büro und das noch einmal durchkalkulieren. Hat mich gefreut, Sam.« Ty ließ die beiden stehen und ging über den Hof.

»Du hast ihm nichts erzählt?« Sam war ehrlich erstaunt.

»Warum sollte ich? Wie geht es dir?« Er stand vor ihr und musterte sie mit gerunzelter Stirn.

»Gut, so weit. Und danke, dass du das nicht an die große Glocke hängst. Ich hatte heute Morgen schon Besuch.« Sie hatte sich die Kapuze vom Kopf gezogen und sah sich um. Ein alter Segler aus Holz schien auf eine Überarbeitung zu warten.

»Besuch?« Luke nahm die Kappe ab und fuhr sich durch die Haare.

»Gareth Blyth und Millie. Dass ich ihn von früher kenne, war mir gar nicht bewusst. Er wollte mir sein Mitgefühl aussprechen – wegen meines Großvaters.« Sie holte Luft. »Kurz gesagt, sein Großvater und meiner waren wohl eng befreundet. Ach so, und dann erwähnte er noch, dass er für dich arbeitet.«

»Aushilfsweise. Ich habe ihm einen Job gegeben, weil Liam mich darum gebeten hat. Die beiden hängen so viel miteinander herum, ist vielleicht keine schlechte Idee, Gareth mal etwas näher kennen-zulernen. Und Gareth und Millie? Das wird Lucy nicht gefallen.«

»Wieso Lucy? Außerdem hat Gareth nur von Freundschaft mit Millie gesprochen. Puh, das ist mir alles zu kompliziert.« Sam strich über das alte Holz. Sie liebte Schiffe und den Klang der Wellen, wenn sie gegen den Rumpf schlugen.

»Tja, du bist anscheinend mittendrin im Klatsch von Borth. Lucy ist die Stieftochter meines Schwiegervaters. Sie ist mit Liam zusammen. Aber Lucy flirtet wohl auch gern mit Gareth. Da ist Ärger vorprogrammiert ... Lassen wir das. Wie geht es dir denn wirklich?« Er nahm ihre Hand und drehte sie sacht zu sich herum.

»Ich will das nicht überbewerten. Kann ein Betrunkener ge-wesen sein. Oder vielleicht liegt hier irgendwo ein Schatz ver-graben, und jemand hat Angst, dass wir ihn finden!« Sie lachte. »Meistens geht es doch ums Geld.«

Luke drückte ihre Hand und ließ sie los. »Oft, aber nicht im-mer. Hass und Eifersucht sind auch nicht zu unterschätzen. Du solltest auf jeden Fall vorsichtig sein. Und bitte versprich mir, dass du Max nicht mehr allein mit nach draußen nimmst.«

»Deswegen bin ich eigentlich hier. Wie geht es ihm? Er fand das bestimmt aufregend.«

»Max spricht von nichts anderem. Du bist seine neue Heldin.«

»Ich werde ihn aufklären müssen. Dabei hat er doch einen Vater, der im Heldensein Profi ist.« Sie bereute ihre Worte, als sie seine abweisende Miene sah.

»Du meinst, weil ich Berufssoldat war? Weil das Aufspüren von Feinden und das Töten zu meinem Alltag gehörte?« Er setz-te sein Baseballcap auf und ging zur Tür. »Daran ist nichts Hel-denhaftes, ganz und gar nicht, und wenn es irgendwie in meiner Macht steht, verhindere ich, dass Max tut, was ich getan habe.«

»So habe ich das doch nicht gemeint! Entschuldige!« Sie lief zu ihm und griff nach seinem Arm, doch er schüttelte sie ab.

»Du hast eine scharfe Zunge, Sam. Eine intelligente Frau wie du sollte wissen, wann sie verletzend ist. Aber vielleicht ist es dir auch einfach egal. Du gibst hier ein Gastspiel, bist in ein paar Wochen wieder weg, und dann wartet das nächste aufregende Projekt auf dich. Nur schade, dass du Gwen in all das hineingezogen hast. Sie lebt nämlich hier.«

Ihre Bemerkung musste einen wunden Punkt bei ihm getroffen haben. Doch wie hätte sie das ahnen können? Sie kannten einander kaum, aber er musste doch wissen, dass sie ihn nicht absichtlich vor den Kopf stoßen wollte. »Was soll das? Glaubst du, das weiß ich nicht? Anscheinend können wir uns nicht unterhalten, ohne dass wir einander verletzen. Gehen wir uns einfach aus dem Weg. Ich wollte sowieso mit Max sprechen.«

Luke atmete hörbar ein. »Er ist bei seinem Großvater. Sam, bitte, ich weiß auch nicht, warum ich so heftig reagiert habe.«

Doch, dachte sie, du weißt es. Es gab eine nicht mehr zu leugnende Anziehungskraft zwischen ihnen. Aber sie würde sich hüten, mit dem Feuer zu spielen, denn in ihrem Leben gab es derzeit genug Probleme. »Grüß ihn bitte von mir. Wenn er möchte, kann er mich morgen am späten Nachmittag im Büro, also dem Ferienhaus, besuchen. Ich überlege mir etwas, denn er hat sich eine Belohnung verdient.«

»Er wird sich freuen.« Er stand vor ihr und schien mit einem Widerstreit an Gefühlen zu ringen.

»Gut. Ich muss weiter. Und danke noch mal.« Sie tippte sich an die Wange und lief durch den Regen zu ihrem Wagen.

Vorsichtig fuhr sie durch die aufgeweichten Spurrinnen über die Brücke und von dort zur Flussmündung. Bei dem Wetter Leon und Amy mit Lizzie Davis dort zu sehen überraschte sie nicht wenig. Die drei waren so vertieft in ihr Gespräch, dass sie weder den Regen noch ihr Kommen bemerkten.

»Hallo! Was macht ihr denn noch hier draußen?« Sam schaute

misstrauisch Richtung Dünen und Meer. »Ist die Polizei nicht mehr hier?«

Lizzie Davis hob den Kopf, und ihre Augen strahlten. »Sie kommen gerade richtig!« Sie hielt inne und sagte: »Entschuldigen Sie mich. Ich bin schrecklich unsensibel. Wie geht es Ihnen? Ihre Assistenten haben mir erzählt, was gestern geschehen ist.«

»Nicht der Rede wert. Sieht schlimmer aus, als es ist. Was gibt es denn?« Sam hatte genug davon, ausgefragt und mit mitleidigen Blicken bedacht zu werden.

Amy, deren Haare nass an ihrem Kopf klebten, hielt ihr einen dunklen Gegenstand entgegen, dessen Form Sam vertraut vorkam. »Sehen Sie doch!«

»Haben wir gefunden. Also Mrs Davis hat uns drauf gestoßen«, ergänzte Leon mit unverhohlenem Stolz.

»Sie haben da zwei kompetente Mitarbeiter.« Die Leiterin der Royal Commission blinzelte in den Regen. »Was für ein Wetter.«

Sam wog den halbrunden Armreif, denn dafür hielt sie das Fundstück, das an den Enden kugelförmige Verdickungen hatte. »Ein Armreif, nach der Form römisch, bei dem Gewicht tippe ich auf Gold. Wo?«

Lizzie deutete ins Moor. »War ja alles abgesperrt am Strand heute. Aber wir haben doch damals die Reste der römischen Minen entdeckt, und ich hatte immer das Gefühl, dass dort noch mehr Siedlungsreste zu finden sein müssten. Aber uns fehlte es an Zeit und Geld.« Sie schnaufte. »Immerhin konnten wir verhindern, dass das Gebiet entwässert und bebaut wurde.«

»Borth Bog, das alte Moor …« Nachdenklich wog Sam den kostbaren Fund. »Wart ihr allein?«

»Jetzt, wo Sie es sagen.« Amy nieste. »In den Dünen trieb sich jemand herum. Aber wegen der Polizei und dem Leichenfund habe ich mir weiter keine Gedanken gemacht. Hier laufen so viele Menschen herum. Du, Leon?«

Der junge Mann hob die Schultern. Er hatte den Kragen seiner Regenjacke aufgestellt und eine Wollmütze tief in die Stirn gezogen. »Eigentlich nicht. Ich meine, das Moor ist ja schon ewig da. Leute mit Metalldetektoren sind da bestimmt schon tausendfach drübergelaufen, oder, Mrs Davis?«

»O ja! Hin und wieder wird mal eine Münze gefunden, selten etwas Wertvolles, eher frühe Neuzeit. Pennys.« Sie lachte heiser, wurde aber plötzlich ernst. »Obwohl wir nicht vergessen dürfen, was Ihnen gestern passiert ist!«

»Davon will ich nichts mehr hören!«, entschied Sam. »Das muss gar nichts bedeuten. Ich habe das schon oft an Grabungsorten erlebt. Da kommen Leute und beschimpfen und bedrohen uns. Meist einfach nur, weil sie keine Fremden dulden. Wir sollten jetzt nach Hause gehen, bevor wir uns hier draußen alle den Tod holen.«

Leon machte ein grimmiges Gesicht. »Da sagen Sie was. Ich war mal mit meinem Vater auf der *Girona* im Indischen Ozean. Wir wollten uns Bassas da India genauer ansehen.«

»Da warst du?« Bewundernd sah Amy ihn an.

»Natürlich. Wo sollten Schatzsucher sich wohler fühlen als auf einem alten Schiffsfriedhof«, bemerkte Sam.

»Wir sind keine Plünderer! Wären wir zuerst am Wrack der *Santiago* gewesen, hätten wir die Kanonen und die Münzen nicht heimlich verkauft, sondern untersuchen lassen und einem Museum angeboten«, verteidigte Leon sich.

»Die *Girona*? Dein Vater ist *der* Villers?«, fragte Mrs Davis mit Nachdruck.

Immerhin schien Leon nicht vor jedem mit seinem berühmten Vater anzugeben. »Ja, und er hat noch nie eine Fundstelle geplündert. Wir haben immer Wissenschaftler an Bord. Aber was ich eigentlich sagen wollte … Wir sind damals gar nicht zum Tauchen gekommen, weil wir von Piraten beschossen wurden.«

»Und was habt ihr gemacht? Wart ihr auch bewaffnet?«, fragte Amy.

Leon packte seinen Rucksack. »Nur notdürftig. Aber wir konnten sie abschrecken und haben sofort abgedreht. Heute fährt mein Vater in solchen Gewässern nicht ohne Sicherheitsteam. Das macht alles noch teurer, und gefährlich ist es trotzdem. Aber anders ist es unmöglich.«

»Habt ihr es danach noch einmal versucht?« Die Leiterin der Royal Commission war beeindruckt.

»Nein. Mein Vater würde nie das Leben der Besatzung aufs Spiel setzen«, sagte Leon. »Aber wir sind auch in der Karibik schon mal angegriffen worden. Da wollte man uns die Ladung stehlen. Das passiert schon öfter mal, oder Sabotage. Die Konkurrenz schläft nicht …«

Inzwischen hatten sie die Werkzeuge zusammengepackt und gingen zu den Fahrzeugen.

»Lizzie, kommen Sie noch kurz mit in unser Büro? Ich würde den Fund gern lokalisieren, und Sie erzählen uns, was Sie davon halten«, schlug Sam vor.

»Gern.« Mrs Davis betrachtete Sams Wagen. »Den hat es aber erwischt. Das sieht nach Vandalismus aus. Wenn das Semester anfängt, lasse ich meinen Wagen in Aberystwyth nicht abends an der Straße stehen. Dann ziehen die jungen Studenten durch die Pubs und brechen Spiegel ab und solche Scherze.«

Sam hörte das gerne, denn sie hatte für sich entschieden, den Vorfall nicht überzubewerten. Ängstlich war sie noch nie gewesen und hatte nicht vor, sich jetzt einschüchtern zu lassen.

Lizzie Davis zeichnete mit Bleistift ein, wo sie damals kleinere Münzfunde gemacht hatten. Nach der kalten Nässe tat es gut, sich in dem kleinen Ferienhaus aufzuwärmen, auch wenn die Heizung lange brauchte, bis sie auf Touren kam.

»Das Gebiet von Llangynfelyn bis Talybont hat eine gut do-
kumentierte Geschichte von Minentätigkeit.« Mrs Davis sah
Sam fragend an, doch die nickte wissend.

»Die Römer können hier bis 220 nach Christus nachgewie-
sen werden. Warum waren die Römer hier, Amy?«, wandte sich
Sam an ihre Hiwi.

»Nun ja, wegen der Bodenschätze. Es soll ja auch ein rö-
misches Fort in Erglodd gegeben haben. Die Römer haben immer dort Militärpräsenz gezeigt, wo es etwas zu schützen gab.
Dieses Römerlager soll im Südosten des Moores gewesen sein.«
Amy zeigte auf die Karte.

Sam war insgeheim stolz auf ihre Studenten, die ihre Hausaufgaben gemacht hatten.

»Der Armreif könnte also in diese Zeit zu datieren sein. Aber
ich denke, dass es sich um einen Einzelfund handelt«, meinte
Lizzie Davis.

»Über die Jahre ist wenig bis nichts aufgetaucht, wenn ich das
richtig verfolgt habe?« Sam rieb den Armreif mit einem Tuch ab.

Mrs Davis ließ den Bleistift fallen. »Tja, was wir gefunden haben ging zur Untersuchung. Sollte es jemals einen großen Hortfund gegeben haben, gelangte er nie ans Licht der Wissenschaft,
sondern wurde heimlich verkauft.«

»Schatzsucher gibt es überall. Vor einigen Jahren war das eine
richtige Plage. Da liefen überall Leute mit Metalldetektoren
herum«, erinnerte sich Sam.

»Hey, wenn das wieder ein Seitenhieb auf meinen Vater sein
soll …«, beschwerte sich Leon.

»Keineswegs. Nach dem, was du uns erzählt hast, zolle ich der
Arbeit deines Vaters einen gewissen Respekt.« Sam beugte sich
über die Ausgrabungsunterlagen der Royal Commission. »Der
Pfad aus Holzbohlen im Moor wurde mit der Radiocarbon-Me-
thode untersucht.«

187

»Eine angenäherte Datierung auf 900 bis 1200 nach Christus wurde bestimmt.« Amy stand neben ihr und betrachtete ebenfalls die Papiere.

Lizzie Davis sah sie neugierig an.

»Die Probe vom Fuhrweg, den ich entdeckt habe, muss noch untersucht werden. Ich denke aber, dass er älter ist.« Sam kreiste die Fundstelle auf dem Meeresboden in der Bucht mit dem Bleistift ein.

»Wenn das stimmt, wäre das der erste wissenschaftliche Beweis für die mögliche Existenz von Cantre'r Gwaelod. Ziehen Sie das in Betracht?« Lizzie Davis sah Sam forschend an.

»Sie meinen, ob ich an die Legende glaube? Meine Großmutter behauptet, die Glocken von Cantre'r Gwaelod gehört zu haben.« Seufzend strich Sam sich die Haare aus dem Gesicht. »Für heute haben wir genug getan. Lizzie, Sie sind uns jederzeit willkommen. Sobald die Polizei den Strand freigegeben hat, machen wir weiter.«

Lizzie Davis nahm ihre Jacke von einem Stuhl. »Sie sollten sich etwas Ruhe gönnen, Sam. Fühlen Sie sich denn sicher, allein mit Ihrer Großmutter? Das Cottage ist recht abgelegen. Obwohl ich, wie gesagt, von Vandalismus ausgehe. Die Studenten schlagen gern mal über die Stränge, und den einen oder anderen Drogensüchtigen und Trunkenbold gibt es hier auch. Hat DI Nicholl schon unsere üblichen Verdächtigen überprüft?«

»Übliche Verdächtige?«

»Ich würde mal im Pub nachfragen. Perkins vom *Lighthouse* kennt doch seine Stammkunden. Nur so eine Idee. Jetzt ist es aber genug. Machen Sie sich keine Sorgen!«

»Danke, Lizzie. Bis bald!«

Als Sam in das Arbeitszimmer trat, wurde sie von Amy und Leon erwartet. »Wir wechseln uns ab. Einer von uns schläft ab jetzt bei Ihnen im Wohnzimmer«, sagte Leon.

»Nein! Eine Polizeistreife fährt bereits dauernd bei uns vorbei. So, ich muss noch in die Stadt. Morgen um neun Uhr. Ach, und sucht in der Institutsdatenbank nach Vergleichsstücken für den Armreif.«

Mit einem aufmunternden Lächeln verließ sie ihre besorgten Studenten. Wenn sie nur erst das Pflaster los war, dann würden die Leute sie nicht mehr als Opfer betrachten …

15

Es war beinahe acht Uhr. Der Einkauf im Supermarkt und vor allem das Warten im Baumarkt hatten länger gedauert als geplant. Max musste denken, dass er ihn vergessen hatte, aber weder er noch Rhodri hatten angerufen, was nur bedeuten konnte, dass es keine Probleme gab. Luke fuhr die steile Straße zur Bucht hinunter. Die schweren Reifen ließen das Wasser aufspritzen, doch es regnete nicht mehr. Es war stockdunkel, und das Meer schimmerte nur manchmal im Licht einer Positionsleuchte auf. In der Ferne waren die Lichter von Aberdovey zu erkennen, die Flussmündung mit den Dünen lag als toter dunkler Fleck zwischen der letzten Straßenlaterne und der bunten Leuchtreklame des *Lighthouse*.

Als Luke über die Kreuzung fuhr und Andys Caravanpark sah, verlangsamte er sein Tempo. Im hell erleuchteten Imbiss konnte er Millies blonden Haarschopf erkennen. Gareth schien nicht dort zu sein. Luke trat aufs Gas, fuhr bis zum *Lighthouse* und parkte am Straßenrand. Nachdem er ausgestiegen war, blieb er einen Moment stehen und starrte in die Dunkelheit am Ende der Straße. Der Schein der letzten Straßenlaterne erreichte Gwens Cottage kaum, und er wünschte sich, dass Sam weniger stur wäre. Sie war da draußen allein mit ihrer Großmutter, und der Irre, der ihren Wagen demoliert und sie angegriffen hatte, lief noch frei herum.

Aber er war selbst schuld. Hätte er nicht so unbeherrscht auf ihre Bemerkung reagiert, säßen sie vielleicht gemeinsam beim

Essen, und er hätte sie doch noch überreden können, ihn als nächtlichen Wachtposten zu engagieren. Sie konnte ja nicht wissen, wie er über Heldentum dachte. Der Krieg brachte nur Verlierer hervor, Leid und Hass. Nie würde er den Blick dieses Jungen in Kunduz vergessen.

Der Junge war kaum älter als Max gewesen. In seinem zerschlissenen Hemd hatte er im Staub an einer mit Einschusslöchern übersäten Mauer gesessen und den blutüberströmten Körper seines Vaters in den Armen gehalten. Es spielte keine Rolle, dass dieser Mann ein Taliban gewesen war, der Lehrer und Schülerinnen einer Mädchenschule umgebracht hatte. Für den Sohn zählte nur, dass ein feindlicher Soldat seinen Vater erschossen hatte. Trauer und Hass glühten in den Kinderaugen und sprachen von allem, nur nicht von einer friedlichen Zukunft.

Die Tür ging auf, und eine blonde Frau mittleren Alters kam heraus. Ihre stark geschminkten Augen leuchteten auf, als sie Luke sah. »Hallo, schöner Mann!«

»Leah, wie geht es euch? War Max brav? Tut mir leid, dass ich erst jetzt kommen konnte.« Er küsste sie flüchtig auf die Wangen. In ihren Haaren hing der Dunst von Bier und Fritteusenfett.

»Ah, mach dir keine Gedanken. Rhodri ist ja ganz vernarrt in deinen Jungen. Die beiden sind oben und spielen kostümiert vor dem Bildschirm. Rhodri macht sich zum Affen für Max.« Sie lächelte etwas gequält, und es klang ein wenig Eifersucht aus ihren Worten.

Luke grinste. »Ich werde euch erlösen. Dann kann dein Mann dir wieder in der Küche helfen.«

Sie verzog das Gesicht. »Als ob er das tun würde. Geh nur. Ich bin gleich zurück. Lucy ist drinnen.«

Luke betrat den Pub, der noch gut gefüllt war. Um diese Zeit aßen viele Einheimische die günstigen und anständig zubereiteten Gerichte. Er nickte freundlich in die Runde und entdeckte Gareth und Liam am Tresen. Liam hielt ein volles Pintglas in der Hand und starrte ungeniert auf Lucys üppigen Busen. Auf ihrem pinkfarbenen Shirt stand wenig subtil in weißen Lettern »Bitch«. Was Rhodri von diesem Aufzug seiner Stieftochter hielt, mochte Luke sich gar nicht erst vorstellen.

»Hallo, Lucy! Na, Liam, alles im Blick?« Luke entging nicht Lucys säuerlicher Gesichtsausdruck. Jeder, der sich auf die Seite ihres Stiefvaters stellte, war automatisch ihr Widersacher.

Liam nahm einen tiefen Zug, wischte sich den Mund mit dem Handrücken ab und lächelte selig. »Alles, was wichtig ist.«

Gareth drehte eine Bierflasche in den Händen und schien die Situation zu genießen. »Endlich hast du's begriffen, Liam. Und unsere Lucy hier ist doch auch ein echtes Sweetheart.«

»Halt den Mund, Gareth«, fauchte Lucy, warf den Pferdeschwanz zurück und füllte zwei Weingläser, die auf einem Tablett standen.

»Ich will gar nicht stören«, sagte Luke. »Sag mal, Gareth, ich habe gehört, dass du mit dem Toten verwandt bist, den sie draußen am Strand gefunden haben?«

Ein argwöhnischer Schatten legte sich über das Gesicht des Dunkelhaarigen. »Wie kommst du denn darauf?«

»Habe ich gehört.«

»Ach ja? Da hast du aber was Falsches gehört.« Gareth trank aus seiner Flasche und wirkte verärgert. »Hat Frau Doktor sich beschwert, dass ich mit Millie bei ihr war?«

»Nein, das nicht …« Der Mann hatte zu viel getrunken und schlechte Laune.

»Die hat sich nicht mal an mich erinnert. Dabei waren wir früher alle in den Ferien in Borth.« Gareth leerte seine Flasche und fuchtelte damit beim Sprechen in der Luft herum. »Mein Großvater und ihr Großvater waren Freunde. So war das! Es gab Zeiten, da haben die Menschen hier vom Fischen gelebt.

Außer Heringen, Makrelen und den Minen im Hinterland war hier nichts.«

Liam sah seinen Freund mit einem Ausdruck ehrlichen Erstaunens an. »Was ist denn mit dir, Garry? Wen kratzt das denn heute noch? Makrelen? Ich hätte mal wieder Lust auf Angeln.«

Lucy kicherte, nahm das Tablett und servierte mit einladendem Hüftschwung an einem der Tische.

Gareths Augen wurden schmal, und sein Oberkörper verspannte sich, als er sich vorbeugte, was Luke automatisch eine Abwehrhaltung einnehmen ließ. »Für dich ist alles Spaß, Liam, aber wenn du nichts hast und dein Vater ein alter Säufer ist, ist gar nichts witzig. Dann ist das Leben einen Dreck wert, weil die Leute dich ansehen und denken, dass du Abschaum bist, dass ...«

»Aye, Gareth, reg dich ab. Keiner denkt so über dich. Und Doktor Goodwin schon gar nicht«, versuchte Luke den sich in Rage Redenden zu beruhigen. »Lucy, gib den beiden noch zwei Bier!«

Liam hatte nur Augen für Lucy, die das jedoch wenig zu kümmern schien. »Lucy, du hast noch nicht gesagt, ob du am Wochenende mit nach Birmingham kommst?«

Die junge Frau öffnete zwei Bierflaschen. »Du keins, Luke?«

»Bin eigentlich nur wegen Max hier.«

»Für einen Kurzen ist der gar nicht so übel. Aber für mich wäre das noch nichts.« Sie stellte die Flaschen auf den Tisch. »Jetzt glotz nicht so mit deinen Hundeaugen, Liam. Ich sag dir morgen, ob ich Zeit habe.«

»Wieso denn erst morgen?« Liam wollte nach ihrer Hand greifen, doch sie drehte sich mit einem Tablett um und rauschte davon.

»Junge, so wird das nichts. Du darfst ihr doch nicht hinterherlaufen. Lass sie zappeln, dann kommt sie von selbst angelaufen«, riet Gareth seinem Freund.

»Warum sagst du das? Hattest du was mit ihr?« Liam sah ihn finster an.

Bevor die beiden aufeinander losgehen konnten, sagte Luke: »Was ist mit nächster Woche, Gareth? Ich könnte dich fürs Schleifen brauchen.«

Gareth knurrte, nahm sich die Flasche und erwiderte: »Ist gut.«

»Bis dann. Schönen Abend noch.« Luke ließ die beiden stehen und ging in den hinteren Teil des Pubs, wo neben den Toiletten der Durchgang zum Wohnhaus der Perkins lag.

Schon im Flur hörte er Max lachen und Rhodri herumalbern und unterdrückte sein schlechtes Gewissen. Ein Pub war nicht die richtige Umgebung für ein Kind, aber hier oben waren sie fern von den Gerüchen und dem Lärm des Gastraums. Er stieß die Tür auf.

»Hallo, Dad! Sieh dir das an! Ich habe Grandpas Drachen besiegt!« Max hatte rote Wangen und trug eine Ritterrüstung aus Plastik, genau wie sein Großvater.

Beide standen vor dem großen Fernseher und fuchtelten wild mit den Händen herum, was ihre digitalen Spielfiguren zu beeindruckenden Kampfmanövern veranlasste.

Rhodri riss sich den Helm vom Kopf. »Ich bin so froh, dass du da bist.« Er wischte sich die verschwitzte Glatze und lächelte erschöpft. »Das ist anstrengender als Fahrradfahren.«

»Du schlägst dich gut, Rhodri. Danke.« Luke half seinem Sohn, die Klettverschlüsse der Handschuhe zu öffnen.

Rhodri sank erschöpft in einen Sessel. »War mir wie immer eine Freude. Max, pack die Sachen doch bitte wieder in die Kiste.«

Er streifte seine Handschuhe ebenfalls ab und warf sie seinem Enkel zu, der alles einsammelte.

»Was weißt du eigentlich über Gareths Großvater, Matthew Blyth?«, fragte Luke nachdenklich.

»Warum … Ah!« Rhodri nickte verstehend. »Es ist wegen der

alten Gwen. Ich war noch zu klein, und du weißt ja, dass mein Vater kurz nach meiner Geburt einen Herzinfarkt hatte. Das konnte meine Mutter ihm nie verzeihen.« Er schnaufte. »Sie war schon ein Original, unsere Kayla. Sie und Gwen konnten sich nicht riechen. Kann dir nicht mal sagen, warum. Und Matthew, ja, an den erinnere ich mich gut. Er kam gern in den Pub, und es tat ihm immer leid, wenn sein Sohn Iolyn sich mal wieder danebenbenommen hatte. Meistens hat er dann die Rechnungen von Iolyn gezahlt. Aber Gareth hat immer zu seinem Vater gehalten, ist mit dem alten Säufer von Dorf zu Dorf gezogen.«

»Was ist ein alter Säufer?«, fragte Max von hinten.

»Äh, jemand, der zu viel trinkt. Bist du fertig?« Leise sagte Luke zu Rhodri: »Und wie standen Matthew und Arthur zueinander?«

»Wie gesagt, das war vor meiner Zeit. Meine Mutter fühlte sich von den anderen aus der Clique, wie sie Gwen und ihre Freunde gern nannte, ausgegrenzt und wollte es denen zeigen. Na ja, auf ihre Art hat sie es wohl geschafft. Der Pub ist nicht pleitegegangen.«

Max hatte sich seine Jacke angezogen und kam mit seinem Rucksack zu Luke. »Bin fertig.«

»Gut. Oh, fast hätte ich es vergessen. Doktor Goodwin hat dich morgen Nachmittag in ihr Büro eingeladen.« Luke nahm den Rucksack seines Sohnes.

»Wirklich? Klasse! Dann erzählt sie mir sicher alles über den Toten, den ich gefunden habe. Auf Wiedersehen, Grandpa.« Der Junge umarmte seinen Großvater und schien voller Energie. »Ich erzähl dir alles! Und dann spielen wir weiter!«

»Wenn ich überhaupt noch aus diesem Sessel komme …«, stöhnte Rhodri.

»Rhodri!«, rief eine scharfe Frauenstimme aus dem Flur. »Soll ich vielleicht alles allein machen?«

Die Tür wurde lautstark aufgestoßen, und Leah kam herein. Mit leicht verärgerter Miene sah sie von einem zum anderen. »Der Junge muss ja wohl mal schlafen. Such dir eine Frau, Luke. Du kannst ihn nicht ewig hier abladen.«

»Danke, Rhodri. Wir sehen uns morgen.« Luke schob seinen Sohn an der streitsüchtigen Frau vorbei. »Und du solltest dich mal um deine Tochter kümmern.«

»Ach was! Die ist eben mit einem deiner feinen Mitarbeiter abgehauen. So sieht es aus!«, fauchte Leah, die offenbar außerordentlich schlecht gelaunt war.

»Ich bin der Arbeitgeber, nicht das Kindermädchen.« An Rhodris gequältem Blick erkannte er, dass dieser anscheinend ebenfalls nicht eben glücklich über das Verhalten seiner Frau war. »Lass Luke zufrieden. Er hat genug Sorgen«, wies er Leah zurecht.

»Ja, natürlich. Ihr haltet zusammen. Deine Tochter ist tot, und trotzdem ist sie dir wichtiger als Lucy!«, keifte Leah.

Jetzt konnte es sehr laut werden, und Luke verließ hastig mit Max die Wohnung.

Borth, November 1949

Nie würde sie diese Guy-Fawkes-Nacht vergessen. Gwen drückte sich die zitternden Hände vor den Mund, als sie das Blut auf dem Boden sah.

»Theo!«, flüsterte sie.

Arthur war mit ihr die Treppe zu Theos kleinem Zimmer hinaufgelaufen, in dem sich ihre Mutter um den verletzten Bruder kümmerte. Gwens Vater saß mit kreidebleichem Gesicht auf einem Stuhl und starrte apathisch vor sich hin. Seine Fliege hing lose über sein weißes Hemd, auf dem rote Spritzer anklagend leuchteten.

Müde hob er den Kopf. »Gwen. Dein Bruder hat …« Tränen erstickten Josephs Stimme, und er barg sein Gesicht in den Händen.

»Arthur, vielleicht gehst du besser«, sagte Gwen leise und schob den Geliebten zur Tür, wo er unschlüssig verharrte.

»Kann ich denn nicht helfen?«

In diesem Augenblick fuhr Evelyn herum. Ihre Augen brannten vor Wut und Verzweiflung, die Hände und ihr Kleid waren blutverschmiert. »Hast du nicht schon genug getan?«

Anklagend stand sie neben ihrem Sohn, der auf dem Rücken quer über sein Bett gestreckt lag, die Arme neben sich in dunklen Blutlachen.

»Ich bin nicht schuld an Theos Zustand!«, verteidigte Arthur sich.

»Du wagst es … Ausgerechnet du! Dass du dich überhaupt hierhertraust!«, schimpfte Evelyn und befestigte die Binde an Theos Handgelenk.

Auf dem kleinen Tisch neben dem Bett lagen neben einer Wasserschüssel eine Rasierklinge und eine Tablettenschachtel. Es brauchte nicht viel Phantasie, um sich auszumalen, was geschehen war. Gwen schluchzte. So weit war ihr Bruder bisher noch nicht gegangen. »Sollten wir nicht Doktor Manley holen?«

Evelyn tauchte einen Lappen in die Schüssel, wrang ihn aus und tupfte Theos Stirn ab. Anschließend wischte sie seine blutverschmierten Arme sauber. »Aus Pen-y-garn? Das dauert viel zu lange. Was würde er anderes tun? Ich habe genug Erfahrung, um Theo notversorgen zu können.«

»Aber die Tabletten. Theo hat doch zu viele von den …«, wandte Gwen ein.

»Ja, das hat er. Ich habe ihn dazu gebracht, sich zu übergeben.« Evelyn stieß mit dem Fuß gegen einen Blecheimer neben dem Bett.

Der Eimer hatte einen Deckel, der durch den Stoß scheppernd verrutschte und einen säuerlichen Geruch freigab.

»Deine Mutter hat alles getan, was man tun konnte, Gwen«, sagte ihr Vater matt.

»Und was, glaubst du, hätte Doktor Manley gemacht? Er hätte Theo in eine von diesen Anstalten eingewiesen, wo sie die Veteranen unterbringen, nein, einsperren. Sie sperren die guten Männer weg, die ihr Leben für unser Land aufs Spiel gesetzt haben und durch die Unachtsamkeit eines Kameraden zu Krüppeln gemacht wurden!« Evelyn warf den Lappen in die Schüssel, die bedenklich wackelte. Wasser spritzte auf den Tisch.

»Aber Mum, sieh ihn dir doch an. Vielleicht können sie Theo dort besser helfen! Da sind Tag und Nacht Ärzte und Schwestern. Da wäre es gar nicht so weit gekommen!« Gwen wischte sich die Augen.

»Du hast keine Ahnung!« Evelyn stand wie ein Schutzschild zwischen Gwen und dem Bett. »Niemals würde ich Theo in so eine Anstalt gehen lassen. Niemals! Weißt du, wie es dort zugeht? Wenn einer der Patienten zu große Schwierigkeiten macht, wird er am Bett festgeschnallt. Vorher pumpen sie ihn mit Morphium oder was gerade zur Hand ist voll. Und weil es viel zu viele Patienten und zu wenige Schwestern gibt, liegen die armen Kerle in ihrem Urin, ihrem Kot und ihrem Erbrochenen. Stundenlang. So hast du dir das nicht vorgestellt, was, liebe Tochter? Aber so ist die Wirklichkeit, Gwen.«

»Aber doch nicht in allen Institutionen, Mrs Prowse«, warf Arthur vorsichtig ein.

»Ach, was weißt du denn? Deinen Bruder hast du auch auf dem Gewissen. Hast du vielleicht einen Kameraden dort besucht? Nein? Das hab ich mir gedacht.« Mit unverhohlener Verachtung nahm Evelyn einen Lappen und warf ihn auf den Boden. »Ich habe kein Problem damit, das Blut und die Exkremente meines Sohnes aufzuwischen, aber ich will nicht zusehen, wie sie ihn irgendwo dahinvegetieren lassen.« Sie wischte das Blut auf und warf den Lappen in den Eimer. »Und jetzt lass mich vorbei. Ich habe zu tun.«

Als Evelyn dicht neben ihrer Tochter stand, sagte sie kühl: »Und mach dich sauber. Du hast noch Stroh im Haar. Sich wie ein Flittchen mit diesem Taugenichts im Heu zu wälzen …« Evelyn machte einen Schritt, hielt jedoch inne und wandte sich an Arthur. »Es gibt gute Sanatorien, in denen man sich um die Soldaten kümmert. Aber die kosten Geld. Und das haben wir nicht. Wenn meine Tochter einen Mann wie Ashton heiraten würde, sähe das anders aus …«

»O Gott, Evelyn, sag nicht so was. Es ist doch schlimm genug.« Joseph hatte sich mühsam von seinem Stuhl erhoben. »Geh jetzt besser, Arthur.«

»Sir, ich würde Ihre Tochter nie entehren. Sie bedeutet mir sehr viel.« Arthur nahm Gwens Hand. »Ich möchte Gwen heiraten.«

Ein Stöhnen erklang vom Bett, und Joseph schüttelte den Kopf. »Geh. Lass uns allein.«

Gwen sah von ihrem verletzten Bruder zu Arthur. »Wir sehen uns morgen.« Sie drückte Arthurs Hand und ging zu Theo, der die Augen aufschlug und an seinen Bandagen zu zerren begann.

»Dad, hilf mir. Er darf sich den Verband nicht abreißen.«

Gwen beugte sich über Theo und streichelte sein blasses Gesicht. »Was machst du denn für Geschichten? Du kannst mich nicht einfach alleinlassen. Du bist doch mein großer Bruder.«

Sie wusste, wie schwer es ihrem Vater fallen musste, die Kraft aufzubringen, um Theos Beine auf das Bett zu heben. Josephs Atem ging rasselnd, und er musste sich auf die Bettkante setzen. Dort nahm er eine Hand seines Sohnes zwischen seine und murmelte: »Wir alle haben unsere Bürde zu tragen, Junge. Aber wir tragen sie, wir kämpfen, jeden Tag, jeden Tag …«

Am nächsten Morgen wachte Gwen auf und blinzelte in die Strahlen der Morgensonne. Sie lag in ihrem schmalen Bett und dachte an die gestrige Nacht. Nichts war mehr wie früher. Ihr Körper hatte sich verändert, weil er Arthur gehört hatte. Und Theo war fast gestorben, weil sie zu spät nach Hause gekommen war. Vielleicht hätte er sich nichts angetan, wenn sie bei ihm gewesen wäre. Warum hatte es ausgerechnet in dieser Nacht geschehen müssen? Theos Selbstmordversuch würde auf ewig ihre erste Nacht mit Arthur überschatten. In diesem Augenblick fasste sie einen Entschluss.

Seufzend stand sie auf, schlüpfte in ihren zerschlissenen Morgenmantel und tappte nach nebenan. Vorsichtig öffnete sie die Tür und starrte entsetzt auf das leere Bett. Doch dann entdeckte sie Theos schmale Gestalt am Fenster. Ihr Bruder musste das Knarren der Tür gehört haben, denn er drehte sich um. Das Morgenlicht ließ ihn in seinem hellen Pyjama noch bleicher erscheinen, als er ohnehin war. Seine Augen lagen tief in ihren Höhlen, aber er rang sich ein schwaches Lächeln ab und streckte die Hände nach ihr aus. Die blutigen Verbände kamen Gwen wie Kreuzigungsmale vor.

Sie ging auf ihn zu und umarmte den knochigen Körper des Bruders. »Theo, warum hast du das getan?«

Er hielt sie an sich gedrückt, und sie lauschte seinem Herzschlag. Der menschliche Körper war so zerbrechlich, konnte so einfach zerstört werden. »Ach, Gwen«, flüsterte er und ließ die Arme sinken.

In diesen zwei Worten lag so viel Schmerz, dass Gwen ihre Tränen nicht länger zurückhalten konnte. »Ist es so schlimm?«

Sie konnte sich nur vage vorstellen, was die Männer erlebt hatten, wie es tatsächlich in den Soldaten aussah, die das Grauen des Krieges erlebt hatten.

»Warum seid ihr so früh zurückgekommen?« Seine Stimme klang heiser und war kaum mehr als ein Flüstern.

»Theo, das darfst du nicht sagen! Ich brauche dich! Wir alle tun das, wir lieben dich, und du hast doch gerade erst Matthews Vater das Leben gerettet.« Sie nahm seine Hand und drückte sie an ihre Wange.

»Habe ich das?« Er wirkte abwesend.

»Du bist der beste Schwimmer hier und könntest vielleicht Unterricht geben …«

Er entzog ihr seine Hand und drehte sich wieder dem Fenster zu, vor dem sich die Bucht ausbreitete. »Hörst du das Meer? Früher konnte ich es hören, wenn ich die Augen geschlossen hielt.«

Sie trat neben ihn. Das Fenster stand ein Stück offen, und vom Strand klang gedämpft das Rauschen der Wellen herauf. »Ja, es ist wunderschön. Warum sagst du früher? Was hörst du jetzt?«

Tonlos sagte er: »Es ist weg. Ich höre nur noch das Donnern der Flieger, das sirrende Geräusch der Bomben, das Krachen von splitternden Knochen und die Schreie meiner Kameraden.«

»Theo …« Sie legte ihm den Arm um die Hüfte und lehnte den Kopf an seine Schulter. »Was kann ich tun, damit du das Meer wieder hörst?«

Er atmete hörbar ein und aus. »Da kann niemand etwas tun. Ich habe gehofft, dass sich etwas ändert mit der Zeit. Aber du siehst ja selbst …« Sein Blick fiel auf die verbundenen Handgelenke.

»Es braucht einfach noch Zeit. Du wirst schon sehen, Theo. Wir bekommen das hin!« Sie legte alle Zuversicht, derer sie mächtig war, in ihre Stimme.

»Wir? Nein, Gwen. Du musst dein Leben leben. Ich habe gestern gehört, was Mutter gesagt hat.«

Ein kalter Luftzug ließ sie beide frösteln, und Gwen schloss das Fenster. »Was meinst du?«

»Das mit dem Sanatorium, mit Ashton. Wenn du ihn heiratest, schneide ich mir gleich noch einmal die Pulsadern auf, und dann so, dass selbst Mum nichts mehr machen kann.« Etwas von dem früheren verschmitzten Theo blitzte in seinen Augen auf, als er sie ansah und ihr eine Locke von der Schulter strich.

»Meine Güte, du hast alles gehört? Theo, ich werde Ashton heiraten. Es ist kein Opfer. Er ist ein netter Mann, wohlhabend, und er würde uns helfen.«

Ashton war verrückt nach ihr, und sie würde ihn davon überzeugen, dass sie sich besonnen hatte und ihre Gefühle für Arthur nur eine flüchtige Laune gewesen waren. Und wenn sie dann verheiratet waren, konnte sie Theo in ein gutes Sanatorium schicken, wo man sich besser um ihn kümmern konnte. Und irgendwann würde er das Meer wieder hören.

»Nein! Hörst du? Nein!«, sagte er ernst. »Ich war auch mal verliebt, Gwen. Ich weiß, was es heißt, den Menschen, den man liebt, nicht haben zu können. Nein! Du wirst kein Opfer für mich bringen. Es wäre sowieso zwecklos. Niemand kann mir helfen. Was sollen sie denn machen? Mir das Hirn herausreißen?«

»Es gibt Medikamente. Ständig werden neue Therapien entwickelt und ...«, wandte sie ein.

»Nein! Glaubst du, ich habe nicht schon alles geschluckt, was es gibt? Wenn ich genügend nehme, fühle ich mich wie in Watte gehüllt, für eine kurze Zeit, und wenn die Wirkung nachlässt, ist es schlimmer als zuvor.«

Unten im Haus wurde mit Geschirr geklappert, und Theo legte seiner Schwester die Hände auf die Schultern, zwang sie, ihn anzusehen. »Du liebst Arthur, oder nicht?«

Mit bebenden Lippen nickte sie. »Aber ich kann nicht glücklich sein, wenn ich weiß, dass ich dir helfen könnte mit ...«

Er schüttelte vehement den Kopf. »Ich habe mich entschieden, schon lange, Gwen. Ich muss hier weg. Ich ertrage die mitleidigen Blicke von Mum und Dad nicht mehr. Sie wollen jemandem die Schuld geben, und Arthur kommt ihnen da gerade recht. Aber es war nicht allein dieser Unfall in den Minenfeldern. Es war der verdammte Krieg. Wann heiratest du Arthur?«

Überrascht stotterte sie: »Ich weiß es nicht. Wir haben nicht ... Ich wollte doch mit Ashton sprechen.«

»Legt einen Termin fest. Danach bin ich hier weg.« Seine Hände verloren ihre Kraft und glitten zur Seite.

Schritte kamen die Treppe herauf.

»Wohin willst du, Theo?« Ängstlich wollte Gwen ihn stützen, doch er setzte sich allein auf die Bettkante.

203

»Rhonda.«

Die Tür wurde aufgestoßen, und Evelyn kam mit einem Tablett herein. »Was macht ihr denn hier? Theo, du darfst nicht aufstehen, du bist viel zu schwach. Gwen, was soll das? Kannst du nicht mal dafür sorgen, dass er liegen bleibt?«

Wütend stellte Evelyn das Tablett auf dem kleinen Tisch ab und hantierte mit dem Teegeschirr. Theo zwinkerte seiner Schwester müde zu und legte sich aufs Bett.

Rhonda, dachte Gwen, während sie in ihr Zimmer lief. Im Tal von Rhonda gab es die größten walisischen Kohleminen.

BORTH, DEZEMBER 1949

Das Rattern der Nähmaschinen erfüllte den kleinen Arbeitsraum der Schneiderwerkstatt. Hannahs Mutter hatte im Hin-
terzimmer ihres Wohnhauses eine Änderungsschneiderei eingerichtet. Das Haus lag in Llandre auf dem Weg nach Bow Street.
Seit Mai war die Rationierung von Kleidung aufgehoben worden, und man brauchte zumindest dafür keine Coupons mehr.
Gwen wäre lieber auf eine Schwesternschule nach Cardiff oder
Swansea gegangen, anstatt in der Nähwerkstatt zu arbeiten.
Doch während des Krieges wäre nicht daran zu denken gewesen, sie war noch zu jung, und ihr Vater war stetig kränker geworden. Und dann war Theo als schwerer Pflegefall nach Hause
gekommen.

»Nach Rhonda …«, murmelte Gwen und schob den Stoff eines blauen Kleides unter der ratternden Nadel der robusten Sin-
ger-Maschine durch.

»Was hast du gesagt?«, rief Hannah und nahm den Fuß vom
Pedal der Vickers, ein größeres Modell, auf das ihre Mutter stolz
war. Man konnte damit Leder und feste Tweedstoffe nähen.

»Ach, nichts.« Während der Arbeit hatte sie nicht bemerkt,
dass sie ihre Gedanken laut ausgesprochen hatte. Sie drehte die
Kurbel und ließ die Nadel durch den feinen Stoff stechen, vergaß aber, gleichmäßig zu ziehen. »Verflucht!«

Hannah schmunzelte. Sie hatte ihre roten Haare unter einem

bunten Tuch versteckt, so dass nur ein paar kecke Locken über die Stirn fielen. »Bevor du Mrs Corrigans Kleid ganz versaust, sag mir lieber, was los ist.«

Das Haus von Hannahs Familie war klein, und in der Küche nebenan hörten sie Hannahs Mutter Mabel singen. Gwen rückte ihren Stuhl dichter an Hannahs Tisch, auf dem zahllose Nähkörbchen voller Knöpfe, Scheren und Nadeln standen. In einem Regal stapelten sich Stoffbahnen, -muster und -reste. In harten Zeiten wurde geflickt und aus Altem Neues genäht.

»Theo hat sich gestern Nacht die Pulsadern aufgeschnitten. Ich mache mir solche Sorgen um ihn, Hannah. Aber bitte, häng das nicht an die große Glocke.«

Hannahs Augen weiteten sich neugierig. »Was ist mit Theo? Er wird doch wieder gesund, oder? Ich meine, ich weiß, dass er diese Anfälle hat. Aber die werden doch irgendwann verschwinden!«

»Das ist zu hoffen, doch niemand kann sicher sagen, ob es ihm jemals besser gehen wird. Er quält sich.« Sie zögerte, aber Hannah war ihre einzige Freundin hier, und irgendjemandem musste sie sich anvertrauen. »Er will Borth verlassen.«

»Das kann er doch nicht! Wie will er denn allein irgendwo zurechtkommen?«

Gwen presste ihre zitternden Hände gegeneinander. »Ich glaube, er will es meinetwegen.«

Hannah stutzte, musterte sie eindringlich und fragte: »Warum?«

Ein Aufruhr an Gefühlen kämpfte in Gwen. Sie liebte Arthur, und sie liebte ihren Bruder, und keinen von beiden wollte sie enttäuschen. Aber wenn sie es musste, dann denjenigen, der sie weniger brauchte. »Ich muss Ashton heiraten.«

»Nach dem Eklat? Der wird sich bedanken. Warum jetzt? Du liebst ihn doch nicht.« Aus ihren Worten klang weniger Mitgefühl als Eifersucht, doch dann legte sie ihre Hände auf die ihrer Freundin und sagte sanft: »Es ist doch etwas geschehen, Gwen.«

Kaum hörbar flüsterte sie: »Ich habe mit Arthur geschlafen. Ich wollte es. Es war meine Schuld. Gestern nach dem Fest.«

»Oh! Es war dein erstes Mal?« Als Gwen nichts sagte, sondern nur seufzte, tätschelte Hannah sie und lehnte sich zurück. »Habt ihr aufgepasst? Muss ja nichts passiert sein. Und wenn, dann willst du jetzt Ash das Kind unterschieben? Das hat er nicht verdient.«

»Nein, natürlich nicht! Das will ich nicht. O Gott, das wäre schrecklich. Nein, nein, es ist Theos wegen. Der muss in ein gutes Sanatorium, wo die besten Ärzte sind. Die können ihn heilen. Meine Mutter hat gesagt, dass er sonst in eine Anstalt kommt. Und da würden sie ihn festschnallen und mit Medikamenten vollpumpen, bis er nur noch ein Schatten ist und stirbt.«

»Ah, daher weht der Wind! Deine Mutter setzt dich unter Druck. Sie will dich erpressen, Gwen. Merkst du das nicht?«

»Das darfst du nicht sagen, Hannah.«

»Weiß sie von dir und Arthur?«

Gwen nickte. »Er hat mich nach Hause gefahren. Arthur hat sogar um meine Hand angehalten. Es war grauenvoll, weil er mir so leidgetan hat.«

»Schöner Schlamassel. Aber das eine sage ich dir, Gwen – du darfst dein Lebensglück nicht für deinen Bruder opfern. Das würde Theo niemals wollen.«

Der Gesang in der Küche war verstummt, und die Tür knarrte. »Ich höre die Nähmaschinen nicht. Habt ihr Probleme, Mädchen? Braucht ihr Hilfe?«, wollte Mabel Penally wissen.

»Nein, Mum. Alles bestens«, rief Hannah, setzte sich an ihre Maschine und drehte die Kurbel. »Das Leder ist so hart.«

»Nimm eine dickere Nadel, Kind!«, rief Mabel und entfernte sich.

Draußen waren Wolken aufgezogen, und gleich würde es anfangen zu regnen. Gwen war mit dem Fahrrad gekommen. Im Grunde war sie gern bei den Penallys, denn deren Haus war gemütlicher als ihr Elternhaus. Mabel kochte und backte gern und hatte aus den kleinen Zimmern mit hübschen Stoffen und Dekorationen wohnliche Stuben gemacht. Für solchen Firlefanz, den Evelyn unnützen Tand nannte, hatte diese keine Zeit. Sie war stets um größere Aufgaben bemüht. Immer stand die Krankenpflege im Vordergrund.

»Elendige Näherei«, murrte Hannah. »Hätte Ash sich für mich entschieden, hätte er nicht zwei Mal fragen müssen, und ich würde meine Kleider schneidern lassen, anstatt hier selbst zu sitzen und mir die Finger zu zerstechen.«

»Ich bin aber nicht wie du, Hannah.«

»Ach, tu doch nicht so. Mit deiner Anständigkeit ist es nun auch vorbei. Du bist ein gefallenes Mädchen und nicht besser als ich oder Kayla. Aber mach dir nichts draus, ist der Ruf erst ruiniert, lebt es sich recht ungeniert.« Hannah lachte frech und ließ die Nadel surrend durch das Leder stechen.

Gwen biss sich auf die Lippen. Hätte sie Hannah bloß nicht ins Vertrauen gezogen!

»Jetzt schau doch nicht so unglücklich, Gwen! Ich erzähl's schon keinem. Heirate Ashton und behalte Arthur als Liebhaber! Oh, und wenn du das nicht willst, nehm ich dir einen ab.« Hannah summte einen frivolen Schlager.

»Du bist unmöglich!« Und obwohl ihr mehr nach Weinen war, lachte sie mit ihrer Freundin.

Zwei Tage später fuhr Gwen am späten Nachmittag den überfrorenen Weg nach Ynyslas entlang. Der Winter zeigte sich an diesem fünften Dezember früh von einer ungewohnt rauen Seite, und der Seewind trieb sogar Schneeflocken vor sich her. Heute war niemand zum Fischen hinausgefahren. Die Männer saßen in ihren Häusern und besserten Netze aus oder reparierten die Boote. Hannahs unbedachte Worte hatten Gwen dazu bewogen, Ashton von der Poststelle in Bow Street aus anzurufen. Erst hatte er sich gesträubt, sich dann aber bereit erklärt, mit ihr zu sprechen.

Das Fahrrad holperte über die altersschwache Brücke, die ächzend protestierte. Durch die ständige Feuchtigkeit waren die Eisenteile verrostet und die Holzplanken morsch geworden. Schnee lagerte sich auf dem Geländer ab, und auf dem Holz bildete sich eine gefährlich glitzernde Schicht. Gwen umklammerte den Fahrradlenker und schaffte es gerade eben, nicht auf der überfrorenen Brücke auszurutschen.

»Meine Güte, Gwen, ich hätte dich abholen können, und wir wären in ein Restaurant gefahren. Es ist ein Wunder, dass du dir nicht den Hals gebrochen hast!« Ashton trat aus dem Schatten eines Brückenpfeilers, warf seine Zigarette zu Boden und trat sie aus.

Er trug einen Mantel mit Pelzkragen und hatte sich eine Wollmütze in die Stirn gezogen. Gwen fühlte sich angesichts des gut gekleideten Mannes schäbig in ihren ausgetretenen Stiefeln und dem geflickten Mantel. Nur auf ihre Hose war sie stolz, denn die hatte sie nach einem Modemagazin selbst geschneidert. Der warme Tweedstoff war der Rest aus einer Bestellung gewesen, den Mabel Penally ihr zum halben Preis gelassen hatte.

Sie lehnte ihr Rad an den Brückenpfeiler und entdeckte Ashtons Wagen am Wegesrand. Er war den alten Pfad durch das Moor heruntergefahren. »Kennst du Borth Bog gut genug, um bei diesem Wetter mitten hindurchzufahren?«

Ashton nahm ihren Arm. »Du weißt doch, dass ich jede Herausforderung annehme. Ich fühle mich nur lebendig, wenn ich die Gefahr spüre.« Er öffnete die Wagentür und half ihr beim Einsteigen.

Gwen rieb die verfrorenen Hände und bewunderte insgeheim das verchromte Armaturenbrett. Als er ebenfalls eingestiegen war und das Radio anstellen wollte, hielt sie ihn zurück. »Ash, ich möchte mich bei dir entschuldigen.«

Ernst musterte er sie, lehnte sich zur Seite, so dass er sie direkt ansehen konnte, und fragte: »Warum?«

Sie starrte auf ihre Handschuhe. Arthurs Ring an der Kette um ihren Hals schien zu glühen und sich in ihre Haut zu brennen. »Weil ich dir gegenüber unhöflich war.«

Amüsiert hob er eine Augenbraue. »Unhöflich? Du hast nein gesagt, sehr klar, und deine Freunde haben deutlich gemacht, wie ernst es dir damit ist.«

»Das war nicht richtig. Arthur hätte nicht … Es war die Party, der Alkohol. Wir waren deine Gäste und hätten uns nicht so respektlos verhalten dürfen.« Sie hob den Blick und strich verlegen ihre Haare zur Seite. »Hast du eine Zigarette für mich?«

Wortlos griff er in seine Manteltasche und nahm ein silbernes Etui heraus. Seine Bewegungen waren so elegant, dass Gwen fasziniert zusah, wie er die Zigarette herausnahm, sie ihr zwischen die Lippen steckte und das Feuerzeug aufklappte. Sie schloss die Augen, während sie den ersten Zug tat, und stieß den Rauch langsam wieder aus.

»Du musst mich nicht für dumm verkaufen, Gwen. Warum bist du hier?«

Nervös sog sie erneut an der Zigarette. Er hatte nicht verdient, dass sie ihn anlog. Was auch immer man von seinen Eskapaden, seinen Verrücktheiten halten mochte, er war ein netter Kerl.

»Küss mich, Gwen.« Er beugte sich vor, und als sie erschrocken zurückwich, lachte er laut heraus. »Was willst du von mir, wenn du mich noch nicht einmal küssen kannst? Bin ich dir so zuwider?«

»Aber nein! Überhaupt nicht!« Und das meinte sie ehrlich.

Er ließ das silberne Feuerzeug durch seine Finger in die Manteltasche gleiten und strich ihr zärtlich über die Wange. »Dann küss mich.«

Sie fand sich in seinen hellen Augen gefangen, seine Hand schloss sich um ihren Nacken und zog sie zu sich. Seine Lippen legten sich weich auf ihren Mund, und es fühlte sich nicht unangenehm an, doch sie dachte nur an Arthur und hielt die Zigarette von sich weg.

»Was auch immer du gedacht hast, an mich jedenfalls nicht.« Ashton lehnte sich wieder gegen das Wagenfenster und zündete sich ebenfalls eine Zigarette an.

»Es tut mir leid. Ich kann das nicht.«

»Küssen? Doch, nur bin ich der Falsche. Und bevor wir hier noch mehr Zeit verschwenden, sag mir bitte, was das soll. Möchtest du einen Whisky?« Er holte eine Flasche und zwei kleine Becher hinter dem Sitz hervor.

Natürlich waren die Becher aus Silber. »Danke.« Gwen leerte den kleinen Becher und betrachtete die eingravierten Buchstaben. »Familienstücke?«

»Bist du scharf drauf?«

Sie fühlte sich ertappt und beschämt. »Nein. Ach, was soll's. Eigentlich wollte ich dich verführen und dich von meinen Gefühlen für dich überzeugen.«

»Aber?« Er nahm noch einen Schluck. »Etwas stimmt nicht mit meinen Küssen oder dem Silber?«

»Wie gelingt es dir nur immer, aus allem einen Witz zu machen? Ich wünschte, ich könnte das.«

Er füllte auch ihren Becher erneut. »Alles eine Frage der Übung. Ich hatte einen guten Lehrer.«

»Deinen Vater?« Trevena schien ihr nicht der typische Müßiggänger mit dandyhaften Manieren.

»Eher ein Onkel mütterlicherseits. Aber ich sehe es als den reinen Selbsterhaltungstrieb, eine Überlebensstrategie. Es kommt selten vor, dass ich wirklich zornig werde.«

Der Whisky brannte in ihrem Magen. »Meinetwegen. Ash, können wir nicht Freunde bleiben?«

Er zögerte kurz. »Ich bin kein guter Verlierer. Sag diesem Morris, dass er seine Fäuste bei sich behalten soll.«

»Das wird nicht wieder passieren.«

Er nahm ihr den leeren Becher aus der Hand. »Soll ich dich nach Hause fahren? Es ist verdammt kalt heute.«

»Nein, nein, ich muss ins Dorf.«

»In den Pub, meinst du?«

»Willst du mitkommen?«

Er stieß hart die Luft aus. »Danke. Ich bin noch bedient.«

Sie zog ihren Schal fester und betrachtete sein fein geschnittenes Gesicht. Es wäre leicht, sich in ihn zu verlieben, wenn sie ihr Herz nicht schon vergeben hätte. »Ich habe dich nie als einen von uns gesehen, Ash. Von den Fischern und Minenarbeitern, meine ich.«

»Nein, wohl kaum, obwohl ich keine Grenzen sehe, Gwen. Das ist der Unterschied zwischen uns. Ich kann mir alles vorstellen. Du nicht.«

»Für dich ist das ein Spiel, aus dem du jederzeit aussteigen kannst. Wir sind die Dörfler, mit denen man sich amüsiert. Aber für mich ist diese Welt mein Leben«, erwiderte sie leicht verärgert.

»Das du aufgeben könntest, wenn du meine Frau werden würdest.« Er beugte sich vor und griff nach ihrer Hand.

»Dann würde ich mich verleugnen und müsste mich vor meinem Spiegelbild schämen. Sogar Theo hat gesagt, ich soll meinem Herzen folgen und mich nicht für ihn opfern …« Sie hielt erschrocken inne.

Ashton horchte auf. »Theo? Warum für ihn opfern? Was ist

eigentlich los, Gwen?« Er drückte ihr Handgelenk fester als beabsichtigt.

»Du kennst doch Theo. Er wird mit dem Krieg nicht fertig, hat versucht, sich die Pulsadern aufzuschneiden. Ein gutes Sanatorium wäre die Lösung, hat meine Mutter gesagt. Aber so eins muss man bezahlen, und das können wir uns nicht leisten.« Jetzt war es heraus, und Gwen senkte den Blick. »So, jetzt weißt du es. Ich muss gehen. Denk nicht schlecht über mich, Ash. Ich hab's ja nicht fertiggebracht.«

»Gwen, warte!«

Die Schneeflocken hatten sich während ihres Gesprächs auf der Windschutzscheibe gesammelt. Doch Gwen konnte eine Gestalt erkennen, die durch das Moor auf sie zukam. Sie stieß die Tür auf und lief zu ihrem Fahrrad. Hastig riss sie das Rad an sich und schob es auf die Brücke. Als sie aufzusteigen versuchte, was bei dem Schnee und dem überfrorenen Holz nicht einfach war, hörte sie eine vertraute Stimme hinter sich.

»Du hast es doch getan, Gwen.«

Sie drehte sich um und stand ihrem Bruder gegenüber. Groß, blass und hager stand er vor ihr. Die Kleider schlotterten um seinen knochigen Körper, die Lasche eines Stiefels hing heraus. Theo schien weder die Kälte zu spüren, noch nahm er Notiz von seinem vernachlässigten Äußeren.

Gwen lehnte ihr Rad gegen das Brückengeländer und umarmte ihren Bruder. Dabei beobachtete sie, wie Ashton den Wagen langsam rückwärts bis zu einer Ausbuchtung fuhr, kehrtmachte und nach Norden fuhr.

»Nein, habe ich nicht«, murmelte sie in den rauen Stoff von Theos altem Militärmantel.

»Dann ist es gut.«

Es lag eine bedrückende Ernsthaftigkeit in seinen Worten, die Gwen ängstigte.

LAMPETER, 10. DEZEMBER 1949

Gwen reichte den Füllfederhalter an Arthur weiter, der in seinem Anzug mit den sorgsam gekämmten Haaren beinahe wie ein Fremder wirkte. Der kleine Raum war schlicht und schmucklos, nur ein Holzkreuz an der Wand über dem Tisch verriet, dass sie sich in einer Kirche befanden. Die Feder kratzte über das Papier, und Gwen beobachtete mit zitternden Händen, wie Arthur die Urkunde mit seinem Namen versah.

»Arthur und Gwen, im Namen des allmächtigen Gottes und vor aller Welt seid ihr nun Mann und Frau«, sagte der Pfarrer lächelnd, nahm ihre Hände und legte sie ineinander. »Möge Gott euch viele gemeinsame Jahre schenken, die Sonne immer für euch scheinen und die Liebe euch stets verbinden.«

Eine Träne lief ihr über die Wange, als Arthur sie küsste. In ihre Freude mischte sich die Wehmut über die Abwesenheit ihrer Familie, denn sie hatten sich heimlich davongestohlen. Nur Theo war eingeweiht. Sie betrachtete ihre Hand, an der nun der Ehering glänzte, den sie bis heute an einer Kette um ihren Hals getragen hatte.

»Das hast du schön gesagt, Paul.« Arthur umarmte seinen Onkel, der sich bereit erklärt hatte, sie ohne Umstände zu trauen.

Paul O'Brien, zur Hälfte Ire, lächelte und legte beiden die kräftigen Hände auf die Schultern. »Es geht nichts über einen irischen Segensspruch, und bis jetzt hat sich noch niemand beschwert. Und glaubt mir, während des Krieges konnten wir jeden Segen brauchen.«

»Kann ich jetzt gehen?« Aus dem Hintergrund löste sich eine unförmige Gestalt. Ein dicker, bodenlanger Mantel schützte den Schäfer gegen jegliche Witterungsbedingungen. In den Händen drehte er eine schwarze Wollmütze.

»Daf, danke, dass du diese Verbindung bezeugt hast«, sagte der Pfarrer und nahm ein paar Münzen aus einer Dose auf dem Tisch.

Arthur und Gwen wollten ebenfalls etwas Geld aus ihren Taschen holen, doch Daf winkte ab. Er sprach mit starkem walisischem Akzent. »Ihr seid mit Paul verwandt. Guter Mann, unser Paul. Der beste Pfarrer, den wir je hatten. Wäre nicht hier, wenn er nicht nach Lampeter gekommen wäre. Gottes Segen.«

Er ließ die Münzen in den Tiefen seiner Manteltaschen verschwinden und stapfte aufrechten Hauptes davon. Ein drahtiger kleiner Mann, der das gesamte Jahr über mit seinen Schafen durch die Berge zog. Nur während des Krieges hatte er in Frankreich Dienst an der Waffe getan. In dieser Zeit war die Hälfte seiner Herde gestohlen worden oder Krankheiten zum Opfer gefallen. Es hätte ihn fast umgebracht.

»Wir hätten ihn zum Essen einladen sollen«, meinte Gwen, die anstelle echter Blumen nur einen kleinen Seidenblumenstrauß hielt. Sie hatte die Blumen heimlich von alten Kleidern abgetrennt und daraus ein kleines Bouquet genäht.

Der Pfarrer schloss die Blechdose, stellte sie in einen Schrank und blies die Kerze auf dem Tisch aus. »Er hasst geschlossene Räume. Am liebsten ist er draußen bei seinen Tieren oder im Stall. Seit er aus Frankreich zurück ist, kann er kaum länger als einen Tag an einem Ort sein. Armer Kerl, wird von seinen Geistern getrieben.«

Arthur strich über die Heiratsurkunde. »Es tut mir so leid,

dass wir dich in diese Familiensache mit hineingezogen haben, aber wir wussten uns keinen Ausweg.«

Paul O'Brien holte einen Umschlag, schob die Urkunde hinein und reichte sie Arthur. »Verwahre sie gut. Und jetzt gehen wir zum Essen.« Er schlug sich auf den wohlgerundeten Leib. »Carys hat euch zu Ehren ein Cawl gekocht und einen Früchtekuchen gebacken!«

In Wales gehörte zu einer traditionellen Hochzeit ein reichhaltiger Früchtekuchen mit Marzipan. Noch waren nicht alle Rationierungen aufgehoben worden. Zucker gab es nur selten, und wenn, dann in geringen Mengen, und die Coupons für alles Süße wurden so wertvoll gehandelt wie Gold in Friedenszeiten. Benzin war noch immer streng rationiert, deshalb waren sie mit dem Zug nach Lampeter gefahren. Nur Leute wie die Trevenas standen über den Dingen und schienen nie Not zu leiden.

Gwen entfuhr ein Seufzer. »Ein Kuchen! Ach Paul, das ist himmlisch. Du bist viel zu gut zu uns.« Gwen nahm die Hand des Pfarrers und drückte sie an ihre Wange.

»Liebes Kind, in Zeiten der Not müssen wir doch zusammenhalten. Und ein feines Ale haben wir auch. Die Schäfchen meiner Gemeinde haben Talente, die sie im Verborgenen pflegen und denen ich gern meinen Segen gebe.« Paul O'Brien lachte und dirigierte das junge Paar zur Tür hinaus.

Arthur half seiner Frau, die ein selbstgenähtes hellgrünes Kleid trug, in den Mantel, legte ihr den Schal um und strich ihr über den Rücken. »Meine Gwen. Es wird alles gut, das verspreche ich dir.«

»Wir haben einander, Arthur, das bedeutet mir alles.«

Sie traten in das Hauptschiff der kleinen Pfarrkirche St. Peter, die am Ende einer Sackgasse lag. Das St. David's University College befand sich auf der anderen Seite des kleinen Ortes. An Markttagen wurde das Vieh aus der Umgebung auf den Marktplatz getrieben und versteigert, und unter der Woche sah man Theologiestudenten debattierend durch die alten Gassen spazieren. Das Pfarrhaus war ebenso wie die Kirche ein schlichter Bau aus grauem Schiefer. Heute war der Himmel verhangen und die Wolken schwer vom Schnee, der in winzigen nassen Flocken herniederschwebte. Doch sobald die Sonne höher stand, würden im Pfarrgarten die Sträucher zu blühen beginnen, und zahlreiche Rosenstöcke verhießen einen farbenprächtigen Sommer.

Pauls Frau erwartete sie in der Küche, wo es nach gekochtem Gemüse und Kuchen duftete. Ihre Wangen waren gerötet, und sie wischte sich die Hände an ihrer Schürze ab, bevor sie den Gästen die Hand reichte, um sie dann herzlich zu umarmen. Alles an Carys war weich und liebevoll. Ihre blauen Augen strahlten, und die Sommersprossen auf Nase und Wangen hüpften, wenn sie sprach und dabei lachte.

»Herzlichen Glückwunsch und Gott segne euch! Kommt herein, wärmt euch auf. Was für ein Wetter! Der Winter kommt zu früh, und so viel Schnee hatten wir lange nicht mehr. Mögt ihr Cawl? Ja? Das ist gut. Der Kuchen ist auch fertig …« Carys redete in einem fort, nahm ihnen dabei die Mäntel ab, scheuchte eine Katze vom Küchentisch und gab ihrem Mann einen Kuss.

Erst jetzt sah Gwen, dass Carys guter Hoffnung war, was die lebenslustige Frau jedoch nicht daran hinderte, sich um hundert Dinge gleichzeitig zu kümmern. »Sie ist wundervoll! Weiß dein Onkel, was für eine unglaubliche Frau er hat?«

Gwen flüsterte Arthur die Worte ins Ohr, während sie sich auf die Küchenbank setzten.

»Sieh dir die beiden an. Wenn wir nach zehn Jahren Ehe noch so verliebt sind …«, erwiderte Arthur ebenso leise und nahm zärtlich ihre Hand.

»Daran zweifle ich nicht eine Sekunde!«

Paul O'Brien hatte seine Soutane ausgezogen, unter der er

einen schwarzen Anzug trug, und kam mit drei Biergläsern zu ihnen an den Tisch. Seine hohe Stirn wurde von struppigen braunen Haaren eingefasst. Die Schläfen waren bereits ergraut, Gwen schätzte ihn auf Anfang vierzig. Seine Frau mochte zehn Jahre jünger sein, und Gwen wunderte sich, dass keine Kinder zu hören waren.

Das Bier war dunkel und schmeckte würzig. »Auf euer Wohl, Paul! Du stehst auf ewig in unserer Schuld!«, sagte Arthur.

»Ah, das ist meine Christenpflicht. Und was gibt es Schöneres, als zwei Menschen, die sich lieben, vor Gott dem Herrn zu segnen! Wir alle haben genug Schrecken erlebt.« Paul beugte sich vor und senkte die Stimme. »Wir waren während des ersten großen Bombenangriffs in London. Ich wollte mich als Feldseelsorger an die Front melden. Carys war im sechsten Monat und verlor unser Kind im Luftschutzbunker. Sie wäre fast dabei gestorben.« Paul schenkte seiner Frau einen liebevollen Blick. »Sie hatte danach noch zwei Fehlgeburten, und eigentlich hatten wir die Hoffnung aufgegeben. Aber diesmal scheint alles gut zu gehen.«

Carys schien ihren Namen gehört zu haben, denn sie drehte sich um. »Was redest du da wieder, du geschwätziger Ire? Komm, hilf mir lieber den Tisch zu decken, damit die Brautleute endlich essen können. So dünn, wie die beiden aussehen, müssen sie mindestens zwei Portionen und ein großes Stück Kuchen essen.«

»Ich helfe gern, Carys«, erbat sich Gwen, doch die patente Pfarrersfrau überhörte das Angebot.

»Fleisch ist nicht drin in unserem Cawl, aber gutes Gemüse aus unserem Garten und sogar Kartoffeln! Wenn diese Rationierungen endlich vorbei sind ... Wie soll man denn einen kräftigen Mann nur mit Grünzeug satt bekommen?«

Paul schlug sich auf den Leib. »Du machst das sehr gut, mein Engel.« Er verteilte Bestecke und Teller auf dem Tisch.

»Und bist du dann trotzdem zur Truppe gegangen?«, fragte Gwen.

Paul nickte. »Ich hatte mich schon gemeldet, und nachdem Carys sich erholt hatte, bin ich rüber nach Frankreich und war meist in den Lazaretten, um den Verwundeten Mut zuzusprechen. Carys hat Verwandte in Cardiff, aber nach der Bombardierung 1940 ist sie bei einer Cousine in Pencarreg untergekommen.«

»Das ist ja ganz in der Nähe!« Über Carys hatte Arthur ihr nicht viel erzählt.

»Alles Farmer. Daher kennen wir auch Daf.« Paul füllte mit einem Tonkrug die Gläser auf. »Und als ich dann die Pfarrstelle hier in Lampeter angeboten bekam, fiel die Entscheidung leicht.«

Während des Essens wanderten Gwens Gedanken immer wieder zu ihrer Familie, und sie zweifelte, ob ihre Entscheidung für Arthur richtig gewesen war. Er war der Mann, den sie liebte, aber hätte sie nicht aus Rücksicht auf ihre Familie anders handeln müssen?

»Du siehst viel zu nachdenklich für eine junge Braut aus, Gwen. Was hat deine Familie denn eigentlich gegen Arthur? Paul hat nicht viel gesagt.« Carys saß ihr gegenüber und hob den Deckel des Topfes mit dem Eintopf. »Noch mehr?«

»Danke. Es war ganz ausgezeichnet, aber ich möchte noch Raum für deinen Kuchen lassen. Willst du es erzählen?«, wandte Gwen sich an Arthur. Sie fand, dass es ihr nicht zustand, über das, was im Krieg geschehen war, zu sprechen. Und genauso wenig sollten ihre Eltern Arthur verurteilen. Er und Theo waren dabei gewesen, und Theo hegte keinen Groll gegen Arthur.

Dieser legte den Löffel beiseite und trank einen Schluck Bier. Ein Schatten legte sich über sein Gesicht, als er leise sagte: »Nicht gern, Carys. Auch im Krieg geschehen Unfälle. Mein

219

Bruder und ich waren gemeinsam bei der Sicherung des Bristol Channels dabei. Wir haben Minen verlegt.«

Carys sah ihren Mann an, der ernst nickte. »Schlimme und gefährliche Zeiten waren das. Wenn man sich jetzt vorstellt, dass wir elftausend Meilen Küstenlinie gegen eine deutsche Invasion verteidigen wollten … All die Bunker werden noch Jahre zu sehen sein.«

»Der Mann und die Söhne meiner Cousine haben beim Bäumefällen und Stacheldrahtverlegen geholfen. Aber Minen mussten sie zum Glück nicht legen.« Carys sah Arthur erwartungsvoll an.

Moore und gutes Marschland war zusätzlich geflutet worden, um ein Vordringen der Deutschen zu verhindern. Vor allem an den Stränden und an sensiblen Punkten wie dem Bristol Channel hatte man Hunderte von Minen verlegt.

»Marcus war ein Jahr älter als ich und ein erfahrener Sprengmeister. Er hatte in unseren Minen gearbeitet. Aber an diesem Nachmittag war es stürmisch, und ein Fliegeralarm folgte dem nächsten. London war bombardiert worden, und wir alle standen unter enormem Druck. Angeblich stand die Invasion kurz bevor. Theo hatte den Plan, ich die Kiste mit den Minen, und Marcus lief mit einer in den Händen voraus. Ich sehe ihn noch vor mir, wie er ruft, dass er gleich an der Stelle ist … Er hat den Stacheldraht im Sand nicht gesehen …« Arthur brach ab und rang nach Fassung.

»O Gott, es tut mir leid, dass ich so neugierig gefragt habe«, versicherte Carys. »Ich hole den Kuchen, und Paul hat sicher noch etwas Stärkeres als Bier.«

Gwen strich Arthur über den Rücken. Er musste nicht aussprechen, was allen als Bild des Grauens vor Augen stand. Theo hatte ebenfalls mitansehen müssen, wie ein Freund und Kamerad vor ihm zerfetzt wurde. Nach allem, was er bereits in Frankreich erlebt hatte, war es ein Wunder, dass er überhaupt noch lebensfähig war.

»Hier, mein Freund, nimm einen Schluck.« Paul reichte Arthur ein Glas mit einer gelblichen Flüssigkeit. »Selbstgebrannter.«

Während Arthur sein Inneres mit dem starken Obstschnaps wärmte, räumten sie den Tisch ab.

»Aber es war doch nicht deine Schuld, Arthur. Warum sind Gwens Eltern gegen eure Ehe?«, fragte Carys und stellte einen köstlich duftenden Früchtekuchen auf den Tisch.

»Theo hatte nach dem Vorfall einen Zusammenbruch und wurde nach Hause geschickt. Er hat sich nicht wieder erholt. Aber es war nicht nur das, er hatte schon in Frankreich Albträume. Und außerdem gibt es einen reichen Erben, den meine Eltern lieber als Schwiegersohn sähen.« Gwen nahm einen Teller entgegen, auf den Carys ein saftiges Stück Kuchen gelegt hatte.

»Danke. Vielen Dank!« Gwen konnte die Tränen nicht zurückhalten. »Ihr seid so wunderbar!«

Sie würde diesen Tag nie vergessen, nie die Wärme und Herzlichkeit von Paul und Carys – und nie das, was danach geschehen war.

16

Der Junge strahlte, schlug den Bildband auf und zeigte auf ein Schiffswrack, das auf einem Korallenriff in türkisblauer See lag. »Da will ich hin. Nimmst du mich mal mit, Sam?«

Sam lächelte, strich Max über den Kopf und verspürte ein wehmütiges Ziehen in der Magengegend. Sie hatte sich nie Kinder gewünscht, und es hatte sich auch nicht ergeben, aber wenn sie mit Max sprach, dachte sie zum ersten Mal, dass sie vielleicht etwas Wichtiges in ihrem Leben verpasst hatte. »Für alte Schiffe ist dieser junge Mann hier zuständig. Wenn du Leon darum bittest, erzählt er dir bestimmt einige Abenteuer, die er mit seinem Vater auf Schatzsuche erlebt hat.«

Das Buch über Meeresarchäologie war vielleicht nicht die typische Kinderlektüre, aber für Max genau das Richtige. Leon winkte Max zu sich.

»Hol dir einen Stuhl, Max, und dann zeige ich dir am Bildschirm, welche Schiffswracks ich mit meinem Vater gehoben habe.«

»Solche Wracks mit Kanonen drauf und Goldmünzen und so?«, fragte der Junge aufgeregt und setzte sich neben den Studenten.

Leon grinste. »Klar. Kanonen und Musketen und ...«

»Musketen?« Max hatte bereits vor Aufregung gerötete Wangen.

Sam setzte sich vor ihren Rechner und rief den goldenen Armreif auf, den ihre Assistenten gefunden hatten. Sie hatte den Fundort auf der Karte eingegeben, die sie vom historischen Borth Bog angelegt hatten. Alle verfügbaren Daten waren inzwischen zusammengetragen worden und zeichneten das Bild einer Gegend, die vor allem zur Römerzeit besiedelt worden war. Langsam fuhr sie mit dem Curser vom Moor zum Lery, von dort zur Flussmündung und hinaus ins Meer, wo auf dem Grund verborgen lag, wonach sie eigentlich suchte – das verlorene Königreich.

»Was hast du da draußen gemacht, Arthur?«, murmelte sie. Ihr Großvater hatte seiner jungen Frau eine Zukunft bieten wollen. Und wenn er etwas gefunden hatte, was ihm ein anderer streitig gemacht hatte? Sie lehnte sich zurück.

»Doktor Goodwin?«

Sie drehte sich um. »Amy, ja?«

Die Studentin hielt den gereinigten Armreif mit einem Tuch und legte ihn auf den Tisch. »In das Relief des Armreifs sind geometrische Muster geschnitten. Ich habe vergleichbare Funde gesucht.«

»Und was sagt die Datenbank?«

»Hier in der Gegend wurde nie etwas Ähnliches gefunden, zumindest nicht registriert.« Amy deutete auf die Mappe mit den Aufzeichnungen der früheren Grabungen. »Die Existenz einer Bleimine ist gesichert. Dazu passen die Querbalken des Fuhrweges, den Lizzie Davis und ihr Team untersucht hatten. Auch einen Schmelzofen fand man und Galena, die Schmelzabfälle.«

»Aber es gab keine Bleibarren mit einer Prägung?« Sam wusste von zahlreichen Barren aus der Römerzeit, die unter anderem den Stempel des Claudius von 49 n. Chr. aufwiesen.

»Nein. Bleiabbau fand immer unter römischer Kontrolle statt, aber für diese Gegend konnte ich keine namentliche Erwähnung finden.« Unsicher sah Amy sie an.

»Es gibt keine, Amy. Du hast gut recherchiert. Wir können

nur mit den bereits dokumentierten Funden aus dem Moor arbeiten. Solange wir nichts anderes finden, müssen wir den Armreif als einzelnes Fundstück unbekannter römischer Herkunft bezeichnen. Aber es passt in die Zeit der römischen Minenaktivität hier.« Sam rief die Seite eines neuen Hortfunds auf. Hortfunde, auch Versteck- oder Depotfunde genannt, waren oft allein durch ihre Größe oder den Wert der Fundstücke Sensationen. »Kannst du dich auf ein Jahrhundert festlegen?«

Sam vergrößerte die exquisiten Schmuckstücke, die meisten aus Gold, die in der Nähe von Colchester bei Fundamentarbeiten gefunden worden waren.

»Ah, Colchester. Da hätte ich noch schauen können. Der Aufstand unter Boudica, der britischen Stammesfürstin«, las Amy.

»Und?« Sam zoomte einen Ring heran, der ein ähnliches Schnittmuster zeigte.

»Sie meinen, unser Fund könnte aus derselben Zeit stammen? Vielleicht sogar aus dem Hort? Mit römischem Schmuck habe ich mich noch nicht sehr gründlich befasst«, gestand Amy ein.

»Nein, der Armreif ist sicher nicht aus Colchester. Aber römische Goldschmiede waren in Gilden organisiert und produzierten hauptsächlich in Rom, Alexandria und Antiochia. Von dort haben Angestellte des römischen Kaiserreichs die Schmuckstücke mit in entfernte Provinzen genommen. Deshalb findet man im römischen Britannien so viele gleiche Modelle und Muster. Vereinfacht ausgedrückt. Leon!«

Max und Leon wandten fast zeitgleich die Köpfe. »Sam! Ich will auch auf die *Girona*!«, stellte Max sehr bestimmt fest.

»Wie komme ich aus der Nummer nur wieder raus …« Leon zerzauste Max freundschaftlich die Haare.

»Indem du Amy über römischen Schmuck aufklärst. Findet heraus, aus welcher Werkstätte der Armreif stammen könnte. Gab es römische Familien mit Verbindungen nach Wales, welche Legion war hier stationiert und so weiter. Ich bringe Max zu seinem Vater und bin gleich zurück.« Sie stand auf.

Max rutschte vom Stuhl. »Dad ist bei meinem Großvater. Ich soll in den Pub kommen, hat er gesagt.«

Sam schaute auf die Uhr. »Halb sechs. Na gut, ich werde dort etwas essen und schaue später noch im Büro vorbei.« Intuitiv griff sie nach dem Foto des Armreifs und steckte es in ihre Handtasche.

Leon fuhr sich durch die Haare. »Aber daran ist Lizzie Davies mit ihren Leuten schon gescheitert.«

»Wenn jeder Wissenschaftler aufgegeben hätte, weil sein Vorgänger mit den Forschungen in einer Sackgasse gelandet ist, wären wir nicht sehr weit, oder?« Ihr Mobiltelefon klingelte. »Max, zieh schon mal deine Jacke an. Ja, Goodwin?«, meldete sie sich.

»Endlich erreiche ich dich! Warum nimmst du denn nie ab? Wir hatten unsere Differenzen, aber deshalb können wir doch trotzdem professionell bleiben!«, begrüßte Christopher Newman sie.

»Wie geht es dir? Oder ist das zu konventionell für dich?« Sie verdrehte die Augen, als sie Amys neugierigen Blick wahrnahm, griff sich im Hinausgehen ihren Mantel und verließ mit Max das Haus.

Der Junge setzte eine Mütze auf und ging neben ihr her. Der Pub war nur wenige Gehminuten entfernt, und es war ein frischer, aber schöner Abend.

»Hey, Max, lass uns kurz zum Strand gehen, ja?« Sie griff die Hand des Jungen und lief mit ihm über die Straße, auf der weit und breit kein Auto zu sehen war.

»Hallo, Sam? Zum Teufel, bist du noch dran?«, rief Professor Newman.

Etwas außer Atem, sie stieg jetzt mit Max über den aus Kieseln bestehenden Deich, antwortete sie: »Ja. Wie geht es Lauren?«

»Wie soll es ihr gehen, gut. Warum fragst du überhaupt?«

»Genug der Höflichkeiten. Was willst du?«

»Sieh mal, Sam, da vorn ist ein Boot«, sagte Max.

»Mit wem sprichst du da, Sam? Etwa mit einem Kind?«

»Ja, Christopher, mit einem großartigen kleinen Jungen. Wenn du mir nicht gleich sagst, was du willst, lege ich auf.«

»Großer Gott, du hast dich wirklich nicht geändert. Immer direkt, nie ein Blatt vor den Mund nehmen. Ich möchte mich nach den Fortschritten deiner Ausgrabungen erkundigen. Ihr sollt ja einen ganz unglaublichen Fund gemacht haben. Die Zeitungen sind voll davon.«

»Es steht in den Zeitungen?« Entsetzt stellte Sam fest, dass sie die lokale Presse nicht gelesen hatte, aber die Leiche am Strand schien auch überregional Interesse zu erregen.

Christopher lachte. »Was denkst du denn! So eine Geschichte ist doch ein Fressen für die Medien. Und es soll sich um deinen Großvater handeln? Das tut mir übrigens sehr leid. Deswegen rufe ich an.«

Irgendjemand aus Borth hatte sich mit den Presseleuten unterhalten und dafür gewiss eine hübsche Summe eingestrichen. »Deshalb rufst du nicht an. Ich kenne dich besser. Du willst wissen, warum Oscar mir den Zuschuss gewährt hat und nicht dir.«

Er zögerte kaum merklich, doch lange genug. »Ach, du hast den Zuschuss erhalten? Das wusste ich gar nicht. Aber für Baia sind wir gut aufgestellt, keine Sorge.«

»Die würde ich mir um dich nicht machen. Deshalb heiratest du doch Lauren.« Sie sah, wie Max in der Dunkelheit auf den rutschigen Kieseln strauchelte, und konnte gerade noch seine Hand packen. »Wow, Vorsicht, junger Mann.«

Max lachte. »Guck mal, da ist mein Dad! Dad!«, rief er und winkte.

Sam ließ seine Hand los und entdeckte die hochgewachsene

Gestalt von Luke Sherman. Er schien sie vom Pub aus gesehen zu haben und kam ihnen langsam entgegen.

»Ich höre, dass du beschäftigt bist. Wir sprechen später noch einmal. Mach's gut, Sam.« Christopher Newman legte auf.

Überrascht steckte Sam ihr Telefon ein. Er musste tatsächlich brennend an ihrem Projekt interessiert sein. Als sie jedoch sah, wie Luke seinen Sohn in die Arme nahm und die beiden vertraut miteinander lachten und redeten, vergaß sie Oxford und seine undurchsichtigen Machenschaften. Mit einem Lächeln auf den Lippen begegnete sie Vater und Sohn.

»Hallo, Sam.« Lukes Stimme war warm, und in seinem Blick lagen Dankbarkeit und Bewunderung. »Wie hast du es nur so lange mit Max ausgehalten, ohne dass er dir den letzten Nerv geraubt hat?«

Unbewusst legte sie dem Jungen, der zwischen ihnen stand, die Hand auf die Schultern. »Es war mir eine Freude, und außerdem hatte ich Unterstützung. Hast du deinem Dad von der *Girona* erzählt?«

»Jaaa!«, rief Max strahlend und hüpfte auf und ab. »Und das Buch habe ich vergessen! Oh, Sam, ich muss das Buch noch holen!«

»Das können wir auf dem Rückweg machen. Habt ihr schon gegessen?«, erkundigte sich Luke.

»Eine gute Idee. Mir knurrt der Magen.«

»Aye, ich lade euch ins *Lighthouse* ein. Rhodri hat frische Makrele auf der Karte. Magst du Makrele, Sam? Ist nicht jedermanns Sache.«

»Ich habe früher selbst geangelt. Mit Millie …« Sie grinste.

»Dass ihr Freundinnen wart, kann ich mir heute nur schwer vorstellen. Na dann los.« Gemeinsam gingen sie über die Straße.

»Freundinnen ist übertrieben.« Sam steckte die Hände in die Manteltaschen. »In Borth hatte man wenig Auswahl. Da nahm man, was die Altersgruppe so hergab. Aber wir hatten viel Spaß, so ist das nicht.«

Luke hielt ihr die Tür zum Pub auf, nachdem Max hindurchgelaufen war. »Warst du ein unartiger Teenager oder eher brav?«

»Was denkst du?«

Er stand so dicht vor ihr, dass sie die Ader an seinem Hals pochen sehen konnte. Seine Augen hielten ihren Blick einen Moment gefangen, dann lächelte er. »Brav.«

»Du hast ja keine Ahnung«, flüsterte sie im Vorbeigehen.

»Beweis es mir«, sagte er ebenso leise an ihrem Ohr.

Als sie in den belebten Gastraum traten, half er ihr aus dem Mantel und berührte dabei wie zufällig ihre Taille. Ihr Herzschlag beschleunigte sich unter seiner Berührung, und sie fühlte sich tatsächlich wie ein Teenager. Doch dann strich sie mit den Fingerspitzen über das Pflaster an ihrer Wange, und die Unbeschwertheit des Augenblicks war verflogen.

Am Tresen entdeckte sie Gareth, der sich mit zwei ihr unbekannten Männern unterhielt. Max kam aus der Küche, gefolgt von seinem Großvater.

»Hallo zusammen! Sam, das ist aber schön! Habt ihr Hunger?«, begrüßte Rhodri sie und lud sie an einen Ecktisch am Fenster ein. »Bitte, nehmt Platz.«

»Die frische Makrele hat uns hergelockt«, sagte Luke und legte die Jacken auf einen Stuhl.

Rhodri hatte sich eine dunkelgrüne Schürze um die Hüfte gebunden und schien ganz in seinem Element. »Gerne. Jervis und Ethan waren fischen.« Er nickte zur Bar, wo die beiden Männer mit Gareth standen. »Wie geht es Gwen? Das alles muss schwer für sie sein.«

Sam setzte sich Luke und Max gegenüber. »Sie trägt es tapfer, irgendwie ist es auch eine Erleichterung für sie. Die Ungewissheit hat endlich ein Ende.«

»Wie will sie Arthur bestatten lassen?«, fragte Rhodri.

»Darüber haben wir noch nicht gesprochen. DI Nichols muss zuerst die Untersuchungen abschließen, was aber bald der Fall sein wird, denke ich.« Sam sah Lucy mit einem Tablett voller Gläser vorbeigehen.

»Was möchtet ihr trinken? Fisch muss schwimmen.« Rhodri legte saubere Papiersets aus.

»Ich will aber keine Makrele, sondern Pommes und Mayo!«, sagte Max.

»Wir teilen uns eine große Portion Pommes, und du probierst den Fisch, okay?«, schlug Luke vor.

Lucy brachte bald darauf die Getränke und einen Korb mit frischem Brot. »Coole Geschichte mit der Leiche am Strand. Wie alt sind die Knochen?«

Max stellte sein Saftglas ab. »Ich durfte die Knochen nicht sehen.«

»So ein kleiner Abgebrochener wie du sollte so was auch nicht sehen«, meinte Lucy und warf den Pferdeschwanz zur Seite.

»Ich bin nicht abgebrochen«, protestierte Max, doch sein Vater legte ihm den Arm um die Schultern.

»Sie meint es nur gut. Danke, Lucy. Wir reden nachher darüber.«

»Phhh …« Schwungvoll nahm sie das leere Tablett und ging zur Bar, wo sie mit Gareth sprach.

Sam hob ihr Weinglas. »Cheers! Auf unseren kleinen Entdecker!«

»Darf ich die Knochen denn nicht sehen?«, beharrte Max.

»Nicht diese speziellen, Max, tut mir leid. Aber wir können gern mal in ein Museum gehen, und dann zeige ich dir eine Mumie. Wie wäre das?« Sam fing Lukes dankbaren Blick auf.

»Mumie ist super!« Zufrieden holte Max ein Heft heraus und begann, darin zu malen.

229

»Entschuldigt mich.« Sam nahm ihre Handtasche und ging zum Tresen. »Hallo, Gareth.«

Die dunklen Augen musterten sie skeptisch, aber nicht uninteressiert. »Samantha. Oder muss ich Doktor sagen?«

Sie holte das Foto hervor und hielt es ihm hin. »Gareth, es tut mir leid, dass ich mich nicht sofort an Sie erinnert habe. Frieden?«

Er gab ein mürrisches Knurren von sich, zeigte dann aber so etwas wie ein Lächeln. »Schon gut. Was haben Sie da?« Er betrachtete das Foto genauer.

»Haben Sie so etwas schon einmal gesehen?«

»Einen goldenen Armreif? Lady, das ist nicht meine Liga. Warum sollte ich das Teil kennen?«

»Der stammt aus der Römerzeit, und ich vermute, dass schon früher ähnliche Stücke im Moor gefunden worden sind. Vielleicht sind sie heimlich verkauft worden. Verstehen Sie? Ich will gar nicht wissen, wann oder von wem, nur, ob es so ist?«

Er runzelte die Stirn. »Und da fragen Sie ausgerechnet mich? Weil ich der Sohn eines Säufers bin?«

»Nein, natürlich nicht. So sollte sich das nicht anhören«, entschuldigte sich Sam, die bei Gareth anscheinend in jedes nur mögliche Fettnäpfchen trat.

»Zeig mal, Sam.« Rhodri beugte sich über den Tresen und sah sich das Foto an. »Also, ich hab was Ähnliches schon gesehen. Ob das römisch oder sonst was ist, kann ich nicht sagen. Aber das war ein Anhänger oder eine Brosche mit einem Muster wie diesem, und ich dachte damals noch, wie hübsch das ist und dass ich mir das leider nicht leisten kann.«

»Ehrlich? Wo war denn das, Rhodri?« Sam wartete hoffnungsvoll auf seine Antwort.

»Das ist lange her. Da hat meine erste Frau noch gelebt. Ich

bin da wohl auf der Suche nach einem Geschenk für sie gewesen. In einem Schmuckgeschäft.« Rhodri wischte den Tresen ab.
»Tut mir leid. Ich weiß nicht mehr, wo. Gareth, noch ein Bier?«

Sam steckte das Foto wieder ein. »Bitte sag's mir, falls es dir
wieder einfällt, Rhodri.«

Die Flügeltüren hinter der Bar schwangen auf, und Leah kam
mit zwei Tellern heraus. »Makrelen vom Grill!«

17

Er konnte sehen, dass es ihr geschmeckt hatte, denn sie fuhr sich zufrieden mit der Zunge über die Lippen, als sie die Gabel auf den Teller legte. Max wirkte ebenfalls satt und müde. »Hey, Sportsfreund, alles in Ordnung?«

Der Junge gähnte. »Muss ich morgen in die Schule? Wir haben doch sowieso bald Ferien, und dann fahre ich mit Grandpa und Grandma nach Filey.«

Lukes Eltern, Dan und Patricia, lebten seit einiger Zeit in dem kleinen Ferienort Filey an der Westküste von Yorkshire. Dan Sherman war ein pensionierter Marineoffizier und mit seiner Frau viel auf Reisen, was auch daran lag, dass Claire, Lukes Schwester, ihrem amerikanischen Mann nach Oregon gefolgt war.

Sam lachte. »Wann fangen denn eure Ferien an?«

»Übermorgen. Aber ich glaube, hier will sich jemand um einen Mathematiktest drücken. Kann das sein?« Luke klappte das Malheft seines Sohnes zusammen.

»Nö, ich kann gut rechnen.« Max blinzelte und gähnte erneut.

»Lasst uns aufbrechen. Wir holen noch dein Buch, Max«, schlug Sam vor. »Außerdem wartet Gwen auf mich.«

Sam war gerade dabei, sich den Mantel anzuziehen, als sie unsanft von hinten geschubst wurde. »Was bildest du dir eigentlich ein, du arrogante Kuh?«

»Langsam, Millie, langsam!«, sagte Luke warnend.

»Ach, halt dich da raus! Du findest sie wahrscheinlich toll, diese eingebildete Ziege aus Oxford. Eine wie mich schaust du ja nicht mal an … Beschuldigst Leute, die hier leben, dass sie stehlen, oder wie, Sam? Und wenn schon: Wir leben hier in diesem Kaff, uns gehört das Moor, mit allem, was drin ist, kapiert?« Aufgebracht fixierte Millie sie.

»Erklärst du mir bitte, worum es eigentlich geht?« Sam knüpfte ihren Mantel zu und hängte sich ihre Handtasche um.

»Na, um das Gold, das ihr gefunden habt. Gareth hat mir gesagt, dass du ihm unterstellst, er wüsste was über andere Funde aus dem Moor«, fauchte Millie.

Die anderen Gäste drehten interessiert ihre Köpfe, Lucy stand mit vor der Brust verschränkten Armen an der Bar, und Gareth war verschwunden. Da er nicht genau wusste, worum es ging, hielt Luke sich zurück.

»Das ist so nicht richtig, Millie. Dein Freund sollte nicht jedes Wort auf die Goldwaage legen.« Sam bemühte sich um einen ruhigen Ton.

Luke nahm die veränderte Körperhaltung wahr und legte ihr beruhigend die Hand auf die Schulter. »Aye, Millie, warst du dabei, als Sam Gareth gefragt hat?«

»Nein, aber …«, knurrte sie und machte sich los. Ihre Lippen waren so weiß wie ihre platinblonden Haare.

»Dann lass Sam erklären, was vorgefallen ist«, sagte Luke. Max stand neben ihm und sah fasziniert von einem zum anderen. Die Müdigkeit schien verschwunden.

Sam nickte, wiederholte, was sie Gareth gefragt hatte, und zeigte an einen Tisch. »Die beiden waren dabei. Frag sie doch selbst. Oh, und Rhodri auch.«

Millie trat zur Seite und murmelte: »Das wusste ich nicht.«

Mit gesenktem Kopf lief sie aus dem Pub. Ratlos sahen Sam und Luke sich an.

»Die hat ja wohl einen Knall«, meinte Max lapidar.

233

Erleichtert lachten sie, verabschiedeten sich von Rhodri und gingen hinaus. Vom Meer wehte eine leichte Brise herüber. Max lief voraus, und Luke ging schweigend neben Sam her. Er hätte ihr gern den Arm um die Schultern gelegt, aber das schien ihm zu vertraut.

»Danke, dass du mich verteidigt hast«, sagte Sam. »Und ich sage nicht, dass das heldenhaft war. Also, nicht jeder hätte so schnell reagiert. Ich dachte, sie wollte mich ohrfeigen.«

Max konnte sie nicht hören, da er einige Meter vor ihnen eine Katze streichelte, die auf einem Pfosten hockte.

»Sam, bitte, hör mir zu.« Er nahm ihre Hand.

Sie blieb stehen und sah ihn an.

»Ich habe viel zu heftig reagiert, aber wenn es um den Krieg geht und … Es tut mir leid, okay?«

»Okay. Ich hab's verstanden.« Sie streichelte seine Wange, ließ ihre Hand sinken und warf einen kurzen Blick zu Max, der jedoch immer noch abgelenkt war.

»Es gibt so vieles, was ich dir gern sagen würde. Du bist seit Langem der erste Mensch, dem ich mich so nahe fühle. Wie du mit Max umgehst …« Nicht gut, dachte er, als er ihren Blick sah.

»Jetzt ist nicht der richtige Moment, Luke. Und ich bin nicht der mütterliche Typ.«

»Nein.« Er trat dicht vor sie, so dass er ihren Duft wahrnehmen konnte. »Und das ist gut so. Ich möchte von dir nicht bemuttert werden …«

Ihre Augen weiteten sich. Zuerst leicht erschrocken, dann wurden sie dunkel, und ihre Lippen kräuselten sich amüsiert. »Ach, aber du hast da schon eine Idee …«

»Mehrere.« Ihre Fingerspitzen berührten sich, und ihre Wärme elektrisierte ihn.

»Dad, schau mal! Die Katze ist ganz lieb. Wenn wir keinen Hund bekommen, kann ich dann eine Katze haben?«, rief Max.

Seit jenem Abend im Pub waren zwei Tage vergangen, in denen er Sam nur gesehen hatte, wenn sie an der Werft vorbei zur Grabungsstelle fuhr. Max löcherte ihn täglich mit Fragen nach Schiffswracks und der *Girona*. Heute Vormittag waren dann seine Eltern gekommen, um Max mit nach Yorkshire zu nehmen. Patricia war eine warmherzige Frau und machte die etwas unterkühlte Art seines Vaters wett. Der Ortswechsel tat Max gut und würde ihn von dem Leichenfund am Strand ablenken.

Luke fuhr auf der A487 durch die Berge nach Dolgellau. Die schroffe Natur hier oben faszinierte ihn immer wieder. Sein Ziel war der Hafen von Barmouth, wo er in einer Werkstatt ein Ersatzteil für den Motor eines Bootes aufgetrieben hatte. Ty hatte in seiner Abwesenheit die Leitung der Werkstatt inne. Luke ärgerte sich, dass Gareth nicht wie vereinbart zum Schleifen gekommen war. Und Liam wirkte müde und übernächtigt und machte immer wieder Fehler. Bei seiner Rückkehr würde er sich den Burschen vornehmen müssen. Fehler konnten passieren, doch seine Kunden hatten dafür kein Verständnis.

Die Straße wurde schmaler, machte eine scharfe Kurve und führte über eine Brücke. Dolgellau wurde von einer beeindruckenden Bergkette umgeben, Cadair Idris, deren fünf Gipfel Luke hinter den grauen Steinhäusern sehen konnte. Er war schon öfter zum Wandern hier gewesen und hatte Max versprochen, eine der Wildwassertouren mit ihm zu unternehmen. Der verschlafene Ort hatte eine lange, bewegte Geschichte, die Luke wieder in den Sinn gekommen war, nachdem er vom Goldfund im Moor bei Borth erfahren hatte.

Es gab zahllose Minen in Wales, von denen die meisten mittlerweile stillgelegt worden waren, viele waren nur wenige Jahre in Betrieb gewesen. Rhodri hatte ihn darauf aufmerksam gemacht, dass es auch einige Goldminen gar nicht weit von Borth gegeben hatte. Luke suchte sich auf dem Eldon Square im Zentrum von Dolgellau einen Parkplatz. Graue Wolken zogen über den Herbsthimmel, doch es war trocken und die Luft klar. Er steckte die Hände in die Taschen seiner Daunenjacke und sah sich um. Die Touristeninformation war in einem der alten Häuser aus den Steinen der Gegend untergebracht. Es war einen Versuch wert.

Entschlossen betrat Luke den kleinen Raum, in dem Regale mit Büchern und Wanderkarten standen und eine ältere Dame sich ihrer Häkelarbeit widmete. »Guten Morgen, entschuldigen Sie, aber können Sie mir mit Informationen über Goldfunde hier in der Gegend weiterhelfen?«

Die Dame sah auf und blinzelte hinter ihrer Brille. »Junger Mann, Sie sind wohl nicht von hier. Der große Goldrausch war schon in den Dreißigerjahren vorbei. Dann kamen sie noch mal wieder, die nimmermüden Goldsucher. In den Achtzigern war das.«

Die Missbilligung in ihrer Stimme war nicht zu überhören. »Verzeihen Sie«, sagte Luke. »Sherman, ich lebe in Borth und habe dort eine Bootswerft. Ich gehöre nicht zu den Goldsuchern.«

Ihre Miene wurde freundlicher. »Dann ist es ja gut. Die haben genug zerstört mit ihrer Gier. Unsere Berge sind doch schön und die Touristen Gold wert.« Sie kicherte.

»Da haben Sie recht. Ich hätte anders fragen sollen. Es sind alte Funde, die mich interessieren. Mehr aus der Zeit der Römer.«

»Ich dachte, Sie bauen Schiffe?«

Er sah auf die Uhr. Wenn Sam sich bei ihrer Arbeit öfter mit solch schwierigen Leuten herumschlagen musste, beneidete er sie nicht. »Mein Sohn interessiert sich für die Geschichte hier. Er soll darüber eine Hausarbeit schreiben, und ich habe versprochen, weil ich gerade auf dem Weg war, hier nachzufragen. Wenn es keine Mühe macht?«

»Ah, so ist das! Meine Tochter ist Lehrerin an der Grundschule.« Sie stand auf und zog ein schmales Büchlein aus einem Regal. »Es gibt nicht viel über die Zeit, weil kaum Beweise dafür existieren, dass die Römer überhaupt hier gewesen sind. Steht alles da drin. Es wurden Münzen gefunden.« Sie blätterte eine Seite mit Fotos auf. »Hier, sehen Sie. Von Kaiser Hadrian und Trajan waren die Münzen.«

»Goldmünzen. Ob das Gold aus den Minen hierherkam?«, wollte Luke wissen.

»Keine Ahnung. Soweit ich weiß wurden die Minen erst im neunzehnten Jahrhundert gegraben. An die zwei Dutzend waren das. Wie die Geisteskranken sind die hier eingefallen und haben gegraben und gehackt, als gäb's kein Morgen. Phh, und genauso schnell war's wieder vorbei.« Sie blätterte erneut. »1935 gab es einen Brand und eine Explosion, und dann war Schluss.«

»Also gab es keine alten Schmuckstücke oder andere Dinge aus der frühen Zeit? War denn das Land hier nicht besiedelt?«

»Ja, doch, irgendwelche keltischen Stämme haben hier gelebt. Wozu wollen Sie es denn so genau wissen? Hier, nehmen Sie das Buch mit. Damit kann Ihr Junge sicher etwas anfangen.«

Luke nahm das Buch, und während er seine Geldbörse herausholte, sagte sie: »Es gibt einen Antiquitätenhändler am Ende der Straße, Edward Muttoon. Der kennt sich mit altem Schmuck aus. Vielleicht kann der Ihnen mehr erzählen.«

Luke steckte das Buch ein und verließ die Touristeninformation. Ein wenig lächerlich kam er sich vor, als er sich auf die Suche nach Muttoons Laden machte. Sicher wusste Sam über die Goldminen hier Bescheid. Aber er wollte ihr helfen, und er konnte sich des Gefühls nicht erwehren, dass alles, was in den letzten Tagen geschehen war, auf noch unerklärliche Weise miteinander verknüpft war.

»Fundgrube« stand in abgeblätterten roten Buchstaben auf

einem blauen Holzschild. In zwei kleinen Schaufenstern waren verstaubte Kleinmöbel und Silbergeschirr ausgestellt. Muttoon hatte seine besten Zeiten eindeutig hinter sich. Beim Öffnen der Ladentür quietschte und knarrte es, und die Klingel war eigentlich überflüssig. Das Ladeninnere schien tatsächlich eine Fundgrube, wenn auch eine staubige. Von Möbeln über Musikinstrumente bis zu Geschirr und Gläsern schien es alles zu geben. Im Zwielicht des schummrigen Verkaufsraums, der einem unendlichen Schlauch glich, entdeckte Luke zu seiner Überraschung eine hübsche junge Frau an einem riesigen Schreibtisch.

»Hallo, das ist aber schön, dass Sie sich zu uns verirrt haben. Suchen Sie etwas Bestimmtes?«, begrüßte sie ihn freundlich.

Vor ihr lagen verschiedene Bücher, ein Notizblock und ein Notebook, von dem sie jetzt aufsah.

»Äh ja, nein, eigentlich wollte ich zu Mr Muttoon. Zumindest wurde er mir als Experte für antiken Schmuck empfohlen«, sagte Luke etwas unbeholfen, denn die Frau war ausgesprochen hübsch.

Blaue Augen strahlten ihn offen an, und die blonden Haare waren locker zu einem Zopf gebunden. »Dann möchten Sie mit meinem Großvater sprechen.« Sie erhob sich. »Er wird sich freuen, Ihnen seine Stücke zeigen zu können. Ich helfe nur aus.«

Sie verschwand nach hinten und kam kurz darauf in Begleitung eines älteren Herrn in grauem Flanell zurück. »Wie kann ich Ihnen helfen, Sir?«

Edward Muttoon war ein Gentleman der alten Schule, dachte Luke und schüttelte die dargereichte Hand. »Nun, ich bin auf der Suche nach antikem Schmuck.«

Muttoon hob interessiert die Brauen. »Wie alt genau? Ich bin nicht mehr aktiv im Schmuckgeschäft tätig. Man sieht es.« Bedauernd sah er sich um. »Früher war ich oft in London, und die Kunden kamen von weit her, weil ich immer etwas Besonderes für sie hatte.«

»Römerzeit?«, sagte Luke zögernd.

Der alte Herr stutzte. »Sind Sie vom Finanzamt?«

»Wie bitte? Nein!« Luke lachte. »Hören Sie. Es ist nur eine vage Vermutung, die mich zu Ihnen führt. Vielmehr die Hoffnung, dass Sie schon einmal Schmuckstücke aus der Römerzeit gesehen haben, die hier in der Gegend gefunden worden sind.«

Muttoon runzelte die Stirn. »Mit heißer Ware habe ich nie gehandelt, wenn Sie das meinen. In meinen besten Zeiten hatte ich Kontakte, die bis nach Russland reichten, und habe Stücke aus dem Besitz russischer Adelsfamilien verkauft. Aber das, was Sie meinen, ist nie über meine Ladentheke gegangen.«

Luke horchte auf. »Warum wäre das heiße Ware?«

»Na hören Sie, wenn hier in der Gegend jemand Goldschmuck aus der Zeit der römischen Besatzung findet, wäre das ein Fall fürs British Museum!« Muttoon ging zu einem Mahagonischrank und zog eine der zahlreichen schmalen Schubladen auf. Auf dunkelgrünem Samt lagen Broschen in Tiergestalt und Ketten mit Korallen und Perlen.

»Diese Stücke stammen aus dem späten neunzehnten Jahrhundert. Älteres werden Sie bei mir nicht finden. Und jetzt, junger Mann, erklären Sie mir doch bitte den Grund für Ihre Frage.«

Das war nur fair, und Luke umriss in aller Kürze die neuen Grabungen in Borth und den Zufallsfund im Moor. »Tja, und nun frage ich mich, ob es nicht vielleicht früher schon Stücke dieser Art gegeben hat. Es kann doch sein, dass jemand etwas findet und versucht, es zu verkaufen, ohne es an die große Glocke hängen zu wollen.«

»Ich verstehe, verstehe. Tja, da können Sie schon richtigliegen, aber ich würde nichts Schlechtes über Kollegen sagen. Es gibt schwarze Schafe, die gibt es überall. Wenn Sie wollen, höre ich mich um. Mehr kann ich im Moment nicht für Sie tun.«

»Sir, das ist sehr freundlich, und mehr kann ich nicht verlangen.« Luke gab Muttoon seine Karte und verabschiedete sich.

Entweder hatte er einen Fehler gemacht und das alte Schlitzohr von Kunsthändler war gewarnt und alarmierte seine Kollegen, oder aber es kam tatsächlich ein brauchbarer Hinweis dabei heraus.

18

Sie können die Überreste Ihres Großvaters bestatten lassen, Doktor Goodwin. Und auch die anderen Untersuchungen betrachten wir vorerst als abgeschlossen. Ich schicke Detective Burke mit Ihrer Jacke und dem Ring vorbei«, sagte DI Nicholl am Telefon und musste mit seiner Stimme die Geräusche in der Polizeistation übertönen.

Sam saß mit Gwen am Küchentisch, eine Schale mit warmem Apple Crumble vor ihr. »Das ist sehr freundlich von Ihnen, Sir. Meine Großmutter wünscht eine Kremierung und anschließendes Verstreuen der Asche auf See.«

»Dann leiten wir alles in die Wege. Sie benötigen eine FEPA-Lizenz. Die Bestatter nehmen dann Kontakt mit Ihnen auf. Wäre das in Ordnung?«

»Natürlich. Danke.«

»Gut. Zumindest damit können wir Ihnen helfen. Wie fühlen Sie sich? Ist sonst noch etwas vorgefallen?«

Der Duft der gebackenen Äpfel unter den Streuseln stieg Sam in die Nase. »Nein. Sie können auch die Streife abziehen. Das war anscheinend wirklich ein Betrunkener. Uns geht es hier gut, und wir fühlen uns sicher.«

Nicholl zögerte kurz. »Wie Sie meinen. Aber rufen Sie mich an, wann immer Sie es für nötig halten!«

Sam bedankte sich bei dem hilfsbereiten Detective und legte das Telefon zur Seite. Gwen schob ihr die warme Vanillesoße zu.

»Nimm reichlich. Du musst mehr essen, damit du genug Kraft

hast. Zumindest die Wunde verheilt gut. Ach, meine Liebe, es tut mir so leid, dass du in diese alte Geschichte hineingezogen wurdest!« Dabei sah Gwen selbst sorgenvoll und blass aus.

»Granny.« Sam streichelte die Hand ihrer Großmutter, bevor sie sich Soße auf den Crumble goss. »Es ist doch auch meine Familie. Mach dir um mich keine Sorgen. Ich finde es sehr nett von Nicholl, dass er sich um die Formalitäten der Einäscherung kümmert.«

Gwen nickte. »Und was ist das für eine Lizenz? Heute braucht man für alles eine Genehmigung!«

Sam hatte sich schon nach den Gesetzen erkundigt. »Eine FEPA-Lizenz benötigt man wegen des *Food and Environment Protection Act*. Umweltschutz eben.« Sie tauchte den Löffel in die Äpfel und kostete die Süßspeise.

»So ein bisschen Asche im Meer schadet ja wohl keinem. Da sollen die sich mal um die Tankschiffe kümmern, die ihr Öl und den ganzen Plastikmüll ins Meer entsorgen!«, entrüstete sich Gwen.

Weil Sam wusste, wie sehr ihre Großmutter das Meer liebte, seufzte sie. »Du hast ja recht, Granny. Aber wir müssen uns auch nicht selbst um das Formular kümmern. Wir sollten uns eher Gedanken machen, wie wir das organisieren und wen du einladen möchtest.«

Gwen lehnte sich zurück und sah hinaus in die Dunkelheit, wo hinter den Dünen das Meer auf den Strand rollte. »Niemanden.«

»Nicht einmal deine Kinder?«

»Nein«, sagte Gwen leise und heftete die traurigen Augen auf ihre Enkelin. »Ich möchte, dass du dabei bist. Du bist wie ich, Sam. Keines meiner Kinder hat je verstanden, was Arthur mir bedeutete.«

Sam sah Gwen, die einsame junge Witwe, vor sich, die allein

um das Überleben ihrer Familie kämpfen musste. Die Liebe zu Arthur war ihr Schatz gewesen, die Energiequelle, aus der Gwen ihre verzweifelte Kraft geschöpft hatte. Irgendwann musste sie ihrer Mutter das erklären. Mütter und Töchter sollten einander nahe sein.

»Was ist mit diesem Sherman? Hat der nicht ein Boot? Er kann uns hinausfahren.« Gwen legte den Löffel in ihre leere Schale.

Argwöhnisch beobachtete Sam ihre Großmutter. »Wie kommst du auf Luke?«

»Er ist Werftbesitzer, oder nicht? Da wird er ja wohl ein Boot haben. Ich bin müde. Stell das Geschirr einfach in die Spüle.« Gwen erhob sich und schob lautstark den Stuhl zurück. »Hat der Polizist gesagt, wann ich meinen Ring zurückbekomme?«

»Den bringen sie uns vorbei. Soll ich noch einen Tee machen, Granny?«

Gwen schien sie nicht zu hören. »Ashton hätte uns mit seiner *Ariel* hinausgefahren. Die *Ariel* war eine stattliche Yacht, schnee-weiß, und sie glitt durch das Wasser wie ein Pfeil.«

»Wer ist Ashton? Kann ich ihn anrufen? Gwen, ich frage gern für dich nach«, versicherte Sam ihrer Großmutter, über deren Gesicht nur ein abwesendes Lächeln huschte.

»Gehen wir schlafen.«

Nachdenklich räumte Sam die Küche auf. Ihre Großmutter war in einer merkwürdigen Stimmung gewesen. Aber war das ein Wunder? Sie musste sich auf den endgültigen Abschied von ihrem geliebten Mann vorbereiten. Das war alles nachvollzieh-bar, nur, wie machte sie ihrer Mutter verständlich, dass Gwen sie nicht einmal zur Beerdigung einladen wollte? Spontan rief Sam ihren Bruder an.

»Hallo, Bruderherz!«

»Sam, oh!« Sie konnte es klatschen hören. »Ich habe es vergessen! Kannst du dir vorstellen, dass ich vergessen habe, Mum und Dad von Arthur zu erzählen?«

Sam verkniff sich ein Grinsen. »Ja. Ich hab's geahnt, weil Mum noch nicht angerufen hat, was ich wiederum nicht wirklich schlimm fand. Hier ist gerade genug los.«

»Okay, also, ich hol's gleich morgen nach. Gibt es noch weitere Neuigkeiten? Was, wie, warum?«

»Nein, gar nichts. Es ist zu lange her. Und wer auch immer es getan hat, ist entweder tot oder nicht weit davon entfernt.«

Tom lachte. »Deinen Humor mochte ich schon immer, Sam!« Jemand rief von hinten. »Ja, danke. Zoe lässt dich grüßen.«

»Geht es ihr gut? Ich vermisse euch zwei! Kommt doch mal herunter!«

Ihr Bruder schnaufte. »Keine Zeit. Jetzt müssen wir erst mal warten, bis das Baby da ist. Aber du hast doch etwas auf dem Herzen, oder?«

»Hm, wir kennen uns zu gut, oder? Ja, weißt du, Granny will eine Seebestattung. Zumindest die Asche will sie auf dem Meer verstreuen. Allein.«

»Wie darf ich das verstehen? Will sie in einem Ruderboot raus und dann … Oder wie?«

»Nein, lieber Himmel. Bei dem Wetter hier! Nein, wir mieten ein Boot, schippern ein Stück weit hinaus, und dann will sie Arthur sozusagen dem Meer übergeben.«

»Aber das ist doch eine schöne Idee. Allein ist sie dann schon mal nicht, weil ja jemand das Boot steuert, und du bist dabei, oder nicht? Ihr habt euch doch schon immer gut verstanden. Du und Granny, ihr habt einen Draht. Ich finde es großartig, dass ausgerechnet du jetzt bei ihr bist.«

»Tom, ja, ich auch, aber was wird Mum sagen? Granny will niemanden dabeihaben. Weder Mum noch Tante Mary noch Onkel Thomas. Ich muss es ihr doch aber sagen, oder?«

»Zoe, Schatz, komm bitte kurz mal her.« Tom wechselte einige Worte mit seiner Frau. »Sam, hör mal, ich weiß, dass du in einer blöden Situation steckst, aber Zoe meint auch, dass das ganz allein Granny zu entscheiden hat. Und wenn sie es so will, dann mach es so. Da haben wir uns nicht einzumischen. Und eigentlich ist es doch gut, dass ich vergessen habe, mit Mum zu sprechen …«

So gesehen hatte ihr Bruder tatsächlich recht, obwohl Harriet Goodwin nicht die Frau war, die das auch so sehen würde. »Na gut. Aber im schlimmsten Fall berufe ich mich auf deinen Rat, Tom!«

»Mach dir keinen Kopf deswegen. Das regelt sich schon. Wir müssen morgen weiterreden, Sam. Ich habe Zoe ins Kino eingeladen.«

»Viel Spaß euch beiden! Genießt die ruhige Zweisamkeit, solange ihr könnt!« Lachend verabschiedeten sie sich.

Oben fiel die Tür von Gwens Schlafzimmer ins Schloss. Sam ging ins Wohnzimmer, doch der Ofen war kalt, und die Kühle des Raumes ließ sie frösteln. Sie machte kehrt, zog im Flur Mantel und Schal an, nahm die Haustürschlüssel und verließ das Cottage. Sie brauchte frische Luft. Draußen überlegte sie, ob sie noch einmal im Büro vorbeischauen sollte, entschied sich dann aber für die entgegengesetzte Richtung und überquerte die Straße.

Die Kiesel knirschten unter ihren derben Schuhen, als sie über den Deich zum Strand spazierte. In einiger Entfernung sah sie ein junges Paar am Wasser entlanglaufen. Die Wolken hatten sich mit dem aufkommenden Wind verzogen, und die Bucht lag im Schein eines klaren Sternenhimmels vor ihr. Sam vergrub die Hände in den Taschen und ging auf den Spülsaum zu. Der Sand wurde nasser und weicher und ließ ihre Schuhe tiefer einsinken. Was war damals geschehen? Warum hatte jemand ihrem Großvater den Schädel eingeschlagen? Ein Mörder war davongekommen. Sie dachte an den goldenen Armreif, den sie im Moor gefunden hatten. Und dann sah sie Millies wütendes Gesicht vor sich. Das Moor gehört uns, hatte sie gesagt. Das Moor gehört uns …

Das war eine Drohung gewesen. Das Gold aus dem Moor gehört den Leuten hier in Borth. Ob Arthur damals diesen Fehler gemacht hatte? Wenn er nun Gold gefunden und es nicht geteilt hatte? Geteilt mit den Dorfbewohnern. Sam blieb stehen und starrte auf das dunkle Meer hinaus, das sich in wiederkehrenden Wellenbewegungen in die Bucht ergoss. Links von ihr drängten sich die Häuser auf den Klippen über der Bucht. Aus wenigen Fenstern schien Licht. Auf der anderen Seite des Dovey war es noch dunkler, denn in Aberdovey lebten außerhalb der Saison nur wenige Einheimische.

Sam wandte sich um. Shermans Werft lag irgendwo hinter den Dünen. Und dann hörte sie es. Gedämpft, als drängten sie durch dichten Nebel, so klangen die Glocken. Keine Kirchenglocken, sondern Sturmglocken, wie man sie läutete, wenn Gefahr in Verzug war. Die Glocken von Cantre'r Gwaelod!

Ihr Atem ging schneller, und Sam sah sich ängstlich um. Es war viele Jahre her, dass sie die Glocken gehört hatte. Damals war sie in den Ferien bei Gwen gewesen und mitten in einer stürmischen Nacht aufgewacht. Angstvoll und verwirrt hatte sie in die Dunkelheit ihres kleinen Zimmers im Cottage gelauscht und sich gefragt, warum sie Kirchenglocken hörte. Am nächsten Morgen erzählte ihr Gwen, dass eine Segelyacht an den Klippen vor Aberdovey zerschellt und eine Frau ertrunken war. Der Ausdruck auf ihrem Gesicht muss Sam verraten haben, denn Gwen streichelte ihre Hand und fragte, ob sie es auch gehört habe. Doch Sam stritt es ab, ein Albtraum, das Unwetter, nein, sie habe keine seltsamen Glocken gehört. Gwens wissender Blick hatte sie eines Besseren belehrt. Und nun heute, nach allem, was geschehen war! Vielleicht spielten ihre Nerven verrückt, sie war überspannt und müde. Sam griff in ihre Tasche, doch ihr Telefon lag noch in der Küche. Weit und breit war niemand zu sehen. Vom Deich ragte eine lange Reihe von Befestigungspfählen an den Strand hinunter. Zwischen den dicken Eichenpfählen sammelten sich Sand und Steine und brachen bei Sturm die Wellen, bevor sie auf den niedrigen Deich prallten.

Hatte sich dort ein Schatten bewegt? Sie hätte nicht allein in der Dunkelheit ans Wasser gehen dürfen. Aber es war noch nicht spät! Kaum acht Uhr! Ihre Schuhe waren nass und schwer vom Sand, und sie fühlte sich, als hätte man ihr Bleigewichte an die Füße gebunden, während sie dem Land zulief.

Immer wieder warf sie hektische Blicke zur Seite und glaubte, aneinanderreibende Kiesel zu hören. Die Steine gaben ein typisches helles Klicken von sich, wenn sie aufeinandertrafen. Oder waren es die Steine, die unter ihren Füßen verrutschten? Keuchend erreichte sie den Deich, fiel, stützte sich mit den Händen ab und blieb oben stehen, um sich ihrem Angreifer zu stellen. Doch da war niemand. Die Holzpfähle verloren sich zum Wasser hin in der Dunkelheit, die Umrisse verwischten sich mit den Lichtern, die vom Land herunterschienen. Sam lauschte angestrengt in die einbrechende Nacht und hörte nichts außer dem Klang der Wellen.

Zurück im Cottage zog sie ihren Mantel nicht aus, sondern griff zum Telefon. »Hast du Zeit? Nicht lange, nur auf ein Glas.«

»Ich bin noch in der Werkstatt. Aber ein Bier habe ich hier auch. Wenn das für dich in Ordnung ist?«

Sam setzte sich in ihren Wagen, der in der Werkstatt repariert worden war, und fuhr wenig später auf den Hof von Shermans Werft. Vielleicht war es eine Dummheit, vielleicht war es das Klügste, was sie an diesem Tag entschieden hatte.

Über dem Eingang der großen Werkshalle brannte eine Leuchte über der geöffneten Tür. Sam verstand das als Einladung und trat hindurch. Eine Segelyacht, deren Rumpf noch nicht gestrichen war, stand in der Mitte der Halle. Das schmale Büro mit der Glasfront zur Halle war erleuchtet, und durch die Halle zogen die Klänge von Schlagzeug und Akkordeon. Eine melancholische Stimme sang von einem Sunday Smile.

»Hallo?« Sam blieb stehen und ließ sich von der ungewöhnlichen Musik einfangen.

»Sam, bin gleich unten«, rief Luke und kam auf der anderen Seite über eine Leiter herunter. »Entschuldige meinen Aufzug, aber mit Damenbesuch habe ich nicht mehr gerechnet.«

Er klopfte sich die staubigen Hosen ab. Sam nieste und hustete und wedelte die Staubwolke mit einer Hand weg.

»Nicht schlimm. Bin froh, dass du Zeit für mich hast. Wo ist Max? Hat er nicht Ferien?«

Luke wischte sich die Hände an einem Tuch ab, das an seinem Gürtel hing. Auch an seinem Sweatshirt, über dem er eine Daunenweste trug, war feiner Staub zu sehen. »Aye. Meine Eltern haben ihn mit nach Yorkshire genommen. Das bringt ihn auf andere Gedanken. Und ich habe Zeit, hier einige liegen gebliebene Arbeiten zu erledigen. Gareth hat mich im Stich gelassen.«

Sam war unangenehm überrascht. »Gareth? Hat er gesagt, warum? Er schien so stolz, dass er bei dir arbeitet.«

»Nein, er ist einfach nicht gekommen. Das mag ich gar nicht. Aber was soll's.« Er grinste. »So schlimm fand ich's dann nicht, weil ich mich um die Büroarbeit drücken kann. Aber was ist los? Du klangst besorgt.«

Sie atmete tief durch, um ihre Nervosität zu unterdrücken. »Es ist eigentlich nichts, zumindest war da niemand, als ich ...«

Augenblicklich verdüsterte sich sein Blick, und er nahm ihre Hand. »Was ist geschehen?«

Mit wenigen Worten schilderte sie ihre Ängste am Strand. Die Glocken erwähnte sie nicht. »Wie gesagt, ich bin nervös. Es war nichts.«

»Das glaube ich nicht. Du solltest nicht allein in der Dunkelheit am Strand sein, aber das weißt du.« Er zog sie an sich, und Sam wehrte sich nicht.

»Ich weiß das, aber ich bin erwachsen und kann selbst entscheiden …« Weiter kam sie nicht, denn er verschloss ihr den Mund mit seinen Lippen und küsste sie so nachdrücklich, dass sich ihre Gedanken auflösten in einem Gefühl der Wärme und des Begehrens.

Sie spürte seine Bartstoppeln an ihrer Wange und die festen Muskeln an seinen Armen und seinem Rücken, denn sie konnte nicht widerstehen, ihre Hände unter sein Sweatshirt gleiten zu lassen. Er war anders als die Männer, mit denen sie zusammen gewesen war, nicht nur körperlich. Sie schloss die Augen und überließ sich seinen zärtliche Lippen und erfahrenen Händen, die rau und stark nahmen, was ihnen ganz selbstverständlich zu gehören schien.

Als er sich von ihr löste und sie mit einem nicht zu deutenden Ausdruck ansah, lächelte sie. »Was ist los?«

»Das frage ich mich auch gerade.« Er fuhr sich durch die Haare und hielt sie auf Armeslänge von sich ab. »Warum bist du gekommen, Sam?«

»Ich wollte mit dir reden.«

Er atmete hörbar aus. »Dann sollten wir das tun.«

19

Luke ging zum Kühlschrank und nahm zwei Bierflaschen heraus. »Nicht sehr elegant, aber mehr hat meine Werkstatt nicht zu bieten.«

Er öffnete die Flaschen und reichte ihr eine. Ihre Haare fielen offen über ihre Schultern, und er beobachtete, wie sie einen großen Schluck nahm und sich danach mit der Zunge über die Lippen fuhr. Warum fand er bei ihr erotisch, was ihm bei einer anderen nicht einmal aufgefallen wäre?

»Habe ich mich beschwert?«, fragte sie und lehnte sich gegen einen Stuhl.

»Nein, aber ich sehe dich eher mit Sakkoträgern und einem Glas Montrachet in Oxford oder im British Museum.« Dass sie in unterschiedlichen Welten lebten, war ihm auf einmal schmerzlich bewusst geworden. Und es tat weh, weil er sie vermissen würde.

»Das ist ja albern. Was soll das überhaupt? Erst küsst du mich, dass mir der Atem stockt, und dann erklärst du mir, dass ich eigentlich eine arrogante Akademikertussi bin?« Ihre Augen funkelten wütend, und sie stellte die Bierflasche lautstark auf den Tisch.

»So habe ich das nicht gemeint. Ich weiß auch nicht, woher das eben kam.« Er leerte seine Flasche und rollte sie zwischen den Händen. »Sieh dich um. Das ist mein Leben. Und ich habe einen Sohn und einen Schwiegervater, der ihn vergöttert und einen Pub führt. Kein intellektuelles Umfeld, aber so ist es nun mal.«

Ihr Blick wurde milder. »Das ist mir alles bewusst. Wo ist das Problem? Ich mag dich, Luke Sherman, und du mich ganz offensichtlich auch. Ich respektiere, was du tust und was du getan hast.« Sie kam auf ihn zu und legte ihm die Hände auf die Brust. »Ohne Männer wie dich wäre die Welt ein schlechterer Ort. Manchmal kann man Gewalt nur mit Gewalt begegnen, auch wenn das niemand gern hört.«

Sie war so verdammt klug und schön, und er wollte diese widersprüchliche, leidenschaftliche Frau in seinem Bett sehen, wollte sehen, wie sie sich ganz ihren Gefühlen hingab und das rationale Denken vergaß. Anstelle einer Antwort drückte er sie an sich und küsste sie.

Ein Missklang störte den Moment. Das elektronische Klingeln kam aus Sams Manteltasche. Er ließ sie los und sah, wie sie erschrocken auf das Display schaute.

»Granny?«, fragte sie in das Telefon. »Alles in Ordnung, mir geht es gut. Du bist zu Hause? Gut, ich komme gleich zurück. Mach dir keine Sorgen.«

Sie beendete das Gespräch. »Luke, es tut mir leid. Meine Großmutter war in Sorge. Sie dachte, mir wäre etwas passiert. Wir, also, wir fühlen sehr ähnlich, weißt du. Also, wenn es um die Legende von Cantre'r Gwaelod geht.« Um Verständnis heischend sah sie ihn an.

»Die Legende von den Glocken meinst du? Willst du damit sagen, dass du und deine Großmutter …?« Es fiel ihm schwer, sich vorzustellen, dass ein so rationaler und auf wissenschaftliche Methoden bauender Mensch wie Sam an eine Legende glaubte.

»Wir hören die Glocken des untergegangenen Königreichs. Ja, so ist das. Es ist eine Gabe oder ein Fluch, wie man es nimmt, die manchmal eine Generation überspringt. Meine Mutter hat sie nicht, nur ich. Und was hältst du jetzt von mir?« Sie verzog leicht spöttisch den Mund.

»Du hattest also Angst, weil du die Glocken hören konntest?«
Er konnte ihr ansehen, dass diese Sache ihr viel bedeutete. Gut,
mit Instinkten kannte er sich aus. Sie hatten ihm mehr als einmal das Leben gerettet. »Okay, lass uns gehen.«

Er nahm die Schlüssel von der Espressomaschine und schob
Sam zur Tür hinaus. »Ich bringe dich zum Cottage, und dann erklärt ihr mir das ganz genau. Außerdem muss ich dir noch etwas
über den Goldarmreif sagen, den ihr im Moor gefunden habt.«

Sie drehte sich zu ihm um und griff nach seinem Arm. »Was?
Wieso denn, warum hast du nichts gesagt?«

»Keine Gelegenheit. Wir waren beschäftigt, oder?« Er
schmunzelte und schaltete die Lichter aus.

Sie lachte leise. »Ich erinnere mich vage.«

Als sie vor der Werkshalle standen und er die Tür verriegelt
hatte, sagte er: »Ich folge dir mit meinem Wagen.«

»Das ist nicht nötig. Steig schon ein. Ich kann dich später
zurückbringen.« Sie drückte auf die elektronische Autoentrie-
gelung.

»Es sieht aus wie neu«, bemerkte er, nachdem er auf der Bei-
fahrerseite eingestiegen war.

Sam fuhr langsam vom Hof. »Als wäre nichts geschehen. Ist
ja auch nichts weiter passiert. DI Nicholl hat viel zu viel Wind
um die Geschichte gemacht. Das war doch nur wegen des Leichenfunds. Ach, das habe ich vollkommen vergessen. Deswegen
bin ich eigentlich zu dir gefahren.«

»Schade, und ich dachte, du wolltest dich von mir küssen lassen.« Die Straße war leer, nur vor dem *Lighthouse* sahen sie in
der Ferne Lichter und Autos.

»Ich müsste lügen, wenn ich sagen würde, dass ich nicht zumindest daran gedacht hatte. Aber eigentlich hat Gwen mich gebeten,
dich um einen Gefallen zu bitten.« Sie erklärte, worum es ging.

Er hörte zu und nickte. »Natürlich fahre ich euch raus.«

»Danke. Das bedeutet mir viel, Luke.«

Kurz bevor sie in die Einfahrt zum Cottage bog, nahm er eine Bewegung am Deich wahr. »Halt an.«

Er sprang aus dem Wagen, rannte über die Straße und blieb auf den Kieseln vor dem Deich stehen. Das Meer rauschte, weit draußen blinkten die Positionslichter eines Fischerboots auf. Luke konzentrierte sich auf die dunkle Masse, die aus Pfählen bestand und über den Sand Richtung Meer verlief. Ein leises Scharren elektrisierte seine Nerven. Da unten war jemand, kein Zweifel.

»Luke?« Sam hatte den Wagen weggebracht und kam nun zu ihm.

»Bleib da, Sam. Ich sehe mal nach, will nur sichergehen.« Er nahm seinen Schlüsselbund in eine Hand, eine simple, aber wirkungsvolle Waffe, wenn man zuschlagen musste.

Mit federnden Sätzen kam er unten an den Pfählen an und entdeckte einen Mann, der zusammengekauert auf den niedrigsten Pfählen hockte. Neben ihm stand eine Flasche. Luke ließ die geballte Faust sinken, als der Mann langsam den Kopf wandte.

»Steven! Was machst du denn allein in der Dunkelheit hier draußen?« Erleichtert trat Luke in das Gesichtsfeld des Rangers.

Steven Briggs bewegte sich mühsam, seine Stimme klang schleppend, und es schien ihn anzustrengen, die glasigen Augen auf Luke zu richten. »Seit wann ist es verboten, hier zu sitzen? Und was hast du da? Wolltest du mir eine verpassen?«

Luke ließ die Schlüssel wieder in die Tasche gleiten. »Mann, du siehst übel aus.«

So hatte er Steven noch nie erlebt, und sie kannten sich seit über drei Jahren. Er griff nach der Flasche. »Wodka?«

»Bist du bei der Polizei, oder wie? Lass mich in Ruhe. Ich will einfach nur meine Ruhe. Geh weg!« Steven verbarg seinen Kopf in den Händen.

»Ich lass dich zufrieden, wenn du mir sagst, was los ist. Job? Familie?«

Steven fuhr auf und wollte nach der Flasche greifen, die Luke jedoch außer Reichweite hielt. »Gib her! Ich brauche einen Schluck, um dir zu sagen, was passiert ist. Gott, ist mir schlecht.« Angewidert verzog Steven das Gesicht, riss Luke die Flasche aus der Hand und nahm einen Schluck. »Mir ist nicht vom Alkohol schlecht. Ha, das wäre das geringste Übel …«

»Luke, ist alles in Ordnung?«, rief Sam von oben.

Luke winkte. »Ja, geh doch schon ins Haus, Sam. Komme gleich nach!«

»Sam? Ist das diese Samantha Goodwin aus Oxford? Hast du was mit ihr? Ja, schaufele dir nur dein eigenes Grab. Mit der ist der Ärger doch vorprogrammiert. Sind alle gleich, die Weiber, falsche Schlangen, die einem was vorspielen und dich bei nächstbester Gelegenheit betrügen!«

Luke sog scharf die Luft ein. »Ehekrach?«

»Eheaus! Sie hat mich mit ihrem Ex betrogen!«

»Sicher? Ich kann mir das bei ihr gar nicht vorstellen. War das nicht vielleicht doch ein Missverständnis?«

»Nein, Mann, nein!« Steven schüttelte vehement den Kopf. »Sie hat dauernd heimlich telefoniert und war einmal angeblich bei ihrer Freundin. Nur die hatte ich zufällig in Aberystwyth getroffen. Sie hat es sogar zugegeben, meinte, es sei nur wegen der alten Zeiten passiert und würde nichts bedeuten. Der übliche Scheiß eben.«

Was sollte er dazu sagen? »Tut mir wirklich leid, aber ich würde nicht gleich aufgeben. Setzt euch zusammen, sprecht miteinander.«

»Ja, ja, spar dir das Gesülze. Ich will mich nicht umbringen, nur betrinken. Jetzt lass mich allein.« Steven drückte die Wodkaflasche mit beiden Händen an den Körper, als könnte sie ihn trösten.

Letztlich war das nicht die schlechteste Methode, um den ersten Frust loszuwerden. Luke klopfte Steven auf die Schulter. »Wie kommst du nach Hause?«

»Bist du meine Mutter? Sieh zu …«

Nur ungern ließ Luke seinen Freund so zurück, aber es gab Momente, in denen Alleinsein heilsam war. Rasch ging er zurück zum Deich, überlegte mit Blick auf die erleuchtete Front des *Lighthouse* kurz, ob er Rhodri wegen Steven benachrichtigen sollte, und nahm sein Telefon zur Hand.

»Rhodri? Ja, alles okay, hast du Steven heute schon gesehen?«

Der Vater seiner verstorbenen Frau war offensichtlich im Bilde. »Der arme Kerl kam völlig fertig hier an. Ich behalte ihn im Auge, Luke, mach dir keine Sorgen. Aber er ist nicht dumm und wird gewiss nicht mehr fahren.«

»Danke dir, Rhodri. Bis dann!«

Luke schaute noch einmal die Straße entlang, doch nichts erregte seine Aufmerksamkeit.

Aus den Fenstern von Gwens Cottage schien Licht, und die Haustür stand offen. »Hallo, ich bin es, Luke!«, rief er und zog die Tür hinter sich zu.

Sam kam aus der Küche. Sie hatte die Haare zusammengebunden und sah ihn erwartungsvoll an. »Was gab es denn da unten?«

»Nur ein Freund, der seinen Kummer ersäuft. Aber das wird wieder. Was hat deine Großmutter gesagt? Warum hat sie sich Sorgen gemacht?«

»Sie ist aufgewacht, und ich war verschwunden. Unter den Umständen hätte ich einen Zettel hinlegen sollen, aber gut. Dann ist sie über die Straße und zum Deich. Genau wie wir eben. Und dort hatte sie dasselbe unbestimmte Gefühl einer drohenden Gefahr wie ich.« Sie berührte seinen Arm. »Komm. Ich habe Tee gemacht. Sie ist im Wohnzimmer.«

Luke versuchte, sich seine Besorgnis nicht anmerken zu lassen, als er die blasse Gwen auf dem Sofa sitzen sah. »Guten Abend, ich will auch gar nicht lange stören.«

Die alte Dame lächelte, und die Farbe kehrte langsam in ihre Wangen zurück. Sie hatte sich einen Schal um die Schultern gelegt, und ihre Füße steckten in selbstgestrickten Wollsocken. »Setzen Sie sich nur. Die letzten Tagen waren alles andere als normal. In meinem ganzen Leben hatte ich noch nie so viel mit der Polizei zu tun. Nicht einmal, als Arthur damals verschwand.«

Sie nahm den Teebecher, den ihre Enkelin ihr reichte.

»Nein? Gab es keine Untersuchung damals?«, wollte Luke wissen, der in einem Sessel Platz genommen hatte.

»Es waren andere Zeiten. Ein Fischer verschwand auf See in einem Sturm. Das Boot wurde mit einem Leck gefunden. Es war auf die Klippen aufgelaufen. Was sollte es da noch groß zu untersuchen geben? Das Meer ist eine kalte Braut.«

»Und was hat es mit Cantre'r Gwaelod auf sich?«, wollte Luke wissen.

Gwen erzählte von der alten Legende und von ihrer Enkelin, die wie sie mit dem Meer verbunden war. »Ich bin ein rationaler Mensch, Luke. Aber es gibt Dinge, die lassen sich nicht erklären, die kann man nur akzeptieren.«

»Aber ich habe nur meinen Freund Steven am Strand gefunden«, gab er zu bedenken.

»Möchtest du noch mehr Tee? Oder ein Sandwich?«, bot Sam an.

»Danke, nein. Ich wollte euch noch kurz von dem Antiquitätenhändler in Dolgellau erzählen.«

Aufmerksam lauschten die beiden Frauen, und während Sam interessiert nachfragte, wurde Gwen immer nachdenklicher. Sam schien das auch zu bemerken. »Granny? Hat Arthur vielleicht von einem Fund im Moor gesprochen? Er hat doch das

Cottage für euch gebaut. Woher hatte er das Geld? Du hast immer gesagt, dass ihr arm wart.«

Unwillig winkte Gwen ab. »Das waren wir. Und Arthur hätte nie etwas Unrechtes getan. Danke, dass Sie uns mit dem Boot hinausfahren, Luke. Ich gehe jetzt zu Bett.«

Sam und Luke erhoben sich ebenfalls, und als Gwens Schritte auf der Treppe knarrten, nahm Luke Sams Hand. »Ich bin mir sicher, dass sie etwas weiß oder zumindest ahnt. Und mir gefällt diese ganze Legendensache nicht.«

Sie drückte kurz die Stirn gegen seine Brust. »Wir sollten das nicht überbewerten. Vielleicht sind wir überspannt, unsere Nerven spielen uns einen Streich, oder es war Steven. Interessanter finde ich deine Erkundigungen in Dolgellau. Das ist ein Gedanke, den es sich zu verfolgen lohnt.«

»Hm. Es gibt noch eine Menge Dinge, die ich gern weiterverfolgen würde …« Es fiel ihm nicht leicht, seine Gedanken auf einen verstaubten Antiquitätenladen zu fokussieren, während er die Nähe ihres Körpers spürte.

»Lass uns morgen darüber sprechen.«

»Abendessen bei mir. Ich kann kochen.« Er ließ sie los.

Sam hob eine Augenbraue. »Das klingt verlockend. Aber ich muss sehen, wie es Gwen geht.«

Sam fuhr ihn zur Werkstatt zurück und verabschiedete ihn mit einem Kuss, der Luke hoffen ließ, dass es Gwen morgen gut ging.

20

Am nächsten Morgen saß Sam um acht Uhr am Küchentisch. Sie hatte Tee aufgebrüht und aß einen Toast, während sie das Foto des Armreifs musterte. Und wenn dieser Fund der Schlüssel zu den Vorkommnissen war? Sie trommelte mit den Fingern auf der Tischplatte. Es half ja alles nichts, wenn es bei dem einen Zufallsfund blieb.

»Guten Morgen, mein Liebes.« Gwen kam frisch frisiert und in Pullover und Cordhose an den Tisch. Ihre Augen strahlten, und sie wirkte unternehmungslustig.

»Tut mir leid, dass wir dich gestern aufgeregt haben, Granny.« Sam wollte aufstehen, doch Gwen drückte sie sanft auf den Stuhl zurück.

»Lass nur, ich mach das schon.« Sie goss sich Tee ein und gab zwei Scheiben Brot in den Toaster. »Und es lag nicht an dir und diesem außerordentlich netten Luke.« Sie schien auf Sams Reaktion zu warten.

»Nett, ja, das ist er – und hilfsbereit.« Sam tippte auf ihrem Handy eine Nachricht an Martin MacLean.

»Na komm, du magst ihn doch und er dich auch. Das ist jedenfalls nicht zu übersehen.«

»Es ist nicht so einfach. Er hat einen Sohn, seine Werft hier, und ich habe ein Leben in Oxford und bin dauernd unterwegs. Was soll daraus werden? Noch mehr Probleme brauche ich im Moment nicht.« Sie schickte die Nachricht ab und schmierte sich Orangenmarmelade auf ihren Toast.

»Wenn du alles vorher genau zu planen versuchst, wird das nie was. Hätte ich damals so gedacht, wären Arthur und ich wahrscheinlich nie ein Paar geworden.« Gwen setzte sich und tauchte einen Teelöffel in ein Honigglas.

»Womit wir beim Thema wären. Granny, du verschweigst mir etwas! Da war doch mehr. Hatte einer von euch plötzlich geerbt, dass ihr das Cottage hier bauen konntet? Ich meine nur, damals war das viel Geld.«

Gwen seufzte und nahm das geröstete Brot aus dem Toaster. »Arthur hatte ein wenig gespart, und sein Onkel, der uns auch in Lampeter getraut hatte, lieh ihm etwas Geld.«

»Arthurs Onkel war Priester?«

»Pastor. Er hatte eine reizende Frau, Carys. Die beiden hätten es verdient, glücklich zu werden. Sie konnte keine Kinder bekommen, hatte mehrere Fehlgeburten und ist dann bei der Geburt des Wunschkindes gestorben. Tragisch war das!«

»Wie furchtbar! Und Arthurs Onkel? Du hast nie von ihm erzählt.«

»Paul O'Brien, ein wunderbarer Mann, aber über den Tod seiner Frau konnte ihn auch Gott nicht hinwegtrösten. Er hat die Pfarrstelle in Lampeter aufgegeben und ist nach Irland zurückgegangen, soweit ich weiß.« Abwesend bestrich Gwen ihr Brot mit Butter. »So viel ist damals geschehen …«

Sam hoffte, dass Gwen mehr erzählen würde, doch die alte Frau machte keine Anstalten, mehr preiszugeben.

»Also, es gab keinen Hortfund damals?«, fragte Sam.

»Hortfund?« Gwen schien ihren eigenen Gedanken nachzuhängen.

»Einen großen Fund antiker Schmuckstücke und Münzen. Meist wird dann auch ein Gefäß gefunden. Solche Sammelfunde sind wertvoll, weil man daraus relative Chronologien ableiten kann oder Brauchtümer eben.«

Gwen hob die Schultern. »Ich weiß nichts von einem wertvollen Fund. Und wenn einer hier aus dem Dorf was ausgegraben hätte, dann hätte er den Teufel getan, es jemandem zu erzählen.«

»Die Leute denken tatsächlich immer, dass ihnen gehört, was sie finden, aber so einfach ist es nicht«, sagte Sam und dachte an Millie.

»Vielleicht sollte es das aber sein. Weißt du, Sam, ich bin ja auf deiner Seite, und die Wissenschaft ist wichtig, aber wenn ich auf meinem Land etwas finde, tja, ich weiß nicht, dann gehört es doch eher mir als dem Staat, finde ich. Vor allem, wenn ich nicht gerade reich bin.« Gwen tauchte eine Ecke ihrer Brotscheibe in den Tee.

Sam lehnte sich seufzend zurück. »Granny, bitte, sag so was nicht.«

»Sei ganz beruhigt. Ich stand nie vor der schwerwiegenden Entscheidung, ob ich den Goldschatz von König Longshanks melden oder behalten soll.«

Als Sam ihre Großmutter vergnüglich schmunzeln sah, musste sie lachen. »König Longshanks Schatz. Das wäre der Fund des Jahrhunderts! Dann würde sich Christopher vor Wut in den Allerwertesten beißen …«

»Wer weiß, ihr habt einen Armreif gefunden. Vielleicht ist da noch mehr! So, ich habe viel zu erledigen heute. Und es klingelt gerade an der Tür.« Gwen erhob sich mit überraschender Leichtigkeit und war schon zur Küche hinaus, bevor Sam protestieren konnte.

DS Burke brachte Jacke und Ring sorgsam in Plastiktüten verpackt zurück. »Wir konnten keine beweiskräftigen Spuren feststellen. So leid es mir tut, aber der Fall wird als ungeklärtes Verbrechen zu den Akten gelegt werden müssen. Auch den Strand haben wir wieder freigegeben. Sie können Ihre Arbeit ungehindert fortsetzen, Doktor Goodwin.«

»Danke. Dann hat es wohl auch mit den Schaulustigen ein Ende?«

Der junge Beamte sah sie mitfühlend an. »Nichts deutet noch auf den Fundort hin. Eigentlich gibt es keinen Grund mehr, dort herumzulungern. Und als wir die Markierungen entfernt haben, war nur ein Reporter vor Ort. Der allerdings ließ nicht locker. Anfang sechzig, dunkelblauer Parka, karierte Mütze. Ziemlich abgerissen, schreibt für irgendein Klatschblatt. Kinsey ist sein Name.«

»Gut zu wissen.« Ein neugieriger Reporter, der womöglich die private Story von Gwen und Arthur ausschlachten wollte! »Wie können wir uns den vom Leib halten?«

Burke verzog das Gesicht. »Keine Informationen geben. Solange er gegen kein Gesetz verstößt, können wir ihm nicht verbieten, sich hier aufzuhalten. Sollte er allerdings Ihre Arbeit behindern, rufen Sie mich an. Nicholl hat mir noch diese Daten für Sie mitgegeben.«

Sam nahm das Blatt und die Broschüre des Bestattungsinstitutes entgegen. »Wir warten auf deren Anruf?«

»So ist es abgesprochen. Wie gesagt, machen Sie sich keine Sorgen mehr. Alles ist geregelt.«

Nachdem Burke sich verabschiedet hatte, nahm Gwen den Ring aus der Folie und hängte ihn sich an einer schlichten Kette um den Hals. »So fing es damals an, Sam. Wir durften unsere Ringe nicht zeigen. Und nun trage ich ihn um den Hals, weil Arthur mir so am nächsten ist.«

Sam umarmte ihre Großmutter, doch heute war Gwen viel gefasster und streichelte ihrer Enkelin über die Wange. »Es geht mir gut. Kümmere du dich um deine Arbeit. Vielleicht fahre ich in die Stadt zum Friseur. Arthur mochte es, wenn ich mich für ihn schön gemacht habe.«

Tränen stiegen Gwen in die Augen, so dass sie erleichtert war, als das Telefon klingelte. Sie räusperte sich. »Goodwin?«

»Sam, wie geht es dir? Wie läuft es in Wales?« Martin Mac-Lean klang aufgeräumt, und die Verbindung war gut.

»Lange Geschichte. Wo bist du zurzeit? Nicht in Syrien, oder?«

»Ich liebe meinen Beruf, und ich würde so ziemlich alles für eine wichtige Grabung tun. Aber an meinem Kopf hänge ich. Den lasse ich mir nicht von irgendwelchen verrückten Gotteskriegern abschneiden!« So entschieden und aufgebracht klang Martin selten.

»Schlimm, was da vor sich geht. Und eine Lösung ist nicht in Sicht«, meinte Sam.

»Nicht, solange diese Fanatiker glauben, sie hätten die Wahrheit gepachtet. Aber lass uns über erfreulichere Dinge sprechen. Ich wollte dich besuchen, habe ein paar Tage frei, bevor ich meine Vorlesung beginne. Ich bleibe dieses Semester im schönen grünen England.«

»Wundervoll! Ich freue mich! Wir haben ein Ferienhaus gemietet. Da kannst du unterkommen, wenn dir das reicht. Zwei Studenten wohnen allerdings auch dort.« Da Sam wusste, dass Martin sparsam war, würde ihn das nicht stören.

»Ich hätte den falschen Beruf, wenn mich Studenten stören würden. Im Gegenteil, dann bin ich gleich im Bilde, was du so treibst.«

Sie wusste, dass Martin ihr mit seinem Wissen helfen würde, wenn er konnte. Er hatte sich nie missgünstig gezeigt oder war in Konkurrenz zu ihr getreten. Darin unterschied er sich grundlegend von Christopher. Martin konnte aus wenigen Fakten abenteuerliche Theorien erstellen, die sich erstaunlich oft als richtig erwiesen und die er im Nachhinein stets durch Artefakte belegen konnte. Aber weil er bescheiden war und sein Wissen teilte, erhielt er oft nicht die Anerkennung, die ihm gebührte. Vielleicht mochten sie einander deshalb so gern, weil sie sich in der Hinsicht ähnelten.

»Amy und Leon sind fleißig und sehr nett. Sie werden dir gefallen.«

»Leon Villers, oder? Habe ich das richtig gehört?«

»Er ist ja sehr prominent. Ja, genau der Villers. Ich hatte meine Vorurteile, aber er ist ein kluger Junge.«

Martin lachte verhalten. »Muss er sein. Ich kenne Jean, seinen Vater.«

»Ach was, und das sagst du mir erst jetzt?«, sagte Sam überrascht.

»Ich wusste doch nicht, dass du mit Leon arbeitest. Jetzt schon, und ich finde das interessant. Wir werden eine Menge Spaß haben, und es gibt sicher viel zu erzählen.«

»Wann willst du kommen?«

»Oh, ich bin heute Abend da. Es wird spät, weil ich in Bristol einen Freund besuche, aber um zehn könnte ich dort sein.«

»Ach, Martin, das ist wirklich eine schöne Überraschung.« Sie gab ihm die genaue Adresse, und erst nachdem sie aufgelegt hatte, fiel ihr ein, dass sie mit Luke verabredet war.

Gwen stand in ihrem Wettermantel und mit Handtasche im Flur und sah sie neugierig an. »Gute Nachrichten? Du klangst so fröhlich, meine Kleine.«

»Ein guter Freund kommt heute Abend zu Besuch. Martin ist ebenfalls Archäologe, ein feiner Mensch. Du wirst ihn mögen, Granny.«

»Sollen wir ihn zum Essen einladen? Hat er eine Unterkunft? Hier wird es ihm sicher zu eng sein.«

»Das ist ganz lieb, aber er kommt sehr spät und wird im Ferienhaus mit den Studenten wohnen. Jetzt muss ich aber los!«

Amy und Leon packten die Ausrüstung für den Tag zusammen, als Sam durch die Tür trat. »Gute Neuigkeiten! Wir können weitermachen, und wir bekommen Unterstützung.«

Damit meinte sie weniger Martin als vielmehr die finanzielle

Hilfe, die Farnham ihr zugesagt hatte. Sie wollte das mit Lizzie Davis besprechen, um ein Team aus hiesigen Studenten zusammenzustellen. Alles andere wäre zu teuer und auch nicht sinnvoll.

Als sie auf den Parkplatz oberhalb des Flussufers fuhren, fiel ihnen ein alter blauer Vauxhall auf, der vorn am Poller stand. Sofort beschlich Sam das ungute Gefühl, dass es sich um den Wagen des Reporters handeln könnte. Zumindest äußerlich wäre das Bild stimmig.

»Ist etwas nicht in Ordnung?« Amy hatte ihren skeptischen Blick bemerkt.

»Wird sich zeigen. Wenn hier ein älterer Mann auftaucht und neugierige Fragen zur Leiche am Strand und meiner Familie stellt …«

»Schicken wir ihn weg. Ist doch klar, Doc!«, sagten Amy und Leon wie aus einem Mund und lachten.

Die Gezeiten hatten sich während der letzten Tage verschoben. Das Niedrigwasser hatte seinen tiefsten Stand nun gegen halb drei Uhr nachmittags, wodurch sich das Zeitfenster für Grabungen mit Einsetzen der Dämmerung entsprechend verkürzte. Sam telefonierte mit Mrs Davis, die sich sofort um Studenten aus Aberystwyth kümmern wollte. Mit dem finanziellen Polster im Rücken ließ sich vieles einfacher und schneller bewerkstelligen.

Amy und Leon sahen sie erwartungsvoll an. »Wie gehen wir vor? Sollen wir rund um die Fundstelle im Moor weitergraben?«

»Nein«, entschied Sam. »Das machen wir, wenn wir Unterstützung für zwei Teams haben. Ich möchte, dass wir heute bei Ynyslas hinausgehen und zuerst überprüfen, ob wirklich keine Spuren mehr auf das feuchte Grab meines Großvaters hinweisen. Und anschließend sehen wir uns die Stelle an, wo ich den Fuhrweg entdeckt habe. Die Proben! Bei all der Aufregung habe ich vergessen …«

»Keine Sorge, Doc, haben wir erledigt. Die Ergebnisse der Laboruntersuchung sollten vorliegen. Jedenfalls hat Lynn mir das versprochen«, erklärte Leon selbstzufrieden.

»Lynn?« Amy schulterte ihren Rucksack.

»Lynn Chivers. Sie ist seit einem Semester die Assistentin von Doktor Humphrey. Man sollte immer jemanden im Labor kennen, Amy. Auf der *Girona* haben wir das Problem nicht. Da ist alles an Board. Was machst du denn, wenn du schnell mal eine Analyse brauchst?« Leon zog seine Mütze in die Stirn, denn es wehte ein frischer Wind von der See herauf.

»Warten, bis ich dran bin?«, blaffte Amy zurück.

»Tja, dann warte halt. Ich arbeite eben effektiv und ...«

»Okay, danke, ihr beiden!« Sam steckte ihre Schlüssel ein und schulterte ebenfalls ihre Ausrüstung, die sie aus dem Kofferraum gehoben hatte. »Ich will gar nicht wissen, wie du es machst, Leon. Dass unser Labor so schnell die Ergebnisse liefert, ohne dass ich dreimal nachhaken muss, grenzt an ein Wunder.«

»Ha, siehst du? Ergebnisse zählen!«, meinte Leon zufrieden.

Sam sah auf ihre Uhr. »Das will ich jetzt wissen.« Sie wählte die Nummer des Universitätslabors und lauschte den Ausführungen von Doktor Humphrey, während Amy und Leon sie neugierig ansahen. »Danke und ja, bitte mailen Sie mir die Ergebnisse zu.«

Amy zog sich ihre Kapuze über den Kopf. »Das hätte er doch sofort machen können.«

»Die Ergebnisse sind vor zehn Minuten geliefert worden.« Sam machte eine Kunstpause. »Die Proben vom Fuhrweg datieren sie auf 400 bis 600 n. Chr., der Baumstumpf daneben ist bedeutend älter.«

»Wenn der Fuhrweg dort draußen auf dem Meeresboden nicht später als 600 n. Chr. angelegt wurde, könnte er doch zu Longshanks Königreich gehört haben!« Amys Augen leuch-

265

teten. »Im Black Book of Carmarthen wird die Legende von Cantre'r Gwaelod erstmals erwähnt, und das Buch wurde 1250 geschrieben.«

»Uh, da hat jemand seine Hausaufgaben gemacht«, frotzelte Leon.

Amy ignorierte ihn. »Gáranhir Longshanks soll ja um 520 n. Chr. geboren sein. Damit könnte der Fuhrweg in seine Herrschaftszeit fallen.«

»Sehr gut, Amy«, sagte Sam. »Das ist durchaus möglich. Natürlich sind die Angaben im Black Book vage, und letztlich gibt es nur ein Gedicht, das den Untergang des Königreichs thematisiert. Aber darin werden Seithennin und Gwyddno namentlich erwähnt.«

»Accursed be the maiden who released it after feast … Verfluchtes Weibsbild, das nach dem Fest die Wasser übertreten ließ«, zitierte Leon, der sein Smartphone bemüht hatte. »Das ist die Version, in der die Maid Meredid für das Schließen der Tore zuständig war und durch den Womanizer Seithennin abgelenkt wird.«

»Wie die Legende ausgeschmückt wurde, spielt letztlich keine große Rolle. Wichtig ist, dass die Akteure immer dieselben sind. Das dürfte eine muntere und äußerst interessante Unterhaltung heute Abend werden«, sagte sie in Gedanken an den bevorstehenden Besuch. »Oh, Martin MacLean wird ab heute einige Tage zu Gast sein.«

Leon schnalzte mit der Zunge. »Großartig. Kluger Mann, und nett ist er auch. Schade, dass mein Vater nicht hier sein kann. Die haben sich gegenseitig unter den Tisch gesoffen, äh …« Er machte eine entschuldigende Geste, als er Amys strafenden Blick sah.

»Na, dann stört es ja nicht, dass ich ihn bei euch einquartiert habe.« Sam ging mit federnden Schritten voraus.

Als sie die Dünen durchquert hatten und der Meeresboden sich vor ihnen ausdehnte, entdeckten sie einen einsamen Wanderer, der auf sie zuhielt. Amy hielt ihr Fernglas an die Augen und murmelte: »Männlich, um die sechzig, abgerissen, karierte Mütze.«

Sam schluckte. »Ausgerechnet jetzt ...«

BORTH, NEUJAHRSTAG 1950

Ob sie uns jemals vergeben werden?« Gwen schaute in den klaren Nachthimmel und lehnte den Kopf gegen Arthur, der die Arme um sie gelegt hatte.

Sie standen vor dem halbfertigen Cottage, das noch kaum mehr als ein Verschlag mit Dach war. Aber sie hatten einen Ofen und konnten den zugigen Raum zumindest notdürftig beheizen. Auf der Feuerstelle war Platz für einen Topf oder eine Pfanne, und Gwen wusste mittlerweile, wie man aus wenig eine schmackhafte Mahlzeit zubereitete. Obwohl Gwen den Verdacht hegte, dass die Verliebtheit Arthur überschwänglicheres Lob austeilen ließ, als den kargen Portionen angemessen gewesen wäre.

Arthur fuhr ihre Wange entlang und stutzte. »Du weinst?«

»Nein, das ist nur der Wind.« Sie legte ihr Gesicht an seine Hand.

Er zog sie enger an sich. »Wir haben einen schweren Anfang, Gwen, Liebes. Aber es wird besser, das habe ich dir versprochen, und ich halte mein Versprechen. Matthew und ich legen Nachtschichten ein. Wir haben Muschelbänke entdeckt, und an den Muscheln verdienen wir mehr als am Fisch.«

Gwen drehte sich in seinen Armen um. »Seid vorsichtig, hörst du? Das ist gefährlich! Es sind schon viele dabei ums Leben gekommen. Die Sandbänke verändern sich ständig, und wenn plötzlich Nebel aufkommt und ihr da draußen seid ...«

Er umfasste ihr verfrorenes Gesicht mit den Händen. »Wir wissen, was wir tun. Und draußen auf dem Meer fühle ich mich sicherer als in den Minen. Oder soll ich mir wie dein Vater da unten meine Lungen ruinieren?«

Gwen zitterte. »Nein. Ich habe nur solche Angst, Liebster!«

»Das darfst du nicht. Ich komme immer zu dir zurück. Du weißt doch: *for I'd found love.*«

»*And love was you*«, flüsterte Gwen und spürte den Ring an ihrem Finger.

Der Wind trug noch immer Musikfetzen vom Pub zu ihnen herüber. Sie waren kurz dort gewesen, um mit den anderen anzustoßen, doch die hämischen Blicke und Kaylas Gestichel hatten sie in ihr kleines Nest getrieben. In einem Dorf blieb kaum etwas verborgen, und was war schöner, als sich das Maul zu zerreißen über Familienstreitereien? Eine heimliche Heirat ließ die Gerüchteküche aufkochen. Ob Gwen schwanger war? Trug Arthur vielleicht doch Schuld an Theos Trauma? Nach ihrer Rückkehr aus Lampeter hatte Gwen ihr Elternhaus im Zorn verlassen. Unser kleines Möwennest, sagte Gwen gern und fühlte sich in dem winzigen Cottage geborgen.

»Du denkst an deine Eltern, nicht wahr, Gwen?« Arthur küsste sie auf die Stirn und zog sie mit ins Haus. Es gab noch keinen Strom, und so drehte er den Docht der Petroleumlampe höher.

Das alte Cottage, wie es bei den Dörflern hieß, hatte einer Fischerfamilie gehört, die vor Jahren weggezogen war. Seitdem hatte das Haus mit den niedrigen Decken leer gestanden, der Dachstuhl war voller Löcher und zum Teil eingefallen. Arthur hatte eigentlich neu bauen wollen, doch dazu fehlten ihm Zeit und die Mittel. Dass er sich von seinem Onkel Geld hatte leihen müssen, war bitter gewesen, auch wenn Paul ihm versichert hatte, dass er gern gab.

Von seinen Eltern hatten sie Tisch, Stühle und Geschirr bekommen, von der alten Mary ein Bett, und Hannah hatte einen Fenstervorhang genäht. Gwen zog den dunkelblauen Vorhang vor und zündete eine Kerze in der Mitte des Tisches an. »Ich habe so sehr gehofft, dass sie uns verstehen, wenn wir sie vor vollendete Tatsachen stellen. Sie müssen doch begreifen, wie ernst wir es meinen.«

Arthur setzte sich auf einen der Holzstühle und strich über die Tischplatte. »Gutes, solides Eichenholz. Der Tisch hat im Zimmer meines Bruders gestanden.«

Gwen rang die Hände. »Selbst deine Eltern haben ihren Segen gegeben! Und sie hätten weiß Gott Grund gehabt, dir Vorwürfe zu machen. Wenn sie dich und mich gleich dazu aus dem Haus gejagt hätten, aber sie schenken uns all das hier und beschämen uns mit ihrer Güte!«

»Sie haben einen Sohn verloren. Wäre es nicht schrecklich, den anderen auch noch zu verlieren?« Seine Stimme klang brüchig.

»Aber Theo lebt! Meine Eltern können sich glücklich schätzen, dass er bei uns ist. War denn der Krieg nicht furchtbar genug? Man muss doch auch verzeihen können!« Sie ging zum Ofen, zog die Luke auf und legte eine Handvoll trockener Zweige in die Glut.

»Wir haben es so gewollt. Jetzt müssen wir mit den Konsequenzen leben. Ich bin müde, Gwen. Lass uns schlafen gehen.« Er erhob sich schwerfällig.

Der Wind rüttelte an den Dachsparren und an der dünnen Fensterscheibe, doch das energische Klopfen kam von der Eingangstür. Erschrocken sah Gwen ihren Mann an. Der griff sich einen Schürhaken und ging zur Tür. »Wer ist da?«

»Ich bin es. Theo!«

Arthur entriegelte die Tür und zog sie auf. Mit Theos großer, hagerer Gestalt wehte ein Schwall kaltfeuchter Luft durch den Raum.

»Theo!« Gwen eilte zu ihm und umarmte ihren Bruder. »Ein frohes neues Jahr!«

»Das wünsche ich euch auch«, erwiderte Theo und sah sich um. »Sieht doch schon wohnlich aus. In ein paar Wochen werdet ihr darüber lachen.« Er zog ein in Zeitungspapier eingewickeltes Paket unter seinem Mantel hervor. »Dad lässt dir das hier geben.«

Mit bebenden Händen nahm Gwen das Paket entgegen. »Dad?«

Sie streifte die Schnur ab und faltete das Papier auseinander. Zum Vorschein kam ein in Leder gebundenes Buch mit verblichener goldener Prägung. »Die keltischen Sagen. Daraus hat er uns immer vorgelesen, weißt du noch, Theo?«

Ihr Bruder nickte erschöpft. »Du hast neben mir im Bett gesessen und dir die Decke über den Kopf gezogen, wenn der weiße Drache auftauchte. Er sagt, dass du es nun deinen Kindern vorlesen sollst.«

Gwen strich über das vertraute Buch und wischte sich die Augen. »Er soll seine Enkel doch sehen. Und Mum auch.«

»Das wird schon. Gib ihnen Zeit. Vor allem Mum hatte sich diese dämliche Idee mit Ashton und dem Sanatorium in den Kopf gesetzt. Ich hab ihr schon tausend Mal erklärt, dass ich da sowieso nicht hingehe.«

Arthur stellte eine Flasche und drei kleine Gläser auf den Tisch. »Lass uns auf das neue Jahr anstoßen, Theo. Schön, dass du hier bist.«

Gwen nahm ein Glas mit dem dunklen Sloe Gin, auch ein Geschenk von Mary, und hob es an. »Auf alle, die wir lieben!«

Theo und Arthur leerten ihre Gläser in einem Zug und hielten beinahe gleichzeitig inne. »Du hast nicht getrunken, Liebes. Das bedeutet …?«

Gwen legte sich eine Hand auf den Bauch und lächelte zaghaft. »Wir werden Eltern, und du wirst Onkel, Theo.«

»Oh, Gwen!« Ihr Mann umarmte und küsste sie, besann sich, dass sie nicht allein waren, und goss zwei Gläser erneut voll.

Das blasse Gesicht ihres Bruders erhellte sich, und seine Augen leuchteten warm. Er küsste seine Schwester auf beide Wangen und klopfte Arthur auf die Schulter. »Herzlichen Glückwunsch! Ich freue mich für euch! Und ich werde oft an euch denken.«

»Warum an uns denken? Du sollst doch der Patenonkel werden, und wenn ich arbeiten gehe, denn ich will natürlich weiternähen und etwas dazuverdienen, kannst du auf das Baby aufpassen. Theo, das ist doch wundervoll!« Vielleicht würde ihr Bruder an dieser Aufgabe Freude finden und aus seinem düsteren Tal herausfinden.

»Ich gehe nach Rhonda, Gwen. Meine Tasche steht draußen.« Er sah sie traurig an, doch seine Stimme klang fest.

»Nein!«, rief Gwen. »Das darfst du nicht, Theo! Geh nicht! Bitte, gehe nicht!« Sie schlang ihre Arme um den knochigen Körper ihres Bruders und weinte. »Geh nicht!«, schluchzte sie und drückte ihn fest an sich.

Arthur ging zur Tür und kam mit einer Segeltuchtasche zurück. »Aber doch nicht heute Nacht, Theo. Willst du laufen? Du holst dir ja den Tod!«

Sanft befreite sich Theo aus den Armen seiner Schwester. »Irgendein Nachtschwärmer hätte mich schon mitgenommen und am Bahnhof abgesetzt. Mein Zug geht um fünf Uhr, nicht mehr lange hin.«

Gwen flüsterte heiser: »Warum tust du das, Theo? Du bist viel zu schwach, um in den Minen zu arbeiten. Sie werden dich nicht nehmen!«

Doch sie wusste es besser. Er würde gehen, und man würde ihn einstellen, weil jeder Arbeiter gebraucht wurde und im Tal von Rhonda der Kohleabbau florierte.

Sie saßen bis in die Morgenstunden zusammen und redeten. Als Arthur um vier Uhr dreißig aufstand, brach Gwen in Tränen aus, denn sie hasste Abschiede. Und dieser Abschied war endgültig. Es riss an ihrem Herzen und in ihren Eingeweiden, als sie Theo ein letztes Mal an sich drückte.

»Ich liebe dich, Theo!«, flüsterte sie und küsste ihn auf Augen und Stirn, wie sie es früher getan hatte.

Ihr Bruder wirkte ruhig und lächelte sie an. »Meine wunderschöne Schwester. Du bist wie eine dieser Waldfeen, Gwen, weißt du das? Man sieht deine Zerbrechlichkeit und spürt deine Kraft.«

»Zur Taufe unseres Kindes kommst du doch, nicht wahr, Theo?«, flehte Gwen.

»Natürlich.« Theo griff sich die Tasche und ging zur Tür.

»Wir müssen los, Theo. Der Weg kann gefroren sein«, sagte Arthur.

»Auf Wiedersehen.« Gwen stand so lange winkend vor dem Cottage, bis der knatternde Wagen ihres Mannes im Zwielicht des anbrechenden Tages verschwunden war.

Am Abend nach Theos Abreise saß Gwen allein im Cottage und verzierte Leinenbettwäsche mit Hohlsaumstickerei. Sie hatte die Stücke von Hannahs Mutter mitgenommen, um sie zu Hause fertigstellen zu können. So vertrieb sie sich abends die Zeit und konnte auch noch etwas Geld verdienen. Die Petroleumlampe spendete zwar nur ungenügendes Licht, doch Gwen war inzwischen so geübt, dass sie selten einen falschen Stich setzte.

Immer wieder hob sie den Kopf und horchte nach draußen, wo der Wind ums Haus heulte. In der Bucht erreichte das Niedrigwasser seinen tiefsten Stand gegen elf Uhr. Der eisige Wind überzog seit gestern die Küste mit frostigen Eiskristallen. Es knisterte, wenn man über das Gras ging, und die hohen Dünen-

273

gräser senkten sich und brachen unter ihrer eisigen Kruste. Und in dieser Kälte kletterten Arthur und Matthew auf dem Grund am Ende der Bucht herum und kratzten Muscheln von Felsen und den uralten Baumstümpfen.

Ihre Finger schmerzten, und Gwen legte seufzend die Nadel ab. Plötzlich rüttelte es an der Tür. »Seid ihr da? Gwen, mach die Tür auf!«

Erschrocken sprang Gwen auf und öffnete ihrer Mutter die Tür. »Mum! Was machst du denn so spät und in dieser Kälte hier?«

Evelyn Prowse zog sich den Schal vom Kopf und stampfte mit den Stiefeln auf, so dass sich Eis und Schmutz lösten. Die Lederstiefel waren nass, was darauf schließen ließ, dass sie eine ziemliche Strecke zu Fuß gegangen war.

»Möchtest du einen Tee?«, bot Gwen an.

Doch Evelyn starrte sie wütend aus zusammengekniffenen Augen an. Das schöne Gesicht wirkte müde und älter als noch vor wenigen Wochen. »Bist du stolz auf dich? Wo ist dein Mann überhaupt? Lässt er dich etwa allein hier draußen in diesem, diesem Verschlag?«

Anklagend sah Evelyn sich um. Gwen stocherte in der Glut des Ofens und legte Papier und ein Brikett nach. Dann stellte sie den gusseisernen Kessel auf die Kochplatte.

»Ich wünsche dir ein glückliches neues Jahr, Mum«, sagte Gwen und gab Teeblätter in eine dickwandige Porzellankanne.

»Wie kann dieses Jahr glücklich werden, wo ich meinen Sohn und meine Tochter verloren habe? Sag es mir!«, fuhr Evelyn sie an.

Gwen hantierte weiter ruhig mit dem Geschirr und ließ die Glut des Ofens durch ihre klamme Kleidung ihr Inneres wärmen. »Du hast mich nicht verloren. Ich bin hier. Und Theo ist fortgegangen, weil er es zu Hause nicht mehr ausgehalten hat.

Er ist innerlich kaputt, Mum, und niemand kann ihm helfen, nicht einmal du.«

Evelyn machte eine ausholende Geste, ließ die Arme jedoch sinken und sackte auf einem der Stühle nieder. »Du weißt, wo er ist, nicht wahr? Er hat uns nur einen Zettel hinterlassen. Wir sollen uns keine Sorgen machen. Er meldet sich, wenn er angekommen ist. Ha! Wo denn? Wo will er denn hin? Er kann doch nicht allein leben. Mein Theo braucht mich doch …« Sie barg den Kopf in den Händen.

»Nach Rhonda. Er hat dort Arbeit gefunden.« Die Worte kamen ihr nur schwer über die Lippen, und sie sah am entsetzten Gesichtsausdruck ihrer Mutter, dass diese das Ausmaß von Theos Entscheidung sogleich erfasste.

»Das ist sein Ende. Wenn er in den Minen arbeitet, überlebt er keinen Monat. Ich muss ihn zurückholen. Du kümmerst dich in der Zeit um deinen Vater.« Evelyn schlug mit einer Hand auf den Tisch.

»Nein, das werde ich nicht. Ich meine, natürlich helfe ich dir mit Vater, wenn du mich brauchst, aber nicht, wenn du Theo hinterherfahren willst. Er hat eine Wahl getroffen, und wir müssen das akzeptieren.«

»Du vielleicht, ich nicht. Ich bin seine Mutter. Ich habe ihn unter Schmerzen geboren und werde nicht zulassen, dass er sein Leben wegwirft!«, rief Evelyn. Ihre Augen glitzerten feucht.

»Welches Leben denn, Mum? Hast du ihn dir mal richtig angesehen in den letzten paar Monaten? Und hast du vergessen, dass er sich die Pulsadern aufgeschnitten hat? Soll er das noch einmal versuchen und noch einmal und …«

»Hör auf!«, schrie Evelyn.

Gwen nahm den Kessel und goss das sprudelnde Wasser in die Kanne. Ihre Mutter war verzweifelt, aber sie konnte ihr nicht helfen. »Zucker haben wir nicht.«

Evelyns Atem ging schwer, wurde langsamer, und schließlich stieß sie einen lauten Seufzer aus und griff nach dem Becher, den ihre Tochter ihr hinschob. »Ich habe noch ein kleines Paket Zucker, das bringe ich dir morgen vorbei. Und du musst mehr essen. Gemüse ist wichtig. Es gibt Kohl auf dem Markt. Hol dir welchen, der hat Vitamine. Die braucht das Baby.«

Perplex sank Gwen auf den Stuhl neben ihr. »Du weißt, dass ich schwanger bin? Man kann doch noch gar nichts sehen!«

»Ich bin deine Mutter, habe vier eigene Kinder zur Welt gebracht und Gott weiß wie viele fremde. Und jetzt komm her, du dummes Mädchen, und lass dich umarmen!«

Gwen fiel überglücklich in die Arme ihrer Mutter und ließ ihren Tränen freien Lauf. Sie drückte das Gesicht in die Haare ihrer Mutter und nahm den vertrauten Duft von Veilchen wahr, den sie schon als kleines Kind als tröstlich empfunden hatte. Schließlich strich ihr Evelyn energisch über den Rücken und drückte sie zurück auf ihren Stuhl.

»Trink deinen Tee. Es ist feucht hier drinnen, und es zieht. Wo ist dein Mann? Er soll dir ein anständiges Haus bauen. Wenn er dich schon heiratet, ist das seine Pflicht.«

»Arthur und Matthew sind auf Muschelsuche. Man bekommt jetzt gutes Geld für Muscheln und Krebse. Sie wissen genau, wo es die besten gibt.« Der Versuch, die gefährliche nächtliche Arbeit möglichst lukrativ erscheinen zu lassen, schlug fehl.

»Pah! Unsinn! Wo verkaufen sie das Zeug denn? Da brauchen sie schon einen großen Abnehmer, eine Stadt. Aber Muscheln sind hier nichts Besonderes. Die haben die Leute den ganzen Krieg über gefressen. Muscheln, Krebse, Fisch – bis er uns zu den Ohren herauskam!«

Das stimmte. Wenn Gwen heute Fischpie sah, wurde ihr übel. »Aber Matthew hat einen Abnehmer gefunden. Arthur strengt sich sehr an, er tut alles, um mehr Geld für uns zu verdienen.«

»Und du anscheinend auch.« Evelyns Blick fiel auf die Näharbeit.

»Und was ist dagegen zu sagen? Du hast doch immer gearbeitet!«

»Ich bin Krankenschwester! Im Krieg wurde ich gebraucht!«, verteidigte sich Evelyn entrüstet.

»Das weiß ich nur zu gut. Ich hätte auch gern eine Ausbildung gemacht, aber ich habe dir mit Vater geholfen, und dann mit Theo«, erwiderte Gwen heftiger als beabsichtigt.

»Das wirfst du mir vor?« Evelyn stand auf, wickelte sich den Schal um und ging zur Tür.

Gwen lief zu ihr und hielt den Riegel fest. »Nein! Ich habe nur gesagt, dass ich gern eine Ausbildung gemacht hätte. Das Einzige, was ich gut kann, ist Kranke pflegen und nähen. Was ist schlimm daran, wenn ich nähe, um mir etwas Geld zu verdienen? Die Zeiten ändern sich. Der Krieg hat vieles verändert! Wir haben uns geändert!«

»Wenn du damit auf die Frauen anspielst, die sich nehmen, was sie wollen, ohne Rücksicht auf Konventionen und ihre Familien, tja, dann hast du wohl recht. Ich muss das noch lange nicht gutheißen. Regeln haben einen Sinn! Der Krieg hat Wunden gerissen und den Menschen alles abverlangt. Aber die Gesellschaft ist dieselbe geblieben. Eine Gesellschaft hat ihre eigene Dynamik, vergiss das nicht, Gwen. Jahrhundertealte Strukturen aus den Köpfen der Menschen zu bekommen ist so gut wie unmöglich.«

Gwen ließ den Riegel los und gab den Weg frei. »Und damit willst du mir sagen, dass ich jetzt noch tiefer stehe als du nach deiner Heirat?«

Die Ohrfeige landete hart auf ihrer Wange und brannte. Hitze und Schmerz breiteten sich langsam aus, doch Gwen stand mit erhobenem Kinn vor ihrer Mutter und sah sie an.

Evelyn blinzelte, und ihre Lippen bebten. »Es tut mir leid. Ich hätte mir für dich nur mehr gewünscht. Irgendwann wirst du mich verstehen. Verriegle die Tür hinter mir. Es ist einsam hier draußen.«

BORTH, APRIL 1950

Ihr habt euch ein hübsches kleines Nest gebaut, Artie!«, rief Lewis, der weißhaarige Hüne. »Schenk nach, Jenson!«

Der Pub war an diesem Sonntagabend gut gefüllt. Der April hatte sich von seiner härtesten Seite gezeigt und die Menschen an der Küste mit einem Kälteeinbruch und einem schweren Sturm geprüft. Die Männer der Seerettung waren mehrfach gerufen worden, um in Not geratenen Fischerbooten und Freizeitkapitänen, die sich überschätzt hatten, zu Hilfe zu eilen. Arthur und Matthew hatten Glück gehabt, dass sie in der Nacht des schlimmsten Sturms nicht draußen gewesen waren.

Gwen saß zufrieden in ihrem Stuhl, die Hand auf dem bereits gerundeten Bauch, und lauschte dem Gelächter und Gerede in der Gaststube. Nach den Osterfeiertagen waren die Menschen fröhlicher, weil der Frühling sich ankündigte und darauf der Sommer folgte, die lebendigste Jahreszeit. Ihr Kind würde im Juli zur Welt kommen. Dann konnte sie die Kleine – Gwen war sich sicher, dass es ein Mädchen werden würde – mit in den Garten vor dem Haus nehmen. Sie könnten zum Strand gehen und Muscheln sammeln und den Männern zusehen, wenn sie mit den Booten vom Meer hereinkamen.

»Hey, du träumst schon wieder, meine Hubsche.« Arthur kam mit einem Bierglas und einem Glas Limonade von der Bar zurück und setzte sich zu ihr an den Tisch. »Geht es dir gut?«

Er war viel zu besorgt, lief ständig um sie herum, als könne sie jeden Augenblick in Ohnmacht fallen. Gwen lächelte. »Es geht mir gut. Ich bin schwanger und nicht krank.«

Doch als sie sah, wie er die Stirn runzelte, sagte sie schnell: »Es geht mir wirklich gut. Mach dir keine Sorgen, Liebling. Das mit Carys war tragisch und ganz anders. Sie hatte bereits mehrere Fehlgeburten. Ich bin jung und stark wie ein Pferd.«

Sie sah zu Doktor Johnson, dem Tierarzt, der am Nachbartisch saß und mit einem Schäfer sprach. Bei der Erwähnung des Pferdes horchte Johnson auf und nickte. »Das ist sie, Arthur! Trink nur ruhig immer ein Bier für das Baby mit. Das habe ich auch getan, und es hat nicht geschadet!« Der Veterinär lachte dröhnend. Jeder wusste, dass er sechs Kinder hatte, darunter zwei Zwillingspaare.

»Aber Zwillinge müssen es nicht gleich sein, Doc!«, sagte Gwen und hob ihr Limonadenglas an.

Sie machte Arthur zwar Mut, doch sie selbst war nach dem schrecklichen Tod von Carys und ihrem Kind verunsichert. Nach außen hin verbarg sie ihre Gefühle, aber seit sie wusste, was alles schiefgehen konnte, sah sie dem Geburtstermin mit Besorgnis entgegen. Das Verhältnis zu ihrer Mutter hatte sich gebessert, doch mit Arthur wollte Evelyn noch immer keinen Kontakt, und da die Lebenskraft ihres Vaters mit jedem Monat mehr zu schwinden schien, war von seiner Seite keine Unterstützung zu erwarten. Heimlich jedoch zeigte Joseph seiner Tochter mit kleinen Geschenken, wie sehr er sie liebte und vermisste.

Lewis kam nun auch zu ihnen und setzte sein Glas ab, wobei die goldene Flüssigkeit auf den Tisch schwappte. Seine großen Pranken waren noch schmutzig von seiner Arbeit in der Autowerkstatt. »Artie, mein Freund, du hast deiner kleinen Frau ein hübsches Nest gebaut.«

Arthur grinste, denn Lewis' Stimme klang schleppend, was nach mehreren Gläsern Bier nicht verwunderte. »Danke, doch ohne deine Hilfe und die meiner Freunde hier wäre das nicht möglich gewesen! Ey, Matthew, Hannah, kommt zu uns!«

Die beiden kamen eben zur Tür herein, und Hannah zog wie immer die Blicke auf sich. Ihre Haare glänzten in exakt gelegten Wellen, und ihr Kleid war nach einem Pariser Modell geschneidert. Gwen wusste das so genau, weil sie Hannah beim Nähen geholfen hatte. Matthew hatte voller Besitzerstolz seine Hand um Hannahs Hüfte gelegt, aber Gwen kannte ihre Freundin gut genug, um deren Unmut über die Vertraulichkeit zu erkennen. Irgendwann würde sich Hannah entscheiden müssen, und Gwen vermutete, dass es bald sein würde.

Hannah küsste sie auf beide Wangen. »Gut siehst du aus, Gwen. Die Schwangerschaft bekommt dir.«

»Danke, das Kleid steht dir, Hannah«, sagte Gwen schmunzelnd.

Lewis zog ihr einen Stuhl heran und genoss ungeniert die Aussicht auf Hannahs üppiges Dekolletee. Nach einem kräftigen Schluck wandte er sich jedoch an Gwen. »Wie geht es deinem Bruder? Ich vermisse Theo. Er ist ein so guter Schwimmer! Gott verdammich, warum musste er nur nach Rhonda in diese Kohlenhölle gehen!«

Unbewusst tastete Gwen nach ihrer Handtasche, in der sie den Brief ihres Bruders aufbewahrte. Sie trug den Umschlag seit vier Tagen mit sich herum und hatte die wenigen Zeilen wohl an die hundertmal gelesen:

Liebste Gwen,
ich kann das Meer wieder hören! Wenn der andere Brief kommt,
sei mir nicht böse. Es ist gut so, wie es ist.
Ich liebe und vermisse dich,
Dein Theo
Postscriptum: Bitte grüß Mum und Dad von mir und sag
ihnen, dass niemand Schuld hat.

Gwen rang um Worte. Sie hatte mit niemandem über Theos Brief gesprochen, der nichts anderes als ein Abschiedsbrief war. Das Meer konnte er wieder hören. Sie wusste, was er ihr damit sagen wollte.

»Er wollte das unbedingt, Lewis. Ich vermisse ihn so sehr«, sagte Gwen leise und rieb sacht ihren Bauch. Er würde seine Nichte nicht kennenlernen.

Lewis sah sie mit seinen hellen Augen durchdringend an. Selbst durch den Nebel aus Bier und die Müdigkeit eines langen Arbeitstags schien er zu erfassen, wie ernst es um Theo stand. »Wann kommt er zurück, hat er sich gemeldet?«

Sie schüttelte den Kopf, und Lewis gab ein verstehendes Schnaufen von sich.

»Was tuschelt ihr denn da?« Hannah hatte sich auf ihrem Stuhl niedergelassen, die Beine übereinandergeschlagen und den Sitz ihrer Frisur geprüft. »Puh, hast du Kayla gesehen? Die hat ja vielleicht eine Laune. Der arme Jenson tut mir leid, obwohl er es hätte wissen müssen.«

Jenson und Kayla hatten im März geheiratet. Seitdem führte sich Kayla auf, als gehörte ihr der Pub. Zudem sah man sie ständig in neuen Kleidern und mit neuen Schmuckstücken. Arm waren die Perkins nicht, aber der Pub musste Jenson und seine Eltern ernähren. Es ging sie nichts an, doch sie kannte Jenson schon so viele Jahre, und es täte ihr leid, wenn er sich für diese Frau ruinierte.

Matthew kam zu ihnen und begrüßte Gwen. »Du siehst gut aus. Fühlst du dich wohl? Arthur ist gar nicht mehr er selbst, seit ihr guter Hoffnung seid. Nein, ist nur ein Scherz. Wir arbeiten hart, und du kannst stolz auf ihn sein. Nur die Burschen aus Aberdovey bereiten uns Sorgen.«

Sofort war Gwen alarmiert. »Warum das? Was ist passiert? Seid ihr denen in die Quere gekommen?«

»Trink dein Bier, Matt, und mach meine Frau nicht verrückt! Alles bestens, Gwen«, schaltete Arthur sich ein.

»Lassen wir die Männer über ihre langweiligen Fischgeschäfte reden.« Hannah beugte sich zu Gwen. »Du wirkst bedrückt. Hast du dich mit deiner Mutter gestritten? Ich kann das nicht verstehen. Sie muss doch endlich akzeptieren, dass du nun mit Arthur lebst. Und euer Cottage kann sich jetzt auch sehen lassen. Vor allem dank meiner Vorhänge!« Sie lachte, wurde jedoch gleich wieder ernst.

»Theo hat geschrieben«, sagte Gwen leise.

»Hatte er einen Unfall?«

In den Minen kam es regelmäßig zu Gasexplosionen, oder Schächte stürzten ein, weil sie schlecht gesichert waren.

»Das nicht, aber ... Ach, Hannah, sag, was ist denn nun mit dir und Matthew? Hat er dich gefragt?« Obwohl Gwen Hannah inzwischen als Freundin schätzen gelernt hatte, gab es immer wieder Momente, in denen sie zögerte, sich ihr anzuvertrauen. Bei Hannah wusste man nie genau, woran man war, und das machte eine bedingungslose Freundschaft schwierig.

Hannah rollte mit ihren dunkel umrandeten Augen. »Er hat mich schon zwei Mal gefragt! Dieses Mal werde ich wohl in den sauren Apfel beißen müssen. Ich habe nicht aufgepasst.«

»Das musste ja irgendwann schiefgehen! Aber Matthew ist der Vater?« Gwen war zwar mit Hannah einer Meinung, dass Sex vor der Ehe durchaus akzeptabel war, aber nur mit dem Mann, den man dann auch heiraten würde. Hannah hatte da ihre eigenen Vorstellungen, und Gwen wusste nicht, mit wem ihre Freundin bereits ihr Vergnügen gefunden hatte.

Ihre Freundin spielte mit dem Verschluss ihrer Handtasche, die sie auf dem Schoß festhielt. »Ich bin mir nicht sicher.«

Die beiden Frauen sprachen so leise, dass die Männer, die ihrerseits in Gespräche vertieft waren, sie nicht hören konnten.

»Du bist dir nicht sicher? O Gott, Hannah! Und jetzt ist der arme Matt gut genug!«, zischte Gwen erbost, die Matthew mochte, weil er ehrlich und fleißig war und verrückt nach Hannah. Matthew vergötterte Hannah geradezu, aber ob er sie auch heiraten würde, wenn er wüsste, dass er nicht der Vater war?

»Du sagst es ihm doch nicht? Bitte, Gwen, das darfst du nicht! Und du darfst es auch Arthur nicht sagen. Die beiden sind wie Brüder! Bitte, Gwen, versprich es mir!«, flehte Hannah.

»Das ist nicht richtig, Hannah. Aber ich werde nichts sagen. Du musst das mit dir selbst abmachen. Schließlich sollst du mit der Entscheidung leben.« Gwen holte tief Luft und fragte: »Und wer, denkst du, ist der Vater?«

»Jenson«, flüsterte Hannah kaum hörbar.

Ungläubig starrte Gwen die Freundin an, die ihr plötzlich wie eine Fremde vorkam. »Wie, aber … wann … ich verstehe nicht! Ashton, dachte ich …«

Hannahs Miene verdüsterte sich. »Ash wollte nur dich. Was er von mir hält, hat er mir deutlich zu verstehen gegeben. So erniedrigt habe ich mich selten gefühlt. Ach, herrje, es war im Februar. Jenson und Kayla hatten sich gestritten, und ich war so verdammt enttäuscht von Ashtons Abfuhr, und tja, da ist es passiert.«

»Aber so was passiert doch nicht einfach! Hannah! Du wusstest doch, dass Jenson und Kayla heiraten wollen.«

Trotzig sah Hannah sie an. »Na und? Glaubst du vielleicht, die süße Kayla ist ein Mauerblümchen?«

»Das ist kein Grund. Aber du bist dir nicht sicher, oder?«

Lewis lachte dröhnend, und Arthur stand auf. »Ich werfe mal eine Münze in die Musicbox!«

»Nein, und deshalb mach jetzt bitte kein Drama draus. Ich heirate Matt, und alle sind glücklich und zufrieden.« Hannah lehnte sich zurück und schenkte Matthew ein strahlendes Lächeln.

Gwen schaute unglücklich durch den Gastraum und fing Jen-

sons Blick auf. Er musste sie und Hannah beobachtet haben,
denn in seinem Blick lag etwas Bedrohliches, das sofort verschwand, und der immer freundliche Jenson zwinkerte ihr zu.

Der von Theo angekündigte zweite Brief erreichte Gwen Mitte Mai. Sie konnte inzwischen nicht mehr schwer tragen und
musste sich oft hinsetzen, da ihr Rücken schmerzte. Aber sie
arbeitete gern in ihrem kleinen Garten, den sie mit der Hilfe
der alten Mary angelegt hatte. Die alte Frau kam oft durch das
Moor spaziert und erzählte Gwen, welches Kraut gegen welche
Krankheit gewachsen war.

Heute schien die Sonne warm vom wolkenlosen Himmel. Das
Meer rauschte friedlich hinter dem Deich, die Möwen kreisten
über den einlaufenden Booten, und auf dem Herd köchelte eine
kräftige Suppe vor sich hin. Mary saß auf der Holzbank vor dem
Cottage und zupfte getrockneten Thymian in eine Schale.

»Riech mal, Gwen. Das ist die reine Freude. Kräftiger Thymian ist das. Koch einen Sud davon, das hilft gegen Würmer. Gegen Schleim musst du ihn inhalieren, und das Öl, das wir bereitet
haben, lindert Muskelschmerzen und ist auch gut gegen Läuse.«

»Gegen Läuse?« Gwen hatte beide Hände auf die Tasche ihrer
Schürze gelegt, in welcher der Brief wartete. Er wog mit jeder
verstreichenden Stunde schwerer und schien sich gar durch den
Stoff brennen zu wollen.

»Ja, ja, natürlich gegen Läuse und gegen Krätze auch. Mädchen, jetzt mach den Brief schon auf, bevor es dich zerreißt.« Die
alte Frau schien immer zu wissen, wie es in ihr aussah.

Langsam zog Gwen den dunkelgrauen Umschlag aus grobem
Papier aus der Schürze hervor. Es war eindeutig Theos Hand-
schrift, doch der Umschlag schien lange gefaltet gewesen zu sein,
als hätte Theo ihn für diese besondere Gelegenheit vorbereitet.
Sie schob einen Finger in die Ecke des Umschlags und riss vor-

sichtig das Papier auf. Er hatte keinen Absender vermerkt. Sie las leise, was ihr Bruder geschrieben hatte:

Liebste Gwen,

keine Tränen sollst du um meinetwillen vergießen, denn mir geht es gut. Nach vielen Jahren höre ich es endlich wieder, in meinem Innersten, das Meer. Das Rauschen der Wellen, die mich sanft umfangen.

Ich habe diesen Weg gewählt, weil meine Arbeit so noch zu etwas nütze war.

Sie zahlen gut hier in den Minen, und aus meiner Kriegs-rente ist auch einiges angespart. Der Notar wird sich mit dir in Verbindung setzen. Es ist alles, was ich noch für dich tun kann, und wenig genug. Viel lieber wäre ich der liebevolle Onkel dei-ner Kinder gewesen und hätte sie aufwachsen sehen. Ich weiß, dass du eine wunderbare Mutter sein wirst, weil du mir die bes-te Schwester bist, die man sich wünschen kann.

Lass mich einmal noch Tennyson zitieren: Ich bin ein Teil von allen, denen ich begegnet bin.

Immer,

Dein Theo

Schluchzend ließ Gwen den Brief sinken, ihre Tränen netzten das Papier, auf dem die Tinte zerlief.

»Ach, mein armes Mädchen, komm, komm, nicht weinen. Das schadet dem Kind. Dein Bruder hat seinen Frieden.« Mary nahm ihr sacht den Brief aus den Händen, legte ihn auf den Tisch und streichelte ihre Schulter.

»Den hat er wohl, ja, den hat er nun«, brachte Gwen schluck-weise hervor und rieb sich immer wieder die Augen, weil die Trä-nen unaufhörlich liefen. Erst als sie in sich eine Bewegung ver-spürte und die Hände auf ihren Bauch legte, stoppte der Tränenfluss, und ein schwaches Lächeln glitt über ihr Gesicht. »Und du trittst mich, ist ja gut, ich hör ja schon auf. Theo ist dein Onkel, mein Kind, und auch wenn du ihn nie kennenlernen wirst, gehört er doch zu dir, wie er immer zu mir gehören wird.«

Mary stand ungelenk auf, nahm den Stock zu Hilfe und ging zu ihrem Weidenkorb, in dem sie Kräuter und Arzneien aufbewahrte. Mit einem Sträußchen Lavendel und einem verkorkten Fläschchen kehrte sie zurück. »Das legst du neben dein Kopfkissen, und davon gibst du fünf Tropfen in jeden Becher Tee, das beruhigt die Nerven.«

»Ich danke dir, Mary. Was würde ich nur ohne dich machen?« Gwen ergriff die knorrigen alten Hände und hielt sie an ihre Wange.

»Du gehst deinen Weg, Gwen, du bist stark, hast dich doch schon für den Mann deines Herzens entschieden. Dazu gehört Mut. Und den Mutigen gehört die Zukunft. Ach, ich schwätze viel. Muss jetzt gehen. Da warten noch einige auf meine Mittelchen.« Sie kicherte. »Ja, ja, viele kommen noch immer lieber zu mir als zum ehrenwerten Doktor, wenn's zwackt und zieht.«

Gwen stand auf und half Mary beim Zusammenpacken, legte ihr auch noch einen halben Laib Brot und ein Stück Schafskäse in den Korb. Ihre Freunde meinten es allzu gut mit ihr, und sie gab gerne ab, wo es dringlicher gebraucht wurde.

»Kindchen, lass mal, du musst essen!«, beschwerte sich Mary und wollte den Käse wieder herausnehmen.

»Nein, das ist für dich. So, und jetzt geh nur und besuch mich wieder, wenn du Zeit hast, ja?« Gwen umarmte die alte Frau und zupfte an deren Wolljacke. »Und lass mir das zerrupfte Teil hier, damit ich es flicken kann.«

»Tittle-tattle, tut keine Not, hast genug zu tun, Mädchen, wo doch zwei schwere Gänge ins Haus stehen …« Mary Jones hielt inne, schüttelte den Kopf und ging murmelnd davon.

Zwei schwere Gänge? Was unkte die alte Mary? Seufzend räumte Gwen die Kräuter vom Tisch und ging ins Cottage. Das kleine Haus war um ein Stockwerk und drei Räume erweitert worden. Platz für unsere Kinder, hatte Arthur stolz gesagt. Wenn nur das erste schon da wäre, dachte Gwen, deren Kreuz schmerzte.

Ihr Vater überlebte die Nachricht vom Tod seines Sohnes um drei Tage, und so folgten Evelyn und Gwen an einem trüben Maimorgen zwei Särgen. Als sie nach der Beerdigung im *Lighthouse* saßen, denn Jenson hatte sie alle eingeladen, musste Gwen an Marys Worte denken. Die Alte saß neben ihr und machte sich über eine große Portion Eintopf her. In jedem Teller lag ein fettes Stück Schweinefleisch, und Kayla wurde nicht müde zu erklären, dass dieses Schwein von ihrem Hof kam.

»Jetzt muss ich ihr auch noch dankbar sein«, murmelte Gwen und stocherte in ihrem Teller herum.

Mary klopfte ihr unter dem Tisch auf den Schenkel. »Iss, Mädchen, du musst für zwei bei Kräften sein. Frag nicht, sondern iss.«

Ihre Mutter wirkte schon den ganzen Morgen über abwesend und saß mit ausdrucksloser Miene am Tisch. »Mom, du solltest auch etwas essen«, sagte Gwen und schob ihrer Mutter einen Teller und ein Stück Brot zu.

Arthur hatte sich taktvollerweise zu den Männern der RNCI an den Tisch gesetzt und warf ihr immer wieder beruhigende Blicke zu. Jetzt erhob sich Lewis. Seine tiefe Stimme erfüllte den Raum, und augenblicklich wurde es still. Der große weißhaarige Mann hielt sein Glas und schaute in die Runde der Trauergäste.

»Zwei gute Männer sind von uns gegangen. Zwei der besten. Zwei Männer, die ihr Leben für unser Land, für ihre Familien gegeben haben. Joseph und Theo, wir werden euch nicht verges-

sen. Eure Taten machen euch lebendig, und in unseren Herzen
seid ihr immer bei uns. Auf Joseph und Theo!«

Alle erhoben sich unter dem Rucken der Stühle, und als aus
den Kehlen die vielstimmige Erwiderung ertönte, erschauerte
Gwen. Bei allem Leid und dem Schmerz um den erlittenen Verlust spendete die Anteilnahme von Freunden und Verwandten
Trost.

»Ist das nicht schön, Mom, dass Vater und Theo so viele
Freunde haben?« Gwen wollte ihrer Mutter mit dem Stuhl helfen, der sich verschoben hatte, doch Evelyn stieß sie barsch zurück.

»Lass das. Ich brauche deine Hilfe nicht.« Evelyns Wangen
wirkten eingefallen, der Glanz ihrer Augen war erloschen, als
hätte der Tod ihrer Liebsten ihr die Lebensenergie entzogen.

Aber Gwen kannte ihre Mutter und hoffte, dass Evelyn nach
dem Überwinden des Schocks ihre Kämpfernatur wiederent-
decken und ihrem Leben mit einer Aufgabe einen neuen Sinn
geben würde. Oh, sie war nicht so vermessen zu hoffen, dass
Evelyn in ihrer Rolle als Großmutter aufgehen würde. Vielmehr
sah sie ihre Mutter in einem Sanatorium als Engel der Kranken.

Zu fortgeschrittener Stunde hatte sich der Kern der Trauer-
gemeinde bereits verabschiedet. Gwen und ihre Freunde saßen
noch beieinander und ließen die Erinnerungen an glückliche
Zeiten lebendig werden. Mit jedem gemeinsamen Erlebnis, das
einer von ihnen erzählte, wärmte sich ihr Herz, und Theo und
ihr Vater schienen mitten unter ihnen zu sein. Das Leben war
eine merkwürdige Sache. Es war kostbar, zerbrechlich und doch
traten Menschen es in verfluchten Kriegen mit Füßen. Oder sie
rackerten sich in Minen zu Tode.

Gwen unterhielt sich gerade mit Hannah, als ein kalter Luftzug einen neuen Gast ankündigte.

»Was will der denn hier?«, sagte Hannah missbilligend, doch

289

sie korrigierte ihre Haltung und fuhr sich mit der Zunge über die Lippen.

Ashton Trevena trug einen grauen Anzug, nahm den Hut vom Kopf und kam direkt zu Gwen. Er wirkte angespannt und erschöpft. »Gwen, es tut mir so leid!«

Sie erhob sich und ließ sich von ihm umarmen, wobei sie die Blicke der anderen auf sich fühlte. »Ash, danke.«

Er hielt sie auf Armeslänge von sich ab. »Trotz allem siehst du wunderschön aus, Gwen. Die Schwangerschaft bekommt dir.« Er klang beinahe eifersüchtig. »Wenn ich etwas für dich, für deine Mutter tun kann …«

»Danke, Ash, das ist sehr freundlich, aber wir kommen zurecht«, mischte sich Arthur ein und stellte sich neben Gwen.

»Arthur, natürlich. Ich wollte dir nicht zu nahetreten. Es gibt nur manchmal Ausnahmesituationen, da ist jede Hilfe willkommen. Und wir sind doch Freunde. Unter Freunden sollte man sich helfen, nicht wahr?« Er fuhr sich durch die blonden Haare, während sein Blick die übrigen Gäste streifte.

»Komm, setz dich doch, Ash. Was möchtest du trinken?«, fragte Hannah fürsorglich und ignorierte Matthews finstere Miene. »Wo warst du? Monte Carlo? Habe ich das richtig gehört?«

Trevena setzte sich zu ihnen und zog ein goldenes Zigarettenetui aus der Tasche. »Darf ich euch eine anbieten?«

Mit einer schnellen Bewegung schnappte sich Hannah eine Zigarette und ließ sie sich von Ashton anzünden. Als sie den Rauch in winzig kleinen Wölkchen ausstieß, lachte Ashton. »Von dir könnten die Damen an der Côte d'Azur noch etwas lernen.«

Mit Ashton schien die bleierne Schwere verschwunden, die vorher auf ihnen gelastet hatte. Er verströmte eine Leichtigkeit, die nie vulgär schien, weil sie ein Teil seiner Persönlichkeit war.

Gwen glaubte es besser zu wissen, denn sie sah in seinem extremen Übermut und seiner Lässigkeit einen Hang zur Selbstzerstörung. Als sie wenig später mit Hannah zur Damentoilette ging, sagte ihre Freundin: »Am liebsten würde ich das, was da in meinem Leib wächst, wegmachen lassen. Dann hätte ich vielleicht doch eine Chance bei Ash.«

Entsetzt packte Gwen ihre Freundin am Handgelenk. »Hannah! Das darfst du nicht! Du kannst dein Kind nicht töten! Es kann doch nichts dafür!«

»Was weißt denn du, spielst die heilige Madonna und bereust doch sicher auch schon, dass du einen Habenichts wie Artie geheiratet hast!« Im Lampenschein wirkten Hannahs Locken flammend rot.

»Da irrst du dich, Hannah. Ich bin nicht wie du. Mein Gott, nein, so könnte ich gar nicht denken. Ich liebe Arthur! Er ist mein Glück, mein Leben! Verstehst du das nicht?«

Sie standen nebeneinander vor dem Spiegel im Vorraum der Toiletten, und Hannah zog sich die Lippen nach. »Wir haben eben ganz unterschiedliche Vorstellungen von Glück.«

Gwen strich über ihren Leib, in dem das Kind sich regte. »Ich bin müde und werde Arthur bitten, mich nach Hause zu bringen.« Und als ihre Blicke sich im Spiegel trafen, lächelte Gwen matt. »Überleg es dir, Hannah. So ein Eingriff kann dich das Leben kosten.«

Ihre Freundin seufzte. »Ach, Gwen, manchmal muss man auch etwas riskieren, um zu bekommen, was man will.«

21

Durch das Bürofenster beobachtete Luke, wie sich Liam und Gareth unterhielten, während sie die Edelstahlbolzen auf einer Yacht mit Korrosionsschutzpaste bestrichen. Auf dem Serienboot waren die einfachen Aluminiumbeschläge korrodiert und mussten ausgetauscht werden. Die Leute sparen am falschen Ende, dachte Luke und steckte den Kopf zur Tür hinaus. »Liam!«

»Ja?« Der junge Mann wirkte seit Tagen mürrisch und schien mit den Gedanken überall, nur nicht bei der Arbeit zu sein.

Das konnte am Umgang mit Gareth liegen, den Luke nicht sonderlich mochte, aber er brauchte ihn, um die Aufträge abarbeiten zu können. »Welche Paste habt ihr genommen?«

»Duralac. Sollten wir doch!«, kam es kurz zurück.

»Ich frage nach, weil du letztes Mal die verkehrte Paste genommen hast. Und wie sieht es mit den Beschlägen am Mast und an der Fußreling aus? Habt ihr die auch ausgetauscht?«

Luke stöhnte genervt auf, doch Gareth rief von oben: »Habe ich mir schon gedacht, dass die auch runtersollen.«

»Klugscheißer«, murrte Liam.

Das ging Luke gegen den Strich. Mit zwei Sätzen war er bei dem Boot und kletterte so schnell hinauf, dass Liam ihn entgeistert anstarrte.

»Äh …«

»Mach den Mund zu, Junge. Hier!« Luke zeigte auf Befestigungselemente am Mast, auf denen es weißlich schimmerte. »Was ist das?«

»Die sind korrodiert«, kam es kleinlaut von Liam, der eine ge-
streifte Wollmütze trug.

»Das ist Oxidpulver und entsteht bei galvanischer Korrosion
zwischen Aluminium und Edelstahl. Die Teile hier kriegst du
nur noch mit Gewalt auseinander. Die Leute sparen. Aluminium
ist billiger, aber wenn erst Lochfraß da ist, können die Teile unter
Last brechen, und dann ist der Jammer groß. Also, abbauen und
erneuern.« Im Büro klingelte das Telefon. »Alles klar?«

Liam nickte, und Gareth sagte: »Machen wir fertig.«

Während Luke das Schiff verließ, hörte er, wie Liam seinen
Kumpel anfuhr: »Halt dich ja zurück! Das ist mein Job! Du hilfst
nur aus, kapiert? Oder willst du mir das hier auch wegnehmen?«

»Reg dich ab, Mann.«

Der beschwichtigende Kommentar von Gareth war alles,
was Luke noch hörte, bevor er im Büro das Gespräch annahm.
»Sherman?«

»Mr Sherman, Muttoon hier. Erinnern Sie sich? Antiquitäten
in Dolgellau.«

»Aber ja!«, antwortete Luke erfreut, der nicht damit gerechnet
hatte, dass sich der Antiquitätenhändler noch bei ihm melden
würde. »Wie geht es Ihnen?«

»Danke. Ich kann nicht klagen. Sind Sie immer noch an römischen Münzen interessiert?«

»Ja. Aber, wie gesagt, nur an solchen, die hier gefunden wurden.«

Es hörte sich an, als käme jemand in den Laden von Edward
Muttoon, und der alte Herr sagte: »Einen Moment, bin gleich
wieder da.«

Luke hörte eine Frau nach einem Stuhl fragen, es raschelte
und klapperte, und kurz darauf war Muttoon wieder am Telefon.
Er klang verärgert. »Keine Ahnung von alten Möbeln und meine
Ware schlechtmachen, nur um den Preis zu drücken. Da kann
sie gern woanders suchen. So, wo waren wir stehen geblieben?«

»Römische Münzen.«

»Richtig. Ich habe da eine Idee. Hätte mir auch sofort einfallen können. Aber so ist das mit dem Alter. Nun ja, immerhin haben die grauen Zellen noch geschaltet. Es gab da mal einen Antiquitätenhändler in Newtown, der war auf antiken Goldschmuck spezialisiert. John Tryfan heißt er. Ob er noch dort ist, kann ich nicht sagen. Dürfte in meinem Alter sein. Wir hatten nur einige Male geschäftlich miteinander zu tun. Ansonsten hält man sich bedeckt. Berufsgeheimnis, wenn Sie verstehen.«

»Aye. John Tryfan. Ich danke Ihnen sehr, Mr Muttoon. Vielleicht hilft mir das weiter.«

»Viel Glück, junger Mann! Und wenn Sie wieder mal in der Gegend sind, schauen Sie vorbei.«

»Das werde ich gerne tun. Vielen Dank, Mr Muttoon!« Neugierig setzte sich Luke sofort nach dem Gespräch an seinen Computer und suchte in Newtown nach einem Antiquitätenhändler namens Tryfan. Die Suche verlief enttäuschend, denn es gab nur einen Antiquitätenhändler in Newtown, der auf Art déco spezialisiert war, aber keinen mit dem Namen Tryfan. Alle anderen Händler verteilten sich im Umland auf Llanidloes, Telford und Shrewsbury. Auf gut Glück versuchte es Luke mit dem Händler in Newtown.

Eine blasierte weibliche Stimme meldete sich. »Freestone Antiques, wie kann ich Ihnen helfen?«

Luke erklärte kurz sein Anliegen, woraufhin er kommentarlos in eine Warteschleife geschaltet wurde. Er wollte schon auflegen, als sich eine männliche Stimme meldete. »Adam Freestone, meine Mitarbeiterin sagte, Sie hätten sich nach John Tryfan erkundigt?«

»Aye, Sie kennen ihn?«

»Ich habe das Geschäft vor zehn Jahren von ihm übernommen. Tryfans Konzept war überaltet und seine Ware nicht besonders gut. Flohmarktqualität, wenn Sie verstehen. Warum genau wollten Sie mit Tryfan sprechen? Wir haben sehr schöne Stücke in erstklassigem Zustand und können auf Wunsch alles besorgen. In unserer Werkstatt restaurieren wir auch.«

»Tryfan ist Spezialist für antiken Goldschmuck. Ich brauche seinen Rat.«

Der Händler schnalzte mit der Zunge. »Ah, das wusste ich gar nicht. Tja, da müssen wir passen, aber soweit ich weiß lebt sein Sohn in Llanidloes und betreibt einen Laden für Outdoor-kleidung.« Am Tonfall war zu erkennen, was Freestone von derlei Läden hielt.

Luke war dennoch dankbar für den Hinweis und fand besagten Laden in dem kleinen Ort, der mitten in den Hügeln lag. Wenn er sich richtig erinnerte, war er schon mit Max dort gewesen, um den riesigen Stausee Llyn Clywedog anzuschauen. Tryfan junior war selbst am Apparat und schien sich zu freuen, dass jemand seinen Vater sprechen wollte.

»Und Sie wollen tatsächlich über alte Münzen mit ihm reden? Dann bringen Sie viel Zeit mit, denn wenn er erst einmal anfängt, lässt er Sie so schnell nicht los«, erläuterte Tryfan, der selbst gern zu reden schien.

»Telefonisch kann ich ihn nicht erreichen?«, fragte Luke hoffnungsvoll.

»Mein Vater ist schwerhörig und telefoniert deshalb nicht gern. Wo wohnen Sie denn?«

»Borth.«

»Na, das ist doch nicht weit. Kommen Sie vorbei, meine Mutter backt Scones, und Sie plaudern mit Dad.«

Luke versprach, sich wieder zu melden.

»Luke, hast du mal eine Minute?« Ty stand in der Tür.

»Sicher.«

Die Arbeit nahm Luke für die nächste Stunde in Anspruch, und dann meldete sich überraschend sein Freund Zac.

295

»Wie ist das Leben im Ruhestand?«, scherzte Zachary, der den Dienst noch nicht quittiert hatte.

Luke lachte. »Ruhestand würde ich das hier nicht nennen, aber im Vergleich zu dem, was wir gemacht haben, mein Lieber, hast du recht. Wo bist du jetzt stationiert?«

»Lympstone, bin jetzt Ausbilder in der Trainingszentrale.« Die Kommando-Trainingszentrale lag bei Exeter in Devon. »Aber du bist ja auch nicht weit vom Geschehen. Das heißt, wenn du wolltest. Haben sie dich nicht schon längst gefragt?«

Zac spielte auf die militärischen Tests an, die in der Cardigan Bay seit dem Zweiten Weltkrieg durchgeführt wurden. Auf einer Fläche von sechstausendfünfhundert Quadratkilometern wurden zwischen Aberporth im Süden und der Lleyn-Halbinsel im Norden Flugabwehrsysteme getestet. Geleitet wurden diese vielfältigen Testprogramme von QinetiQ, einer weltweit operierenden Sicherheitsfirma. Aber QinetiQ war weit mehr als das.

»Danke, mein Bedarf an militärischen Aktivitäten ist für mehrere Leben gedeckt. Nach meinem Ausscheiden aus dem aktiven Dienst sind verschiedene Firmen an mich herangetreten, aber du weißt, dass ich damit fertig bin. Hier in Borth ist es wundervoll ruhig und langweilig. Ich repariere Boote, und das ist gut so.«

Die QinetiQ war eine 2001 vom britischen Verteidigungsminister Lewis Moonie gegründete private Firma, spezialisiert auf Verteidigung und Forschung im Bereich militärischer Sicherheits- und Verteidigungssysteme. Aus dem britischen Unternehmen war innerhalb weniger Jahre eine weltweit agierende Gesellschaft mit neuntausend hochspezialisierten Mitarbeitern geworden. Regierungen beauftragten das Unternehmen mit heiklen Sicherheitsfragen und bauten auf QinetiQs Wissenschaftler und Experten.

Sein Freund unterdrückte ein Lachen. »Willst du mir erzählen, du weißt nichts davon, dass es in Borth, in den hübschen

Dünen von Ynyslas, während und nach dem Krieg eine geheime Teststation für Flugabwehr gegeben hat?«

»Wie bitte? Nein, das wusste ich tatsächlich nicht!«

»Du klingst so überzeugend, dass ich dir glaube. Ich dachte wirklich, dass du deshalb nach Borth gegangen bist, weil du bei QinetiQ mitmischst.«

»Nein!«, entrüstete sich Luke. »Ich wollte weg von alldem! Wie lange hatten die denn hier ein Testzentrum? Raketenabwehr?«

»Ganz genau. Ich habe die Akten auch erst kürzlich hier im Kommandozentrum zu sehen bekommen. Mir fiel's auf, weil es in Borth war und weil es ausschließlich Frauen waren, die testeten, ob eine Rakete über Radar geortet werden konnte.«

»Frauen? Nur Frauen haben die Radarstation zur Ortung von Flugkörpern bedient?«

»Du klingst so überrascht. Die Männer waren an der Front. Warum nicht die Frauen einsetzen? Sie sind smart, clever und praktisch. Ich hätte gern so eine Station geleitet.« Zac lachte.

»Das ist es nicht. Natürlich haben Frauen im Krieg viel geleistet. Aber ich denke da an etwas, was hier passiert ist. Die Raketen wurden sicher von einer Rampe in den Dünen in die Bucht abgefeuert. Wie lange bestand die Anlage?«

»Ganz genau weiß ich das nicht, stand auch nicht drin. Bis in die Fünfziger, glaube ich. Da haben sie die Frauen dann sogar nach Australien geschickt, nach Woomera, um die Blue-Streak-Rakete zu testen. Warum, was ist denn los?«

»Ach, lange Geschichte. Hängt mit Sams Großmutter zusammen, deren Mann hier in den Fünfzigern am Meer verschwand. Er wurde umgebracht. Nie geklärt. Mysteriöse Geschichte.«

Luke gab seinem Freund einen kurzen Überblick und ließ auch die Ereignisse rund um Sams Ausgrabungen nicht aus.

»Eine Archäologin, na, das ist mal eine hübsche Abwechslung.

Ich werde mir den Namen wohl merken müssen, so wie du von ihr erzählst. Auf jeden Fall freue ich mich, dass dich mal wieder eine Frau aus deinem Schneckenhaus locken kann«, meinte Zac.

»Da läuft gar nichts, Zac. Aber sie ist interessant, ja«, wehrte Luke ab.

»Und sie kommt mit Max klar, hast du gesagt. Na, also wenn du da nicht dranbleibst, bist du selber schuld. Den Unfall würde ich im Übrigen nicht auf sich beruhen lassen, Luke. Selbst wenn sie das nicht wahrhaben will, könnte das durchaus in Verbindung mit ihren Grabungen oder der Vergangenheit ihrer Familie stehen. Ein Grund mehr, sich um die nette Lady zu kümmern …«

Sie unterhielten sich noch eine Weile, und Zac verabschiedete sich mit dem Versprechen auf einen baldigen Besuch. Zacs Worte verstärkten Lukes Gedanken, aber weil er wusste, wie stur Sam war, beschloss er, seinen Weg weiterzuverfolgen. Sam konnte man nur mit Beweisen überzeugen. Er sah auf die Uhr. Hatte sie sich nicht wegen heute Abend melden wollen? Es ging auf fünf Uhr zu. Wenn er kochen wollte, müsste er sich langsam darum kümmern. Erneut griff er zum Telefon.

»Goodwin?«

»Hi, Sam, wie geht es dir, und was macht deine Großmutter?«, erkundigte er sich.

»Oh, unsere Verabredung! Luke, es tut mir leid, dass ich mich noch nicht gemeldet habe, aber du glaubst ja nicht, was hier alles los war! Gwen geht es gut. Das ist es nicht!«, versicherte sie schnell.

Seine Hoffnung auf einen gemeinsamen Abend sank. »Das freut mich zu hören.«

»Ich hatte mich sehr auf heute Abend gefreut, das musst du mir glauben. Aber nun kommt Martin zu Besuch, ein Kollege. Er hat sich spontan angemeldet, und was soll ich machen? Er will helfen, und, nun ja, ich erwarte ihn heute am späten Abend.

Er quartiert sich bei den Studenten ein, ist ein unkomplizierter, netter Kerl.«

Warum pries sie den Mann an? Es war ihm herzlich egal, wie nett ihr Kollege war. »Wann kommt er, sagtest du?«

»Gegen zehn.«

»Dann spricht doch nichts gegen ein Abendessen bei mir. Es sei denn, du möchtest nicht ...«

Ihre Antwort kam sofort, und ihre Stimme klang warm und überzeugend. »Doch, das möchte ich, sehr gern sogar. Ich dachte nur, es ist vielleicht schade, wenn ich um zehn schon wieder gehen muss.«

Luke schluckte. Die Frau steckte voller Überraschungen. »Um acht bei mir?«

»Fein. Bis nachher.«

Er hatte sie nicht gefragt, was sie mochte. Aber da sie im Pub Makrele gegessen hatte, konnte er mit Fisch nicht gänzlich falschliegen.

»Luke, ich bin fertig für heute.« Ty war ins Büro gekommen, wusch sich die staubigen Hände und nahm seine Jacke von der Garderobe. »Kommst du noch mit auf ein Bier? Max ist doch nicht da.«

»Tut mir leid. Ich muss noch in die Stadt.« Er konnte sich ein dümmliches Grinsen nicht verkneifen.

»Du bist verabredet. Und, wenn mich nicht alles täuscht, mit unserer hübschen Frau Doktor aus Oxford.« Ty warf einen Blick in die Auftragsliste und klopfte mit den Fingern auf den Tisch. »Na dann, bis morgen. Benimm dich!«

»Was soll das denn heißen?«, fragte er scherzhaft, wohl wissend, worauf Ty anspielte, doch sein Mitarbeiter ging winkend davon.

Liam und Gareth hatten ihre Werkzeuge ebenfalls zusammengeräumt und kamen hinter dem Schiffsrumpf in der Halle hervor.

»Was ist denn mit dir los, Liam? Du ziehst ein Gesicht, das ist ja nicht zum Aushalten«, bemerkte Luke.

»Ich mache meine Arbeit. Schauen Sie doch einfach nicht hin. Dann müssen Sie sich nicht über meine Visage ärgern. Ich sag ja auch nichts, wenn Sie mich dauernd anranzen, oder?«, pflaumte Liam zurück.

»Wow, immer ruhig Blut! Wir haben uns doch bisher gut verstanden, Liam. Irgendetwas hast du doch. Geldsorgen?«

Liam zögerte, warf Gareth einen Seitenblick zu und schüttelte den Kopf. »Ich muss los.«

Während er sich seine Lederjacke überzog, sagte Gareth: »Ich kann die ganze nächste Woche kommen, wenn Sie mich brauchen.«

Die Aufträge stauten sich bereits, weshalb Luke nickte. »Ist gut. Bis morgen.«

»Schönen Abend noch«, meinte Gareth im Hinausgehen, und etwas in seinem Ton ließ Luke mutmaßen, dass Millies Freund damit auf sein Telefonat mit Sam anspielte.

Aber er wollte sich heute nicht streiten, und ein schlecht gelaunter Mitarbeiter war genug. Er freute sich zu sehr auf Sam, als dass er sich von diesen Burschen die Laune verderben lassen würde.

22

Als Sam den blauen Vauxhall an der Straße stehen sah, fuhr sie schneller, bog in die Einfahrt zum Cottage und beeilte sich, ins Haus zu treten.

»Gwen! Bist du hier?«, rief Sam und lief von der Küche ins Wohnzimmer, wo sie Gwen über einer Kiste mit alten Fotografien fand.

Erstaunt hob ihre Großmutter den Kopf. »Liebes, stimmt etwas nicht?«

Mit einem Seufzer der Erleichterung umarmte Sam ihre Großmutter und ließ sich in einen Sessel fallen. »Jetzt ist alles in Ordnung. Ich dachte schon, dass dieser unmögliche Kerl dich belästigt hätte.«

»Wer? Meinst du den Reporter? Der hat vorhin geklingelt. Ist gar nicht lange her. Kurz bevor du kamst«, sagte Gwen ruhig.

»Was? Mason Kinsey?«

»Ja, so hieß er. Was hast du nur? Er war sehr höflich und ...« Gwen machte eine Pause und sah ihre Enkelin schmunzelnd an. »Ich habe ihn gleich wieder fortgeschickt. Was denkst du denn! Neugierige Schmeißfliege. Der wittert hier anscheinend die Story seines Lebens, wollte sogar wissen, wann ich Arthur bestatten lasse! Stell dir das mal vor!«

Sam stöhnte. »Schrecklich! Dieser unsägliche Mensch hat uns am Strand aufgelauert und uns den ganzen Tag verfolgt. Er hat alles fotografiert und jeden nach Arthurs Verschwinden damals befragt.«

»Jeden? Na, da wird er ja wenig Glück hier gehabt haben. Wer soll ihm schon etwas erzählt haben? Rhodri war nicht dabei, Matthew ist tot, und Hannah lebt nicht mehr hier.«

»Wo ist sie denn hingezogen?« Sam zog ihren Parka aus und band den Schal ab.

»Ich glaube, sie lebt jetzt in einem Seniorenheim in Cardigan. Tja, ihr Sohn Iolyn ist tot, und von Gareth ist nichts zu erwarten. Sie hatte immer einen Hang nach oben und schämt sich wahrscheinlich für den Enkel.« Gwen berührte kokett ihre Haare.

»Du siehst gut aus, Granny, das wollte ich gleich sagen!« Sam freute sich, dass ihre Großmutter zum Friseur gegangen war, und goss sich einen Becher Tee ein, denn die Kanne stand auf dem Tisch.

»Ist nicht mehr frisch. Soll ich noch einen kochen?«, erbot sich Gwen.

Sam winkte ab. »Nein, lass nur.«

Gwen betrachtete die Schwarz-Weiß-Fotografien, die vor ihr ausgebreitet lagen. »Ja, sieh doch mal hier. Das ist Iolyn. Da war er noch ganz jung, ein hübscher Bursche. Ein Jammer, dass nichts aus ihm geworden ist. Ein cleverer Bursche, aber verkommen. Sollte ich nicht sagen, war aber leider so. Und das hier ist eines der letzten Bilder mit Arthur. Schau, da sind wir alle gemeinsam am Strand. Ach, so lange ist das her!«

Verträumt strich sie über das Bild, um es dann ihrer Enkelin zu zeigen. Sam konnte sich nicht daran erinnern, ihre Großmutter jemals mit der Bilderkiste gesehen zu haben, und nahm vorsichtig das Foto mit der für die damalige Zeit typischen weißen Zierleiste. Zu sehen waren sieben junge Leute, die in Strandkleidung der Fünfzigerjahre nebeneinanderstanden und sich lachend untergehakt hielten. Alle warfen ein Bein in die Luft. Sam erkannte sofort ihre Großmutter, eine dunkelhaarige Schönheit, der drahtige junge Mann neben ihr musste Arthur sein. Eine kurvige junge Frau mit stark geschminkten Lippen sah nicht zu ihrem Nachbarn, sondern zu einem elegant gekleideten Mann, der nicht ganz so fröhlich wie die anderen wirkte.

Gwen war aufgestanden und setzte sich auf die Sessellehne. »Die Üppige ist Hannah, und du siehst, dass sie mal wieder flirtet. Neben ihr hüpft der arme Matthew, dann die freche Kayla und Jenson. Der dort, der hübsche Dandy, das ist Ashton Trevena.«

»Der Ashton mit der Yacht, von der du erzählt hast?«

»Hm, genau der. Eine tragische Gestalt. Er war so reich und doch im Grunde eine arme Seele. Aber, oh, das hätte er niemals zugegeben und niemanden spüren lassen. Er war der große Ashton, der Kriegsheld und der übermütige Lebemann. Und Himmel, was hat er es krachen lassen!«

»Was ist aus ihm geworden?«, wollte Sam wissen.

Doch Gwen schwelgte in Erinnerungen und schien ihre Frage nicht gehört zu haben. »Weißt du, was er einmal gemacht hat?« Sie klatschte in die Hände, nahm das Foto mit und stellte sich vor das Fenster. »Ash liebte Partys. Wenn es etwas zu feiern gab, hat er Champagner spendiert in seiner wunderschönen Villa da oben auf der Klippe, oberhalb von Aberdovey, weißt du?«

Sam nickte. Sie hatte die alte Villa, die heute nur noch schwach von vergangenem Glanz erzählte, vor Augen.

»Es war in einem Sommer, Arthur war schon einige Jahre tot, da hat Ash eine große Feier zum Jahrestag des Kriegsendes geschmissen. Das machte er gern. Heute ist das nicht mehr gesellschaftlich korrekt, aber damals haben wir die Krauts zum Teufel gewünscht und unsere Jungs, die für unsere Freiheit gekämpft haben, hochleben lassen. Jedenfalls standen wir da alle auf der Terrasse, Gläser in den Händen, und Ash sagte, jetzt wolle er die alte Kanone abfeuern. Salutschüsse zu Ehren der Kriegshelden.«

»Er hatte eine Kanone da oben?«

303

»Eine hübsche antike Kanone, die er weiß der Kuckuck von wo mitgebracht hatte. Jedenfalls hatte er alles da – Pulver, Kanonenkugeln und eine Lunte. Es war später Nachmittag, unten zog eine Blaskapelle vorbei, und auf dem Fluss schipperten die Leute mit ihren Booten herum. Ein Feiertag eben. Und dann, bum! Ging das alte Ding los, und die Kugel flog in hohem Bogen über die Klippen direkt in die Flussmündung und krachte mitten in eine Segelyacht, die just in dem Moment dort vorbeifuhr!«

Gwens Gesicht glühte, und sie amüsierte sich köstlich. »Ist das nicht unglaublich komisch?«

»Ja, doch, aber ist denn niemand verletzt worden?«

»Nein, nein, glücklicherweise nicht. Das Schiff ist vor aller Augen gesunken, sehr grazil, wirklich, das werde ich nie vergessen. Sie haben die Leute mit Booten von Bord geholt, und Ash hat großzügig bezahlt. Niemand hat ihn verklagt, weil er ein Kriegsheld war. Er hatte Narrenfreiheit. Das war Ash.«

Sam beobachtete ihre Großmutter und fragte sich, was sie eigentlich über das Leben und die Gefühle dieser Frau wusste, die nach dem Tod ihres Mannes drei Kinder allein durchgebracht hatte. »Du mochtest Ash. War er verheiratet? Ich denke nur ...«

»Dass ich mich nach Arthurs Tod erneut hätte binden können? Nein, Sam. Arthur galt ja auch nur als vermisst. Und selbst wenn man seine Leiche gefunden hätte, ich hatte ihm mein Herz geschenkt.« Gwen schaute ihre Enkelin an. »Es gehört Arthur, wie dieser Ring, den ich nun wieder um den Hals trage. Ich bedaure nichts. Wie ist das mit dir, Sam? Hast du jemals bedingungslos geliebt?«

Seltsamerweise dachte Sam nicht zuerst an die enttäuschende Erfahrung mit Christopher, sondern an Luke. Noch nie war ihr ein Mann mit einer so bewegten Vergangenheit begegnet, der so gar nicht in ihre Welt zu passen schien und zudem einen Sohn hatte. Einen Sohn, den sie sofort ins Herz geschlossen hatte, genau wie den Vater, dachte sie und musste in sich hineingelächelt haben, denn Gwen nickte ihr zu.

»Es gibt jemanden, mit dem du dir das vorstellen könntest, und ich glaube, du solltest mehr Zeit mit ihm als mit mir verbringen.«

Sam seufzte. »Wenn du Luke meinst …«

»Wen denn sonst? Gareth etwa? Dann zweifle ich an meinem Urteilsvermögen.«

»Er hat mich zum Abendessen eingeladen.«

Gwen riss die Augen auf. »Wundervoll! Worauf wartest du? Zieh dich um, mach dich schön!«

»Granny, da draußen steht der Wagen von diesem Reporter, und ich lasse dich ganz sicher nicht allein, wenn dieser Kerl dort herumstreicht.«

Gwen ging zum Fenster. »Ich kann keinen Wagen sehen. Was soll er denn machen? Einbrechen und mich zwingen, ihm meine Lebensgeschichte zu erzählen? Er schien mir eher harmlos.«

»Außerdem kommt noch ein Kollege von mir zu Besuch, den ich bei den Studenten einquartiere.«

»Also wirklich, Sam, du tust ja gerade so, als ob ich ein Kindermädchen brauche.« Gwen räumte die Fotos in die Kiste aus Pappmaché.

Doch Sam hatte sich entschieden und ging hinaus, um zu telefonieren. Der blaue Wagen war verschwunden, trotzdem konnte sie jetzt nicht weggehen. »Luke? Es tut mir so leid!« Sie schilderte kurz die Situation.

»Hm, ich habe schon eingekauft, und es wäre schade um das Essen. Was hältst du davon, wenn ich zu euch komme und wir gemeinsam essen?«

Überrascht antwortete sie: »Das würdest du tun?«

»Warum denn nicht? Frag doch deine Großmutter, ob es ihr recht ist.«

305

Zwei Stunden später saßen sie gemeinsam am Küchentisch in Gwens Cottage und stippten Brot in die Reste der Muschelsoße. Luke goss etwas Chardonnay nach, und Sam stellte fest, dass sie in seiner Gegenwart entspannen konnte. Während Christopher ständig redete und jede Gelegenheit nutzte, ihr seine Überlegenheit zu demonstrieren, schien Luke in sich zu ruhen und hörte interessiert zu, wenn sie oder Gwen erzählten. Mehr als einmal ertappte sie sich dabei, wie sie ihn beobachtete, ihre Blicke sich kreuzten und er amüsiert lächelte.

»Luke, ich darf dich doch beim Vornamen nennen, schließlich bin ich die Ältere …« Gwen trank schmunzelnd einen Schluck Wein. »Das war ein ganz hervorragendes Muschelessen. Ich kann das beurteilen, denn mein Mann war Fischer.« Sie schwieg und sah von Sam zu Luke.

»Ihr könnt euch nicht vorstellen, wie das damals war. Wenn die Männer nicht genug gefangen hatten, gab es kein Geld für die notwendigsten Dinge. Ich wollte nicht, dass Arthur in den Minen arbeitet und dort umkommt, wie mein Vater und mein Bruder Theo. Ich glaube, deshalb hat er sich aufs heimliche Muschelsammeln verlegt. Gott, wir waren so jung, und deine Mutter war unterwegs, Sam. Wie viele Nächte habe ich allein in diesem Cottage verbracht und darauf gehofft, dass das Meer sich nicht meinen Arthur holt.«

»Ist er denn allein zum Muschelsammeln rausgefahren?«, fragte Sam.

»Meist gemeinsam mit Matthew. Dann haben sie Arthurs Boot genommen und sind in der Dunkelheit bis zu den Muschelbänken am anderen Ende der Bucht gerudert. Bei Niedrigwasser lagern die Muscheln auch an den Baumstümpfen von Cantre'r Gwaelod, wenn du dich erinnerst, Sam.«

»O ja, als Kinder sind wir doch oft raus und haben Eimer voller Muscheln mitgebracht. Mit Millie habe ich das oft gemacht. Wir hatten so viel Spaß damals! Ihre Mutter war nicht begeistert, denn die stinkenden Muscheln muss man waschen und putzen.« Sam lachte. »Aber du hast dich immer wahnsinnig gefreut!«

»Und warum auch nicht? Was Besseres als frische Muscheln gibt es nicht, oder, Luke?«, meinte Gwen.

Er wischte sich die Hände an einer Serviette ab und nickte. »Gar keine Frage. Wenn das Meer schon so großzügig ist, sollte man dankbar sein. Aber wenn Ihr Mann heimlich rausgefahren ist, bedeutet das, dass die Bänke aufgeteilt waren? Ich bin auch am Meer groß geworden. Da horcht man auf, wenn es um Fischereirechte und dergleichen geht. Es gab doch erst kürzlich ein Unglück oben im Nordwesten, in der Morecambe Bay, meine ich. Da sind ein Dutzend illegale chinesische Muschelsucher ertrunken. Zu weit draußen, Gezeiten nicht beachtet, getrieben von ihrem Bandenchef. Furchtbare Geschichte.«

»Schrecklich, ja, darüber habe ich ebenfalls gelesen. Mafiöse Strukturen gab es damals nicht, aber es ist richtig, dass die Gebiete aufgeteilt waren unter den Fischern und dass man es gar nicht gern gesehen hat, wenn in fremden Gewässern gewildert wurde«, erklärte Gwen.

»Und wenn es so war? Wenn Arthur gewildert hat und sie ihn erwischt haben?«, fragte Luke vorsichtig.

Doch Gwen schüttelte energisch den Kopf. »Nein. In der Nacht seines Verschwindens ist er allein rausgerudert. Er habe da eine ergiebige Ecke entdeckt, meinte er, und wollte noch ein paar Pennys für das bevorstehende Weihnachtsfest verdienen. Das war im Dezember 1955, und es war sehr kalt. Der Frost biss dir ins Gesicht, wenn du draußen warst, und ich hatte den Kindern verboten, ans Meer zu gehen. Wenn sie nass geworden wären, hätten sie sich in der Kälte den Tod geholt.«

»Aber er hätte doch trotzdem den Männern von Clarach ins Gehege kommen können!«, gab Sam zu bedenken.

»Ach, die verstanden sich doch gut. Lewis kam von dort. Die hätten ihm nie ein Leid zugefügt. Nein, nein, er war hier in der Bucht, wollte von der Mündung des Dovey aus raus. Er klang vielleicht sogar ein wenig geheimnisvoll, als hätte er wirklich eine besonders ergiebige Muschelbank entdeckt. Ich habe mich gefreut, weil er glücklich und aufgeregt schien. Er wollte uns überraschen, seiner Familie etwas gönnen. Ach, was gäbe ich darum, wenn er nicht nach den verfluchten Muscheln gesucht und einfach bei uns geblieben wäre …« Gwen legte ihr Besteck auf den Teller. »Es ist spät.«

»Was ist eigentlich aus der Raketenabschussrampe in den Dünen von Ynyslas geworden?«, warf Luke seine Frage in den Raum.

Sam starrte ihn entgeistert an, und Gwen erbleichte.

»Ich weiß nicht, was du meinst.« Sie erhob sich.

»Das wundert mich aber, wo doch vor allem Frauen die geheimen Versuche mit Radarortung hier in Ynyslas durchgeführt haben«, beharrte Luke.

»Wenn du damit sagen willst, dass ich im Krieg an irgendwelchen geheimen Tests beteiligt war, muss ich dich enttäuschen. Ich war zu jung. Und danach hatten wir andere Sorgen. Wir kämpften ums Überleben.« Mit gerunzelter Stirn schaute Gwen ihn an. »Woher weißt du das überhaupt?«

»Er war doch bei der Navy, Granny«, kam Sam ihm zu Hilfe. »Ich habe nie eine militärische Anlage in den Dünen entdeckt. Und als Kinder waren wir überall.«

»Weil es dort nichts gibt. Ich erinnere mich an nächtliche Schussgeräusche und Blitze in der Nacht. Aber als die Rationierungen aufgehoben wurden, hörte auch das auf. Wir waren einfach froh, dass es vorbei war.« Gwen wirkte erschöpft. »Ich danke dir für das gute Essen, Luke. Du darfst gern wiederkommen. Aber man überfällt alte Menschen nicht mit solchen Fragen.«

»Tut mir leid. Ich dachte, es wäre damals vielleicht eine Art offenes Geheimnis hier im Ort gewesen«, entschuldigte sich Luke.

»Geheimnisse gab es viele, aber offen war keins davon. Gute Nacht«, sagte Gwen.

»Gute Nacht, Granny. Lass nur, ich räume das weg.« Sam erhob sich ebenfalls und trug das Geschirr in die Spüle.

In Gedanken versunken berührte Gwen den Ring an der Kette um ihren Hals und verließ die Küche.

»Deine Großmutter ist eine bemerkenswerte Frau, Sam«, sagte Luke und kippte die Muschelschalen in den Mülleimer.

»Hm, und es ist das erste Mal, dass sie von der Nacht gesprochen hat, in der Arthur verschwand. Ich meine, das mit den Muschelbänken wusste ich nicht. Das ist doch eine Möglichkeit! Und überhaupt, was redest du da von einer Raketenteststation? Hier?«

Nachdenklich nickte Luke und erzählte Sam, was er von Zac erfahren hatte.

»Das gefällt mir alles gar nicht«, murmelte Sam.

Luke spülte sich die Hände ab und griff nach einem Handtuch, das neben Sam lag. Als sie es ihm geben wollte, berührten sich ihre Hände, und Sam sah ihn an. »Danke.«

»Wofür?«

»Dass du hier bist.« Sie deutete auf den Tisch mit den Resten des Abendessens. »Für das alles.«

Er lächelte und trocknete seine Hände. »Da steht noch Käse.«

»Vielleicht später.« Sie stellte sich vor ihn und schlang die Arme um seinen Körper. Dabei sah sie ihn unverwandt an. »Ich weiß noch nicht, was ich davon halten soll, aber ich möchte mehr.«

»Mehr Muscheln?« Er hob eine Augenbraue und strich ihr die Haare aus dem Gesicht, ließ seine Hände locker in ihrem Nacken liegen.

309

Anstelle einer Antwort strich sie ihm über den Rücken und zog ihn an sich. Langsam näherten sich ihre Gesichter, und sie konnte zusehen, wie der Ausdruck seiner Augen sich veränderte. Das Schelmische, Spielerische wich dunklem Begehren, das ihr Körper instinktiv erwiderte. Kurz bevor seine Lippen sie berührten, schloss sie die Augen und überließ sich dem Augenblick. Atemlos tauchte sie nach einer kleinen Ewigkeit aus einem Meer der Gefühle auf und öffnete langsam die Augen.

»Lernt man das bei den Special Forces?« Ihr Herz klopfte noch immer viel zu schnell, doch sie konnte seinen Herzschlag spüren und stellte fest, das er ihrem in nichts nachstand.

»Wir sind für außergewöhnliche Einsätze ausgebildet, aber ich habe das Gefühl, dass die Akademiker die praktische Seite auch nicht vernachlässigt haben.« Er ließ seine Hände über ihre Hüften gleiten, und Sam bog den Kopf zurück.

»Ich habe eine Menge Ideen, wie wir unsere Feldforschung fortsetzen könnten«, murmelte sie und küsste ihn erneut, genoss es, wie sich sein muskulöser Körper an sie drückte, und stellte sich vor, wie sich seine Haut unter ihren Händen anfühlen würde. Wie lange war es her, dass sie einen Mann so begehrt hatte wie Luke? Zu lange, dachte sie und spürte ein sehnsüchtiges Ziehen, das sie mit Wärme durchflutete.

»Ich darf dich kurz daran erinnern, dass wir in der Küche deiner Großmutter stehen«, murmelte Luke an ihrem Ohr.

Widerwillig machte sich Sam von ihm los, und als ihr Mobiltelefon sich summend auf dem Fensterbrett bemerkbar machte, war sie gänzlich in der Realität angekommen. »Martin? Wo bist du?«

Luke räumte das restliche Geschirr vom Tisch und nahm einen letzten Schluck Wein, bevor er den Rest in die Spüle goss.

Sam erklärte Martin, welches Haus er ansteuern sollte, und legte das Telefon zur Seite. »Ich wünschte, ich müsste jetzt nicht gehen.«

»Das ist in Ordnung. Möchtest du, dass ich hierbleibe, bis du zurück bist? Ah, sieh mal.« Er zeigte zum Fenster, vor dem die Polizeistreife langsam vorbeifuhr.

»Jetzt bin ich Detective Nicholl doch dankbar dafür, dass er seine Leute hier vorbeifahren lässt.« Sam schluckte. »Ich bin ratlos, Luke. Wirklich ratlos, und das ist grässlich! Ich habe sonst immer einen Plan, weiß, was als Nächstes zu tun ist. Aber in diesem Fall …« Hilflos hob sie die Hände. »Sie verheimlicht mir doch etwas!«

Luke nahm ihre Hand und zog sie an sich. »Schwer zu sagen, die Zeiten waren hart damals. Aber ich halte es durchaus für glaubhaft, dass Arthur ihr nicht mehr erzählt hat. Vorausgesetzt, er hatte irgendetwas anderes vor, als nach Muscheln zu suchen.«

»Du meinst das Gold, nicht wahr?« Sie legte ihren Kopf an seine Brust, die von einem weichen Fleecepullover bedeckt war.

»Ja. Ich kann mir nicht helfen, aber die Menschen sind nun einmal so gestrickt. Die Gier nach Gold hat sie schon immer getrieben. Ich habe übrigens einen Anruf von Muttoon erhalten. Hättest du morgen Zeit, mit mir nach Newtown zu fahren? Da gibt es einen schwerhörigen alten Münzhändler, der uns vielleicht mehr sagen kann.« Er spielte mit ihren Haaren und drückte ihr einen Kuss auf die Stirn.

»Ich muss eine Menge organisieren, das Team für Mrs Davis, aber vielleicht kann Martin helfen. Lass uns morgen Mittag telefonieren, okay?« Sie konnte nicht widerstehen, ihn noch einmal zu küssen, und sagte danach: »Ein schwerhöriger alter Sammler scheint mir ein guter Grund, die Arbeit zu vernachlässigen.«

»Dachte mir, dass du anbeißt.«

23

Du siehst richtig gut aus, Sam.« Martin stand neben ihr am Fuße der Dünen von Ynyslas.

Der Morgennebel hatte sich verzogen, doch die Luft war noch feucht und wurde mit zunehmendem Wind kälter. Das Wasser zog sich langsam zurück und gab den Meeresboden, das Objekt ihrer Forschungen, frei. Sam hatte die Hände in den Manteltaschen vergraben und die Haare unter einer Wollmütze versteckt.

»Charmeur.« Sie knuffte ihn in die Seite, froh, den Freund an ihrer Seite zu haben. Wie lange kannten sie einander schon? Zehn Jahre? Sie hatten sich von Anfang an verstanden, schätzten einander als Menschen und Wissenschaftler. Sam hatte früh beschlossen, dass sie diese Freundschaft nicht durch eine Affäre aufs Spiel setzen würde.

Martin MacLean war nicht so groß wie Luke und verkörperte den schlaksigen Typ. Dabei war er sehnig und zäh, was er mehrfach bei extrem anstrengenden Grabungen in der libyschen Wüste bewiesen hatte.

»Überhaupt nicht.« Er steckte seinen Schal im Ausschnitt einer zweireihigen Jacke aus Schurwolle fest. Hinter der lässigen, verschmitzten Fassade verbarg sich ein scharfer Verstand, und Martin wirkte auf Frauen äußerst anziehend, schien daraus jedoch keinen Vorteil zu ziehen. »Du wirkst so glücklich wie lange nicht. Dafür gibt es doch einen Grund, und jetzt sag nicht, dass es das Wiedersehen mit deiner Großmutter ist.«

Sam lachte. »Doch! Ich war immer gern hier, aber dieses Mal

ist es anders. Es war mir nicht bewusst, wie wenig ich über Gwen, über unsere Familie wusste. Die Dinge erhalten dadurch eine neue Perspektive.«

»Hm, sicher. Wie heißt er?«

Sie beobachteten, wie Amy, Leon und Lizzie Davis mit einer Gruppe von zehn Studenten über den Strand gingen. Heute begannen sie damit, die Daten der damaligen Studie mit den durch den Sturm verursachten Veränderungen abzugleichen.

»Ich habe dir doch von dem Fuhrweg erzählt, den ich dort draußen entdeckt habe?«, lenkte Sam ab. »Die Laborwerte ergeben einen annähernden Wert zwischen 400 bis 600 n. Chr.«

»Das weiß ich bereits von Leon, mit dem ich noch bis nach Mitternacht geplaudert und eine Flasche Rotwein geleert habe, weil du ja so schnell wieder wegmusstest. Der Werftbesitzer?«

»Auf dem Dorf ist es ja noch schlimmer als an der Uni … Es ist nicht, nun ja, vielleicht. Jedenfalls war er immer da, wenn ich Hilfe brauchte.«

»Aha, ein patenter Bootsbauer mit Helfersyndrom. Klingt gar nicht nach deinem sonstigen Beuteschema, und du weißt, dass ich mir alle Mühe gebe, da hineinzupassen …«

»Martin …«

»Hey, war nur ein Scherz.«

Rechts von ihnen zogen zwei Männer ein Holzboot in die Fahrrinne des Dovey, in der sich auch bei Niedrigwasser ein gewisser Pegel hielt. Sie hatten Angeln dabei.

»Der Werftbesitzer heißt Luke, ist Witwer und hat einen kleinen Sohn.«

»Ist das der Junge, der den Leichnam gefunden hat? Es wird kalt. Komm, folgen wir den anderen.«

»Max, ja.«

Sie stapften durch den feuchten Sand. Bald darauf blieb Martin an den ersten versteinerten Baumstümpfen stehen, bückte sich und kratzte den Schlick um eine Wurzel fort. »Jetzt stell sich das mal einer vor, wie das vor fünftausend Jahren hier ausgesehen hat! Da hätten wir mitten im Wald gestanden, und außer einem bronzezeitlichem Dorf gab es wohl kaum etwas.«

»Siedlungsreste gibt es nicht. Dann kamen die Römer und nach deren Abzug, Marty, da kam Longshanks …« Sam ließ den Blick über die weite Bucht schweifen, in der einmal ein Dutzend Dörfer auf sattem Weideland im Schutz eines riesigen Deiches gestanden haben konnten.

»Cantre'r Gwaelod, das verlorene Königreich. Du hältst das für denkbar?« Martin erhob sich, rieb den Sand zwischen den Fingerspitzen und sah dem Boot nach.

Die beiden Männer wurden von der Strömung des ablaufenden Wassers ins Meer hinausgetrieben und mussten die Ruder kaum einsetzen. Sam dachte an die Winternacht, in der Arthur allein in einem ähnlichen Boot unterwegs gewesen war. Wie leicht konnte auch ein erfahrener Fischer beim Muschelsammeln in der Dunkelheit im Schlick ausrutschen, in die Fahrrinne gleiten und ertrinken. Die Wassertemperatur lag im Winter bei fünf Grad. Und was, wenn Arthurs Boot von einer fehlgesteuerten Rakete getroffen worden war? Lukes Erzählung von der Raketenrampe in Ynyslas ließ ihr keine Ruhe. Nur erklärte all das nicht, warum jemand Arthur in eine Ölhaut gewickelt und vergraben hatte.

»Hey, Sam?«

»Was? Ja, die Siedlungen innerhalb eines Deiches könnten existiert haben. Die ersten Aufzeichnungen der Legende stehen im Black Book of Carmarthen. Die Deichanlage muss für damalige Verhältnisse enorm gewesen sein.«

»Habt ihr Fundamente des Deichs gefunden? Der müsste ja oben an der engsten Stelle der Bucht gestanden haben.« Martin blinzelte, während er in die Ferne sah. »Gibt es Luftaufnahmen?«

»Darauf ist nichts auszumachen. Der Sturm muss gewaltig

gewesen sein. Eine Sturmflut, die wahrscheinlich Teile des Festlands fortgeschwemmt hat. Dort, wo sich der Deich befunden haben könnte, ist das Meer tief und gibt den Grund nie frei. Man müsste dort tauchen, aber die Sichtverhältnisse sind hier extrem schlecht«, gab Sam zu bedenken.

Es tat gut, sich mit Martin auszutauschen, und auch die Gruppe von Lizzie Davis brachte spannende Ergebnisse mit. Gemeinsam diskutierten sie am Nachmittag im Büro, wie sie weiter vorgehen könnten. Der Tag war erfolgreich und ohne Zwischenfälle verlaufen. Weder der blaue Kleinwagen noch Kinsey hatten sich blicken lassen, und Gwen hatte sich aus der Stadt gemeldet und ihr mitgeteilt, dass ein Zahnarztbesuch sie noch etwas aufhalten würde.

Martin und Leon schienen sich blendend zu verstehen, denn sie redeten ununterbrochen über Villers' Abenteuer und die Zeit von Martin auf der *Girona*. Mittlerweile war Sam überzeugt, dass dieses Schiff tatsächlich mehr war als das Instrument eines Schatzsuchers. Sie dachte an Luke und seinen Vorschlag, nach Newtown zu fahren. Dafür war es zu spät. Man brauchte eine gute Stunde dorthin, was bedeutete, dass sie vor acht Uhr nicht zurück sein würden, und sie mochte Gwen nicht allein im Cottage wissen. Ihr Telefon summte.

»Luke, das muss Gedankenübertragung gewesen sein!«, begrüßte sie ihn und ging in die Küche, denn bei dem Stimmengewirr im Arbeitszimmer konnte sie kaum etwas verstehen.

»Was ist bei dir los? Feiert ihr einen Jahrhundertfund?«

»Schön wär's. Nein, ein Haufen Studenten erzeugt einen erheblichen Geräuschpegel. Aber wir haben viel erreicht heute. Nur ...«

»Für Newtown ist es zu spät. Habe ich mir fast gedacht. Aber wie das Schicksal es will, kommt der Prophet diesmal zum Berg.« Er machte eine gewichtige Pause.

»Wer ist der Berg, wer der Prophet?«

315

»Wir kommen in den Genuss der Gesellschaft von John Tryfan. Allerdings müsstest du dich jetzt loseisen. Ich kann dich abholen, und wir treffen den alten Herrn mit seinem Sohn im Arts Centre von Aberystwyth. Tryfans Enkel spielt dort Klavier, wenn ich das richtig verstanden habe.«

Sam überlegte nicht lange und sagte zu. Eine Stunde später saß sie inmitten von lärmenden Viertklässlern und deren Familien in der Cafeteria des Arts Centre von Aberystwyth. Luke kam mit einem Tablett, auf dem Espressotassen und Wassergläser standen, an ihren Tisch.

»Ich sehe die pure Verzweiflung in deinem Blick«, grinste er. »Und dabei warst du noch nicht in einer Turnhalle zur Schuljahresabschlussfeier.«

Sie winkte ab. »Djemaa el-Fna in Marrakesch. Wenn du den Markt überlebst, ist alles andere dagegen ein Spaziergang.« So viele schreiende, lärmende Menschen, Tiere und Gerüche, konzentriert auf einem Marktplatz, waren für jeden Europäer eine Herausforderung.

»Aye, orientalische Märkte sind eine harte Schule. Ah, das müssen sie sein.« Luke winkte einem Mittdreißiger zu, der einen älteren Herrn und einen kleinen Jungen vor sich herschob.

Tryfan junior wirkte etwas gehetzt, machte aber einen sympathischen Eindruck. »Hier, Michael.« Er drückte seinem Jungen eine Fünfpfundnote in die Hand, der damit zum Kuchentresen rannte.

Anschließend stellten sie einander vor, und John Tryfan setzte sich neben Sam. Ihr fiel sein Handstock mit einem Griff aus Elfenbein und Gold auf. »Sehr schön«, sagte sie mit erhobener Stimme.

Tryfan senior hob die buschigen Augenbrauen. »Sie müssen nicht schreien, junge Dame. Mein Hörgerät funktioniert einwandfrei.«

»Dad, das ist meine Schuld. Ich habe erzählt, dass du nicht so gut hörst. Ich wusste ja nicht, dass du dein Hörgerät wieder benutzt«, entschuldigte sich Tryfan junior.

»Warum sollte ich es zu Hause benutzen, wo alle nur langweiliges Zeug reden.« Der alte Antiquitätenhändler strich sich über einen akkurat geschnittenen grauen Schnurrbart. Zum blauen Oberhemd trug er ein dunkles Sakko und anstelle einer Krawatte einen elegant geknoteten Seidenschal. »Mein Enkel ist ein reizendes Bürschchen, aber das Klavier, das er täglich malträtiert, tut mir leid.«

»Dad!«, beschwerte sich sein Sohn, der in seinem legeren Outdoorlook das Gegenteil seines distinguiert wirkenden Vaters war. »Möchtest du etwas trinken? Ich sehe mal, was Michael treibt. Sie haben noch alles?«

Tryfan senior schüttelte den Kopf und schaute erwartungsvoll zu Sam und Luke.

»Danke!«, sagte Luke.

»Und Sie sind Archäologin?«, erkundigte sich Tryfan senior.

»Wir haben die Grabungen in Borth wiederaufgenommen. Der Sturm hat so viel freigelegt wie noch nie. Aber wir müssen zügig arbeiten. Das Meer holt sich schnell zurück, was es uns einmal hat sehen lassen.« Sam hatte das Gefühl, dass der alte Mann genau im Bilde war, und verzichtete auf umständliche Erläuterungen. Stattdessen holte sie den goldenen Armreif aus ihrer Tasche und legte ihn vor Tryfan auf den Tisch.

Die Augen des Experten leuchteten auf. Er zog ein Vergrößerungsglas aus seiner Sakkotasche und untersuchte das Stück. »Den haben Sie wo genau gefunden?«

»Im Moor von Borth«, antwortete Sam.

»Ach ja, Borth Bog ging vor einigen Jahren durch die Presse. In der Gegend gab es Bleiminen und römische Aktivitäten. Ist dieser Armreif Teil eines Hortfunds?« Tryfan betrachtete die

317

Musterung und holte seinerseits eine kleine Mappe hervor, die kaum größer als eine Handinnenfläche war.

»Nein, aber ich frage mich, ob er das nicht gewesen sein könnte.« Sam warf dem ehemaligen Antiquitätenhändler einen bedeutungsvollen Blick zu.

Tryfan schlug das gefütterte Mäppchen auf, und eine goldene Münze kam zum Vorschein. Mit einem wissenden Lächeln beobachtete er die Reaktion von Luke und Sam. Auf der Vorderseite der Münze war die Büste eines römischen Kaisers zu sehen.

»Magnus Maximus, und für die Waliser war es der Macsen Wledig!«, sagte Sam und drehte die Münze um. »Mein Gott, das ist ja ein ganz seltenes Stück! Schau, Luke.«

Auf der Rückseite waren zwei Kaiser zu sehen, die nebeneinander auf einem Thron saßen und einen Globus hielten. Der Siegeskranz und die römischen Buchstaben VICTORIA AVGG zierten den Rand.

»Zwei Kaiser? Gab es jemals zwei römische Kaiser hier in Großbritannien?«, fragte Luke.

Sam sah Tryfan an, denn schließlich war es sein Stück, und der alte Herr erklärte: »Die Herrschaft der Römer über Großbritannien ging schleichend zu Ende. Es begann mit dem Tod Valentinians I., als die Herrschaft über den Westteil des Reiches 375 n. Chr. an seine beiden Söhne überging. Der eine war erst vier Jahre alt, der andere, Gratian, war nach einem Sieg über die Goten eine Zeit lang Alleinherrscher. Nun ja, Gratian bestimmte dann den Heerführer Theodosius zum Mitkaiser über die Donauprovinzen.«

»Theodosius hatte erfolgreich die Pikten und Schotten bekämpft, muss man vielleicht dazusagen«, fügte Sam hinzu, denn schließlich war Luke nicht so bewandert in der römischen Geschichte wie sie.

»Gratian verlor das Vertrauen des Heeres, und dann gab es

den ebenfalls im Kampf gegen die Pikten erfolgreichen Heerführer Magnus Maximus. Maximus war eifersüchtig auf Theodosius, der zum Kaiser erhoben worden war, schürte den Hass gegen Gratian und wurde schließlich selbst zum Kaiser ernannt. Er hatte großen Rückhalt in den Truppen, sogar in Germanien. Ein Vertrauter von Maximus tötete später Gratian, der nach Singidunum, heute Belgrad, geflohen war.« Es machte Tryfan sichtlich Freude, in der römischen Geschichte zu schwelgen. Er tippte auf die Münze. »Und diese Münze zeugt davon, dass Theodosius angesichts Maximus' wachsender Macht die Kaiserwürde des Nebenbuhlers anerkannte und ihm erlaubte, sich bildlich als Kaiser darzustellen.«

»Heimlich plante Theodosius natürlich schon den Sturz des verhassten Konkurrenten«, sagte Sam. »388 wurde Maximus von Soldaten des Theodosius bei Thessaloniki ermordet. Aber das Interessante an der ganzen Geschichte ist, dass Maximus seine Truppen aus Britannien abzog, um das römische Weltreich zu erobern. Und es rankt sich eine hübsche Legende um ihn – eben jener Traum des Macsen Wledig.«

»Ich glaube, das hat Max mal in der Schule gelesen«, überlegte Luke. »Gab es da eine walisische Prinzessin, die Maximus geheiratet hat? Und derentwegen zog er dann die Truppen ab oder so ähnlich?«

Sam lächelte. »Die Liebe ist ein schöner Grund, um ein Land zu befreien, auch wenn es nur eine Legende ist. Für die Verbindung von Maximus mit einer walisischen Stammestochter gibt es keine Beweise, anders ist das schon mit Cantre'r Gwaelod ...«

Tryfan legte die beiden Fundstücke nebeneinander. »Das untergegangene Königreich, hm? Aber diese Stücke stammen beide aus der Zeit des letzten römisch britannischen Kaisers.«

»Sind Sie sich da sicher? Der Armreif hat keine Signatur«, meinte Sam.

319

Tryfan kniff die Augen zusammen und trommelte mit den Fingerspitzen auf der Tischplatte. »Das nicht, aber ich habe identische Stücke gesehen, und die stammten alle aus derselben Quelle.«

Sam und Luke wechselten einen alarmierten Blick. »Und woher kamen die Sachen?«

»Tja, das ist nicht so einfach. Diese seltene Maximus-Münze habe ich behalten, weil sie so etwas wie ein Notgroschen für mich ist. Auf dem Markt wird sie mit ungefähr zwölftausend Pfund gehandelt«, sagte Tryfan nicht ohne Stolz und sah sich nach seinem Sohn um, der jedoch noch mit den Kindern beschäftigt war.

»Schauen Sie, es ist nicht immer alles legal in unserem Geschäft. Obwohl ich nie wirklich heiße Ware angekauft habe! Aber bei dieser Münze konnte ich einfach nicht widerstehen. Ha, natürlich habe ich damals nicht viel dafür gezahlt. Der Mann wollte sie unbedingt loswerden. Das war sicher das schlechteste Geschäft seines Lebens! Und er wusste das, denn er hat gefeilscht und geflucht!«

»Und wer war dieser Mann?« Sam brannte vor Neugier.

Grübelnd kräuselte Tryfan die Stirn. »Und da muss ich leider passen. Er hat seinen Namen nicht genannt, und ich habe nicht gefragt. Es war im Winter, das weiß ich noch. Einer der härtesten Winter seit Jahren. Ich wunderte mich, dass sich überhaupt jemand auf die Straße getraut hatte. Wir hatten den Anbau gerade fertig, nur der Ofen im Kinderzimmer ging noch nicht. Dann sollte das der Winter 1951/52 gewesen sein.«

»Arthur verschwand erst im Dezember 1955.« Sam sah Luke an. »Was war das denn für ein Mann? Ein einfacher Mann, der einen Zufallsfund verkaufen wollte?«

»O nein, so wirkte er nicht. Nein, er verstand etwas von seinem Fach, keine Frage. Ein Händler, würde ich sagen. Spielte nicht in der ersten Liga, aber er wusste schon, was er da hatte.

Nur brauchte er dringend Geld. Und an diesem Tag war ich anscheinend seine letzte Hoffnung.« Der gewiefte Tryfan war sich keiner Schuld bewusst, und warum auch, Handeln und Feilschen gehörten zu seinem Metier.

»Sie haben ihn nie wiedergesehen? Und warum sagen Sie, dass alle Stücke aus derselben Quelle stammten?«, hakte Sam nach.

»Ach so, ja, er kam ein paar Jahre später noch einmal zu mir. Eben mit einem solchen Armreif, einer Brosche oder Fibel und Ringen und anderem Nippes. Aber Schmuck habe ich nie verkauft. Münzen ja, deshalb konnte ich nicht nein sagen. Jemand hatte ihm die Sachen günstig überlassen, hat er gesagt.« Der Alte strich sich über den Schnurrbart. »Da fragt man nicht nach. Diskretion ist das A und O in unserem Geschäft.«

Luke verzog den Mund und hüstelte.

»Jedes Gewerbe hat seine Hintertürchen. Ist das nicht so?«, meinte Tryfan.

Luke nickte. »Sicher. Wir machen Ihnen keinen Vorwurf. Es ist sehr freundlich, dass Sie überhaupt mit uns sprechen.«

»Warten Sie, das fällt mir noch ein. Der Mann sprach davon, dass der große Viehmarkt ihm das ganze vorweihnachtliche Geschäft verdorben hätte. Und ich weiß, dass dieser besondere Viehmarkt immer in Machynlleth stattgefunden hat.« Tryfan steckte die Münze wieder ein und griff nach seinem Handstock. »Wollen Sie wissen, wem der einmal gehört hat?«

In diesem Moment kam sein Enkel an den Tisch gerannt und hätte dabei fast seine Limonadenflasche ausgekippt.

24

Und was habt ihr sonst noch gemacht?«, fragte Luke seinen Sohn, der die Zeit mit seinen Eltern zu genießen schien.

»Wir waren in einem Schloss! Das war riesig, und wir mussten Pantoffeln anziehen!«, erzählte Max aufgeregt.

»Das klingt toll. Kannst du mir nachher noch Granny geben?«, fragte Luke.

»Klar. Bye, Dad!« Es rauschte in der Leitung, und die Stimme seiner Mutter erklang. »Hallo, Luke? Wie du hörst, geht es deinem Sohn gut, und wir haben viel Spaß zusammen.«

»Danke, Mum. Ich finde, dass Max sich verändert hat in den letzten Wochen. Er ist viel mehr aus sich herausgekommen.« Luke stand im Büro seiner Werkstatt. Nach dem Gespräch mit John Tryfan hatte er Sam beim Cottage abgesetzt und war zur Werft gefahren.

»Ja, mein Junge, das ist mir auch aufgefallen. Und kann es sein, dass eine gewisse Archäologin daran Anteil hat? Ich habe Max noch nie so viel über alte Bäume im Meer und Schiffe und Wracks und ein Schiff mit Namen *Girona* reden hören. Diese Frau hat einen Zugang zu Max gefunden.« Ihre Stimme klang belegt, und Patricia Sherman machte eine Pause, bevor sie fortfuhr: »Das freut mich sehr, weißt du. Für Max und für dich. Werden wir sie kennenlernen?«

»Bitte? Mum, was hat Max denn nur erzählt? Sam, Doktor Goodwin, ist eine bemerkenswerte Frau, aber mehr gibt es dazu im Moment nicht zu sagen.«

»Du wirst schon wissen, was richtig für dich ist. Aber ich finde, du hast dich lange genug in dieser Einöde vergraben. Sophie ist die Mutter deines Sohnes, aber wie es um eure Ehe stand, weißt du selbst am besten. Ihr Tod hat nur früher und auf grausame Weise beendet, was auch so zu Ende gegangen wäre. Entschuldige, aber ich wollte dir das schon lange sagen.« Patricia Sherman war direkt, unverblümt und herzlich.

Noch vor wenigen Wochen hätte Luke scharf und verärgert reagiert, doch heute sagte er: »Ich weiß, und ich nehme es dir nicht übel. Küss Max von mir. Anscheinend bin ich bei ihm ganz abgemeldet, aber das freut mich. Für ihn und für euch. Umarme Dad von mir!«

Patricia Sherman verabschiedete sich in ihrem melodischen Yorkshire-Dialekt und machte Luke schmerzlich bewusst, dass er seine Familie vermisste. Doch er hatte andere Sorgen. Der Mann, der ihm jetzt weiterhelfen konnte, befand sich in Lympstone.

»Hi, Luke, was gibt's? Wenn du mich so schnell zurückrufst, hast du etwas auf dem Herzen«, begrüßte ihn Zac.

»Diese Raketenrampe in Ynyslas lässt mir keine Ruhe. Kannst du herausfinden, welche Frauen nach dem Krieg dort beschäftigt waren?«

»Na, du bist gut. Das ist eine geheime Verschlusssache.«

»Ach, komm schon, Zac, du sitzt doch an der Quelle, und bestimmt frisst dir die eine oder andere reizende Sekretärin aus der Hand«, flachste Luke.

»Heute bist du besser beraten, wenn du einen Computernerd zum Freund hast. Der knackt dir jede Datei«, beschwerte sich Zachary.

»Aber die Akten sind so alt und sicher nicht besonders wichtig, die verstauben in irgendeinem Karton und warten nur darauf, wiedergefunden zu werden. Du hast was gut bei mir!«

323

»In Ordnung. Du hilfst mir dabei, ein Boot zu kaufen, und ich besorge dir die Akten.«

Ein Geräusch aus der Halle ließ Luke aufhorchen. Es klang, als wäre etwas Schweres zu Boden gefallen. »So machen wir's. Danke, Zac.«

Er legte auf und schaute durch das große Fenster in die Halle, in der jedoch niemand zu sehen war. Ty hatte abgeschlossen, niemand sonst hatte einen Schlüssel, und ein Kundentermin war auch nicht vereinbart. Luke schaltete die Beleuchtung ein und ging langsam auf das Boot in der Mitte der Halle zu, an dem derzeit gearbeitet wurde. Im Gehen nahm er einen Schraubenschlüssel von der Werkbank. »Hallo! Wer immer hier ist! Ich verstehe keinen Spaß, und wenn dein Schädel nicht härter als der Schraubenschlüssel hier ist …«

Plötzlich bewegte sich eine Farbdose auf einem Eckregal, und Liam kam schuldbewusst dahinter hervor. »Ich bin's nur. Tut mir leid, wollte nicht stören.«

»Was wolltest du dann? Schleichst hier im Dunkeln herum. Warum bist du nicht ins Büro gekommen? Du hast doch gesehen, dass ich da bin.« Skeptisch musterte er seinen Mitarbeiter.

Liam trug noch immer seine Arbeitskleidung und wirkte fahrig. »Hab mein Handy vergessen. Hatte es bei den Spritzpistolen abgelegt.« Wie zum Beweis griff er in seine Hosentasche und zog ein Handy hervor.

»Aha. Nächstes Mal schleichst du nicht hier herum. Ich meine das ernst. Eine Warnung – und dann ist Schluss.« Er wog den Schraubenschlüssel in der Hand, dessen kaltes Metall unliebsame Erinnerungen heraufbeschwor. Der Junge wurde von privaten Problemen gequält, das konnte man ihm ansehen, und Luke sagte etwas freundlicher: »Vielleicht erzählst du mir jetzt, was dich bedrückt?«

»Nichts, Sir, es ist nichts.« Das Schuldbewusstsein des Ertappten wich seinem üblichen trotzigen Ausdruck. »Ich arbeite gern hier.«

»Es täte mir auch leid, dich zu verlieren, Liam, aber Unehrlichkeit ist für mich ein Ausschlusskriterium. Haben wir uns verstanden?«

»Ich habe nichts gestohlen, falls Sie das denken!«, entrüstete sich Liam, doch es klang nicht überzeugend.

»Davon gehe ich aus. Und jetzt verschwinde und sei morgen pünktlich«, sagte Luke ernst. Was zum Henker war los mit dem Jungen? Morgen würde er noch einmal in aller Ruhe mit ihm reden.

Er sah auf die Uhr und entschied sich für unliebsame Büroarbeit. Rechnungen mussten bezahlt und geschrieben werden, und auch die Steuer erledigte sich nicht von selbst. Die Aussicht, in sein leeres Haus zu fahren, erfüllte ihn mit wenig Begeisterung. Er schrieb gerade eine Mahnung – etwas, was ihm widerstrebte, aber auf den Kosten sitzen bleiben wollte er auch nicht –, als das Telefon klingelte.

»Störe ich dich?« Sam klang nervös.

»Nein, gar nicht. Du unterbrichst mich im richtigen Moment. Ist was mit Gwen?«

»Sie war sehr aufgewühlt heute. Die Sache mit der Radarteststation in Ynyslas hat sie ganz durcheinandergebracht. Beim Zahnarzt war sie überhaupt nicht, sondern sie hat Hannah in Cardigan besucht!«

»Hannah ist wer?«

»Sie war die Frau von Arthurs bestem Freund Matthew. Könntest du vielleicht kurz vorbeikommen? Nur, wenn es passt .«

»Bin schon unterwegs.« Er mochte sich täuschen, aber in ihrer Stimme schwang Angst mit.

Fünfzehn Minuten später parkte er seinen Wagen in der Einfahrt von Gwens Cottage, direkt hinter Sams Limousine. Sam erwartete ihn in der Tür und sah erschreckend blass aus.

»Schön, dass du da bist!«, murmelte sie und umarmte ihn.

Ihre dichten Locken waren lose zurückgebunden, und sie trug eine knielange Strickjacke zur Jeans, die noch Spuren von Schlick aufwies.

Er küsste sie zärtlich und folgte ihr ins Wohnzimmer, wo der Ofen eine beinahe erdrückende Hitze verströmte. »Hier kann man ja Eier ausbrüten ...«

»Mir war so kalt.« Sie ging zum Fenster, doch er nahm ihren Arm und führte sie zum Sofa. Bevor er sich mit ihr setzte, zog er die Jacke aus und warf sie auf einen Sessel.

»Okay, was hat Gwen gesagt?« Er legte den Arm um sie, so dass sie sich an ihn kuscheln konnte.

»Sie war wütend! Ich mache mir die ganze Zeit solche Sorgen um sie, und da fährt sie einfach allein nach Cardigan, sagt mir nicht Bescheid und kommt mit einer Stinklaune zurück. Hannah sei eine senile alte Kuh, hat sie geschimpft, in ihrer Fotokiste herumgewühlt, und dann hat sie geweint.« Sam lehnte den Kopf an seine Schulter. »Sie so verzweifelt zu sehen macht mich ganz krank. Das kenne ich nicht von ihr. Nicht dass ich bis vor kurzem viel über ihr Leben wusste!«

»Alles begann mit Arthurs Leiche, wenn ich das richtig sehe. Und die hat ausgerechnet mein Sohn gefunden ...«

»Dafür bin ich ihm sehr dankbar!« Sie schmiegte sich an ihn, bevor sie fortfuhr: »Und Gwen auch, das kannst du mir glauben. Es ist nur diese Mauer, gegen die ich immer wieder bei ihr renne. Sie ist ja nicht ohne Grund zu Hannah Blyth gefahren.« Plötzlich richtete sich Sam auf. »Gareth! Sollten wir nicht mal mit ihm sprechen? Er ist immerhin Hannahs Enkel.«

»Ob der uns etwas sagen würde? Ich habe übrigens mit meinem Freund Zac gesprochen. Er versucht, Einblick in die militärischen Unterlagen über Ynyslas zu erhalten.«

Sam beugte sich vor, um ihm Tee in einen Becher zu gießen,

den sie ihm reichte. »Großartig! Und was ist mit dem Antiquitätenhändler in Dolgellau? Könntest du den nicht noch einmal
anrufen und nach einem Händler in Machynlleth befragen?«

»Schon, aber meinst du nicht auch, dass er den erwähnt hätte?
Machynlleth liegt sehr viel dichter an Dolgellau als Newtown.
Und sonst gab es nichts heute? Du klangst, als hättest du Angst.«
Er nahm den Becher aus ihren Händen und bemerkte, wie sie
den Blick kurz abwandte, bevor sie antwortete.

»Angespannt vielleicht. Es war ein langer Tag, und Martin
und Lizzie Davis haben mir sehr geholfen. Da fällt mir ein, dass
wir morgen alle zum Lunch ins *Lighthouse* gehen. Möchtest du
kommen? Martin ist sehr unterhaltsam.«

»Wenn du deinen Freund so lobst, muss ich ihn kennenlernen.
Besser man kennt den Feind, dann kann man eine Strategie ent-
wickeln.« Der störende Becher landete auf dem Tisch, und Luke
manövrierte Sam mit einer geschickten Bewegung rücklings auf
das Sofa. »Hm, besser ...«

Sie protestierte nicht, sondern schob ein Bein um seine Hüfte. »Viel besser.«

Als sie sich diesmal küssten, war jeder Gedanke an eine vielleicht unmögliche gemeinsame Zukunft unwichtig. Er wollte sie,
und sie schien genauso zu empfinden, denn ihren Lippen ent-
rangen sich wohlige kleine Seufzer, während ihre Zunge seinen
Mund erkundete.

Ein zaghaftes Räuspern traf sie wie ein kalter Schauer, und
ertappt wie Teenager bei ihrem ersten heimlichen Date fuhren
sie auf. Sam zog ihr Hemd gerade, und Luke hoffte, dass die
Lichtverhältnisse ungünstig genug waren, um seine Erregung
zu verbergen.

Gwen schaute mit zerwühlten Haaren durch den Türspalt und
sah sie mit schuldbewusster Miene an. »Oh, hallo, Luke. Ich
wusste nicht, dass du hier bist. Sam, verzeih mir. Wir können

morgen reden.« Sie wollte die Tür zuziehen, doch Sam sprang auf und nahm ihre Großmutter in den Arm.

»Komm zu uns, Granny, und sag, was dich bedrückt.«

»Ich hatte einen Albtraum!« Gwen ließ sich von ihrer Enkeltochter zu einem Sessel führen und wirkte müde und verwirrt. Doch dann rieb sie sich das Gesicht, strich sich die Haare glatt, und ihre Augen leuchteten klar. »Träume sind die Sprache des Unterbewusstseins. Ich versuche, in die Vergangenheit zu sehen und mir einen Reim auf ...«, sie rang die Hände, »... auf die Umstände zu machen, die zu Arthurs Tod geführt haben. Erst jetzt wird mir einiges bewusst, was mir damals nicht aufgefallen ist. Aber es ist so schwer ... Wir waren doch alle Freunde!«

»Warum bist du zu Hannah gefahren, Granny? Warum heute?«, fragte Sam leise.

Gwen Morris richtete ihre Augen auf Luke. »Wegen der Sache mit den Dünen von Ynyslas.«

Luke richtete seine ganze Aufmerksamkeit auf die alte Dame. »Du warst dabei?«

»Nein, das war ich nicht, aber ich kannte eine der Frauen, die dort gearbeitet haben.« Gwens Lippen wurden schmal, und es kostete sie sichtlich Überwindung, darüber zu sprechen. »Meine Mutter.«

Es wurde sehr still in dem kleinen Wohnraum, und nur das Knistern des Feuers im Ofen war zu hören. Luke war vielleicht nicht ganz so überrascht von dieser Eröffnung wie Sam, denn seit er von den Radartests in Ynyslas wusste, war er den Verdacht nicht losgeworden, dass Gwen etwas verschwieg. Selbst wenn Rampe und Station geheim gehalten worden waren, hätten die Anwohner Aktivitäten wahrnehmen müssen.

»Und diese Hannah? Deine Freundin?«, brach er das Schweigen.

»Freundin! Ha!«, schnaufte Gwen. »Wir waren uns nahe, weil

wir beide in diesem Nest lebten. In Zeiten der Not schließt man Freundschaften, die man unter anderen Umständen nicht einmal in Erwägung ziehen würde.«

»Aber … ich verstehe nicht!«, sagte Sam. »Die Fotos! Ihr saht so fröhlich aus, so ausgelassen!«

»Sicher sahen wir so aus. Vielleicht waren wir es auch, manchmal. Das Leben geht weiter, und man muss das Beste daraus machen. Auch wenn einem sogar die eigene Mutter das kleine Glück, das man sich erkämpft hat, missgönnt«, sagte Gwen bitter und berührte den Ring an ihrem Hals.

St. Matthew's, Borth, September 1950

Der Wind bog die wenigen Bäume auf dem Hügel ins Land. Graue Regenwolken türmten sich über den Häusern, die sich hinter dem Deich aneinander festzuhalten schienen. St. Matthew's dagegen trotzte grau, massig und allein den Naturgewalten. Seit beinahe achtzig Jahren bot das Gotteshaus den Küstenbewohnern Schutz und Halt. Mehr Trost fand mancher wohl bei einem Pint Bier im Pub, aber die Geistlichen von Borth kannten ihre Schäfchen. Das Leben verlangte den Fischern und Minenarbeitern des Dorfes alles ab. Wenn es sie nach Gott verlangte, war er in St. Matthew's für sie da, und wenn die Sorgen zuerst im Pub abgeladen wurden, hatte Pfarrer Stanwick dafür Verständnis.

In den letzten Jahren hatte es zu viele Beerdigungen gegeben. Der Krieg und die entbehrungsreichen Zeiten hatten viele Opfer gefordert. Ein freudiges Ereignis schweißte die Menschen wieder zusammen, ließ die Nöte und Sorgen zurücktreten hinter Momenten des Glücks. Und ein neues Gemeindemitglied willkommen zu heißen war Anlass genug zum Feiern. Die Taufgesellschaft trat nach dem Gottesdienst aus der Kirche und wurde von einer heftigen Böe empfangen. Die Frauen kreischten und hielten ihre Hüte fest, und der Täufling, der bisher fest geschlafen hatte, begann zu schreien.

»Schsch, meine Süße«, beruhigte Gwen ihre kleine Tochter.

»Du bist doch ein tapferes Mädchen, dem ein bisschen Wind nicht die Laune verdirbt.«

Seit der Geburt ihrer Tochter vor zwei Monaten war Gwen ganz verliebt in das kleine Wesen mit dem engelsgleichen Gesicht. Es hatte ihre dunklen Augen und Arthurs fein geschwungene Brauen.

»Zieh ihr die Mütze mehr in die Stirn. Sie erkältet sich noch«, ermahnte Evelyn Prowse ihre Tochter. Die verwitwete Evelyn stach mit ihrer militärischen Uniform aus den farbenfroh gewandeten Taufgästen heraus. Sie trug die graue Uniform der Royal Air Force, der sie Anfang Mai beigetreten war. Evelyn hatte sich verändert, war unnahbar geworden und zeigte kaum Gefühle. Sie gab Gwen praktische Hinweise in Bezug auf die Pflege des Kindes, küsste und herzte es jedoch kaum.

Gwen verletzte das kühle Verhalten ihrer Mutter sehr, doch sie schob es auf den kürzlich erlittenen doppelten tragischen Verlust. Ihren Mann und den Letzten ihrer Söhne innerhalb weniger Tage verlieren zu müssen war an sich schon ein kaum zu ertragender Schicksalsschlag. Dazu kamen jedoch die Umstände von Theos Tod. Als Evelyn bei einem Besuch in Gwens Cottage zufällig Theos Brief gelesen hatte, war sie außer sich gewesen und hatte Gwen die Schuld am Tod des Bruders gegeben. Seit jenem bitteren Zerwürfnis sprachen Mutter und Tochter kaum miteinander, worunter Gwen sehr litt.

»Mum, komm doch bitte noch mit zum Essen«, bat Gwen und zog die wollene Kindermütze tiefer. »Alle haben sich große Mühe gegeben, und es wäre sehr schön, wenn du dabei wärest. Ich weiß, dass Vater und Theo sich gefreut hätten.«

Evelyns Mund zuckte kurz, bevor sie erwiderte: »Du weißt gar nichts, Gwen. Du hast dir genommen, was du wolltest, und jetzt leb mit den Konsequenzen. Meinen Segen hast du nicht.«

Arthur, der mit Lewis gesprochen hatte, trat zu ihnen. »Evelyn, bitte mach uns die Freude. Meine Eltern sind auch hier. Wir sind doch jetzt eine Familie.«

Evelyn maß die junge Familie mit kühlem Blick. »Mein Dienst beginnt in einer halben Stunde. Selbst wenn ich wollte, was nicht der Fall ist, könnte ich nicht bleiben.«

Sie zögerte, strich kurz über die gestickte Decke, die sie Gwen zur Taufe geschenkt hatte, und murmelte: »Hoffentlich wird dein Leben glücklicher als unseres, kleine Harriet.«

Mit erhobenem Kinn schritt sie eilig den Plattenweg hinunter.

Gwen schluckte aufsteigende Tränen hinunter und sah Arthur an. »Sie wird sich besinnen und ihre Meinung ändern. Wer kann denn unserem kleinen Sonnenschein widerstehen?«

Arthur strich ihr über die Schultern und küsste sie auf die Wange. »Lass sie. Was sie durchgemacht hat, kann die Stärksten zerbrechen, aber sie liebt dich. Sie ist deine Mutter und …«

Weiter kam er nicht, denn hinter ihnen wurde gestritten.

Matthew klang ernsthaft verärgert. »Das muss ich mir von einem wie dir nicht sagen lassen, Jenson!«

Augenblicklich wandten sich Gwen und Arthur um und sahen sich den beiden Streithähnen gegenüber. Kayla stand mit spöttischer Miene daneben und schien den Streit als unterhaltsame Unterbrechung zu betrachten.

Jenson lief dunkelrot an. »Was meinst du damit? Was ist denn einer wie ich? Ein Pubbesitzer, der euch Schmarotzer einlädt! Dafür bin ich gut, aber wenn ich verlange, dass du deine Rechnungen begleichst, dann bin ich plötzlich ein Erpresser?«

Matthew senkte seine Stimme, weil ihm bewusst wurde, dass sie im Zentrum der Aufmerksamkeit standen. »Wir hatten das abgesprochen, und du hast mir bis Dezember Zeit gegeben. Warum jetzt?«

Jenson Perkins wirkte gegenüber dem kräftigen Matthew noch schmächtiger. Sein Herzleiden hatte ihn vor dem Militärdienst bewahrt, doch er hatte stets unter seiner schwächlichen Konstitution gelitten. Er war nicht im landläufigen Sinn gutaussehend. Dennoch wirkten die leicht vorquellenden grünen Augen, die breiten Lippen und das dichte dunkelblonde Haar bei ihm attraktiv. Seit der Heirat mit Kayla hatte er sich verändert und mit seinem neu gewonnen Selbstbewusstsein, dem eine überhebliche Dreistigkeit innewohnte, seine Freunde mehrfach vor den Kopf gestoßen.

»Weil ich das Geld brauche. So einfach ist das.« Jenson fing Kaylas anfeuernden Blick auf und fügte hinzu: »Du hast doch lange genug von meiner Gutmütigkeit profitiert. Oder sollte ich lieber sagen, von meiner Dummheit? Aber damit ist es jetzt vorbei. Ich muss auch an mich und meine Familie denken.«

Matthew ballte wütend die Fäuste und stieß Jenson vor die Brust. »Du mieser kleiner Feigling. Wir haben für solche Drückeberger wie dich den Kopf hingehalten, und so zahlst du es uns heim!«

»Hey! Was ist denn plötzlich in euch gefahren?«, mischte Arthur sich ein.

Jensons Lippen waren schmal, und er stieß Arthur einfach zur Seite. »Halt dich da raus. Du hast doch nur Glück, dass deine Frau das Geld ihres toten Bruders mit in die Ehe gebracht hat.«

Gwen schrie auf, als Arthur zornig knurrte und Jenson einen Schlag gegen das Kinn verpasste. Matthew stürzte sich nun seinerseits dazwischen, um den Freund zu verteidigen, und eigentlich hätte Jenson keine Chance gegen die beiden muskulösen Männer gehabt, doch seine Wut schien ihn zu beflügeln. Zudem kreischte Kayla hysterisch: »Gib's ihnen, Jenson!«

In kurzer Folge teilte Jenson gezielte Fausthiebe aus, die Arthur eine blutige Lippe bescherten, was Matthew nur noch wütender machte.

»Komm her, du …«

Weiter kam er nicht, denn Lewis packte seinen zum Schlag erhobenen Arm und zog ihn von Jenson weg. »Matt! Seid ihr verrückt geworden? Benehmt euch wie die kleinen Kinder!«

Gwen, die ihre Tochter im Arm hielt, zog ein Taschentuch aus ihrem Ärmel und gab es ihrem Mann, der es sich gegen die blutende Lippe drückte.

Die anderen Gäste, die den Streit anfangs für einen Spaß gehalten hatten, traten ebenfalls näher, und Arthurs Mutter kümmerte sich um ihren Sohn. Eine Windböe fegte über den Hügel, und erste Regentropfen klatschten auf die Steine. Die grauen Steine der Kirche hoben sich kaum noch vom düsteren Wolkenhimmel ab, und Gwen zuckte zusammen, als die Glocken läuteten.

Pfarrer Stanwick kam zu ihnen gelaufen. »Heute ist ein Tag der Freude, und ihr prügelt euch? Schämen sollt ihr euch!« Der dickliche Mann mit dem grauen Backenbart sah vorwurfsvoll von einem zum anderen. Er trug einen schwarzen Anzug und setzte seinen Hut auf. »Wir sollten gehen, bevor der Herr die Schleusen vollständig öffnet.«

Jenson beugte sich zu Matthew, der sich den Magen hielt, und sagte: »Du sitzt auf einem allzu hohen Ross, mein Lieber. Wenn man mir Hörner aufgesetzt hätte, wäre ich nicht so stolz.«

Entsetzt drückte Gwen ihr Kind an sich und hielt nach Hannah Ausschau. Wo war sie denn ausgerechnet jetzt? »Mr Stanwick, haben Sie Hannah gesehen?«

Der Pfarrer sah sich um, während er ständig wiederholte: »Du lieber Himmel, ach du lieber Himmel …«

Arthur und seine Eltern kamen nun zu ihr. »Wir sollten gehen«, sagte ihr Mann, das Taschentuch noch an den Lippen.

Als Gwen die besorgten Eltern sah, konnte sie die Tränen nicht länger zurückhalten und verbarg schluchzend ihr Gesicht in der Decke ihres Kindes.

»Ach, mein liebes Kind, komm, komm. Die Männer sind manchmal schrecklich dumme Hornochsen! Müssen immer den Schädel durch die Wand rammen«, versuchte Matilda Morris sie zu trösten.

Sie war eine kleine, rundliche Person, die sich von früh bis spät um den Haushalt und die Familie sorgte. Ihr bescheidenes Heim war ihre Welt, und sie beklagte sich nie. Im Gegensatz zu Evelyn hatte Matilda nie den Wunsch verspürt, etwas anderes als Ehefrau und Mutter zu sein. Und vielleicht war das der richtige Weg, überlegte Gwen oft, wenn sie die zufrieden wirkende Matilda sah. Vielleicht machten allzu verwegene Wünsche und Sehnsüchte das Leben nur unnötig kompliziert.

»Was du wieder redest, Tilda«, brummte Fred Morris, in Statur und Aussehen die ältere Version seines Sohnes. »Artie, sag deinen Freunden, sie sollen sich am Riemen reißen, sich die Hände schütteln wie Männer. Eine Entschuldigung steht jedem gut an.«

Lewis, der Matthew und Jenson mit seinen riesigen Armen auseinanderhielt und sie durchdringend anstarrte, sagte laut: »Habt ihr das gehört? Ihr gebt euch jetzt die Hände, und dann gehen wir die Taufe dieses hübschen Mädchens hier feiern.«

Gwen beobachtete, sich die Tasche wischend, wie Matthew und Jenson sich halbherzig die Hände reichten. In ihren Augen blitzte es noch immer zornig auf, und sie fragte sich, was Jenson zu seinem unangebrachten Verhalten getrieben hatte. Sollte Kayla ihn derartig beeinflusst haben?

Arthur schien ähnliche Gedanken zu hegen, denn er legte den Arm um ihre Schultern und führte sie über die Schieferplatten den Hügel hinunter. »Ich kenne Jenson nicht mehr. Die Frau tut ihm nicht gut. Aber so hätte ich sie nicht eingeschätzt. Berechnend, das schon, aber nicht so dumm, dass sie ihm die Freunde und die Kunden vergrault.«

»Da hat sie nicht zu Ende gedacht. In einem kleinen Dorf ist man auf die Einheimischen angewiesen. Aber das Schlimmste ist die Eifersucht«, sagte Gwen, während sie aufpasste, nicht auf den nassen Steinen auszurutschen.

Arthur gab ihr Halt und beschleunigte seinen Schritt, denn der Regen wurde heftiger. »Du weißt, was Jenson gemeint hat, oder? Was ist das mit Hannah, und wo ist sie überhaupt hin? Sie war so schnell verschwunden.«

Kaum hatte er die Frage gestellt, erreichten sie den Parkplatz unterhalb des Friedhofs und entdeckten Hannah wartend neben einem Transporter. Sie hatte einen Regenschirm aufgespannt und wirkte verfroren.

»Hallo«, sagte sie kleinlaut, zog ein letztes Mal an ihrer Zigarette und trat sie im Sand aus.

»Wo warst du denn nur? Matthew hat sich mit Jenson geprügelt!«, sagte Gwen vorwurfsvoll.

Schuldbewusst senkte Hannah den Blick. »Das bin ich doch gar nicht wert.«

Arthur ließ den Arm seiner Frau los und sah Hannah verärgert an. »Jenson hat behauptet, dass du Matthew Hörner aufgesetzt hast. Stimmt das?«

Hannahs rote Haare schauten unter einem türkisfarbenen Hut hervor, der auf ihr Kostüm abgestimmt war. Die Wölbung ihres Leibes ließ keinen Zweifel darüber, dass sie hochschwanger war. Angesichts der Anschuldigung hob sie stolz das Kinn. »Jenson ist ein Lügner und ein Feigling, der Kayla nach dem Mund redet. Nur weil ich ihn habe abblitzen lassen, will er uns zerstören.«

»Das beantwortet meine Frage nicht ganz, Hannah«, sagte Arthur ruhig und mit gesenkter Stimme.

»Es geht dich auch nichts an. Aber bitte, vor meiner Ehe mit Matthew hatte ich eine kurze Begegnung mit Jenson. Nicht der

Rede wert.« Sie legte eine Hand schützend über ihren Bauch und erstickte mit dieser schlichten Geste weitere Vorwürfe.

Die übrigen Taufgäste kamen laut diskutierend zu ihnen. Und Arthur flüsterte Gwen zu: »Du hast doch davon gewusst, oder?«

Ihr Baby wimmerte leise vor sich hin, und Gwen wiegte ihre Tochter sacht. »Darüber können wir später sprechen. Ach, Matt, und da ist ja auch Hannahs Mutter.«

Mrs Penally näherte sich mit tippelnden Schritten, denn sie trug einen engen, überknielangen Rock und Pumps. »Hannah, mein Engelchen, ich habe mir schon Sorgen gemacht! Du siehst blass aus! War es zu anstrengend? Das Kind wird mit jedem Tag schwerer, das darfst du nicht vergessen.«

Mabel Penally war eine liebe Seele, entwickelte aber gluckenhafte Züge, wenn es um ihre schwangere Tochter ging. Hannah und Matthew waren in das Nachbarhaus ihrer Eltern gezogen, das günstig zu mieten gewesen war. Auf die Dauer wollte Hannah dort jedoch nicht bleiben, was sie Gwen und auch Matthew täglich hören ließ.

»Mir war schwindelig, und mein Rücken bringt mich um. Gott, Gwen, wie hast du das nur ausgehalten? Ob ein Kind diese Strapazen wert ist?«, beschwerte sich Hannah und stützte sich auf ihre Mutter.

»Wie kannst du so etwas nur sagen, Hannah. Schau dir dieses entzückende kleine Wesen doch nur mal an«, sagte Gwen und bewunderte verliebt ihre Tochter.

Hannah verzog schmerzlich das Gesicht. »Matt, du bist auch keine Hilfe, und dabei hast du mir das hier eingebrockt.«

Ihr Mann litt noch an den Folgen des Schlages in seine Magengrube, murmelte eine kaum hörbare Antwort und öffnete die Wagentür.

Die Tauffeier fand im Haus von Arthurs Eltern statt, das auf dem Hügel am Ende des Ortes stand. Es war etwas größer als Gwens Cottage, und Matilda freute sich über die Gäste, die ihr Haus mit Leben füllten. Der Tod von Arthurs Bruder und nun sein Auszug hatten eine schmerzliche Lücke hinterlassen. Doch im Gegensatz zu Evelyn verharrten Matilda und Fred nicht in Hass und Schuldzuweisungen, sondern nahmen das Leben so, wie es kam. Gwen saß auf einem Stuhl in der Küche und stillte ihre kleine Tochter, während sie die Gäste in den angrenzenden Räumen lachen und plaudern hörte. Pfarrer Stanwick gab mit zunehmendem Bierkonsum erheiternde Anekdoten zum Besten.

Matilda brachte eine leere Schüssel in die Küche und setzte sich zu ihr. »Ist das nicht ein hübsches Mädchen? Und wie sie schmatzt. Sie wird kräftig. Mach dir keine Sorgen. Meine Jungs waren auch kräftig …«

Die kleine Frau faltete die arbeitsamen Hände im Schoß.

»Danke, Tilda«, sagte Gwen und war sich des Glücks bewusst, das sie mit Arthurs Familie hatte. »Wenn meine Mutter doch nur verstehen könnte, wie sehr ich Arthur liebe.«

Matilda seufzte. »Evelyn war schon immer anders. Sie hat sich aufgeopfert für den Dienst an den Kranken, für deinen Vater. Sie hat ihr Leben einem höheren Ziel gewidmet. Ich habe sie nie wirklich verstanden, Gwen. Allerdings waren wir auch nie richtige Freundinnen. Und dann wurde ihr alles genommen. Ihre Liebsten, ihre Aufgabe.«

»Und sie gibt mir die Schuld. Das trifft mich am meisten«, flüsterte Gwen, während die winzigen Finger ihre Brust hielten und der kleine Mund gierig die Milch sog.

Matilda schüttelte langsam den Kopf. »Ich möchte sie nicht in Schutz nehmen, aber ich glaube, sie ist zutiefst verzweifelt. So wie sie heute in ihrer Uniform dort oben vor der Kirche stand, sah sie einsam und verbittert aus. Gib ihr Zeit, Gwen. Diese Arbeit, die sie jetzt tut, was auch immer das ist, füllt sie aus, gibt ihr das Gefühl, gebraucht zu werden.«

»Aber ich brauche sie doch auch!«, sagte Gwen und wischte der Kleinen den Mund sauber.

»Tust du das?« Lächelnd beobachtete Matilda Morris sie.

»Wo ist eigentlich Mary? Ich hatte sie ausdrücklich eingeladen«, wollte Gwen wissen.

Matilda erhob sich und nahm einen Teller mit Welsh Cakes vom Tisch, kleine flache Rosinenküchlein, die in der Pfanne gebacken wurden. »Die Rosinen habe ich extra für diesen Tag aufgehoben. Gwen, nimm einen Kuchen!«

Als sie die saftigen kleinen Küchlein roch, wurde sie tatsächlich hungrig. »Sie ist eingeschlafen«, sagte Gwen, ordnete ihre Kleidung und biss mit Appetit in das süße Gebäck.

»Ach, hier bist du.« Hannah kam in die Küche und sank auf einen Stuhl. Sie ignorierte Matildas vorwurfsvollen Blick, während die an ihr vorbeiging, und holte tief Luft. »Dieses Ding da drinnen schnürt mir die Luft ab! Ich hätte es nicht behalten sollen …«

»Hör auf, so zu reden, Hannah! Du meinst es ja doch nicht so!« Sie wusste, dass ihre Freundin sehr unter der Schwangerschaft litt und vom ersten Tag an von starken Rückenschmerzen und Übelkeit geplagt wurde. Natürlich war das keine Entschuldigung für Hannahs Verhalten, aber es erklärte zumindest einiges.

»Matt weiß doch aber nicht, dass Jenson derjenige ist, oder? Arthur wird nichts sagen«, wollte Gwen wissen.

Hannah verdrehte genervt die Augen. »Nein. Au! Jetzt tritt es mich auch noch. Ist mir langsam auch egal. Es soll endlich raus aus meinem Körper.«

»Es ist doch bald so weit, und jetzt sprich nicht so, das macht mich traurig«, beschwerte sich Gwen.

Das schien Hannah zur Besinnung zu bringen. »Hör nicht hin, Gwen, ich bin nicht ich selbst in diesen Monaten. Und wenn es erst da ist, weiß ich auch …«

»Was weißt du dann?«, fragte Matthew, der mit einem leeren Wasserkrug durch die Tür kam.

Hannah errötete. »Dann weiß ich endlich, welche Augenfarbe es haben wird. Mary meint ja, es wird ein Junge. Da wäre es doch schön, wenn er meine Augen und deine Haare hätte. Rothaarige Burschen sind nicht so gefragt bei den Mädchen.« Sie lachte.

Matthew stellte den Krug ab. »Gesund soll er sein, das ist wichtig. Er wird zu groß für dich. Vielleicht sollten wir vorher ins Krankenhaus fahren und ihn holen lassen. Sonst zerreißt er dich noch bei der Geburt.«

»Rede nicht so! Da bekomme ich noch mehr Angst«, erwiderte Hannah heftig.

»Jenson ist nicht gekommen, nicht wahr?«, fragte Gwen und wickelte ihre Tochter fester in das Wolltuch.

»Nein. Das wäre nicht gut gewesen. Aber wir klären das noch, Gwen«, sagte Matthew und hielt sich instinktiv den Magen. »Ich will keinen Feind im Ort, und schon gar nicht in meinem Pub!« Er schnitt eine Grimasse.

»Ihr Männer und euer Bier …«, schnaufte Hannah.

»Manchmal ist so ein Bier eine bessere Gesellschaft als eine zänkische Frau, vergiss das nicht, Liebes«, sagte Matthew und zwinkerte Hannah zu, die das jedoch überhaupt nicht witzig fand.

Im Zimmer nebenan begann jemand eine Fiddle zu spielen, ein anderer schlug die Bodhrán, eine kleine Trommel. Die Gäste klatschten im Rhythmus, und es hörte sich an, als würde getanzt. Gwen lächelte und summte die Melodie mit, während Hannah stöhnte.

»Nicht einmal tanzen kann ich!«

Ein blonder Haarschopf lugte um die Ecke. »Wer kann nicht tanzen?«

Ashton Trevena kam in einem Tweedsakko und Reitstiefeln herein. Er hatte seine ledernen Handschuhe nicht ausgezogen und schien auf dem Sprung zu sein, denn er hielt Gwen ein kleines Kästchen entgegen, das teuer und elegant aussah.

»Zur Taufe, Gwen. Meinen allerherzlichsten Glückwunsch.« Bevor sie reagieren konnte, beugte er sich vor, küsste sie auf die Wangen und gab auch dem Baby einen Kuss. »Sie ist hinreißend und sieht dir sehr ähnlich.«

»Ash!«, rief Hannah, wurde jedoch von Matthew, der hinter ihrem Stuhl stand, am Aufstehen gehindert.

»Na, wenn das kein Überraschungsgast ist«, meinte Matthew.

»Danke, Ash, aber das kann ich nicht annehmen.« Gwen erhob sich und wollte Ashton das Schmuckkästchen zurückgeben.

»Darling, hier bist du!«, rief eine Frauenstimme, die den unverkennbar blasierten Ton der Upperclass hatte.

Ashton drückte ihr das Kästchen in die Hand und sagte eindringlich: »Bitte, Gwen, tu mir den Gefallen. Und wenn du es nicht willst, verkauf es und investier das Geld, oder …«

Eine sehr schlanke Frau in elegantem Reitdress schob sich neben Ashton und musterte die Küche mit ungläubigem bis angewidertem Ausdruck. »Die Pferde, Darling, sie werden unruhig, und ich kann sie nicht halten.«

Ashton hob eine Augenbraue. »Und wer hält sie jetzt, liebste Venetia?«

»Oh, irgendein Bursche, dem ich Geld gegeben habe. Hier sind alle so schrecklich bedürftig.« Unter der Reitkappe schaute ein sorgfältig frisierter Knoten brünetter Haare hervor. Ihre Jacke hatte samtbesetzte Revers und Aufschläge, und die Handschuhe saßen so perfekt, dass Gwen sie für handgenäht hielt. Die Stiefel waren aus feinem Leder, das kundige Hände regelmäßig fetteten.

341

»Lady Venetia Fortescue, Gwen Morris und das …« Ashton war das Verhalten seiner Begleiterin offensichtlich unangenehm, doch die junge Lady kümmerte das wenig.

»Und diese Musik … Weißt du, als wir letztens in der Royal Albert Hall waren, haben wir den Pianisten für Daddys Geburtstagsfeier engagiert.« Sie schlug die Reitgerte gegen die Stiefel, dass es knallte, und drehte sich auf dem Absatz um.

Ashton hob entschuldigend die Schultern und folgte seiner Begleiterin.

Hannah, die selten sprachlos war, hatte den Auftritt der Lady mit offenem Mund verfolgt. »Na, die traut sich ja was … So ein Miststück!«

In diesem Moment sah Gwen ihre Freunde an und konnte nicht anders, als sie zu lieben. »Du nimmst mir die Worte aus dem Mund, Hannah!«

BORTH, OKTOBER 1951

Der Herbststurm traf die Küste mit solcher Macht, dass die Anwohner Angst um ihre Tiere hatten und sie in die Ställe brachten. Am Nachmittag war die erste große Welle über den Deich gerollt und hatte die Bewohner von Borth in Alarmbereitschaft versetzt. Die Sturmböen zerrten mit gierigen Fingern an Dächern, Fensterläden und Scheunentoren. Bäume bogen sich schwer, und Kieselsteine wurden vom Strand aufgeschleudert und auf die Straße geworfen.

»Mummy!«, weinte Harriet, die unter dem Küchentisch auf einer Decke lag und ihre Puppe an sich drückte.

Gwen saß mit der alten Mary in der Küche. Das Haus der alten Frau lag im Moor, und wenn die wütende See das Wasser den Dovey hinauf ins Land drückte, drohte es überflutet zu werden.

»Na, meine Süße, nicht weinen, nicht weinen«, beruhigte Mary das kleine Mädchen und fing leise an zu singen. »Sleep my child and peace attend thee, all through the night, guardian angels God will send thee, all through the night ...«

Gwen summte das alte walisische Kinderlied mit, das ihr Evelyn früher vorgesungen hatte. Ihrer Tochter schien das zu gefallen, denn das Weinen verebbte, und sie legte sich mit ihrer Puppe auf die Seite und schloss die Augen. Zufrieden warf Gwen das Rad der Nähmaschine wieder an und ließ die Nadel durch den Stoff fahren. Seit Harriets Geburt arbeitete sie von zu Hause

343

aus und war Mabel Penally dankbar für die geliehene Maschine. Eine eigene konnte sie sich noch nicht leisten, obwohl Arthur ihr für Weihnachten eine neue versprochen hatte.

»Ich brauche doch keine neue Maschine!«, sprach sie ihre Gedanken laut aus und unterbrach Marys Gesang.

Die alte Frau füllte Lavendel in die kleinen Stoffsäcke, die Gwen nähte, und knotete sie mit violetten Schleifenbändern zu. Das sah nicht nur hübsch aus, sondern half gegen Motten in Kleiderschränken und -truhen und verströmte einen angenehmen Duft. Zudem eigneten sich die Säckchen als Geschenke.

»Arthur soll nicht so oft zu den Muschelbänken rausfahren, und schon gar nicht nachts! Das ist gefährlich!«

»Er ist dein Mann, und er will dir mehr bieten als dieses einfache Leben. Arthur ist ein guter Mann, das ist er«, sagte Mary, die sich wie zur Bestätigung gern wiederholte.

»Mir genügt dieses einfache Leben. Meine Mutter kann das noch immer nicht verstehen. Autsch!« Ein Blutstropfen quoll aus ihrem Zeigefinger, den sie nicht rechtzeitig unter der herunterstoßenden Nadel weggezogen hatte. Sie steckte den Finger in den Mund, bis sie den eisenhaltigen Geschmack nicht mehr wahrnahm.

»Evelyn, stolzes, schönes Frauenzimmer, das ist sie immer gewesen. Sie hat den falschen Mann geheiratet. Das habe ich ihr damals gesagt, aber da wollte sie an die Liebe glauben. Ah, ta ta ta, für manche ist die Liebe, für andere das Geld. Du bist ein Herzensmädchen, Gwen.« Mary ließ die Lavendelblüten durch ihre Hände rinnen und schnupperte daran.

Neben dem Herd lag eine Katze und gähnte. Das schmächtige Tier hatte irgendwann im Garten gesessen und war geblieben, nachdem es einmal Fisch zu fressen bekommen hatte. Fisch hatten sie genug, und wenn die Katze dafür Mäuse fing, hatten sie beide etwas davon. Mit der Zeit gewöhnte sich Gwen an den neuen Hausgenossen und ließ zu, dass das Tier in der Küche schlief.

»Ich habe meiner Mutter nicht gezeigt, was Ashton mir geschenkt hat. Ihre Vorwürfe könnte ich mir bis in alle Ewigkeit anhören.« Gwen hatte das kostbare Schmuckstück, eine diamantbesetzte Brosche in Form einer Pfauenfeder, in ihrer Kommode versteckt.

Der Wind heulte ums Cottage und rüttelte unbarmherzig an den Dachschindeln.

»Ist ein Notgroschen. Wer soll so was tragen?«

»Dafür muss man eine Lady sein«, sagte Gwen und grinste breit.

Mary wedelte mit einem Säckchen vor Gwens Nase. »Aber wer sagt, dass du keine Lady bist?«

»So eine wie Lady Venetia Fortescue? O du liebe Güte, dafür wohne ich zu beengt, und überhaupt, wer hält denn mein Pferd, wenn ich in den Pub gehe?«

Die beiden Frauen lachten, denn Lady Venetias Auftritt auf der Tauffeier war zu einem Quell stetig neuer Witze geworden. Ashton hatte sich danach rar gemacht und war für Monate nach Europa verschwunden. Von einer Verlobung war die Rede gewesen, zumindest hatte es eine Notiz in einer Londoner Tageszeitung gegeben, doch ein Hochzeitstermin war nicht festgesetzt worden. Obwohl Matthew und Jenson sich auf der Taufe von Matthews Sohn Iolyn versöhnt hatten, war das Verhältnis zwischen den beiden nicht mehr so wie zuvor. Es war, als lauere ein dunkler Schatten im Hintergrund, bereit, sie alle zu vernichten. Wenn sie sich bei solch düsteren Ahnungen ertappte, versuchte Gwen sofort, sie durch etwas Positives zu verscheuchen, und dafür musste sie nur ihre kleine Tochter ansehen.

Ein knurrendes Donnergrollen übertönte sogar den Sturm, und Harriet erwachte und fiepte ängstlich. Gwen beugte sich zu ihr hinunter und hob sie auf den Schoß. »Hush, Baby, es ist ja nichts, nur ein Traum.«

Dabei sah sie Mary an, die argwöhnisch in die Dunkelheit hinaushorchte. »Das war wieder eine von diesen Raketen. Die denken wohl, bei dem Sturm bekommen wir das nicht mit. Wie lange soll das noch so gehen? Hat Evelyn zumindest darüber etwas gesagt?«

»Aber ja! Sie kam gestern voller Stolz zu uns und erzählte, dass sie nach Australien gehen würde. Nach Woomera oder so ähnlich. Da sollen sie wohl mithelfen, die Testergebnisse auszuwerten. Phh, als ob meine Mutter eine Expertin wäre!« Sie küsste ihre Tochter auf die weichen Wangen und sog den süßlichen Duft des Kindes ein.

»Ich habe da in den letzten Tagen Amerikaner und sogar einen Deutschen gesehen! Stelle sich das einer vor! Da arbeiten die mit dem Feind zusammen. Was das nun wieder soll … Aber von hoher Politik haben so kleine Leute wie wir wohl keine Ahnung.« Doch Mary blinzelte listig und machte nicht den Eindruck, als verstünde sie nicht, worüber sie sprach.

»Ich will davon nichts mehr hören, diese verfluchten Ballereien sollen endlich aufhören! Und wo bleibt Arthur? Er wollte doch nur nach dem Boot sehen!«

»Mach dir keine Sorgen, Gwen. Die Männer sind vernünftig und gehen bei diesem Unwetter nicht mit den Booten raus. So eine Sturmflut hatten wir das letzte Mal während des Krieges. Da wurde viel Land weggespült.« Mary erhob sich mühsam und ging zum Herd, auf dem ein Topf mit Hühnersuppe stand. Sie rührte darin herum und murmelte. »Ja, ist heiß genug, gerade recht.«

In diesem Augenblick wurde die Tür aufgestoßen, und Arthur kam mit einem Schwall Regen und einer Böe hereingestürmt. Von seiner Ölhaut, deren Kapuze er sich vom Kopf schob, troff das Wasser auf den Boden, genau wie von seiner Hose und den Stiefeln.

Schon lange hatte Gwen aufgehört, sich über Marys Vorahnungen zu wundern. Die alte Frau wusste und sagte Dinge, die einem eine Gänsehaut bereiten konnten. Aber Mary war eben Mary, dachte Gwen lächelnd und umarmte den sehnlich erwarteten Mann. Sie half Arthur aus der Ölhaut, die sie zum Trocknen auf ein Gestell im Flur hängte. Dort pellte er sich aus der sperrigen Ölhose und den Stiefeln und wollte ins Bad gehen, wurde jedoch von seiner Frau festgehalten. »Gib mir einen Kuss, Arthur.«

Auch nach dem ersten Kind war das Verlangen nach diesem Mann nicht weniger geworden. Seine Haut schmeckte nach Salz und Meer, und sein Mund schien genauso hungrig wie ihrer. »Meine süße Gwen, ich habe dich vermisst.«

Seine kräftigen Hände zogen sie an sich, um sie spüren zu lassen, wie sehr er sie vermisst hatte. Gwen seufzte. »Hm, ich hoffe, du musst heute Nacht nicht mehr hinaus.«

Er gab ihrem Gesäß einen leichten Klaps und ließ sie los. »Nur wenn jemand in Seenot gerät. Aber bei diesem Sturm wird keiner so dämlich sein rauszufahren. Das Moor ist schon überschwemmt. Mary sollte heute Nacht hierbleiben.«

Das war ihr Mann, dachte immer zuerst an andere. »Ich liebe dich, Arthur.«

»Nicht so sehr wie ich dich.« Damit ging er die Treppen hinauf.

Als sie später in der Nacht eng aneinandergeschmiegt in ihrem Bett lagen und die tosende See hinter dem Deich hörten, sagte Arthur: »Ich möchte dir so viel geben, Gwen. Du sollst nicht nur die Frau eines armen Fischers sein, die für fremde Leute nähen muss, um das Überleben der Familie zu sichern.«

Zärtlich streichelte sie seine Brust, zeichnete mit den Fingerspitzen die Konturen seines Rippenbogens nach und ließ ihre Hand auf seinem festen Bauch ruhen. »Ich habe alles, was sich eine Frau wünschen kann.«

»Nein, das hast du nicht«, widersprach Arthur und legte seine Hand auf ihre.

»Ein gesundes Kind, einen Mann, den ich liebe und der mich liebt, und ein Dach über dem Kopf. Das ist nichts?«

Er drehte den Kopf so, dass er ihr in die Augen sehen konnte. »Doch, natürlich, aber … du weißt schon, was ich meine. Ich habe Ashtons Geschenk gesehen.«

Beschämt senkte sie die Lider und wollte Arthur küssen, doch er sagte: »Nicht, ich habe nichts dagegen. Ash ist ein feiner Kerl, nur spielt er in einer anderen Liga. Vielleicht hätte ich bei der Navy bleiben sollen. Oder ich heure ich auf einem Überseefrachter an.«

Viele Männer aus Borth fuhren zur See. Eine lange Tradition erfolgreicher Seeleute prägte viele ansässige Familien. Aber oft genug forderte die See ihren Zoll.

Ärgerlich erwiderte Gwen: »Ich hatte nie Ambitionen, in eine andere Liga, wie du es nennst, aufzusteigen. Das waren die Träume meiner Mutter. Nicht meine. Du musst nicht auf einem Seelenverkäufer anheuern, nur um ein paar Pennys mehr heimzubringen. Außerdem wärest du dann ja monatelang auf See! Und jetzt küss mich, du dummer Kerl, sonst nehme ich meine Hand dort weg, wo sie gerade ist.«

Er sog scharf die Luft ein. »Gegen das Argument bin ich machtlos.« Und als jegliche Spielerei aus ihrem Kuss verflogen war, drehte er Gwen auf den Rücken und stöhnte auf, als sie endlich ihre Beine um seine Hüften schlang.

Gegen Morgen erwachte Gwen vom gleichmäßigen Prasseln der Regentropfen gegen das Fenster. Der Sturm war zu einem starken Wind abgeflaut, doch das Meer klang noch immer aufgewühlt. Sie liebte die Nähe zur Natur und kannte keine Angst, schließlich war sie hier groß geworden. Doch mit Harriets Ankunft hatte sich einiges geändert, denn es galt, ein kleines, zartes Leben zu schützen. Ein klägliches Weinen drang an ihr Ohr. Leise, um Arthur, der früh aufstehen musste, nicht zu wecken, schlüpfte sie aus dem Bett und zog ihren Morgenrock über. Barfuß tappte sie in den Nebenraum, in dem Mary mit Harriet schlief.

Mary saß angezogen in einem Schaukelstuhl, den Arthur extra für die junge Mutter angefertigt hatte, und wiegte Harriet hin und her. »Sie hat Hunger, da kann eine ausgedörrte alte Frau wie ich nicht helfen.«

Kichernd nahm Gwen das Kleinkind entgegen und setzte sich aufs Bett, um Harriet an die Brust zu legen. Als das friedliche Schmatzen des Kindes den Raum erfüllte, sagte Mary: »Der alte König hat heute Nacht einen Teil seines Reiches verloren.«

Überrascht sah Gwen auf. »Wie meinst du das?«

»Cantre'r Gwaelod hat sich gezeigt. Ich habe es gesehen, Gwen. Ich habe gesehen, wie die Wellen gegen die Deiche schlugen und das Schleusentor aufbrachen. So eine Flut hat es noch nicht gegeben. Wenn solch eine Flut je wiederkommt, versinkt die Welt, wie wir sie kennen.« Die alte Frau starrte an ihr vorbei zum Fenster.

Durch die regennasse Scheibe schimmerten schattenhafte Bäume, die dunkle Deichlinie, und dahinter zeichneten sich die Umrisse der Bucht ab. Die Dämmerung hatte eingesetzt, und rotviolettes Licht stahl sich zaghaft durch dichte graue Wolkenberge. Marys dunkle Stimme malte düstere, legendenschwangere Bilder, die Gwen erschauern ließen.

»Sie schreien und raffen zusammen, was sie greifen können. Einige werfen Schmuck und Goldstücke in Ledersäcke und Truhen. Die Truhen sind aber doch zu schwer. Wer soll sie tragen, wer ziehen? Das Vieh ist auf den Weiden ersoffen, die Pferde brüllen in den Ställen. Wer bindet sie los, die armen Kreaturen, die das Unglück viel früher fühlten als die Schlafenden, die Betrunkenen, die Liebesseligen, die Narren und die Kinder.«

Die Alte presste sich die Hände an die Schläfen, als sähe sie die Katastrophe vor sich. Dabei wippte sie stärker mit dem Stuhl hin und her. »Seithennin hat sich hinreißen lassen, von seinen Lüsten und seine Pflichten vergessen. Oh, welche Schuld hast du auf dich geladen, du Tor? In der Gunst des Königs standest du ganz vorn, geliebt warst du, geachtet, und man vertraute dir ein ganzes Königreich an. Eine Nacht, nur eine Nacht, und alles war verloren. Er treibt sein Pferd, bis die Lunge birst, blutiger Schaum aus dem Maul tritt und es unter ihm zusammenbricht. Da steht er oben an der Klippe und sieht das Ausmaß seiner Schuld. Die stolzen, reichen Dörfer von Cantre'r Gwaelod sind nicht mehr. Nur Wasser, tosend, brodelnd, wild verschlingend, und die Glocken des Kirchleins läuten Sturm. Sie läuten unaufhörlich, doch zu spät kam die Warnung. Ertrunken waren schon die meisten in ihren Hütten, begraben unter Schutt und Schlamm, die Wälder gefällt wie reifes Korn. Stämme schieben Menschen, die sich klammern und nicht festhalten können an dem nassen Holz.«

Ihre Tochter war eingeschlafen, und Gwen hielt sie ungläubig an sich gedrückt. Mary redete weiter wie in Trance, die Worte brachen sich Bahn, als hätten sie nur auf diesen unwirtlichen Oktobermorgen gewartet.

»Der König! Wo ist mein König, ruft Seithennin und rennt blind hinunter in die Bucht, muss leblose Körper von sich stoßen, hilflos aus dem Wasser ragende Hände vertrösten, weil er seinen König verraten hat. Weil er sich der Lust des Trunkes und des Fleisches hingegeben hat. Eine Mutter schreit, die Röcke schwer vom Wasser, wird sie in die Tiefen gerissen und hat doch nur das Leben ihres Kindes im Sinn. Hilf mir, so hilf mir doch, gurgelnd erstickt das Wasser ihre Rufe, und Seithennin reißt ihr das Kind aus hochgereckten Armen.

Nur fort aus der dunklen Flut, die ihre gierigen, todbringenden Finger nach dem Land ausstreckt, das einst so fruchtbar war. Das grüne saftige Tal von Cantre'r Gwaelod, der Stolz von Longshanks und seinem Volk. Reich sind sie und übermütig, weil sie dem Meer das Land entrissen und zu ihrem gemacht haben. Man nimmt dem Meer nicht ungestraft. Das Meer nimmt, und das Meer gibt. Und die Glocken läuten klagend, verzweifelt, hoffnungslos. Wer kann sie noch hören?«

Mary bewegte nun stumm die Lippen und stand auf, ging zum Fenster und legte eine Hand gegen die Scheibe. »Ich höre sie«, murmelte sie. »Ich höre sie immerzu, die Glocken. Sie läuten, weil sie euch warnen wollen, weil es dort unten etwas gibt, das Unglück bringt.«

Plötzlich sank ihre Hand herab, sie verharrte einen Augenblick still, bevor sie sich langsam umdrehte und Gwen mit gerunzelter Stirn ansah. »Du siehst aus, als hättest du einen Geist gesehen. Keine Schuhe an den Füßen. Du holst dir den Tod.«

»Mary, was war denn eben los? Du hast mir von Cantre'r Gwaelod erzählt, als wärest du dabei gewesen.« Ihre Füße waren tatsächlich eiskalt, und sie legte ihre Tochter zurück in ihre Wiege.

»Eine alte Frau, die wirres Zeug redet. So ist das und nicht mehr. Ich gehe im Ofen Feuer machen. Dann komm und trink einen Tee mit mir, bevor ich nach meinem Haus sehe. Ach, was für ein Unglück. Überschwemmt ist alles. Ach je, ach ...« Jammernd schlurfte sie aus dem Zimmer und war plötzlich nur noch eine gebrechliche alte Frau.

Gwen fuhr sich durch die Haare und trat ebenfalls ans Fenster. Niemand redete weniger wirr als Mary Jones.

BORTH, OKTOBER 1951

Nach dem Sturm

Arthur aß seinen Porridge, griff sich ein Stück Toast und hatte das Rührei mit wenigen Bissen verschlungen. »Danke, mein Liebling. Aber ich muss los. Die anderen sind sicher schon bei den Booten.«

Er trug bereits seine Arbeitskleidung, schlug den Rollkragen hoch und warf sich seinen Seesack über die Schulter. Mary stand auf und nahm die Schüsseln vom Tisch. »Ich komme mit, Arthur.«

»Nein, bitte warte auf mich, Mary. Ich nehme die Kleine im Kinderwagen mit und bringe dich nach Hause«, sagte Gwen und gab Arthur einen Abschiedskuss. »Und vielleicht kommen wir euch besuchen. Etwas Bewegung tut mir gut.«

Zwei Stunden später schob Gwen den Kinderwagen über den matschigen Weg, der zu Marys kleinem Cottage im Moor führte. Der Spülsaum zeigte an, bis wo das Meer gekommen war. An Marys Gemüsebeet hatten die Wellen ein Einsehen gehabt.

Das große Wolltuch fest um Kopf und Schultern gewickelt stand die alte Frau neben Gwen und klatschte erleichtert in die Hände. »Dem Himmel sei Dank! Es wächst noch feiner Winterkohl in meinem Beet, das Salzwasser hätte mir all die Pflänzlein und Kräuter zerstört.«

Entschlossen stiefelte sie über den aufgeweichten Boden und holte sich eine Schaufel aus dem Schuppen. Währenddessen wippte Gwen unschlüssig den Kinderwagen hin und her, ein altes Vehikel aus geflochtenem Rohr. Harriet schien der Ausflug zu gefallen. Sie zeigte auf die Möwen, die über ihnen flogen, und entdeckte Marys Katzen, die mauzend angelaufen kamen. Wenige Stunden zuvor hatte die Natur hier ihr grimmiges Gesicht gezeigt, und jetzt schien alles so friedlich, als wäre es nie anders gewesen. Nur die dunklen Wolken in der Ferne zeugten vom Unwetter der vergangenen Nacht.

»Mary, ich werde einen der Männer bitten, dir zu helfen. Und warum hast du mir heute Morgen die Legende von Cantre'r Gwaelod erzählt?«

»Das ist gut. Kräftige Männerhände können das Dach reparieren. Der Sturm wird die Schindeln hinten gelöst haben. Nun geh schon, lass sie nicht warten.« Mary schob die Schaufel unter den Spülsaum, der aus Seetang, Gras und kleineren Ästen bestand.

Seufzend wendete Gwen den Kinderwagen. Wenn Mary nichts sagen wollte, konnte man sie nicht umstimmen. »Bis später!«

Gwen trug Hosen, die sie in ihre Gummistiefel, Wellingtons genannt, gesteckt hatte. Die Räder des Kinderwagens sanken tief im Morast ein, doch Gwen schob und stieß den Wagen energisch weiter. Marys düstere Andeutungen steckten ihr in den Knochen, und sie rätselte pausenlos, was die alte Frau ihr damit hatte sagen wollen.

Nur das Gesicht des Kindes lugte aus einer Wollmütze und Decken hervor. Die Kleine ließ sich vom unregelmäßigen Gerüttel des Gefährts in den Schlaf wiegen, und Gwen lächelte. Ihr Kind war ein Segen, so friedlich und zufrieden. Ganz anders als Hannahs kleiner Junge, der dauernd schrie und von Koliken

353

geplagt wurde. Ob sich die Unzufriedenheit der Mutter auf das Kind übertragen hatte?

Die Dünen ragten hoch vor ihr auf. Sandberge, welche die Küste vor dem Meer schützten und ihren Tribut dafür zahlten. Jede Sturmflut riss Teile der Dünen mit sich, und doch schien sich die Natur immer wieder regenerieren zu können. Meter für Meter kämpfte sich Gwen durch Sand, Steine und Holzstücke und gelangte schließlich zum Lauf des Lery, dem schmalen Ableger des Dovey. Entlang der Ufer türmten sich Schlamm und das, was das Meer nach oben befördert hatte. Zumeist war es wertloser Dreck, doch manchmal waren auch Netze, nautische Gerätschaften und brauchbares Holz unter dem Treibgut.

Ein Boot lag kopfüber am Ufer, ein anderes gut vertäut am Steg. Einer der alten Fischer saß auf einem Stapel Holzkisten und sortierte Netze und Taue. In einer Kiste lagen rostige Metallteile, Munitionsreste. »Die Männer sind vorn.«

»Hat Matthews Kutter Schaden genommen?«, wollte Gwen wissen und beobachtete, wie eine uniformierte Frauengestalt in den Dünen verschwand.

»Hat Glück gehabt. Nur ein paar Kratzer. Die unten in Clarach und drüben in Aberdovey hat's härter getroffen. Willst du die Kleine mitnehmen?«

Gwen schob den Kinderwagen über loses Tauwerk. »Willst du auf sie aufpassen?«

Der Alte steckte sich einen Zigarettenstummel zwischen die Lippen, über denen ein borstiger Schnauzbart prangte. »Besser nicht, sonst lernt sie noch dummes Zeug, und das kommt sowieso früh genug.«

»Wollen wir's nicht hoffen!« Lachend schob Gwen weiter und fragte sich, ob ihre Mutter tatsächlich nach Australien gehen würde. Aber wenn sie schon davon gesprochen hatte, war sie wohl fest entschlossen. Gwen würde sie vermissen. Egal, was zwischen ihnen vorgefallen war, Evelyn war ihre Mutter, und der Krieg hatte ihnen beiden viel genommen. Nicht das Leben, aber das, was sie liebten, und war das nicht das Leben?

Zu ihrer Rechten breitete sich Borth Bog, das Moor, aus mit seinen morastigen, von Sträuchern bewachsenen Feldern, zwischen denen tückische Löcher und Gräben lauerten. Die Römer hatten diesen Bereich trockengelegt, um die Minen besser ausbeuten zu können. Als Kinder hatten sie Reste von Brunnen und einen Schacht gefunden. Eine alte Fibel hatte einer der Jungen entdeckt. Ein rostiges Teil, das ihm unter den Fingern zerbröselt war. Kein Gold, dachte Gwen. Und was sollte schon in diesem gottverlassenen Teil von Wales vergraben sein? Nicht einmal die Römer waren lange geblieben.

Endlich hatte sie die Dünen durchquert, und der Sand unter ihren Stiefeln wurde fester. Die Mündung des Dovey war vor ihr, an den Ufern lagen im Sand die Schiffe der Fischer von Borth. Es gab nur noch zwei Kutter, einer davon gehörte den Blyth und der andere den Williams. Arthur besaß nur sein Boot, mit dem er zwar Muscheln sammeln konnte, aber Gwen wusste, dass er auf einen eigenen Kutter sparte. Das Geld, das sie von Theo erhalten hatte, war zum größten Teil in das Cottage geflossen, und man sollte immer einen Notgroschen behalten. Aber als sie ihren Mann mit dem Boot hinausrudern sah, während Matthew mit seinem Vater den Kutter flottmachte, versetzte ihr das einen Stich. Sie sollte mit Arthur sprechen. Vielleicht ließ sich ein Kutter anzahlen, und die Bank gab ihnen einen Kredit. Immerhin waren sie jung und hatten noch viele Jahre vor sich.

Matthew entdeckte sie und winkte. »Hey, Gwen! Artie ist eben raus.«

»Ja. Geht es Hannah gut?«, rief Gwen von unten und sah dem Boot hinterher.

Endlich schien auch Arthur sie erkannt zu haben und winkte.

Er machte jedoch keine Anstalten umzudrehen. Doch Matthew kletterte von Bord. Der Kutter lag auf der Seite im Sand, als hätte eine riesige Hand ihn einfach dort abgelegt wie ein Spielzeug. Die anderen Fischer grüßten sie, während sie sich weiter um ihre Boote und die Netze und Werkzeuge kümmerten.

Matthew trug eine Wollmütze und eine Weste über einem dicken Pullover. Wer täglich hier draußen arbeitete, war unempfindlich gegen Kälte und Nässe. »Hallo, ihr beiden Hübschen!«

Er strahlte, als er sich über den Kinderwagen beugte und Harriet ansah. »Und sie schläft so friedlich. Wie machst du das nur? Hannah dreht noch durch!«

Gwen sah die Sorgenfalten, die sich um seine Augen eingegraben hatten. Aus Matthew war ein ernster Mann geworden, einer, dem die Frau mit ständigen Nörgeleien im Nacken saß. Man brauchte sich doch nur umzusehen und wusste, wie hart die Männer für magere Erträge arbeiteten. Aber Hannah sah nur sich und ihre eigenen Bedürfnisse. Ob Matthews Verliebtheit auf Dauer für diese Ehe ausreichte?

Um eine seiner Hände war ein stellenweise blutverschmutzter Verband gewickelt. »Hattest du einen Unfall?«

»Ach, nicht der Rede wert. Eine der Winden klemmte, und als sie sich löste, hielt ich leider noch das Seil fest. Selbst schuld. Aber sag mir doch, Gwen, was ist dein Geheimnis bei Harriet?«

Gwen lächelte. »Kein Geheimnis. Ich mache das, was alle Frauen mit ihren Kindern tun, sie füttern, säubern und lieben.«

In den Dünen ertönte ein Knall, und eine Dampfwolke stieg auf. Erschrocken beobachtete Gwen die Sandberge, in denen sich die militärische Geheimanlage verbarg. »Wie lange wollen die dort noch ihre Experimente treiben?«

Die anderen Fischer schüttelten ebenfalls missmutig die Köpfe. Matthews Vater beugte sich über die Reling. »Vor ein paar Tagen waren da ein Amerikaner und ein Deutscher.«

Er spuckte vielsagend aus und verschwand wieder in einer Luke. Die Männer brachten grummelnd ihr Missfallen zum Ausdruck, und Gwen hörte etwas von verfluchten Kommunisten und Nazischweinen. Wenn nur erst die Rationierungen aufgehoben wurden, dann würde sich auch die Stimmung in der Bevölkerung schlagartig verbessern. Die Zeiten waren unsicher. Zu viele Krisen erschütterten die Welt, auch und gerade nach dem Krieg. Das Volk sehnte sich nach Stabilität, denn die Labour-Partei hatte wirtschaftlich kläglich versagt. Als Verbündete der USA hatten die Briten zusätzlich militärische Unterstützung zur Verteidigung von Südkorea geleistet. Die Kriegsausgaben waren desaströs und der britische Haushalt ruiniert. Clement Attlee hatte sich gezwungen gesehen, die Regierung aufzulösen und Neuwahlen anzusetzen. Mit einer knappen Mehrheit hatten die Konservativen vor zwei Tagen gewonnen, und alle blickten voller Hoffnung auf Winston Churchill.

»Sehen wir uns heute Abend im Pub? Wir wollen doch den Sieg feiern«, schlug Matthew vor.

Der Sturm hatte eine Zusammenkunft verhindert, und Gwen nickte. »Mal sehen, wie müde Harriet ist. Ich muss sie mitnehmen, falls Tilda keine Zeit hat.«

»Deine Mutter muss doch sehr einsam sein. Ich verstehe sie nicht«, sagte Matthew mitfühlend. »Dagegen ist Hannahs Mutter die Übermutter, und ich bin froh, wenn wir uns ein Haus weiter weg leisten können.«

»Sei froh, dass ihr miteinander auskommt. Sich gegenseitig zu helfen ist so wertvoll.« Das Baby war aufgewacht und weinte. »Ja, ja, es ist kalt, ich weiß, lass uns schnell nach Hause fahren. Sag Arthur, er soll nicht so lange draußen bleiben, sonst holt er sich noch die Schwindsucht.«

»Dafür kann ich nicht garantieren. Der Sturm hat den Meeresboden aufgewühlt, und Artie ist ganz begeistert von den versteinerten Baumstämmen. Damit haben wohl Mary und du ihn angesteckt. Dieses ganze Gerede über Cantre'r Gwaelod ... Mir ist das unheimlich.«

Matthew vergrub die Hände in den Hosentaschen und schaute über die hufeisenförmige Bucht. Das Wasser lief erst seit kurzem wieder auf, und man konnte deutlich die Stümpfe des uralten Waldes sehen. Wie ein bizarres, düsteres Muster überzogen schwarze Erhebungen den Meeresboden. Hier und dort stand Wasser in Senken und kleinen Prielen, an anderer Stelle ragten die Baumstümpfe anklagend auf, Ermahnung an vergangenes Unglück, das Frevel und Gier über die Bewohner der Dörfer gebracht hatten.

»Es ist die Geschichte dieser Bucht. Sie gehört zu uns, zu allen, die je hier gelebt haben. Wir sind doch auf gewisse Weise Nachfahren dieser Siedler. So viele arme Seelen sind damals ertrunken, und was haben die gelitten, die zwar entkommen sind, sich aber grämen mussten, weil sie ihre Liebsten nicht retten konnten oder ...«, sinnierte Gwen und betrachtete die umgebenden Hügel.

König Longshanks war mit einigen Getreuen rechtzeitig geflohen und hatte in den Hügeln auf kargem Boden fortan ein ärmliches Dasein gefristet. Den Glanz von Cantre'r Gwaelod hatte es nie wieder gegeben, und Longshanks Name war unverbrüchlich mit dem Untergang eines mächtigen Reiches verbunden worden.

»Bleib mir mit den alten Geschichten vom Leib. Es reicht, wenn Mary im Pub bei Sturm schlechte Stimmung verbreitet. Wie geht es der alten Kräuterhexe? Hat ihr Cottage den Sturm überlebt?«

Bevor Gwen antworten konnte, rief Matthews Vater: »Komm her und hilf mir mit dem verdammten Motor. Allein kann ich das nicht, zum Teufel!«

»Matt, geh nur. Und wenn du vielleicht mit Artie auf dem Rückweg bei Mary vorbeischauen könntest. Ihr Dach hat gelitten. Danke und bis später!«

Es war bereits dunkel, und im Radio hielt Churchill eine Rede, um die Nation zu motivieren. Das konnte er gut, und Gwen dachte zuversichtlich, dass sie nach dem Tal der Tränen wahrlich Besseres verdient hätten als Hunger und Not. Die neue Regierung würde die Dinge in den Griff bekommen. »Nicht wahr, kleine Harriet, die Herren da oben sollen mal fein rechnen und uns endlich genügend Butter und Zucker geben. Wie soll ich dir denn gute Kuchen backen?«

Immerhin hatte sie genügend Obst aus dem Garten von Arthurs Eltern einkochen können, so dass die Mahlzeiten nicht ganz so farblos und eintönig waren. Harriet lag auf ihrer Decke unter dem Tisch, ein Platz, an dem sie sich anscheinend geborgen fühlte. Als sie draußen den Motor von Arthurs altem Transporter hörte, prüfte sie den Sitz ihrer Frisur. Sie trug die langen Haare mit einer Spange seitlich aufgesteckt, wie die Hollywooddiven in den Magazinen.

Die Tür ging auf, und Arthur war mit wenigen Schritten bei ihr, hob sie hoch und drehte sie mit sich im Kreis. »Meine wunderschöne Ehefrau!« Er küsste sie innig und ließ sie los.

So aufgekratzt hatte sie ihn seit Harriets Geburt nicht erlebt. »Du strahlst ja so. Sind die Rationierungen aufgehoben worden?«

»Was? Nein. Schau hier!« Er griff in die Tasche seines abgenutzten Wollmantels, dessen doppelreihige Knopfleiste dringend ausgebessert werden musste, und zog ein zusammengeknotetes Taschentuch heraus.

Sorgsam öffnete er den Knoten, und als das Tuch wie ein Blütenkelch auseinanderfiel, lag in der Mitte seiner Hand eine kleine Münze. Sie musste gesäubert werden, doch selbst Gwen ahnte, dass es sich um Gold handelte. Was metallisch schimmerte, war gelblich und hatte den Glanz des Edelmetalls.

»Wo hast du es gefunden?«

»Ich bin mit dem Boot in der Fahrrinne bis auf die dritte Sandbank gefahren. Der Sturm hat den Meeresboden regelrecht aufgewühlt, und die Baumstümpfe sind weiter aus dem Sand gespült worden.« Arthur ging zum Spülbecken und wusch das winzige Fundstück vorsichtig darin, rieb es mit einem Lappen trocken und legte es auf den Küchentisch.

»Es sieht so aus, als wären tiefer gelegene Sandschichten aufgerissen worden. Ich bin kein Experte, aber man konnte die verschiedenen Farben des Sandes erkennen. Ich habe mit dem Ruder etwas herumgestochert und ein ziemliches Loch gegraben. Und aus einem Brocken Schlick, direkt neben einem Baumstumpf, fiel mir dieses Schätzchen entgegen.«

Gwen nahm die Münze, die noch immer dunkel verkrustete Flecken aufwies, in die Finger und betrachtete sie im Licht der Gaslampe. »Das ist eine römische Münze, Artie! Dieser Kranz aus Blättern um den Kopf und die Buchstaben, das sind Zahlen. Aber ich weiß nicht, was die bedeuten. Und oh, sieh doch die Rückseite, da sitzen zwei Männer auf einem Stuhl und halten einen Ball.«

Arthur stand dicht neben ihr und nahm die Münze in seine raue Hand. »Fabelhaft! So was lässt sich bestimmt gut verkaufen! Und dann habe ich vielleicht viel früher meinen eigenen Kutter!«

»Hast du sie jemandem gezeigt?«, fragte Gwen.

»Nein. Ich war allein dort draußen, und ich werde nicht mal Matt die Fundstelle zeigen. Auch du darfst niemandem davon erzählen. Das ist vielleicht unsere Chance!«

Gwen blickte zweifelnd auf die Münze und musste an die orakelhaften Worte von Mary denken – die Glocken läuten, weil sie euch warnen wollen, weil es dort unten etwas gibt, das Unglück bringt.

25

Sam war seit acht Uhr im Büro und an der Grabungsstelle am Lery gewesen. Das Wetter spielte mit und sie kamen zügig voran. Bevor sie sich im *Lighthouse* mit Martin, dem Team und Luke zum Lunch traf, wollte sie nach Gwen sehen, die am Morgen noch geschlafen hatte. Sie steuerte ihren Wagen über die schmale Küstenstraße und verlangsamte das Tempo vor dem Cottage. Luke war bald nach Gwens Auftauchen im Wohnzimmer gegangen, und es schien ihm nichts ausgemacht zu haben. Im Gegenteil, er forderte nicht oder setzte sie unter Druck, sondern vermittelte ein Gefühl von Gelassenheit. Er machte es ihr leicht, sich wohlzufühlen, und Probleme, die bei Christopher Programm gewesen waren, tauchten mit Luke gar nicht erst auf.

Lächelnd parkte Sam ein und stellte den Motor ab. Es war leicht mit Luke, weil es richtig war, und es schien einfach, weil es passte. Summend und die Autoschlüssel schwingend betrat sie das Cottage. »Granny?«

»Ich bin oben. Nimm doch bitte den Topf vom Herd!«, rief Gwen aus dem ersten Stock.

Es duftete nach Lauch und Kartoffeln. Sam hob den Deckel des Suppentopfs, rührte die traditionelle Lauchsuppe um und probierte mit einem Löffel. »Hm, sehr gut.«

Sie drehte die Flamme kleiner und ließ die Suppe weiterköcheln. Beim Anblick des für eine Person gedeckten Tisches bekam Sam ein schlechtes Gewissen. Sie ließ Wasser aus dem Hahn in ein Glas laufen und trank einen Schluck, als Gwen in die Küche trat. Ihr rosiges Gesicht zeigte keine Spuren einer durchwachten Nacht.

»Ich wollte dich heute früh nicht wecken, Granny, du hast noch so tief geschlafen.« Sam umarmte ihre Großmutter und zeigte auf den Suppentopf. »Himmlisch!«

Gwen, die eine dunkle Jeans und einen roten Fleecepullover trug, kontrollierte die Temperatur. »Die mochtest du früher schon so gern. Bleibst du zum Lunch, oder musst du gleich wieder weg?«

»Ich würde gern bleiben, und deine Suppe ist mehr als Grund genug, hier zu essen, aber ich bin mit den anderen im Pub verabredet. Du kannst uns gern begleiten, wenn du möchtest.«

»O nein, heute nicht. Das ist lieb gemeint, aber ich habe jetzt einmal angefangen, und nun räume ich weiter auf«, sagte Gwen, und so, wie sie es sagte, bedeutete Aufräumen mehr als das bloße Sortieren oder Wegstellen von Gegenständen.

Sam trank ihr Wasser aus und stellte das Glas in die Spüle. »Du hattest gestern keinen Albtraum mehr?«

»Ich habe so gut geschlafen wie lange nicht.« Sie lächelte. »Du auch, hoffe ich?«

»Hm, zu lange und allein …«, sagte Sam.

Ihre Großmutter lachte. »Er ist nett, dein Luke. Und er hat mich da auf etwas gebracht. Dieser Armreif, weißt du … Ich muss dir etwas sagen, Sam.«

Sam hatte ihr noch nicht von dem Gespräch mit Tryfan erzählt, um ihre Großmutter nicht unnötig aufzuregen.

»Ja?«

»Ich bringe es noch nicht zusammen – es ist wie ein großes Puzzle, das sich in meinem Kopf in Einzelteilen bewegt. Manchmal scheinen Teile zu passen, dann wieder reißen sie auseinander.« Die alte Frau seufzte und lehnte sich gegen den Kühlschrank. »Arthur hat mal eine Münze gefunden.«

»Was?«, entfuhr es Sam überrascht.

»Ich erinnere mich daran, weil sie besonders gewesen ist. Vorn war ein Porträt und auf der anderen Seite zwei Männer mit einer Kugel auf einem Thron oder so ähnlich. Mit Blättern, Lorbeer vielleicht, eben römisch, würde ich sagen. Jedenfalls war sie aus Gold, und Arthur hat sie nach einem Sturm draußen in der Bucht gefunden.«

»Und das sagst du mir erst jetzt? Wo ist sie, und hat er noch mehr entdeckt?« Sam erzählte Gwen kurz von dem Gespräch mit Tryfan. »Das war doch Arthurs Münze!«

Gwen sah sie nachdenklich an. »Gut möglich. Ach, das waren andere Zeiten damals, Sam, wir hatten so viele Sorgen. Wir haben uns einfach nur gefreut, und Arthur war ganz aus dem Häuschen und meinte, dass da noch mehr sein müsste.«

»Und?«

»Nichts. Die Münze war das Einzige, was er je dort draußen gefunden hat. Außer den Muscheln natürlich«, fügte Gwen schmunzelnd hinzu.

»Granny! Das war doch aber etwas Außergewöhnliches! Ich meine, man findet doch nicht täglich eine goldene Münze aus der Römerzeit am Strand!«

»Aber das wussten wir doch damals nicht. Wir brauchten Geld dringender als irgendeinen antiken Schnickschnack. Arthur hat die Münze verkauft. Davon konnten wir den Kutter anzahlen, und ich bekam eine eigene Nähmaschine.«

»Und wo hat er sie verkauft?«

»Nun, wir wollten kein Aufsehen erregen und Gerede hier im Dorf vermeiden. Du weißt, wie die Leute sind. Dann hätten sie uns keine Ruhe gelassen, und alle wären plötzlich da draußen auf Schatzsuche gegangen. Dieses verfluchte Gold. Mary Jones hatte schon recht. Nichts als Unglück bringt einem das.«

Sam wartete, doch Gwen schien mit den Gedanken in der

Vergangenheit zu verweilen. »Und wohin ist Arthur gefahren, um sie zu verkaufen? Etwa nach Machynlleth?«

Erstaunt schaute Gwen auf. »Ja! Oh, natürlich, du denkst an den Händler. Das war 1951. Der Sturm war im Oktober nach den Wahlen. Churchills letzte Regierung, und Ende November war Arthur in Machynlleth.« Sie nickte verträumt vor sich hin. »Im Januar darauf war ich mit Thomas schwanger.«

Sam dachte beschämt an ihren Onkel, ihre Tante und an ihre Mutter, Gwens Kinder, die ein Anrecht auf die Wahrheit über ihren Vater hatten. Und vielleicht wären sie gern bei der Seebestattung dabei? Andererseits stand es ihr nicht zu, sich über die Wünsche ihrer Großmutter hinwegzusetzen.

»Machynlleth. Mein Gott. Erinnerst du dich noch an den Namen des Händlers?«

»Nein. Ich bin mir nicht einmal sicher, ob Arthur den erwähnt hat. Er sagte nur, dass er den Kerl eher unsympathisch fand, aber er hat ihm sofort eine anständige Summe geboten, und da hat Arthur nicht lange überlegt.« Gwen verschränkte die Arme vor der Brust. »Wahrscheinlich war sie viel mehr wert. Der Händler wird schon einen Profit gemacht haben. Aber wir hatten keine Zeit und kein Geld, um nach London zu fahren und sie von anderen Händlern schätzen zu lassen. Meine Güte, wir hatten genug Sorgen! Diese Münze schien uns wie ein unverhoffter warmer Regen, den man nutzen muss, bevor er einem durch die Finger rinnt.«

»Wer wusste noch von dem Fund?«

Entschieden antwortete Gwen: »Niemand! Wir haben niemandem davon erzählt. Das war uns wichtig, aus eben jenen Gründen. Ich habe mir so schon genug Sorgen gemacht, wenn Arthur nachts allein zum Muschelsammeln rausgefahren ist. Damals waren die Zeiten für alle hier nicht leicht, und jeder kämpfte, so gut er konnte. Wir haben erzählt, dass wir einen Kredit von der Bank erhalten haben, was auch stimmte, nur konnten wir eben mehr anzahlen.«

»Aber wenn nun doch jemand von Arthurs Fund gewusst und ihn beobachtet hätte …?«, überlegte Sam. »Hast du nie an diese Möglichkeit gedacht?«

»Es ergibt ja keinen Sinn. Arthur hat nie wieder etwas gefunden. Körbe voller Muscheln und wertloses Treibgut, davon hatten wir reichlich.«

»Aber in der Nacht, in der er verschwand. Was wäre, wenn er da etwas gefunden hätte, und jemand hat ihn überrascht?«, beharrte Sam. »Warst du nicht deshalb bei Hannah? Hast du nicht genau das gedacht, Granny?«

Hörbar sog Gwen die Luft ein und ließ die Arme sinken. Ihre Stimme war kaum mehr als ein Flüstern. »Ja, daran denke ich die ganze Zeit. Matthew war sein bester Freund. Sie waren wirkliche Freunde, haben immer zusammengehalten. Ich kann es mir nicht vorstellen, ich kann es einfach nicht, Sam …«

Flehentlich sah Gwen ihre Enkelin an, die ihre Hände ergriff und sanft hielt. »Das wäre schrecklich, und ich möchte es auch nicht glauben. Aber nur du weißt, wie ihr damals zueinander gestanden habt, was geschehen ist oder was geschehen sein könnte.«

»Hannah hat mich angeschrien und mich hinausgeworfen.« Gwen seufzte schwer. »Sie verschweigt mir etwas. Sonst hätte sie nicht so heftig reagiert.«

»Soll ich mit ihr sprechen? Denkst du, mir würde sie etwas sagen?«, bot Sam an.

»Nie und nimmer. Wenn Hannah nicht will, will sie nicht. Sie war schon immer launisch und egoistisch. Tja, das war sie. Sie hat es nicht mehr lange in Borth ausgehalten. Kaum ein Jahr nach Arthurs Tod sind sie und Matthew weggezogen.«

365

Das schöne Wetter hatte Sam dazu bewegt, Gwens Fahrrad hinter dem Gartenhaus hervorzuholen und damit zum Pub zu fahren. Sie war gern an der frischen Luft, und die Auswertungen zwangen sie noch lange genug vor den Computer. Von den Sonnenstrahlen verführt saßen heute sogar Gäste auf der Terrasse vor dem Pub. Sie entdeckte auch einige Studenten ihrer Grabungsgruppe dort.

»Sind die anderen drinnen?«, fragte Sam.

»Ja, Doktor Goodwin.« Die junge Studentin hob entschuldigend die Hand mit der Zigarette. »Wir kommen auch gleich.«

Sam öffnete die Tür und entdeckte sofort Leons hellblonden Haarschopf. Er saß mit Amy, Martin, Lizzie Davis und anderen Studenten in einer Ecke. Rhodri lächelte ihr hinter der Bar zu, und Lucy servierte mürrisch die Tagesgerichte. Das schöne Wetter hatte noch mehr Tagesgäste an den Strand gelockt, die sich nun einen Lunch im Pub gönnten.

Sam zog ihren Mantel aus und begrüßte die fröhliche Runde. Martin war aufgestanden und nahm ihr den Mantel ab. »Hi, Sam. Alles in Ordnung mit deiner Großmutter?«

»Hm, so weit. Sie steckt voller Überraschungen«, bemerkte Sam und setzte sich neben Martin auf eine Bank.

Er sah gut aus mit seinen leicht zerzausten Haaren, dem verschmitzten Lächeln und dem dunklen Rollkragenpullover. Amy schien das auch zu finden, denn sie verschlang Martin geradezu mit ihren Blicken und schien jedes seiner Worte aufzusaugen. Sam legte ihm eine Hand auf die Schulter und flüsterte ihm ins Ohr: »Du scheinst hier bereits eine Eroberung gemacht zu haben ...«

In gespieltem Erstaunen hob Martin die Brauen. »Tatsächlich? Dann hast du dich endlich entschieden?«

»Hör schon auf. Du weißt doch, wen ich meine, oder?«

»Deine hübsche Assistentin? Ach, der Jugend süße Versuchung … Aber nichts für einen alten Knochen wie mich. Was willst du essen? Scheint alles ziemlich gut zu sein, wenn ich die Teller so sehe.«

Lizzie Davis hatte gerötete Wangen von der Seeluft und unterhielt sich angeregt mit den Studenten. Sie trank ein Bier und schien bester Laune. »Samantha, mit dieser Verstärkung machen wir schnell Fortschritte. Ich kann schon jetzt sagen, dass neue Baumstümpfe gesichtet wurden. Das erhärtet die These von einem Wald, der sich viel weiter ausgedehnt hat als bisher angenommen. Der von Ihnen entdeckte Fuhrweg gewinnt damit an Bedeutung.«

»Bevor ich Schlussfolgerungen ziehe, warte ich noch weitere Ergebnisse ab, aber es sieht vielversprechend aus, da stimme ich Ihnen zu. Haben Sie schon bestellt?« Sam sah fragend in die Runde und warf auch einen Blick zur Tür. Als die sich öffnete und die Umrisse eines großen Mannes preisgab, machte Sams Herz einen Satz.

»Und was nehmen Sie?«, fragte Lizzie.

»Äh … ich muss noch kurz überlegen. Was steht denn auf der Tafel?« Sam wartete darauf, dass Luke sich umdrehte, doch er ging zuerst zur Bar, um Rhodri zu begrüßen.

»Bread&Butter-Pudding, Ploughman's Lunch, Salat mit Garnelen …«, zählte Lizzie auf.

»Ploughman's, ich habe Appetit auf Käse.« Ploughman's Lunch beinhaltete verschiedene Käsesorten, Salat, Brot und Pickles. »Und ein Dunkles.«

»Ich sollte ja nicht, aber ich liebe Bread&Butter-Pudding!«, seufzte Lizzie und klopfte auf ihre Hüften.

»Ach, Lizzie, das haben Sie sich verdient!«, sagte Leon. »Wir haben die neuen Gerate eingesetzt und sind einen Quadratkilometer abgegangen. Ich habe es Martin vorhin erzählt. Mein Dad hat eine neue Lizenz zur Bergung eines interessanten Wracks erhalten. Vor Mozambique liegt eine portugiesische Galeone, die *Espardarte*, um 1558 gesunken.«

Martin nickte begeistert. »Was für ein Fund! Sie hatte neben Gold auch Ming-Porzellan aus der Zeit von Kaiser Wanli geladen.«

Amy, die fasziniert zugehört hatte, sagte: »Ming-Porzellan? Ich wünschte, ich könnte dabei sein!«

»Immerhin haben wir einen römischen Armreif und eine Leiche gefunden … äh …« Leon unterbrach sich und griff nach seinem Bierglas.

»Schon gut. Das sind Tatsachen. Ich bin Wissenschaftlerin. Die Regierung von Mozambique ist sehr streng mit ihren Lizenzen und besteht auf Untersuchung der Artefakte und Veröffentlichung«, stellte Sam fest.

»Ich sag ja, mein Vater ist kein Schatzräuber«, sagte Leon stolz.

»Schatzräuber? Piraten? Bin ich hier richtig?« Luke war zu ihnen an den Tisch gekommen und schenkte Sam ein warmes Lächeln.

Die Studentinnen des neuen Teams schauten ihn erwartungsvoll an und hofften wohl, dass er ebenfalls ein Gastdozent war. Sam stand auf, begrüßte Luke mit einem leichten Kuss und sagte: »Schön, dass du da bist. Luke Sherman, darf ich dir unser Team vorstellen?«

Martin schüttelte ihm herzlich die Hand, und Sam beobachtete, wie sich die beiden Männer taxierten. Während des Essens waren sie bald in eine angeregte Unterhaltung über Schiffe und die Gefahren von Bergungen vertieft, und Sam widmete sich erleichtert Lizzie und den Studenten. Weniger erfreulich gestaltete sich das Auftauchen von Gareth, der übellaunig den Pub betrat. Millie folgte ihm auf den Fuß und redete auf ihn ein, was der Grund für seine Verdrossenheit zu sein schien.

Als Sam auf dem Rückweg von den Toiletten am Tresen vorbeiging, an dem Gareth und Millie saßen, hörte sie gerade noch seine gehässige Bemerkung: »... mit ihrer ganzen arroganten Bagage ...«

Verärgert blieb Sam stehen und ging direkt zu Gareth. »Meinen Sie mich? Ja?«

Gareth starrte in sein Bierglas und grunzte: »Wen denn sonst!«

»Was habe ich Ihnen getan? Ich mache hier nur meine Arbeit und bin bald wieder weg. Also, warum regen Sie sich auf?«

Millie tätschelte sein Bein. »Jetzt lass doch, Garry. Lohnt sich nicht.«

»Nein, es lohnt sich wirklich nicht.« Sam fing einen Blick von Rhodri auf, der sie davon abhielt, sich weiter mit Gareth zu streiten. »Millie, du weißt doch, dass ich hier keinem auf die Füße treten will. Wir arbeiten jetzt sogar mit der Uni in Aberystwyth zusammen. Von dem Projekt haben alle etwas!«

»Phh, Uni«, schnaufte Millie. »Ihr seid doch alle gleich. Für uns bleibt nichts. Dabei leben wir hier. Das ist unser Land!«

»Warum studierst du dann nicht Geologie oder Archäologie und untersuchst den Boden?«, fragte Sam mit einem zuckersüßen Lächeln.

Gareth rutschte von seinem Barhocker und streckte seine Hand nach Sam aus, doch eine Hand packte seinen Arm und warf ihn gegen den Tresen. »Au! Scheiße, Mann!«, schrie Gareth überrascht auf.

Sam fuhr herum und fand Luke hinter sich, der Gareth mit verhaltenem Zorn anfuhr: »Ich hoffe, du wolltest ihr nicht zu nahekommen.«

»Verdammt, was ist denn los mit dir?« Plötzlich schien Gareth zu begreifen, denn er verzog höhnisch den Mund. »Verstehe, ihr ...« Er machte eine anzügliche Handbewegung, die Sam veranlasste, Luke festzuhalten.

369

»Komm, er ist es nicht wert. Vielleicht ist der Apfel wirklich nicht weit vom Stamm gefallen.«

Sams Worte schienen Gareth tief getroffen zu haben, denn er erwiderte drohend: »Das haben Sie nicht umsonst gesagt …«

Luke legte den Arm um Sam und ging mit ihr zur Tür. »Ich brauche frische Luft.«

Auf der Terrasse stützte er sich auf das Geländer und holte tief Luft. »Himmel, hat der Kerl mich zur Weißglut gebracht!«

»Nicht, reg dich doch wegen ihm nicht so auf. Das sind alte Geschichten. Millie konnte mich schon früher nicht leiden. Und weil sein Großvater mit Arthur befreundet war, meint Gareth wohl, dass uns etwas verbindet. Er fühlt sich minderwertig, weil sein Vater als Säufer und Verlierer bekannt war.« Sam strich Luke über den angespannten Rücken.

Langsam richtete Luke sich auf und nahm sie in den Arm. »Tut mir leid. Aber als er dich angreifen wollte … Das macht mir Angst, Sam, ich darf nicht derart die Kontrolle verlieren.«

Sie bog den Kopf zurück und sah ihn an. »Du wolltest mich beschützen. Auch wenn mir das schmeichelt, ich kann auf mich aufpassen.«

»Vielleicht. Sam, ich hätte ihn umgebracht, wenn er dir ein Haar gekrümmt hätte.«

Der Ernst in seiner Stimme beunruhigte Sam, weil sie ahnte, dass er genau das tun würde.

26

Luke spürte, wie sein Puls sich verlangsamte. Seine Gewaltbereitschaft, als er Gareth mit Sam gesehen hatte, machte ihm bewusst, dass seine Vergangenheit ihm näher war, als ihm lieb sein konnte. Andererseits waren es diese Instinkte, die ihn in Gefahrensituationen geschützt hatten. Und er hatte deutlich die Aggression in Gareths Mimik und seiner veränderten Haltung gesehen.

»Luke, du kannst mich jetzt loslassen«, sagte Sam.

Was mussten die anderen denken? »Entschuldige. Ich kann verstehen, wenn du mich jetzt nie wiedersehen willst.«

Sie hatte seinen Blick in Richtung der Pubfenster bemerkt und hob schmunzelnd die Augenbrauen. »Wegen der Leute? Ich bitte dich! Die sollen mal alle hübsch vor ihrer eigenen Türe kehren, da sind sie lange beschäftigt. Nein, was ich dir noch sagen wollte, ist viel wichtiger.«

Erleichtert lehnte er sich gegen das Geländer und sah die schöne, intelligente Frau an, die ihm anscheinend nichts nachtrug und ihn noch dazu zu mögen schien. Als er von Arthurs Münzfund hörte, war seine erste Reaktion: »Deswegen musste er sterben.«

»Aber er hat die Münze doch 1951 gefunden und danach nichts mehr!«, gab Sam zu bedenken.

»Bis zur Nacht seines Todes, Sam. So ergibt alles einen Sinn. Er hat in den Jahren danach weitergesucht, und vielleicht hat er sich im Pub mal verplappert, oder der Händler hat nachgefragt bei irgendwem, wie auch immer, es gibt tausend Möglichkeiten, wie man ihm draufgekommen sein kann. Und dann, in jener stürmischen Nacht im Dezember 1955, hat Arthur den Fund seines Lebens gemacht, und ich fress einen dieser alten Baumstümpfe, wenn da nicht einer seiner Freunde in der Nähe war.«

»Matthew«, flüsterte Sam.

»Gareth' Großvater«, fügte Luke dunkel hinzu.

Sam nagte an ihrer Unterlippe. »Ich kann das nicht glauben. Hannah war Gwens beste Freundin. Sie hätte doch gefragt, woher ihr Mann plötzlich das Geld hat und …«

»Hätte sie das?«, stellte Luke die Frage sachlich in den Raum.

»So schlecht muss man nicht gleich von jemandem denken! Es kann doch auch anders gewesen sein. Arthur wurde gegen sein Boot geschleudert, Platzwunde …« Sie hielt inne.

»Und dann hat er sich in Ölhaut gerollt und begraben«, meinte Luke.

»Hm, ja, hatte ich vergessen. Aber warum wollte jemand, dass Arthur für sehr lange Zeit nicht gefunden wird?«

»Schlechtes Gewissen des Mörders, schwer zu sagen, aber Sam, ich finde, wir sollten den Antiquitätenhändler in Dolgellau nochmals kontaktieren. Vielleicht erinnert er sich an jemanden in Machynlleth, der Münzen aufgekauft hat.« Vom Meer kam eine Böe zu ihnen herübergeweht.

»Daran habe ich auch schon gedacht. Würdest du das übernehmen? Ich muss heute Nachmittag wieder ins Büro.« Sam schien zu überlegen. »Hannah, denkst du, sie würde mir mehr sagen als Gwen?«

»Kann ich mir kaum vorstellen. Und wir haben kein Recht, uns da einzumischen«, gab Luke zu bedenken.

Direkt vor dem Pub hielt ein blauer Vauxhall, dem ein älterer, ungepflegt wirkender Mann entstieg. Kaum hatte Sam den Neuankömmling gesichtet, verzog sie das Gesicht. »O nein, aufdringlicher Kerl!«, zischte sie. »Kein Wort rede ich mit dem.«

Sie standen am Rande der Terrasse, während sich einige Raucher um die Tische direkt vor den Fenstern scharten.

»Ah, Doktor Goodwin! Schön, dass ich Sie antreffe!«, rief der Mann, der einen zerknitterten grauen Mantel und einen verfilzten Schal trug. Seine Haare hatten länger keine Schere gesehen, und er war unrasiert.

»Darf ich mich vorstellen, Mason Kinsey. Ich bin Journalist und recherchiere die Hintergründe des Leichenfunds bei Ynyslas.« Erwartungsvoll stellte er sich vor Luke und Sam auf, ein Handy in der Hand.

»Machen Sie das aus! Sie nehmen doch auf, was wir sagen«, fuhr Sam ihn an.

»Äh, nun ja, aber dagegen ist doch nichts ...«, wehrte sich der Mann.

»Ausmachen, sofort!«, sagte Luke, wartete, bis der Mann das Gerät in seine Tasche gesteckt hatte, und fuhr fort: »Haben Sie einen Presseausweis?«

Kinsey wühlte in seiner Manteltasche, zog eine eingeschweißte Karte hervor, die er hin und her schwenkte und wieder einstecken wollte, doch von Luke daran gehindert wurde.

»Cardigan Express? Das ist ein Werbeanzeiger! Wollen Sie uns veralbern?« Luke gab dem Mann die Karte zurück.

Beleidigt erwiderte Kinsey: »Der Express bringt lokale Nachrichten, und die Story hat Potenzial. Außerdem habe ich ein persönliches Interesse an der Aufklärung des Falls.«

»Wieso Fall? Es gibt keinen Fall!«, sagte Sam kurz.

»Das sieht die Polizei anders, auch wenn die Ermittlungen eingestellt wurden. Es handelt sich um Ihren Großvater, Doktor? Da haben Sie doch Interesse zu erfahren, wie er ums Leben kam.« Lauernd beobachtete Kinsey sie und zog dabei seine Oberlippe hoch.

Sam nahm Lukes Hand. »Lass uns gehen.«

373

»Seien Sie nicht voreilig! Ich weiß von Iolyn Blyth, dass da mehr an der Sache dran ist«, spielte Kinsey seinen Trumpf aus.

Luke spürte einen Ruck durch Sams Körper gehen, die den Fremden aufgebracht anstarrte. »Was wissen Sie? Was hat Ihnen ein alter Säufer erzählt, der sich nur interessant machen wollte?«

Doch Kinsey ließ sich nicht aus der Ruhe bringen, was Luke zu der Überzeugung brachte, dass der Mann tatsächlich etwas wusste oder zu wissen glaubte. Die anderen Gäste beobachteten sie mittlerweile, und durch die Tür traten mehr und mehr Leute ins Freie.

»Waren Sie vielleicht dabei? Sie kannten Iolyn gar nicht! Dass er ein Säufer war, wissen Sie doch nur von anderen, vom Hörensagen. Ich habe ihn persönlich gekannt und sage, dass er genau wusste, wovon er sprach.«

»Dann verraten Sie es uns doch, wenn es tatsächlich so bedeutsam ist …« Sams Stimme klang eisig.

»Er hat mir erzählt, dass sein Vater nicht der große Geschäftsmann war, nicht der Fischer, der es durch schlaue Spekulationen zu etwas gebracht hatte. Matthew Blyth war ein Betrüger, genau wie er selbst – nur hat er das nie zugegeben, weil er nämlich seinen besten Freund betrogen hat.« Ob Kinsey noch etwas sagen wollte, blieb offen, denn Gareth stürzte sich von hinten auf den Mann und schubste ihn gegen den Betonpfeiler, der das Geländer hielt.

»Gareth!«, schrie Millie, die hinter ihm hergelaufen war.

Luke packte Gareth am Arm, drehte ihn schmerzhaft zurück und sagte leise: »Es reicht, Gareth. Ich seh dich morgen um acht Uhr.«

Wütend riss Gareth sich los. »Mach deinen Mist doch allein!«

»Dann willst du den Lohn für die letzten Tage nicht?« Luke hatte Mitleid mit entwurzelten Menschen. Gareth schien ihm voller Wut zu stecken, Wut auf sich, den Vater und die Welt.

Eine zweite Chance verdiente jeder. Und außerdem brauchte er Gareth für die Aufträge, die noch abzuarbeiten waren.

Millie kam ihm zu Hilfe. »Danke, Luke. Ist heute nicht sein Tag. Na los, komm, wir gehen, Gareth. Du hast genug Leute vor den Kopf gestoßen.«

»Was mein Vater war, geht nur mich was an, und mein Großvater war ein rechtschaffener Mann, kein Betrüger!«, schnauzte Gareth den erschrocken zurückweichenden Kinsey im Gehen an.

Die Umstehenden tuschelten, und als Rhodri mit gerunzelter Stirn aus seinem Pub kam, sagte Luke laut: »Nichts ist passiert. Einen schlechten Tag hatten wir alle schon mal, oder?«

In knappen Worten klärte er Rhodri auf, der dem zitternden Kinsey auf die Schulter klopfte. »Na, kommen Sie, ich gebe Ihnen ein Bier aus.«

Drinnen gesellte sich am Tresen Martin zu ihnen und schüttelte den Kopf, als er hörte, was vorgefallen war. »Da ist mir eine Stadt doch lieber als diese Dorfgemeinschaften mit ihren tödlichen Heimlichkeiten.«

Rhodri stellte Kinsey einen Wodka neben das Bier. »Cheers!«

Der Lokalreporter ließ sich nicht lange bitten und stürzte den Wodka in einem Zug hinunter.

»Und jetzt noch mal Klartext«, forderte Luke. »Was genau hat Matthew getan?«

Kinsey wand sich wie ein Aal im Schlick. »Na eben das. Seinen besten Freund betrogen.«

»Mann, jetzt lassen Sie sich doch nicht alles aus der Nase ziehen!«

»Sein bester Freund war ein Arthur Morris. Über den Betrug weiß ich nichts. Aber das ist doch Grund genug!« Kinsey kratzte sich die Bartstoppeln.

»Verdächtigungen und Lügengeschichten sind alles, was Sie

haben. Seien Sie in Zukunft vorsichtiger, wenn Sie fremde Menschen belästigen«, sagte Sam vorwurfsvoll. »Und hören Sie gefälligst auf, meine Großmutter zu verfolgen!«

»Das habe ich doch gar nicht!«, verteidigte sich Kinsey.

»Ihr Wagen stand vor Gwens Cottage. Ich nenne das Belästigung«, sagte Sam.

»Ich habe auf öffentlichem Grund geparkt. Da können Sie mir gar nichts«, erwiderte Kinsey.

Sams Aufmerksamkeit richtete sich auf Lizzie Davis und die Studenten, die aufbrachen. »Das werden wir noch sehen. Martin, lass uns gehen. Wir sehen uns heute Abend, Luke?«

Er nickte und wandte sich mit grimmiger Miene an Kinsey. »Sie halten sich von Doktor Goodwin und Mrs Morris fern. Haben wir uns verstanden?«

»Phh, Sie können mich nicht einschüchtern. Ich kenne meine Rechte.« Kinsey hob sein Bierglas.

Luke trat so dicht vor Kinsey, dass er dessen Atem riechen konnte. »Und ich schere mich nicht darum.«

Etwas verhaltener antwortete Kinsey: »Sie drohen mir?«

Luke trat zur Seite. »Ich stelle nur fest. Bis bald, Rhodri.«

Der Pubbesitzer grinste und wischte den Tresen sauber.

»Sie können das bezeugen. Das war eine Drohung!«, eiferte sich Kinsey.

Und Luke hörte noch, wie Rhodri sagte: »Was denn? Ich habe gar nicht zugehört …«

In der Werkstatt wartete Ty mit einem Kunden, um den Luke sich zuerst kümmern musste, bevor er gegen fünf Uhr die Zeit fand, Muttoon in Dolgellau anzurufen.

Der Antiquitätenhändler war selbst am Telefon. »Ach, Sie sind's! Haben Sie John Tryfan gefunden?«

»Danke, ja, das war ein hervorragender Hinweis. Es scheint,

als schließe sich der Kreis langsam. Jedenfalls, was diese Münze betrifft.« Luke setzte Muttoon ins Bild.

Der Experte war begeistert. »Eine Doppelkaisermünze! Teufel auch, da hatte Tryfan aber Glück. Die hätte ich auch gekauft!«

»Aber sie muss im Winter 1951/52 in Machynlleth verkauft worden sein. Fällt Ihnen nicht doch jemand ein, der dafür in Frage käme?«

»Junger Mann, Sie verlangen viel von meinen grauen Zellen«, kokettierte Muttoon, den Luke für äußerst intelligent und im Vollbesitz seiner geistigen Fähigkeiten hielt.

»Geben Sie mir ein paar Minuten. Ich schaue in meine alten Unterlagen. Ich habe jeden Ankauf dokumentiert, müssen Sie wissen. Nur für mich natürlich …«

»Danke, Mr Muttoon. Bis nachher.«

Es war bereits nach neun Uhr, als Luke den Computer in seinem Büro ausschaltete. Er hatte mit Max gesprochen, den er mit jedem Tag mehr vermisste, aber sein Sohn schien sich bei den Großeltern nach wie vor sehr wohlzufühlen. Liam war genauso schweigsam und übellaunig wie am Tag zuvor gewesen. Auch Ty wusste nicht, was den Jungen bedrückte. Luke überprüfte, ob die Hintertür abgeschlossen war, und fand sie tatsächlich offen vor. »Verdammt, wer hat denn …«

Es lagen zu viele teure Maschinen und Werkstoffe in der Halle, als dass er es sich leisten konnte, Dieben auch noch die Tür zu öffnen. Ganz abgesehen von den kostspieligen nautischen Instrumenten, die er in einem separaten Schrank aufbewahrte. Als er die letzte Tür auf dem Gelände verschlossen hatte, setzte er sich in seinen Wagen und wählte Sams Nummer. »Es ist spät geworden. Aber ich würde dir trotzdem gern noch etwas erzählen.«

»Komm vorbei.«

Mehr bedurfte es nicht. Fünf Minuten später parkte er vor

Gwens Cottage und wurde von Sam bereits in der Tür erwartet. Ihre langen Haare fielen offen über ihre Schultern, sie hatte die Strickjacke eng um den schmalen Körper geschlungen und wirkte verfroren.

»Was machst du hier draußen? Es ist zu kalt für so was hier.« Er zupfte an der dünnen Strickjacke.

Sie hob ihm ihr Gesicht mit der von der Kälte geröteten Nase entgegen. »Ich habe auf dich gewartet.«

Und ich auf dich, dachte Luke und zog sie in seine Arme. Erst nachdem er sie ausgiebig geküsst hatte, rieb er ihre Schultern und schob sie ins Haus. »Wo ist deine Großmutter?«

»Im Wohnzimmer. Sie wollte noch wegen morgen mit dir sprechen. Wir fahren doch morgen raus?«

»Ja. Ich dachte gegen drei Uhr, da soll das Wetter am besten sein. Zu stürmisch wäre für unser Unternehmen eher kontraproduktiv.«

Sam lachte leise, wurde aber sofort wieder ernst. »Die Asche kommt zurückgeflogen, bitte nicht. Sie hat die Urne heute abgeholt. Möchtest du etwas essen?« Sam ging in die Küche und sah ihn fragend an.

»Ich bekomme leider nicht, auf was ich Appetit habe …« Ihre kleinen Brüste zeichneten sich unter der dünnen Wolle ab, und er hatte noch den Duft ihres Haares in der Nase. Er zog seine Jacke aus und hängte sie über einen Stuhl. Die Spannung zwischen ihnen war spürbar, beinahe unerträglich.

Sie kam auf ihn zu und ließ ihre Hände von seiner Brust über seinen Bauch gleiten. »Vielleicht findet sich noch etwas, was deinem Geschmack entspricht.«

Als er ihre Finger auf seiner nackten Haut spürte, musste er die Zähne zusammenbeißen und sie auf Armeslänge von sich abhalten. Ihre Augen waren dunkel und verträumt. »Spiel nicht mit mir, Sam.«

»Nein?« Sie hob ihre Hände in die Luft und nahm einen Becher aus dem Schrank. »Tee? Das ist unverfänglich.«

Sie schien in einer kapriziösen Stimmung, und er fragte sich, was mit ihr los war. »Unverfänglich. Ist es das, was du willst?«

Sie sah ihn nachdenklich an. »Würde es dadurch nicht leichter?«

»Nein.«

»Warum nicht?«

»Weil ich nichts Unverfängliches mit dir möchte.«

»Oh.« Ihre Augen weiteten sich, bevor sie den Blick senkte und schließlich leise sagte: »Du wolltest mir etwas erzählen?«

»Das kann auch deine Großmutter hören.« Er folgte ihr aus der Küche und erfreute sich am Anblick ihres wohlgeformten Gesäßes.

Gwen Morris schaltete den Ton des Fernsehers aus, als sie eintraten. »Luke, wie schön, dich zu sehen. Bitte, nimm Platz. Sam hat dir erzählt, dass ich die Urne erhalten habe? Bleibt es bei morgen?«

Luke setzte sich in einen Sessel. »Die Wettervorhersage ist gut. Es sollte uns nichts daran hindern, morgen gegen drei Uhr rauszufahren.«

Er entdeckte die Urne auf einem kleinen Tisch neben dem Sofa, in dem Gwen saß. Auf ihrem Schoß lagen alte Fotografien.

»Ich will auch gar nicht lange stören, euch aber erzählen, was ich von unserem netten Mr Muttoon aus Dolgellau erfahren habe.«

Sam goss Tee in den Becher. »Der Antiquitätenhändler, Granny, der uns zuallererst weitergeholfen hat.«

»Ah! Es ist wegen Arthurs Münze, nicht wahr?« Die alte Dame runzelte die Stirn.

»Die ist anscheinend so selten, dass sie den Fachleuten, die sie gesehen oder von ihr gehört haben, im Gedächtnis blieb«, sagte Luke. »Muttoon ist nicht einmal Münzexperte, meinte aber spontan, dass er sie ebenfalls angekauft hätte. Jedenfalls hat er in seinen Akten gewühlt und einen Händler in Machynlleth ausfindig gemacht, mit dem er in den Fünfzigern einige wenige Male zu tun hatte. So wie Muttoon sich ausdrückte, schätzte er den Mann fachlich nicht, und überhaupt schien es ein unangenehmer Mensch zu sein, mit dem er nichts zu tun haben wollte. Whitfield hieß der Mann.«

Sam stellte Becher und Kanne ab und starrte ihn weiter erwartungsvoll an. »Und wo ist er jetzt?«

»Er liegt auf einem Friedhof. Reece Whitfield starb bei einem Autounfall. Relativ jung, wenn ich Muttoon richtig verstanden habe. Die Frau und das Kind sind aus Machynlleth fortgezogen.«

»Eine Sackgasse«, seufzte Sam.

»Whitfield? Der Name ist mir irgendwie geläufig. Gibt es in Aberystwyth nicht eine Reinigung Whitfield?« Gwen legte die Fotografien zur Seite und holte ein Telefonbuch aus einer Kommode. Nach einigem Suchen tippte sie auf den gesuchten Namen. »Da, Whitfield, North Parade. Und die gibt es schon ewig.«

Sam sah ihn an. »Einen Versuch ist das Nachfragen wert.«

27

Die dicken grauen Wolken bereiteten Sam ein wenig Sorge, doch der Wind hielt sich bei vier Beaufort. Wenn es so blieb, stand der Seebestattung nichts im Weg. Sie fuhren den Penglais Hill hinunter, wo die ersten Studenten aus ihren Wohnheimen zur Uni gingen. Die National Library erhob sich weiß zu ihrer Linken, und darunter lag das Krankenhaus, aus dessen Einfahrt ein Rettungswagen bog.

»Die Universität hat einen guten Ruf. Sie gehört zu den besten des Landes und einige Institute sogar zu den besten der Welt«, sagte Gwen, die neben ihr saß.

Sie waren nach dem Frühstück gemeinsam in die Stadt aufgebrochen, weil sie Sam Whitfield befragen und einen Blick in das Black Book of Carmarthen werfen und Gwen Blumen kaufen wollte. Luke war gestern noch eine Weile geblieben, und die Erinnerung an seine Zärtlichkeiten zauberte ein Lächeln auf Sams Gesicht. Jemand, der so unglaublich küssen konnte ... Sie seufzte.

»Hm? Was hast du eben gesagt? O ja, die Uni hier hat sich gemausert«, antwortete sie abwesend, bevor sie verstand. »Ist das ein Wink mit dem Zaunpfahl?«

»Und wenn? Wäre es so verkehrt, wenn du mal für eine Zeit nach Wales kommst? Ich würde mich freuen – und Luke sicher auch.« Gwen sah sie von der Seite an. »So geht das mit euch nicht weiter. Das wird ja nie was, wenn er sich abends wie ein Schuljunge davonschleicht. Ich brauche keinen Babysitter.«

381

Sam lachte schallend. »Du bist unglaublich! Ich mag ihn, keine Frage. Aber es braucht Zeit, sich kennenzulernen und …«

»Die hast du nicht, wenn du gleich wieder nach Oxford gehst. Ich sehe euch beide zusammen und weiß, dass da etwas ist, etwas Besonderes, Sam. Glaub einer lebenserfahrenen alten Frau. Das findet man nur ein Mal, und dann reicht es für ein ganzes Leben, egal, wie lange es dauert.« Bei den letzten Worten wurde ihre Stimme brüchig, und ihr Blick schweifte über die viktorianischen Häuser entlang der Straße.

»Setz mich bitte an der Promenade ab. Ich gehe etwas spazieren, hole die Blumen, und wir treffen uns in einer Stunde?«, schlug Gwen vor.

Es gestaltete sich schwierig, einen Parkplatz zu finden, aber irgendwann fand sie in einer der schmalen Seitenstraßen eine Lücke. Gwens Worte gingen ihr nicht aus dem Kopf und ließen sie nicht nur über sich und Luke, sondern auch über Matthew nachdenken. Wenn Hannah ihren Mann ebenso geliebt hatte, würde sie sein Andenken nicht beschmutzen wollen. Sie mussten einen anderen Weg zur Wahrheit um Arthurs Tod finden.

Whitfields Reinigung war ein schlauchartiger Laden, direkt an der stark befahrenen North Parade. Die Farbe blätterte von den Fensterrahmen, und das Schild war rostig und verblichen. Eine junge Asiatin stand hinter der Annahme und feilte ihre Nägel.

»Guten Morgen, ich würde gern mit Mr oder Mrs Whitfield sprechen, wäre das möglich?«

Die junge Frau ließ die Feile in eine Tasche ihrer bunten Schürze sinken und verschwand schlurfend zwischen Kleidersäcken, die an der Decke über eine Schiene liefen. Sam registrierte den aufgebrochenen Linoleumfußboden und mit Fliegenkot verschmutzte Zertifikate in schiefen Bilderrahmen. Die Whitfields waren entweder schlampig, oder das Geschäft lief nicht gut oder beides.

»Äh, hallo Lady, Mister kommt gleich«, näselte die Asiatin, setzte sich wieder auf ihren Hocker und bearbeitete ihre Nägel.

»Danke.«

Tatsächlich erschien kurz darauf ein gepflegt aussehender Mittdreißiger und begrüßte sie freundlich. »Ich bin Paul Whitfield. Was kann ich für Sie tun?«

Sam lächelte. »Ich hoffe, Sie können mir weiterhelfen. Sind Sie eventuell verwandt mit den Whitfields aus Machynlleth?«

Paul Whitfield musterte sie skeptisch. »Warum fragen Sie?«

»Ach, es geht um ein altes Erbstück, das mein Großvater damals an einen Antiquitätenhändler in Machynlleth verkauft hat.«

Seine Miene entspannte sich. »Ach so, ich dachte, mein Cousin steckt schon wieder in Schwierigkeiten. Warten Sie. Meine Mutter kann Ihnen da mehr sagen.«

Mrs Whitfield war eine korpulente kleine Frau mit roten Wangen und einer Bluse, deren Blumenmuster den Farbton widerspiegelte. »Reece Whitfield war mein Onkel«, sagte sie. »Keiner konnte ihn leiden, weil er dauernd pleite war und sich von allen Geld borgte, das er nie zurückzahlte. Antiquitäten waren das Einzige, womit er sich auskannte. Die arme Sally hatte nicht viel zu lachen mit ihm. Er war jähzornig und schlug sie, wenn er getrunken hat, und das tat er ziemlich oft.«

Das Bild von Reece Whitfield passte zu dem, was Tryfan erzählt hatte. »Gab es da mal einen besonderen Ankauf von antikem Goldschmuck, an den Sie sich erinnern? Das müsste im Winter 1955/56 gewesen sein.«

»Jetzt, wo Sie es erwähnen! Ja, da war tatsächlich was. Reece war mal wieder total pleite. Vor Weihnachten war das. Das weiß ich, weil meine Mutter einen Streit mit meinem Vater hatte. Sie wollte Reece nicht zum Weihnachtsessen einladen. Er hat immer alles kaputt gemacht mit seiner miesen Laune und seinen

Anzüglichkeiten. Da sagte mein Vater, dass es diesmal anders sei, weil Reece ein gutes Geschäft gemacht hatte.« Mrs Whitfield rollte die Augen. »Betrogen hat er irgendeinen Ahnungslosen! Ein Minenarbeiter oder ein Fischer war das. Der hatte einen antiken Schatz gefunden und dafür viel zu wenig von meinem Onkel bekommen. Reece hat sich über die Festtage damit gebrüstet, wie dämlich der Kerl gewesen sei und dass er jetzt ausgesorgt habe.«

»Das könnte mein Großvater gewesen sein!« Oder Matthew, dachte Sam und schluckte schwer. »Sally, seine Frau, lebt die noch? Ich würde ihr gern ein Bild des Verkäufers zeigen. Vielleicht erinnert sie sich.«

Sie standen in einer Ecke des kleinen Vorraums und hörten, wie die Türglocke ging. »Sally Whitfield, ja, das könnte durchaus sein. Sie war jünger als er und ist nach seinem Tod mit ihrem Sohn nach Cardiff gezogen. Natürlich hatte Reece nicht ausgesorgt, sondern stopfte wieder tausend Löcher mit dem Gewinn und starb knapp ein Jahr darauf bei einem Autounfall. Wenn Sie mich fragen, hat Sally Glück gehabt, dass sie den Mistkerl beizeiten losgeworden ist.«

»Sam, du hier?« Millie stand mit einem Arm voller Wäschestücke vor ihr.

»Hallo, Millie, ich bin gleich bei dir«, sagte Sam kurz und wandte sich wieder Mrs Whitfield zu.

»Gott ja, brich dir nur keinen ab«, murmelte Millie.

»Haben Sie noch Kontakt?«, fragte Sam.

»Nein, das nicht, aber ich weiß, dass Sallys Sohn auch einen Laden aufgemacht hat. Und er soll ganz gut sein. Aber da müssten Sie vielleicht selbst schauen. Es ist so lange her, wissen Sie«, sagte die freundliche Frau.

»Sie waren mir eine große Hilfe, ich kann Ihnen gar nicht genug danken!«, sagte Sam überschwänglich.

Mrs Whitfield strahlte. »Aber sehr gern, jederzeit.«

Als Sam sich nach Millie umdrehte, fing sie deren missmuti-
gen Blick auf. »Hi, Millie. Hat Gareth sich wieder beruhigt?«

»Was kümmert's dich? Du bist doch an allem schuld! Kommst
her, mischst dich ein und nimmst dir einfach, was du willst!«,
fauchte Millie sie an, riss der verdutzten Angestellten den Beleg
für ihre Wäsche aus den Händen und verließ den Laden.

Sam hob die Schultern und verabschiedete sich. Anschließend ging sie in die National Library. Das Original des Black
Book of Carmarthen war nur unter Aufsicht und auf Anmel-
dung zugänglich. Allerdings war der walisische Originaltext
kürzlich gescannt worden und damit digital lesbar. Das Buch
war eine Sammlung früher Texte und Gedichte des neunten bis
dreizehnten Jahrhunderts. Da es sich um die ersten schriftlichen
Zeugnisse in walisischer Sprache handelte, wurden die Manu-
skripte gehütet wie ein Staatsschatz. Sam kannte alle Versionen
der Legende, doch manchmal half es, den einen oder anderen
Text erneut zu lesen. Die einzige Gemeinsamkeit aller Versionen war die Erwähnung von Seithennin, dem pflichtvergesse-
nen Wächter oder Prinzen. Seithennin, der sich einer schönen
Maid hingibt, seine Wache vergisst und das Land in den Fluten
versinken lässt.

Sam lehnte sich in ihrem Stuhl zurück und betrachtete den
Bildschirm. Geologisch belegt war die Existenz des Landes, das
einmal bewaldet gewesen war. Auch Deiche hatte es gegeben,
teils natürlich aufgespült, teils von Menschen erbaut. Menschen
neigten zu Übertreibungen, und aus einem Dorf wurde eine
Stadt, aus Dörfern ein Königreich. Nicht die gesamte Cardigan Bay war das Königreich von Garanhir gewesen, nur die geschützte Bucht vor Borth. Der Fuhrweg war der Schlüssel, und
wenn sie einen Teil des Deiches fand, könnte sie vielleicht die
Beweisführung schließen.

385

Um kurz vor drei Uhr fuhr sie mit Gwen, die blass und still die Urne auf ihrem Schoß hielt, zum Anlegeplatz von Lukes Motorboot, einem Elf-Meter-Cruiser mit Kajüte, an der Mündung des Lery. Luke kam an Land gesprungen, nahm Gwen die Urne ab und half ihr über den Steg an Bord. Der Wind hatte zugenommen, und das Wasser war kabbelig, was sich auf See verstärken würde. Sam war DI Nicholl für seine Hilfe und Umsicht sehr dankbar. Er hatte dafür gesorgt, dass Luke unbürokratisch eine seerechtliche Erlaubnis sowie die Koordinaten für die Bestattungsposition erhalten hatte.

»Wie nimmt sie es auf?«, fragte Luke, als er Sam einen Begrüßungskuss gab, um ihr dann ebenfalls auf das Boot zu helfen.

Gwen trug einen dunklen Mantel, hatte sich einen Schal um Hals und Kopf geschlungen und hockte sich draußen auf der Flybridge auf eine Bank, Urne und Blumen fest in den Händen haltend.

»Sie ist sehr still, aber gefasst. Die Urne ist aus Pappmaché, wie praktisch«, meinte Sam, der das ein wenig pietätlos vorkam.

Luke löste die Leinen und führte Sam mittschiffs in den Innensteuerstand. »Die Urnen sollen sich ja schnell auflösen. Pappmaché oder Anhydrit ist das Material der Wahl.«

Der Dieselmotor brummte, und Luke steuerte das Boot durch die Mündung in die Fahrrinne. Auf der anderen Flussseite lag Aberdovey mit seinem kleinen Hafen, aus dem gerade ein Fischerboot auslief. Luke sah zu Sam hinüber. »Ich finde Urnenbestattung auf See sehr ökologisch. Die Urne sinkt nach unten, löst sich auf, die Asche entweicht und sedimentiert, Sand lagert sich nach und nach darüber ab – eine Grabstelle auf dem Meeresboden.«

Sie stellte sich neben ihn und lehnte den Kopf an seine Schulter. »Und es passt zu Arthur.«

Sie fuhren schweigend in die Bucht hinaus, jeder seinen Gedanken nachhängend, und dennoch fühlte Sam sich ihm nahe, weil er ohne Worte verstand. Nach einigen Minuten ging Sam nach hinten, um nach Gwen zu sehen, die trotz des kalten Fahrwinds nicht zu frieren schien.

»Willst du nicht hineinkommen? Es ist kalt!«

Gwen schüttelte den Kopf. »Nein, bitte lass mich allein. Das geht nur ihn und mich an. Bitte, Sam.«

Sam nickte und holte eine Decke, die sie ihrer Großmutter um die Schultern legte.

Zurück im Steuerstand empfing Luke sie mit einem mitfühlenden Lächeln. »Sie wollte nicht, oder?«

»Nein. Nicht einmal ihre Kinder durften dabei sein.« Sie seufzte. »Was sollte ich machen? Es ist ihre Entscheidung.«

»Richtig. Da ist jeder anders. Ich respektiere das.« Er blickte aufs Meer hinaus, durch dessen Wellen der Bug pflügte. Die Gischt spritzte, und die Wolken zogen sich dunkel am Horizont zusammen.

»Du bist ein bemerkenswerter Mann, Luke Sherman.« Sie lehnte an der Tür neben dem Steuerrad.

»Ein unverbindliches Kompliment?«

»Wie du willst. Ich war bei Whitfield.« Sie fasste zusammen, was Mrs Whitfield berichtet hatte.

»Schau an. Hast du schon den jungen Whitfield in Cardiff gefunden?«

»Nein, dazu bin ich noch nicht gekommen. Ich war noch bei den Studenten. Zum Glück ist Martin hier, er ist wirklich eine große Hilfe.«

Luke warf ihr einen zweifelnden Blick zu. »Netter Kerl. Wann fährt er wieder?«

Sie grinste. »Hör auf. Wir sind alte Freunde. Du bist doch nicht eifersüchtig?«

»Bei unserer unverbindlichen Geschichte? Nein.«

Etwas in seinem Ton gefiel ihr nicht. Er klang ein wenig verärgert, und Sam seufzte vernehmlich. »Luke ...«

»Hm?«

»Sind wir nicht bald da?« Die Küste lag schon mehr als eine
Seemeile hinter ihnen, und Sam nahm die Seekarte zur Hand,
die auf der Konsole lag.

»Siehst du die roten Linien? Die haben wir gleich erreicht
und ... Ah!«, rief Luke, und ein lautes Knallen übertönte die
Motoren- und Wellengeräusche.

»Wow! Was war das?«

Luke drosselte die Geschwindigkeit und lenkte das Boot in
einer großen Kurve um eine Boje herum. »Die Gefahrenzone
von MOD Aberporth Range, ein Programm von QinetiQ. Die
testen unbemannte Flugsysteme. Ganz pragmatisch von Mon-
tag bis Freitag.«

Gwen kam nun ebenfalls ins Bootsinnere. »Sind wir wieder
im Krieg?«

»Alles in Ordnung. Das sind militärische Tests«, sagte Sam.

Gwen nickte, legte die Blumen ab und setzte sich mit der
Urne in einen erhöhten Stuhl, der eigentlich dem Kapitän vor-
behalten war. »Ja, ja, weiß ich doch. Hat sich nichts geändert.
Klingt nicht viel anders als vor fünfzig Jahren.«

Der Wellengang ließ das Boot spürbar schaukeln, doch Sam
war seefest, und auch Gwen schien keine Probleme damit zu
haben.

»Okay, Gwen, wir haben die Position erreicht, die man uns
zugewiesen hat. Bist du bereit?« Luke hatte die Geschwindigkeit gedrosselt, eine Position auf der Karte markiert und ließ die
Schiffsflagge auf Halbmast sinken.

Gwen nickte feierlich und holte tief Luft, während Luke
die Urne für das Versenken vorbereitete. Steine und Sand be-
schwerten die Urne, die mit Seilen ins Meer gelassen wurde.

Sam betätigte die Schiffsglocke, die viermal erklang, während die Urne im Meer versank. Ihrem Wunsch entsprechend stand Gwen allein an der Reling und warf die Blumen in die Wellen. Der Wind erfasste ihren Schal und wirbelte den dunklen Stoff durch die Luft, wo er sich drehte und beinahe bedächtig aufs Wasser sank. Doch nur kurz, denn die nächste Welle verschlang den Schal, und es schien, als wolle er sich um die versinkende Urne wickeln.

Schließlich nahmen Sam und Luke Gwen in die Mitte und hörten sie flüstern: »Leb wohl, Arthur, bis wir uns wiedersehen, Geliebter ...«

Die Wogen wurden kräftiger, Gischt spritzte über die Reling, und die Tränen vermischten sich mit dem Salz des Meeres. Luke drängte sie in die Kajüte. »Noch eine Ehrenrunde, dann fahren wir zurück.«

Er ließ das Signalhorn dreimal ertönen und ließ das Schiff Fahrt aufnehmen, doch dann stutzte er. »Was ist denn jetzt los?«, murmelte er.

Sam hatte die erschöpfte und verfrorene Gwen nach unten in die Wärme gebracht und sah Luke nun über die Schulter. »Probleme?«

Er sah sie ernst an. »Ich fürchte, ja. Irgendetwas stimmt mit dem Motor nicht.« Er deutete nach vorn. »Der Motor stottert, und wir treiben in die Militärzone ...«

Sam, die genug Erfahrung auf Meeresexpeditionen gesammelt hatte, erfasste sofort den Ernst der Lage. »Sollen wir einen Notruf absetzen?«

»Gib mir noch eine Minute. Ich will mir das kurz ansehen. Dabei habe ich vor drei Tagen erst alles überprüft ...« Er verschwand durch eine Luke im Motorraum.

»Granny, da unten steht eine Thermoskanne mit Tee. Und Sandwiches sind auch da.« Sam beugte sich nach unten, wo ihre

Großmutter in einer Ecke saß und blass und mitgenommen aussah.

»Was ist denn los?«, fragte sie ängstlich.

»Sorg dich nicht, Luke hat alles im Griff«, versuchte Sam sie zu beruhigen.

Als Luke endlich mit verschmierten Händen auftauchte, verhieß seine grimmige Miene nichts Gutes. »Der Keilriemen flattert. Ich kann mir das nicht erklären ... Als hätte jemand ...«

»Aber warum sollte denn jemand ...?« Sams Stimme erstarb. »Luke, das tut mir so leid. Es ist alles meine Schuld. Wegen mir hast du nur Ärger und ...«

»Unsinn. Wir geben der Küstenwache Bescheid, obwohl ich das reparieren kann, aber sicher ist sicher.« Er wischte sich die Hände an einem Tuch ab und fing Sam auf, als eine Welle sie in seine Richtung warf.

»Sag nichts zu Gwen, das wird schon.« Er küsste sie nachdrücklich. »Keine Sorgen, verstanden?«

Doch in seinen Augen las sie viel mehr als das und fragte sich, wer sie so sehr hasste, dass er ihr Leben aufs Spiel setzte.

Borth, Februar 1955

Die Glocken von Cantre'r Gwaelod

Gwen rang verzweifelt die Hände. Der Sturm peitschte die Zweige der Eibe gegen das Dach und den Regen gegen die Fensterscheiben. Ihre Kinder husteten sich die Seele aus dem Leib und lagen fiebrig in ihren Betten. Thomas war jetzt fast ein Jahr alt, Little Mary wurde drei und Harriet kam im Sommer in die Schule. Die Zeit schien zu fliegen, und dabei genoss sie jeden Moment mit ihren Kindern, trotz der vielen Arbeit. Sie nähte nachts und in jeder freien Minute, um die Pennys für Kleinigkeiten wie Spielzeug oder Süßigkeiten zu sparen. Die Kinderaugen leuchteten, wenn es Karamellen oder Lakritzstangen gab. Aber die Krankheit der Kleinen forderte ihre ganze Kraft, und nun war auch noch Arthur dort draußen.

Mary Jones saß wie meist in den letzten Tagen bei ihr in der Küche und verarbeitete Kräuter zu Heiltränken und Salben. »Gwen, komm zu mir. Hier ist noch mehr Seemannstreu. Wirf es in den Topf dort vorn.«

Gehorsam wandte Gwen sich vom Anblick der tosenden Natur ab und nahm die Wurzeln der Stranddisteln, die Mary für sie bereitgelegt hatte, um sie in Wasser aufzukochen. Der Sud war schleimlösend und half den Kindern beim Abhusten. Zusätzlich machte sie alle zwei Stunden einen Aufguss aus Knoblauch,

Zimt, Nelken und Zitrone, um das Fieber zu senken. Gwen vertraute auf Marys Heilkünste mehr als auf die von Doktor Coleman in der Bow Street. Der Landarzt war dem Gin allzu zugeneigt, oft ruppig und im Umgang mit Kindern ungeduldig.

»Warum heißen die Disteln eigentlich Seemannstreu, Mary?«

Die alte Frau hob den Kopf. Sie war dünner geworden und wirkte gebrechlich, tat jede Nachfrage nach ihrer Gesundheit jedoch verächtlich ab. Das Alter erwischt jeden, pflegte sie zu sagen. »Die Stranddisteln sind zäh und langlebig, müssen sie auch sein, wenn sie im salzigen Sand überleben wollen. Ihre Wurzeln schmecken nussartig, und, wie du weißt, sind sie auch ganz hervorragend zu kandieren und in Gelees zu verwenden. Das war die ideale Pflanze für lange Seefahrten. Deshalb haben die Seeleute sie schon vor dreihundert Jahren mitgenommen. In schlechten Zeiten haben wir sie sogar gebraten.«

Gwen rührte skeptisch in dem Topf mit den Wurzeln. »Gebraten? Na ja, warum nicht.«

Plötzlich rauschte es in ihrem Kopf, und sie ließ den Löffel fallen. Ein dumpfes Klingen schwoll zu lautem Dröhnen an. »Gott steh mir bei!«

Mary saß mit versteinerter Miene am Tisch und sagte tonlos: »Es holt sich einen von uns. Geh nur, Gwen. Lauf an den Strand! Lauf und sieh, wen sie bringen.«

»Du hörst es auch? O lieber Gott, beschütze meinen Arthur!« Gwen sah sich verzweifelt um. »Die Kinder!«

»Ich sehe gleich nach ihnen, Gwen. Das Meer ist heute wütend, es gibt nicht nach, nein, nein, es reißt einen von uns in seine kalten Tiefen.« Sie murmelte vor sich hin, stand auf und schlurfte zum Herd, um nach dem Sud zu sehen.

Voller Furcht lief Gwen in den Flur, schlüpfte in ihre Gummistiefel und den gewachsten Mantel, schlang sich einen Schal um den Hals und stülpte sich eine Mütze über. Als sie aus der

Tür trat, peitschte ihr der Sturm den Regen ins Gesicht. Doch Gwen war unempfindlich für solche Nebensächlichkeiten und stemmte sich entschlossen dem Wind entgegen.

Die Bäume ächzten und bogen sich, und hinter dem Deich hörte Gwen das unersättliche Meer brüllen. »Nein!«, schrie sie. »Du kriegst ihn nicht!«

Das Dröhnen der jahrhundertealten Glocken verklang, und Gwen wusste, dass eine Seele zu ihrer letzten Reise in die nasse, tödliche Tiefe aufgebrochen war. Verzweiflung schnürte ihr den Magen zusammen und beschleunigte ihre Schritte. Der Kutter war doch stabil und der Motor grundüberholt. So ein Schiff ging nicht einfach unter! Und die Männer kannten sich aus, sie konnten kommendes Unwetter einschätzen und hatten gewiss rechtzeitig umgedreht. Sie rannte auf den Deich zu, die Kiesel rollten unter ihren Stiefeln weg, und mehr als einmal fiel sie zu Boden und schlug sich die Knie auf den nassen Steinen auf.

Endlich stand sie oben auf dem Deich, und die Gischt einer auflaufenden Welle durchnässte sie. Die Flut war noch höher als erwartet gestiegen. Der Steg war nicht mehr zu sehen, genauso wenig die Badehäuser. Es war früher Nachmittag, doch die grauen Wolkenberge verdunkelten den Himmel und ließen nur hie und da etwas Licht hindurch. Wie die Scheinwerfer in einem alten Stummfilm, so flackerten die durchbrechenden Strahlen über die aufgewühlte See in der Bucht vor ihr. Die Wogen schlugen hoch auf und zeigten weiße Gischtkämme, beißende, geifernde Mäuler, die nach dem Land gierten.

Unwillkürlich dachte Gwen an Seithennin und seine Verzweiflung, als er mitansehen musste, wie die Menschen seinetwegen in den Fluten ertranken.

»Arthur!«, ochric sic und suchte die brodelnde Bucht nach einem Schiff ab. Weit draußen, beinahe mit dem Horizont verschmelzend, entdeckte sie ein blinkendes Licht. Ein Schiffshorn

393

durchdrang schwach das brausende Unwetter. Sie musste durch die Dünen zur Mündung, wo die Männer im Notfall die Rettungsboote zu Wasser ließen.

Sie rannte, so schnell es der Sturm und der aufgeweichte Untergrund erlaubten. Aus tausend Metern wurden Tausende schmerzhaft lange Meilen, bis sie endlich die Dünen erreichte. Der schmale Pfad stand bereits unter Wasser, und Gwen kletterte seitlich eine der steilen Dünen hinauf, spürte das hohe, scharfe Gras gegen ihre Beine schlagen und hörte endlich das Signalhorn der RNLI. Die Männer waren also schon im Einsatz. Keuchend rutschte sie einen Hang hinunter und sah, wie sich der Bug des Rettungsboots durch die Wellen auf die Flussmündung zukämpfte. Lewis' silberne Mähne zeichnete sich gegen die Unwetterwand ab.

Als das Boot auf den Sand lief, stand Gwen schon bis zu den Knien im Wasser und suchte unter den abgekämpften Gesichtern nach dem geliebten Mann. Alle trugen unförmige Öljacken und Mützen und waren mit einem leblos wirkenden Körper beschäftigt, den sie über Bord hievten. Lewis sprang zuerst ins Wasser und half, den Körper auf den Strand zu legen.

Der Ertrunkene war sehr schmal, und erleichtert und beschämt stellte Gwen fest, dass es nicht Arthur, sondern sein junger Mitarbeiter war. Kendrick war ein siebzehnjähriger Junge aus dem Dorf, der seit einem Jahr mit Arthur auf der *Guinevere* arbeitete.

»O Kenny, armer Junge!«, schluchzte Gwen und konnte doch nicht anders, als sich weiter suchend nach Arthur umzusehen.

Schließlich trat Lewis zu ihr und legte ihr die großen Hände auf die Schultern. Die tropfnasse Mähne hing ihm auf den Kragen des Ölmantels. »Dein Mann fährt die *Guinevere* in den Hafen von Aberdovey. Das ist heute die sicherste Lösung.«

Gwen presste die Hände zusammen und sagte: »Danke! Dem Himmel sei Dank! Aber der arme Kenny. Was ist denn passiert?«

Der Wind machte eine normale Unterhaltung unmöglich, riss ihnen die Worte von den Lippen, dazu kam der dichte Regen, weshalb Lewis den Kopf schüttelte.

»Komm!«, war alles, was er rief. Er deutete zu den Dünen hinüber, hinter denen die Wagen der Helfer parkten.

Die anderen Männer, darunter auch Matthew und sein Vater, legten den Toten in eine Plane und trugen ihn zu den Wagen, wo sie ihn auf die Ladefläche eines Transporters hievten.

Der Tod ist kalt, nass und hat ein junges Gesicht, dachte Gwen zitternd. Lewis hielt ihr die Tür seines Land Rovers auf, und Gwen stieg dankbar ein. Keiner der Männer machte viele Worte. Sie hatten Ähnliches schon zu oft erlebt und taten, was getan werden musste.

Als Lewis neben ihr saß und den Motor anwarf, sagte er rau: »Ich muss es Kennys Mutter sagen. Das ist das Schwerste.«

Sie dachte an Theo und den Schmerz, den sein Tod verursacht hatte. Es wurde nicht besser, man lernte nur, damit zu leben. Seit sie selbst Mutter war, konnte sie nachvollziehen, wie Evelyn sich gefühlt haben musste, als sie innerhalb weniger Tage Mann und Sohn verloren hatte. Drei Söhne hatte Evelyn zu Grabe tragen müssen. Gwen seufzte schwer und nahm die durchnässte Mütze ab.

»Das ist es. Aber wie ist es passiert?«

Lewis strich sich die nassen Haare aus der Stirn und folgte langsam Matthews Transporter. »Es war wohl Kennys Schuld, dass sich eins der Netze um die Schraube gewickelt hat. Jedenfalls ist er ins Wasser gesprungen, hat das Netz losgeschnitten, sich darin verheddert und ist ertrunken. Verdammte Geschichte!«

»Grauenvoll!« Sie dachte auch an ihren Mann, der sich gewiss schreckliche Vorwürfe machte. »Wie kommt Arthur nach Hause? Sollen wir ihn nicht abholen?«

Grimmig umfasste Lewis das Lenkrad und hatte Mühe, die Straße zu erkennen, denn die kleinen Scheibenwischer konnten die Wassermenge kaum bewältigen. »Nicht bei diesem Wetter. Er wird wissen, was zu tun ist. In Aberdovey gibt es unten am Hafen im Pub ein Telefon. Er meldet sich schon. Mach dir keine Sorgen, Gwen.«

Nervös knetete Gwen ein Taschentuch in ihren Händen. »Habt ihr ein Telefon, Lewis?«

Der Hüne lachte. »Wo denkst du hin! Meine Frau will eines, aber ich brauche das nicht. Reicht doch, wenn eins in der Nähe ist.«

»Lässt du mich bei Jenson raus? Wenn Arthur anruft, dann dort, und von da kann ich laufen«, schlug Gwen vor.

»Kommt nicht in Frage. Wir müssen ohnehin dort vorbei. Ich warte mit dir und fahre dich zum Cottage. Sonst wirst du noch weggespült, und dann macht Arthur mir die Hölle heiß.«

Dankbar sank Gwen in den Sitz.

Im Pub standen die meisten Gäste am Tresen und hingen entweder ihren trüben Gedanken nach oder diskutierten das Unwetter. Jenson hatte das Radio laut gestellt, so dass sie die neusten Berichte und Warnungen hören konnten. Matthew und sein Vater waren weitergefahren, um Kennys Leichnam in die Rettungsstation zu bringen. Da man bei Sturmflut weder das Moor durchqueren noch die Straße den Hügel hinauf nehmen konnte, würde sich erst am nächsten Tag ein Arzt um den Toten kümmern können.

Lewis schob Gwen zum Tresen. »Gib uns zwei Whisky, Jenson, und ein Handtuch.«

Letzteres gab er Gwen, knöpfte den Regenmantel auf und schüttelte sich wie ein nasser Hund.

Nachdem Gwen das nasse Gesicht in das Tuch gedrückt und

die Hände getrocknet hatte, reichte sie das Handtuch an Lewis weiter. »Jenson, hat Arthur angerufen?«

Der Pubbesitzer schüttelte den Kopf und schob ihnen zwei großzügig gefüllte Gläser zu. »Nein. Was ist denn los? Ich habe nur die Wagen vorbeijagen sehen. Nächstes Mal komme ich wieder mit raus zum Helfen«, entschuldigte Jenson sein Fehlen bei der Rettungsaktion. Es war Ehrensache, dass jeder kräftige Mann des Dorfes sich regelmäßig an den Rettungseinsätzen beteiligte.

Gwen musste an Theo denken, der selbst, als er sich kaum auf den Beinen hatte halten können, ohne zu zögern ins Wasser gegangen war, um Matthew zu retten.

»Aber Kayla ist kaum noch hier unten, weil Rhodri dauernd schreit. Koliken oder so«, fügte Jenson hinzu, der vor wenigen Wochen zum ersten Mal Vater geworden war.

»Hm, ja, ist schlimm, wenn die Kleinen krampfen. Meine liegen alle mit Husten und Fieber im Bett.« Gwen nippte an dem Whisky, der ihren Körper von innen wärmte.

»Die *Guinevere* hatte Probleme«, sagte Lewis an ihrer Stelle und leerte sein Glas in einem Zug. »Kendrick hat's erwischt.«

Ein Ruck ging durch die Umstehenden, und mitfühlendes Gemurmel war zu hören.

»Noch einen?« Jenson hielt die Whiskyflasche hoch. »Verdammtes Pech. Guter Junge, unser Kenny.«

Für seine Mutter, eine Kriegswitwe, würde diese Nachricht das Ende ihrer noch verbliebenen Welt bedeuten. So viele gute Männer waren auf dem Feld der Ehre geblieben, und die See holte sich den Rest. War das Gerechtigkeit? Wo war Gott, wenn man ihn brauchte? Gwen trank ihr Glas aus und fuhr sich mit dem Handrücken über Augen und Stirn. Salz und Sand klebten auf ihrer Haut.

Als das Telefon hinter der Bar klingelte, spannte sich ihr Körper wie elektrisiert, und sie beobachtete Jensons Reaktion. Als er sie nickend ansah, rannte sie auf die Seite und riss ihm förmlich den Hörer aus den Händen.

»Arthur? Arthur, bist du das? Wie geht es dir?«

Die Verbindung war schlecht. Es rauschte in der Leitung, doch sie hörte die vertraute Stimme. »Liebling, mir geht es gut … bleibe … Aberdovey … Ash hat mich …« Ein Klicken, und die Verbindung war unterbrochen.

»Arthur? Wo bist du? Bei Ash?«, rief Gwen, doch die Leitung blieb tot.

Jenson fuhr sich durch die mit Pomade im trendigen Rockabilly-Stil frisierten Haare. Seit seiner Heirat trug er modische Hemden und polierte Schuhe. Geblieben war er dennoch der alte, etwas unsichere Jenson. Und die Tränensäcke unter seinen Augen zeugten vom Nachtleben und seinen Herzproblemen.

»Na, wenn Ash ihn unter seine Fittiche genommen hat, brauchst du dir keine Gedanken zu machen. Dann lassen sie die Korken knallen. Ash weiß wenigstens zu leben. Hier, ich spendier dir noch einen Whisky, oder willst du lieber ein Bier?«

»Danke, ich muss nach Hause zu meinen Kindern. Was sollen die denn von einer betrunkenen Mutter halten?«, scherzte Gwen.

Jenson grinste, doch die Fröhlichkeit verschwand aus seinem Gesicht, als Kayla von hinten zu ihnen kam. »Du reißt hier dumme Witze, und ich kann mich mit dem Säugling plagen. Hallo, Gwen!« Kaylas Stimme war durchdringend und genauso unausstehlich wie ihr Wesen.

Schon vor der Schwangerschaft war sie gut gebaut gewesen, doch jetzt war sie füllig geworden und schien ihren Mann in jeder Hinsicht zu erdrücken.

»Kayla, du siehst doch, dass ich zu tun habe. Sind meine Eltern denn nicht da? Meine Mutter kümmert sich doch gern um das Kind.« Jenson war ihr Auftritt sichtlich unangenehm.

Seine Frau verdrehte die Augen, zog eine Grimasse und schürzte die rot geschminkten Lippen. »Deine Mutter verhätschelt das Kind. Sieh dich doch an! Verzärtelt hat sie dich. Das will ich nicht für meinen Sohn. Er soll einmal stark und männlich werden.«

Jenson zuckte kaum merklich zusammen und strich seiner Frau über die Wange. »Kayla, mein Engel, wir sprechen später in Ruhe über alles. Ich bin beschäftigt.«

Lewis, der mit einem der Gäste gesprochen hatte, wandte sich an Gwen. »Arthur ist sicher in Aberdovey angekommen?«

»Ja, lass uns fahren, Lewis. Danke, Jenson, und bis bald!«

Während sie mit Lewis den Pub verließ, spürte sie Jensons Blicke in ihrem Rücken und hatte Mitleid. Auch wenn sie ihn nicht unbedingt zu ihren besten Freunden zählte, hatte er doch keine so berechnende Frau wie Kayla verdient.

BORTH, FEBRUAR 1955

Freunde in der Not ...

Sie träumte von wärmendem Sommerwind, von einer sanften Brise, die ihren nackten Körper streichelte, ihn zärtlich liebkoste und sie alle Sorgen vergessen ließ. Der Sturm heulte noch immer um das Haus, auch wenn die Böen nicht länger zerstörend waren und das Wasser sich vom Deich zurückgezogen hatte. Hin und wieder zog ein kalter Hauch durch die Ritzen der Holzrahmen, und Gwen zog fröstelnd die Decke um sich. Hatte unten die Tür geklappert, oder war es eines der Kinder, das hustete? Ihr Körper spannte sich, und der wohlige Traum wich der Angst um ihre Familie.

»Schsch, nicht gehen, Liebste, ich habe nach ihnen gesehen. Sie schlafen«, murmelte Arthur an ihrem Ohr.

Sie wollte sich umdrehen, doch er lag dicht an ihrem Rücken, umspannte mit einem kräftigen Arm ihren Bauch und zog sie an sich. Sanft, aber beharrlich schob er ein Knie zwischen ihre Beine, öffnete sie, damit er zu ihr kommen konnte. Er war zärtlich, dann fordernd, und als sie es nicht länger ertrug, weil sie ihn umarmen und ansehen wollte, drehte er sie um.

Als er sich auf sie senkte und sie ihm die Beine um die Hüfte schlang, weinte Gwen. »Ich habe solche Angst um dich gehabt.«

Seine Augen glitzerten dunkel und waren voller Sehnsucht.

Und während er seinen Rhythmus beschleunigte, tiefer in sie drang, bis sie glaubte, es nicht mehr aushalten zu können, verschlang er seine Hände mit ihren, legte sein gesamtes Gewicht auf sie und küsste sie. Sie schmeckte das Salz seiner und ihrer Tränen.

Lange lagen sie ineinander verschlungen und lauschten nur dem gleichmäßiger werdenden Herzschlag des anderen. Irgendwann drehte sich Arthur auf den Rücken und zog sie auf seine Brust. »Hörst du? Der Sturm ist vorbei.«

Das Heulen war einem Rauschen gewichen, und die Äste kratzten nicht länger am Dach. Gwen strich über seine Rippen, die sich deutlich unter der Haut abzeichneten. »Ich habe gedacht, du wärest da draußen umgekommen. Arthur, diesmal war es schrecklich, anders als sonst.«

»Ach, meine Süße, so darfst du nicht denken. Ich kenne die Bucht und ihre Tücken in jeder Wetterlage. Kenny hat vergessen, ein Netz einzuholen, obwohl ich es ihm gesagt habe. Als er es bemerkte, hatte es sich bereits um die Schraube gewickelt. Ich habe ihm gesagt, dass ich lieber das Schiff als ihn verliere, und der Notruf war abgesetzt, da ist er ins Wasser gesprungen ...«

Arthurs Stimme versagte, und Gwen merkte an seiner Atmung, dass er mit den Tränen kämpfte. »Er war zu jung, Gwen, viel zu jung, um wegen eines Schiffes zu sterben. Herrgott, wir hätten neu angefangen, es gibt immer einen Weg! Kein materielles Gut auf der Welt ist es wert, dafür zu sterben.«

»Ich liebe dich so sehr, Arthur!« Sie küsste ihn und strich ihm liebevoll die Haare aus der Stirn. Es gab viele Gründe, warum sie diesen Mann liebte, aber es waren solche Worte, die ihm ihr Herz jedes Mal aufs Neue zufliegen ließen.

»Und ich liebe dich, Gwen. Du und die Kinder, ihr seid mein Leben. Was auch immer geschieht, vergiss das nie. Nichts könnte mich davon abhalten, zu euch zurückzukehren.« Es lag ein

401

feierlicher Ernst in seiner Stimme, der seine Worte wie ein Gelübde klingen ließ.

Die Sonne schickte erste schwache Strahlen durch die aufreißenden Wolken und tauchte den kleinen Raum in goldenes Licht. Es war kaum sechs Uhr, und Arthur war schon bei ihr. »Warst du nicht bei Ash? Was ist mit dem Schiff?«

Schläfrig murmelte er: »Die *Guinevere* liegt in Aberdovey. Teile vom Netz haben sich wohl in den Motor gefressen, aber das lässt sich reparieren. Ash war unten am Hafen. Er war betrunken, und ich habe ihn in seinem Wagen nach Haus gefahren.«

»Und wie bist du hergekommen?« Sie strich über seinen flachen Bauch und die Hüftknochen, bis er ihre Hand festhielt.

»Ich hatte Sehnsucht nach dir, Gwen.«

»Das erklärt aber nicht …« Doch weiter kam sie nicht, denn er erstickte ihre Antwort mit seinen hungrigen Lippen.

Klägliches Weinen weckte sie aus tiefem, traumlosem Schlaf. Sie befreite sich aus Arthurs Umarmung und schlich sich leise aus dem Schlafzimmer, um ihn nicht zu wecken.

Barfuß tappte sie ins Nebenzimmer, in dem Harriet und Little Mary schliefen. Harriet saß mit ihrer Schwester im Bett und blätterte in einem Bilderbuch. Die Katze lag schnurrend am Fußende. »Guten Morgen, Mummy. Wir lesen noch, und wir sind auch nicht mehr krank.«

Gwen lächelte, drückte ihre Kinder an sich und kontrollierte die Köpfe auf Fieber. »Hm, fühlt sich gut an.«

Als Little Mary zu husten begann, zog Gwen die Überdecke hoch und nahm den Löffel und die Flasche mit Hustensaft vom Nachttisch. Der Sirup war dickflüssig, süß und schmeckte nach Fichtennadeln. Die Kinder tranken ihn gern. Das Weinen im Zimmer gegenüber hatte aufgehört, und Gwen wusste, dass Mary sich um den kleinen Thomas gekümmert hatte. Die Alte schlief auf einer schmalen Liege neben dem Kinderbett.

»Euer Vater ist wieder da. Das Boot ist nur wenig beschädigt. Vielleicht hat er nachher Zeit, mit euch zu spielen.« Die Kinder liebten es, wenn Arthur mit ihnen tobte, was er viel zu selten tat.

»Och, dann geht er bestimmt wieder arbeiten. Macht er doch immer«, maulte Harriet.

Gwen wischte den Löffel ab und legte ihn auf ein Tuch neben die Flasche. »Er ist Fischer, da kann man sich nicht aussuchen, wann man arbeitet, Harriet.«

»Hm. Die alte Mary hat gesagt, dass Glocken geläutet haben und dass jemand gestorben ist.« Harriet sah sie mit großen Kinderaugen an. Sie war ein hübsches, aufgewecktes Mädchen.

Mary war eine gute Seele, aber leider erzählte sie den Kindern allzu gern Schauergeschichten, die nichts für zarte Gemüter waren. »Ah, meine Kleine, das ist nur so eine Geschichte. Eins von den Märchen, die Mary gern erzählt. Ich kümmere mich um Thomas, und danach wollen wir aufstehen und frühstücken. Ich brate euch Eier und Grütze, und Rübensaft haben wir auch noch.«

»O ja!«, riefen die Mädchen.

Sie saßen alle zusammen am Küchentisch – Arthur nahm sich die dritte Portion Rührei, und Mary kochte einen Sud gegen Halsschmerzen aus Rosmarin, Salbei und Sonnenhut ein –, als es an der Tür klopfte. Gwen erhob sich und war nicht wenig überrascht, Ashton Trevena vor sich zu sehen.

»Ash, guten Morgen! Was führt dich zu uns? Komm doch herein.«

Er wirkte mitgenommen und hatte dunkle Augenränder. Die Jahre waren nicht spurlos an ihm vorbeigegangen, seine blonden Haare waren bereits stark ergraut, und tiefe Linien hatten sich um Augen und Mund gegraben. Das rastlose Leben, das Ashton führte, schien ihm nicht zu bekommen. Zwei Verlobungen hatte er wieder gelöst, und seine letzte Affäre mit einer französischen

Tänzerin, die Kontakte zur Unterwelt pflegte, hatte für eine Saison Schlagzeilen gemacht.

Er folgte ihrer Einladung und küsste sie auf die Wangen. »Du siehst blendend aus, Gwen. Und das nach drei Kindern! Äh …«

Sie schenkte ihm einen tadelnden Blick. »Nicht sehr charmant, mein Lieber.«

Als er ihr zuzwinkerte, sah sie den alten Ashton vor sich. »Verzeih, aber du machst mich noch immer sprachlos, schöne Guinevere. Womit wir beim Grund meines Besuchs sind.«

»Arthur ist in der Küche. Komm doch mit. Möchtest du etwas essen? Es ist genug da.«

Arthur hatte den Gast bereits gehört und war aufgestanden, um Ashton zu begrüßen. »So früh habe ich dich nicht erwartet. Deinem gestrigen Zustand nach zu urteilen hätte ich auf frühen Nachmittag getippt.«

Ashton verzog gespielt schmerzhaft das Gesicht. »Erinnere mich nicht daran, aber ich bin gut im Training. Und mein Spezialdrink vertreibt jeden Kater. Guten Morgen, Mary Jones.«

Die alte Frau grummelte etwas und rührte weiter ihren Kräutersud.

»Ich hatte es nicht erzählt, aber ich bin mit Ashtons Wagen hier«, sagte Arthur zu Gwen.

Erstaunt sah sie von einem zum anderen. »Das war aber großzügig von dir, Ash.« Sie ging zum Fenster und entdeckte einen beigefarbenen Aston Martin. »Damit hast du ihn bei dem Unwetter fahren lassen? Arthur hätte sich den Hals brechen können!«

Ash verzog die Lippen. »Er war nicht zu halten, wollte unbedingt zu dir. Also habe ich ihm die Schlüssel gegeben, und er ist los. Wäre ich gefahren, hätten wir uns tatsächlich beide den Hals gebrochen …«

Gwen ging zu Thomas, der in seinem Wagen lag und schmat-

zende Geräusche von sich gab. »Ihr Männer seid unverantwort-
lich. Ts ts, was, kleiner Tommy? Hoffentlich wirst du nicht genauso ein Draufgänger.«

»Na, unser Artie ist doch ein grundsolider Kerl.« Ashton
klopfte Arthur auf die Schulter, zog seinen edlen Tweedmantel
aus und setzte sich auf einen Stuhl neben Harriet, die ihn bewundernd ansah. »So solide, dass es schon langweilig ist.«

Gwen mochte diese Sticheleien nicht, doch Arthur schien
sich nicht daran zu stören, sondern nahm den Kaffeetopf und
goss Ash eine Tasse ein. »Wie ist es mit Essen?«

»Sehr gern.« Ash hob eine von Harriets Locken an. »So
hübsch wie die Mama. Bist du sicher, dass du der Vater bist,
Artie?«

Arthur strich Gwen über den Rücken und lächelte. »Ganz sicher. Bist du sicher, dass nicht schon irgendwo ein kleiner Ash
herumläuft?«

»Das wüsste ich, denn das wäre mich gewiss teuer zu stehen
gekommen.« Ashton zog sein silbernes Zigarettenetui aus der
Hosentasche und zündete sich eine Zigarette an.

»Das ist hübsch!«, sagte Harriet und nahm das Etui in die
Hand.

»Nicht wahr? Kleine Ladys muss man verwöhnen, was, Artie? Ich bring dir nächstes Mal etwas mit. Das hier ist nichts für
kleine Mädchen.« Er schnippte die Asche auf die Untertasse und
trank von seinem Kaffee.

Währenddessen schlug Gwen zwei Eier in eine Pfanne und
legte eine Scheibe Toast dazu. Als alles knusprig braun war, gab
sie großzügig Butter darauf und stellte Ash den Teller hin. »Gu
ten Appetit.«

»Das duftet wunderbar, danke, Gwen!« Ash vertilgte hungrig seine Portion, trank noch einen Kaffee und wirkte zufrieden.
»Vielleicht sollte ich doch heiraten. Diese häusliche Gemütlich-

keit ist nett. Aber sie macht auch schläfrig. Komm, Artie, wir sollten los. Es sei denn, du willst erst später nach deinem Schiff sehen. Ich fürchte, es sieht nicht gut aus.«

Erschrocken blickte Arthur auf. »Warum das? Es war doch nur das Netz.«

Ashton hob die Schultern, zog seinen Mantel an und stand mit eher gleichmütiger Miene in der Tür. »Ich wiederhole nur, was der Kerl von der Werft gesagt hat. Kostet dich wahrscheinlich einen neuen Motor, meinte er.«

»Verflucht, das kann doch nicht …« Arthur hielt inne, gab Gwen einen Kuss, strich Harriet über die Haare und sagte: »Geh später zu Jenson. Ich rufe gegen drei an.«

»Gibt es hier noch kein weiteres Telefon?« Ashton steckte sich eine neue Zigarette an. »Mich würde das nervös machen.«

»Wir wissen uns zu helfen.« Gwen umarmte ihren Mann, küsste ihn und sagte: »Ich warte auf dich.«

Sie fühlte Ashtons Blick noch lange, nachdem die Männer gegangen waren. Da hatte er keine finanziellen Sorgen und wirkte dennoch unzufrieden und rastlos. Nein, dachte Gwen, er war einsam. Ihm fehlte eine Frau, die sich liebevoll um ihn sorgte. Aber es lag schließlich bei ihm. Über Verehrerinnen konnte Ashton sich weiß Gott nicht beklagen.

Pünktlich um drei Uhr war Gwen im *Lighthouse*. Mary Jones passte auf die Kinder auf, denen Gwen den kalten Wind noch nicht zumuten wollte. Auch wenn es nur ein kurzer Spaziergang ins Dorf war, so reichte eine Verkühlung, und die Kleinen wurden ernsthaft krank. Gwen saß vor einem Becher Tee in einer Ecke und blätterte in einem Modemagazin. Sie selbst konnte sich solche Modelle zwar nicht leisten, aber sie schneiderte nach wie vor auf Bestellung für Mabel Penally. Petticoats kamen groß in Mode. Gwen betrachtete interessiert den bauschigen Rock und fragte sich, wie viel Stoff man dafür wohl benötigte.

»Gwen ...« Es kam selten genug vor, dass sie ihrer Mutter begegnete, die nach ihrer Rückkehr aus Australien aus dem militärischen Dienst entlassen worden war und nun als Geburtshelferin arbeitete. Doch hier stand sie in einem schlichten braunen Mantel, die Haare unter einem Tuch verborgen, aufrecht wie ein Soldat. In einer Hand trug sie ihren Schwesternkoffer, in der anderen ihre Handschuhe.

Sofort erhob sich Gwen und umarmte ihre Mutter, die ihr mit einer Hand den Rücken tätschelte, die Ledertasche, die einem Arztkoffer glich, jedoch nicht abstellte. »Mum, setz dich doch zu mir. Wie geht es dir?«

Sie vermisste ihre Mutter, die vertraute Nähe, die sie früher als tröstlich empfunden hatte. Warum nur konnte Evelyn Arthur nicht akzeptieren?

»Danke, mein Kind, es geht mir gut. Die Arbeit erhält mich. Es ist ein großes Glück, Kindern auf die Welt zu helfen.« Evelyn hatte noch immer ein schönes Gesicht, auch wenn ihre Züge verblassten und Schmerz und Trauer sich tief darin eingegraben hatten.

»Besuch uns doch bald, ja? Tommy ist gewachsen. Kommt ganz nach ...« Sie verkniff sich die Worte und nahm stattdessen die Hand ihrer Mutter. »Du fehlst mir, Mum.«

Ein schwaches Lächeln glitt über Evelyns Gesicht. »Du mir auch, Gwen. Ich vermisse sie alle, jeden Tag, weißt du das? Wenn ich nicht arbeite, werde ich verrückt. Ich komme nach Hause und sehe deinen Vater in seinem Sessel sitzen, warte darauf, dass er von seinen Büchern aufsieht und mich fragt, ob das Essen schon fertig ist. Und Theo und ...« Evelyn hielt inne, räusperte sich und sagte kuhl: »Kaylas Cousine hat eine Tochter zur Welt gebracht. Iris, ein zartes Kind, aber sie wird es schaffen. Sie sind zäh, die Menschen hier. Alle haben so viel verloren, und doch sind sie stark und gebären neues Leben.«

407

Das Telefon hinter der Bar klingelte. Jenson nahm das Gespräch an und rief kurz darauf: »Gwen! Für dich!«

»Ich komme!«, rief Gwen und drückte ihrer Mutter einen Kuss auf die Wange. »Warte auf mich, ja? Ich …«

Evelyn winkte sie fort. »Geh schon.«

Hastig lief Gwen zum Tresen, wo Jenson ihr den Hörer reichte. »Arthur?«

»Liebling, es sieht übel aus.« Arthur klang verzweifelt, obwohl er das zu verbergen suchte. »Der Motor ist hin. Ich bespreche das mit Dennis von der Werft. Nun liegt die *Guinevere* schon hier, dann kann er sie auch reparieren. Das Rüberschleppen kostet nur extra. Die Bank gibt mir keinen weiteren Kredit. Warte kurz.« Sie hörte, wie er mit jemandem sprach. »Gwen, ich komme spät, aber mach dir keine Sorgen, vielleicht habe ich noch eine andere Möglichkeit.«

»Ist gut. Bis später!« Er hatte schon aufgehängt. Sorgfältig legte Gwen den Hörer auf die Gabel. »Danke, Jenson.«

»Alles okay? Du siehst nicht gerade glücklich aus.« Er polierte Gläser.

»Hm, Motorschaden.«

Jenson begutachtete im Spiegel hinter den Regalen seine Frisur. »Tja, Bierzapfen ist vielleicht nicht so aufregend wie Fischen, aber deutlich risikoärmer.«

»Ach, lass mich doch in Ruhe!« Verärgert ließ Gwen ihn stehen.

»Ich kriege nächste Woche ein Münztelefon. Dann müsst ihr fürs Telefonieren zahlen. So geht das nicht weiter. Da hat Kayla schon recht, bin ja nicht die Wohlfahrt«, rief er hinter ihr her.

Evelyn lehnte an dem Pfeiler neben Gwens Tisch. »Komm, zieh dich an. Bist du zu Fuß hier?«

Gwen nickte.

»Ich fahre dich nach Hause.« Evelyn warf Jenson einen vernichtenden Blick zu und verließ mit ihrer Tochter den Pub.

»Wir sind finanziell am Ende, Mum. Hast du es gehört? Kenny ist ertrunken.« Sie machte eine Pause. »Und der Kutter hat einen Motorschaden.« Der Wind erfasste ihre Haare, als sie ins Freie traten.

Evelyn schloss ihren Wagen auf, einen kompakten alten Riley, und stellte ihre Tasche auf den Rücksitz. Sie stand an der offenen Fahrertür, und ihr Blick war hart, als sie sagte: »Das Leben als Frau eines Fischers ist kein Zuckerschlecken. Aber du wolltest genau das.« Sie stieg ein.

Als Gwen neben ihr saß und die Tür zuzog, fügte Evelyn hinzu: »Ich habe kürzlich Ashton getroffen. Hast du dich eigentlich nie gefragt, warum er nicht heiratet?« Evelyn startete den Motor und warf einen kurzen Blick in den Rückspiegel.

»Weil er sein Leben genießt und von einer Frau zur nächsten flattert. Weil er reich ist und seinen Spaß hat, deshalb«, erwiderte Gwen.

»Das glaubst du? Gott, Gwen, ich hätte dir mehr Menschenkenntnis zugetraut. Aber woher, schließlich hast du einen Habenichts und Feigling wie Arthur geheiratet, wo du einen Kriegshelden hättest haben können, der dir den Himmel auf Erden bereitet hätte!«

»Halt sofort an!«, fauchte Gwen wütend. »Kannst du nicht aufhören, mit deinem Hass alles zu vergiften? Arthur ist der beste Ehemann, den ich mir wünschen kann. Ich liebe ihn, und er liebt mich!« Der Wagen hielt, und Gwen stieg aus. Bevor sie die Tür zuwarf, sagte sie: »Und Ash hätte mir nicht den Himmel, sondern die Hölle bereitet!«

»Unsinn!«

»Nein, das ist die Wahrheit. Aber die willst du nicht sehen. Auf Wiedersehen, Mutter!« Die Tür knallte ins Schloss, und Gwen eilte die Straße entlang, ohne sich noch einmal umzusehen.

28

Luke wischte sich den Schweiß von der Stirn, denn unten im engen Maschinenraum herrschten saunaartige Temperaturen. Das Schiff schlingerte in der aufgewühlten See. Er hatte Sam instruiert, den Kurs zu halten, denn der Motor lief zwar unregelmäßig, aber noch hatte das Boot genügend Schub, um die Wellen zu zerschneiden.

Ein Keilriemen trieb die Lichtmaschine, der andere die Kühlwasserpumpe an. Ausgerechnet Letzterer war so lose, dass er durchrutschen und brechen konnte. Wenn das geschah, würde der Motor innerhalb weniger Minuten überhitzen. Luke beobachtete den Motor, der lärmend tuckerte. Nie im Leben wäre er so nachlässig gewesen und hätte das nicht gesehen! Er selbst hatte ihn zuletzt inspiziert. Sonst machte das Ty, aber der hatte genug mit der Segelyacht zu tun.

Fluchend kroch er zurück und ließ die Luke zufallen. Er wischte sich die verschmierten Hände an einem Tuch ab und hievte sich nach draußen. Der Wind hatte nicht zugenommen, aber die Wellen bauten sich lang und mit Schaumkronen auf. Er könnte versuchen, den Keilriemen bei ausgeschaltetem Motor zu spannen, was bei dem derzeitigen Seegang nicht ganz ungefährlich war. Oder er riskierte die Rückfahrt und hoffte, dass sie es schafften. Er dachte an Gwens ängstlichen Gesichtsausdruck, als das militärische Testobjekt abgefeuert worden war.

Die alte Dame wirkte so vital, dass man leicht ihr Alter und die Tatsache vergaß, dass sie und die Männer ihrer Familie den

Krieg miterlebt hatten. Und nach dem, was Sam ihm erzählt hatte, waren zwei von Gwens Brüdern im Kampf gefallen und einer schwer traumatisiert zurückgekehrt. Niemand, der so etwas erlebt hatte, konnte jemals vergessen.

Luke stand im hinteren Teil der Motoryacht zwischen den Bänken und hielt sich auf Schulterhöhe fest. Das Boot durchpflügte die See mit stampfenden Geräuschen, wurde von den Wellen in die Höhe getragen und wieder hinuntergeworfen in dunkle Täler, aus denen salziges Wasser und weißer Schaum aufspritzten.

Luke fuhr sich mit der Zunge über die Lippen. Salz oder Blut. Gewehrsalven, Sand, Staub und Blut. Sie waren wieder in ein Feuergefecht geraten. Eine Handgranate explodierte in der Nähe einiger Kameraden. Zac war bei ihnen. Die Angreifer, Aufständische, rannten davon. Sie eilten den Kameraden zu Hilfe. Keine Toten, aber viele Verwundete. Zac humpelte, und als Luke ihn anhielt und fragte: »Was ist mit deinem Bein?«, erwiderte sein Freund: »Nichts, lass uns fahren.« Das Bein war blutverschmiert, und Zac konnte das Knie nicht mehr bewegen. Wie sich später herausstellte, steckte ein Metallsplitter drin.

Seine Hände umklammerten abwesend die Halterung über der Bridge. Es hatte viele Einsätze gegeben, die wenigsten hatten unblutig geendet, die meisten Opfer auf beiden Seiten gefordert. Nach einer Geiselbefreiung hatten sie vor dem Haus gestanden, die erschöpften, von Folter gezeichneten Geiseln zwischen sich, ein Geiselnehmer erschossen im Sand auf der Straße. Erst jetzt, im Licht der Dämmerung, sahen sie, dass es sich um einen halbwüchsigen Jungen handelte. Eine Frau kam angelaufen, warf sich schreiend über den leblosen Körper, zerriss sich die Kleider und beschmierte sich mit dem Blut des Toten. Warum ließ sich das Töten nicht verhindern, das Hassen nicht beenden? Was war Gerechtigkeit, was richtig, was falsch? Es gab keine Antworten.

Jemand umklammerte ihn von hinten. Mit hartem Griff packte er die Hand, realisierte gerade noch, wo er sich befand, und ließ los. »Entschuldige!«

Sam stand hinter ihm, sah ihn erschrocken und zugleich mitfühlend an. Erneut legte sie die Arme um ihn. »Was ist mit dem Motor? Gwen steht am Ruder, bevor du fragst.«

Sie machte keine Vorhaltungen, stellte keine Fragen, obwohl er ihr Erklärungen schuldete. Aber dafür war später Zeit. Er drehte sich um und drückte sie kurz an sich. »Ich bin ganz schmutzig. Da unten kannst du Spiegeleier braten. Der Keilriemen ist lose, könnte brechen, aber ich denke, wir schaffen es zurück. Mir ist das Risiko zu groß, dass der Motor hier komplett ausfällt. Seegang und Strömung brächten uns direkt wieder in die Sperrzone, ganz abgesehen davon, dass manövrierunfähig zu sein bei diesem Wetter nicht wünschenswert ist. Mir ist es lieber, wir schaffen es allein.«

Mit zusammengekniffenen Augen beobachtete er die Dünung und nahm ihre Hand. »Komm, lassen wir Gwen nicht allein.«

Die alte Dame schien sich jedoch wohl in ihrer Rolle als Kapitän zu fühlen, denn sie meinte lapidar: »Ich habe hier alles unter Kontrolle. Mein Mann war Fischer. Wenn du Luke beim Reparieren helfen willst, bitte!«

Luke lachte und übernahm das Steuer. »Aye, Respekt den Morris-Frauen.«

Während der Rückfahrt in den sicheren Hafen hielten sie Funkkontakt mit der Küstenwache, die sofort den MOD informiert hatte. Zusätzlich telefonierte Luke mit seinem Freund Zac, der einen guten Draht zu den QinetiQ Leuten hatte. Als sie ihren Liegeplatz in Borth beinahe erreicht hatten, brach der Keilriemen. Luke konnte das Boot noch in eine annehmbare Position manövrieren und warf die Halteleinen über den Poller an der Kaimauer. Sam und Gwen gingen als Erste von Bord.

Am Ufer erwarteten sie Leon und Martin MacLean mit besorgten Mienen.

»Hey, Sam, was war denn nur los bei euch? Wir haben euch
früher zurückerwartet.« Martin trat mit verfrorenem Gesicht
unter einer Fleecemütze zu ihr.

Leon hatte die Hände in den Taschen seines Parkas vergraben,
denn der Wind blies kalt vom Meer herüber. »Wir haben den
Funk der Küstenwache ab... äh, zufällig mitgehört.«

»Motorschaden«, erklärte Luke und betrachtete nachdenklich
sein Boot. »Eine merkwürdige Sache, aber ...«

»Wieso merkwürdig? Man sollte sein Schiff schon kennen
und überprüfen, ob alles läuft, bevor man mit Gästen rausfährt!«

»Hey, Marty, ist schon gut. Genau darum geht es. Luke hatte
alles geprüft, und der Keilriemen scheint bewusst gelockert worden zu sein«, sagte Sam.

»Ist das so? Na ja. Geht es euch gut?«, wollte Martin wissen.

»Natürlich. Und jetzt hör auf, dich hier aufzuspielen«, meinte
Sam und hakte ihre Großmutter unter. »Ich bringe dich nach
Hause, Granny.« Und zu Leon sagte sie: »Wieso hörst du über-
haupt den Funkverkehr der Küstenwache ab?«

Leon grinste. »Ist immer gut, über alles informiert zu sein. Auf
der *Girona* wissen wir immer genau, was um uns herum los ist.«

»O ja, sicher. Aber hier gibt es keine Piraten, und ich möchte nicht, dass meine Studenten illegale Aktionen veranstalten!«
Sam wirkte nicht wütend, eher besorgt.

»Man darf sich nur nicht erwischen lassen, und glauben Sie
mir, das passiert nicht«, meinte Leon. »Aber ganz so ohne scheint
es ja da draußen nicht gewesen zu sein.«

»Wir waren zu keiner Zeit in Gefahr«, sagte Luke grimmig,
holte sein Telefon hervor und ging einige Schritte am Ufer entlang. »Ty? Ja, alles so weit in Ordnung, aber der Keilriemen der
Kühlung ist gebrochen.«

»Was? Wie ist das möglich? Ist doch keine drei Wochen her, dass wir einen neuen eingesetzt haben. Und ich mache das schon lange genug, um zu wissen, dass er richtig saß.«

»Ty, das weiß ich. Das ist es nicht. Ist Liam noch da?«

Luke hörte eine Tür klappen, dann sagte Ty: »Ja, er packt gerade zusammen.«

»Sag ihm bitte, dass er auf mich warten soll. Bin auf dem Weg.« Er beendete das Gespräch und ging zu Sam, die gerade ihre Großmutter ins Auto gesetzt hatte.

»Hast du etwas erfahren, das Licht auf den Motorschaden wirft?«, fragte sie sachlich.

Sie standen auf der Anhöhe oberhalb des Lery. Die Flussmündung traf hier auf den Dovey, der sich hier in die offene See ergoss. Die riesigen Dünen zeichneten sich im Licht der untergehenden Sonne als bizarre Schatten gegen den wolkigen Himmel ab, während die Möwen kreischend über sie hinwegzogen.

»Ich habe einen Verdacht. Sam, ich rufe dich später an.« Er gab ihr einen flüchtigen Kuss und klopfte kurz aufs Wagendach. »Bis dann, Gwen.«

Als er auf den Hof seiner Werkstatt fuhr, war es bereits so dunkel, dass Ty die Außenbeleuchtung eingeschaltet hatte. In der kleineren Halle brannte noch Licht, was bedeutete, dass Ty an der Holzyacht arbeitete. Luke konnte zufrieden sein, die Aufträge häuften sich, aber er benötigte dringend mehr und besseres Personal. Liam hatte sich nicht so entwickelt, wie er gehofft hatte, und Gareth war unzuverlässig. Als er ausstieg, kam Ty aus der kleinen Werkstatt.

»Hey Luke. Alles in Ordnung?«

»Aye. Danke, dass du geblieben bist.« Sie schüttelten einander die Hand und blieben stehen. Luke war froh, auf den zuverlässigen älteren Mitarbeiter bauen zu können. »Liam ist drinnen?«

Ty nickte. »Im Büro. Willst du ihn dir vornehmen, weil er seit

Tagen schlecht gelaunt ist und einen Fehler nach dem anderen macht? Keine schlechte Idee.«

»Nein. Pass auf.« Luke senkte die Stimme. »Ich habe ihn einmal abends in der Werkstatt erwischt, da suchte er angeblich nach seinem Handy. Aber ich hab's ihm nicht abgenommen, warum schleicht er sich heimlich im Dunkeln da herum? Und dann war er mir gegenüber so aggressiv. Alles, seit er mehr mit Gareth herumhängt. Bei meinem Boot habe ich ihn ebenfalls gesehen, ohne dass er einen Auftrag gehabt hätte. Und jetzt der Keilriemen ...«

Ty hörte nachdenklich zu. »Er wird es abstreiten. Du hast keine Beweise.«

»Ich könnte ihn zum Sprechen bringen«, meinte Luke düster.

»Untersteh dich, Mann! Dafür wanderst du ins Gefängnis«, warnte ihn Ty.

»Was denkst du von mir?« Doch Lukes Blick hing finster am Bürofenster.

»Wir sollten ihn jetzt einfach mal befragen. Manchmal wirkt ein klein wenig Druck schon Wunder.« Ty bewegte sich in Richtung Werkshalle, und Luke folgte ihm

Liam erwartete sie bereits und wirkte nervös. Kein gutes Zeichen, fand Luke. Der Junge war blass und hatte Schweißperlen auf der Stirn. »Hi, Luke. Du wolltest mich noch sprechen?«

Er rieb sich die Hände, nahm einen Kaffeebecher auf und stellte ihn wieder auf den Tisch.

Die beiden älteren Männer waren größer und kräftiger, vor allem Luke mit seinem breiten Kreuz. Ty lehnte sich mit vor der Brust verschränkten Armen an den Kühlschrank. Luke blieb im Eingang stehen. »Aye. Sag mal, Liam, wir haben doch ein gutes Verhältnis, oder?«

Der Junge sah ihn mit großen Augen an. »Ja, ja«, stotterte er.

»Hast du das Gefühl, dass du hier unfair behandelt wirst oder zu wenig verdienst?« Luke hielt seine Stimme bewusst tief und leise.

Der Schweiß lief Liam die Stirn hinunter. »Nein. Alles bestens.« Er nestelte an seinem Rucksack.

»Warum belügst du mich dann?« Es war ein Schuss ins Blaue, aber Luke wusste, wie schuldbewusste Menschen aussahen, und er fraß den kaputten Keilriemen, wenn dieser Bursche hier nicht etwas vor ihm verbarg.

29

Hast du alles, Granny?«, erkundigte sich Sam, die gerade eine Kanne mit frisch gebrühtem Tee auf den Tisch im Wohnzimmer gestellt hatte.

Gwen hatte sich in ihr Sofa gekuschelt, einen Teller mit Sandwiches vor sich, und wirkte erschöpft, aber zufrieden. »Danke, meine Kleine. Das war ein anstrengender Tag.« Sie seufzte. »Wir haben Arthur zur letzten Ruhe gebettet.«

Liebevoll strich sie über die Seekarte, die Luke ihr gegeben hatte. Die Koordinaten von Arthurs Seegrab waren darauf verzeichnet. »Luke hat das sehr schön gemacht. Wolltet ihr euch nicht treffen? Er war doch besorgt, wegen des Motorschadens, nicht wahr? Ihr sagt mir ja nicht alles, aber ich habe schon mitbekommen, dass da etwas nicht stimmte.«

»Er will selbst erst sicher sein, dass seine Vermutungen richtig sind. Vielleicht ist es einfach nur ein Schaden, wie er vorkommen kann. Verschleiß und defekte Ersatzteile gibt es nun mal. Granny, du würdest mir aber sagen, wenn Großvater etwas getan hätte, das ihm Feinde eingebracht hätte?«

Erstaunt legte Gwen ihr Sandwich ab. »Arthur und Feinde? O nein, er war ein grundanständiger Mensch! Und das sage ich nicht nur, weil ich ihn liebe. Da kannst du jeden fragen, der ihn kannte.«

Sam glaubte ihr. »Ich dachte nur. Wegen der Goldmünze, weißt du.«

»Ach das? Du liebe Zeit! Eine verdammte Goldmünze, die

uns den Kauf des Kutters ermöglicht hat. Ph, einen Kredit mussten wir trotzdem bei der Bank aufnehmen, und als der Kutter einen Motorschaden hatte, waren wir ziemlich am Ende. Aber das war Arthurs Traum, weißt du? Ich hätte es ihm niemals ausgeredet. Er wollte Fischer sein. Die Minen hier wurden bald nach seinem Tod sowieso geschlossen«, sagte Gwen.

»Es blieb also bei dem Fund der einzelnen Münze? Kann es nicht doch sein, dass er vielleicht mehr gefunden hatte und dabei seinem Mörder begegnete?«

»Ach, Sam, meine Süße, lass die alten Geschichten. Dass ich ihn heute da beisetzen konnte, wo er am liebsten war, hat mir Ruhe geschenkt.« Gwen sah ihre Enkelin mit einem milden Lächeln an. »Du denkst doch, dass es Matthew gewesen sein könnte, oder?«

»Hm, na ja, Hannahs Reaktion … Und immerhin waren die beiden beste Freunde und wussten, wo der andere fischte. Ja, das halte ich für möglich«, gab Sam zu, die die Whitfield-Spur noch überprüfen wollte.

»Ich nicht. Und jetzt geh schon, Sam. Ich esse, dann lege ich mich schlafen. Und ich danke dir für alles. Es ist gut so, wie es ist. Jetzt hat Arthur seinen Frieden«, bekräftigte Gwen ihre Worte.

Sam war anderer Meinung. Wie sollte jemand seinen Frieden finden, wenn der Mörder unbehelligt davonkam? Auch wenn er längst gestorben sein mochte, so musste die Wahrheit dennoch ans Licht kommen. »Du hast meine Nummer. Nimm das Telefon mit nach oben, Granny, und ruf mich an, egal, wann oder warum. Ich bin in der Nähe.«

Gwen nahm den Teller mit ihrem Sandwich. »Triffst du jetzt den anderen, wie hieß er gleich, Martin?«

»Ja, wir sind Kollegen, und ich schätze ihn sehr.« Sam schmunzelte. »Und er ist nicht der andere, sondern ein Freund.«

»Dann ist ja gut.« Gwen biss in ihr Brot.

Lächelnd verließ Sam das Cottage und setzte sich in ihren Wagen. Bevor sie sich mit ihrem Team traf, wollte sie zumindest in Cardiff angerufen haben. Die Nummer hatte sie bereits herausgesucht. Es war noch keine sieben Uhr, vielleicht hatte sie Glück, und Whitfield war noch im Laden.

Es klingelte lange, und sie wollte schon auflegen, als sich eine männliche Stimme meldete. »Antiquitäten Whitfield.«

»Mr Whitfield? Entschuldigen Sie, dass ich störe ...« Sam fasste sich möglichst kurz und schien Whitfields Interesse geweckt zu haben, denn er hörte zu.

»Das ist ja mal eine Geschichte, Doktor Goodwin. Tja, mein Vater war kein einfacher Mensch, und meine Mutter ist nicht unbedingt gut auf ihn und die Zeit damals zu sprechen. Sie musste oft aushelfen, weil mein Vater, äh, krank war. Ich war zu klein, um mich an Kunden zu erinnern«, kommentierte Whitfield sachlich.

Sams Hoffnung sank. »Ich habe ein altes Schwarzweißfoto. Wenn Ihre Mutter darauf einen Blick werfen könnte. Es könnte ja sein, dass sie sich erinnert. Allerdings, wenn sie gar nichts von damals hören will ...«

Whitfield schien ein umgänglicher Mensch zu sein. »Mailen Sie mir das Bild doch zu. Ginge das? Dann warte ich einen günstigen Moment ab und zeige es meiner Mutter. Mehr kann ich nicht tun. Unterlagen über Ankäufe gibt es so gut wie nicht, leider.«

»Danke! Das ist sehr freundlich von Ihnen!« Sie tauschten ihre Kontaktdaten aus, und Sam fuhr mit einem kleinen Hoffnungsschimmer zum Büro, wo sie von Leon, Amy und Martin erwartet wurde.

»Ich muss mich entschuldigen, bitte, ihr habt all die Arbeit gemacht und ich ...«, begann sie, wurde jedoch von Martin unterbrochen, der ihr einen Stuhl zuschob.

419

»Setz dich, hol tief Luft und erzähl uns genau, was passiert ist.«

Sie hob die Schultern. »Ich muss euch enttäuschen. Eigentlich war es nur ein Motorschaden, in einem ungünstigen Gebiet, zugegeben.«

Leon hatte die Bucht auf dem Bildschirm aufgerufen. »Die Testflüge wurden umgehend eingestellt, als die Küstenwache euren Notruf aufgefangen hat.«

»Ah, das war ja nun auch übertrieben. Wir waren nicht wirklich in Seenot, sind auch allein zurückgefahren«, beschwichtigte Sam.

Martin wurde von Amy nicht aus den Augen gelassen, wie Sam amüsiert feststellte. »Dann können wir das abhaken und uns den wichtigen Dingen zuwenden. Ich muss Lizzie Davis und ihren Studenten ein Kompliment machen. Sie haben beinahe das gesamte Gebiet von Süd nach Nord mit den Hand-GPS-Geräten vermessen.«

Es gefiel Sam zwar nicht, wie Martin ihre Forschungsarbeit als seine zu betrachten schien, aber da sie heute tatsächlich keine Hilfe gewesen war, verzichtete sie auf eine Bemerkung und wandte sich an Leon. »Wo genau habt ihr denn begonnen, Leon?«

»Auf der Höhe von Morfa Borth. Da war die Konzentration der Stämme mittelprächtig, in Areal B, parallel zum Lery bis rauf zur Mündung, sind deutlich die meisten Stämme zu finden, und dann weniger vor Ynyslas«, referierte Leon.

»Unser kleines, tidenabhängiges Zeitfenster macht es einfach unmöglich, draußen auf dem Meeresgrund mehr zu sichten«, sagte Amy.

»Und ob sich das lohnen würde, ist fraglich«, meinte Martin. »Dort, wo du den Fuhrweg entdeckt hast, ist sonst nichts zu finden gewesen. Bleibt das Moor, aber das wurde ja bereits mehrfach untersucht.«

»Das Moor und überhaupt das Gebiet bis zum Lery weist Spuren der Römer auf. Die Brunnenschächte und Reste von Brennöfen sind eindeutig. Aber da draußen ist mehr! Da bin ich mir sicher!« Sam starrte auf den Bildschirm, als könne sie durch das Meerwasser auf den Grund der Bucht schauen.

Martin legte ihr den Arm um die Schultern. »Ich hätte es dir gewünscht, Sam, aber meine Erfahrung sagt mir, dass die Legende vom versunkenen Königreich eine Legende bleiben wird.«

Sie schüttelte seinen Arm ab. »Und das aus deinem Mund! Du bist immer derjenige gewesen, der aus den winzigsten Hinweisen beweiskräftige Theorien gebaut hat.«

»So gern ich dir helfen würde, ich sehe hier einfach nichts.« Martin hatte einen Finger an seine Lippe gelegt und schien nachzudenken. »Was ja nichts bedeuten muss. Luftaufnahmen der Bucht hast du schon gesichtet?«

Sam nickte. »Haben keine signifikanten geographischen Auffälligkeiten gezeigt. Leon und Amy, wie weit seid ihr mit dem Eingeben der Daten aus den GPS-Geräten?«

Die beiden saßen vor ihren Computern und arbeiteten an einer Karte, auf der alle Fundstellen von Baumstämmen und der Fuhrweg verzeichnet waren. Zu den vormaligen sechshundertdreißig Stämmen waren hundertfünfzig neue hinzugekommen.

»In Abhängigkeit vom Satelliten kommen wir auf eine annähernde Genauigkeit von plus/minus sieben Meter. Das ist ordentlich«, meinte Amy.

Sam betrachtete die Karte. »Hm, gute Arbeit, aber wir brauchen mehr Daten für ein komplexeres Gesamtbild des Areals zwischen 400 bis 600 n. Chr.«

»Du willst es unbedingt beweisen, hm?«, meinte Martin.

Sie sah ihn kühl an. »Das ist keine Frage des Wollens. Ich weiß, dass ich es kann, weil es existiert hat – das Königreich von Garanhir Longshanks.«

»Ich bin der Letzte, der nicht an das Unvorstellbare glauben würde, wie du weißt.« Martin trommelte mit den Fingern auf die Tischplatte. Sie hatten gemeinsam an Projekten gearbeitet, die aussichtslos erschienen waren, und immer war es Martin gelungen, den entscheidenden Beweis für seine Theorie zu finden. »So, und jetzt lade ich euch zum Essen ein. Ich verlasse euch morgen früh.«

Amy entfuhr ein enttäuschtes: »O nein!«

»Und ich weiß, welche Seminare Amy im nächsten Semester belegen wird«, feixte Leon und zog den Kopf ein, weil Amy mit einem Stift nach ihm warf.

Bevor sie sich zum Pub aufmachten, scannte Sam das alte Foto von Gwen, Arthur, Matthew, Hannah und Jenson ein und mailte es Whitfield zu. Falls seine Mutter sich an Matthew erinnerte, wäre das etwas, mit dem sie Hannah konfrontieren konnte.

Sie gingen zu Fuß zum *Lighthouse*. Sam hatte sich bei Martin eingehakt und sagte: »Tut mir leid, dass dein Besuch von meinen Problemen überschattet wurde. Ich hätte gern mehr Zeit für dich gehabt. Aber ich lasse Gwen nicht gern allein.«

»Mach dir keinen Kopf. Das verstehe ich doch gut. Für mich war das eine schöne Auszeit, und ich habe mich gefreut, Leon wiederzusehen. Der Junge hat so viel von seinem Vater. Jean Villers ist ein großartiger Kerl. Du solltest ihn wirklich kennenlernen.«

Der Wind fuhr durch Sams lange, glatte Haare, die sie packte und zusammendrehte. Seit sie hier in Borth war, fühlte sie sich freier. Ob es daran lag, dass sie von Oxford, den alten Seilschaften und Christopher fort war, oder an Gwen und den alten Geschichten oder an Luke … Vielleicht an allem – und es war gut so.

»Ich rede und rede, und du bist mit deinen Gedanken ganz

woanders.« Martin hatte ihre Hand genommen und drückte sie sanft.

»Entschuldige.« Sie legte seine Hand an ihre Wange und ließ sie los. »Du bist ein guter Freund, Marty, weißt du das?« Und weil sie den Pub beinahe erreicht hatten, fügte sie hinzu: »Und deshalb spendiere ich dir jetzt einen Drink! Euch auch!«

Amy und Leon, die vor ihnen gingen, drehten sich um und lachten. »Da sagen wir nicht nein! Uh, heute ist Folknight!«

Vor der Tür standen zahlreiche Gäste, und als Leon die Tür aufzog, schallte ihnen Livemusik entgegen. Sam ließ sich anstecken von den fröhlichen Klängen und winkte Rhodri zu. Lucy tänzelte mit einem vollen Tablett durch die Menge, und irgendwo meinte sie, Millies hellen Haarschopf gesehen zu haben.

»Soll ich uns einen Tisch suchen?«, rief Martin, um die Musik zu übertönen.

»Okay. Ich bestelle die Getränke!«, antwortete Sam und drängte sich durch die tanzenden und plaudernden Gäste zum Tresen.

Bevor sie die Bar erreichte, sah sie tatsächlich Millie um die Ecke Richtung Toiletten gehen und folgte ihr spontan.

»Hey, Millie!«

Die junge Frau drehte sich nicht um, sondern verschwand hinter der Toilettentür.

Da sich vor der Bar bereits eine Schlange gebildet hatte, reihte Sam sich ein und wartete. Als sie endlich zu Rhodri vorgedrungen war, grinste dieser entschuldigend und wischte sich die verschwitzte Stirn. »Sorry, Doc, aber wenn ich dich vorziehe, zerschlagen sie mir den Tresen. Was kann ich für dich tun?«

Sie bestellte und wollte gehen, als Lucy ihr ein Glas Wein in die Hand drückte. »Hier, bitte, mit einem Gruß von Millie.« Sie deutete mit dem Kopf zur Seite, wo Sam die Blonde an einem Pfeiler stehen sah.

423

»Aber …?« Ratlos hob Sam das Glas.

»Sie will mit dir reden, was glaubst du denn?« Lucy hob das Kinn und ließ sie stehen.

Sam sah, dass Martin mit den Studenten sprach, und ging zu Millie, die sie mit einem zerknirschten Lächeln begrüßte und ihre Bierflasche hob. »Kommst du kurz mit nach hinten? Hier ist es so laut. Ich würde dir gern etwas sagen.«

Sam folgte der Bekannten aus Kindertagen durch den Flur, wo Millie die Hintertür aufstieß und ins Freie ging. Sie standen auf dem Parkplatz neben den Containern, und Sam hielt etwas unschlüssig ihr Weinglas fest.

»Cheers!«, sagte Millie.

Sam trank einen Schluck Wein. »Danke, Millie, das ist sehr nett von dir. Irgendwie sind wir uns wohl auf dem falschen Fuß begegnet …«

»Tut mir leid, dass ich dich in der Reinigung letztens so angefahren habe. Nur, ich weiß auch nicht warum, aber mir kommt alles hoch, seit du wieder hier bist. Ich meine, sieh dich an, sieh mich an.« Sie trank von ihrem Bier und breitete die Arme aus. »Ich arbeite in einem Bistro auf dem Campingplatz, und du bist Doktor in Oxford.«

Sollte sie sich jetzt für ihre Karriere entschuldigen? »Millie, in einem Bistro zu arbeiten ist doch keine Schande. Glaub nur nicht, dass die Arbeit an der Universität immer nur Vergnügen ist. Hat alles seine Licht- und Schattenseiten.« Sam wollte das Glas abstellen, doch Millie tickte ihre Flasche dagegen.

»Da hast du wohl recht. Na komm, auf die alten Zeiten!«

Sam trank einen großen Schluck und lächelte. »Danke, ich würde gern noch länger mit dir reden, vielleicht ein anderes Mal, heute bin ich mit Freunden hier und sollte jetzt …«

Ihre Beine fühlten sich plötzlich weich an, und die Knie schienen unter ihr nachgeben zu wollen. Als die Container sich drehten und die Autos auf dem Kopf zu stehen begannen, murmelte Sam: »Verdammt, was ist …«

»Ist dir nicht gut? Stütz dich auf mich.« Millie packte sie unter dem Arm und zerrte sie zu einem der Wagen, dessen Tür offen stand.

»Liam«, hörte Sam noch, bevor sie das Bewusstsein verlor.

Als sie das Bewusstsein wiedererlangte, war es kalt und dunkel um sie herum. Und es war nass! Die schockierende Erkenntnis ließ Sam mit einem Mal ganz wach werden, doch als sie den Mund öffnen wollte, musste sie feststellen, dass er mit Klebeband verschlossen war. Dem ersten Schock wich blanke Angst. Das hier fühlte sich nicht nach einem Spaß an. Hier hatte sich jemand bemüht, sie bewegungsunfähig und mundtot zu machen. Hände und Füße waren ebenfalls mit Klebeband fixiert und hinten auf dem Rücken zusammengebunden, so dass sie sich kaum hin- und herrollen konnte. Doch vielleicht konnte sie zumindest feststellen, wo sie war.

Sie riss die Augen auf und starrte in den dunklen Nachthimmel. Es roch nach Meer. Als sie den Kopf drehte, berührte ihre Wange den nassen, kalten Schlick, den das Meer bei Niedrigwasser freigab. O lieber Himmel, nein, dachte Sam. In dieser Nacht war der niedrigste Wasserstand kurz nach Mitternacht, was bedeutete, dass es danach wieder aufzulaufen begann. Vorsichtig bewegte sie Beine und Arme, die aufgrund der ungewohnten, erzwungenen Haltung bereits schmerzten. Der Boden senkte sich zu einer Seite, und sie befürchtete, dass man sie in einen Priellauf gelegt hatte.

Nicht man, dachte Sam wütend, Millie! Aber warum? Was hatte sie Millie getan? Sie kannten sich kaum, waren nur durch mehr oder weniger zufällige Kindheitserinnerungen verbunden, hatten weder denselben Mann geliebt, noch konnte Sam sich

425

entsinnen, Millie irgendwie Schaden zugefügt zu haben. Warum also? Und Liam. Bevor ihr die Sinne geschwunden waren, hatte sie gehört, wie Millie Liams Namen gesagt hatte. Millie musste ihr K.-o.-Tropfen in den Wein gegeben haben.

Sam atmete schneller, ihr Brustkorb hob und senkte sich und drohte zu bersten, weil sie nicht genug Luft durch die Nase bekam. Sie musste sich beruhigen. Etwas Hartes drückte ihr gegen die Rippen. Sie bewegte sich mit schlangenartigen Bewegungen so, dass ihre Finger den Untergrund abtasten konnten. Ein Baumstumpf. Wenn sie an einem Priel und zugleich bei einem der versteinerten Stümpfe lag, musste sie weit draußen in der Bucht abgelegt worden sein. Ungefähr dort, wo sie Arthurs Leiche gefunden hatten.

Das durfte doch alles nicht wahr sein? Zum Teufel mit diesen alten Geschichten! Nach all den Jahren konnte doch deswegen niemand mehr einen Groll hegen! Anscheinend doch. Sie lag schwer atmend auf der Seite und drehte den Kopf so weit wie möglich aus dem Schlick. Ihre Haare klebten an ihrem Nacken und legten sich über ihr Gesicht, aber es gab nichts, was sie dagegen tun konnte. Sie starrte in den Himmel, an dem sich der voller werdende Mond und ein paar Sterne zeigten.

Sie lag hier verschnürt wie ein Paket, hilflos, konnte nur darauf warten, bis das Wasser sie erreichte und … nein! Sie wollte nicht sterben! Aber sie war realistisch genug, ihre Möglichkeiten abzuwägen. In dieser Position gefesselt war es ihr unmöglich zu schwimmen, nicht einmal den Kopf würde sie über Wasser halten können. Sie konnte sich nicht fortbewegen, und sie konnte nicht um Hilfe rufen. Wenn sie hier draußen überhaupt jemand hören würde.

Aber Martin würde sie längst suchen, davon war sie überzeugt. Er kannte sie gut genug, um zu wissen, dass sie ihn nicht einfach dort sitzen lassen würde, aus welchem Grund auch immer.

Es war anstrengend, den Kopf hochzuhalten, und als sie ihn ablegte, drang nasser Schlick durch die Haare in ihr Ohr. Sollte sie das hier überleben und Millie Milton jemals zwischen die Finger bekommen …

Langsam zog die Nässe durch alle Kleidungsschichten, und die Kälte kroch über ihren Körper und ließ sie zittern. In der Hoffnung, das Klebeband um ihren Mund loszuwerden, rieb sie mit dem Gesicht an dem Baumstumpf und spürte nach endlosen Minuten, wie sich der Druck löste. Das Band klebte zwar noch fest, doch war es nicht mehr so stramm, und sie konnte mit der Zunge die Lippen berühren und vielleicht bald mit den Zähnen das Band erreichen.

Währenddessen kreisten ihre Gedanken um Millie und deren Motivation. Sollte es mit den Grabungen im Moor oder den Vermessungen zu tun haben? Glaubte Millie tatsächlich an einen Schatz? Aber selbst wenn dem so war, würde es immer Menschen geben, die danach suchten. Immer wieder tauchten Touristen mit Metalldetektoren auf und suchten alte Römerlager oder ausgewiesene frühzeitliche Siedlungsgebiete nach Wertgegenständen ab.

Nein, dachte Sam, der Schlüssel für Millies Hass musste in der Vergangenheit liegen. Es hatte mit Arthur zu tun. Millie war die Tochter von Andy Milton und Iris. Und woher stammte Iris? Aus dieser Gegend, das wusste Sam noch. Hatte Gwen nicht irgendwann einmal erzählt, dass Iris und Rhodri verwandt waren? Erschöpft hörte Sam auf, das Klebeband zu bearbeiten. Salzwasser sammelte sich in den kleinen Mulden rund um den Baumstumpf und brannte in ihrer aufgeschieuerten Wange.

Wasser sammelte sich bereits! Wie lange lag sie schon hier? Durch ihre Schultern zogen stichartige Schmerzen. Vorsichtig ruckte Sam mit Armen und Beinen, um sich Erleichterung zu verschaffen, und verfluchte die weitentwickelte Qualität von Klebebändern. Ihre Finger wühlten im Schlick neben dem Baumstumpf und ertasteten etwas Kleines, Hartes mit scharfen Rändern. Muscheln! Aber ja doch, das Muschelsammeln hatte eine lange Tradition hier in der Bucht. Man sammelte bei Ebbe die Felsen ab, und an den Stümpfen wuchsen ebenfalls Muscheln. Sie tastete sich durch den glitschigen Schlick, und als sie das Gefühl hatte, die Kanten einer aufgebrochenen Muschel berührten das Klebeband, bewegte sie sich hin und her.

Während sie sich mühsam mit den gefesselten Händen an den scharfen Muschelkanten rieb, überlegte sie weiter. Was hatte alle in der Vergangenheit verbunden? Die Erkenntnis traf sie wie ein Blitzschlag. Der Pub! Das *Lighthouse* gab es seit ewigen Zeiten, und Rhodris Familie führte den Pub seit Generationen. Sollte etwa Rhodri hinter alldem stecken? Aber warum? Sie überlegte fieberhaft. Rhodris Vater war Jenson Perkins gewesen, einer der jungen Männer auf dem Foto.

Ein Kälteschauer durchfuhr Sam. Es war ihr zum Teufel egal, was damals geschehen war, denn es hatte nichts mit ihr zu tun! Sie schloss die Augen und konzentrierte sich. Gwen, dachte Sam, Gwen, du spürst, wo ich bin. Bitte hilf mir …

30

Luke starrte auf das Handy. Sie antwortete nicht. Das war ungewöhnlich. Er hatte auf ihre Mailbox gesprochen und ihr zwei SMS geschickt. Selbst wenn sie noch mit den Studenten arbeitete, hätte sie sich kurz auf eine Art gemeldet. Dazu war seine Mitteilung zu wichtig gewesen. Oh, nicht dass Liam etwas zugegeben hätte, aber seine Körperhaltung und sein Gestammel hatten eine eigene Sprache gesprochen. Er war mit hängendem Kopf abgezogen, und nur Tys Gegenwart hatte Luke davon abgehalten, die Wahrheit aus dem Jungen herauszuquetschen.

Sein Instinkt sagte ihm, dass Liam etwas verheimlichte und sich einer Schuld bewusst war. Als er ihn direkt nach dem Keilriemen gefragt hatte, war Liam rot geworden und hatte ihm nicht in die Augen sehen können. Immerhin ein Hinweis auf ein vorhandenes Gewissen, dachte sich Luke. Aber Liam war verstockt. Er deckte jemanden. Eine Frau? Frauen konnten Männer zu den unmöglichsten Dingen antreiben. Aus Liebe waren Kriege geführt, Morde begangen und Königreiche verraten worden.

Luke wollte, dass Sam und Gwen sich vorsahen, auch wenn das vielleicht übertrieben war, und nun konnte er sie nicht erreichen. Nachdem er die Werkstatt abgeschlossen und die Boote gesichert hatte, war er nach Hause gefahren, hatte sich geduscht und umgezogen.

Immer wieder kreisten seine Gedanken um Liam und Gareth, und dann mischte sich Millie dazwischen. Die Frau, die Herzdame? In letzter Zeit hatte er die junge Frau oft gesehen. Meist war sie mit Gareth unterwegs, aber einige Male hatte er sie mit Liam sprechen sehen und sich gewundert, denn eigentlich war Lucy Liams Freundin. Millie war eine manipulative Person. Sie hatte Luke mehr als einmal deutlich zu verstehen gegeben, dass sie mehr von ihm wollte.

Kurz nach seiner Ankunft in Borth war er öfter mit Max auf dem Spielplatz des Campingplatzes gewesen. Vor allem der Kinder wegen war er mit seinem Sohn hingefahren und hatte im Imbiss mit Max gegessen. Millie hatte sich vor Freundlichkeit überschlagen, und das Essen war nicht schlecht. Aber er mochte Millies Art nicht, und da Max ohnehin keine Freunde fand, weil es sich meist um Feriengäste handelte und sein Sohn zu der Zeit noch sehr kontaktscheu gewesen war, hatte er den Campingplatz später gemieden. Millie hatte ihn bei zufälligen Begegnungen darauf angesprochen, und er hasste es, unter Druck gesetzt zu werden. Sie war attraktiv, verfügte aber über eine unterschwellige Aggressivität, wie er sie oft bei obsessiven Menschen erlebt hatte.

Luke bog in die Einfahrt zu Gwens Cottage. Das Display seines Handys blieb dunkel. Entschlossen stieg er aus und klingelte. Gwen öffnete nach kurzer Zeit.

»Gut, dass du kommst. Sie braucht uns.«

Die alte Dame stand in Gummistiefeln und Mantel vor ihm und schien nicht im Geringsten überrascht, ihn zu sehen.

»Wo willst du hin? Was ist mit Sam?«, fragte Luke und konnte nur zusehen, wie Gwen an ihm vorbei zu seinem Wagen ging.

»Wir nehmen deinen Wagen. Meiner ist nicht geländefähig, und wir müssen raus an den Strand.«

»Bitte? Jetzt warte doch mal, Gwen!« Er stützte sich an seinem Wagen ab und sah die aufgeregte alte Dame an.

Gwen Morris richtete ihre schönen Augen auf ihn. »Ich habe

die Glocken gehört, Luke. Sie rufen nach uns. Sam ist in Gefahr, und sie ist irgendwo da draußen.«

Lukes Nackenhaare sträubten sich, aber er glaubte Gwen, denn er erinnerte sich an jenen Abend, als sie und ihre Enkelin ihm von der Legende erzählt hatten. Was auch immer es war, diese beiden Frauen waren auf unerklärliche Weise miteinander verbunden. »Mitten in der Nacht soll sie da draußen sein? Lass uns zuerst in ihr Büro und in den Pub fahren. Vielleicht ist sie mit den anderen dort.«

Das kleine Ferienhaus lag im Dunkeln an der Straße, so dass Luke Gas gab und weiter zum Pub fuhr. Dort hatten sich aufgeregt debattierende Leute auf der Terrasse versammelt. Luke erkannte Sams Assistenten und ihren Kollegen Martin.

»Hey, Martin!«, rief Luke, während er ausstieg und auf ihn zulief. »Wo ist Sam?«

MacLean wirkte besorgt und sah sich immer wieder um. »Ich weiß es nicht, und wir machen uns große Sorgen! Sie ist vor über zwei Stunden einfach verschwunden.«

»Und was habt ihr unternommen?«, knurrte Luke.

Leon trat dazu. »Hallo, Luke. Wir haben alles abgesucht. Na ja, zuerst dachten wir, sie unterhält sich, und haben eben gewartet. Ihr Telefon ist ausgestellt, und dann dachten wir, dass sie vielleicht bei ...« Er lächelte verlegen.

»Bei mir ist?«, meinte Luke. »Danke, sehr schmeichelhaft, aber dann wäre sie doch nicht einfach gegangen! Okay, Gwen sitzt bei mir im Wagen und behauptet, dass Sam irgendwo dort draußen ist.« Er deutete in die Dunkelheit Richtung Deich.

Leon und Amy sahen sich an. »Vielleicht verständigen wir besser die Polizei?«, meinte Amy.

»Für eine normale Vermisstenmeldung gäbe es keinen Grund, aber in diesem Fall ...«, meinte Luke und wählte die Nummer von DI Nicholl, die er seit dem Überfall auf Sam gespeichert hatte.

431

»Nicholl?«, meldete sich der Inspektor knapp.

Luke schilderte die Situation. »Was sollen wir machen? Ich fahre jetzt so weit den Strand ab, wie es mir mit dem Range Rover möglich ist. Wenn wir sie dort nicht finden, weiß ich auch nicht, wo wir suchen sollen.«

»Ich leite die Handyortung ein. Wie hieß der Kollege, mit dem Doktor Goodwin im *Lighthouse* war?«, wollte Nicholl wissen.

»Martin MacLeod. Möchten Sie mit ihm sprechen?«

»Ja, bitte geben Sie ihn mir kurz.«

Nicholl bat Martin, im Pub auf die Polizei zu warten, und sagte, als er wieder mit Luke sprach: »Dieser Fall hat mich nie losgelassen. Eine merkwürdige Geschichte. Fahren Sie los, ich wünsche Ihnen Glück!«

Luke ließ das Telefon in die Innentasche seiner Jacke gleiten und sah sich nach seinem Wagen um, in dem Gwen nach ihm Ausschau hielt.

»Was können wir tun, Luke?« Leon und Amy standen mit erwartungsvollem Blick vor ihm.

»Findet heraus, mit wem Sam zuletzt gesprochen hat! Ich muss los!« Er lief zum Wagen und startete den Motor.

»Warum sind wir hier gewesen? Sie ist da draußen«, sagte Gwen angespannt.

Luke trat das Gaspedal durch und raste über die schmale Straße zu den Dünen von Ynyslas. Mit etwas Mühe kämpfte sich der Geländewagen durch den feuchten Sand bis ans Ufer des Dovey. Die Scheinwerfer erhellten den Meeresboden, auf dem sich bei Niedrigwasser kleine Pfützen sammelten. Der Flusslauf wand sich in der Dunkelheit durch das schlickige Terrain, auf dem die Baumstümpfe sich als kaum wahrnehmbare schwarze Erhebungen abzeichneten. Weiter draußen teilte sich die Fahrrinne in zwei Priele. Luke spürte, wie der schwere Wagen tiefer in den nassen Boden sank.

»Das Wasser läuft seit zwei Stunden wieder auf. Wenn Sam tatsächlich hier draußen ist, womöglich hilflos, haben wir nicht viel Zeit.« Seine Hände umklammerten das Lenkrad, während er konzentriert den Boden absuchte. Außer den Baumstümpfen lag nur Treibgut auf dem Strand. Meist schwere Balken oder Paletten, die von einem Frachter angespült worden waren.

Gwen saß still neben ihm und starrte ebenfalls in den Lichtkegel, der sich in der Dunkelheit verlor. Die Bucht war riesig und ein Mensch in diesen Weiten nur ein Sandkorn in der Wüste. »Wie weit kannst du rausfahren, Luke?«

»Bis zum ersten Priel. Und da kann ich auch nicht lange parken. Wir haben maximal eine Stunde, um sie zu finden, falls sie hier ist.«

»Kommen wir an die Stelle heran, an der sie Arthur gefunden hat?«, fragte Gwen. Sie setzte ihre Wollmütze auf und zog den Reißverschluss ihres Mantels bis unter das Kinn.

Luke schüttelte den Kopf. Er hatte die Fundstelle im topografischen Kartensystem seines Telefons eingetragen. Das GPS-System zeigte an, dass sie noch ungefähr achthundert Meter von der Stelle entfernt waren. Als der Wagen durch eine Untiefe holperte und Wasser bis zu den Fenstern hochspritzte, hielt Luke an und stieg aus. Gwen verließ ebenfalls das Fahrzeug.

Er sprang auf den Boden und sackte bis zu den Knöcheln im weichen Sand ein. Das Wasser bedeckte bereits den Boden, und er konnte die auflaufende Fließbewegung anhand der kleinen Schaumspuren sehen. In diesem Augenblick schnürte ihm die Angst um Sam die Luft ab. »Was macht dich so sicher, dass sie hier ist, Gwen? Wir haben keine Zeit mehr!«

Das Licht der Autoscheinwerfer reichte ungefähr vierhundert Meter weit, und Gwen war einfach losgelaufen, stapfte unerschütterlich durch das kalte Wasser. Hastig holte er eine große Stablampe aus dem Wagen und folgte der alten Frau.

»Sam!«, rief Gwen. Ihre Stimme klang rau und verschmolz mit dem Rauschen des Meeres und dem Flüstern des Windes.

Es lag eine unwirkliche, bedrohliche Spannung über der Bucht, die von der unnachgiebigen See zurückerobert wurde. Mit jeder verstreichenden Minute stieg der Wasserspiegel und verschluckte alles, was auf dem Grund lag. Lukes Telefon klingelte.

»Ja?«

»Wir haben einen Anruf erhalten. Doktor Goodwin ist dort, wo Sie es vermutet haben«, sagte DI Nicholl. »Ich habe die Küstenwache informiert. Ein Hubschrauber ist auf dem Weg, und von der anderen Seite suchen wir mit Booten.«

»Warum von der anderen Seite? Sie ist doch nicht im Wasser? Es ist zu kalt … Das hält doch niemand lange aus! Wer hat den Hinweis gegeben?« Luke rief sich innerlich zur Ruhe.

»Ein gewisser Liam.«

»Ah! Verdammt! Ich hätte ihn nicht gehen lassen dürfen!«, entfuhr es Luke. »Hat er gesagt, wo genau sie sein könnte?«

»Er war sich nicht ganz sicher, aber ungefähr dort, wo man Arthur Morris' Überreste gefunden hat. Begeben Sie sich nicht unnötig in Gefahr. Wir tun, was in unserer Macht steht.«

»Sam! Sam! Luke, komm her, ich glaube, da vorn ist sie!«, schrie Gwen aufgeregt.

»Vielleicht haben wir sie schon gefunden«, flüsterte Luke, legte auf und rannte hinter Gwen her.

Er schwenkte die Lampe im Halbkreis und entdeckte, was Gwens Aufmerksamkeit erregt hatte. Ein Umriss, ähnlich dem eines kauernden Menschen, zeichnete sich am Rande des Prieles ab, der hier sehr breit war und dessen Ufer abschüssig waren. Das Wasser spritzte beim Laufen auf, durchnässte Hose und Jacke, doch er verspürte nur eine verzweifelte Angst, gemischt mit der Hoffnung, dass sie nicht zu spät kamen. Endlich trennten ihn nur noch wenige Schritte von der Gestalt, die sich bewegte.

Lieber Himmel, sie lebt, dachte Luke. »Sam!«

Er beugte sich vor und packte sie unter den Schultern. Dabei stellte er fest, dass ihre Beine gefesselt waren. Gwen hatte sie ebenfalls erreicht, und er drückte ihr die Lampe in die Hand. Das Licht zeigte ihnen eine unterkühlte Sam, die Lippen bläulich verfärbt, die eine Wange verschrammt und die Haare nass und voller Schlick. Was er in den Armen hielt, war ein Häuflein Mensch, in dem nur noch ein Funken Leben war.

Plötzlich schlug sie die Augen auf, hustete und spuckte Sand aus. »Ich dachte schon, du kommst nicht mehr ...«

Luke lachte erleichtert und hob sie auf, als wäre sie nicht schwerer als ein Segelsack. Sie schlang einen Arm um seinen Hals, um sich festzuhalten. »Das verfluchte Klebeband ... ich habe keine Muscheln mehr gefunden.«

»Sam, meine Süße!« Gwen trat neben sie und nahm ihre Hand. »Gott, so kalt.«

»Du bist auch hier, Granny. Erst warte ich vergeblich, und dann kommt ihr alle auf einmal.« Sams Stimme war kaum mehr als ein Krächzen, und sie legte den Kopf erschöpft an Lukes Brust.

So schnell es die kostbare Last erlaubte, ging Luke zurück zum Wagen. Sie hatten den Rover noch nicht ganz erreicht, da wurde der Nachthimmel von gleißenden Scheinwerfern und dem Knattern des Rettungshubschraubers erfüllt. Wasser wirbelte auf, und es dauerte nicht lang, bis der Hubschrauber landete und zwei Sanitäter heraussprangen. Luke übergab ihnen die erschöpfte Sam, die auf einer Trage in Wärmefolie gehüllt wurde.

»Wo bringen Sie Doktor Goodwin hin?«

»Bronglais General, Aberystwyth«, sagte einer der Rettungssanitäter.

Gwen streichelte Sams Wangen. »Jetzt wird alles gut.«

»So viele Fragen, Granny«, murmelte Sam heiser.

»Madam, bitten treten Sie zurück.« Die Sanitäter hoben die Trage in den Hubschrauber, und die Rotorblätter setzten sich in Bewegung.

Luke legte den Arm um Gwen, nahm ihr die Lampe aus den Händen und geleitete sie zum Wagen. »Lass uns fahren, bevor wir hier feststecken. Zum Schwimmen ist es mir noch zu kalt.«

Mit zittrigen Gliedern stieg Gwen ein, und als Luke neben ihr saß, sagte sie: »Nicht wahr, Luke, jetzt ist es vorbei?«

Er startete den Motor und betete, dass die Räder nicht durchdrehen würden. »Ich hoffe es.«

31

Eine Nacht hatte Sam im Krankenhaus verbracht und sich geweigert, eine weitere dort zu verbringen. Sie hasste Aufhebens um ihre Person und hatte Gwen verboten, ihrer Mutter von der Entführung zu erzählen. Harriet wäre sofort hergekommen und hätte mit ihrem Perfektionismus und dem Drang, alles bis ins Kleinste zu planen, jeden zum Wahnsinn getrieben. Ihr Bruder Tom war eingeweiht und würde den richtigen Zeitpunkt abpassen, ihre Eltern in Kenntnis zu setzen.

Außer Schürfwunden an der Wange und Schnittwunden an Händen und Fingern hatte sie nur eine milde Unterkühlung davongetragen. Dass Muscheln scharf genug waren, um Klebeband zu zerschneiden, wusste sie nun. Seit drei Tagen behandelten sie alle, als wäre sie schwer krank, und nun reichte es. Sie warf die Decke zurück, legte das Buch zur Seite und verließ ihr Zimmer.

»Granny?«, rief sie die Treppe hinunter und hörte ihre Großmutter bereits in der Küche hantieren.

»Wie geht es dir, Süße? Ich mache gerade Tee und habe Welsh Cakes gebacken.«

Es war bereits später Vormittag, und Sam fühlte sich ausgeruht und voller Energie. Luke traf sich heute in Shrewsbury mit seinen Eltern, die Max zurückbrachten. Die letzten Tage hatten sie einander noch näher gebracht, und er hatte ihr ein Abendessen ohne Zwischenfälle versprochen. Aber noch war nicht alles geklärt. Millie war in Birmingham aufgegriffen worden, wo sie sich bei Freunden versteckt hatte. Liam hatte sie verraten. Der Junge war nicht von Grund auf schlecht, aber labil, was kaum eine Entschuldigung für das war, was er getan hatte.

Millie hatte ihm Geld versprochen, wenn er ihr half, Sam loszuwerden. Laut DI Nicholl steckte eine massive Persönlichkeitsstörung dahinter. Seit Kindertagen war Millie zutiefst eifersüchtig auf Sam. Alles, was sie nicht hatte oder sein wollte, verkörperte Sam. Ihre Beziehung zu Gareth war gescheitert, und Millie konnte nicht ertragen, dass Gareth Sam zu bewundern schien. Dann hatte sie eine krankhafte Liebe zu Luke entwickelt, die nur in ihrer Phantasie erwidert wurde. Millie hatte tatsächlich geglaubt, Luke für sich gewinnen zu können, wenn Sam verschwunden war. Millies Hass saß tief und war geschürt worden von den Erzählungen ihrer Großmutter und deren Schwester Kayla.

Kayla war von den Dorfbewohnern nie akzeptiert worden. Ihre Schwester, Tara Gwaren, war unehrenhaft aus dem Militärdienst entlassen worden und hatte zusätzlich Salz in die Wunden gestreut. Tara redete schlecht über Evelyn und ließ kein gutes Haar an Gwen, der sie ein Verhältnis mit Ashton Trevena unterstellte. Dass Gwen arbeitete und von ihrer Mutter unterstützt wurde, wollte Tara nicht sehen, sondern behauptete, dass Gwen sich von Ashton aushalten ließ. Und wenn nur lange genug eine Lüge verbreitet wurde, glaubten die Leute schließlich, dass etwas dran sein musste.

Dank DI Nicholls einfühlsamer Erklärung konnte Sam verstehen, warum Millie eine gestörte Persönlichkeit entwickelt hatte. Sie fühlte sich in der Opferrolle der verschmähten und verkannten Frau gefangen, die sie von ihrer Großmutter übernommen hatte. Millies Mutter Iris war am Boden zerstört und entschuldigte sich unter Tränen bei Sam für das unverzeihliche Verhalten ihrer Tochter. Sie war aus allen Wolken gefallen, musste aber zugeben, dass Millie schon immer extrem in ihrem

Verhalten gewesen sei. Besonders, seitdem Luke in Borth lebte, habe Millie sich sehr zu ihrem Nachteil verändert. Iris hatte ihrer Tochter mehrfach erklärt, dass eine einseitige Liebe nie zu etwas Gutem führen könne, doch Millie hatte sich jedem Argument verschlossen.

Verschmähte Liebe und Geld waren damals wie heute Motive, die Menschen zum Äußersten trieben. Mit Liam hatte Sam sogar etwas Mitleid. Lucy hatte mit seinen Gefühlen gespielt und ihn ausgenutzt. Kleinlaut hatte Liam den ersten Überfall am Cottage, die Manipulation an Lukes Boot und die Mithilfe an der Entführung zugegeben. Allerdings behaupteten er und Millie fest, dass es sich nur um Scherze gehandelt habe. Sie hatten Sam lediglich erschrecken und von weiteren Grabungen abhalten wollen. Für Liam mochte das zutreffen. Er hatte Millie geglaubt, die ihm einen Teil des angeblichen Römerschatzes versprochen hatte. Mit dem Geld hatte er Lucy beeindrucken wollen.

Doch Millies Motive waren von Hass und Eifersucht geprägt. DI Nicholl fand nicht, dass tätliche Übergriffe und Körperverletzung in die Kategorie Humor fielen, und die Staatsanwaltschaft befasste sich mit den Fällen. Lucy bestritt, von irgendetwas gewusst zu haben, und war von Rhodri unter unbefristeten Hausarrest gestellt worden. Rhodri war so wütend über Lucys Verhalten gewesen, dass der gesamte Pub Zeuge seiner Standpauke geworden war. Ob sich das Mädchen ändern würde, war abzuwarten. Vielleicht wären ein Ortswechsel und eine Ausbildungsstelle hilfreich für Lucy.

Sam umarmte kurz ihre Großmutter, setzte sich an den Küchentisch und griff nach einem der kleinen Welsh Cakes, die duftend und warm auf einem Teller lagen. »Hm, die sind so gut! Wenn du mich weiter so verwöhnst, werde ich fett wie ein Nilpferd.«

439

Gwen lächelte zaghaft. »Ich freue mich, dass dein Appetit wieder da ist. Nach allem, was du meinetwegen erleiden musstest … Das kann ich niemals wiedergutmachen.«

»Ach, das ist ja der größte Unsinn! Da kannst du doch nichts dafür! Wir sind die Opfer, und glaub mir, Granny, diese Rolle schmeckt mir nicht.« Sie verschlang den letzten Bissen und zog ihr Telefon und ihr Notizheft zu sich. »Whitfield in Cardiff, da habe ich die Nummer.«

»Antiquitäten Whitfield«, meldete sich der Inhaber selbst und schien erfreut, Sams Stimme zu hören. »Das trifft sich gut. Ich wollte Ihnen schon eine Mail schreiben, aber dann erzähle ich es Ihnen gleich jetzt.«

»Sie haben mit Ihrer Mutter gesprochen?«

»Es hat sich ein passender Moment ergeben. Tatsächlich glaubt sie, dass der junge Mann, der neben der wohlgerundeten jungen Frau steht, wenn ich das so sagen darf, im Laden war. Sie erinnerte sich an das Gesicht, weil es kurz vor Weihnachten war und der Mann ihr leidtat. Er benahm sich merkwürdig, verzweifelt und traurig. Und das hat sie deshalb nie vergessen, weil mein Vater die Notlage des Kunden schamlos ausgenutzt hat.«

Sam schluckte. Also war es doch Matthew Blyth gewesen. »Was hat der Mann denn verkaufen wollen?«

»Das war wohl sehr ungewöhnlich. Meine Mutter meint, dass der Mann ein Arbeiter oder Fischer gewesen sein könnte, der einen alten Römerschatz gefunden hatte. Jedenfalls hat sie Münzen und Schmuck gesehen, noch verschmutzt, aber doch als antik zu erkennen.«

»Ein Hortfund. Das passt. Mein Großvater hatte einige Jahre zuvor eine römische Münze von großem Wert gefunden und sie ebenfalls Ihrem Vater verkauft«, erläuterte Sam.

»Ihr Großvater war das?«

»Der Mann, der die Münze gebracht hat. Aber der andere, das

war sein bester Freund. Sie waren beide Fischer.« Sam schwieg, weil die naheliegenden Schlussfolgerungen erschütternd waren.

»Zwischen den Funden liegen Jahre. Und wie Sie es sagen, gehe ich davon aus, dass Sie einen besonderen Grund haben, danach zu fragen.« Whitfield klang teilnahmsvoll.

Sam warf ihrer Großmutter, die das Gespräch mitanhörte, einen fragenden Blick zu, doch Gwen schien nicht überrascht. »Ja, Sie haben recht. Aber ich bin noch dabei herauszufinden, was damals geschehen ist. Ich danke Ihnen sehr, Mr Whitfield, Sie haben mir weitergeholfen.«

»Gern, war mir eine Freude, Doktor Goodwin. Jederzeit wieder. Und wenn Sie in Cardiff sind, schauen Sie doch vorbei.«

Sam legte das Telefon auf den Tisch. »Du hast es gehört, Granny.«

Ihre Großmutter nickte langsam. »Matthew. Er hat den Schatz verkauft, den Arthur so viele Jahre gesucht hat. Wie besessen ist er Nacht für Nacht rausgefahren und hat bei den Muschelbänken und im Moor danach gesucht. Die eine Münze hat ihn ganz verrückt gemacht. Er hat immer wieder gesagt, dass er weiß, dass da etwas liegt und auf ihn wartet.« Seufzend barg Gwen das Gesicht in den Händen. »Der Tod hat auf ihn gewartet. Nur der Tod. Ist das nicht ein schlechter Witz?«

»Hast du denn nie daran gedacht, dass Matthew etwas mit Arthurs Tod zu tun haben könnte?«

Traurig schaute Gwen ihre Enkelin an. »Was denkst du denn? Und als Hannah und er hier wegzogen und sich ein Haus kauften und Matthew plötzlich Geschäftsmann war, ja, sicher habe ich mir Gedanken gemacht. Aber wenn ich gewusst hätte, dass Matthew meinen Arthur umgebracht hat ... Das wäre noch viel schlimmer gewesen. Manchmal ist Unwissenheit ein Schutzschild, Sam.«

»Und jetzt?«

Gwens Ausdruck wurde hart und entschlossen. »Jetzt statten wir Hannah einen Besuch ab.«

Sie waren gerade dabei, das Auto aufzuschließen, als Gareth auf einem Motorrad vorfuhr. Er nahm den Helm ab und fuhr sich durch die zerdrückten Haare. »Hallo, Sam, Mrs Morris.«

»Granny, setz dich schon ins Auto«, sagte Sam und ging zu Gareth, mit dessen Auftauchen sie niemals gerechnet hätte. Andererseits, er hatte sich nichts zuschulden kommen lassen, außer dass er sich die falsche Gesellschaft ausgesucht hatte. »Hallo, Gareth.«

»Ich möchte mich verabschieden. Nach allem, was geschehen ist, hält mich hier nichts mehr.« Er sah sie direkt an. Ein gutaussehender Mann, dem das Leben einen denkbar schlechten Start beschert hatte.

»Darf ich Sie etwas fragen, Gareth?«

Er verlagerte das Gewicht und stand lässig in Jeans und Bikerjacke vor ihr. »Millie?«

Sie nickte.

»Wir hatten mal was miteinander. Sie war mir zu kontrollsüchtig.« Er lachte trocken. »Vielleicht hatte ich sogar Glück, sonst hätte sie mich irgendwann auf ihre spezielle Art entsorgt. Aber ich habe nicht gewusst, was sie vorhatte. Das müssen Sie mir glauben, Sam.«

Sie war davon überzeugt, dass er die Wahrheit sagte.

»Tut mir sehr leid, was Ihnen zugestoßen ist. Ich wünschte, ich hätte es irgendwie verhindern können«, fügte er hinzu.

»Ich habe es überlebt.« Sam sah zu Gwen, die im Auto wartete. »Wir fahren jetzt zu Ihrer Großmutter.«

Er hob erstaunt die Augenbrauen. »Viel Glück mit dem alten Mädchen. Ich fand sie immer zu berechnend. Tja, Familie kann man sich eben nicht aussuchen.«

»Nein, das nicht, aber sie muss einem auch nicht das ganze Leben zerstören.«

Er machte einen Schritt auf sie zu und streckte ihr die Hand entgegen. »Sie sind ein besonderer Mensch, Samantha Goodwin.«

Sie drückte seine Hand und blickte ihm fest in die Augen. »Ich wünsche Ihnen alles Gute, Gareth. Passen Sie auf sich auf.«

»Silver Lodge – Residential Home« stand in großen silbernen Lettern auf einem blassgrünen Schild, das neben dem Tor die mannshohe Mauer zierte.

»Wer denkt sich solche Namen aus?«, bemerkte Sam und steuerte den Wagen durch das Tor.

Gwen kicherte. »Immer noch besser als Regenbogen oder Pastorale Ruhe, habe ich auch schon gesehen. Dann noch ein Zimmer mit Blick auf den Friedhof, und der Sensenmann kann kommen.«

»Granny, du hast wirklich einen schrägen Humor.« Sie parkten auf einem geharkten Kiesbett und stellten fest, dass die Anlage in gutem Zustand war. Der Garten war groß, bei schönem Wetter luden Bänke zum Verweilen ein, und das Haus war ein durch Anbauten erweitertes georgianisches Landhaus. Wer hier sein silbernes Haar ausruhte, musste über finanzielle Mittel verfügen.

»Komm schon, Sam, bevor sie uns sieht. Sie wohnt direkt da oben im ersten Stock. Sie bringt es fertig und sagt den Pflegern, dass sie uns nicht sehen will. Hinterhältige alte Schlange«, schimpfte Gwen und eilte auf den Eingang zu.

Sam schaute nach oben und sah, wie sich die Gardinen bewegten. »Ich fürchte, sie hat uns schon gesehen.«

In der Empfangshalle stand eine große Bodenvase mit Seidenblumen, die Sam für überflüssige Staubfänger hielt. Das Mobiliar war gediegen, aber nicht luxuriös. Eine Pflegerin schob einen Teewagen durch die Halle und hielt vor ihnen an.

443

»Kann ich Ihnen helfen?«

»Wir möchten Mrs Blyth besuchen. Es ist eine Überraschung.« Sam schwenkte den kleinen Blumenstrauß, den sie an einer Tankstelle gekauft hatten.

»Oh, da wird sie sich freuen. Waren Sie schon einmal bei uns, oder soll ich Sie hinbringen?«

»Ich kenne den Weg, danke«, sagte Gwen und ging einfach los.

Sam lächelte die Pflegerin an, die achselzuckend den Wagen anschob. Über eine breite Treppe gelangten sie in den ersten Stock. Auf dem dicken dunkelroten Teppichboden hörte man weder die Schritte der Pflegerinnen noch die der Bewohner, die hinter massiven Holztüren residierten. Die Wände waren bis auf halbe Höhe getäfelt, Gemälde mit düsteren Landschaften und Stillleben wechselten sich ab.

»Uh, kathedrale Stille und diese traurigen Bildchen würden mir den Rest geben, wenn ich hier einziehen sollte. Granny, würdest du etwa hier leben wollen?«, erkundigte sich Sam bei ihrer Großmutter, die auf die Namensschilder neben den Türen schaute.

»Das ist wie lebendig begraben sein. Ich bleibe in meinem Cottage, bis sie mich mit den Füßen voraus hinaustragen. Ah, hier ist es. Wie praktisch, die Namensschilder kann man einfach austauschen.« Gwen klopfte energisch gegen die Tür.

Sie warteten, keine Antwort. Sam überkamen Zweifel. »Vielleicht fühlt sie sich nicht wohl. Besser, wir melden uns an?«

»Ach was. Hannah, ich weiß, dass du da bist. Mach die Tür auf! Ich bleibe so lange hier, bis du mit mir redest. Zur Not miete ich mich hier ein!«

Es dauerte nur Sekunden, und die Tür ging auf. Ein weißes Gesicht mit roten Lippen erschien. Da hatte jemand zu viel Puder und viel zu viel Lippenstift aufgelegt. »Das würdest du tun, Gwen Morris.«

»Eher nicht. Hier ist es so ruhig wie in einem ägyptischen Grabmal. Sam, komm.« Gwen winkte ihre Enkelin herein.

»Hannah, darf ich dir meine Enkelin, Doktor Samantha Goodwin, vorstellen?«, sagte Gwen nicht ohne Stolz.

Samantha drückte eine zerbrechliche Hand und sah in argwöhnische grüne Augen, die sie hinter einer vergoldeten Brille ansahen. Hannahs Haare waren gefärbt, und der unnatürliche Rotton wirkte genauso grotesk wie die Schminke auf dem faltigen Gesicht. Von der drallen Schönheit auf den alten Bildern war nichts geblieben. Diese Frau wirkte stolz und verbittert und hielt an Äußerlichkeiten fest, die nichts mehr bedeuteten.

»Bitte, tretet näher. Sie ist hübsch, deine Enkelin, aber du warst ja auch immer die Schönere von uns beiden.« Hannah hatte ihre verformten Füße in enge Pumps gezwängt und setzte sich geziert in einen der Armlehnstühle, die vor dem Fenster an einem runden Tisch standen.

Der Raum war groß und das Mobiliar teuer und protzig. So kaufen Neureiche ein, die andere mit ihrem Geld beeindrucken wollen, dachte Sam und zog einen Stuhl für ihre Großmutter heran. Auf dem Tisch stand eine Wasserflasche mit Gläsern auf einem Tablett. An der gegenüberliegenden Wand hingen gerahmte Schwarzweißfotografien. Eine zeigte Matthew, eine andere einen jüngeren Mann, der Matthew ähnlich sah. Das musste der verstorbene Sohn sein. Von Gareth entdeckte Sam kein Bild.

Hannah goss Wasser in drei Gläser. »Was haben Sie mit Ihrer Wange gemacht?«

»Deswegen sind wir hier, Hannah«, begann Gwen.

»Ich verstehe nicht«, erwiderte Hannah kühl.

»Du schuldest mir die Wahrheit, wenigstens das. Mehr verlange ich nicht, nur die Wahrheit, dann gehen wir, und du hörst und siehst nie wieder etwas von uns.« Gwen saß mit geradem Rücken und erhobenem Kinn auf ihrem Stuhl.

445

»Was meinst du überhaupt? Es ist alles so lange her. Was soll das jetzt noch? Manche Dinge lässt man besser ruhen«, wand sich Hannah und sah aus dem Fenster.

»Millie, die Tochter von Iris Gwaren, hätte Sam beinahe umgebracht. Wegen der alten Geschichte, wegen eines verdammten Römerschatzes«, beharrte Gwen.

Hannah lachte laut. »Ein albernes Märchen! Die Leute wollen an so etwas glauben, weil …«

Weiter kam sie nicht, denn Gwen packte ihre Hand. »Halt den Mund! Ich habe genug von deinen Lügen. Wir wissen, dass Matthew den Römerschatz gefunden und in Machynlleth an Whitfield verkauft hat.«

Entsetzt zuckte Hannah zurück. Das ohnehin blasse Gesicht wirkte nun fahl, und sie schien unter der Last der Wahrheit zusammenzusinken. »Er hätte das nicht tun dürfen. Es war meine Schuld, Gwen. Ich habe ihn dazu gedrängt, weil ich nie zufrieden war und endlich rauswollte aus dem engen Borth, raus aus dem ärmlichen Leben als Näherin und Fischersfrau. Gott, wie hast du das nur ausgehalten? Für mich war es immer die Hölle.«

Gwen war von diesem Gefühlsausbruch genauso erschüttert wie Sam. »Du hast deinen Mann dazu getrieben, seinen besten Freund zu töten?«

»Was? Nein!«, rief Hannah. »Das denkst du? Nein! Matthew hat Arthur nicht umgebracht! Das hätte er niemals getan! Sie waren die besten Freunde. Er hat ihn bewundert und geliebt!«

»Aber Arthur ist ermordet worden! Man hat seine Leiche am Strand vergraben. Warum? Wer war es dann?«, fragte Gwen mit brüchiger Stimme.

Hannah holte tief Luft und legte die gefalteten Hände auf den Tisch. Dann sah sie Gwen an. Zwei alte Frauen, deren Leben so eng miteinander verknüpft und doch so verschieden war. »Du weißt es wirklich nicht. Nein, wie auch. Sie sind ja alle tot.«

Nach einem Schluck Wasser sagte sie: »Matthew hat mir alles erzählt, und ich musste ihm versprechen, dir niemals zu verraten, was damals geschehen ist. Aber er ist tot, und du hast ein Recht auf die Wahrheit, Gwen. Es sind immer wir Frauen, die die Scherben aufsammeln, immer wir Frauen ...«

Ynyslas, Borth, 2. Dezember 1955

Harriet schwenkte stolz den Haustürschlüssel. »Ich mache auf!«

»Lauf nicht so schnell!«, ermahnte Gwen ihre Tochter, doch die Fünfjährige stürmte davon, um als Erste am Cottage zu sein.

Hannah lachte. »Sie ist genauso dickköpfig wie du! Mit der bekommst du noch Ärger.«

Sie hielt ihren Sohn, den dreijährigen Iolyn, an der Hand und zog den Jungen neben sich her. »Jetzt stell dich doch nicht so an, Io. Wir sind gleich da, und dann kannst du mit Mary und Harriet spielen.«

Eine Windböe fegte über den Deich und wirbelte Steine und Sand auf. Die Kiesel rollten bis zu ihnen. Hannah und Gwen sahen sich bedrückt an.

»Das gibt noch einen Sturm heute Nacht.« Neben Gwen lief Little Mary, die sich mit einer Hand am Kinderwagen ihres kleinen Bruders festhielt. »Wann kommt Matthew zurück?«

»Ich weiß nicht. Genau weiß ich das nie. Er ist gern da draußen auf seinem Kutter. Lieber als bei mir und seinem Sohn«, beschwerte sich Hannah.

Obwohl Gwen Matthew sogar verstehen konnte, denn Hannah hatte Iolyn so verzogen, dass er es jedem schwer machte, ihn zu mögen. Wenn der Junge seinen Willen nicht bekam, schrie er so lange, bis er rot anlief und keine Luft mehr bekam, oder er biss in den Teppich. Selbst Hannahs kleiner Hund litt unter den

Launen des unerzogenen Jungen und lief jaulend vor ihm davon. Wenn Matthew nach einem langen Tag nach Hause kam und sich Geschrei und Streitereien ausgesetzt fand, konnte man ihm nicht verübeln, wenn er den Kutter oder die Gesellschaft seiner Freunde vorzog.

Dabei wusste Gwen von Arthur, dass Matthew seiner Frau treu war und sie vergötterte. Dicke Regentropfen prasselten plötzlich auf sie hernieder. Sie hatten die dunklen Wolken nicht ernst genommen, aber sie waren auch fast am Cottage angekommen.

»Können wir alle gaaanz schnell laufen?«, rief Gwen. »Dann rennen wir unter dem Regen durch!«

Die Kleinen quietschten und rannten mit ihren kurzen Beinchen so schnell sie konnten über den sandigen Weg, der sich in wenigen Augenblicken in einen Schlammparcours verwandeln würde. Harriet erwartete sie an der Tür und drehte den Schlüssel demonstrativ im Schloss um. Iolyn rannte zu ihr und drängelte sich vor, um selbst den Schlüssel zu drehen. Doch Harriet war größer und schob Iolyn weg. »Du bist zu klein dafür.«

Gwen verdrehte in Erwartung des kommenden Dramas die Augen, und prompt begann Iolyn zu weinen. »So, alle hinein in die Küche, und dann mache ich euch eine heiße Schokolade.«

Nachdem die Kinder zur Ruhe gekommen waren, friedlich auf Decken und kleinen Hockern saßen und mit Wachskreiden, Papier und Holzklötzen spielten, setzten sich Hannah und Gwen und widmeten sich ihrem Tee.

»Matthew ist ein guter Mann, Hannah, vergiss das nie«, sagte Gwen.

Hannah runzelte die Stirn und verzog die geschminkten Lippen. Sie machte keinen Hehl daraus, wie sehr sie Make-up, hübsche Kleider und Schmuck liebte. »Gott, ja, er ist in Ordnung. Aber du weißt doch, warum ich ihn geheiratet habe.«

Gwen schaute zu Iolyn, dem man nicht ansehen konnte, ob Matthew oder Jenson sein Vater war. Er war rotblond und hatte genauso viele Sommersprossen wie Hannah. »Aber jetzt bist du seine Frau, und er betrügt dich nicht. Das ist viel wert.«

»Ach je, diese falsche Moral, ph, ich sehe das alles nicht so eng. Wir leben nur einmal, und wer sagt denn, dass wir nach der Ehe keinen Spaß mehr haben dürfen?« Hannah zog ein Zigaretten-etui aus ihrer Handtasche.

»Hast du denn mit Matthew keinen, äh, Spaß?« Sie muss-ten aufpassen, was sie sagten, denn Harriet hatte Ohren wie ein Luchs und verstand mehr, als man vermutete. Im Moment baute ihre Tochter mit ihrer Schwester konzentriert an einem Puzzle.

Hannah blies den Rauch zum Herd. »Na ja, ich mag eben die Abwechslung. Oh, ich habe dir doch etwas mitgebracht.«

Sie legte die Zigarette in einen Aschenbecher und holte aus ihrer Umhängetasche, in der sie Iolyns Sachen mitführte, ein Päckchen. »Mach schon auf!«

»Für mich?« Ungläubig nahm Gwen das mit einem rosafar-benen Band verschnürte Päckchen.

»Du musst noch was damit machen, aber …« Hannah lächel-te, als Gwen entzückt aufschrie.

»Ist der Stoff schön! Der muss wahnsinnig teuer gewesen sein!« Sie hielt eine Bahn grüne Seide in den Händen und strei-chelte liebevoll über den edlen Stoff.

»Ist genau deine Farbe. Nähen kannst du ja, also mach was draus. Hm, nenn es Verschnitt. Die Frau eines Rechtsanwalts aus Aberystwyth wollte was aus dem Stoff nähen lassen, hat dreimal umbestellt und war bei der Anprobe immer noch am Meckern. Ich dachte mir, dass zumindest eine Bahn dabei herausspringen dürfte«, sagte Hannah selbstzufrieden.

»Danke, Hannah, vielen Dank!« Gwen schämte sich, weil sie das großzügige Geschenk nicht erwidern konnte. »Vielleicht möchtest du bei meinen Büchern schauen? Ich habe den neuen Band von Evelyn Waugh da.«

»Lass nur, schon gut. Hast du keine Magazine?« Hannah sah sich um. »Prinzessin Margaret hat sich von Captain Townsend getrennt. Was für eine Tragödie! Beide leiden ganz schrecklich. Weißt du, da sieht man mal wieder, wozu enge Moral führt. Nur weil er geschieden ist, darf sie ihn nicht heiraten.«

»Nicht in den Mund stecken, Tommy!« Gwen sprang auf und konnte gerade noch verhindern, dass ein Puzzleteil im Mund des Einjährigen verschwand.

»Gleich drei, nein, das wäre mir zu viel«, bemerkte Hannah taktlos. »Wie du deine Figur behalten hast, bewundere ich. Bei mir sieht man jedes Tortenstück.«

Hannah langweilte sich und schlug bei Gwen die Zeit tot, denn lieber wäre sie auf einem Konzert oder einer Party. Es ging auf sieben Uhr zu, als es an der Tür klopfte. Mary Jones humpelte in die Küche.

»So ein Unwetter! Das wird noch arg heute, das gibt was, oh oh …« Die alte Frau schälte sich aus einer Ölhaut und verschiedenen Jacken und Tüchern. Die Katze kam von ihrer warmen Ofenbank und strich schnurrend um ihre Beine.

Angewidert musterte Hannah die alte Frau, die sich mit der Selbstverständlichkeit eines gern gesehenen Gastes auf einen Stuhl setzte und ihren Korb auf den Boden stellte. Gwen goss ihr Tee ein und schnitt ihr eine dicke Scheibe Brot ab.

»Wir müssen dann los, Gwen. Ich lass mir den Abend nicht von der Alten mit ihren Unkenrufen verderben«, sagte Hannah und riss den protestierenden Iolyn von seinem Spiel fort.

Mary Jones tat so, als hörte sie die beleidigenden Worte nicht, und strich sich Butter auf ihr Brot. Ihre Augen waren so wach wie immer, doch ihre Wangen fielen mehr und mehr ein, und sie wirkte abgezehrt.

Gwen brachte ihre Freundin zur Tür. »Ich kann Mary Jones nicht fortschicken, Hannah, sie hat so viel für mich getan.«

»Ja, ja, du siehst ja in jedem irgendetwas Gutes.« Hannah seufzte. »Nein, ich meine es nicht so. Bereust du wirklich nicht, dass du Ashton einen Korb gegeben hast? Ich habe ihn gestern erst in Bow Street getroffen. Der Kerl sieht so unverschämt gut aus. Und er spricht immer noch von dir.«

»Nein! Was redest du nur. Außerdem geht es uns finanziell vielleicht auch bald besser.« Gwen biss sich auf die Lippen.

»Ach ja? Habt ihr geerbt?«, fragte Hannah neugierig.

»Das nicht. Ich darf es eigentlich nicht erzählen. Aber Arthur ist doch immer draußen bei den Muschelbänken, und er meint, dass …«

Bevor sie weitersprechen konnte, kam Harriet um die Ecke gerannt und zog an ihrem Rocksaum. »Mum, komm schnell. Das Puzzle ist fertig, bis auf ein Teil!«

»Ein Teil fehlt?« Alarmiert folgte Gwen ihrer Tochter in die Küche und rief über die Schulter: »Danke, Hannah, und bis bald!«

In der Küche murmelte Gwen: »Harriet, mein Engel, du hast mich vor einer großen Dummheit bewahrt …«

»Was denn, Mum?«

»Ach, Mummy redet manchmal zu viel. So, wo ist das Puzzlestück? Tommy?«

Um acht Uhr brachte sie die Kinder ins Bett, las ihnen vor und fand Mary Jones mit besorgter Miene in der offenen Haustür stehend.

»Mary!« Der Wind war stärker geworden, und Regen peitschte in den Hausflur. »Komm herein, du holst dir ja den Tod!«

Die alte Frau schüttelte den Kopf und zeigte in die aufgewühlte Nacht hinaus. Das Meer toste in der Ferne hinter dem Deich. Eine Sturmflut war nicht zu erwarten, denn der Wind drückte das Wasser nicht in die Bucht. Zudem war um Mitternacht Niedrigwasser. Doch ein heftiger Seewind und der Regen waren ungemütlich genug.

»Ich nicht, Gwen, meinetwegen kommt er nicht …«

»Was redest du denn? Auf dem Meer ist es heute nicht gefährlich. Die Männer sind an der Küste bei den Muschelbänken.« Gwen legte den Arm um Marys gebeugte Schultern, schloss die Tür und führte sie ins Haus zurück.

Der Sturm übertönte das Motorengeräusch, und Matthew hatte die Positionslampe an seinem Boot ausgeschaltet. Der Kutter lag im Hafen. Für die Muschelbänke benötigte er das kleine Boot mit weniger Tiefgang. Hannah hatte sich mit Gwen getroffen und ihm kurz zuvor erzählt, dass Arthur heute etwas Besonderes vorhatte. Es konnte also nicht schaden, ihn im Auge zu behalten. Überhaupt war es eine merkwürdige Nacht. Der Sturm kam von Südosten und trieb das Wasser aus der Bucht heraus, was selten genug vorkam. Zudem war Niedrigwasser und die Strömung deutlich spürbar. Er musste aufpassen, um nicht auf eine der Sandbänke aufzulaufen.

Was er tat, war nicht richtig. Arthur war sein Freund, seit er denken konnte. Aber sie waren erwachsen geworden und führten ihr eigenes Leben. Ein Leben, das er sich anders vorgestellt hatte. Hannah war eine begehrenswerte Frau, aber sie war nie zufrieden. Sie wollte mehr, ständig neue Stoffe, neue Möbel, einen neuen Herd – woher sollte er das Geld nehmen? Er war ein Fischer! Das hatte sie gewusst, als sie ihn geheiratet hatte. Und wenn er ehrlich war, hatte er gewusst, dass er nur die zweite Wahl gewesen war.

Ihre Schwangerschaft hatte eine Heirat unumgänglich gemacht. Er hatte ihr nie Vorwürfe gemacht. Dazu hatte er kein Recht, denn schließlich hatte sie sich ihm hingegeben. Sie war keine Jungfrau mehr gewesen und hatte Spaß am Sex. Und das war ein Vorteil, denn viele junge Frauen waren so schrecklich verklemmt. Er stutzte. Arthur hatte die Lampe an seinem Boot ebenfalls gelöscht. Was hatte er vor?

Wenn er tatsächlich nur Muscheln suchte, brauchte er Licht, und es konnte ihm egal sein, wenn ihn jemand dabei beobachtete. Matthew drehte sich nach allen Seiten um. Das Gespür eines Menschen, der sein halbes Leben auf dem Meer verbracht hatte, sagte ihm, dass noch jemand hier draußen war. Und hörte er nicht einen Schiffskörper durchs Wasser gleiten? Nicht hinter, sondern vor ihm. Er steuerte das Boot an den Rand der Fahrrinne, sprang in den weichen Sand und zog den Bug an Land, so dass das Boot nicht davontrieb.

Er befand sich am äußersten Ende der Bucht auf der östlichen Seite. Unterhalb der Steilküste vor Aberdovey gab es Muscheln, aber dort, wo Arthur jetzt herumlief und den Boden absuchte, war nichts außer den elendigen alten Baumstümpfen. Matthew ging langsam weiter. Der Wind heulte, und die dichten Wolken verdeckten den Mond. Nur wenige Sterne blitzten ab und an auf und spendeten etwas Licht. Was trieb Arthur da nur? Und was trug er bei sich? Einen Spaten?

Diese verfluchte Legende von Cantre'r Gwaelod, dachte Matthew. Die alte Mary Jones hatte Gwen und jetzt anscheinend auch Arthur mit ihren Märchen ganz verrückt gemacht. Es gab keinen Schatz, weil es dieses Königreich nie gegeben hatte. Wie auch? Vielleicht hatten hier zu Urzeiten einmal Bäume gestanden, aber der Boden war nass und morastig gewesen. Wer wollte hier leben? Wer wollte heute noch hier leben? Nur einfache Fischer, die sonst keine Zukunft hatten, dachte er bitter.

Er blieb stehen, denn etwas Weißes schimmerte hinter Arthur auf. Wenn das nicht Ashtons Ariel war! Und was trieb den Angeber mitten in der Nacht hier heraus? Es wurde immer merkwürdiger, dachte Matthew und achtete darauf, dass er in ausreichender Entfernung im Dunkeln blieb. Ashton hatte ebenfalls keine Lichter gesetzt, und Arthur schien von alldem nichts mitzubekommen, denn er grub jetzt wie ein Irrer ein Loch in den Schlick.

Und wenn die Alte doch recht hatte? An das Märchen von den Glocken würde er zwar nicht glauben, aber ein Schatz war etwas anderes, konnte ja durchaus real sein. Und selbst wenn es kein königlicher Schatz war, sondern nur eine Beute, die Römer oder Siedler vor Hunderten von Jahren hier vergraben hatten ... Er kniff die Augen zusammen, um besser sehen zu können. Arthur schien fündig geworden zu sein, denn er reckte eine Faust in die Höhe, bückte sich und hievte ein unförmiges Bündel aus dem feuchten Untergrund.

Gebannt beobachtete Matthew, was sich vor ihm abspielte, denn nun näherte sich eine Gestalt von der anderen Seite. Und das war niemand anderes als Ashton Trevena! Matthew konnte nicht verstehen, was die beiden redeten, doch es kam zu einem Streit. Ashton stieß Arthur brutal vor die Brust, so dass dieser stolperte und nach hinten fiel. Arthur lag auf dem Boden und war dabei aufzustehen, was auf dem schlickigen Boden nicht ganz einfach war, da packte Ashton den Spaten, holte aus und schlug hinterrücks auf Arthur ein.

»Nein!«, schrie Matthew, der wie paralysiert zugesehen hatte. So schnell er konnte, rannte er jetzt, um seinem Freund zu helfen, doch als er die beiden Männer erreichte, ahnte er Furchtbares. Arthur lag reglos am Boden, und Ashton warf den Spaten zur Seite und starrte ihn überrascht an.

»Tu doch etwas! Wir müssen ihm helfen!«, brüllte Matthew und sank auf die Knie, um Arthur umzudrehen. Doch als er den Körper drehte, spürte er die unnatürliche Schwere. Erschüttert sah er in blicklose, offene Augen. Mit zittrigen Fingern strich er

Arthurs Lider herunter und legte den Toten zurück. Langsam erhob Matthew sich.

»Er ist tot. Du hast ihn erschlagen, Ashton. Zum Teufel, warum?« Tränen der Wut und der Trauer liefen Matthew über die Wangen. Er packte Ashton, der einfach nur dastand und nichts sagte, und schüttelte ihn. »Du bist ein Mörder, ein elendiger Mörder! Scheiße, sag doch was!«

Er schlug ihm mit der flachen Hand ins Gesicht, was Ashton aus seiner Schockstarre riss.

Ashtons Gesicht war bleich, die Lippen schmal, doch er wirkte kalt und beherrscht. »Er hat mir die Frau genommen, die ich liebe. Die einzige Frau, die ich jemals wollte. Er hat sie mir genommen, und jetzt wird sie mich heiraten.«

Matthew verschlug es für einen Moment die Sprache. »Du bist ja irre! Gwen liebt nur Arthur. Sie hat ihn schon immer geliebt und wird dich nie heiraten! Was glaubst du denn! Mit Geld kann man nicht alles kaufen! Ha, du Kriegsheld, hast du gedacht, du brauchst nur mit deinem Bankkonto und deinen Orden zu wedeln, und schon fällt dir Gwen in den Schoß?«

»Jetzt ist er tot. Das ändert alles.« Der Wind wirbelte Ashtons blonde Locken auf, und seine hellen Augen leuchteten auf, als die Wolken aufrissen und silbriges Mondlicht die schreckliche Szene erhellte.

»Damit kommst du nicht durch. Ich habe dich gesehen, schon vergessen?«, rief Matthew.

Ein höhnisches Grinsen zog über Ashton Trevenas Gesicht. »Und was ist damit?« Er stieß mit dem Fuß gegen einen unförmigen Haufen.

Als Matthew hinsah, erkannte er modrige Holzstücke und einen aufgebrochenen Tonkrug. Der Inhalt war im Schlick kaum auszumachen, sah jedoch aus wie ein Haufen verkrusteter Münzen und anderer alter Fundstücke. Er bückte sich und nahm eine

Münze heraus, die nach etwas Reiben und Kratzen glänzte. Ein ungutes Gefühl stieg in ihm auf. Ein Gefühl, das ihm nicht behagte, von dem er jedoch wusste, dass er ihm nachgeben würde – Gier.

Ashton hatte ihn genau beobachtet. »Es gehört alles dir. Niemand weiß davon. Nur du und ich.«

Und Ashton würde nichts sagen, wenn er nichts sagte. Die beiden Männer sahen einander an, während der Wind heulte und das Meer an die Klippen von Aberdovey schlug.

Schließlich sagte Matthew: »Wir können ihn nicht hier liegen lassen.«

Der Gedanke, dass Arthurs Körper ins Meer hinausgetragen wurde und Tage später aufgedunsen und entstellt wieder an Land gespült wurde, war ihm unerträglich. Außerdem würde man feststellen können, dass er erschlagen worden war.

Ashton hob den Spaten auf und hielt ihn Matthew hin. »Mach das Loch größer. Ich hole eine Plane, und dann legen wir ihn da hinein.«

Während Matthew das Grab aushob, redete er sich ein, dass er das Richtige tat. Mit dem Erlös des Schatzes konnte er Hannah das Leben bieten, das sie sich immer gewünscht hatte. Sie würden wegziehen und ganz neu anfangen. Im Grunde war doch dieser verdammte Krieg an allem schuld. Das Schlachten hatte alle verändert, den Wert von Leben relativiert. Genauso gut hätte es ja ein Unfall sein können. Dann wäre er zufällig hier vorbeigekommen. Oder niemand hätte Arthur gefunden, und der Schatz wäre im Meer verschwunden.

Arthur war tot, daran ließ sich nichts ändern. Selbst wenn Ashton dafür ins Gefängnis kam, blieb Arthur tot. Und für Gwen wäre es viel grausamer, wenn sie erfuhr, dass Ashton der Mörder war. Er wusste, dass sie Ashton mochte. Mit jedem Stich und jeder Schaufel schwerer, nasser Erde begrub er sein Gewissen ein Stückchen tiefer.

Ashton kehrte mit einer Ölhaut zurück, in die sie Arthurs Körper wickelten und mit einem Tau verschnürten. Gemeinsam ließen sie Arthur Morris in sein feuchtes Grab hinab, Matthew zitterte dabei am ganzen Körper. »Gott, vergib uns. Oh, lieber Gott, verzeih mir!«

»Hör auf zu jammern. Ich hab in deinen Augen gesehen, dass dir das Geld wichtiger ist als die Gerechtigkeit. Und wer weiß, vielleicht trifft mich morgen der Schlag.« Ashton lachte rau. »Herrgott, du jammerndes Elend. Wenn du jetzt auch noch flennst, leg dich doch gleich dazu. Es ist passiert. Jetzt gilt es, Schadensbegrenzung zu betreiben.«

Matthew und Ashton schaufelten abwechselnd das Grab zu, verstreuten die Holzstücke, die neben dem Tonkrug gelegen hatten, und schließlich warf Ashton Matthew einen Seesack zu. »Hier. Sammle das Zeug darin, mach es sauber und dann verkauf es. Das bringt ordentlich was ein. Ich kenn mich damit aus. Meine Mutter lebt in altem Trödel. Ich kümmere mich um Gwen.«

Erschrocken sah Matthew ihn an.

»Na, du willst doch sicher nichts abgeben von deinem Schatz. Ich sorge dafür, dass sie finanziell versorgt ist. Verlass dich darauf. Das ist das Mindeste, was ich tun kann, und alles Weitere wird sich zeigen. Ich muss mir meine Taktik genau überlegen. Zuerst wird sie trauern, aber …« Ashton schien sich seiner Sache sehr sicher und redete, als plane er einen Feldzug.

»Bist du fertig? Dann sollten wir verschwinden, bevor uns jemand sieht. Ich ziehe Arthurs Boot mit raus und versenke es draußen.« Plötzlich packte Ashton Matthew an den Schultern und sah ihm direkt in die Augen. »Vergiss nie, dass wir beide hier drinhängen. Solltest du jemals deine Meinung ändern, dann sage ich, dass ich dazugekommen bin, als du ihn erschlagen hast.«

Zur Bekräftigung seiner Drohung schlug er auf den metallisch scheppernden Seesack, den Matthew im Arm hielt.

Matthew glaubte Ashton jedes Wort. Der Mann war verrückt, keine Frage, aber er war auch schlau. Er verfügte über den Mut des Wahnsinnigen, der keine Grenzen kennt. Der Tod schreckte ihn nicht, aber Matthew schon. Erschöpft und mit Tränen in den Augen schleppte er den schweren Sack zu seinem Boot. Er musste ein seltsames Bild abgeben, verschwitzt, verheult, zittrig und über und über mit Schlick beschmiert. Seine Hände waren voller blutiger Blasen. Mit letzter Kraft warf er den Sack in sein Boot und warf den Motor an. Nur zurück, dachte er. Nur fort von hier.

Doch als er sich dem Hafen von Borth näherte, entdeckte er am Strand eine einsame Gestalt, die panisch winkte. Er fuhr langsamer und erkannte Jenson. Was tun? Jenson hatte ihn gesehen, und er konnte nicht einfach vorbeifahren. Matthew drosselte den Motor und ließ das Boot knirschend auf den Sand laufen.

»Hey, Matthew! Was ist denn heute Nacht hier draußen los? Erst schippert Arthur hier raus, dann du, und wenn ich mich nicht täusche, habe ich die Ariel draußen gesehen. Habt ihr da draußen ein Picknick gemacht?« Er lachte laut und hielt sich plötzlich die Brust. »Au, verflucht tut das weh!«

Matthew zögerte, beobachtete, wie Jenson sich stöhnend und schmerzverzerrt die Brust hielt. »Und was machst du hier?«

Ein verschlagener Ausdruck huschte kurz über das verzerrte Gesicht des Pubbetreibers. »Euch beobachten. Es ist immer gut zu wissen, was hier vor sich geht. Kayla hat gesagt, dass Arthur aussah, als hätte er etwas vor. Ein großes Ding oder so ähnlich. Keine Ahnung. Weißt du es? O Mann, tut das weh!«

Plötzlich sackte Jenson am Ufer zusammen.

»Hilf mir, Matt!« Er streckte die Hand nach ihm aus, doch Matthew überlegte.

Wenn er Jenson jetzt in sein Boot hob, würde der den Sack sehen und Fragen stellen. Leute würden kommen, und so, wie

459

er aussah, würde er sich eine glaubhafte Geschichte ausdenken müssen. Und darin war er nicht gut. Er war schon immer ein schlechter Lügner gewesen. Jenson hockte im Sand und keuchte. Als er sich an die Kehle griff und nach Luft rang, sagte Matthew: »Warte hier, Jenson, ich hole Hilfe.«

Damit drehte er das Gas auf und fuhr davon.

Jenson wurde am nächsten Morgen tot am Strand geborgen. Er war einem Herzinfarkt erlegen.

32

Sprachlos saßen Gwen und Sam in ihren Stühlen und starrten Hannah an, die während ihrer letzten Worte aufgestanden und ans Fenster getreten war.

»Du hast das alles gewusst?«, brachte Gwen endlich leise heraus.

Hannah rang die Hände. »Erst viel später, Gwen, glaub mir! Bitte, das musst du mir glauben. Matthew hat mir das alles erst viele Jahre später erzählt. Da war er schon krank und wollte wohl sein Gewissen erleichtern.«

Gwen saß sehr gefasst da, während ihr die Tränen über die Wangen liefen. »Ashton hat meinen Arthur erschlagen. Von allen Menschen … ausgerechnet Ash …«

»Es tut mir so leid, Gwen, so unendlich leid!«, sagte Hannah flehentlich.

Doch Gwen schien sie nicht mehr wahrzunehmen, sondern stand auf. »Komm, Sam. Wir sind hier fertig.«

Als sie im Wagen saßen, nahm Sam ihre Großmutter in den Arm. »Und hat Ashton dich tatsächlich nach Arthurs Tod umworben?«

Gwen nickte, putzte sich die Nase und sagte: »Fahren wir ans Meer. Dann erzähle ich dir, was danach kam.«

Zehn Minuten später parkten sie an der Steilküste und gingen ein Stück den Coastal Path entlang. Der Blick über die Bucht war auch im Herbst atemberaubend. Die Wellen schlugen unten an die Felsen, und kleine Häuser schmiegten sich entlang des schmalen Strandes. Gwen holte tief Luft, sog die salzige frische Luft ein und begann zu sprechen: »Arthur wurde ja nicht gefunden, und das war mit ein Grund, warum ich ihn nie gehen lassen konnte. Aber selbst wenn ich es gewusst hätte, ein anderer Mann wäre nie in Frage gekommen. Er war meine einzige große Liebe. Ich schätze mich glücklich, dass ich das erleben durfte, Sam. Auch wenn das heutzutage albern klingen mag, wo man sich schnell trennt und Scheidung kein Problem ist. Wir passten einfach in jeder Hinsicht perfekt zusammen.

Nach der schrecklichen Nacht suchten sie den Strand und alle Küsten ringsum ab, immer wieder. Dabei fanden sie den armen Jenson. Wie sagt man? Kollateralschaden? Ob er hätte gerettet werden können? Vielleicht, vielleicht auch nicht. Er hatte schwere Herzprobleme, und damals war die Medizin noch nicht so weit. Ich mochte Kayla nie sonderlich. Sie war eine streitbare, dumme Person, aber damals tat sie mir leid. Jenson war ihr Mann, der Vater von Rhodri, und sie hat den Pub weitergeführt. Das muss man ihr lassen. Aber ich bin nicht mehr hingegangen. Ich weiß nicht, ob sie mir das übelgenommen hat. Sie war immer eifersüchtig auf Frauen, die hübscher waren als sie. Hannah und Matthew gingen auch nicht mehr ins *Lighthouse*. Matthew half mir, Arthurs Kutter zu verkaufen, kurz darauf zogen sie weg. Ich dachte immer, dass Arthurs Tod uns auseinandergebracht hat.« Sie schnaufte. »Und wie recht ich hatte. Nun, Ashton hat mir tatsächlich finanziell unter die Arme gegriffen und unseren Bankkredit abgelöst. Ich wollte es ihm zurückzahlen, aber er hat das abgelehnt, und irgendwann war es egal, weil ich so viele Sorgen hatte.

Mary Jones hat mir anfangs sehr geholfen, aber sie starb wenige Monate nach Arthurs Tod. Ich war damals am Ende meiner Kräfte, habe nur noch für die Kinder funktioniert. Da trat meine Mutter wieder in unser Leben. Das war das einzig Gute. Sie stand eines Abends vor der Tür, und es war, als hätten wir uns nie gestritten. Natürlich wusste ich, dass sie gekommen ist, weil Arthur tot war, aber wir haben nie ein Wort darüber verloren. Bis zu ihrem Tod waren wir uns nah, haben alles gemeinsam gemeistert, oft über Vater und meine Brüder gesprochen und sie so lebendig gehalten.

Ich habe meinen Kindern von Arthur erzählt. Vor allem Harriet. In der ersten Zeit hat sie noch viel nach ihrem Dad gefragt, später nicht mehr. Als sie zur Schule gingen, habe ich noch mehr gearbeitet.« Gwen zog die Kapuze über den Kopf, weil der Wind kalt und feucht wurde. »Es hat hinten und vorn kaum gereicht, aber ich habe uns durchgebracht. Darauf war ich immer stolz. Ich wollte unabhängig sein, und vielleicht habe ich tief in meinem Innersten gespürt, dass Ashton etwas vor mir verbarg. Ich mochte ihn sehr.«

Gwen schüttelte den Kopf und fuhr sich mit dem Handrücken über die Augen. »Wenn ich mir vorstelle, wie oft er bei uns in der Küche saß und den kleinen Tom auf den Knien hielt, als wollte er ihm den Vater ersetzen.«

»Aber es war nie etwas zwischen euch?«, fragte Sam vorsichtig, als Gwen schwieg.

»Was? O nein. Er wollte mehr, kam immer mit Geschenken, bis es mir zu viel wurde und ich ihm direkt gesagt habe, dass es nie einen anderen geben könnte. Und ich erinnere mich deutlich an seine Worte damals. Ich wunderte mich, wie gelassen er das aufnahm. Heute verstehe ich, warum. Ich hätte es wissen müssen, sagte Ash. Nur das. Dann ist er gegangen.«

Sam erschauerte. »Was wurde aus ihm?«

»Nach dem Tod seiner Eltern hat er das gesamte Vermögen verprasst und ist mit knapp vierzig im Vollrausch von den Klippen gestürzt. Die Leute erzählen, dass er versucht hat zu fliegen. Ich glaube, er hat sich absichtlich hinuntergestürzt. Seitdem steht die Villa da oben in Aberdovey leer.«

Als sie am späten Nachmittag wieder in Gwens Cottage waren, kam Gwen mit einer kleinen Schmuckschachtel ins Wohnzimmer. Das Kästchen stammte von einem guten Juwelier. Als Gwen es öffnete, verschlug es Sam für einen Moment den Atem.

»Wie schön!« Vorsichtig nahm sie die funkelnde Brosche in Form einer Pfauenfeder aus dem Seidenfutter.

»Die hat Ash mir zu Harriets Taufe geschenkt. Ich habe sie immer in Ehren gehalten«, sagte Gwen tonlos.

Sam bewegte die mit Diamanten besetzte Brosche im Licht hin und her, so dass die Steine funkelten. Das extravagante Schmuckstück durfte mehrere Tausend Pfund wert sein. »Was willst du damit machen?«

»Ich weiß es nicht. Einem guten Zweck zukommen lassen, ja, das wäre wohl das Vernünftigste.« Traurig legte Gwen die Brosche zurück und klappte den Deckel des Kästchens zu.

Sams Handy lag auf dem Tisch und summte. »Entschuldige.«

»Geh nur. Ist es Luke? Das ist gut. Dir gehört die Zukunft, Sam, mir die Erinnerungen.« Damit verließ Gwen den Raum.

»Sam? Alles in Ordnung bei dir?«

Sie räusperte sich. »Ja, irgendwie schon. Ich muss dir etwas erzählen. Hast du heute Abend Zeit?«

»Ich habe jetzt Zeit. Und ich muss dir etwas zeigen, Sam, etwas, was dich begeistern wird. Kannst du zu uns kommen?«

Sie lächelte. »Bin unterwegs.«

Es war ein gutes Gefühl, das Cottage verlassen zu können, ohne sich Sorgen um Gwens oder ihre eigene Sicherheit machen zu müssen. Auf dem Weg zu Lukes Privathaus begegnete sie Amy und Leon, die von der Grabungsstelle am Lery zurückkehrten. Sie stoppten die Wagen nebeneinander und drehten die Fenster herunter.

»Sie sehen gut aus, Doc!«, sagte Leon in seiner unnachahmlichen Art, die sie mittlerweile zu schätzen gelernt hatte.

»Danke. Morgen bin ich wieder voll dabei, und dann hat der Schlendrian ein Ende«, drohte sie scherzhaft.

»Sie werden sich wundern, wie weit wir schon sind. Von wegen Schlendrian!«, sagte Amy.

»Ihr meint, wir zeigen denen in Oxford, dass es hier mehr gibt als nur versteinerte Bäume?«

»Aber ja!«, antworteten ihre Assistenten im Chor.

»Bis morgen! Neun Uhr im Büro!« Sam fuhr an, denn hinter ihr hupte ein Lieferwagen.

Sie stieg gerade aus dem Wagen vor Lukes Haus, als die Tür aufschwang und Max ihr entgegengelaufen kam. Sam war so überrascht und gerührt von der offensichtlichen Freude des Jungen, sie wiederzusehen, dass sie ihn in die Arme nahm und ihr Gesicht in seine dunklen Haare drückte, um die Tränen zu verbergen.

»Hey, Sam, du zerquetschst mich. Ich habe ein Geschenk für dich. Und du erzählst mir, wie du entführt wurdest, ja? Und du bist echt gefesselt worden? Und wie hast du das mit der Muschel gemacht? Mann, ist das schade, dass ich nicht hier war!«, plapperte Max energiegeladen drauflos.

Sam lachte, wischte sich rasch die verräterisch feuchten Augen und fuhr dem Jungen durch die Haare. »Ja, sehr schade. Du hast was verpasst!«

Sie sah auf und fand sich in Lukes Blick gefangen, der sie von der Tür aus beobachtet hatte. Sein Lächeln wärmte sie durch und durch. »Sam, schön, dass du gleich kommen konntest.«

Seine Umarmung war fest, und als er an ihrem Ohr flüsterte: »Wir haben beschlossen, dich zu adoptieren«, küsste sie ihn überschwänglich.

»O nee, knutschen könnt ihr später … Komm mit, Sam, komm schon!« Max zog an ihrem Ärmel, und sie folgte dem Jungen ins Haus.

Das schlichte weiße Häuschen stand etwas erhöht inmitten eines kleinen Gartens allein am Ende einer Stichstraße. Rings um sie breitete sich das Moor aus, und man blickte auf die Flussmündung. Durch einen schmalen Flur kamen sie in ein helles Wohnzimmer, in dessen Kamin ein Feuer brannte.

»Die Küche ist hier, dort das Bad und mein Schlafzimmer, und oben hat Max sein Reich«, erklärte Luke.

»Sehr hübsch.« Sam bewunderte die alten Dielen und einige gerahmte botanische Zeichnungen. »Ist das Haus alt? Es sieht nicht so aus.«

Luke ließ seine Hand ganz nebenbei über ihren Nacken gleiten und half ihr aus dem Mantel. »Der Vermieter sagte, dass es früher einer Kräuterfrau gehörte, Mary Jones, glaube ich. Es stand lange leer, wurde umgebaut und als Ferienhaus vermietet, bis wir kamen. Ich finde es sehr schön, vielleicht ein wenig klein, aber die Lage ist unglaublich.«

»Mary Jones«, murmelte Sam und strich über die Zeichnungen.

»Hier, Sam!« Stolz hielt Max ihr ein großes, in blaugelbes Papier verpacktes Geschenk mit einer roten Schleife hin.

»Für mich? Aber warum denn? Habe ich Geburtstag?« Verlegen nahm Sam das Päckchen entgegen und öffnete es. Zum Vorschein kam ein Miniatursegelschiff. »Das ist wunderschön!«

Sie verbarg ihre Überraschung und drehte das Boot, das detailreich gearbeitet war, hin und her, und dann sah sie den Namen: »*Girona*« stand in geschwungenen Buchstaben auf dem weißen Lack.

Max strahlte sie an. »Damit du nicht vergisst, was du mir versprochen hast.«

Sam schluckte und küsste Max auf die Stirn. »Nein, versprochen ist versprochen.«

»Okay, ich fahre jetzt zu Grandpa! Das mit der Muschel musst du nachher erzählen!« Wie ein Wirbelwind stürmte Max davon.

Luke grinste. »Ich hoffe, du bist jetzt nicht abgeschreckt von ...«

Anstelle einer Antwort stellte sie das Modellschiff auf den Tisch und schlang ihre Arme um Luke. Nach einem langen Kuss, der mehr verriet, als sie es mit Worten hätte sagen können, löste sie sich von ihm und sagte: »Und was wolltest du mir zeigen?«

Er strich ihr zärtlich die Haare aus dem Gesicht. »Das hätte ich beinahe vergessen. Habe ich dir von meinem Freund Zac erzählt?«

Luke ging zu einem Sideboard und nahm eine Mappe herunter, die er auf den Wohnzimmertisch legte und öffnete. Sorgfältig breitete er alte Schwarzweißfotografien aus.

»Das sind Luftaufnahmen aus den Vierzigerjahren. Die britische Regierung hatte einen umfangreichen, aber unmöglich zu realisierenden Plan zum Bau von Verteidigungsanlagen entlang der britischen Küste entwickelt«, sagte Luke.

Sam kannte die zahlreichen Bunker, die noch immer an die schrecklichen Jahre erinnerten. Vor allem im Süden und Osten des Landes gab es viele Verteidigungsanlagen.

»Im Zuge dieser Planung wurden alle Küstenregionen in Luftaufnahmen festgehalten. Alles wurde akribisch dokumentiert. Übrigens gibt es auch Unterlagen über Gwens Mutter, Evelyn, die als Hilfskraft die Flugabwehrtests in Borth mitbetreut hat.« Er tippte auf eine Liste mit Namen.

»Evelyn Prowse, Sheila Morris, das muss eine Cousine von Arthur sein, und Tara Gwaren.« Sam stutzte. »Gwaren ist der Nachname von Kayla. Tara Gwaren könnte Iris' Mutter sein. Meine Güte, vielleicht hat Tara damals in der Nacht von Arthurs Tod etwas beobachtet. Ich rufe nachher Nicholl an. Wer weiß, was Millie inzwischen ausgesagt hat.«

Luke schob ihr die Luftaufnahmen der Bucht zu. »Schau dir

das mal genau an. Du hast doch von einer Deichlinie gesprochen und irgendwie … aber schau selbst.«

Die Aufnahmen waren bei extrem klaren Sichtverhältnissen gemacht worden. Deutlich war die Unterwasserstruktur des Meeresbodens zu erkennen, die tatsächlich in einem erhabenen Halbkreis die Bucht von Tywyn im Norden bis Clarach im Süden einzuschließen schien. Über ungefähr diese Fläche verstreuten sich auch die Baumstümpfe. »Mein Gott, Luke, das ist großartig! Damit habe ich genaue Koordinaten, um Unterwasseraufnahmen machen zu können. Vielleicht finden wir jetzt tatsächlich einen konkreten Beweis für Longshanks Königreich!«

»Auf jeden Fall beschäftigt dich das noch eine Weile hier.« Er nahm ihre Hand und zog sie zu sich. »Und wir finden sicher noch andere Ablenkungen für dich.«

Ihr Atem ging schneller, als er seine Hände über ihre Hüften gleiten ließ. »Wie lange ist Max weg?«

»Lange genug …«

Epilog

Das Wasser plätscherte leise gegen den Schiffsrumpf. Die Sonne schien seit Tagen vom azurblauen Himmel, an dem sich kaum eine Wolke zeigte. Sam konnte sich nicht entscheiden, was schöner war – der Himmel oder das türkisfarbene Meer rund um Mauritius, durch das sie seit einer Woche auf der Suche nach Schiffswracks kreuzten.

»Das Meer«, murmelte sie.

»Hm?«

Sie lag mit der Wange auf Lukes nacktem Oberkörper auf dem Deck der *Girona* unter einem sandfarbenen Sonnensegel. Ein Teil der Crew und mit ihnen Leon und Max waren zum Einkaufen mit dem Boot nach Mauritius gefahren. Sie genossen die ruhige Mittagsstunde, in deren Hitze sich alle faul in den Schatten oder unter Deck an die Computer verzogen.

»Das Blau des Meeres gefällt mir besser als der Himmel«, sagte Sam.

»Hm«, meinte Luke schläfrig.

Noch eine Woche, dann war der Urlaub vorbei, und sie flogen zurück nach Wales. Aber sie freute sich auch auf ein Wiedersehen mit Gwen und ihrer Familie, denn Weihnachten wollten sie alle in Borth feiern. Gwen hatte sich mit ihren Kindern ausgesprochen, und vielleicht kamen sogar Tante Mary und Onkel Thomas. Millie würde dieses Weihnachten hinter Gittern verbringen. Bei guter Führung konnte sie darauf hoffen, in einem Jahr entlassen zu werden.

Sam sprach laut aus, was sie dachte. »Irgendwie tut Millie mir leid.«

»Vom Blau des Meeres zu Millie ist es ein ziemlicher Gedankensprung.« Luke streichelte ihren gebräunten Rücken.

»Ich habe daran gedacht, dass uns nur noch eine Woche bleibt und wie schön es hier ist und dass ich gern verhindert hätte, dass sie ins Gefängnis muss.«

»Sie hat es verdient, Sam. Millie hatte keinen Grund, dir das anzutun. Sie ist eine durchgeknallte Person mit manischen Zügen. Ihr Gefasel von wegen ihre Tante Kayla habe immer gesagt, dass es einen Schatz gibt und Jenson deswegen sterben musste – das ist blanker Unsinn und nur eine Ausrede. Sie war eifersüchtig auf dich! Es gibt solche Frauen, Sam, leider. Sie hat in dir eine Konkurrentin gesehen, obwohl sie nie eine Chance bei mir hatte. Meine Güte, am Anfang war ich mal freundlich zu ihr, habe vielleicht geflirtet, mehr nicht.« Er stützte sich auf und legte Sam auf den Rücken, so dass er sie ansehen konnte.

»Dass Fremdflirten gefährlich sein kann, weiß ich jetzt, und vor allem will ich nicht, dass dir meinetwegen jemals wieder etwas geschieht.«

Die Ernsthaftigkeit in seinen Worten berührte sie. »Es war nicht deine Schuld. Keiner konnte ahnen, dass Millie so extrem ist. Und Liam hat ihr nur geholfen, weil er das Geld brauchte, um Lucy zu beeindrucken.«

»Deshalb darf man trotzdem niemanden in Gefahr bringen. Du hättest ertrinken können, Sam!«

Sie lächelte schief. »Hey, ich habe mir das Klebeband mit den Muscheln zerschnitten, schon vergessen? Außerdem …«

Er küsste sie kurz, um dann zu sagen: »Nein, ich meine es wirklich so, Sam. Du hast Glück gehabt. Und ich verspreche dir, dass du meinetwegen nie etwas zu befürchten hast.«

»Das weiß ich doch.« Er spielte auf seine Albträume und die

damit einhergehenden Überreaktionen an, die er in manchen Situationen zeigte.

Er legte sich auf die Seite und zog sie an sich. »Seit wir zusammen sind, sind die Albträume weniger heftig und seltener. Und Max ist so viel offener geworden. Du hast uns viel gegeben, Sam, weißt du das?«

Sie schlang ihm den Arm um den Rücken und genoss die vertraute Nähe. »Und wer sagt, dass es umgekehrt nicht genauso ist? Wenn mich Christopher heute anruft und mir erzählt, dass er der neue Dekan wird, dann gratuliere ich ihm und … Nein!« Sie verzog die Lippen. »Dekan sollte er besser nicht werden.«

Luke runzelte die Stirn. »Du willst nach Oxford zurück?«

»Nicht für lang. Ich habe da schon einen Plan.«

Seine Muskeln entspannten sich. »Gut, denn ich weiß nicht, ob ich Ruderboote auf der Themse vermieten möchte …«

Sie lachte. »Keine Sorge, so weit wird es nicht kommen.«

»Hallo, ihr Turteltäubchen!« Ein großer Schatten verdeckte die Sicht auf den Himmel. Jean Villers lehnte lässig am Sonnendach. Die hellen Haare fielen ihm bis auf die breiten Schultern. Ein verschmitztes Lächeln ließ die Zähne im Gegensatz zur gebräunten Haut aufblitzen. Er trug ein verwaschenes Poloshirt, Shorts und war barfuß.

Sam und Luke richteten sich auf. »Hey, Jean. Wir haben Urlaub, verzeihst du uns?«

Jean Villers ging in die Hocke. Er sprach mit weichem Akzent. »Auf einem Schiff gibt es keinen Urlaub. Wir haben die *Arnhem* geortet. Mit etwas Glück finden wir auch die anderen Schiffe der Flotte.«

Die *Arnhem* war ein holländisches Handelsschiff der Ostindien-Kompanie gewesen und am 12. Februar 1662 in einem Unwetter auf die Saint Brandon Rocks vor Mauritius gelaufen und gesunken. Mit der *Arnhem* im Verbund waren drei weitere

Handelsschiffe gefahren – die *Wapen* von Holland, die *Gekroode Leeuw* und die *Prins Willem*, alle an die siebenhundert Tonnen schwer. Alle Schiffe waren gesunken und bislang nicht gefunden worden.

Schiffswracks dieser Größenordnung zu finden war eine Sensation und für Jean Villers und sein Unternehmen ein wichtiges Prestigeobjekt.

»Ihr könntet öfter auf der *Girona* Urlaub machen«, sagte Leons Vater.

»Urlaub …«, meinte Sam sarkastisch und sah ihn erwartungsvoll an, denn dass Jean Hintergedanken hegte, war offensichtlich.

»Nun ja, du bist eine renommierte Wissenschaftlerin, und ich könnte jemanden wie dich gebrauchen, wenn wir die Funde untersuchen. Und glaub mir, wenn wir die *Arnhem* gehoben haben, finden wir auch die Schwesternschiffe. Wie klingt das? Oh, und nebenbei, ich zahle besser als jede Universität«, sagte Jean Villers.

»Geld ist nicht alles«, erwiderte Sam lächelnd.

»Einen Versuch war's wert«, meinte Villers, klopfte auf das Sonnensegel und ließ die beiden allein.

»Solch ein Angebot hätten wohl nur wenige abgelehnt.« Luke sah sie aufmerksam an.

»Ich habe andere Pläne.«

»Langfristige?«

»Kommt darauf an …« Sie strich über seine Wange.

»Sam, wirklich, du weißt doch, dass ich …«, begann er, doch sie legte einen Finger auf seine Lippen.

»Du und Max, ihr habt doch schon längst gewonnen«, flüsterte sie und dachte an eine Bucht in Wales, in der eine alte Frau auf das Meer hinaussah.

Nachwort

Während meiner Jahre in Wales bin ich oft in Borth gewesen, denn der Strand dort ist einfach herrlich. Der kleine beschauliche Ort zieht sich an einer Uferstraße entlang. Im Sommer kommen viele Touristen vor allem der Campingplätze und der schönen Natur wegen. Ynyslas, der für seine riesigen Wanderdünen bekannte Naturpark, liegt im Norden der Bucht. Eine Reihe seltener Pflanzen, vor allem Orchideen, und geschützte Tiere zeichnen den Park aus. Von den Dünen hat man einen atemberaubenden Blick über die Bucht: das Meer, die Flussmündung des Dovey, auf der gegenüberliegenden Seite die Häuser von Aberdovey an den Klippen, und aus dem kleinen Hafen laufen Fischerboote und Sportyachten aus. Die Strömungen sind rau und machen das Schwimmen gefährlich.

Neben der landschaftlichen Schönheit birgt die Bucht die Attraktion der geheimnisvollen Baumstümpfe. Der untergegangene Wald von Borth beflügelt seit Jahrhunderten die Phantasie der Menschen und ließ die Legende von Cantre'r Gwaelod entstehen. Es gibt verschiedene Versionen der Geschichte um Garanhir und den treulosen Seithennin. In der jüngsten Zeit hat sich die Royal Commission of the Ancient and Historical Monuments of Wales mit der Untersuchung der versteinerten Baumreste befasst. Mein Roman lehnt sich größtenteils an die Methodik dieser Forschungen. Die wenigen schriftlichen Aufzeichnungen zur Legende befinden sich in der National Library of Wales in Aberystwyth.

Die Bucht von Cardigan wird tatsächlich seit dem Zweiten Weltkrieg für militärische Versuche von Radartechnologien und unbemannten Flugkörpern genutzt. Auch der Einsatz weiblicher Kräfte auf der geheimen Station in Borth ist dokumentiert. Die Idee, Leon Villers und seinen Vater einzuführen, kam mir, nachdem ich einen faszinierenden Bericht über Bassas da India gesehen hatte. Professionelle Schatzsucher können Segen und Fluch für die Wissenschaft sein, und dass ihre Arbeit oft lebensgefährlich ist, macht diesen Forschungszweig so kontrovers.

Mir ging es ähnlich wie Sam – nach einem Sturm wurden ungewöhnlich viele Baumstümpfe freigelegt. Ich fuhr nach Borth und konnte den Anblick dieses Naturphänomens selbst in Augenschein nehmen. Dabei war mir Julian Shelley eine große Hilfe, der mir nicht nur entlegene Winkel von Borth, den freigespülten Meeresgrund und das Moor zeigte, sondern mich auch auf ein abseits liegendes viktorianisches Farmhaus aufmerksam machte. Die Geschichte des Hauses ist so spannend und geheimnisvoll, dass sie wohl irgendwann in einem anderen Roman auftauchen wird.

Ich danke allen, die mich bei der Arbeit an diesem Roman unterstützt haben! Ganz besonders danke ich Barbara Heinzius vom Goldmann Verlag, die meine Wales-Projekte so wunderbar unterstützt und sich auch auf die nächsten Abenteuer mit mir einlässt. Natürlich danke ich auch Barbara Henning und Manuela Braun bei Goldmann für ihre freundliche und kreative Arbeit. Mein herzlicher Dank gilt Harry Olechnowitz, der mir immer den Rücken stärkt, und Regine Weisbrod für die tolle Zusammenarbeit beim Lektorieren. Und ohne die liebevolle Unterstützung meiner Familie und die Inspiration meiner fellnasigen Musen wäre alles nicht möglich. DANKE!

Liebe Leserinnen und Leser, für weitere Hintergrundinformationen und Bilder meiner Walesreisen lade ich Sie herzlich auf meine Website www.constanzewilken.de und speziell auf www.meinwales.de ein.

Tara a Croeso y Cymru

Constanze Wilken

Geboren 1968 in St. Peter-Ording, wo sie auch heute wieder lebt, studierte Kunstgeschichte, Politologie und Literaturwissenschaften in Kiel und promovierte an der University of Wales in Aberystwyth. Als Autorin ist sie sowohl mit großen Frauen- als auch mit historischen Romanen erfolgreich.
Weitere Informationen unter constanze-wilken.de

Mehr von Constanze Wilken:

Die Tochter des Tuchändlers. Roman
Als E-Book erhältlich.
Die Malerin von Fontainebleau. Roman
Als E-Book erhältlich.
Die Lautenspielerin. Roman
Als E-Book erhältlich.
Blut und Kupfer. Historischer Roman
Als E-Book erhältlich.
Der Duft der Wildrose. Roman
Auch als E-Book erhältlich
Ein Sommer in Wales. Roman
Auch als E-Book erhältlich.

Constanze Wilken
Der Duft der Wildrose

416 Seiten
ISBN 978-3-442-47961-0
auch als E-Book erhältlich

Als ihre Tante Birdie sie um sofortiges Kommen bittet, macht sich die junge Caitlin Turner auf den Weg in das hübsche walisische Küstenstädtchen Portmeirion. Dort führt Birdie einen kleinen Porzellanladen, den Cait hüten soll, während sich ihre Tante einer Operation unterzieht. Kurz bevor Birdie ins Krankenhaus geht, deutet sie Cait an, in ihrer Familie gebe es ein dunkles Geheimnis – mehr verrät sie nicht. Dann lernt Cait den wortkargen Ranger Jake kennen – und schon bald kommen sich beide einander näher. Doch Jake ist einem Verbrechen im Snowdonia Nationalpark auf der Spur, und die Ereignisse drohen sich zu überstürzen ...

www.goldmann-verlag.de
www.facebook.com/goldmannverlag

GOLDMANN
Lesen erleben

Lucinda Riley
Die Mitternachtsrose

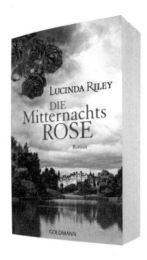

576 Seiten
auch als E-Book und
Hörbuch erhältlich

Innerlich aufgelöst kommt die amerikanische Schauspielerin Rebecca Bradley im englischen Dartmoor an, wo ein altes Herrenhaus als Kulisse für einen Film dient, der in den 1920er Jahren spielt. Vor ihrer Abreise hat die Nachricht von Rebeccas angeblicher Verlobung eine Hetzjagd der Medien auf die junge Frau ausgelöst, doch in der Abgeschiedenheit von Astbury Hall kommt Rebecca allmählich zur Ruhe. Als sie jedoch erkennt, dass sie Lady Violet, der Großmutter des Hausherrn, frappierend ähnlich sieht, ist ihre Neugier geweckt. Dann taucht Ari Malik auf: ein junger Inder, den das Vermächtnis seiner Urgroßmutter Anahita nach Astbury Hall geführt hat. Und gemeinsam kommen sie nicht nur Anahitas Geschichte auf die Spur, sondern auch dem dunklen Geheimnis, das wie ein Fluch über der Dynastie der Astburys zu liegen scheint ...

www.goldmann-verlag.de
www.facebook.com/goldmannverlag